HEYNE

Ein Verzeichnis aller im
WILHELM HEYNE VERLAG erschienenen
SHADOWRUN-Bände finden Sie
am Schluss des Bandes.

HARRI ASSMANN

ELEMENTARES WISSEN

Zweiundfünfzigster Band
des
SHADOWRUN-ZYKLUS

Überarbeitete Neuausgabe

WILHELM HEYNE VERLAG
MÜNCHEN

HEYNE SCIENCE FICTION
06/6152

Umwelthinweis:
Dieses Buch wurde auf chlor- und
säurefreiem Papier gedruckt.

Redaktion: Ralf Oliver Dürr

in der Verlagsgruppe Random House GmbH
www.heyne.de
Printed in Germany 9/04
Umschlagbild: Donato
Umschlaggestaltung: Nele Schütz Design, München
Satz: Schaber Satz- und Datentechnik, Wels
Druck und Bindung: GGP Media GmbH, Pößneck

ISBN 3-453-88124-9

Dank an

– das Team Pik-Dame, von dem mir einige nach der letzten Seite garantiert Betonklötze an den Füßen verpassen möchten

– Snap, der ein anderes Ende gefunden hat, als er es sich vielleicht gewünscht hat

– Werner Dachs und den Hans-Alpers-Schlächtern für die aufmunternden Augenblicke

– Migosch, der etwas schaffen wird, von dem er niemals glaubt, dass es Wirklichkeit werden kann

Für Alexandra und Hamburg,
die gelegentlich
so nah und doch so fern sind

»Für eine kurze Sekunde klang das langsame, sanft dahinströmende Gurgeln des Baches so, wie Blut klingen mochte, das aus dem Mund eines Sterbenden gurgelte, und das Geräusch der Blätter, die über das Oberlicht schabten, wurde zum Geräusch von Fingernägeln, die im Todeskampf über eine hölzerne Schreibtischplatte kratzten. Aber es dauerte einen Moment; dann waren die Geräusche wieder nur Geräusche …«

– GEORGE R. R. MARTIN, *Armageddon Rock*

TEIL I

1
Tropfen in der Nacht

STAMPFENDE MOTORENGERÄUSCHE und das Tosen rollender Wellen hallten laut durch den eisernen Rumpf des alten Schiffes. Eine Mischung aus eisigem Brackwasser, Öl, Urin und Unrat schwappte durch den Laderaum und floss gurgelnd über die nackten Füße von Menschen und Metamenschen, die wie Schlachtvieh auf engstem Raum zusammengetrieben und aneinander gekettet waren; dreißig Reihen von jeweils fünf Personen füllten den schlecht belüfteten Laderaum vollständig aus. Sie hatten die Arme hoch in die Luft gestreckt, und im kalten Stroboskoplicht der Neonleuchten blitzten Handschellen an den wunden Handgelenken. Die Ketten waren unterschiedlich lang und an aus Metallträgern ragenden Ringen befestigt, über denen eine Gitterdecke die unüberwindbare Grenze zwischen Himmel und Hölle symbolisierte. Unten im Dreck wurde der Abschaum gelagert, und die Racheengel des Himmels zogen mit unbarmherzigen Adleraugen ihre Runden. Die Geräusche der Hanse-Security-Beamten wurden vom vorherrschenden Maschinenlärm geschluckt, aber bei jedem ihrer Schritte tropfte das auf den Gitterwolken kondensierte Wasser auf die Gefangenen herab. Die verspiegelten Sonnenbrillen der Wächter vereitelten den Versuch, auch nur einen Hauch von Emotion in ihren Augen zu lesen. In den grauen Handschuhen hielten sie entsicherte Uzi-Maschinenpistolen, deren dunkle Mündungen drohend über die Köpfe der Gefangenen glitten. Orks, Trolle, Elfen, Zwerge und Menschen duckten sich unter den unsichtbaren Schlägen, während sie gleichzeitig versuchten, auf dem glitschigen Untergrund nicht das Gleichgewicht zu verlieren. Der graue Farbton der Kleidung war die einzige äußerliche Gemeinsamkeit zwischen Gefangenen und Wächtern, und innerlich wussten beide Parteien, dass der Begriff Rücksicht aus einer Welt stammte, deren soziale Regeln sie mit dem Betreten dieses Ortes abgelegt hatten.

Ein schmächtiger menschlicher Gefangener hing mit schmerzverzerrtem Gesicht an seinen Ketten und versuchte gerade, sich wieder zurück auf die Füße zu kämpfen, als ihm ein großer Ork von hinten brutal in die Kniekehlen trat. Aus dessen muskulösem rechtem Unterarm ragte ein kleiner, grünlich leuchtender Metallstift. Das blinkende Utensil war eine von HanSec implantierte Cyberwaresicherung, die dafür sorgte, dass der Besitzer seine Cybersporne nicht länger ausfahren konnte. Das Opfer des Ork schrie auf und sackte schlaff in sich zusammen, wobei ihm die Handschellen tief ins Fleisch schnitten. Blut trat aus den Wunden. Die rote Flüssigkeit rann an den bleichen Armen des Mannes hinab und wurde nur noch mäßig von dem mit Schweiß und Kondenswasser getränkten, grauen Sträflings-T-Shirt aufgesogen. Der Ork mit dem kantigen Unterkiefer grinste zufrieden, als er bemerkte, dass er den Überlebenstrieb seines Opfers gebrochen hatte. Den neu gewonnenen Lebensraum verteidigte er anschließend mit mordlustigen Blicken, die er großzügig verteilte.

Der Mensch in der Reihe daneben nahm das Geschehen am Rande wahr, unterließ es aber einzugreifen, weil er eigenen, düsteren Gedanken nachhing. Die breite Statur des Mannes erinnerte an einen stark renovierungsbedürftigen Kühlschrank, der schon bessere Zeiten gesehen hatte. Eindeutige Zeichen dafür waren unzählige kleine Narben auf dem Rücken; hinzu kamen die schlecht verheilten Spuren einer Wunde am Unterschenkel und eine riesige Narbe, die unterhalb seines linken Schulterblatts begann und sich bis zum Ende des linken Oberarms zog. Dermalplatten bedeckten fast jeden freien Zentimeter des Körpers, und die künstlichen Muskelimplantate betonten die ohnehin schon quadratische Statur. Da man in den spiegelnden Shades des Mannes keine Reaktion lesen, geschweige denn sicher sein konnte, worauf der Blick des Gefrierschranks gerade gerichtet war, ging der kampfeshungrige Ork davon aus, dass ihn der Mensch blöde anstarrte. In einem nur schwer verständlichen Hanse-Sprech – einer Mischung aus Deutsch, Tschechisch und Russisch – bellte der Hauer den Norm an: »Starr mich nich' so blöd an, oder ich reiß dir die Drähte aus'm Schädel!«

Kurz rasierte, rote Haare leuchteten hell im gleißenden Licht auf, als der Mann seinen Kopf ein bisschen zur Seite neigte. Er ging nicht auf die Aufforderung des Orks ein – das provozierte den Hauer nur noch mehr. Bevor der Ork aber mit seinem Bein ausholen konnte, hatte ihm der rothaarige Kühlschrank mit einem blitzschnellen Tritt die breite Nase zertrümmert. Warmes Blut spritzte hervor und bedeckte den Fußrücken des Norms, wurde aber sofort vom Brackwasser weggespült, als dieser langsam den Fuß zurück auf den Boden stellte. Der starke Treffer hatte jedoch nicht ausgereicht, die Kampfbereitschaft des Metas zu brechen. Dieser wollte gerade zu einer neuen Attacke ansetzen, als er einen roten Punkt auf dem grauen T-Shirt des Norms aufleuchten sah. Intuitiv wusste er, dass auf seinem eigenen T-Shirt ebenfalls ein Punkt sein musste, und richtete seine Aufmerksamkeit nach oben. Über den beiden Streithähnen thronten zwei HanSec-Engel. Ihre Finger berührten die Abzugshebel der entsicherten Waffen, und sie zielten mit den Laserpointern durch die Gitter auf die Köpfe der beiden Häftlinge. Als sie sich sicher waren, dass sich die Gefangenen beruhigt hatten, nahmen sie fast synchron die Finger von den Abzugshebeln und setzten ihren Weg über die tropfenden Wolkengitter fort.

Der Ork konnte den Kampf jetzt nicht fortsetzen, das wusste er. Er wollte aber wissen, wie der Mensch hieß, der ihm die Nase gebrochen hatte, und knurrte: »Wie heißt de? Wenn wir angekomm' sind, will ich wissen, wem ich die Birne abreiß.«

Der Rothaarige hatte immer noch den Blick auf den Gitterhimmel gerichtet und schien sich in einer anderen Welt verloren zu haben. Als er aber die Drohung hörte, richtete er seine kalten Shades auf den Meta. »Dort, wo wir hinkommen, habe ich Besseres zu tun, als mich vor dir zu fürchten … wenn es dich aber glücklich macht … man nennt mich Zack. Ich geb dir nur einen Rat: Big Willy ist ein Ort, vor dem du Angst haben solltest.« Langsam schlossen sich die Augenlider des Norms, und die Geste erinnerte den Ork an einen Hai, dessen weiße Augäpfel sichtbar werden, kurz bevor er die Beute packt. Daraufhin trat der Ork sein bewusstloses Opfer noch einmal kräftig in den Rücken und versuchte mit dieser Geste, die aufkeimende Angst zu überspielen, welche die Worte des Kühlschranks in ihm wachgerufen hatten.

Die trübe Masse kam blubbernd zum Stillstand, um kurz darauf wieder gurgelnd zurückzufließen. Graue Schlieren wurden plätschernd aufgewirbelt, und Luftblasen passten sich langsam der Richtungsänderung an. In dem milchigen Gewässer konnte man für einen kurzen Augenblick einen grünen Ärmel erspähen, der an den winkenden Arm eines Ertrinkenden erinnerte, der in einem tosenden Meer der Naturgewalten hin und her geschleudert wurde. Neben dem Blubbern und Plätschern nahm man vor allem das Ächzen eines strapazierten Motors wahr. Zusätzlich ertönten aus einem alten Lautsprecher im Hintergrund die quäkenden Laute einer Solotrompete, und von diesem akustischen Gemisch hob sich gelegentlich ein hohes *Ping* ab.

Der Ork hatte sich auf einer ausrangierten Ledercouch ausgestreckt. Nur schweren Herzens löste er den Blick von dem Pager, der blinkend auf seinem rechten Knie ruhte, und richtete die Aufmerksamkeit auf das Bullauge der Waschmaschine. Die Cyberaugen fokussierten die trübe, gurgelnde Masse, und in seinem Kopf formte sich langsam ein Bild. Das *Ping* löste in ihm eine unaufhaltbare Assoziationskette aus, die zu seinem Verdruss mehr und mehr Gestalt annahm. Schnell sprang der Ork auf, wobei der kostbare Pager zu Boden fiel. Er verschwendete aber keinen weiteren Gedanken an die Tech, sondern zog es vor, zu der bedrohlichen Aneinanderreihung von Waschautomaten zu stürmen. Dort angekommen, aktivierte er mit einem kräftigen Faustschlag den roten Notausschalter. Augenblicklich kam der alte Motor zum Stillstand. Pumpen sprangen an und verrichteten stöhnend den aufgezwungenen Dienst. Wasser wurde schlürfend aus dem Innenraum der Trommel gepumpt. Weil sie sich aber immer noch bewegte, hörte er dieses beunruhigende *Ping* erneut. Nervös trommelte der Ork mit seinen breiten Fingern auf dem braunen Metallgehäuse der Waschmaschine gegen den Takt des Jazzsongs, bis das antiquierte Gerät endlich die Arbeit beendet hatte. Er riss die Tür auf und stopfte mit hastigen Bewegungen die nasse Kleidung in einen rollbaren roten Wäschekorb, den er vorsorglich vor die Maschine gestellt hatte. Dabei tasteten seine Hände fortlaufend die Kleidung und den Innenraum der Trommel ab. Mit gehetztem Blick suchte er nach der Ursache des *Ping*. Gelegentlich förderten seine Untersuchungen einzelne 9-mm-Patronen zutage, die er achtlos auf das große Gehäuse der 35 kg fassenden Maschine warf. Diese kleinen Bleierbsen waren nicht der Grund seiner Beunruhigung, genauso wenig die winzige Streetline Special Pistole, die er in einer mehrmals gestopften Socke fand. In einem riesigen BH mit Körbchengröße 85-G fand er endlich, was er suchte – eine schimmernde Eierhandgranate aus alten Armeebeständen.

Chet atmete erleichtert auf. Der Sicherungsbügel ruhte noch fest in der Verankerung. Er wollte sich erst gar nicht ausmalen, was im Schleudergang alles hätte passieren können. Diese schweißtreibende Erfahrung bestätigte ihn nur in der Ansicht, dass Hausarbeit etwas war, das er hasste, und Wäschewaschen zu den Dingen im Leben zählte, auf die er dankend verzichten konnte. Ein weiterer Beweis dafür war der Ausschlag, der sich langsam auf seinen Händen bildete. In der ganzen Hektik hatte Chet vergessen, die Gummihandschuhe anzuziehen, die nutzlos neben der Couch lagen, und so musste er jetzt wohl oder übel mit den Folgen seiner Unachtsamkeit leben. Er war allergisch gegen Waschmittel. Nicht dass er etwas gegen saubere Wäsche hatte, nur die Chemiebomben lösten bei ihm einen heftigen Juckreiz aus. Deswegen zog es Chet normalerweise vor, seine Kleidung mit Wasser und Kernseife in der Wanne zu schrubben. Da er aber heute für die Wäsche seiner Frau verantwortlich war und die zurzeit nun einmal tierisch auf Lavendelduft abfuhr, hatte er keine andere Wahl gehabt. Der Gedanke an Lavendelduft und die Tatsache, dass sich dieser Geruch langsam, aber sicher den Weg in seine breite, krumme und schon mehrmals gebrochene Nase kämpfte, veranlassten ihn zu dem Gedanken, dass schwangere Frauen schon sehr merkwürdige Neigungen entwickelten. Früher hatten sie sich gegenseitig mit Waffenöl massiert – und nun das: *Lavendelduft*. Seine Frau, von ihm immer liebevoll ›Griechischer Salat‹ genannt, war im neunten Monat und saß zu Hause bereits in den Startlöchern. Und wo war er?

Bei ihr? Nein, er saß im alten, vergammelten Waschsalon an der Stresemannstraße, Ecke Bornkampsweg. Was, wenn die Wehen jetzt einsetzten und er war nicht da? Die Wäsche hätte auch noch einen Tag warten können, aber nein, ›Griechischer Salat‹ hatte ihm die großen Ohren abgekaut, bis er sich endlich dazu hatte hinreißen lassen, den gefährlichen WäscheRUN in Angriff zu nehmen. Ein kurzer Blick auf sein Handkom bestätigte ihm, dass diese kleine Unachtsamkeit seinerseits – denn er hätte die Wäsche ja vorher abtasten können – wieder einmal unnötig Zeit gekostet hatte. Jetzt würde er länger als erwartet brauchen und musste den Troll-Waschgang erneut starten. Zwei kalkweiße Holsten Zombies, die seinen Begleitschutz darstellten, schauten schon völlig genervt zur Eingangstür herein. So, wie die beiden aussahen und rochen, hätte Chet sie am liebsten mit in die Trommel gesteckt. Für die Ganger zählte der Begriff *Waschen* wohl zu den exotischen Fremdwörtern, deren Existenz und Bedeutung sie mit dem Ausreißen von zu Hause vergessen hatten. Vielleicht untersagte der Codex der Gang den Mitgliedern sogar, Körperpflege zu betreiben, und schrieb stattdessen vor, gallonenweise Knochenöl auf die geschminkte Haut aufzutragen.

Die Holsten Zombies hatten in Altona das Sagen. Laut Chets Informationen hatte die Gang ungefähr fünfzig Mitglieder, zu denen nicht nur durchgeknallte Kids zählten. Äußerlich glichen sie zwar durchweg einer Horde entlaufener Trid-Zombies, aber an der Spitze der Gang standen ein paar recht professionelle Köpfe, denen es gelungen war, eine rentable Organisation ins Leben zu rufen. Buchhalter, Unternehmensberater und was man sich noch so alles vorstellen konnte, bestimmten die einzelnen Aktionen und Investitionen. Der tägliche Geschäftsablauf erinnerte mehr an ein straff geführtes Unternehmen als an eine kleine Straßengang – allem lag eine Wirtschaftlichkeitsberechnung zugrunde. Legal war das natürlich nicht, und HanSec wurde unter Garantie gut geschmiert, aber letzten Endes konnte es den Bullen auch egal sein, denn eines war auf jeden Fall Fakt: Nachdem die Straßengang das Kommando in Altona übernommen hatte, war dort die Todes- und Diebstahlrate erheblich gesunken.

Wie dem auch sein mochte – die Tatsache, dass ihm die beiden Kids am Arsch klebten, stimmte den Ork nicht glücklich. Normalerweise hätte er sie mit harten Tritten und ausdrucksstarken Flüchen vertrieben, aber Paul, der Teamleader von Pik-Dame, hatte darauf bestanden, dass Chet zwei Schutzengel in seiner Gegenwart dulden musste. Warum das Ganze? Das hatte der Herr ›Ich weiß nichts‹ natürlich nicht durchblicken lassen. Aber Chet wollte jetzt nicht an Paul denken – und auch nicht an die beiden Ganger. Mit freundlich ausgestrecktem Mittelfinger deutete er zur Tür. Auf einem Schild stand: Zutritt nur für Kunden. Auch wenn diese beiden Knaben höchstwahrscheinlich nicht lesen konnten, verstanden sie sofort, was der Ork ihnen mit dieser Geste kundtun wollte, und sein mordlustiger Blick unterstrich die Aufforderung, endlich allein gelassen zu werden.

Die mit Sprayfarbe besprühte Glastür schlug zu, und Chet war wieder allein im Waschsalon. Jetzt konnte er hoffentlich den WäscheRUN ungestört hinter sich bringen. Handgranate, Munition und die kleine Streetline Special stopfte er achtlos in die weiten Taschen seiner Lederhose. Missmutig schleuderte er die nasse Wäsche zurück in die Trommel und aktivierte erneut den Waschgang. Jeder Waschgang glich sowieso einem Glücksspiel. Es war allgemein bekannt, dass Orks nicht unbedingt zu den besser verdienenden Rassen zählten, und die logische Konsequenz äußerte sich darin, dass viele ihrer Kleidungsstücke an bunte Patchworkstudien erinnerten. Die Verwendung des Wortes Studien war ganz einfach zu erklären: In diesen Flickwerkansammlungen wurden so viele unterschiedliche Stoffe verwendet, dass man sich nicht mit Bestimmtheit auf einen Waschgang einigen konnte. Chet hoffte nur, mit der Wahl eines 60°-Programms die richtige Entscheidung getroffen zu haben. Wenn nicht, würde ihn zu Hause eine Standpredigt erwarten, auf die er dankend verzichten konnte – seine Frau war zurzeit etwas gereizt, und der Ork war nicht daran interessiert, den Haussegen in Schieflage zu bringen.

Zum Glück gelang es ihm, den penetranten Juckreiz zu unterdrücken, der sich langsam bemerkbar machte, als er zurück zur Couch schlurfte. Dort angekommen seufzte er erleichtert, denn der Pager hatte den Sturz unbeschadet überstanden. Chet versuchte abermals, es sich bequem zu machen – ein Unterfangen, das sich nicht gerade als einfach erwies, weil die Produktdesigner das Möbelstück für Normgrößen konzipiert hatten, obwohl der Salon über Maschinen verfügte, die für Ork- und Trollkleidung ausgelegt waren. Diesmal zog er auch seine Lederjacke samt Tarnhalfter aus und warf sie über die Lehne der Couch. Nach unzähligem Vor und Zurück, Rechts und Links hatte er es endlich geschafft und konnte sich wieder voll und ganz auf den Inhalt der Datei konzentrieren.

Bei der Datei handelte es sich um eine Kopie seiner Aufnahmearbeit, die er vor kurzem eingeschickt hatte. Wenn das einige seiner Bekannten wüssten, würden sie in schallendes Gelächter ausbrechen – ein Ork von der Straße, der ein Studium in Literatur und Soziologie anstrebte. Aber genauso war es. Chet hatte sich die ganzen Jahre über ziemlich erfolgreich verstellt. Gut, Pandora hatte ziemlich schnell Wind davon bekommen, dass der einfältige Meta gar nicht so dumm war. Zum Glück hatte sie aber dichtgehalten und Chet sogar in seinem

Streben nach Wissen unterstützt. Pandoras Deutschunterricht war in Wirklichkeit mehr eine Studienvorbereitung gewesen, denn die Magierin hatte einst für die Bayersdorf AG gearbeitet, und der Konzern hatte ihr eine gute Schulbildung angedeihen lassen. Chets Vergangenheit war weniger rosig gewesen. Von zu Hause hatte er keine Unterstützung erwarten können. Nach seiner Mutation hatte sich seine Familie von ihm abgewandt, und der Kontakt war seither erloschen. Sein ach so geliebter Vater, Konzernsoldat bei einem Rohstoffgiganten, hatte ihn verstoßen und Chets wahre Existenz komplett ausradieren und durch eine neue ersetzen lassen. Das Unterfangen hatte den alten Sack einiges an Kohle gekostet, aber letzten Endes hatte Chet eingewilligt, angeblich bei einem Autounfall ums Leben gekommen zu sein. Warum er zugestimmt hatte? Die Verwandlung hatte Chet ziemlich spät erwischt. Er war schon siebzehn Jahre alt gewesen und hatte mitten im Abi gesteckt, als die Mutation den Lauf seines Lebens schmerzlich veränderte. Ohne Schulabschluss oder Berufsausbildung hätte er in der normorientierten Gesellschaft nichts erreichen können. Mit dem Geld, das ihm sein Erzeuger so großzügig angeboten hatte, besaß er zumindest ein ausreichendes Startkapital und musste sich nicht aus Mülltonnen ernähren. Am Anfang hatte er noch nicht gewusst, was er mit seinem neuen Leben anfangen sollte; es war aber nur logisch gewesen, seine neuen natürlichen Kräfte zu nutzen.

So sehr er sein Äußeres auch anfangs gehasst hatte, lernte er mit der Zeit die Vorteile des verwandelten Körpers schätzen. Nach seiner Mutation war er viel stärker und robuster geworden, und diese Eigenschaften halfen ihm, am Leben zu bleiben. In dieser Phase seines Lebens hatte er ein paarmal ziemlich über die Stränge geschlagen und seine Wut ziellos an Schwächeren ausgelassen. Es war nur eine Frage der Zeit gewesen, bis er an einen geriet, der ihm das Lebenslicht ausblies. Wenn da nicht ... ja, wenn da nicht Teresa gewesen wäre.

Teresa war eine etwas füllige Ex-Runnerin, weshalb ein paar wenige sie liebevoll Molly nennen durften. Sie war ein Jackhead, eine von den Typen, die mit Hilfe einer Datenbuchse die Matrix unsicher machten. Zu der Zeit, in der sie Chet unter etwas merkwürdigen Umständen kennen lernte, hatte sie sich aber schon längst aus dem aktiven Geschäft zurückgezogen. Nicht dass sie jetzt nicht mehr in den Schatten arbeitete – einmal in den Schatten, bedeutete meist zwangsläufig immer in den Schatten. In dem Job als Shadowrunner blieb es leider nicht aus, einigen Leuten gewaltig auf die Füße zu treten. Zwar war es oft so, dass diese Leute – aus welchen Gründen auch immer – es vergaßen, aber man tat gut daran, nicht unnötig auf sich aufmerksam zu machen. Teresa hatte den richtigen Weg gewählt: Sie hatte ihren Tätigkeitsbereich in Richtung Organisation verlagert und war Schieberin geworden.

Chet hatte ihren Fischladen überfallen wollen, denn damals hatte er mit kleineren Raubüberfällen seinen Lebensunterhalt bestritten. Er hatte jedoch nicht gewusst, dass der Laden nur eine Scheinidentität darstellte, und bevor er auch nur die Waffe gezogen hatte, waren ihm ein paar Cyber-Rottweiler in den Rücken gesprungen. Die Kläffer hatten seinen dicken Hintern auf den Boden verfrachtet und anschließend mit ihren messerscharfen Titanzähnen seinen Hals und die Weichteile festgenagelt.

Bis heute wusste er nicht, warum Teresa ihn nicht ausgeschaltet hatte. Auf jeden Fall hatte sie ihm einen simplen Handel angeboten: Für sie arbeiten und leben oder ... den Rest hatte sie seiner blumigen Phantasie überlassen. Die Aussicht, dass einige seiner gut durchbluteten Teile sofort als Hundefutter vertilgt würden und andere vielleicht später als Aalersatz den Weg in die Kühlregale fanden, hatte ihm die Entscheidung leicht gemacht, schnell auf den etwas einseitigen Handel einzugehen. Im Nachhinein konnte sich Chet jedoch nicht beklagen – es hatte sich bezahlt gemacht.

Von diesem Tag an hatte er nicht mehr auf der Straße leben müssen. Teresa hatte ihm die grundlegenden Verhaltensregeln der Straßen Altonas beigebracht – manchmal reichte ein Knurren, statt sofort zuzubeißen. Und auch ihr war seine Intelligenz nicht entgangen – sie hatte ihn aber darin bestärkt, das Schauspiel fortzuführen. Es hätte dem Ork auch nicht gefallen, seine mühsam aufgebaute *einfältige* Identität aufzugeben. Chet hatte es nämlich ziemlich viel Kraft gekostet, die Maske eines ungebildeten Orks kontinuierlich und glaubhaft beizubehalten. Der eine oder andere würde sich jetzt bestimmt fragen: Warum das Ganze? Es war einfach besser, wenn einen die Leute unterschätzten, weil sie dann dazu neigten, Fehler zu begehen – vor allem in den Schatten. Seine gesteigerte Gewaltbereitschaft konnte Chet nur schwer verbergen, aber mit den Jahren war es ihm gelungen, sie besser unter Kontrolle zu halten, als es nach außen hin den Anschein hatte. Er hatte gelernt, mit seinem aggressiven Erbgut zu leben. Wenn es die Gesellschaft aber vorzog, Orks in bestimmte Schubladen zu stopfen, lag es an ihm, daraus einen Vorteil zu schlagen.

Teresa war auch Schuld daran, dass es zur Gründung des Schattenteams Pik-Dame gekommen war. Sie hatte dafür gesorgt, dass sich Pandora und Chet kennen lernten. Wie sagte man doch so schön: Es wurde endlich Zeit, dass das Küken das Nest verließ und fliegen lernte. Ein Job als ewiger Laufbursche war wirklich nicht erstrebenswert.

Die Gedanken an Vorteile und Klischees brachten Chet wieder dazu, sich endlich dem Inhalt seiner Datei zu widmen. Mit dieser Aufnahmeprüfung wollte er sich selber via schriftlicher Urkunde beweisen, dass er nicht mehr der dumme Ork aus dem Getto war. In seiner Arbeit hatte Chet versucht, die Rolle der Frau innerhalb der Gesellschaft und innerhalb der Literatur zu erklären. Als Beispiel hatte er unter anderem die Figur der Lady Macbeth gewählt. Chet war der Meinung, dass Shakespeare den religiösen Hintergrund – Eva, die den armen Adam verführte – in seinem Stück aufgegriffen hatte, um auf soziale Probleme aufmerksam zu machen. Die Schuld war demnach nicht nur den Frauen zuzuschreiben. Chet vertrat vielmehr die Meinung, dass Männer von Frauen gesagt bekommen wollten, was sie zu tun hatten. Als der Ork jetzt in diesem Waschsalon saß und über die schon abgegebene Arbeit nachdachte, wusste er allerdings nicht mehr so recht, ob er mit seiner Ansicht nicht doch etwas über das Ziel hinausgeschossen war. Eigentlich hatte er gar keinen Wäsche-RUN annehmen wollen. Andererseits waren es immer Frauen gewesen, die sein Leben entscheidend beeinflusst hatten. Schließlich hätte er ohne Pandora niemals seine Liebe zur Literatur entdeckt, und ohne Teresa wäre er wohl schon längst zu Dünger verarbeitet worden. Und ohne seine Frau ›Griechischer Salat‹ hätte er wohl kaum den Weg in den Waschsalon gefunden.

Lautes Reifenquietschen drang von der Straße an seine Cyberohren und übertönte kurzzeitig die Geräusche des Waschmaschinenorchesters, um vom unverkennbaren Lärm, den das Feuer automatischer Waffen mit sich bringt, abgelöst zu werden. Der Waschsalon verwandelte sich binnen weniger Sekunden in einen Schießplatz. Die ohnehin schon stark beschädigte Inneneinrichtung wurde in ihre Bestandteile zerblasen, und Chet fühlte sich aus heiterem Himmel in die Rolle des Pappkameraden katapultiert, den umzunieten das eigentliche Ziel dieser Schießübung darstellte.

Der Ork warf sich instinktiv rechts von der Couch zu Boden, und die Rückenlehne verwandelte sich in ein modernes Kunstwerk voller faustdicker Einschusslöcher.

Das Füllmaterial segelte durch den Raum und landete in dem auslaufenden Seifenwasser der funkensprühenden Waschmaschinen. Zeitgleich verabschiedeten sich die Deckenbeleuchtung und das Radio, und gerade als Chet sich fragte, ob sein Geleitschutz eingeschlafen war, flog einer der Jungs von Schüssen geschüttelt rücklings durch die rechte große Frontscheibe. Die Vorderseite des Gangers glich einer Ansammlung roten Matschs, und die tote Masse landete auf dem Tisch, auf dem Chet schon einen Teil der sauberen Wäsche gestapelt hatte, riss diese mit sich, blieb reglos neben den Trocknern liegen und verteilte Blut, Knochensplitter und Eingeweide auf dem blaugrauen Linoleumboden.

Der Beschuss verebbte nach einigen Sekunden, und Chet nutzte die Feuerpause, um seine Gedanken zu ordnen. Dadurch, dass er nach rechts von der Couch gesprungen war, hatte er einen Pfeiler zwischen sich und die unbekannte Bedrohung bringen können. Es gab nur ein Problem. Seine Waffe schlummerte in dem Tarnhalfter und lag jetzt außerhalb seiner Reichweite neben der Couch. Um sie zu erreichen, musste er die zerschossene linke Scheibe passieren, und obwohl die nur ungefähr vier Meter maß, wusste er, dass diese vier Meter die letzten seines Lebens sein konnten. Die kleine Erbsenschleuder in seiner Tasche erschien ihm in der jetzigen Lage nicht wirklich hilfreich; trotzdem fingerte er sie hervor. Sein Blick glitt zu dem toten Holsten Zombie zu seiner Rechten. Dieser hielt zwar eine Heckler & Koch Maschinenpistole in den verkrampften Händen, aber das hätte bedeutet, die Todeszone des rechten Fensters zu passieren. Ihm blieb als einzige Alternative die Haupttür, und gerade als er ein paar Meter darauf zugerobbt war, glitt diese einen Spalt weit auf, und die Gestalt des zweiten Zombies fiel stöhnend in den Salon. Der Ganger war nicht tot – noch nicht. Er hielt sich mit zitternder Hand die blutende rechte Schulter, aus der sein Schulterknochen herausragte. Das Gesicht des Kids leuchtete augenblicklich noch bleicher auf, als es wegen der Schminke ohnehin schon war.

Chet zerriss sein grünes Armee-T-Shirt, drückte es gegen die Wunde und musterte die Haltung des Verletzten. Der Blick des Gangers wirkte leer. Nachdem Chet ihm eine Ohrfeige verpasst hatte, kehrte jedoch wieder etwas Leben in ihn zurück. Der Knabe wollte auf seine Wunde schauen, aber der Ork drückte den Kopf bestimmt zu sich herum und fragte erbarmungslos: »Wer ist das da draußen?«

Ihm brannten viel mehr Fragen auf der Zunge, aber er wollte den Knaben nicht überfordern und hoffte, dass der Verwundete von allein genug Informationen lieferte. Das Überleben des Gangers hing an einem seidenen Faden, denn der Blutverlust allein reichte aus, ihn verrecken zu lassen. Viel größer aber war die Wahrscheinlichkeit, dass er an den Folgen des Schocks krepierte, und die Schützen wollte Chet erst gar nicht in die stumme Rechnung mit einbeziehen.

Holpernd kämpften sich die Worte des Gangers einen Weg an die Luft. »Sie haben uns eiskalt erwischt … ich hab mit Scream gerade 'ne Kippe gedampft, als diese Biker um die Ecke bretterten … die Jungs, so ein paar Ganger mit gelb-schwarzen Lederklamotten … haben hart gebremst und dann … das Feuer eröffnet, aber nicht … mit so kleinen Maschinenpistolen … die haben AK-Sturmgewehre auf ihren Lenkern montiert.« Der Blick des Jungen wanderte durch den Raum und blieb an der Leiche seines Kumpels kleben. Der Körper des Jungen verspannte sich einen kurzen Moment, um dann bis zum Eintreten der Leichenstarre schlaff in sich zusammenzusinken.

Chet griff sich die Heckler des Toten. Sie war noch gesichert, und der Ork lud sie als Erstes durch. Zwar hatte die Gun keinen Smartlink, war aber besser als nichts –

vor allem war sie besser als die kleine Street, die er wieder in seiner Hosentasche verschwinden ließ. Das beruhigende Gewicht der Maschinenpistole in seiner Hand ließ ihn etwas entspannter durchatmen. Eines war ihm klar – lange würden die Kerle da draußen nicht auf sich warten lassen, weil es hier in wenigen Minuten von Holsten Zombies und HanSec Bullen nur so wimmeln würde. So viel Zeit zum Verschnaufen wollten sie Chet bestimmt nicht freiwillig einräumen. Der Ork hörte auch schon, wie zwei Motoren aufheulten und auf den Eingang zurasten. Anhand des Scheinwerferlichts schlussfolgerte er richtig, dass sie kurz vor der Eingangstür ausscherten. Der Samurai dachte nicht lange nach. Während links und rechts zwei Enduros durch die kaputten Scheiben rasten und Kugeln jeden freien Zentimeter abdeckten, hechtete der Ork durch die geschlossene Fronttür nach draußen. In einer fließenden Bewegung zog er die Handgranate aus der Hosentasche, riss den Sicherungsbügel ab und schleuderte sie über die Schulter zurück in den Waschsalon, während er, begleitet vom gesplitterten Glas der Eingangstür, hart auf dem Betonboden aufschlug. Über ihm zogen Kugeln durch die Nacht, und er hörte aus dem Innern des Salons das laute Quietschen der Motorradreifen. Die Biker wendeten ihre Kisten und machten sich bereit, durch die Scheiben zurück aus dem Waschsalon zu heizen.

Chet sprang auf, rannte zwei Meter weiter und hechtete über eine kleine Hecke und den anschließenden Bürgersteig hinweg, als hinter ihm der Waschsalon explodierte. Einer der Motorradfahrer wollte gerade nach draußen fahren, als seine Maschine von der Wucht der Detonation und den Flammen ergriffen wurde. Der Benzintank explodierte unter seinem Hintern und verwandelte den Fahrer in einen Flammenball, der, begleitet von klirrenden Einzelteilen, mitten auf der Straßenkreuzung aufschlug. Sein Kumpan hatte es geschafft, wurde aber von Chets Maschinenpistole mit einer gezielten Salve vom Bock gehebelt. Die Enduro fuhr noch einige Meter weiter, um dann scheppernd umzustürzen, wobei sich der Scheinwerfer in Richtung Himmel hob.

Die Panzerweste hatte dem Motorradfahrer das Leben gerettet, und er wollte gerade aufstehen, als der Ork seinen rechten Fuß schwer auf die Brust des Bikers stellte. Chet richtete die Waffe auf den Kopf des Angreifers und bemerkte dabei, dass er an beiden Unterarmen aus unzähligen kleinen Schnittwunden blutete. Aber diese Kratzer waren nichts, verglichen damit, was er in der Vergangenheit am eigenen Leib erfahren hatte. Das schwarze Visier schaute ihn von unten an und vereitelte einen Blick auf das Gesicht des Trägers. Der wimmernden Stimme nach zu urteilen, war das unter seinen Füßen eine Frau. Gerade wollte er ihr eine Frage stellen, als er im Schein der Flammen ein Messer in ihrer Hand aufblitzen sah, das sie schnell aus der Stiefelscheide zog. Erbarmungslos krümmte er den Zeigefinger. Die Waffe in seiner Hand ruckte einmal kurz zurück, und der Schuss zerschlug das Visier. Der geborstene Beton wurde von Blut und Hirn bedeckt, als Chet ihr den Helm abnahm, um nachzuschauen, wen er gerade getötet hatte. Die mit Wasserstoff weiß gefärbten Haare waren jetzt mit Blut getränkt, und die Reste des Kopfes sackten zur Seite, da die Halsmuskeln den Dienst längst quittiert hatten. Dabei wurden schmuckbeladene, spitze Elfenohren sichtbar, und Chet schob das Haar fast zärtlich beiseite, um den letzten Schlaf der Frau nicht zu stören. Warum auch immer sie es auf ihn und die Ganger abgesehen hatte, es konnte nichts Persönliches gewesen sein. Der Ork kannte die Frau nicht, aber die Tätowierung, die er hinter ihrem rechten Ohr entdeckte, erweckte seine Neugier. Zwei Engelsflügel, in deren Mitte ein flammendes Schwert aufleuchtete, gaben Rückschluss auf die Gang, die hinter dem Anschlag stehen musste. Chet war sich ziemlich sicher, dass dieser Anschlag erst den Anfang von etwas darstellte, mit dem er garantiert nichts zu tun haben wollte. Die Söhne und Töchter Gabriels wollte niemand zum Feind haben, der auch nur einen Funken Verstand in der Birne hatte. Wenn die Holsten Zombies mit den Bikern eine Fehde austrugen, wurde es Zeit für Chet, sich nach einem neuen Schutz umzuschauen – einem, der keinen unnötigen Ärger anzog.

Das Piepen seines Handkoms unterbrach Chets Gedankengänge, und die Tech unterrichtete ihn davon, dass er schnellstens nach Hause musste. Es war so weit, seine Frau lag in den Wehen. Der Ork schritt zu der umgestürzten Enduro und richtete sie wieder auf, um sich schwer auf den schmalen Sitz fallen zu lassen. Die Stoßdämpfer ächzten unter der ungewohnt schweren Last, während er den Motor anließ. Eine Harley Scorpion wäre ihm lieber gewesen, aber er musste nehmen, was sich ihm zurzeit bot. Gedankenversunken richtete er kurz den Blick in den dunklen Himmel, und in diesem Moment setzte heftiger Regen ein. Chet deutete es als Startzeichen von oben und gab Vollgas.

Die Tropfen prasselten unaufhaltsam gegen die verspiegelten Scheiben des Restaurants, das sich in Hamburgs ehemaligem Fernsehturm befand, welcher thronend in den Nachthimmel ragte. Der Mann in dem grauen Duster drückte die Nase gegen das kühle Glas und versuchte, draußen in der Dunkelheit etwas zu erkennen. Heftige Windböen und monsunartiger Regen vereitelten sein Bemühen. Gedankenverloren strich er sich über den künstlichen Dreitagebart. Wenn er auch anfangs nicht hundertprozentig davon überzeugt gewesen war, dass sich die kosmetische Operation lohnen würde, hatte er die zeitsparende Investition mittlerweile schätzen gelernt. Das Geräusch, das diese kraulende Geste mit sich brachte, wirkte zusätzlich beruhigend und half ihm dabei, sich zu konzentrieren. Selbst wenn er draußen etwas hätte erkennen können, hätte es ihm nicht die brennenden Fragen beantwortet, die in ihm loderten.

Der Mann, der so gedankenverloren am Fenster stand, hieß Paul Frazer. Gut, das war nicht sein wirklicher Name, aber es war eine Identität, unter der ihn die meisten Menschen in Hamburg kannten, und es war ein Name, mit dem er sich über die Jahre angefreundet hatte. Er war der Kopf des mittlerweile arg geschrumpften Shadowrunner-Teams Pik-Dame. In letzter Zeit war er aber kein besonders guter Kopf. Gedanklich war er viel zu sehr damit beschäftigt, herauszufinden, wer hinter den Anschlägen stand, die Hamburgs Musikindustrie im letzten Jahr erschüttert hatten. Dies war auch der Grund, warum er hier, einige hundert Meter über dem Boden, auf jemanden wartete. Sein Ziel war ein Mann, der in einer leitenden Position für den BND arbeitete. Sie kannten sich von früher, aber diese Gemeinsamkeit war nicht der Grund, warum Paul hier war. Er war nicht darauf aus, sich über die ach so guten alten Zeiten zu unterhalten.

Paul wusste, dass der Mann aus Gewohnheit jeden Mittwoch den Service der Küche in Anspruch nahm. Wie auf Kommando öffnete sich in diesem Augenblick mit einem *Ping* die Aufzugstür, und ein Mann im grauen Anzug trat aus der mit Holz vertäfelten Kabine. Weil Paul etwas seitlich zum Lift stand, hatte der Mann ihn nicht sehen können. Der teure Anzug ging mit leicht beschwingtem Schritt auf den Empfang zu. Es war gut, dass der Oberkellner gerade nicht an seinem Platz war; dadurch musste der Anzug warten, bevor man ihn zu seinem Tisch führte.

So weit wollte Paul es aber gar nicht erst kommen lassen. Seine Finger glitten zielsicher ins Innere des Duster und schlossen sich um den beruhigenden Griff der schweren Salvelette Guardian, die er in einem Tarnhalfter trug. Die Waffe war eine extrem teure Spezialanfertigung aus Keramik und Plastik, die selbst den sensiblen

Metalldetektoren des Fernsehturms verborgen geblieben war. Die Kugeln hatte er vorhin auf der Toilette aus Einzelteilen zusammengesetzt. Nur noch drei Meter trennten Paul von seinem Ziel. Der schwere Teppich dämpfte seinen Schritt. Trotzdem hatte der Mann ihn irgendwie bemerkt. Schnell wirbelte der Anzug um die eigene Achse, und dabei glitt seine Hand ebenfalls ins Innere des Jacketts. Als er Paul erkannte, nahm er die Hand wieder aus der Jacke. Sein Gesichtsausdruck entspannte sich zu einem freundlichen Lächeln. Erleichtert sagte er: »Paul, schön, dich zu sehen.«

Jetzt trennte Paul nur noch ein einziger Meter von dem Anzug. Er war froh darüber, dass der Mann sich umgedreht hatte. Er sollte wissen, wer für das folgende Chaos verantwortlich sein würde. Paul ging nicht auf die Begrüßung ein. Er war hier, um einen Auftrag zu erledigen. Einen Auftrag, mit dem Pik-Dame direkt nichts zu tun hatte – das hier war mehr etwas Persönliches. Knapp sagte er nur: »Simon ...« Dann zog er blitzschnell die Waffe.

Der Gesichtsausdruck des Anzugs änderte sich erneut. Zuerst wirkte er erstaunt, dann verwandelte er sich in eine angstverzerrte Maske des Schreckens. Bevor der Mann jedoch reagieren, geschweige denn schreien konnte, hatte Paul längst auf die Brust des Anzugs angelegt, die Informationen seiner Smartgun ausgewertet und das Jackett in einen roten Fetzen verwandelt. Laut donnerte der Salvenmodus der Pistole durch das Restaurant.

Das Opfer wurde von den Treffern geschüttelt und mit rudernden Armen zurückgeschleudert. Der Körper stürzte schwer gegen einen Blumenkübel, riss ihn um und blieb bewegungslos auf dem Boden liegen. Das ausströmende Blut wurde vom hellen Teppich und der dunklen Blumenerde gierig aufgesogen.

Paul konnte sicher sein, dass er getroffen hatte. Er machte auf dem Absatz kehrt und stürzte zum Treppenaufgang des Fernsehturms. Den Aufzug konnte er abschreiben –

die Sicherheitssoftware hatte das Ding unter Garantie längst stillgelegt. Die Sensoren reagierten auf schussähnliche Geräusche und schnitten diesen Fluchtweg als Erstes ab. Ein Decker hätte die Sensoren außer Betrieb setzen können, aber einen Technomanten als aktive Matrixunterstützung besaß Paul nicht. Deswegen musste er auf seine körperlichen Attribute setzen und die Treppe benutzen, die sich spiralförmig um den Lift nach unten drehte.

Als er die Tür erreichte, war ihm natürlich klar, dass die Sicherheitsbeamten bemerkten, dass sich jemand auf den Weg nach unten machte. Sein Weg führte Paul aber nicht nach ganz unten. Schon nach einigen Treppenstufen blieb er vor einer neuen Tür stehen. Diese Tür war der untere Hintereingang einer am Tage viel besuchten Attraktion Hamburgs. Mit einer gezielten Salve verwandelte Paul das Türschloss in unnützes Altmetall. Ein kräftiger Tritt reichte aus, und er konnte in den dahinter liegenden Treppenaufgang sprinten. Weil hier kein Licht brannte, aktivierten sich automatisch seine Cyberaugen und schalteten auf Lichtverstärker.

Tagsüber war dies der Zugang zu einem Aufenthaltsraum für einige Lebensmüde, die darauf aus waren, in die bodenlose Tiefe zu stürzen. Bungeejumping hieß diese selbstmörderische Sportart mit dem einzigartigen Kick, den Boden auf sich zurasen zu sehen. Paul konnte aber nicht seelenruhig am Tage, nicht unter geschulter Aufsicht, nicht bei gutem Wetter und garantiert nicht erst morgen springen – er musste es jetzt sofort tun. Allein ins Dunkel, umgeben von einem Sturm, dessen Böen ihn gegen die Betonwand klatschen konnten. Wenn dann noch das Seil riss, konnten ihn die Beamten entweder unten mühselig vom Boden kratzen oder es dem Regen überlassen, seine Reste fortzuspülen.

Aber warum machte er sich eigentlich Sorgen? Er war schon mehr als einmal ins Ungewisse gesprungen. Falls seine Zeit um sein sollte, konnte er jetzt auch nichts mehr daran ändern. Die Zeiten, in denen sich Vater TOD auf eine Schachpartie einließ, waren längst vorbei. Ein Runner musste damit rechnen, dass er jeden Augenblick abtreten konnte. Außerdem war das Ganze Pauls Idee gewesen und gegen seine Gewohnheit der einzige Fluchtplan – jetzt war es ohnehin zu spät, einen Rückzieher zu machen.

Mit einer fließenden Bewegung riss er sich den Duster vom Leib und hechtete zur nächsten Tür, die auf eine kleine Plattform führte. Natürlich war auch diese Glastür verschlossen, aber sein Bleierbsen spuckender Schlüssel beseitigte donnernd auch dieses zersplitternde Hindernis. Draußen begrüßte ihn heftiger Regen, und die Böen pfiffen laut über die kleine Plattform. Seitlich von der Tür war an der Wand ein Terminal befestigt, mit dem man die Metallplanke herunterlassen konnte, von der aus man nach unten sprang.

Paul setzte einen Codeknacker auf die elektronische Steuervorrichtung, und während die Tech ihre Arbeit leistete, riss er sich den kleinen Rucksack vom Rücken, kramte das zusammengerollte Bungeeseil mit passendem Geschirr hervor und hakte den Karabinerhaken in die dafür vorgesehene Verankerung ein. Schnell hatte er sich das Geschirr angelegt und das Seil mit einem Blick kontrolliert. Dieses Spezialmaterial war besonders dehnbar und leicht, verglichen mit den Seilen, die hier sonst verwendet wurden. Solche Seile hätte er niemals unbemerkt in einem so kleinen Rucksack verstauen können. Hinter sich sah er bereits den hellen Strahl eines Niedrigfrequenzers durch den Raum gleiten und wusste sofort, dass die Träger dieser Lichtquelle dem Sicherheitsdienst angehörten. Ein paar gut gezielte Warnschüsse mit Leuchtspurmunition pfiffen verdammt knapp an seinem Gesicht vorbei und ließen ihm keine Zeit mehr, die Ausrüstung ein zweites Mal durchzuchecken. Ein letztes stummes Gebet, dann sprang er kopfüber in die dunkle, bodenlose Tiefe, die ihn begierig verschlang.

2

Minusgrade

WOLKEN BEDECKTEN den eisigen Nachthimmel und schützten die gleitenden Minihubschrauber vor ungebetenen Blicken. Mit 120 Stundenkilometern schossen sie durch die Luft und passierten schneebedeckte Berge unter und Steilwände neben sich. Der speziell entwickelte Reaktionsrotor benötigte keinen Drehmomentausgleich eines Heckrotors wie herkömmliche Hubschrauber. Dadurch war der Pilot eines solchen Einmann-Copters in der Lage, alle Manöver mit nur einer Hand auszuführen. Die zugrunde liegende Technik hieß Monotrol-Steuerung. Als Treibstoff diente flüssiges Wasserstoffperoxyd, das mittels Katalysatoren auf über 600 Grad erhitzt wurde. Dabei entstand heißer Wasserdampf, der mit Überschallgeschwindigkeit aus Düsen schoss, die an den beiden Enden der Rotoren befestigt waren. Bis zu 8500 Umdrehungen pro Minute schaffte der Rotor und erlaubte eine Maximalgeschwindigkeit von bis zu 180 $^{km}/_{h}$. Entwickelt worden war die Technik schon im letzten Jahrhundert von der englischen Firma Intora.

An diesem Abend flogen insgesamt fünf Firebird-Stealth-Maschinen in Dreiecksformation durch den Nachthimmel. Die Spitze bildete der Kopf des Runnerteams, den man in den Schatten als Joker kannte. Zu diesem Namen war er gekommen, weil er anfangs immer einen lustigen Spruch auf Lager gehabt hatte, um sein Team zu motivieren. Aber die Zeit hatte ihn verändert, und das Lachen war ihm schon lange vergangen. Im Zwielicht der Schatten waren die meisten seiner Freunde ums Leben gekommen, und in der Liga, in der er mittlerweile spielte, wurde verdammt hoch gepokert. Immer wieder kamen Teamkollegen ums Leben. Erfahrung und Selbstschutz hatten ihm geholfen, die Mitglieder eines Runs nur noch als Arbeitskollegen zu sehen. Er analysierte ihre Schwächen und Stärken, stellte eine Kosten-Nutzen-Rechnung auf und stufte als Erstes ihre Verzichtbarkeit ein.

Im Copter direkt zu seiner Rechten machte er die breite Statur des Eisbär-Schamanen aus. Alle trugen sie die gleichen weiß-grauen Armeetarnanzüge. Ihre Gesichter waren von dunklen, atmungsaktiven Skimasken verdeckt, und schwarze, nicht reflektierende Skibrillen schützten die Augen vor dem Wind, der die peitschende Luft in 3600 Meter Höhe in Eis verwandelte. Der Norweger hieß Jøkel, was so viel wie Gletscher bedeutete. Joker war der Einzige im Team, der diesen Namen verwendete. Die anderen hatten sich darauf geeinigt, den Schamanen Ötzi zu rufen – was wohl daran lag, dass Jøkel Joker sehr ähnlich klang, wenn man sich nicht die Mühe machte, den Namen richtig auszusprechen. Joker wollte aber keinen Ärger mit dem *Eisbären* und beharrte deshalb darauf, dessen richtigem Namen zu benutzen, auch wenn Jøkel die Anrede der anderen nicht zu verärgern schien. Auf Jokers Liste der Verzichtbarkeit stand der Bursche ganz unten, denn ohne seine Magie waren sie nicht in der Lage, den heißen Wasserdampf ihrer Antriebsdüsen vor den Wärmesensoren der Grenzposten und Sicherheitsleute zu verbergen. Hinzu kam, dass magischer Schutz etwas Seltenes und Kostbares war, das man in diesem Job immer gebrauchen konnte.

Rechts neben dem Schamanen flog Knut, eine lokale Messerklaue, die sich in den Bergen auskannte. Auch er war wichtig, weil er die Tiroler Berge wie seine Westentasche kannte. Im Notfall konnte er aber durch die Karten-Hard- und Software ersetzt werden, die abrufbereit in Jokers Headmemory schlummerte.

An Jokers linker Flanke glitt Auroras Copter. Die Deckerin war für ihn genauso wichtig wie der Eisbär-Schamane Jøkel. Ohne ihre Talente war das Team nicht imstande, an die Daten zu gelangen, die das Ziel dieses Runs darstellten.

Neben der Deckerin flog Schrapnellda, eine weibliche Orkmesserklaue aus Düsseldorf. Da Joker gebürtiger Kölner war, kannten sich die beiden schon länger und hatten einige Runs zusammen gemeistert. Auf diesem konnte er auf Schrapnellda allerdings am ehesten verzichten. Nicht weil er Rassist war oder etwas gegen das Altbier hatte, das sie kistenweise konsumierte, sondern weil er den Ausfall einer Messerklaue im schlimmsten Fall selbst ersetzen konnte. Auch wenn seine primäre Aufgabe darin bestand, die einzelnen Teammitglieder untereinander zu koordinieren und die Bezahlung zu regeln. Er hatte den Auftrag an Land gezogen und das Team für diesen Run zusammengestellt und gebrieft.

Sie waren ein internationales Team, aber alle sprachen fließend Englisch, sodass es keine unnötigen Kommunikationsprobleme gab. Der wichtigste Punkt war jedoch, dass sie Profis und sich der Gefahren bewusst waren.

Knut meldete sich über Funk und unterbrach Jokers Gedankengang. »Unten rechts blitzt Mündungsfeuer auf.«

Joker reagierte nicht auf die Meldung – ein Zeichen für die anderen, dass es keinen Grund zur Beunruhigung gab. Zwar wussten sie nicht, was unten abging, vertrauten aber seiner Reaktion. Von Joker zusätzlich angeheuerte Messerklauen veranstalteten ein Ablenkungsmanöver, um die ungeteilte Aufmerksamkeit der Grenzbeamten auf sich zu ziehen. Ob sie überlebten, kümmerte nur den Credstick seines Herrn Schmidt, der die Summe großzügig für notwendige Zusatzausgaben bereitgestellt hatte. Falls einige oder alle von ihnen umkamen, blieb eben ein höherer Spesenbonus für das Team in den Wolken übrig. Joker würde sicher keine steuerlich absetzbare und detailliert aufgeschlüsselte Rechnung für seinen Auftraggeber ausstellen – die Mittel für diesen Run wurden sowieso von Schwarzgeldkonten abgebucht.

Nach einigen Minuten gab er über Funk das Kommando, sich zur Landung bereitzumachen. Sofort setzte sich Knut an die Spitze und lotste sie durch eine enge Schlucht zum Fuß eines Felshangs, vor dem sich ein natürliches Plateau befand. Sie nutzten eine kurze Windstille und landeten die Firebird-Stealth-Maschinen. Sie befanden sich jetzt genau im Grenzgebiet zwischen der Schweiz und Tirol. Mit Hilfe der Kletterausrüstung würden sie die letzte dreihundert Meter hohe Steilwand überwinden, um dann endlich die Schweiz betreten zu können, in der ihr eigentliches Ziel lag. Seine Beziehungen und das kleine Ablenkungsmanöver hatten zwar ausgereicht, die Tiroler Überwachung zu unterlaufen, aber bei den schweizerischen Beamten hatte er nicht mit einem solchen Erfolg gerechnet. Da die amtierende Regierung der Schweiz ihren Zollbeamten mehr Mittel für die Sicherung der Grenzen einräumte, blieb ihnen nichts anderes übrig, als zu klettern.

Der Aufstieg erwies sich als mühselig. Die Kälte kroch trotz der isolierenden Kleidung langsam in Jokers Glieder und schmerzte bei jeder Bewegung. Einzig Jøkel schienen der Frost und der stetige Wind nichts auszumachen. Er beschwerte sich sogar darüber, dass fünfzehn Grad unter Null viel zu warm seien.

Joker boten diese Temperaturen noch einen weiteren Anlass zur Sorge. Ihre Waffen hatten sie, genau wie die Skiausrüstung, sicher an den Rucksäcken befestigt. Aber die Kälte konnte zu Fehlfunktionen und Ladehemmungen führen, auch wenn sie die Mechanik sorgfältig mit speziellem Waffenöl behandelt hatten.

Als besonders störend beim Klettern erwiesen sich die Skier, obwohl sie extra kurze Modelle gewählt hatten. Mit diesen Skiern konnten sie zwar nicht besonders schnell fahren, aber abrupte Wendemanöver waren einfacher. Knut hatte sie davon überzeugt, dass ihnen dies im Notfall einen entscheidenden Vorteil verschaffte.

Endlich überwanden sie schnaufend die letzten Meter der Steilwand und wurden mit einer einzigartigen Aussicht belohnt. Knut war so gnädig und gönnte ihnen fünf Minuten Pause. Unter anderen Umständen hätte auch Joker den schönen Ausblick genossen. Der Grund ihres Runs und das mit dem Wind konkurrierende Heulen der Höllenwölfe mahnten ihn aber, die natürlichen Gefahren der Berge nicht zu unterschätzen. Höllenwölfe waren Verwandte der nordamerikanischen Höllenhunde. Auch sie verfügten über die Kraft des Feuerspuckens und traten vorwiegend in Rudeln auf. Obwohl es schon Mitte Mai war, hatte der Winter das Land bis jetzt noch nicht aus seinen eisigen Klauen freigegeben. Es würde noch Wochen dauern, bis die Sonne den Schnee in Firn verwandelte. Firn war die Bezeichnung für den alten körnigen Hochgebirgsschnee, der sich beim Tauen zwischen Neuschnee und Gletschereis bildete. Skifahrer liebten ihn, weil er eine enorme Geschwindigkeit ermöglichte und ein einzigartiges Fahrgefühl vermittelte. Da das Gebiet, in dem sie sich aufhielten, Naturschutzgebiet und somit Sperrzone für den Skitourismus war, brauchten gewöhnliche Menschen Angriffe durch ausgehungerte Höllenwölfe nicht zu fürchten. Ein Shadowrunner-Team hingegen konnte die Speisekarte der ausgehungerten paranormalen Kreaturen beachtlich bereichern.

Die Pause war vorbei, und Knut half ihnen beim Anlegen der ausklappbaren Schneeschuhe. Jøkel setzte erneut einen Zauber ein, diesmal, um ihre Spuren zu verwischen. Sie mussten vorerst auf die wesentlich schnelleren Skier verzichten, da der Schamane den Spruch beim Skifahren nicht wirken konnte. Also mussten sie die restliche Entfernung zu Fuß überwinden. Knut führte sie weiter durch die weiße Landschaft, während der Wind den Schnee um sie herum aufwirbelte. Zum Glück blieb eine Attacke durch die Wölfe aus, und nach einer weiteren Stunde hatten sie endlich das Ende des Tals erreicht, in dessen Senke sich der Eingang zu einem Bergwerk befand. Das Bergwerk wurde von einer Privatgesellschaft unterhalten, die aber nicht am Abbau von Rohstoffen interessiert war. Es diente mehr als eine Art Bank. Gegen teure Mieten konnten Konzerne hier Stauraum im Boden der neutralen Schweiz erwerben – Schließfächer, in denen kein Geld, sondern Hardware lagerte. Festplatten, auf denen sich Wissen befand, das weit mehr wert war als elektronische Devisen. Allein die Lage des Bergwerks bot extreme Sicherheit. In diese höheren Bergregionen gelangte man nicht ohne weiteres – ohne Hubschrauber und Führer war es sogar fast unmöglich. Zudem galt die hiesige Grenzpolizei als ziemlich effizient, und magisches Eindringen in den Tresor war so gut wie ausgeschlossen. Der dicke Schnee und das Erdreich vereitelten ein astrales Betreten des Bergwerks. Man brauchte schon ein verdammt gutes Team und exzellente Kontakte, um überhaupt bis hier hinauf zu kommen. Zwar hatten sie es geschafft, aber alle im Team wussten, dass sie erst eine von vielen Hürden überwunden hatten.

Gemeinsam knieten sie am Rand des Abhangs nieder, und bis auf Jøkel schauten alle durch Nachtsichtferngläser und hielten Ausschau nach möglichen Gefahrenquellen. Der Schamane vertraute auf seine magische Sicht und beäugte damit eine Welt, die normale Sterbliche wohl niemals verstehen würden. Joker entdeckte zwei Wachsoldaten, die gelangweilt in einem Verschlag neben einem Hubschrauberlandeplatz saßen. Einfach abschießen konnten sie die Soldaten nicht, auch wenn Schrapnelldas Kombination aus Smartlink und Scharfschützengewehr, das Barett Model 121, dies problemlos ermöglicht hätte. Nach einem gewaltsamen und nicht begründeten Ausfall der beiden würde die fünf Meter dicke Stahltür elektronisch verriegelt werden, und danach reichte selbst eine Tonne Plastiksprengstoff nicht mehr aus, sie zu öffnen. Es gab aber einen anderen Weg – einen Weg, der nur deshalb möglich war, weil sich Jøkel in ihrem Team befand.

Unaufgefordert lieferte der Eisbär-Schamane mit tiefer, brummiger Stimme einen Bericht ab. »Ich sehe die astrale Gestalt eines Magiers da unten ihre Runden ziehen. Dem Knaben ist es wohl zu kalt, um seinen körperlichen Arsch an die frische Luft zu setzen. Bis jetzt hat er uns noch nicht entdeckt. Die astrale Barriere vor dem Eingang ist ziemlich stark – beim Erstellen muss ein Ritualteam seine Finger im Spiel gehabt haben. Watcher kann ich aber keine sehen. Wir sind hier recht hoch oben, das macht die Biester etwas launisch und schwierig ... hab ich mir sagen lassen. Die dünne Luft und so ... keine Ahnung, ob das stimmt ... die Info hab ich von einer Zauberkugel.«

Das klang soweit gut, und Joker gab sich damit zufrieden. Danach meldete sich Aurora, die Deckerin, zu Wort. »Die Hänge sind mit Sensoren gespickt. Wenn wir da entlang laufen, wissen die sofort, dass hier etwas herumtrampelt, das schwerer ist als ein Schneehase.«

Jetzt fehlten nur noch Knuts und Schrapnelldas Bericht. Schrapnellda ließ nicht lange auf sich warten. »Am Nordhang ist eine Schneewehe ungewöhnlich hoch. Ich vermute, dass darunter 'n eingegrabener Scharfschütze lauert. Muss 'n arschlangweiliger Job sein, ist aber 'ne ziemlich effektive Position. Wenn wir die Birne aus der Deckung heben, schießt er uns die Eiszapfen von den Riechern. Ist aber kein Problem, ich verwandle seine Schneewehe in 'ne löcherige Eisskulptur. Musst nur das Okay geben.«

Sie reckte Joker dabei auffordernd das Kinn entgegen. Dieser winkte jedoch ab. Das wäre genauso wenig hilfreich wie das einfache Ausschalten der anderen Wachleute.

Knuts Bericht hörte sich weit weniger euphorisch an. »Joker, ich weiß, was du vorhast, aber ich habe das dumme Gefühl, dass der Berg das nicht mag. Das hört sich für jemanden, der nicht in den Bergen aufgewachsen ist, merkwürdig an. Aber der Berg könnte äußerst sauer auf das reagieren, was du da vorhast. Bist du dir im Klaren darüber?«

»Natürlich, aber der Plan steht«, antwortete er knapp und wandte sich an den Eisbär-Schamanen. »Jøkel, bist du bereit?«

Dieser brummte nur, was Joker als Zustimmung deutete, und kurz darauf dröhnte ein knurrender, unverständlicher Gesang über die Funkverbindung. Nach wenigen Sekunden war der Mann fertig, aber nichts geschah. Gerade wollte Joker nachhaken, da hörte er ein lautes Knirschen, das sich erst nur leise vom Heulen des Windes abhob, danach aber von grollendem Donnern abgelöst wurde. Der Schnee unter ihren Füßen bebte, und Joker hatte alle Mühe, nicht das Gleichgewicht zu verlieren. Am gegenüberliegenden Nordhang sah er eine Schneelawine niedergehen.

Schrapnellda hatte Recht gehabt. An der Stelle, an der sie den Scharfschützen vermutet hatte, kroch eine Person aus dem Versteck, wurde aber von den gewaltigen Schneemassen mit in die Tiefe gerissen. Die Soldaten aus dem Wachhaus stürmten ebenfalls ins Freie, hatten aber keine Chance, der Mischung aus Geröll, Schnee und Eis zu entkommen. Alle wurden erbarmungslos von der tödlichen Lawine begraben. Nachdem das Donnern verklungen und die Lawine zum Stillstand gekommen war, atmete Joker tief durch. »Hat der Magier überlebt?«, wollte er von Jøkel wissen.

Der Schamane schüttelte den Kopf. »Ich habe gesehen, wie seine Aura unter dem Eis begraben wurde. Er wird Stunden brauchen, um sich daraus befreien zu können. Und ich fürchte, dass seiner sterblichen Hülle nicht so viel Zeit bleibt, vorausgesetzt, sie hat den Zusammenprall überhaupt überlebt, was ich bezweifle.«

»Das klingt gut. Ich mag keine Magie auf der Gegenseite«, verkündete Aurora mit heller Stimme.

Der vermummte Kopf des Norwegers wandte sich der Deckerin zu. »Ich weiß, dass uns die Wachen im Weg waren. Aber das ist kein Grund, sich über ihren Tod zu freuen.«

Bevor das Ganze zu einer endlosen und vor allem unnötigen Standpunktdiskussion eskalieren konnte, griff Joker ein. »Wir brechen auf. Schnallt die Skier an, und spart euch den Atem. Wir haben ein paar Minuten, bevor sich die Software von diesem Naturereignis erholt hat. Wenn dann nicht der Code bestätigt wird, verriegelt sich der Zugang, und alles war umsonst.«

Stumm kamen sie seiner Aufforderung nach. Alle wussten, ohne Erfolg winkte keine Kohle. Das Einzige, was sie dann gewonnen hätten, wäre ein übel gelaunter Herr Schmidt. In ihrer Liga bedeutete dies zwangsläufig sehr viel Ärger. Während sich die anderen mit den Verschlüssen ihrer Skischuhe abmühten, war Knut nach einigen Sekunden bereits fertig. Er besaß Skier und Stiefel, die mit seiner Talentsoftware und Cyberverankerung in den Füßen harmonierten. Die Software und die Cybermodifikation, die etwas von Riggerhardware an sich hatte, machten seinen Körper und die Ausrüstung zu einer vollkommenen Einheit. Joker war zwar ein guter Skifahrer, aber die Perfektion, die Knut besaß, würde er nie erreichen – selbst wenn er sich die gleiche Cyberware einbauen ließe. Er war, wie Knut richtig bemerkt hatte, kein Kind der Berge.

Anfangs bretterten sie auf kürzestem Weg gemeinsam den steilen Hang hinab, folgten dann aber doch peinlich genau Knuts kurviger Fahrspur. Der erfahrene Führer konnte riechen, wo tückischer Tiefschnee lauerte, und keiner wollte einen Sturz riskieren. Ein gebrochenes Bein bedeutete das Ende des Verletzten, denn sie besaßen nicht die Zeit, sich um ihn zu kümmern. Binnen kurzer Zeit würde es hier von Schweizer Rettungsteams wimmeln, von den speziellen Rettungsmannschaften dieser Anlage einmal ganz abgesehen.

Der Zugang zum Bergwerk war ebenfalls von der Lawine verschüttet worden. Aber wieder war es Jøkel, der mittels seiner Magie das Hindernis beiseite räumte. Schillernde blaue Farbtöne erinnerten an ein glitzerndes Wetterleuchten, während sich der Schnee vor ihren Augen verformte und den Zugang freigab. Der Zauber musste sehr anstrengend gewesen sein, denn nach seiner Beendigung sank der Schamane in die Hocke und meinte schwach: »Ich bin vorerst fertig. Vermeidet aber zu heftige Bewegungen, der Tunnel könnte einbrechen … ich komme gleich nach … brauch nur 'ne Minute Pause.«

In der Zeit, in der sich der Schamane ausruhte, schnallten die anderen die Skier ab. Knut war als Erster fertig, angelte sich seine Ingram vom Rücken und sicherte den Zugang zum Tunnel und die Umgebung. Zweite war Aurora. Sie lief den Tunnel hinab, kniete vor der glänzenden Stahltür nieder und fischte ihr Deck aus dem Rucksack. Die Tastatur und das Gehäuse waren mit einer speziellen Gummischicht überzogen, in die Heizdrähte integriert waren, um die kostbare Tech vor Kälteschäden und Ausfällen zu schützen. Als sie die Tech aktiviert hatte, erhellte ein rötliches Glühen das Dunkel, in dem sie kauerte.

Während sich die Deckerin bereit machte, schaufelte Joker in Bauchhöhe rechts neben der Stahltür eine Klappe frei. Er führte ein Glasfaserkabel in eine daneben angebrachte leuchtende Buchse ein. Aurora war bereits fertig, aber Joker benötigte einen Moment länger, weil er noch etwas aus seinem Rucksack bergen musste. Er fand das kleine Kästchen sicher verstaut am Boden des Nylonsacks und stellte es vorsichtig vor sich in den Schnee. Danach zog er den rechten Handschuh aus. Wo sich bei unmodifizierten Menschen Daumen und Zeigefinger befanden, funkelten bei ihm Metallstifte im roten Licht. Schrapnellda hatte sich mittlerweile zu ihnen gesellt, öffnete für Joker den Deckel des kleinen Kastens und holte einen menschlichen Daumen und Zeigefinger aus einer blauen Geleemasse. Mit der Linken nahm Joker die Finger einzeln entgegen und drehte sie vorsichtig auf die Verankerungen seiner Cyberhand. Jøkel kam heran und schmierte eine streng riechende Paste über die Verbindungsstellen zwischen Jokers Cyberware und dem Fremdgewebe. Der Norweger brummte ein leises Lied, und der kleine Spalt verschwand. Ihnen blieb nicht mehr viel Zeit, weil der Zersetzungsprozess an den Stellen, wo die Glieder abgetrennt worden waren, bereits eingesetzt hatte. Der Spruch des Schamanen hatte ihnen lediglich etwas Zeit geschenkt.

Aurora hielt Joker ein weiteres Glasfaserkabel entgegen, und er stöpselte sich den Anschluss in eine Datenbuchse, die sich verborgen hinter seinem rechten Ohr befand. Den anderen Anschluss des Kabels, das er vorher in die Buchse neben der Klappe gesteckt hatte, stöpselte er in die Datenbuchse hinter seinem linken Ohr. Als der Kontakt hergestellt war, meldete sich die Software und fragte, wer sich Zugang verschaffen wollte. Joker nannte Namen und Dienstgrad des Mannes, von dem sie sich die Finger geliehen hatten. Aurora passte über ihr Deck die Parameter Jokers Hals-Cyberware an.

Seine Stimme, die auf die elektronischen Fragen in seinem Kopf laut antwortete, klang so verraucht wie die des Sicherheitschefs, der fernab ziemlich berauscht in einem Hotelzimmer schlummerte. Endlich hörte er: »Stimmanalyse und Daten korrekt. Bitte legen Sie Daumen und Zeigefinger auf das Feld.«

Die Klappe kippte nach unten und offenbarte ein Sensorfeld mit aufgemalten Symbolen. Joker hoffte, dass die Wärmematten in seinen Metallstiften das Gewebe ausreichend erwärmt hatten, um dem ersten Teil der zweiten Testreihe standzuhalten. Wegen des Scannens der Fingerabdrücke und Handflächen mussten sie sich nicht sorgen, weil sie einen Latexabdruck von der Hand des Sicherheitschefs gemacht und damit Jokers Cyberhand bezogen hatten. Er kam der Aufforderung nach, und erneut hörte er als Einziger die Antwort: »Daten korrekt. Nächste Phase wird eingeleitet.«

In der Mitte des Satzes aktivierte Joker die semipermeable Membran, die sich an den Spitzen seiner beiden Cyberstifte befand. Das abgezapfte Blut des Sicherheitschefs wurde an die Spitzen der gestohlenen Fingerkuppen gepumpt. Von dem Schmerz des Stichs spürte er nichts, aber Aurora ließ mittels ihres Cyberdecks seine Hand rechtzeitig zusammenzucken. Dann geschah erst einmal gar nichts. Die Zeit des Wartens währte zum Glück nur kurz. Nach einigen Sekunden war alles vorbei. Von jetzt an konnte sie nichts mehr aufhalten. Die Stimme sagte passend zu seinen Gedanken: »Vielen Dank. Wir wünschen Ihnen einen angenehmen Aufenthalt und viel Erfolg für die Zukunft.«

Was jetzt folgte, war Routine: Menschen erschießen, falls dies nötig war, das Diebesgut in Sicherheit bringen und danach an ihren Herrn Schmidt weiterleiten.

3
Ketten aus kaltem Stahl

MAN HATTE SIE WIE VIEH aus dem Bauch des Schiffes getrieben und durch den peitschenden Regen eine eiserne Treppe hinaufgescheucht. Jetzt standen sie barfuß auf den eiskalten Eisengittern ohne Geländer und warteten darauf, endlich an die Reihe zu kommen, während das Unwetter sie durchnässte und an ihren ungeschützten Körpern zerrte. Zack stand ebenfalls in dieser Reihe, die nur aus Gefangenen bestand, von denen er jetzt ein Teil war – verurteilt wegen unzähliger Verbrechen an der Gesellschaft. Unter ihm brachen sich die Wellen an den künstlichen Betonklippen der Gefängnisinsel Big Willy, und über ihm zerschnitt das Licht brennender Scheinwerferkegel das Dunkel des Nachthimmels.

Nach einem Streit stürzten zwei Reihen schreiend in die Tiefe, weil ein Troll das Gleichgewicht verloren hatte und die anderen mit sich riss. Brecher schlugen über den im Wasser treibenden Körpern zusammen und zogen sie erbarmungslos in die eiskalten Tiefen. Keiner der Wachleute auf den Türmen startete auch nur einen Versuch, die Ertrinkenden zu retten. Ihr Schicksal war besiegelt und machte den übrigen Gefangenen klar, dass sie hier keine Hilfe erwarten durften.

Zur Rechten von Zack schlotterte der Mann, der zuvor das Opfer des Orks gewesen war. Er war sehr klein, fast zierlich, und man sah ihm an, dass er am Rande des körperlichen Zusammenbruchs stand. Die Kennung auf seinem Sträflingshemd lautete 2058-05-ME-611. Die Kombination ergab sich aus Verurteilungsdatum – Jahr und Monat –, den Anfangsbuchstaben des Nach- und Vornamens und dem Grund der Verurteilung. Die Zahlenfolge 611 bedeutete, dass der Mann wegen illegaler Deckeraktivitäten für ein Jahr auf Big Willy in Haft war. Das kurz rasierte Haupthaar erlaubte den Blick auf eine Datenbuchse, die gelegentlich an der rechten Schläfe sichtbar wurde, sobald er den Kopf mit wirrem Blick in Zacks Richtung drehte.

Und wie hätte es anders sein sollen? Zur Linken von Zack hatten die Wärter den streitsüchtigen Ork gekettet. Fortlaufend bombardierte er Zack mit mordlustigen Blicken und geknurrten Beschimpfungen, die aber wirkungslos an der emotionslosen Schale des Runners abprallten. Auf dem Orkshirt stand 2058-05-XX-656. Das XX bedeutete, dass die wahre Identität des Mannes nicht ermittelt werden konnte, und dafür gab es mehr Gründe, als Zack Verurteilte in dieser Reihe zählen konnte und wollte. Die Buchstaben waren ohnehin unbedeutend, weil der genetische Fingerabdruck eines jeden Inhaftierten längst aufgenommen worden war. Die 656 stand für Verurteilung wegen mehrfachen Totschlags und bedeutete fünfmal »lebenslänglich«. Eine Strafe, die zur Farce wurde, wenn man bedachte, dass sich das Hamburger Gesetz geändert hatte und »lebenslänglich« nun wirklich bis zum Ableben des Verurteilten andauerte. Zack glaubte nicht an Reinkarnation und fand deshalb, dass einmal »lebenslänglich« völlig ausreichte, auch wenn auf seinem Shirt 2058-05-JZ-689 stand. Achtmal lebenslange Haft für Jordmann Zacharias wegen Mordes, Raubes und Betrugs – Verbrechen gegen die Gesellschaft und die Konzernrechte. Verglichen mit den beiden an seiner Seite zählte Zack zu den Schwerverbrechern. Er hoffte allerdings, dass niemand seiner Mitgefangenen herausfand, woher er wusste, was die Zahlen bedeuteten. Andernfalls wäre die sofortige Todesstrafe, verkündet und vollzogen von den anderen Häftlingen, die einzig logische Konsequenz. Denn der Grund war delikat: Zack war schon einmal auf dieser Insel gewesen, aber nicht als Gefangener, sondern als Wärter. Er wusste daher genau, was die Gefangenen erwartete: die Brandzeichnung, wie die Wärter das Einchecken der Gefangenen nannten. Doch dies war nur eine Bagatelle, verglichen mit dem, was sie innerhalb der Mauern von Big Willy erwartete.

Zack wurde schmerzlich aus seinen Gedanken gerissen. Der Ork zerrte ihn auf den überdachten Eingang zu, und Zack blieb nichts anderes übrig, als den angeschlagenen 2058-05-ME-611 mitzuschleifen. Die Erbauer dieser Anstalt hatten wohl Strom sparen wollen und deshalb auf die Installation einer kostspieligen Heizung im Schleusenbereich verzichtet. Trotz der vorherrschenden Kälte fühlte es sich aber gut an, nicht länger dem peitschenden Wind ausgeliefert zu sein, der draußen weiter gierig an den tropfnassen Sträflingsklamotten der anderen Gefangenen riss.

Nur noch zwei Reihen trennten Zack von der Vorbereitung auf das Einschleusen nach Big Willy. In der Zeit des Wartens verglich er das Erlebte mit dem, was er damals in den Handbüchern gelernt und praktiziert hatte. Man kettete die Gefangenen zu dritt zusammen, weil eine Flucht auf diese Weise wesentlich erschwert wurde. Dabei achteten die Wärter besonders darauf, ungleiche Trios zu bilden, wobei sie die von Psychologen aufgestellten Verhaltensprofile berücksichtigten.

Bevor Zack weiter nachgrübeln konnte, was wohl in seiner Akte stand, war er auch schon an der Reihe. Ein Wächter schlug ihm als nachdrückliche Aufforderung hart mit einem Schlagstock gegen den Oberarm, verzichtete aber darauf, den Elektroschocker zu aktivieren. Niemand sagte ein Wort, alles lief stumm ab, und leicht verständliche Piktogramme an den grauen Betonwänden räumten Unstimmigkeiten über den Ablauf aus. Stimmen konnten Gefühle wachrufen, und die Wächter hatten gelernt, dass unnötige Emotionen in diesem speziellen Strafvollzug nur Probleme bereiteten.

Folgsam hob Zack die Arme und gab den Blick auf rasierte Achseln frei. Aus den Augenwinkeln konnte er sehen, wie die beiden anderen Häftlinge an seiner Seite der Aufforderung ebenfalls nachkamen. Mit einem Scanner tastete ein zweiter Beamter die Haut ab und suchte nach Schmuggelware. Nachdem dieser Teil der Untersuchung beendet war, wurde Zack durch einen weiteren Schlag auf das Becken dazu aufgefordert, die Arschbacken zu spreizen und sich vorzubeugen. Der Ork neben ihm wollte nicht, doch ein kräftiger Hieb mit dem Schlagstock auf die Nase belehrte ihn eines Besseren.

Zack wusste, dass es neben dieser Schleuse noch drei weitere auf Big Willy gab. Eine Schleuse pro Himmelsrichtung in maximaler Entfernung voneinander. Das Einschleusen der weiblichen und männlichen Gefangenen lief getrennt ab, und man unterschied zusätzlich magisch begabte und unbegabte Inhaftierte. Die Frage, unter welche dieser Kategorien ein Gefangener fiel, interessierte die Wächter allerdings nicht mehr, sobald die Häftlinge das Innere der Mauern erreicht hatten, denn beim Einschleusen wurden diese Unterschiede ausgemerzt. Zack spürte, wie der kleine Chip in seine Hoden getrieben wurde, und kniff instinktiv die Arschbacken zusammen, um sie kurz darauf von dem Wächter wieder gewaltsam auseinander gedrückt zu bekommen. Man schob ihm eine Sonde in den Hintern und suchte auch sein Inneres nach Schmuggelware ab. Bioware und Cyberware wurden peinlich genau durchleuchtet. Das Implantat, das man ihm so liebevoll in den Sack geschossen hatte, machte die Spermien unfruchtbar. Ein ähnlicher Eingriff wurde bei den weiblichen Gefangenen vorgenommen, denen man Implantate an die Eileiter setzte. Deckern drückte man zusätzlich einen Chip auf die Datenbuchse und verschweißte sie mit einem Laser. Magisch Begabten wurde mittels einer Operation das Implantat unter der Schädeldecke eingesetzt, oder man verpasste ihnen Datenbuchsen, die hemmende Signale an das Hirn weiterleiteten, abhängig vom Verurteilungsgrad und der geplanten Dauer des Aufenthaltes. Die Orte für die Implantate waren sehr geschickt gewählt, in gut durchbluteten Bereichen, die einen ambulanten Eingriff so gut wie unmöglich machten. Zusätzlich überwachten sie die Vitalfunktionen und den Aufenthaltsort des Häftlings. Oft genug starben Gefangene bei diesen Eingriffen oder kurz danach – der Großteil der Gesellschaft außerhalb von Big Willy hatte aber gelernt, nicht nach dem Grund zu fragen. Die Leute waren froh, wenn der Abschaum erst einmal aus ihren Augen verschwunden war und irgendwo lagerte, wo er niemandem mehr schaden konnte.

Obwohl das, was mit ihm und den anderen passierte, grausam war, empfand Zack, so merkwürdig das auch klang, in diesem Augenblick keine Angst. Nach seiner Verwundung durch die Killerin, die es damals auf die Sängerin Eternity abgesehen hatte, war einiges in ihm geschehen. Um den Arm zu retten, hatte der Doc ihm ein künstliches Schultergelenk einbauen müssen. Zusätzlich hatte er Zack mit neuen Shades ausgerüstet. Nachdem der Runner aus dem OP-Schlaf erwacht war, hatte er eine emotionale Veränderung festgestellt. Es war nicht so, dass er sich jetzt unmenschlich fühlte, aber er begrüßte alles, was tiefe Emotionen in ihm wachrief. Er klammerte sich an alte Erinnerungen und hungerte nach starken Gefühlen, nach Situationen, die ihm zeigten, dass er noch menschlich, ja sogar verwundbar war. Er hatte sich mehr als einmal bei dem Gedanken ertappt, wie es wohl gewesen war, als er die Welt noch mit seinen eigenen, natürlichen Augen betrachten durfte. Durch die Cyberaugen nahm er alles wie in einem Trid-Film wahr. Er war ein konsumsüchtiger Betrachter geworden, der einen distanzierten Abstand zu den erlebten Bildern aufbaute. Diesen Übergang hatte er damals gar nicht bewusst wahrgenommen, aber jetzt, da er kurz davor stand, alles Menschliche zu verlieren, drängten sich ihm diese Gedanken immer mehr auf und veranlassten ihn dazu, sehr viel nachzudenken. Mehr, als er das bisher in seinem Leben bewusst getan hatte.

Zum Abschluss des Einschleusens musste Zack die Stirn gegen einen Apparat pressen, den ihm ein anderer Beamter kommentarlos vor das Gesicht hielt. Ein Laser brannte Zack die Erkennungsdaten mittels eines Strichcodes auf die Stirn. Im Haftvollzug würden dadurch die Sensorautomaten in der Lage sein, die für ihn bestimmte Nahrungsausgabe einzuleiten und zuzuordnen.

Als die Brandzeichnung vorüber war, wurde er mit den anderen beiden Gefangenen weiter vorwärts getrieben, auf den vergitterten Aufzug zu, der sie in den gesicherten Innenbereich von Big Willy befördern würde. Der schmächtige Decker an Zacks Seite – inzwischen ein Ex-Decker – erbrach sich unterwegs und torkelte die letzten Meter nur noch apathisch, den Blick auf den Boden gerichtet. An Zacks anderer Seite hatte der Ork den Kopf in den Nacken gelegt und drückte die freie Hand auf die nun zweimal gebrochene Nase, aus der das Blut in Strömen rann. Der Hauer würde wohl noch einige Zeit damit beschäftigt sein, die Sterne aus dem Sichtfeld zu vertreiben, die seinen Blick zur Decke zogen.

Zack schaute als Einziger mit erhobenem Haupt dem vergitterten Eingang entgegen. Er begrüßte die Angst, die in diesem Augenblick sein Herz umklammerte und ihm unaufhaltsam einen dicken Kloß in den Hals presste. Ächzend setzte sich der Aufzug in Bewegung, und die sterile Beleuchtung aus dem Gang über ihnen wich einer alles verzehrenden Dunkelheit, die sie erbarmungslos nach unten zog.

Das Licht im Hausflur war längst erloschen. Die beiden Messerklauen vor der alten Holztreppe schien die Dunkelheit aber nicht zu stören, weil sie routiniert ihre Sturmgewehre auf Chets breite Nasenlöcher richteten, als dieser triefend nass durch die Eingangstür trat. Die Cyberbubis hörten gewöhnlich auf die Namen Shizzo und Fuccero und bildeten den Geleitschutz des Straßendoktors Eyeless, der sich gegenwärtig in Chets Ausweichwohnung aufhielt. Sie befand sich irgendwo tief verborgen im verkommensten Slumviertel Altonas. Natürlich hatten die beiden ihn längst erkannt. Das Zielen mit den Waffen war ein Reflex, den sie in diesem Leben wahrscheinlich nicht mehr ablegen würden. Kommentarlos rannte Chet an ihnen vorbei und sprintete die quietschende Holztreppe hoch.

Zurzeit hatte er sich mit seiner Frau in der ersten Etage eingenistet. Die übrigen beiden Etagen standen leer, und der Keller war durch den hohen Grundwasserspiegel ein zweifelhafter Swimmingpool, der nur noch suizidgefährdeten Ratten als letzte stinkende Freizeitstätte diente. Der Besitzer des Hauses hatte die Existenz seiner Immobilie bestimmt längst vergessen. Freiwillig zahlten die Bewohner des Viertels keine Miete, und der Grundstückspreis ließ sich nur in knallroten Ziffern darstellen.

Die Tür zur Wohnung war angelehnt, und Chet wollte sofort in das Wohnzimmer rennen. Ein Befehl vom Doc ließ ihn aber im Eingang der mit Petroleumlampen erhellten Wohnstube innehalten. »Chet, zieh die Schuhe aus und wasch dir deine Hände, wenn du hier reinkommen willst. Bakterien und dadurch hervorgerufene Infektionen sind mit der Hauptgrund, warum Frauen an den Folgen einer Geburt sterben!«

Gegenwärtig glich die sonst aus Sperrmüllbeständen eingerichtete Wohnung mehr einem ambulanten Krankenhaus. Blinkende Gerätschaften und rollende Metallcontainer nahmen fast jeden freien Zentimeter in den Durchgängen ein, und Chet hatte wegen seiner breiten Statur sichtlich Mühe, sich den Weg ins Badezimmer zu erkämpfen. Der einzig vertraute Bezugspunkt in der Wohnung war der penetrante Lavendelduft, der sogar den vom Doc mitgeschleppten Desinfektionsgeruch übertünchte. Im Bad legte Chet die Maschinenpistole auf den Rand des Waschbeckens und griff sich Kernseife und Handbürste, um sorgfältig die schmutzigen Hände zu schrubben. Heißes Wasser schüttete er aus einem Kochtopf, der auf einer von einem Benzinbrenner erhitzten Kochplatte stand, in eine Plastikwanne. Seinen nackten und vernarbten Oberkörper wusch er ebenfalls. Aus der Wohnstube vernahm er zum ersten Mal das Stöhnen seiner Frau, und tiefe Sorge machte sich in ihm breit, als er die Schmerzen in dem stoßweisen Keuchen wahrnahm. Rasch zwängte er sich aus seinen Armeestiefeln, peinlichst darauf bedacht, nicht die sauberen Finger einzusetzen, während er sich innerlich dafür beschimpfte, dass er nicht auf die grandiose Idee gekommen war, die Stiefel vorher auszuziehen. Am Eingang des Wohn-OP-Saals zog er sich eine Plastikhose mit kombinierten Schuhen über und watschelte anschließend über den mit Plastikplanen ausgelegten, knarrenden Holzboden zum Doc.

Hinter dem Doc hockte seine Frau und hielt sich an zwei Metallketten fest, die an Ringen von der schimmelnden Decke hingen. Gewöhnlich nutzten ›Griechischer Salat‹ und er die Verankerungen für etwas andere schweißtreibende Praktiken. Diese Momente lagen jetzt schon einige Zeit zurück, weil seine Frau in den letzen

Monaten keine Lust mehr auf Sex gehabt hatte, etwas, das Chet akzeptierte und verstand.

Der Doc verzichtete darauf, den Samurai anzusprechen, und schlurfte zu einem der Geräte. Die vielen medizinischen Stromfresser waren der Grund, warum sie auf elektrische Beleuchtung verzichten mussten. Die Leitungen im Haus lieferten nicht genug Saft für alles. Aber Chet achtete nicht mehr auf den Doc, sondern hatte nur noch Augen für seine Frau. Im flackernden Licht ähnelten die Schweißtropfen auf ihrer pochenden Stirn glänzenden Perlen. ›Griechischer Salat‹ hatte die Halsmuskeln zum Zerreißen angespannt, und das laute Knirschen ihrer Hauer war ein weiteres Zeichen für die Schmerzen, die sie im Augenblick durchmachte. Besorgt legte Chet seine Pranke auf die abwechselnd kühle und heiße Stirn seiner Frau.

Es dauerte einige Sekunden, bis sie sich seiner Nähe bewusst wurde, dann knurrte sie keuchend: »Ach, endlich zurück … hast dir zwischenzeitlich ein paar Bier gekippt … während ich hier …«, eine erneute Schmerzwelle ließ sie kurz innehalten, »… liege und die ganze Arbeit erledige!«

In den folgenden Minuten ließ Chet bereitwillig eine Predigt über sich ergehen, die er nicht persönlich nahm – er wusste, seine Frau versuchte nur, sich abzulenken. Als sie aber die Männer und ganz besonders ihn verfluchte, wurde ihm anders zumute. Ihre Schmerzen schienen unglaublich heftig zu sein, und seine Sorge entwickelte sich zu Panik, weil er nicht wusste, wie er ihr helfen konnte. Er versuchte, ihr stöhnend das Pressen und Hecheln vorzumachen. Nach einigen Minuten schimmerten durch den Sauerstoffmangel Sterne vor seinen Augen, und er keuchte den Doc an: »Eyeless … soll ich … Holz hacken?«

Die Glubschaugen des Docs widmeten sich jedem Zentimeter des Raums, nur nicht Chet, als dieser den

Kopf in seine Richtung drehte. Weil der Weißkittel mit dem gewichtigen Knöpfedrehen aufhörte, ging Chet davon aus, dass er jetzt die ungeteilte Aufmerksamkeit besaß, und fügte erklärend hinzu: »Ich finde ... es ungewöhnlich kalt hier drinnen. Oder?«

Eyeless neigte den Kopf noch tiefer, und seine Augen erinnerten in diesem Augenblick mehr an Periskope. »Chet, du bist nur aufgeregt. Komm zurück auf die Plastikplane der Tatsachen. Es ist warm genug hier.«

Chet hatte jedoch genug vom Nichtstun. »Wäre es nicht besser, wenn wir sie auf die Couch legen? Das sieht sehr unbequem aus.«

»Chet, diese Haltung ist in diesen Räumlichkeiten die beste Geburtsstellung. Gewöhnlich würde ich eine Wassergeburt vorziehen, aber dazu fehlen uns die sterilen Mittel und Räumlichkeiten. Wenn du aber unbedingt etwas tun möchtest, dann hol bitte warmes Wasser und saubere Handtücher aus der Ecke – ich sehe, wie sich bereits der Muttermund öffnet.«

Der Ork drehte den Kopf und sah, was der Doc meinte. Dieser Anblick ließ ihn laut schlucken, und er war froh, endlich etwas zu tun, bei dem er seine Frau nicht sehen musste. Mein Gott, er war Runner – ein harter Bursche – und ausgerechnet in diesem Augenblick lagen seine Nerven blank. Er hatte schon so viel Blut in seinem Leben gesehen und vergossen, dass er damit ein ganzes Schwimmbad hätte füllen können – und nun das! Der entscheidende Unterschied war nur, er war nicht bei der *Arbeit,* sondern hier war es seine Frau, die blutete und vor Schmerzen schrie – ein Mensch, den er von ganzem Herzen liebte. Als er zurückkam, ragte der Kopf des Kindes bereits aus dem Unterleib, und der Rest folgte in einem Rutsch. Der Doc fing das Kind mit heiterem Gesichtsausdruck in seinen Händen auf. Chets Augen waren genau auf die zierliche Gestalt gerichtet, und er meinte so etwas wie schimmernde Tränen auf den Wangen des Mannes zu sehen. Er erinnerte sich an den Augenblick, als er den Doc um Hilfe gebeten hatte. Der grobe Knochen war richtig glücklich gewesen und verzichtete sogar auf sein übliches überteuertes Honorar. Der Mann, der sonst nur zahlende Kundschaft akzeptierte, hatte gesagt: »Das Wunder der Geburt ist Entlohnung genug. Ich fühle mich geschmeichelt, dass du einem alten Knochenklempner wie mir diese Ehre angedeihen lässt.«

Jetzt durchtrennte der Doc die Nabelschnur, beendete damit seine Arbeit und drückte Chet zum Abschluss das Kind in die Hand, nachdem dieser die Schüssel mit dem Wasser unbeholfen irgendwo abgestellt hatte. Im Befehlston sagte Eyeless zum Schluss: »Sauber machen, abtrocknen!«

Chet hüllte das Kind in eine Decke, und erst langsam begriff er, dass dieser schwere Brocken sein Kind war. Es war ein Junge, und er war, verglichen mit anderen Säuglingen, verdammt groß, aber in seinen Händen so verdammt klein. Ein langer Schrei bahnte sich unaufhaltsam den Weg aus diesem kleinen Resonanzkörper, und Chet registrierte so etwas wie Vaterstolz in seiner anschwellenden Brust. Seine Frau ließ sich erschöpft zu Boden sinken. Chet hockte sich an ihre Seite und drückte ihr das gemeinsame Kind in die Arme, das sich sofort an ihre üppigen Brüste kuschelte.

Der Ork hörte, wie jemand die Wohnungstür gewaltsam aufstieß. Tiefe Angst vor dem, was sie in diesem friedlichen Augenblick störte, vertrieb die Freude aus Chets Herzen, und er dachte verzweifelt an die Maschinenpistole, die er achtlos im Badezimmer zurückgelassen hatte.

Im Türrahmen stand eine junge Frau von schätzungsweise 18 Jahren. Das grün-gelb gefärbte Haar hatte sie zu einem kleinen Irokesenschnitt gestylt. Aus dem rechten Ärmel ihres grünen Trenchcoats ragte der Lauf einer

Remington-Roomsweeper-Schrotflinte, und die Mündung zielte genau auf Chets Frau, die versuchte, das Kind mit ihrem schweißgebadeten nackten Oberkörper zu schützen. Der Doc hatte mechanisch die Hände gehoben und rührte sich keinen Zentimeter, aber seine Augen erinnerten an ein Roulettespiel.

Chet wollte gerade in Richtung Bad hechten, als die Frau das Zimmer betrat. Zwar trennten den Meta nur drei Schritte von der Bewaffneten, aber er schätzte seine Chance, schneller als sie reagieren zu können, gering ein. Bis jetzt hatte sie auch noch nicht abgedrückt, und er deutete dies hoffnungsvoll als Zeichen von Verhandlungsbereitschaft. Er konnte sich nur nicht erklären, wie sie es an Docs Messerklauen vorbeigeschafft hatte. Sie richtetet mit heller, kalter Stimme das Wort an Chet und machte deutlich, dass sie seinetwegen hier war: »Es wird Zeit, sich zu verabschieden, Hauer.«

Der Aufzug verließ den betonierten Bereich und kam fünf Meter tiefer auf matschigem Boden ruckartig zum Stehen. Die drei Häftlinge bewegten sich mit klirrenden Ketten aus dem Verschlag und wurden von fünf bewaffneten Wächtern begrüßt. Die nahmen ihnen die Eisen ab und stießen sie dann mit den Gewehrkolben in einen Pulk wartender Sträflinge. Der Ork löste sich sofort von Zacks Seite und kämpfte sich einen Weg durch die Masse. Der Jackhead an seiner Seite ging ebenfalls in der Menge verloren. Zack räumte ihm keine sonderliche Überlebenschance ein und verschwendete keinen weiteren Gedanken mehr an die beiden. Er hatte alle Hände voll zu tun, sich der Tritte, Schläge und spitzen Ellbogen zu erwehren, mit denen er von allen Seiten begrüßt wurde. Am äußeren Ring warteten die alten Hasen von Big Willy und nahmen ihn wie jeden Neuzugang peinlichst genau unter die Lupe. Die Alteingesessenen sortierten die Neuen nach ihrer Nützlichkeit, denn jeder von ihnen durfte nur ein gewisses Kontingent an Sträflingen auswählen. Hinter diesen Handlangern standen einflussreiche Verbrecherorganisationen, deren Mitglieder es auf die Gefängnisinsel verschlagen hatte, und untereinander hatten sie feste Abmachungen ausgehandelt. Es gab die russische und die italienische Mafia, Triaden, Go-Gangs, Policlubs und was man sich sonst noch an organisiertem Abschaum vorstellen konnte. Neuankömmlinge, die bereits Mitglied einer Organisation waren, suchten sich freiwillig ihren Platz in den jeweiligen Gruppen, die sich etwas außerhalb sammelten. Es gab sogar einige Häftlinge, die sich händeklatschend begrüßten und Jubelrufe ausstießen.

Zack gehörte keiner dieser Gruppen an und war dadurch ein gefundenes Fressen. Er sah stark aus und würde ein gutes Arbeitstier abgeben. Falls er sich dazu entschließen sollte, der Aufforderung eines alten Hasen nicht Folge zu leisten, wäre eine gehörige Abreibung das Mindeste, was ihn erwartete, um ihn fügsam zu machen. Die unumstößlichen Gesetze innerhalb von Big Willy duldeten keine Querläufer. Anpassen oder abkratzen war die Devise.

Dieser Gedanke veranlasste Zack, sich zum ersten Mal zu fragen, wie es überhaupt angehen konnte, dass er hier gelandet war. Nichts ahnend war er gestern Nacht in seiner Wohnung von einem HanSec Spezialeinsatzteam überfallen worden. Wie sie ihn gefunden hatten, war nur eines der Rätsel, auf die er keine Antwort hatte. Normalerweise hätte er sich gewehrt, aber eine Zaubertüte hatte ihn magisch an sein Bett gefesselt, und ehe er sich versah, war er in Ketten vor einen gelangweilten Richter gezerrt worden. Ein Schnellverfahren in Sachen Verurteilung hatte ihm noch nicht einmal einen Strafverteidiger gewährt. Der Gipfel aber war die Anklageseite gewesen, denn den Hauptankläger kannte Zack unter dem Namen Simon. Es war ein BND-Beamter, für den er einmal einen Job erledigt hatte. Eigentlich zählte der Mann zu Pauls und Pandoras vertrauenswürdigen Connections. Aber warum hatte er Zack dann der Justiz ans Messer geliefert? In Big Willy überlebte man ohne den gesicherten Schutz einer Organisation nur eine gewisse Zeit, und Zack hegte keine großen Hoffnungen, sich hier allzu schnell ein paar wichtige Freunde zu machen.

»Rotschopf«, knurrte ihn eine tiefe, kehlige Stimme von oben herab an und beendete damit sein auswegloses Fragespiel. Langsam richtete der Runner den Blick aufwärts. Vor ihm im Schlamm stand ein Troll, der zu den größeren Vertretern seiner Gattung zählte, und musterte Zack mit deutlicher Abneigung. Zwei Hörner streckten sich in den verregneten Himmel, die Hauer hatte sich der Meta mit Metall ummantelt, und auf seinem Shirt stand 2058-04-KR-633. 633 bedeutete Schmuggel, aber das Besondere war, dass Zack den Vornamen des Trolls kannte. Er hieß Rustle und war ein alter Bekannter von Chet. Bevor Zack etwas sagen konnte, raunte der Meta: »Beweg deinen Arsch da rüber, Norm. Wir gewähren dir Asyl.« Mit dem ausgestreckten Zeigefinger deutete Rustle auf eine Gruppe Trolle, die etwas abseits stand.

Zack wurde unsanft in die gewiesene Richtung geschubst, und auf seinem Weg zu den bulligen Gestalten wusste er nicht so recht, ob er sich über diese Einladung freuen sollte. Die Aussicht darauf, auf engstem Duschraum in Harmonie mit Trollen um die Seife zu wetteifern, stimmte ihn nicht wirklich glücklich.

4
Flüssiger Morgen

FRANK STEFFENS ERWACHTE schweißgebadet aus einem Albtraum. Jetzt hatte er schon das vierte Mal in einer Woche den gleichen Traum gehabt: Er stand wieder in der Hansestadt auf dem Bürgersteig, und die gewohnte Berieselung Hamburgs hatte seine Kleidung durchnässt. Die Gesichter der Passanten schimmerten wie Tautropfen im Zwielicht, würdigten ihn aber keines Blickes. Dies war zunächst einmal nicht weiter ungewöhnlich. An seiner Seite aber stand die Zigeunerin, die ihm vor Monaten das Handkom geklaut hatte. Wie damals im wahren Leben hielt sie sein Handgelenk mit ihrer klauenartigen Hand fest umklammert. Das Geträumte erinnerte ihn wieder an den Morgen, an dem er vom Tod des ›Singing Angel‹, seines Freundes Richard, gehört hatte. Damals hatte sich alles in seinem Leben verändert.

Die bunte Kleidung der Schachtel hypnotisierte ihn vollkommen, und die vom Alter gesprungenen Lippen hielten ihn in einem magischen Bann gefangen. Ihre funkelnden Augen schrien ihm förmlich den Befehl entgegen, nicht aufzuwachen, bevor er ihre Botschaft verstanden hatte. Aber so sehr er sich auch bemühte, es gelang ihm nicht. Er sah ihre Lippen stumme Worte formen, die einzig und allein für ihn bestimmt waren – aber die Bedeutung dieser Worte wollte sich ihm einfach nicht erschließen.

Seufzend versuchte Frank, die deprimierenden Bilder zu vertreiben, und drückte mit einer verzweifelten Geste die Handflächen auf sein verschwitztes und vom Alkohol aufgedunsenes Gesicht. Als diese Massage keine Wirkung erzielte, wanderte eine Hand tastend in Richtung Nachttisch. Die Finger schlossen sich um das kühle Glas der Whiskyflasche, und zittrig öffnete Frank den Schraubverschluss des billigen Fusels. Er setzte die halb volle Flasche an und nahm einen kräftigen, tiefen Schluck.

Langsam wurde er sich seiner Umgebung bewusst, und es gelang ihm, die Schrecken des Traums abzustreifen. Erst jetzt registrierte er, dass er sich in einem fremden Zimmer, um genau zu sein, einem Hotelzimmer, befand. Es gelang seinem vernebelten Verstand sogar, die nicht verarbeiteten Ereignisse der letzten Monate zu sortieren. Ein erkenntnisreicher Zustand, dem er sich nicht lange hingeben konnte oder wollte. Frank entschloss sich lieber, den restlichen Inhalt der Flasche zu kippen. Trotzdem wanderten seine Gedanken einige Monate zurück – der hochprozentige Alkohol brauchte Zeit, bis er Franks Sinne und Erinnerungen komplett betäuben würde …

Nachdem sich Frank bereitwillig dem Orden angeschlossen hatte, war er in die schwarze Soutane eines Novizen geschlüpft. Seine Ausbildung hatte sich zuerst mit dem Studium des Gehörs befasst. Karl Bach persönlich, der Leiter des geheimen Ordens ›Goldener Ton‹, hatte sich seiner angenommen. Mit jeder Woche und jeder Unterrichtsstunde hatte der Lehrmeister seinem Schüler Türen geöffnet, an deren Existenz Frank niemals geglaubt hätte. Es gab ein Zitat, mit dem er sich das Erlebte immer wieder zu erklären versuchte:

»There are things known
and things unknown.
In between are DOORS.«

Einst hatte er sich als eine solche Tür empfunden, indem er aufstrebenden Stars die Pforten öffnete. Nur war ihm damals immer bewusst gewesen, welches Schicksal seine Schützlinge auf der anderen Seite erwarten konnte. Karl aber hatte seiner Tür samt Rahmen den Weg in andere, unbekannte Dimensionen geöffnet. Sein Mentor hatte ihn gedreht und gewendet und ihm gezeigt, dass gewisse Regeln nur in seinem Kopf existierten und die wahre Realität der Sechsten Welt eine gänzlich andere war, als Frank sie sich bisher ausgemalt hatte. Mit fortschreitendem Unterricht begann er, die Welt zu hören. Er vernahm das Atmen des Windes, den Herzschlag der Erde und das Pulsieren der Flüsse und Meere. Alles in seiner Umgebung lebte. Es gab keine toten Gegenstände, da Töne entstanden, sobald die Wellen auf Hindernisse trafen, und die Welt voll von Teilchen war. Sie kreisten unsichtbar in der Luft und umgaben alles und jeden für immer und ewig – und jedes von ihnen besaß eine eigene Musik. Die einst geglaubte Sicherheit der inneren Türen war nur ein trügerischer Schein gewesen, und sobald sich seine gedanklichen Pforten der Existenz solcher Teilchen bewusst wurden, sahen sie sich außerstande, ihnen den Weg weiterhin erfolgreich zu versperren. Frank erkannte seine unbedeutende Rolle in einem Spiel, dessen Grenzen er nicht einzuschätzen vermochte. Die Klänge unterschiedlicher, alles übertönender Musikstücke hämmerten auf sein Trommelfell ein. Sie kämpften alle um seine Aufmerksamkeit, aber sein Hirn und Gehör waren unfähig, dem einen oder anderen zur Gänze zu lauschen.

Gerade als er so über seine Erfahrungen nachdachte, legte sich in seinem Kopf ein Schalter um. Die einzelnen Musikstücke der Umgebung brachen seine gedanklichen Türen auf und suchten sich donnernd einen Weg in sein Innerstes. Die schnarchende Frau, die er nicht kannte, die aber neben ihm in dem billigen Hotelbett schlummerte, war eine erschreckend laute Musikbox, die auf einmal mit mehr als 180 Dezibel loslärmte. Ihr

Herzschlag erinnerte Frank an das tiefe Donnern einer völlig aus dem Takt geratenen Pauke, die sich in einen Walzer verirrt hatte. Das Schnarchen war eine Folge akzentuierter Trommelwirbel auf einer schnarrenden Snare, die vom Tempo her versuchte, der rasenden Geschwindigkeit eines 160 Beats in der Minute schnellen Speedmetal-Stücks hinterherzuhinken. Und das Pumpen ihrer Venen hatte etwas von einem betrunkenen Bassisten, der sein Instrument mit einer Stradivari verwechselte.

Frank sprang auf und torkelte zur Minibar. In diesem Moment gab er einen Scheiß auf die überteuerten Preise. Er schüttete sich mit allem die Birne zu, was auch nur entfernt an Alkohol erinnerte. Er wollte vergessen und taub werden, weil er das, was auf ihn eindrang, nicht verstand.

Die ersten gleißenden, mollig warmen Sonnenstrahlen fanden ihren Weg durch das halb geöffnete Holzfenster. Pandora saß im Lotussitz auf dem Schemel und starrte gebannt auf die Kerze vor sich auf dem Marmortisch. Sie trug die graue Robe einer magisch begabten Novizin des zweiten Grades, und im Halbdunkel der Kapuze kniff sie die Augenlider zu schmalen Schlitzen zusammen. Aus dem freien Gesichtsbereich der Robe hatte sich loses Haar in fließenden Wellen einen Weg über ihre rechte Schulter gesucht und schien die wärmende Berührung der ersten Strahlen zu begrüßen. Der Anblick erinnerte an eine Blume, die am Morgen ihre Blütenkelche öffnete – die halbasiatische Schönheit streckte ihren Oberkörper und gähnte laut.

Um diese frühe Uhrzeit war sie allein in dem hoch gelegenen Studierzimmer und musste keine Rücksicht darauf nehmen, andere Studenten mit dieser lärmenden Geste zu stören. Mit einem kreisenden Blick über die gefüllten Bücherschränke und Chipständer versuchte sie, sich wach zu halten, weil sie schon seit zehn Uhr gestern Abend hier saß und verzweifelt versuchte, ihre Studien voranzutreiben.

Normalerweise hätte sie die Kerze leicht entzünden können. Aber der Orden hatte sie mit einem magischen Bann belegt, der es ihr unmöglich machte, den Zauber wie sonst auszuüben. Für gewöhnlich hatte sie immer nur das astrale Muster der Kerze betrachtet und die vorhandenen astralen Energien vor dem geistigen Auge zu einer Flamme umgeformt. Der magische Bann sorgte aber dafür, dass sie die Astralwelt nicht mit erwachten Augen betrachten konnte. Gegenwärtig sah sie die Dinge wie eine gewöhnliche Sterbliche, und es schien ihr unmöglich, die Aura der einzelnen Gegenstände wahrzunehmen. Sie hatte sich die Kerze als zylinderförmiges Drahtgittermodell ins Hirn projiziert, aber nein, das reichte noch nicht einmal aus, sich selbst zum Schwitzen zu bringen – geschweige denn, eine einfache Kerze zu entzünden. Eigentlich war dieser Spruch eine so simple Sache, dass sie zu Beginn dieser Aufgabe noch darüber gelacht hatte, doch schon einige Minuten später hatte sie begonnen, an ihren sonst sehr ausgeprägten Fähigkeiten zu zweifeln.

Pandora hatte fast alles versucht. Sie war fluchend vor diesem Wachsgebilde hin und her gehüpft und hatte *brenne* geschrien. Erfolglos. Sie hatte wild mit den Füßen aufgestampft und die Kerze in ihren Gedanken explodieren lassen. Ebenfalls erfolglos. Und dann hatte sie angefangen, diese verfluchte Kerze zu beobachten – wie einen Feind, den man stundenlang belauert, bevor man ihn angreift. Sie kannte fast jede einzelne Unebenheit in diesem Wachsgebilde, konnte den Honig sogar schon auf ihrer Zunge schmecken. Aber nein, es reichte immer noch nicht aus. Der Docht der Kerze schien nicht das leiseste Interesse daran zu haben, für sie in Flammen aufzugehen.

Erschöpft und übermüdet ließ sie die Luft aus den Lungen entweichen, und dieses Geräusch brachte sie dazu, über sich und die Kerze noch intensiver als vorher nachzugrübeln. Was passierte, wenn man eine Kerze ausblies? Es war nicht die Kerze, die sich veränderte, sondern die Umgebung! Sie kam auf den Gedanken, sich die Luft vorzustellen. Pandora schloss die Lider und massierte mit den Fingern die Stirn. Vor ihrem geistigen Auge stellte sie sich den Docht der Kerze vor, umschlossen von einem sichtbaren Luftpolster. Gedanklich malte sie ein Bild, in dem sie mit unsichtbaren Fingern an diesem Polster rieb und die dabei entstehende Reibung die inneren Teilchen zur Bewegung antrieb. Diese Teilchen bewegten sich schneller und schneller, und Pandora bemerkte, wie sie in ihren Gedanken stumm ein Lied sang, um den Rhythmus der Umwelt in sich aufzunehmen. Die Kraft, die ihre Gedanken dabei wachriefen, ließ ihren Körper vor Erregung zittern. Einzelne Teilchen schlossen sich zu Ketten zusammen und schwebten als neues Gebilde empor.

Als sie müde die Augenlider aufschlug, brannte die Kerze auf dem Tisch vor ihr, und die dabei entstehende Wärme schien ihr Herz zu wärmen, so stolz war sie auf sich und das erzielte Ergebnis. Völlig erschöpft entschied sie sich endlich dazu, aufzustehen und in den tiefer gelegenen Speisesaal zu gehen, wo die anderen Novizen bereits ihr Frühstück einnahmen – wie immer war sie spät dran.

Auf ihrem Weg durch die weiß gestrichenen Gänge des Schlosses, der Marburg, erinnerte sie sich an die Gefühle, die sie empfunden hatte, als sie hier angekommen war. Obwohl das jetzt schon einige Monate zurücklag, kam es ihr vor, als wäre es nur wenige Stunden her. Ihr Tutor Lukas, ein Novize des letzten Grades, hatte sie damals freundlich, aber auch ein wenig musternd am Bahnhof begrüßt. Kommentarlos hatte er ihr die karge Schlafstätte gezeigt und sie anschließend durch die Stadt geleitet. Wenn er zuerst auch etwas schweigsam gewirkt und einen distanzierten Eindruck vermittelt hatte, so änderte sich dies bei seiner kleinen Führung. Die Sightseeingtour erinnerte an eine Reise durch die Zeit, und sofort hatte Pandora das reiche Wissen gespürt, das diese Stadt über die Jahrhunderte in sich aufgenommen hatte. Die alten Kopfsteinpflaster und Handwerksbauten erzählten eigene Geschichten, und vom ersten Moment an begann sie, sich die Entwicklung des Ortes über die Jahrhunderte bildlich auszumalen. Mit jedem weiteren Schritt spürte sie Geschichte unter ihren Füßen. Die einzelnen Kopfsteine hatten etwas von Buchdeckeln, die nur darauf warteten, von ihr aufgeklappt zu werden.

Verglichen mit Hamburg war Marburg ein Ort, der nicht so stark unter den geographischen Veränderungen gelitten hatte. Hier gab es keine Spuren von Überflutungen oder Vulkanausbrüchen wie in anderen Teilen der ADL. Marburg gehörte zum Regierungsbezirk Hessen-Nassau. Die hier betriebene Magieforschung wurde in den höchsten Tönen gelobt, und die Universität gewährte nur besonders Privilegierten die Aufnahme. Das Schloss Marburg war eine besondere Lokalität, die erst vor zehn Jahren räumlich von den anderen Studienorten getrennt worden war. In Pandoras Aufnahmefall sah das sogar noch ein wenig komplizierter aus – schließlich hatte sie schon studiert, wenn auch unter völlig anderen Bedingungen und unter der Kontrolle der Bayersdorf AG. Karl Bach, Leiter des geheimen Ordens ›Goldener Ton‹ und jetziger Lebensgefährte ihrer Mutter Mariko, hatte sie dank seiner grenzübergreifenden Beziehungen dennoch einschleusen können. Verglichen mit den anderen Studenten an der Uni erfuhr sie eine Sonderbehandlung. Sie hatte nicht alle theoretischen Kurse belegen müssen und wurde von vielen Professoren privat unterrichtet. Genauso verhielt es sich mit Trish, die den Namen Eternity und damit verbundene Starallüren bereits komplett abgelegt hatte und nun versuchte, sich in ihrem neuen Leben zurechtzufinden. Ohne Maske, Styling und einem Schild ›Vorsicht, Popstar‹ wirkte sie auf andere sehr natürlich und unscheinbar und erinnerte so gar nicht mehr an den Glimmerstar Eternity. Pandora spürte zudem, dass sich die Frau in der letzten Zeit sehr stark veränderte. Als sie die Sängerin das erste Mal in Hamburg als eine Art Kontrakt kennen gelernt hatte, meinte sie noch so etwas wie Freude und Hoffnung zu spüren. Nach der Berührung des Schattens schien sie dies aber vollständig verloren zu haben. Die anfänglichen Vorbehalte gegen die Sängerin wegen deren andersartiger Adeptenmagie hatte die Magierin ablegen können. Auch ihren Grund zur Flucht konnte sie im Nachhinein gut nachvollziehen; schließlich hatte sie am eigenen Leib erfahren, was es hieß, von einem Konzern den Tagesablauf vorgeschrieben zu bekommen. In letzter Zeit schien die Frau allerdings nicht ganz anwesend. Wenn Pandora sie ansprach, bekam sie oft keine Antwort. Die Sängerin schien mit ihren Sinnen woanders zu sein – gefangen an einem Ort, der für Pandora unerreichbar war.

Wegen ihrer speziellen Behandlung war es Pandora so gut wie unmöglich gewesen, Kontakt zu anderen Studenten aufzunehmen. Ihr Tutor Lukas und die Professoren waren die Einzigen, mit denen sie sich gelegentlich abends traf, um ein Bier zu trinken – somit blieb ihr aber mehr Zeit fürs Studium. Pandora hatte diese Zeit sofort genutzt und alles Wissen, das ihr unter die Finger kam, in sich aufgesogen. Akademische Abhandlungen wurden in Marburg weniger stark zensiert. Sämtliche theoretischen Gedanken und Stellungnahmen der jeweiligen Autoren waren im Nachhinein zusammengetragen worden. Sogar die vom Kirchenstaat Münster auf den Index gesetzten Werke konnte man sich hier zu Gemüte führen. Dies gab den Studierenden die einzigartige Möglichkeit herauszufinden, ob ideologische Erwägungen die Thesen beeinflusst hatten oder vom Autor in einer speziellen Ausgabe Streichungen ausgeführt worden waren, um sein Werk auch in Münster veröffentlichen zu können.

Sie erreichte den Fuß der Steintreppe und schenkte dem frischen Kaffeegeruch ihre volle Aufmerksamkeit. Die hiesige Mensa war in vielen Uni-Ratgebern gelobt worden, ein Umstand, der von der Verwendung geheimer magischer Kräuter in den zubereiteten Speisen herrührte.

Viele der aufgestellten Tische waren besetzt, und bekannte Gruppen hatten sich an ihren Stammplätzen versammelt. Es gab einen Tisch, an dem hauptsächlich Novizen des letzten Grades saßen. Lukas, der die Kapuze seiner gelben Robe zurückgeschlagen hatte, warf ihr wie immer ein Lächeln zu. Obwohl sie in den Augen der anderen eine Anfängerin war, schien ihn das nicht weiter zu stören, und er hatte sie mehr als nur einmal an seinen Tisch eingeladen. An diesem Morgen lehnte sie seine Einladung aber dankend ab. Pandora war einfach zu müde und fürchtete, einen Fehler zu begehen. Außer einigen der Professoren wusste niemand, dass sie bereits studiert hatte und einen Abschluss in angewandter Magie besaß. Ihre Tarnung war wichtig, das hatte ihr Karl eingebläut, und das Ritual, das sie betrieben hatten, um ihre und Trishs initiierten Auren zu maskieren, war sehr anstrengend und gefährlich gewesen. Betrachtete man ihre Aura jetzt, wirkte sie weniger mächtig. Trotzdem bestand jederzeit die Gefahr, dass ihre Tarnung aufflog. Schließlich gab es genug Studenten, die sich in ihrer Freizeit damit ihre Finanzen aufstockten, Informationen über andere Studenten an Konzerne zu verkaufen. Die waren stark daran interessiert, aufstrebende junge magische Talente anzuwerben. Eine Tatsache, die durchaus verständlich war, wenn man bedachte, dass magisch Begabte nicht an jeder Straßenecke zu finden waren. Dafür nutzte man sehr oft Studentenverbindungen, die für viele neue Studenten einen Reiz darstellten und denen man deshalb großzügige Spenden zukommen ließ. Informationen über Pandoras *schattenlastige* Vergangenheit durften jedoch auf keinen Fall in falsche Hände geraten. Ebenso verhielt es sich mit Trishs Vergangenheit, und deswegen saß die Sängerin wie immer alleine an einem Tisch und schaute mit ihren blinden Augen in die tiefen Schatten der Steinsäulen, während der Tee vor ihr unbeachtet vor sich hin dampfte.

Wie immer nahm sich Pandora ein Holztablett vom Stapel und entschied sich auf ihrem Gang an den aufgetürmten Frühstückscerealien vorbei, diesen Morgen mit einer köstlichen Laugenbrezel und einem Becher schwarzem Gold zu beginnen. Aus Solidarität setzte sie sich neben die Sängerin und begann genussvoll an der duftenden Teigware zu knuspern. Die ganze Zeit über beobachtete sie Trish, die von Pandoras Präsenz überhaupt keine Notiz zu nehmen schien. Nach der Gaumenfreude der Brezel widmete sich die Magierin der dampfenden Kaffeetasse. Zuerst wollte sie die schwarze Goldquelle in beide Hände nehmen, aber dann kam ihr die Idee, die Flüssigkeit mittels des leicht abgewandelten Zaubers von heute früh abzukühlen.

Gerade als sie sich vorstellte, wie die Luft um die Tasse herum dichter wurde, unterbrach Trish sie in ihrer Konzentration mit einer völlig unerwarteten Aussage. »Pandora, ich habe von Hamburg und Paul geträumt. Ich spüre, dass er sich in tödlicher Gefahr befindet.«

Die Emotionen, die Trishs Worte in Pandora wachriefen, ließen ihr den Zauber völlig entgleiten. Der heiße

Kaffe verwandelte sich in einen Eisklotz, und das Porzellan zerbarst aufgrund des abrupten Temperaturwechsels und der Sprengkraft des Eises.

Es war ein verregneter, kalter Morgen. Sein Rücken schmerzte höllisch vom Sprung, und Pauls Gedanken waren dunkler als ein sturmbedeckter Wolkenhimmel. Er saß mit einem Plastikbecher voll überteuerten und ungenießbaren Kaffees auf einer Plastikbank und wartete darauf, dass der längst angekündigte Flieger endlich zum Check-out freigegeben wurde. Die Maschine war überfällig, und genau wie er waren die anderen Menschen an diesem Terminal ziemlich ungehalten über die Verspätung. Konzernpinkel lenkten sich mit hochgestochenen weltpolitischen Diskussionen ab, einsame Frauen lösten überaus komplizierte, dreidimensionale Kreuzworträtsel, und Kinder vergnügten sich damit, verzweifelten Müttern oder Kindermädchen auf die Nerven zu gehen. Paul kannte keines der Gesichter und war an keiner derartigen Ablenkung interessiert; der Kaffeebecher in seiner Hand war auch kein sonderlich guter Gesprächspartner, um von den Sturmgedanken in seinem Hirn abzulenken.

Nervös stand Paul auf und begab sich in den vereinsamten einen Quadratmeter großen Raucherbereich. Das Rauchen wurde in den Sphären der Konzernwelt nicht sonderlich gern gesehen, aber da Paul kein dressiertes Konzerntier war, musste er keine Notiz in seiner Akte fürchten. Und was die gesundheitlichen Gefahren anging: Seine Lungenfilter hatten schon den Dunst unzähliger Nikotinlegionen überlebt, da würden sie diesen Glimmstängel wohl auch noch verkraften. Empfindliche Deckensensoren aktivierten automatisch die Lüftung über der Raucherzone, und langhaarigen Rauchern hätte die enorme Saugkraft die Mähne zu Berge stehen lassen. Pauls Kurzhaarschnitt trotzte den veränderten Umwelteinflüssen, und er genoss den ersten Lungenzug an diesem Morgen.

Während er den Dunst ausblies, ließ er den Blick über die Menschen und Metamenschen im Wartesaal schweifen. Er registrierte, wie ihn mehrere verstohlen oder mit offenkundig herablassendem Blick musterten. Diese Verachtung beruhte bestimmt nicht nur auf der qualmenden Zigarette zwischen seinen Fingern. Bestimmt sagte den Leuten Pauls heruntergekommene äußere Erscheinung nicht zu. Er hatte tiefe Ringe unter den Augen, war nicht glatt rasiert wie der frisch geleckte Babyarsch eines Angestellten, und seine Kleidung erinnerte ziemlich stark an die Geschäftskleidung eines bettelerprobten Penners.

Gewöhnlich lief Paul auch nicht so durch die Gegend, aber derzeit gab es zu viel in seinem Leben, das ihm zu schaffen machte. Er musste so vieles beachten, dass er manchmal Angst verspürte, von der Last erdrückt zu werden. Aber jetzt, hier in diesem Augenblick, wollte und durfte er nicht an seine laufenden Projekte und Aufgaben denken. Es war zwar nicht sonderlich wahrscheinlich, dass man seine Gedanken sondierte, aber unmöglich war nichts in der Sechsten Welt. Für diesen eventuell vorhandenen Lauscher – von der Lufthansa, dem BND oder weiß Gott wem sonst – dachte Paul einen Augenblick lang an einen überdimensionalen dampfenden Scheißhaufen. Das Bild reichte zwar bei weitem nicht aus, seinen Gemütszustand an diesem Morgen visuell darzustellen, aber die Vorstellung, dass gerade jetzt irgendeine begabte Zauberkugel kotzend auf dem Klo verschwand, entlockte ihm dennoch ein kurzes Grinsen. Eine äußerst milde Strafe, wenn man bedachte, dass es eigentlich verboten war, unerlaubt in den Köpfen anderer herumzustöbern.

Die Personen in diesem Flughafenbereich waren nicht wirklich interessant, und die Waffen der Grenzbeamten hatte er auch schon gedanklich mehr als einmal zerlegt und zusammengesetzt. Die einzige optische Herausforderung stellte der Flughafen dar. Es war eine vier Quadratkilometer große Metallplattform, zusammengesetzt aus vier gleich großen Teilen, mitten in den nordöstlichen Sümpfen Hamburgs. Getragen wurde die Konstruktion von Stahlträgern und Lufttanks. Für die Errichtung des Baus hatten sich viele Fluggesellschaften zu einem speziellen Verbund zusammengeschlossen, dem HAP – Hanse Airfield Projekt. Die Kosten für das Bauprojekt beliefen sich auf mehrere Milliarden Euro, und der jährliche Unterhalt schaffte es locker über die 120-Millionen-Marke. Einen Großteil der hohen Unterhaltskosten verschlang die teure, aber zwingend notwendige magische Überwachung und Sicherung. Das Grenzgebiet war oft Ziel unkontrollierter Giftgeisterangriffe, und die Ökoterroristen von Greenwar waren auch nicht sonderlich glücklich über den treibenden Metallklotz. Ihrer Meinung nach störten der Bau- und Flugverkehr die natürliche Regeneration und Entwicklung des Bodens. Der Klabauterbund zeigte ebenfalls großes Interesse an den hier gelagerten Frachtgütern, die aus aller Welt eintrafen. Mit dem Güterumschlag zusammenhängende Erwägungen hatten seinerzeit auch den Ausschlag dafür gegeben, dass sich die hanseatische Regierung nicht gegen den Bau ausgesprochen hatte. Die Flughäfen in Othmarschen und Kaltenkirchen bewegten sich in Bezug auf den Personenverkehr schon immer an den Grenzen ihrer Aufnahme- und Abwicklungsressourcen. Die steigende Produktivität der Hansestadt hatte den Bau eines neuen Flughafens unumgänglich gemacht. Weil Hamburg aber nach der großen Flut nicht mehr über sonderlich viel freies Bauland verfügte, war man auf den Bau einer schwimmenden Plattform gekommen, wie sie in Japan und den UCAS bereits verwendet wurden. Moby Dick nannten die Hanseaten den weiß gestrichenen, schwimmenden Metallflughafen, weil sie fürchteten, dass dieses Ungetüm seine Erbauer irgendwann einmal mit in die Tiefe riss.

Paul hoffte zutiefst, dass sich der treibende Klotz noch ein paar Stunden länger über Wasser halten würde, und warf erneut einen Blick auf die leuchtende Anzeigetafel über dem Check-out-Schalter. Endlich sprang die Anzeige um, die bisherigen Passagiere durften den Flieger verlassen und die neuen wurden zum Boarding aufgerufen. Paul betraf das nicht, denn er wollte Hamburg keineswegs verlassen, sondern wartete hier auf jemanden. Auf einen Mann, dessen Ruhe und tatkräftige Unterstützung er in diesen bewegten Tagen sehr gut gebrauchen konnte. Dieser Mann hörte auf den Straßennamen Claw.

Wie auf Kommando öffneten sich die Schleusentüren des Check-out-Bereichs, und die Flugpassagiere betraten die Halle. Die Ersten, die den Weg nach draußen fanden, waren natürlich arbeitswillige und vor allem äußerst wichtige Geschäftsleute. Die Begrüßung zwischen den Anzügen und den wartenden Fahr- und Personenschutzangestellten lief routiniert förmlich und sachlich ab. Ganz im Gegensatz zu den Reisenden, die von ihren Familien erwartet wurden. Ein Anblick, der Paul dazu brachte, kurz über die Rolle eines Flughafens oder Bahnhofs nachzudenken. Reiseknotenpunkte wie diese waren öffentliche Schauplätze, die an emotionale Schmelzpunkte erinnerten – nur auf einem Friedhof wurden mehr Tränen vergossen.

Während er diesen Gedanken kurz nachhing, bemerkte er am Rande, wie zwei Sicherheitsbeamte der HAP wild mit den Armen in der Luft gestikulierten. Seine Cyberaugen zoomten die kleine Menschentraube kurz vor dem Check-out heran. Die Angestellten versperrten einem farbigen Pärchen den Zugang. Es dauerte einige Sekunden, bis Paul eines der Gesichter gedanklich einer passenden Stelle in seinen Erinnerungen zuordnen konnte. Der Schwarze in dem grauen Anzug war ziemlich groß, und trotz der nüchternen Kleidung konnten Pauls geschulte Augen darunter ausgeprägte natürliche Muskelpartien ausmachen. Aber es war tatsächlich das Gesicht, das Paul wiedererkannte.

Der Mann im Anzug war Claw. Als Paul den Löwen-Schamanen zuletzt gesehen hatte, hatte dessen Bekleidung aus einer abgetragenen Leder- und Jeanskluft bestanden, von dem auffallenden Löwenschädel auf seinem Kopf einmal abgesehen. Und jetzt? Jetzt sah der Mann wie ein hochrangiger Konzernangestellter aus. Trotz dieser offensichtlichen Veränderung entschied sich Paul hinüberzugehen. Auf dem Weg nutzte er die Gelegenheit, einen Blick auf die Frau an Claws Seite zu werfen. Sie war ebenfalls eine Farbige. Den schlanken, trainierten Körper hatte sie mit einem aufreizend durchsichtigen, roten Tuch umwickelt, und schon auf den ersten Blick erkannte man darunter ausgeprägte weibliche Kurven. Eine hohe, rote Tuchkonstruktion auf ihrem Kopf ließ sie noch größer erscheinen. Die Augenbrauen hatte sie abrasiert, die Stellen aber mit schwarzem Kajal markiert, der die bernsteinfarbenen Augen noch größer glänzen ließ.

Claw stand erkennbar am Rande eines Wutausbruchs. Der dunkelhäutige Mann knirschte laut mit den Zähnen, und seine Mimik ließ vermuten, dass gleich eine sehr emotionale Äußerung folgen würde. Als er jedoch Paul erkannte, fand ein Lächeln den Weg in sein Gesicht, und diese Reaktion veranlasste alle anderen dazu, ihre Aufmerksamkeit auf Paul zu richten, der die Gruppe gerade erreichte.

»Was wollen Sie?«, fragte einer der Beamten, und man hörte ihm an, dass er nicht glücklich über Pauls Erscheinen war.

»Ich warte schon ziemlich lange auf diesen Herrn und frage mich, warum Sie ihn und seine nette Begleitung nicht endlich passieren lassen«, antwortete Paul wie aus der Pistole geschossen.

Mit der gezielten Gegenfrage und der deutlichen Höflichkeit nahm er dem Beamten den Wind aus den Segeln. Jetzt war der Mann gezwungen, seine Position – und vor allem die seines Konzerns – zu verteidigen. Schließlich hatte ihn Paul indirekt auf die Verspätung aufmerksam gemacht, eine unverzeihliche Tatsache, die niemand in einer serviceorientierten Gesellschaft ignorieren konnte.

»Dieser Mann, auf den Sie ja zu warten scheinen, will seinen Koffer nicht öffnen und mit uns zum Sicherheitsraum gehen«, verteidigte sich der Beamte nach kurzem Zögern. »Und das, obwohl die Sicherheit eine deutliche magische Ausstrahlung in seinem Handgepäck wahrgenommen hat. Also ist er der Grund, warum Sie so lange warten mussten. Ein kurzer Blick würde unserem magischen Wachpersonal genügen – wir müssen nur sichergehen, dass hier kein Schmuggel stattfindet.« Während er redete, warf er einen nervösen Blick auf seinen Kollegen, der sich nun etwas abseits gestellt hatte. Paul schloss aus der Gestik, dass der Mann sich seiner Rolle nicht ganz sicher war. Das mochte an der teuren Kleidung Claws liegen, aber auch an der Tatsache, dass die magische Ausstrahlung sehr groß war.

Das war tatsächlich ein Problem. Die Position des Beamten war nachzuvollziehen – er folgte nur seinen Anweisungen. Auf der anderen Seite gab es bestimmt auch einen guten Grund, warum Claw den silberfarbenen Koffer in seiner Hand nicht einfach öffnete. Mit dem Auftreten Pauls hatte Claw freiwillig das Schlachtfeld geräumt und seinem Freund diesen Kampf überlassen. Gerade als der etwas sagen wollte, schaltete sich die Frau in das Gespräch ein. Ihre Stimme klang seltsam rau, aber nicht unangenehm, wenn sie auch etwas gebrochen sprach: »Ich bin sicher … dass das alles ein …«, sie suchte kurz nach dem passenden Wort, »… Missverständnis ist.« Ihre linke Hand glitt unter den roten Stoff und holte aus einer Stelle nahe der Achselhöhle eine ID-Card hervor, die sie dem Wachmann reichte. »Unser Gepäck und somit auch das … Handgepäck unterliegen dem … diplomatischen Schutz und sind … wie sagt man … jeglicher Untersuchung erhaben? Sie können dies gerne überprüfen.«

Während der Geste hatte sie kurz den Blick auf ihre schokoladenfarbenen Brüste freigegeben, und Paul konnte dem Beamten ansehen, dass dieser im Augenblick lieber etwas anderes untersucht hätte. Trotzdem gelang es dem Mann, den Blick abzuwenden und die schimmernde goldfarbene Karte in seiner Hand mit einem tragbaren Scanner zu prüfen. Seine Rolle wurde ihm sichtlich immer unangenehmer, und er beendete seine Anwesenheit und die seines Kollegen mit den schnell gesprochenen Worten: »Entschuldigung, wir hätten das natürlich sofort überprüfen müssen. Ich möchte mich bei Ihnen im Namen des HAP für die entstandenen Unannehmlichkeiten nochmals entschuldigen und wünsche Ihnen einen angenehmen Aufenthalt in Hamburg.«

Paul wusste langsam gar nicht mehr, was er von der ganzen Situation halten sollte, und richtete seine nach Antwort hungernden Augen auf Claw. Als er jetzt geradewegs in das Gesicht seines Freundes schaute, fielen ihm zum ersten Mal die seltsamen Tätowierungen auf, die dessen Augen umrahmten. Mit einem Achselzucken meinte Claw schlicht: »Lass uns später über den Koffer reden, hier ist nicht der richtige Ort – zu viele Zauberkugeln schweben im Astralraum umher und verpesten die Sphären mit ihren nüchternen Weltansichten. Nimm mich erst einmal in den Arm, du wandelnder Schwermetallcontainer.«

Paul kam der Aufforderung nach, konnte sich aber einen Kommentar nicht verkneifen, als er in den breiten Armen des Mannes versank. »Du hast dein Deo immer noch nicht gewechselt und riechst wie ein ganzer Raubtierkäfig, alter Katerbubi.«

Die kleine Beleidigung überhörte Claw wie immer – er verfügte über eine höchst selektive Wahrnehmung – und beließ es bei dem verbalen, aber ehrlichen Konter: »Und du siehst ziemlich scheiße aus, wenn ich das einmal anmerken darf, und stinkst nach Altöl, weicher Krieger.«

Paul drückte Claw ein Stück zurück und meinte abschließend: »Wenn ich noch länger in dein schön tätowiertes Gesicht schaue, werde ich der Versuchung erliegen, dir an deinen knackigen Arsch zu greifen und dir einen dicken Kuss zu verpassen.«

So wenig ernst Pauls Worte auch gemeint waren, zuckte der Schwarze bei der Anspielung auf die Tätowierungen zusammen, und sein Gesichtsausdruck verdunkelte sich für einen kurzen, endlos erscheinenden Augenblick. Bevor Paul darauf eingehen konnte oder Claw Zeit für eine Erwiderung fand, war es wieder die Begleiterin des Schamanen, die das Gespräch in eine positive Richtung lenkte. »Bevor ihr zwei euch öffentlich paaren wollt, habe ich auch noch ein Wörtchen mitzureden und möchte … wenn es denn schon sein muss … in das gefühlvolle Spiel mit einbezogen werden.«

Claws Züge entspannten sich. Das altbekannte, gewinnende Lächeln fand den Weg zurück auf sein Gesicht und offenbarte ein strahlend weißes Gebiss. Wären alle Menschen so gesegnet gewesen, hätte das manchen geldgeilen Zahnarzt arbeitslos gemacht. »Entschuldige, Samira. Du hast wie immer Recht, und ich möchte dir einen wichtigen Menschen in meinem Leben vorstellen. Auch wenn uns das Schicksal erst einmal und unter schwierigen Umständen zusammengeführt hat, zähle ich diesen Mann zu meinen Rudelgefährten. Er reagiert auf den wenig auffälligen Namen Paul.«

Claw entließ Paul aus der Umarmung, und dieser sah sich sofort von der Frau mit dem Namen Samira umklammert. Laut sagte sie: »Claws Rudelgefährten sind auch meine.« Dann hauchte sie ihm so leise, dass Claw es nicht hören konnte, ins Ohr: »Es ist besser, wenn du die Male nicht erwähnst. Es belastet ihn sehr. Er wird dir bestimmt mehr erzählen, wenn er den richtigen Zeitpunkt für gekommen hält.« Zum Abschluss gab sie ihm mit den rot geschminkten Lippen einen dicken Kuss auf die Wange.

Paul entschied sich, auf sie zu hören. »Dann lasst uns endlich aufbrechen«, sagte er. »Es wird Zeit, euer restliches Gepäck zu holen und von hier zu verschwinden. Ein Hover wartet darauf, euch für eine feuchte Reise durch die durchfluteten hanseatischen Straßenzüge aufzunehmen.«

Mit der ausgestreckten Hand wies er ihnen den Weg, und gemeinsam machten sie sich auf, diesen öffentlichen und grell ausgeleuchteten Ort gegen einen Platz in den gleichermaßen schützenden wie gefährlichen Schatten Hamburgs einzutauschen.

Die Schatten des Waschraums tauchten im Takt der blitzenden Neonbeleuchtung auf, während das kalte Wasser über den mit Muskeln bepackten Körper des Mannes prasselte. Schmerzhaft niedrige Temperaturen suchten sich einen Weg über die Nervenbahnen des Samurais und ließen deren Rezeptoren aufschreien. Zack kam der Aufforderung, diese Tortur endlich zu beenden, nicht nach. Er versuchte, mit den Schmerzen seinen Verstand zu reanimieren und einen plausiblen Grund für die ganze Angelegenheit zu finden.

Rustle hatte sich auf dem Weg zu den Baracken gemeinsam mit Zack etwas von den anderen Trollen zurückfallen lassen, um ihm ein paar schnelle Infos ins Ohr zu flüstern. Wie bereits vermutet, verdankte Zack den Aufenthalt auf Big Willy Simon. Der grauhaarige BND-Beamte hatte sich entschlossen, herauszufinden, wer hinter dem erfolgreichen Mordanschlag auf einen Schattendoktor stand. Der Name des Docs war Zack vage bekannt. Besagter Doktor Brandt hatte irgendetwas mit den zwei Jahre zurückliegenden Vorfällen in einer Bayersdorf-AG-Niederlassung zu tun, in die Zack mit seinen Chummern eingedrungen war. Später war er als Kronzeuge von Simon in ein aufwändiges Zeugenschutzprogramm aufgenommen worden, um gegen ein hohes Konzerntier mit Namen Niels von Wersch auszusagen, der seit seiner Verurteilung hier auf Big Willy inhaftiert war. Vieles sprach dafür, dass Niels von Wersch hinter dem Mordanschlag auf den Doktor gestanden hatte, erklärte aber nicht, warum ausgerechnet Zack die zweifelhafte Ehre zuteil geworden war, hier zu ermitteln. Natürlich hatte sich niemand die Mühe gemacht, ihn zu fragen, ob er überhaupt gewillt war, an diesem Todeskommando teilzunehmen. Allerdings musste Zack zugeben, dass seine Antwort wohl irgendwie zu erahnen gewesen war. Hätte nämlich jemand ernsthaft von ihm wissen wollen, ob er sich freiwillig für eine Haft auf Big Willy zur Verfügung stellen wolle, wäre die Antwort ein gezielter Schuss zwischen die Augen des Fragenden gewesen. Und jetzt, da Zack hier festsaß, fragte er sich, ob sich Simon überhaupt im Klaren darüber war, was für Konsequenzen Zacks Auftauchen hier haben könnte. Er hatte damals nicht freiwillig den Dienst quittiert. Es gab ein paar Menschen auf dieser künstlichen Insel, die ein echtes Interesse an seinem Tod hatten. Wenn einer von den anderen Gefangenen auch nur ahnte, dass hinter Zacks Anwesenheit der BND steckte, und dann vielleicht noch herauskam, dass er ein ehemaliger Wachmann war, stand es um die Überlebenschancen des zweifelhaften Maulwurfs ziemlich miserabel. Aber eines war Zack auch klar: Jetzt war er auf Simon angewiesen. Ohne dessen Hilfe war es so gut wie unmöglich, von hier zu entkommen. Es war nicht der Tod, den Zack fürchtete – es war mehr die Angst, für immer eingesperrt zu bleiben, die ihn innerlich aufschreien ließ. Körperlichen Schmerz konnte er überwinden und verkraften – seine Röntgenbilder glichen einem Ravensburger-3D-Puzzle für Fortgeschrittene. Hätten sich seine Gedanken jedoch erst einmal dem Gefühl der Ausweglosigkeit hingegeben, wäre innerliche Resignation und Selbstaufgabe die einzig logische Konsequenz gewesen. Für immer eingekerkert zu sein, war für Zack das Schlimmste auf der Welt.

Gerade als es ihm vor den Augen flimmerte und ihm leicht schwindelig wurde, hörte er hinter sich die schweren Schritte und polternden Stimmen einiger Trolle, die den kleinen Duschraum betraten. Zack drehte sich um, und es gelang ihm, das Schwindelgefühl abzustreifen, das er auf die körperliche Belastung durch das eiskalte Wasser schob. Als die ölbeschmierten Troggys zu dritt in den Raum stolperten und Zack musternd gegenübertraten, machte sich der Runner auf Ärger gefasst. In Kampfstellung wartete Zack auf eine Reaktion, die auch nicht lange auf sich warten ließ. Einer von ihnen, ein großer, bulliger Vertreter seiner Art, baute sich bedrohlich vor Zack auf, während er sich das riesige weiße Laken provozierend über die Schulter schleuderte.

»Schau mal einer an. 'n frisches Stück weißer Normarsch wartet drauf, eingeweiht zu werden«, knurrte er.

Zack verspürte keine Lust, lange zu diskutieren, und machte sich bereit, dem Riesen eins in die Fresse zu geben. Gerade als er ausholen wollte, trat Rustle mit Seife bewaffnet in den Raum und bellte seinen Artgenossen an: »Lass den Knaben in Frieden, Buddy. Er gehört zu mir.«

Der große Troll drehte sich zu Rustle um und zog es vor, nun diesen anzuknurren: »Der große Rumbling Rustle hat gesprochen. Pass auf, dass ich dir nicht meinen riesigen Knüppel innen Arsch ramme. Du hast mir gar nichts zu sagen …«

Was immer er auch weiter sagen wollte, er kam nicht dazu. Rustles Faust traf hart das Kinn des Trolls, der wie ein gefällter Baum auf den Kachelboden stürzte. Rustle wandte sich den anderen zu. »Will noch einer von euch hässlichen Gestalten mit meinem Hammer Bekanntschaft machen?«

Die beiden Kumpane des am Boden schlummernden Trolls schüttelten synchron den Kopf. »Bloß keinen Stress, Bruder«, wehrte einer von ihnen ab. »Wir wollen nur duschen. Wenn ich dem Kleinen mein Ding reinschieb, würde ich ihn ja umbringen, und auf den Ärger mit HanSec hab ich keinen Bock.«

Rustle nickte zustimmend und sagte zu Zack: »Nimm's nicht persönlich … aber deine … Größe ist nicht wirklich beeindruckend, Kleiner.«

Rustle machte sich daran, den schlummernden Troll in den kalten Duschstrahl zu ziehen. Zack entschied, lange genug geduscht zu haben, und traf Anstalten, den überfüllten Waschraum zu verlassen. Während er sich mit dem rauen Handtuch abtrocknete, hörte er, wie hinter ihm der gefällte Troll hustend in das Reich der Sterblichen zurückkehrte. »Musst du immer deine Revieransprüche geltend machen?«, redete Rustle auf ihn ein. »Wenn ich das draußen deiner Freundin erzähl, reißt sie dir, falls du je rauskommst, die Ohren ab und spielt mit deinen Eiern Fußball, sobald sie dich sieht.«

»Dass du gleich alles so ernst nehmen musst«, erwiderte der andere keuchend. »Ich wollt dem Knaben doch nur 'n bisschen Angst einjagen.«

Zack ließ den weiß gekachelten Raum hinter sich und warf sich auf das ihm zugewiesene untere Etagenbett, das von der Größe her mehr an ein Doppelbett für siamesische Profi-Basketballspielerzwillinge erinnerte. Die Matratze war schon ziemlich durchgelegen und von Motten zerfressen. Trotzdem versuchte Zack, es sich unter der grauen Stoffdecke gemütlich zu machen und noch ein paar Minuten Schlaf zu finden, bevor es Zeit wurde, mit den anderen an die Arbeit zu gehen. Auf die bevorstehende Schinderei hatte er keine Lust, aber wenn er überleben wollte, konnte er sich nicht drücken. Die Inhaftierten, die auf Big Willy arbeiteten, wurden via Scanner elektronisch ermittelt und für die Arbeit mit Nahrung und anderen Privilegien entlohnt. Auf Big Willy war jeder selbst für sein Überleben verantwortlich. *Arbeite und du wirst leben* war die Devise, und wer dem nicht nachkam, musste anders an Verpflegung kommen. Die Wahlmöglichkeiten waren für Zack nicht sonderlich attraktiv: Auf Prostitution hatte er keine Lust, und für Schmuggel fehlten ihm die notwendigen Kontakte.

Während Zack bei diesen Gedanken langsam die Augenlider zufielen, dachte er an all den Komfort, dessen man ihn beraubt hatte. Er wünschte sich, dass sein Aufenthalt auf Big Willy nicht lange dauern würde – eine innere Stimme riet ihm aber, sich auf alles gefasst zu machen.

Chet saß auf der Rückbank des Lieferwagens, sein Blick ruhte auf der Frau, die ihm gerade den Rücken zuwandte und auf den Pager auf ihrem Schoß schaute. Sie saß vorn auf dem Beifahrersitz neben einem Fahrer, der ihm gänzlich unbekannt war, und lotste den Mann durch die verwinkelten Straßenzüge Altonas in Richtung Barmbeker Hafen.

Chet hatte sich ein wenig beruhigt, nachdem die Frau ihre Waffe verstaut und endlich gesagt hatte, was Sache war. Angeblich war sie in Pauls Namen aufgetaucht und sollte ihn für einen Run einsammeln. Die Waffe hatte sie nur vorsichtshalber gezogen, weil sie gehört hatte, dass der Ork manchmal ziemlich aufbrausend reagierte, wenn er mit einem unbekannten Gesicht konfrontiert wurde. Natürlich hatte Chet ihr nicht auf Anhieb getraut. Aber sie hatte das Passwort gewusst, das Paul und er einmal ausgemacht hatten. *Rosebud.* Seine Frau und das Kind – er musste sich noch an den Ausdruck Familie gewöhnen – waren mit dem Doc und dessen schießwütigen Bodyguards Shit und Fuck in eine andere Unterkunft ausgewichen. Nach dem Auftrag wollte Chet wieder mit ihnen Kontakt aufnehmen. Um was für einen Run es sich handelte, hatte die Frau natürlich nicht erzählt. Später, wenn sie erst mal auf dem Weg wären, wollte sie das nachholen, aber bislang hatte sie sich ausgeschwiegen.

Während ein wütender Teil von ihm immer noch den Drang verspürte, ihr die abgesägte Schrotpistole ins Maul zu stopfen und den Abzug zu drücken, konzentrierte sich der andere Teil darauf, die Frau gedanklich auf Schwachstellen zu analysieren. Sie schien noch ziemlich jung. Das schloss er zumindest aus dem angespannten Gesichtsausdruck und dem irgendwie unschuldig wirkenden Glänzen in ihren Augen. Ihren Namen kannte er vom Hörensagen. Sie nannte sich Grüner Schimmer und war magisch begabt – zumindest munkelte man das auf den Straßen. Außerdem hatte er gehört, dass sie zu jenen Frauen zählte, die sich mit reichlich Männern die Freizeit versüßten. Bisher hatte der Ork noch nicht das zweifelhafte Vergnügen gehabt, sie näher kennen zu lernen, und wenn er ehrlich war, hätte er auch auf diese Erfahrung verzichten können. Er war nicht glücklich darüber, dass Paul für einen Auftrag ein paar Runner angeheuert hatte, die Chet gänzlich unbekannt waren. Der Rigger mit der glänzenden

Halbglatze am Steuer hieß Brennender Asphalt – immerhin hatte Grüner Schimmer ihm diese Info sofort großzügig mitgeteilt. Dieser Name sagte Chet nichts. Seiner Einschätzung nach hatte keiner von den beiden Grünschnäbeln schon mehr als drei oder vier Aufträge hinter sich. Aber wenigstens hatten sie die in einem Stück überlebt.

Bevor Chet den Gedanken weiterspinnen konnte, ging der Fahrer in eine scharfe Rechtskurve, und der Ork wurde unsanft auf die Seite geschleudert. »Wichser, pass gefälligst auf … ich möchte nicht, dass die Kiste mit den Granaten umfällt und die runden Dinger sich anschließend im Wagen selbständig machen!«, brüllte er den Rigger an.

»Reg dich ab, Orkbacke. Ich hätte natürlich auch über die kleine Mine fahren können, die ein paar Penner dort abgelegt haben«, antwortete Brennender Asphalt mit schriller Stimme über Lautsprecher.

Das Taxi hinter ihnen hatte weniger Glück. Eine Explosion riss das linke Vorderrad aus der Verankerung, der unachtsame Fahrer verlor die Kontrolle über den Wagen und beendete die Reise an einem Laternenpfahl. Chet kam nicht dazu zu sehen, was weiter abging, weil Brennender Asphalt in die nächste Seitenstraße einbog und das Gummi quietschen ließ.

»Drek!«, schrie Chet und lud die Maschinenpistole durch, während er sich auf die Rückbank hockte und in Stellung ging. Zwei Motorradscheinwerfer blitzten hinter ihnen auf, und der Ork hegte die dumme Vermutung, dass dies wieder die Söhne und Töchter Gabriels waren, die hinter ihnen herheizten. Und eines war ihm auch klar: Sie waren nicht auf eine einfache Wegzollabzocke aus.

»Scheiße, was wollen die denn von uns?«, schrie Grüner Schimmer und löste gleichzeitig die Schnur, mit der sie die Roomsweeper an ihrem Bein befestigt hatte.

Chet hatte da so seine Vermutungen, hielt dies aber nicht für den richtigen Zeitpunkt, darüber zu quatschen. Er hatte bewusst darauf verzichtet, ihr von dem Vorfall im Waschsalon zu erzählen – warum sollte er auch? Anfangs hatte er noch die Hoffnung gehegt, das Ganze könnte nur eine kleine Auseinandersetzung zwischen der Go-Gang und den Holsten Zombies sein, aber jetzt gelangte er immer mehr zu der festen Überzeugung, dass die Biker an seinem fetten Arsch interessiert waren – auch wenn er sich nicht erklären konnte, warum. Er würde Grüner Schimmer *später* davon erzählen, vorausgesetzt, sie überlebten den Überfall.

»Die Karre ist voll lahm! Warum haben wir keinen Sportflitzer genommen? Ein Porsche wäre supergeil gewesen! Dieser Wagen hat eine Scheißbeschleunigung!« Der Fahrer protestierte lautstark und wich zeitgleich einigen Müllcontainern aus. Chet konnte über die Schulter hinweg sehen, wie sich die Frau eine Straßenkarte auf die Windschutzscheibe projizierte. »Weil wir da mit der Ladung zusammen nicht reingepasst hätten, du Schwachkopf«, schnauzte sie ihn an. »Fahr und quatsch nicht so blöd rum! An der nächsten Ecke links!« Sie ließ das Seitenfenster herunter und lehnte sich hinaus. Das Donnern ihrer Waffe peitschte durch das Wageninnere, aber die Aussicht, eines der beweglichen Ziele zu treffen, war gleich null. Das Einzige, was die Aktion brachte, war, dass die Bikes einen Sicherheitsabstand einhielten. Diese beiden Motorradfahrer hatten, genau wie ihre beiden Kollegen zuvor, Sturmgewehre auf ihren Kisten montiert. Zum Glück war die Rückseite des Lieferwagens samt Scheibe gepanzert, und die tödlichen Kugeln prallten ab, ohne nennenswerten Schaden anzurichten.

Grüner Schimmer tauchte vorsichtshalber jedoch zurück ins Wageninnere ab. Ihr Rigger bog in diesem Moment scharf um die nächste Kurve und danach seitlich in eine enge Gasse, durch die ihr Lieferwagen gerade so passte. Dann folgte eine Vollbremsung, die Chet von den Knien riss. Der Ork rappelte sich gerade wieder auf und wollte dem Penner verbal den Arsch aufreißen, als er sah, wie der Bursche sich ausstöpselte und den Rückwärtsgang einlegte. Ohne lange nachzudenken, warf sich Chet auf die Rückbank und zog den Kopf ein. Die beiden Endurofahrer bogen in diesem Augenblick mit Vollgas um die Ecke und hatten nicht den Hauch einer Chance, der mobilen Wand auszuweichen. Als sie mit der Rückseite des Vans kollidierten, reduzierte sich ihre Geschwindigkeit abrupt auf null, und sie wurden samt ihren Maschinen zerquetscht. Die Panzerung des Lieferwagens musste enorm sein, denn sie steckte den Zusammenstoß weg, auch wenn er die Insassen hart durchschüttelte.

Brennender Asphalt stoppte das Fahrzeug Sekunden später, und Chet hörte, wie die Reste der beiden Biker knirschend unter dem Chassis mitgeschleift wurden.

»Doch besser als 'n Porsche«, meinte der Bursche trocken, legte den Vorwärtsgang ein und fuhr kommentarlos weiter.

Grüner Schimmer hatte neue Infos für sie: »Von vorne kommen noch zwei auf uns zu. Da ist auch ein Pick-up dabei, mit 'nem Drehgeschütz hinten drauf. Das hält unsere Vorderseite nicht aus. Halt besser den Wagen an und schalt den Motor und die Scheinwerfer aus. Ich kümmere mich um den Rest.«

Der Fahrer gehorchte. So ganz überzeugt von ihrer Anordnung wirkte er allerdings nicht. Seine Handknöchel traten weiß hervor, während die Hände verkrampft das Lenkrad festhielten. Die Frau öffnete kommentarlos die Notausstiegsluke über sich im Dach und kletterte hinaus. Als sie bemerkte, dass Chet ihr unaufgefordert folgen wollte, sagte sie zu ihm: »Es ist besser, wenn du drinnen wartest. Ich schaff das schon.«

»Es ist dein Arsch«, antwortete er und blieb sitzen, auch wenn er es hasste, nichts tun zu können. Also kramte er in dem zusammengewürfelten Kistenstapel im Heck nach dem Behälter, der laut Aufschrift Granaten beinhaltete.

Die Frau sprang vom Dach aus auf die Straße und landete mit den Füßen knöcheltief im Dreck. Sie ging ein paar Schritte und blieb einige Meter vom Lieferwagen entfernt in der Mitte der kleinen Gasse stehen. Im Morgenlicht sah Chet, wie sie die Arme ausbreitete und mit den Fingern einige Zeichen in die Luft malte. Das Grün ihres Trenchcoats schien zu pulsieren und wurde von den Gesten ihrer Finger aufgesogen.

Schillernde kugelartige Lichtblitze tauchten aus dem Nichts auf, und Chet sah den Matsch vor ihr aufbrodeln. Dann wurde seine Aufmerksamkeit auf etwas anderes gelenkt. Etwas, das verdammt schnell die Straße herunterdonnerte. Es mussten die Motorräder und der Pick-up sein. Im gleichen Moment fand er die Kiste. Sofort riss er den Deckel auf, griff sich wahllos zwei Granaten und kletterte trotz der Warnung der Frau aufs Dach.

Die ersten beiden Bikes waren nur noch wenige Meter von der Frau entfernt. Kurz bevor sie mit der unbewaffneten Magierin zusammenstießen, schoss vor ihr aus dem Boden eine flüssige Matschwand empor. Aus dem fließenden Brei formten sich tropfende Arme und ein riesiges dunkles Maul so groß wie die Heckklappe eines Familien-Volvos. Bei diesem Anblick legten die Motorradfahrer ihre Maschinen auf die Seite und versuchten auszuweichen.

Keine Chance. Funken sprühend schlitterte das Metall samt Bikern über den Boden und wurde von dem lebendigen Matschhaufen begierig aufgesogen. Ein tiefes Brüllen ließ die Gasse erzittern, als Menschen und Maschinen auf die lebende Mauer trafen. Dieser Geist, oder was immer das auch sein mochte, verdrehte die Körperteile der Motorradfahrer und wickelte sie um die Gestelle ihrer Stahlesel.

Der Fahrer des Pick-ups konnte rechtzeitig bremsen. Sofort eröffnete das Geschütz auf dem Heck das Feuer. Aber als die Projektile das Wesen auf der Straße trafen, durchschlugen sie es, ohne nennenswerten Schaden anzurichten – die aufgerissenen Löcher schlossen sich sofort wieder, und das Wesen bewegte sich schlürfend auf den Pick-up zu.

Der Mann hinter dem Geschütz änderte seine Taktik. Er ließ von dem magischen Wesen ab, änderte den Winkel und konzentrierte das Feuer auf den Bereich dahinter, in dem sich Grüner Schimmer befinden musste. Chet ahnte Schreckliches, stellte den elektronischen Timer der beiden Granaten auf zehn Sekunden und schleuderte sie in Richtung des Trucks. Er konnte sich aber nicht ganz sicher sein, getroffen zu haben, weil der schlurfende Matschhaufen sein Sichtfeld einschränkte. Er hechtete vom Dach des Lieferwagens, rollte gekonnt im Dreck ab und spurtete los, um die Frau rechtzeitig aus der Gefahrenzone zu reißen. Auch wenn ein Teil von ihm ihr die Aktion mit der Schrotflinte in seiner Wohnung nicht verziehen hatte, wusste der andere, dass sie für die Gruppe vielleicht *später* noch von Nutzen sein konnte.

Anscheinend war die Magierin zu sehr mit der Kontrolle des Geistwesens beschäftigt. Sie schien die Gefahr gar nicht zu registrieren. Chet war schon bis auf ein paar Meter an sie herangekommen, als der Schütze sein neues Ziel traf. Grüner Schimmer wurde von mehreren Projektilen durchsiebt und von den Beinen geschleudert. Noch in der Luft wurde ihr Körper in Fetzen gerissen. Blut, Eingeweide und Körperteile verteilten sich im Dreck, zusammen mit den Resten des Geistes, der in diesem Moment in sich zusammenstürzte.

Der Schütze auf dem Pick-up wollte nun den Lieferwagen ins Visier nehmen. Dabei stand Chet ihm im Weg. Als der Fahrer das Geschütz gerade ein paar Zentimeter nach oben geschwenkt hatte und abdrücken wollte, detonierten die Granaten.

Eine Handgranate war etwas zu weit gerollt, riss den Asphalt hinter dem Truck auf und richtete am Fahrzeug selbst keinen nennenswerten Schaden an. Die zweite war eine Brandgranate gewesen, hatte ihr Ziel aber genau getroffen. Die Explosion hüllte die rechte Seite des Wagens in Flammen. Die Feuerzunge legte sich über den Schützen und griff auf die Munition über. Chet drückte instinktiv die Nase in den Schlamm.

Keine Sekunde zu spät. Der Pick-up explodierte, und Querschläger und glühendes Altmetall pfiffen ziellos durch die Gasse. Chet hatte Glück und blieb, ebenso wie der Wagen, von umherfliegenden Trümmern verschont.

Ohne lange nachzudenken, kletterte Chet zurück in den Lieferwagen. Brennender Asphalt saß mit sperrangelweit geöffnetem Mund hinterm Lenkrad und schien nach den passenden Worten zu suchen. Chet hatte keine Lust, so lange zu warten, und knurrte: »Los, leg den Rückwärtsgang ein, und sieh zu, dass wir Land gewinnen.«

Der Fahrer tat wie befohlen. Er wirkte erleichtert darüber, nicht selber entscheiden zu müssen, und Chet wusste, dass es solche Menschen auch geben musste. Er hätte auch nicht wirklich Lust gehabt, jetzt eine Diskussion zu führen. Für Grüner Schimmer kam jede Hilfe zu spät. Ihre Reste würden den Ratten als Nahrung dienen. Falls HanSec schnell genug eintraf, würde vielleicht noch etwas für eine erfolgreiche Identifizierung übrig bleiben. Aber das brauchte ihn nicht mehr zu interessieren. Die junge Dame war Geschichte, und es lohnte nicht, sich darüber noch länger Gedanken zu machen.

So war nun einmal das Leben in den Schatten. Das zumindest war früher einmal Chets Ansicht gewesen. In dem Ork hatte sich aber seitdem einiges verändert. Er stellte sich die Frage, ob jemand die junge Frau vermissen würde. Jemand, der sie vielleicht besser gekannt, vielleicht sogar geliebt hatte. Was würde dieser Jemand wohl denken? Würde er je von ihrem Tod erfahren? Oder würde er mit dem Gedanken leben müssen, dass sie ihn ohne eine Erklärung verlassen hatte? Vielleicht würde er annehmen, dass sie in einem Krankenhaus lag und nur nicht in der Lage war, anderen etwas mitzuteilen? Es gab so viele Möglichkeiten. Gleichzeitig malte Chet sich aus, was wohl ›Griechischer Salat‹ denken würde, wenn er eines Tages nicht mehr nach Hause käme. Würde sie es einfach akzeptieren und sich einen anderen nehmen? Er würde es wahrscheinlich nicht tun können, falls ihr etwas zustoßen sollte. Und mit diesen Gedanken realisierte er, dass es langsam, aber sicher Zeit wurde, den Schatten den Rücken zu kehren. Vorausgesetzt, er überlebte lang genug.

Nur noch dieser eine Auftrag. Danach werde ich alles hinter mir lassen und mir was anderes suchen. Später, redete er sich ein und wandte sich dann wieder der Gegenwart zu.

Er griff sich das einzige Vermächtnis Grünen Schimmers, den blinkenden Pager. Chet wollte nachsehen, ob dort Informationen über den Run standen, den Paul ohne sein Wissen und ohne seine Zustimmung geplant hatte. Denn für diese Vorgehensweise musste es einen Grund geben. Es gab für alles in den Schatten einen Grund. Der war vielleicht nicht immer logisch nachvollziehbar, aber irgendetwas lag jeder Aktion zugrunde. Chet hoffte, endlich auf Informationen zu stoßen. Er wollte nicht dumm sterben.

TEIL II

5

Die ersten Wolken

DER GRAUBÄRTIGE MANN mit der schimmernden Halbglatze saß in seinem Büro und schaute angestrengt auf ein Memo, das ihm seine Sekretärin vorhin lächelnd mit dem Kaffee gereicht hatte. Auf dem glänzend polierten Mahagonischreibtisch wirkten die beiden bedruckten Seiten so passend wie aufdringlich rote Lippenstiftspuren auf einem ansonsten sauber polierten Kristallglasrand. Sein Frühstück, bestehend aus einem entkoffeinierten Kaffee und einem biologisch gezüchteten Apfel, stand unbeachtet auf dem Silbertablett rechts von ihm. Zum wiederholten Male sortierten seine Augen die einzelnen Buchstaben auf dem Papier, die sich bereits schmerzhaft in sein Hirn bohrten. Er war damit beschäftigt, ihren Inhalt zu deuten, und gleichzeitig seine rotierenden Gedanken zu ordnen.

Holger Erdkamp war amtierender Vorstandsvorsitzender der Nordgas AG, eines Konzerns, der sich auf die Gewinnung und Verarbeitung von Erdgas spezialisiert hatte. Die Zahlen des Konzerns waren durchweg positiv, und die diesjährige Bilanz würde, trotz der sonst vorherrschenden schlechten Konjunktur, äußerst gut ausfallen. Gerade wegen dieser erfreulichen Aussichten wusste er nicht, was er von diesem Schreiben halten sollte. Das Memo kam aus der Buchhaltung und war mit dem Vermerk DRINGEND gekennzeichnet – sein Inhalt war wirklich dringend und warf bedauerlicherweise viele rätselhafte Fragen auf.

Wieso hatte jemand große Aktienpakete der Nordgas AG verkauft? Wäre die wirtschaftliche Lage des Konzerns schlecht, hätte er ein solches Verhalten sofort verstanden, aber dem war ja nicht so. Warum also schrieb jemand die möglichen Gewinne in den Wind? Insgesamt zehn Prozent der Aktien hatten in nur einem Tag und mit nur vier Transaktionen den Besitzer gewechselt, und bisher war nicht bekannt, wer die neuen Inhaber waren.

Erdkamp hatte eine Vermutung. Falls sie sich bewahrheitete, waren alle Sorgen unnötig – aber falls nicht? Das war die große Frage, die sich in den Vordergrund drängte. Dann nämlich hätte er Probleme, die alles, was er in den letzten Jahren erreicht hatte und worauf er im Augenblick hinarbeitete, in Gefahr bringen konnten.

Neben diesem Schreiben fesselte noch ein weiteres seine Aufmerksamkeit. Es lag aber nicht auf dem Tisch, sondern befand sich zusammengefaltet in seinen Händen. Es schien fast, als wollte er mit seinem Handschweiß die Druckerschwärze in sich aufsaugen, um vielleicht so einen direkten Zusammenhang spüren zu können.

Indirekt hatten die beiden Schreiben natürlich miteinander zu tun. Erdkamp war durch und durch Geschäftsmann, und alles, was durch seine Finger glitt, drehte sich auf die eine oder andere Weise ums Business. Nur dieses Papier in den Händen war ihm nicht von der ewig lächelnden Sekretärin mit der künstlich prallen Oberweite gereicht worden. Es hatte auch nicht den öffentlich durchleuchteten Postweg des Konzerns genommen, sondern war über Umwege zu einem Elfen namens Björn Sommer gelangt. Dieser hatte es ihm vor wenigen Minuten persönlich übergeben und stand jetzt an der Glasfront im hinteren Teil des zweihundert Quadratmeter großen Büroraums. Der wache Blick seiner haselnussbraunen Augen glitt über Hamburg, während er die dampfende Kaffeetasse mit Goldrand in schlanken Händen hielt und wartete. Der Mann trug einen extrem modischen, dunkelbraunen Anzug und wirkte wie ein hochbezahlter Dressman. Hohe, fast feminin wirkende Wangenknochen standen im krassen Gegensatz zu einer für Elfen atypischen breiten Statur. Die unübersehbaren Geheimratsecken ließen den schwarzhaarigen Elfen weitaus älter wirken als Ende zwanzig. Hinter dieser durchweg charismatischen und überzeugenden Fassade schlummerte jedoch ein knallharter Geschäftsmann, der seinen *Master in Business Administration* mit Auszeichnung in Boston erworben hatte. Seine gesamte Aufmerksamkeit schien nach draußen gerichtet, und nichts in seiner Haltung ließ den Schluss zu, dass er von den beiden Schreiben wusste oder sich mit deren Inhalt beschäftigte. Natürlich täuschte dieser Eindruck, er hielt sich aber mit einer diesbezüglichen Meinung zurück, was auch gut war. Im passenden Augenblick würde ihn Erdkamp vielleicht danach fragen. Herr Sommer war nämlich sein persönlicher Assistent und wusste über mehr Dinge Bescheid als viele andere in seiner Nähe, sogar über mehr als der Rest des Vorstands. Allein schon die Existenz dieses Schreibens in seiner Hand durfte keiner der anderen auch nur erahnen.

Es handelte sich um den Kontoauszug eines Nummernkontos in der Schweiz. Eine spezielle Buchung auf diesem Konto bewies, dass die kleine, geheime Transaktion im Ausland erfolgreich verlaufen war. Angeheuerte Schattenschaben hatten die Ware erfolgreich geborgen und bei ihrem Kontaktmann wie ausgemacht abgeliefert. Daraufhin waren die ausstehenden Kosten überwiesen worden. Wenn Erdkamps persönliche Fachkräfte diese Daten jetzt nur noch richtig deuteten, war es möglich, die Umsätze der Nordgas AG zu verdreifachen. Die Konsequenz wäre eine erhebliche Wertsteigerung des Konzerns, und nur darauf kam es an: erfolgreiche Expansion und maximaler Gewinn mit minimalem Aufwand. Es war bekanntlich billiger, Forschungsdaten zu stehlen, als eigene Teams mit einer aufwändigen und nicht zwangsläufig erfolgreichen Suche zu beauftragen.

Die für den Erwerb notwendigen Transaktionen waren gut geplant gewesen. Niemand würde seinem Konzern etwas anhängen, geschweige denn einen Zusammenhang vermuten können. Die benutzten Mittelsmänner wussten nicht, wer dahinter stand – und jene, die es wussten, waren entweder tot oder so gut geschmiert, dass sie nie reden würden.

Aber vielleicht war doch der Datenraub der Grund des ersten Schreibens aus der Buchhaltung? Schließlich hatte sich Erdkamp Dateien der Bayersdorf AG angeeignet, besser gesagt, aneignen lassen. Konnte der Chemiekonzern vielleicht doch etwas erfahren und daraufhin die Aktienanteile der Nordgas AG veräußert haben, so unmöglich es ihm auch erschien? Er überlegte. Nein, in diesem Fall hätte Bayersdorf andere Maßnahmen ergriffen. Ein anderer Gedanke war, dass es einer seiner Vorstandskollegen gewesen war, der die zehn Prozent auf den Aktienmarkt veräußert hatte …

Es war schon irgendwie beeindruckend, dass so wenige Buchstaben und Zahlen so viel bedeuten konnten.

Gedanklich ging er die wichtigste Struktur seines Imperiums durch, den Vorstand. Er bestand aus insgesamt fünf Köpfen. Neben ihm selbst gab es noch zwei weitere Mitglieder aus der jetzt schon gut 22 Jahre zurückliegenden Gründerzeit. Hinzu kamen der Personal- sowie und Verwaltungsvorstand. Aber nur seine beiden Gründerkollegen hielten wie er jeweils ein Fünftel der Nordgas-AG-Aktien in ihrem Besitz. Die letzten vierzig Prozent waren so genannter Streubesitz, also auch keine Namensaktien, und somit war es gar nicht einfach, herauszufinden, wer sich gerade im Besitz dieser Pakete befand.

Aufgrund einer internen Geschäftsvereinbarung mit der Bayersdorf AG hatten die beiden Konzerne damals jeweils zehn Prozent der Aktien des anderen aufgekauft. Daher lag die Vermutung nahe, dass die Bayersdorf AG ihre Aktienanteile veräußert hatte.

Vielleicht war es dennoch ein Vorstandskollege gewesen? Eigentlich konnte dies aber nicht der Fall sein – sie wussten von den geplanten Konzernveränderungen und hatten ihm ihre Zustimmung zugesichert. Außerdem schadeten sie sich nur selbst, wenn sie sich von der Hälfte ihrer Anteile trennten …

Und doch hatte irgendjemand genau dies getan. Das Memo auf seinem Tisch ließ daran keinen Zweifel. Dadurch, dass zehn Prozent der Nordgas-Aktienanteile en bloc auf den Markt geworfen wurden, war der Wert des Konzerns über Nacht um Milliarden Euro gesunken. Der Kurs reagierte besonders empfindlich, wenn solche Aktienmengen aus unbekannten Gründen den Besitzer wechselten. Die Anlieger waren förmlich gezwungen, dass Schlimmste zu vermuten – bekanntlich trennte sich niemand von einer profitablen Investition.

Dieses eine Schreiben und die damit einhergehenden Auswirkungen zwangen Erdkamp, dem Vorstand und den Anlegern eine Stellungnahme zu liefern. Sollte er ihnen ausgerechnet jetzt erzählen, dass bereits eine Übernahme der Nordgas AG durch einen anderen Konzern geplant war? Falls er dies wirklich tat, musste er sichergehen, dass ihm niemand seiner Gründerkollegen in den Rücken gefallen war. Hatte nämlich einer von ihnen zehn Prozent veräußert, war Erdkamp nicht mehr in der Lage, die notwendige Mehrheit aufzubringen, um einer Übernahme zuzustimmen. Eine vorherige Rücksprache mit allen Beteiligten war bei einer derartigen Vorgehensweise dringend erforderlich. Alles andere konnte dazu führen, dass die Nordgas AG – ganz besonders Erdkamp persönlich, wegen seiner Rolle als Initiator – den Zorn von Personen und Konzerngiganten heraufbeschwor, die niemand gerne gegen sich wusste.

Es wurde Zeit, endlich eine Entscheidung zu fällen. Gedanklich hatte er sie längst getroffen, auch wenn er mit den Konsequenzen nicht glücklich war. Die öffentliche Stellungnahme musste er hinauszögern, die einzige Nachricht, die nach außen dringen würde, war die, dass die Nordgas AG gerade alles prüfte und in einigen Tagen detaillierte Information veröffentlichen würde. In diesem knappen Zeitraum konnte er es hoffentlich schaffen, mit seinen Gründerkollegen unbemerkt zusammenzutreffen. Björn Sommer würde in dieser Zeit mit dem Mega-Konzern Kontakt aufnehmen und alles Weitere abklären – Erdkamp durfte jetzt noch nicht damit direkt in Verbindung gebracht werden.

Während der Mann weiterhin gebannt auf das Schreiben auf dem Tisch schaute und das Gewicht des anderen in seiner rechten Hand spürte, winkte er mit der freien Hand den Elfen zu sich. Und während Sommer sein Lächeln auf dem Weg zu ihm neu polierte, fragte sich Erdkamp noch einmal, ob seine geplante Vorgehensweise wirklich richtig war. Er wusste aber auch: Hinterher war man bekanntlich immer klüger. Als Vorstandsvorsitzender war es nun einmal seine Aufgabe, Entscheidungen zu fällen – auch wenn durch die gewählte Verzögerung der Wert des Konzerns innerhalb der nächsten Tage weiter sinken würde. Es wurde Zeit, die anderen von seiner Entscheidung zu unterrichten.

Trish hatte sich von Pandora verabschiedet und war zurück in ihre Kammer gegangen. Sie wollte sich erst einmal ausruhen und versuchen, den erholsamen Schlaf nachzuholen, der wegen ihrer Albträume heute Nacht ausgeblieben war. Zwar wusste sie, dass sie einige wichtige Unterrichtsfächer verpasste – aber sie war außerstande, auch nur einen klaren Gedanken zu fassen. Die starken Kopfschmerzen drückten auf ihren Geist und machten es ihr unmöglich, eines ihrer magischen Talente anzuwenden.

Während sie die Robe ablegte, tastete sie sich mit einer Hand an der rauen Wand entlang in Richtung Bett. Allein schon, dass sie ihr magisches Ortungstalent nicht einsetzen konnte, bereitete ihr Angst. Trish zitterte am ganzen Leib und ließ sich erschöpft auf die Schlafstätte sinken. Sie kuschelte sich unter die Decke und drehte sich stöhnend auf die rechte Seite.

Obwohl sie sich elend fühlte, blieb der ersehnte Schlaf aus. Während sie so dalag und die Kopfschmerzen immer intensiver wurden, versuchte sie sich mit anderen Gedanken abzulenken. Als Erstes kam ihr das Erlebte in Hamburg in den Sinn, und sofort bereute sie ihren Entschluss. Sie wollte nicht an die Zeit denken, als alles angefangen hatte, nicht an den tiefen Schmerz, den sie seitdem mit sich herumtrug.

Aber so sehr sie sich auch gegen die Erinnerungen sträubte, ihre Gedanken drifteten zurück zu dem Zeitpunkt, als der Schatten der Killerin sich ihrer bemächtigt hatte. Sie spürte erneut, wie sich die lüsterne Perversion des Geistes über ihre Aura legte und jede Zelle in ihrem Körper berührte, um sie mit dem Sekret des Bösen zu infizieren. Der schräge, disharmonische Gesang der Kreatur durchflutete erneut ihren Leib und ließ ihr Herz für einige Sekunden aussetzen. Zum wiederholten Male durchlebte Trish den Moment, in dem sie, wenn auch nur für einen kurzen Augenblick, gestorben war. Sie spürte, wie das Licht im Raum einer alles verzehrenden Dunkelheit wich und sich die grauen Schatten an den Wänden in schwarze, peitschende Tentakel verwandelten, die langsam über den Boden in

Richtung Bett krochen. Selbst von der Decke schien sich diese Bedrohung auf sie niederzulassen.

Verängstigt drängte sich die Frau zitternd in die Ecke und presste das Kopfkissen gegen das Gesicht. Auch wenn sie blind war und die Bilder in ihrem Kopf nur Konstrukte ihrer Einbildung sein konnten, formte ihre Vorstellungskraft eine Umgebung, die realer als jede Wirklichkeit schien. Die Temperatur im Raum fiel von einem Moment auf den anderen in den Keller. Ein dunkler, schräger Ton durchdrang den Holzboden und versetzte alles in ihrem Körper in unregelmäßige Schwingungen. Sie spürte, wie der Deckenbezug vor ihren Augen die Angsttränen und den Schweiß in sich aufsaugte, und zum ersten Mal seit langem wollte sie singen, um mit Hilfe ihrer magischen Stimme die Disharmonie aus ihrem Geist zu vertreiben. Als sie aber den Mund öffnete und ansetzte, verwandelte sich der Stoff vor ihrem Gesicht in eine schwarze, nach Teer schmeckende Flüssigkeit, die sich unaufhaltsam einen Weg ihren Rachen hinab suchte.

Das Sekret spülte alle Hoffnungen fort, und sie fühlte, wie sich eisige Kälte um ihr Herz legte. Die harmonischen Töne, die sie eigentlich hatte singen wollen, passten sich dem dunklen, durchdringenden Ton an und verwandelten alles zu einer Symphonie des Grauens, die erst durch sie den Weg in diese Welt gefunden hatte. Eine dunkle Präsenz gelangte über die Flüssigkeit in ihren Geist und vergewaltigte alle Werte, die sie bis dahin besessen hatte.

Voller Verzweiflung strampelte sie mit den Armen und Beinen und versuchte, sich aus der liquiden Masse zu befreien, die mittlerweile sogar ihren Körper bedeckte. Wie eine Ertrinkende tauchte sie zurück an die Oberfläche des Lebens, und es gelang ihr, die äußerliche, grausame Kälte abzustreifen. Trotzdem wusste sie, dass sie einen Teil des Grauens mitgenommen hatte –

verborgen mitgenommen zu einem Ort, von dem sie bisher geglaubt hatte, er sei sicher.

Die Sängerin erwachte aus dem Albtraum und rang verzweifelt nach Atem. Ihr Körper war schweißgebadet und das Laken klamm wegen der Kälte, die durch ein geöffnetes Dachfenster den Weg in ihr Zimmer fand. Ängstlich wischte sie sich den Schweiß von der Stirn und hielt erschrocken inne, weil die Flüssigkeit dem Geruch und der Konsistenz nach nicht ihr Schweiß sein konnte. Zwischen ihren Fingern fühlte sich das Sekret seltsam dickflüssig an und verbreitete einen unangenehmen Schwefelgeruch. Trish musste würgen und erbrach sich schließlich. Sie stolperte taub vor Angst in das kleine Bad und wusch sich den ganzen Körper. Sie spürte immer noch die perverse Anwesenheit des Wesens, das in sie eingedrungen war. Sie wünschte sich, dass alles immer noch Teil eines bösen Traumes war, aus dem sie hoffentlich bald erwachen würde. Aber die Stimme, die sie in ihrem Kopf hörte, klang so echt und real, dass sie seine tiefe, verbundene Nähe nicht länger leugnen konnte. Das Versprechen, das dieses Wesen ihr machte, ließ sie vor Panik aufschreien: »Das war erst der Anfang. Wir werden uns wiedersehen, und du wirst meine Königin sein.«

Das laute Dröhnen der Kirchturmglocken schreckte sie auf. Trish lag in einer unbequemen Körperhaltung auf dem kalten Steinboden der Dusche. Jeder Knochen in ihrem Körper fühlte sich taub an und schmerzte bei der kleinsten Bewegung. Es dauerte einige Sekunden, bis ihr Verstand die Informationen verarbeitet hatte. Sie kam zu dem Schluss, dass sie im Bad eingeschlafen sein musste und alles nur ein böser Traum gewesen war – aber wirklich sicher war sie sich nicht.

6
Eine eisige Brise

ZACK SCHAUTE VON DER wackligen Plattform auf die anderen Gefangenen hinab. Ungefähr zwanzig Meter unter ihm sammelten sie den Bauschutt auf, den er zusammen mit den anderen Mitgliedern seiner Kolonne hinunterwarf. Während seiner Betrachtung aus luftiger Höhe prasselte Regen auf die vom Vorbesitzer schon mehrfach erfolglos geflickte Teerjacke. Das Nass bahnte sich einen feuchtkalten Weg durch die undichten Nähte zu den noch trockenen Bereichen der kratzenden Unterwäsche. Der kürzlich verstorbene Vorbesitzer der braunen Teerjacke war um einiges kleiner als Zack gewesen. Wenn er die verschlissenen Ärmel lang zog, reichten sie gerade bis zur Mitte seiner muskelbepackten Unterarme. Vor Arbeitsantritt hatte ihm Rustle die Jacke mit dem weisen Rat überreicht, vorsichtiger als der Erstbesitzer zu sein. Zack erkannte, dass sich seit seiner Zeit als Wächter auf Big Willy vieles geändert hatte. Früher waren die Gefangenen ausschließlich für die schweißtreibenden Arbeiten in den Schmelzgruben und Metallwerkstätten eingesetzt worden; mittlerweile wurden sie auch zu Renovierungsarbeiten herangezogen. HanSec beauftragte keine externen Firmen mehr mit internen Baumaßnahmen. Subventionen der Stadt flossen nur noch auf die Insel, wenn die notwendigen Arbeiten von Häftlingen verrichtet wurden. Dass ungelerntes Personal dabei gelegentlich umkam, spielte keine Rolle. Wenn man bedachte, wie viel Personal- und Verwaltungsaufwand jedes Mal nötig gewesen war, um die Sicherheit externer Bauarbeiter zu gewährleisten, konnte Zack diese wirtschaftliche Entscheidung nachvollziehen.

Er warf einen letzten Blick nach unten, bevor er sich wieder zurück an die Knochenarbeit begab. Während er hier schuftete und nach einem Weg Ausschau hielt, Informationen über diesen Niels von Wersch zu finden, wollte Rustle sich darum kümmern, wie sie später von hier abhauen konnten.

Aus dieser Höhe erinnerten Zack die Sträflinge an einen gut organisierten Ameisenhaufen. Diesen Gedanken schob der Runner aber sofort wieder beiseite – er wollte sich gar nicht erst ausmalen, was es bedeuten würde, im Zentrum eines Insektenhaufens zu sitzen. Der Hass auf Insekten hatte in den letzten Jahren überhand genommen, was kein Wunder war. Die Geschehnisse in Chicago und das Wissen um den insektenhaften Hintergrund der Universellen Bruderschaft hatten die allgemeine Meinung über Insekten nicht gerade verbessert. Gerade als er sich dazu aufraffen wollte, den anderen wieder zur Hand zu gehen, machte ihn die Oberameise seiner Arbeitskolonne blöd an.

»Soll ich dir 'nen Liegestuhl hol'n und die Tageszeitung reichen? Falls es dein' veralteten Sensoren entgang'n ist, wir sind zum Arbeiten und nich' zum Löcher in die Luft starrn hier.«

Zack hob abwehrend die Hände. »Ich hab Höhenangst und bin für diese Arbeit völlig ungeeignet … reg dich ab, ich mach ja sofort weiter.«

Der Bariton beließ es aber nicht dabei. Er konnte es anscheinend nicht leiden, wenn man ihm das letzte Wort streitig machte. Provozierend wog er den großen Abrisshammer in den Händen, deren Finger samt Nägeln große Ähnlichkeit mit rostigen Schaufeln aufwiesen. Damit bewaffnet stellte er sich mitten in den Durchgang, der den zu entkernenden Raum mit einem baufälligen Balkon verband. An den Balkon war auch die wackelige Plattform montiert, auf der Zack gerade stand. Donnernd bellte der selbst ernannte Oberaufseher der Sträflingstruppe Zack die nächsten Worte entgegen. Die extreme Lautstärke hatte er bestimmt nicht nur gewählt, um den Wind zu übertönen, der in dieser Höhe vorherrschte. »Hör mal genau zu, du verrostete Metallbirne. Wenn du in Zukunft nich' sofort tust, was ich dir sag, schmeiß ich dich mit 'ner Ladung Müll zusammen nach unten und teste, wer zuerst aufschlägt: der Müll oder du, verstanden?«

Zack überlegte ganz kurz, ob er sich auf dieses Spiel einlassen sollte. Einerseits hatte er schon genug Probleme. Wenn er diesen Typen jetzt darauf aufmerksam machte, dass es besser gewesen wäre, in Physik aufzupassen, war weiterer und dazu völlig unnötiger Ärger vorprogrammiert. Andererseits war Zack ein geborener Klugscheißer und liebte es, andere zu verbessern – in seiner Gegenwart sollte niemand dumm sterben. Und diese samariterhafte Seite seines Wesens gewann den inneren Zweikampf.

Zack legte den Kopf schief und zauberte etwas auf sein Gesicht, das mehr an das Öffnen eines Gefrierfachs erinnerte als an ein Lächeln. Dann sagte er: »Falls du es nicht weißt, es gibt da etwas, das nennt sich Erdanziehungskraft. Für dich ganz einfach ausgedrückt: Diese Kraft sorgt dafür, dass, egal welche Masse etwas besitzt, alles gleichzeitig zu Boden fällt.«

Die von Zack erwartete Reaktion traf ein. Die Oberameise wollte seine Schwerkrafterläuterung um den schlagkräftigen Verdrängungsfaktor erweitern und somit ihr Experiment auf eine neue Stufe bringen. Der Typ hob den zehn Kilo schweren Hammer über den leeren Kopf und stürmte auf Zack los.

Aus den Schatten einer Seitensäule trat unerwartet ein kleiner Mann in Teerjacke und stellte sich dem physikalisch Unbegabten mit erhobenem Kapuzenhaupt provozierend in den Weg. Zack sah nur den Rücken der kleinen Gestalt und konnte nicht erkennen, wer es war. Einer von den Trollen konnte es auf keinen Fall sein. Dafür war der Mann zum einen viel zu klein, zum anderen würde sich außer Rustle keiner von den Troggys dazu hinreißen lassen, für Zack den Rammbock zu mimen, indem er sich der schnaufenden Dampflok in den Weg stellte. Zacks Verstand räumte diesem unbekannten Selbstmörder auf jeden Fall keine großen Überlebenschancen ein. Es kam aber anders als erwartet. Der aufbrausende Riese bremste schlitternd einige Zentimeter vor dem Unbekannten, und es gelang ihm sogar, den vor Wut zitternden Hammer sinken zu lassen. Mühevoll presste er den nächsten Satz zwischen den angespannten Lippen hervor. »Wie kommt's, dass du dich einmischst? Wir hab'n kein'n Krieg, und ich möchte auch kein'n, Kasper.«

Der Name Kasper rief in Zack Erinnerungen wach. Erinnerungen, auf die er dankend verzichten konnte – dunkle Schatten der Vergangenheit, die nur darauf gelauert hatten, ihn im richtigen Augenblick aus dem Hinterhalt anzufallen. Aber so war es nun einmal im Leben, alles hinterließ Spuren.

Der kleine Mann streifte die Kapuze seiner Teerjacke zurück und legte einen kahlen Hinterkopf frei. Die Haut war mit hässlichen tiefen Narben überzogen, die nicht nur entfernt an eine Ansammlung toter Regenwürmer erinnerten. Der Kleine schien Zacks bohrenden Blick im Nacken zu bemerken und drehte sich zu ihm um. Auch die Vorderseite war mit starrem Gewebe bedeckt. An der Stelle, wo bei anderen Menschen die Nase lag, klaffte ein tiefes Loch, das bis ins Gehirn zu reichen schien. Die Wange der rechten Gesichtshälfte wirkte so beweglich wie altes, schlecht gegerbtes Leder. Und obwohl das rechte Auge blind war, schien es Zack, als würde sich das tote Weiß direkt in sein pumpendes Herz brennen. Die Iris des anderen Auges öffnete weit ihre dunklen Pforten, und der Glanz der Erleuchtung hielt Einzug in die noch belebte Halle. Von dort aus wanderte das Leben weiter, und man konnte seinen Weg über das vernarbte Gewebe verfolgen. Es verwandelte das bereits entstellte Gesicht in eine noch groteskere Fratze. Wo es entlangglitt, reanimierte es die wurmähnlichen Narben kurz, um sofort wieder zu erstarren, und zurück blieb ein wie aus Fresken geschnitztes Grinsen. Zack hatte nicht erwartet, ihn noch einmal wiederzutreffen – aber der Mann war wirklich Kasper. Das wache Schimmern des Auges verriet ihn.

Als Zack Kasper das letzte Mal gesehen hatte, war sein Gesicht noch nicht entstellt gewesen. Der Name Kasper war für Zack ein Symbol – es verband das Ende seines SINvollen Lebens mit dem nahtlos folgenden SINlosen Eintritt in die Schatten. Wie war es noch einmal dazu gekommen? Damals … eine Zeit, die in Wirklichkeit erst einige Jahre zurücklag. In diesen wenigen Sekunden durchlebte Zack sein halbes Leben noch einmal, seit der Nacht, in der sich von einem Augenblick auf den anderen alles für immer verändert hatte.

Wieder sah er die brennenden Scheinwerfer auf den Außentürmen im Dunkel aufblitzen. Ihr gleißendes Licht, das wie Gabriels unbarmherziges Schwert die Nacht zum Tag machte und Feuer und Schmerz mit sich zog. Automatisches Feuer, das die Körper mit einer einzigen Berührung in Stücke riss. Erneut hörte er die Stimme, die ins Mikrofon brüllte: »Stehen bleiben!« Und damals wie heute stellte er sich die Frage, was wohl passiert wäre, wenn er der Aufforderung nachgekommen wäre. Wenn er einfach aufgegeben hätte? Wäre wirklich alles anders gekommen? Es war eine der vielen, nicht zu beantwortenden Fragen, die Zack mit jener Nacht verband.

An diesem besagten Abend hatte Zack jemandem zur Flucht verholfen. Er, ein Wächter, hatte einen verurteilten Sträfling unterstützt. Und das alles nur, weil die Inhaftierte seine Freundin gewesen war. Die Gedanken an sie ließen ihn innerlich noch weiter zurückgleiten und stoppten an dem Tag, an dem sich sein Leben für immer verändern sollte.

Seine Freundin hieß Michelle Ahrensburg und war Sekretärin bei der Nordgas AG. Ihr Job bestand darin, langweilige Akten von rechts nach links zu schieben, über- und untereinander zu stapeln und gelegentlich sogar aufzuklappen. Vor allem war sie aber für die ständige Produktion von genießbarem Kaffee für die Chefetage verantwortlich – nebenbei kassierte sie für den geringen Arbeitsaufwand noch ein Bombengehalt.

Aber eines Abends war sie nicht zu ihm nach Hause gekommen. Zuerst war er davon ausgegangen, dass sie Überstunden schob – eine Kaffeekonferenz, die vielleicht bis spät in die Nacht andauerte. Gelegentlich kam so etwas in ihrem Job vor. Dann schlief sie lieber in ihrer eigenen Wohnung auf dem Konzerngelände. Konzernfremde mussten bei der Nordgas-Verwaltung den erlaubten Einlass beantragen, ein Unterfangen, das vom Aufwand her einem Einbürgerungsantrag in die ADL gleichkam. Deshalb war Michelle meistens zu ihm gekommen. Nachdem aber zwei Tage verstrichen waren und sogar ihre Personalabteilung keine Auskünfte an Außenstehende erteilte, begann er sich ernsthaft um sie zu sorgen. Michelle hatte keine weiteren Angehörigen, was die Anzahl möglicher Aufenthaltsorte einschränkte. Ihre gemeinsamen Freunde verneinten ebenfalls, etwas über ihren Verbleib zu wissen. Die BuMoNa hatte keinen Eintrag auf jemanden mit ihrem Namen oder ihrer Beschreibung zu verzeichnen. Nervös hatte Zack bei HanSec angerufen, um eine Vermisstenanzeige aufzugeben. Nach der Erwähnung ihres Namens wurde er in die Warteschleife geschoben.

Er wusste noch jede kleine Einzelheit, obwohl es Jahre zurücklag. Er hatte auf das Display der Digitaluhr in der Küche geschaut und sich darüber gewundert, dass es so seltsam ruhig gewesen war – fast wie die Ruhe vor einem Sturm. Er hatte der elektronischen Wohnungsregelung die Anweisung gegeben, die unspektakuläre Warteschleifenmusik leiser zu schalten. Schließlich war er selbst bei dem Konzern angestellt und wusste, wie es bei HanSec ablief – eine Vermittlung konnte dauern. Zack wollte sich den Milchzusatz aus dem Kühlschrank greifen. Die EWR-PH 53 (Elektronische Wohnungsregelung Phillips Model 2053) hatte ihn davon in Kenntnis gesetzt, dass das Milcharoma ausgegangen war. Mit einem kurzen *JA* hatte er die automatische Bestellung beim nächsten und günstigsten ON-CALL-Lebensmittelladen in Auftrag gegeben. Gewöhnlich erledigte Michelle so etwas morgens, bevor sie zur Arbeit ging. Zack hatte nach seinem Wachdienst nicht den Nerv, an solche Banalitäten zu denken. Oft dauerten seine Schichten doppelt so lange wie ursprünglich im Dienstplan vorgesehen. HanSec hatte damals wieder notwendige Kostenreduzierungsmaßnahmen beim Betriebsrat durchgesetzt und die Angestellten zu Sonderschichten eingeteilt – also gehörten Überstunden zum Alltag. Die Auswirkungen des Schlafmangels hatten sich längst chronisch in seine früher noch fast komplett natürlichen Knochen gefressen.

Gerade als er den heißen Kaffeeersatz hinunterspülen wollte, schaltete die EWR-PH 53 zurück zum Anruf. Zack war mit dem leitenden Beamten, einem Herrn Biedenkopf, verbunden worden. Ein Name, der Zack gar nichts sagte. Als er aber hörte, dass der Mann bei der HanSec für Konzernstraftaten zuständig war, wurde er hellhörig. Der Beamte wusste bereits, wer Zack war, und heuchelte Bedauern, dass einer ihrer eigenen Mitarbeiter indirekt in eine Konzernverfahrensfrage hineingezogen wurde. Man hatte Michelle angeblich wegen der Unterschlagung von Konzerneigentum in Sicherheitsgewahrsam genommen. Zack hatte bemerkt, wie der Kerl versuchte, Informationen aus ihm herauszulocken. Ob er etwas Auffälliges an ihrem Verhalten bemerkt hätte? Besaß sie Kontakt zu kriminellen Freunden? Hatte sie geplant, demnächst für längere Zeit zu verreisen ...? Aber was sollte Zack erzählen? Michelle war über jeden Zweifel erhaben. Es gab nichts in ihrer Vergangenheit und ihrem gemeinsamen Leben, was auch nur die Möglichkeit eines Verdachts zuließ. Sie hatte sich nie etwas zuschulden kommen lassen, ganz wie Zack selbst.

Herr Biedenkopf berichtete ihm, Michelle habe hinterrücks größere Summen auf ihr Privatkonto transferiert. Sie habe bereits zwei Tickets in die Schweiz gebucht und bei ihren Kollegen verbreitet, sie wolle in der nächsten Woche mit ihrem Freund für einen Monat in Urlaub fliegen.

Zack war mehr als nur ein wenig schockiert, als er diese Anschuldigungen hörte. Er hatte jegliche Kenntnis verneint und darauf bestanden, mit seiner Freundin zu reden. Herr Biedenkopf erwiderte, dies sei unmöglich, da sie in einem Schnellverfahren bereits verurteilt worden sei. Der Konzern hatte auf seine Rechte plädiert und eine drei Jahre dauernde Haftstrafe festgesetzt. HanSec war damit beauftragt worden, ihren Gewahrsam zu organisieren. Weil alle auswärtigen Gefängnisse überfüllt waren, war sie nach Big Willy überwiesen worden. Eine Übergangslösung, versicherte der Beamte ihm.

Zack war betroffen, denn er kannte die harten Haftbedingungen auf der Insel besser als viele andere. Nach dem großen Sträflingsaufstand in den Dreißigern waren die Maßnahmen verstärkt und auf ein nahezu unmenschliches Maß gesteigert worden. Aber bisher war dort nur Abschaum gelandet – seine Freundin gehörte unmöglich dazu.

Sofort hatte er das Gespräch beendet und war nach Big Willy gefahren. Dort hatte er als Erstes registriert, dass man ihn aus dem Aktivdienst im Gefängnis-Innenbereich herausgenommen hatte, und weil er nicht ganz blöd war, wusste er, was Sache war. Persönliche Befangenheit im Umgang mit einem Gefangenen, würde die Begründung lauten. Er war zu seinem Vorgesetzten gestürmt. Dieser, ein Herr Trost, hatte, bevor Zack auch nur etwas sagen konnte, alle Aussichten auf eine Planänderung aus dem Weg geräumt. Er wusste, was mit seiner Freundin geschehen war, und würde Zack, so dringend er ihn auch brauchte, für die nächste Zeit beurlauben müssen. Zack hatte diesem Vorschlag nicht zugestimmt. Fürs Protokoll hatte er angegeben, dass er die Arbeit zur Kompensation benötigte, und war ohne jeden weiteren Kommentar an seinen neuen Büroarbeitsplatz gegangen. Und natürlich hatte er sich um alles gekümmert, nur nicht um seine eigentlichen Pflichten.

Genau an dieser Stelle trat Kasper auf den Plan. Sie kannten sich, weil Zack den Mann vor ein paar neu eingeschifften Orks gerettet hatte. Zack war einfach seinem inneren Drang nach Gerechtigkeit nachgekommen. Drei mit Stahlrohren bewaffnete Riesen gegen einen unbewaffneten Norm entsprachen nicht seiner Auffassung von Verhältnismäßigkeit der Mittel. Er hatte die Glocken der Orks mit seinem Schockstab zum Zittern gebracht. Aber erst nachdem sich sein Adrenalinpegel gesenkt hatte, bemerkte er, wer da vor ihm auf dem Boden lag: Kasper.

Kasper war so etwas wie ein eingeschränkter Schieber. Deshalb saß er auch auf Big Willy ein. Aber er vertrat die Meinung: einmal schieben, immer schieben. Der

Mann pflegte Kontakte zu vielen Gangleitern und konnte fast alles organisieren. Und genau dafür hatte Zack ihn gebraucht. Als Angestellter konnte Zack zwar ein Gerät beschaffen, mit dem man den implantierten Chip im Körper eines Gefangenen aufspüren und gegebenenfalls temporär ausschalten konnte. Aber um mit seiner Freundin in Kontakt zu treten, brauchte er jemanden, der sich als eine Art Mittelsmann darum kümmerte, dass sie überhaupt von seinem Vorhaben erfuhr.

Alles, was Zack wollte, war, mit Michelle zu sprechen. Er war überzeugt davon, wenn er erst einmal in ihre Augen schaute, würde er wissen, ob die Anschuldigungen der Wahrheit entsprachen oder vielleicht alles nur das Komplott einer eifersüchtigen Arbeitskollegin war. Bei diesem Gedanken war Zack damals bewusst geworden, dass er dabei war, eine Straftat zu begehen. Die Aussichten, den Job zu verlieren, scherten ihn aber nicht, und die weiteren Konsequenzen verdrängte er. Viel wichtiger war es, dass sich Kasper um Michelle kümmerte. Eine Frau ohne Schutz konnte auf Big Willy schnell unter die Räder kommen. Wenn Kasper aber als ihr ›Alter Hase‹ auftrat, würde sie zumindest einen gewissen Schutz genießen. Dieser würde hoffentlich ausreichen, ihr Leben zu schonen, bis sich Zack die Möglichkeit bot, sie aus Big Willy herauszuholen. Ob legal oder illegal, war Zack scheißegal – Hauptsache raus. Mit Kasper wollte er über das Küchenpersonal in Kontakt treten. Viele der Angestellten auf Big Willy waren einem zusätzlichen, nicht zu versteuernden Nebenverdienst nicht abgeneigt. Früher hatte Zack sie dafür verteufelt, jetzt begrüßte er ihre Käuflichkeit.

Von da an hatte er den Rest in einem Zustand miterlebt, den man mit einem verinnerlichten, aber schemenhaft wahrgenommenen Albtraum vergleichen konnte. Er hatte Michelle getroffen, hatte gesehen, dass sie von anderen Gefangenen misshandelt worden war. Er sah die äußeren Zeichen und kannte die inneren Wunden, die vielleicht nie wieder verheilen würden. Tiefes Mitleid und Sorge hatten ihn davon überzeugt, dass sie Big Willy auf jeden Fall verlassen musste – ansonsten würde sie die drei Jahre Haft nicht überleben, auch wenn der Beamte gesagt hatte, dass ihr Aufenthalt nur vorübergehend sei. Zwischen Theorie und Praxis lagen bekanntlich Welten. Und in dem Teil der HanSec-Verwaltung, dessen Entscheidungen für den Konzern unnötige Kosten bedeuteten, gingen die Uhren erschreckend langsam. TOD würde sie mit Sicherheit schneller erreichen.

Zack hatte natürlich bemerkt, dass HanSec ihn die ganze Zeit über im Auge behielt. Dank Kasper war es Zack jedoch gelungen, einen Abtransport zu organisieren. Der inhaftierte Schieber vermittelte ihm einen Kontakt mit Shadowrunnern. Nachdem Zack alles zu Geld gemacht hatte, konnte die Aktion endlich starten. Anfangs lief auch alles glatt, aber dann war ihre Tarnung auf den letzten Metern zum gekaperten Küstenboot aufgeflogen. Die mit Hochgeschwindigkeitsgeschossen aufmunitionierten Geschütztürme eröffneten nach einer einmaligen Warnung das Feuer. Ein Streifschuss reichte, um eine tödliche Schockreaktion auszulösen. Munition und Mittel, die vor dem Erwachen noch verboten gewesen waren. Aber nach dem Auftauchen von magischen Bedrohungen, den Eurokriegen, deren Auswirkungen bis an die Grenze Hamburgs gereicht hatten, und dem großen Aufstand auf Big Willy war die Regierung bereit, den Einsatz solcher Mittel in Extremfällen zu dulden. Die ADL war zu einem Patchwork der unterschiedlichsten Gesetze und Bestimmungen mutiert. Regierungen waren zerschlagen und neue geschaffen worden. In Hamburg hielten militante, aber effektive Parteien das Ruder in den Händen. Auflehnung gegen die Obrigkeit wurde aufs Härteste bestraft.

Aus der Leitzentrale ertönte damals über Lautsprecher der Feuerbefehl, einen Warnschuss hatte es nicht gegeben. Am Steg gelagerte Benzinfässer waren explodiert, und Zack hatte gesehen, wie die Flammen auf Kaspers Körper übergesprungen waren. Der Mann war gestürzt, und Zack hatte angenommen, dass er in jener Nacht gestorben war. Genau wie Michelle, die, gerade als sie zusammen mit den Runnern das Boot doch noch erreicht hatte, von einem Streifschuss aus dem Leben gerissen wurde. Auf der Fahrt hatte er ihren toten Körper stundenlang in den Armen gewogen und versucht, sie sich ins Leben zurückzuwünschen – ohne Erfolg. Geblieben war Zack ein tiefer Schmerz, den er seitdem hinter einer Maske aus unerschütterlicher Ironie verbarg.

Falls Kasper im Augenblick auch an die Vergangenheit dachte, konnte Zack dafür in seiner Fratze keine Anzeichen finden. Der verunstaltete Schieber drehte sich wieder dem Riesen zu und sagte: »Nuke, lass ihn in Frieden. Ich habe mit ihm etwas Privates zu besprechen.«

Obwohl der Riese eingeschüchtert wirkte, protestierte er erneut, wenn auch weniger von sich selbst überzeugt. »Wenn er uns nich' unterstützt, schaffen wir das Pensum nich'. Dann is' der Bonus für'n Arsch, und alle Plackerei war umsonst.«

Kasper griff in die Innentasche seiner Teerjacke und förderte eine Stange Kippen zutage; irgendein billiger Tabakimport aus Russland, garantiert nicht die Marke, die auf dem Etikett stand. Dennoch hatte die Stange an einem Ort wie Big Willy den Wert eines Goldbarrens. »Ich werde dafür sorgen, dass ihr euer statistisches Gruppensoll erreicht. Und jetzt verschwinde … lass mich mit Zack allein.«

Der Riese akzeptierte die Stange. Aber als er zurück in den Ameisenbau verschwand, hörte Zack, wie der Kerl mehr sich selbst fragte: »Zack – woher kenne ich den Namen?«

Chet saß auf dem Beifahrersitz des leicht ramponierten Lieferwagens. Während sich sein Fahrer Brennender Asphalt ziellos den Weg über die einzelnen Inseln, Dämme und Straßen suchte, war der Ork damit beschäftigt, aus dem Inhalt der Datei schlau zu werden. Das Ganze war mehr ein Fragment und klang verdammt nach magischem Spökes, von dem er nicht die Bohne verstand. Nach einem Auftrag sah es jedenfalls nicht aus, auch wenn die geöffnete Datei das Einzige war, das entfernt auf Paul schließen ließ.

Die Datei hieß PF, was möglicherweise für Paul Frazer stand. Genauso gut konnte es Panzer fahren, Putzfrau oder was auch immer bedeuten. Die Überschrift des Ganzen lautete ›Alter Schwede‹. In diesem Fall war aber weder die übliche Begrüßungsfloskel unter Kriegskameraden noch ein betagter Volvo gemeint. Die Abhandlung befasste sich ausschließlich mit einem für Chet wenig spektakulären Stein – einem Brocken, genauer gesagt einem Findling. Der Ork war weder Geologe, noch war er an einer Fitnessstunde mit einem 217 Tonnen schweren Gewicht interessiert. Deswegen sagte ihm diese merkwürdige Aufzählung von Fakten rein gar nichts. Aber zumindest wusste Chet, nachdem er sich durch den ermüdenden Inhalt gekämpft hatte, dass es sich bei diesem Findling um einen so genannten Geotyp handelte. Zum Glück lieferte ihm die Software sofort die notwendige Erklärung. Als Geotyp bezeichnete man interessante Naturgebilde, die etwas über die Entwicklung der Erde aussagen konnten. Im letzten Jahrhundert war der besagte Stein – für Chet war es nun einmal nicht mehr – zum Naturdenkmal erklärt worden. Sein Umfang betrug 19,7 Meter und die Breite lag zwischen 5,2 und 7,9 Metern. Hoch war der Brocken ganze 4,5 Meter, also größer als ein Troll.

Die Zahlen waren vielleicht beeindruckend, aber was das Ganze mit Paul zu tun haben mochte, wollte Chet nicht im Geringsten einleuchten. No Chance. Paul war bisher nicht am Sammeln von Steinen interessiert gewesen. Davon abgesehen, warum sollte man sich so einen Koloss auch in die Wohnung stellen? Vorrausgesetzt, man fand überhaupt eine Decke, die dieses Gewicht tragen konnte. Interessant war die Tatsache, dass der ›Alte Schwede‹ ursprünglich in Hamburg entdeckt worden war, aber eigentlich – deswegen auch der Name – aus Schweden stammte. Nach einer Attacke kunstinteressierter Sprayer hatte man ihn kurzerhand nach Övelgönne verfrachtet. Der Ort hatte vor der Großen Morgenflut von 2011 einige Kilometer nördlich von Altona gelegen. Jetzt ragten dort nur noch verwitterte Bauten mit der Attraktivität von Grabsteinen aus dem Wasser. Der Findling war also wieder im Wasser versunken.

Das Ding hatte sich während der Elstereiszeit von Schweden nach Norddeutschland bewegt. Wenn man bedachte, dass Steine sich nicht von allein bewegten, hatten die Gletscher vor circa 400000 Jahren eine enorme Strecke zurückgelegt. Aber diese astronomische Zahl, die Chet sich für die Habenseite seines Kontos wünschte, war nicht das eigentliche Alter des Gesteins. Ganze vier Millionen Jahre hatte der Knabe auf dem Buckel – war also ein richtig alter Schwede.

Bevor Chet weitere müßige Vermutungen anstellen konnte, beendete das Klingeln des Handkoms die mäßig interessante Geologiestunde. Chet nahm den Anruf entgegen. Sein ausklappbarer Bildschirm blieb jedoch schwarz und wurde nur gelegentlich von roten und weißen Balken erhellt. Die übertragenen Töne klangen verzerrt und abgehackt und erinnerten nicht einmal entfernt an eine menschliche Sprache. Chet stöpselte einen kleinen Hardwareaufsatz auf die seitlich angebrachte Schnittstelle der tragbaren Kommunikationsanlage an seinem Handgelenk. Diesen überaus komplizierten Tech-Zusatz hatte Snap früher einmal für das

Team entwickelt. Es war eine Art mobile Dechiffrierungseinheit. Der abgehobene Decker hatte ihr den Namen NEW Enigma gegeben. Chet besaß kein eingehenderes Wissen darüber, wie dieses Ding funktionierte. Der Knabe hatte ihm nur erzählt, dass eine Maschine mit dem Namen Enigma im Zweiten Weltkrieg auf mechanischem Weg einen fast unidentifizierbaren Geheimtext produziert hatte. Seine kleine Anbaueinheit arbeitete jedoch nicht nach dem Prinzip ihres Vorbilds. Damals wurden drei Walzen im gleichen Zeitablauf hintereinander betrieben, das dabei entstehende Endprodukt war eine verschlüsselte Ziffer. Das war Snaps Meinung nach auch die Schwachstelle gewesen. Bei ihm lief auf jeden Fall nichts gleichzeitig ab. Seine Walzen waren drei übereinander liegende optische Disks, die jeweils eine Spur darstellten. Der Geschwindigkeit der einzelnen Dechiffrierungsspuren lag ein weiterer Code zugrunde, der vom Sender gesteuert wurde. Die Hard/Software des Anrufenden bestimmte den Zeit- und Arbeitsablauf des Empfängers. Die dabei entstehende Permutation war so hoch, dass sie fast unknackbar war. Vor allem, wenn man bedachte, dass das Signal schon einmal verschlüsselt war – die Telekrampfgesellschaft, die diese Gespräche übermittelte, sorgte ja laut Werbung für eine gewisse Privatsphäre. Selbst ein Hightech-Computer würde für diese Entschlüsselung zu lange brauchen. Mathematische Wunderkinder würden diese Sicherungen zwar knacken können, aber zum Glück wurden die noch nicht in jedem Labor geklont. Vor einem Glücksgriff war man natürlich nie sicher.

Dieser blinkende Aufsatz war also äußerst kompliziert und noch dazu verdammt illegal. Die Regierungen sahen Datenverschlüsselung im Privatleben gar nicht gerne. Aber auch dagegen hatte Snap sich etwas einfallen lassen. Wenn man die Disks ohne das Signal des Anrufenden einlegte und abspielte, wurden Schichten und

Folgen auf den Träger übertragen, die wie Musik klangen. Natürlich hatte Snap eine Musik gewählt, die ihm zusagte, was ein Grund dafür war, dass Chet diesen Service nicht allzu gerne nutzte – er hasste einlullendes Frauengequietsche.

Das Gesicht, das sich jetzt auf dem Bildschirm formte, wollte er auch hassen, konnte es aber nicht wirklich. Paul hatte sich in der Vergangenheit zu einem echten Chummer entwickelt. Es gab bestimmt einen guten Grund für alles, zumindest hoffte Chet das – nicht nur für seinen Freund. Er besaß selbst das Gefühl, bis zum Rand der Unterlippe im brodelnden Dreck festzustecken. Der Mann auf dem Schirm sah ziemlich scheiße aus. Seine sonst gepflegte Erscheinung glich im Augenblick eher einem Chipabhängigen von der Straße. Dies dachte Chet schon, obwohl er nur Pauls Gesicht sah, und er wollte erst gar nicht wissen, wie der Rest aussah.

»Schön, dich zu sehen, Chet. Ich hoffe, es geht dir gut und du entschuldigst, dass ich dich nicht persönlich einsammeln konnte ... ich war anderweitig verhindert.«

Das war ja wieder einmal typisch Paul. Er konnte nie in einfachen, klar verständlichen Sätzen sprechen. Es gelang Chet, die Mischung aus Neugierde und Wut zu verdrängen, die mit einem Rammbock bewaffnet gegen seinen Gaumen anstürmte – in Wirklichkeit wollte er seinen Freund anschreien und fragen, was eigentlich Sache war. »Wenn ich jetzt sage ... alles Sahne ... wäre das eine schlechte Lüge«, antwortete er langsam.

»Ich verstehe, dass du sauer bist. Aber ich kann dir jetzt nur sagen, wir haben ein Problem. Grüner Schimmer wird dir später erzählen, was abgeht. Sie ...«

Chet unterbrach seinen Freund genervt: »Die Dame ruht in Fetzen und wird *später* gar nichts mehr können. Sie wurde von den Söhnen und Töchtern Gabriels in dampfendes Rattenfutter verarbeitet. Gibt es vielleicht irgendetwas, das du mir sofort erzählen solltest?«

Zu den dunklen Ringen um Pauls Augen gesellten sich einige neue. Seufzend antwortete er: »Das ist gar nicht gut. Ich hätte nicht gedacht, dass sie sofort gegen uns vorgehen. Aber so viel kann ich dir vorab erzählen: Diese Go-Gang ist mit der Grund, warum Zack auf Big Willy einsitzt.«

Chet spie die nächste Frage förmlich aus, weil der Rammbock in seinem Mund den Kampf gewonnen hatte. »Jetzt mach mal halblang und sprich so, dass ein langsamer Ork das alles verstehen kann. Zack sitzt im Knast?«

Paul gab nach. »Okay, Zack ist auf Big Willy und holt dort ein paar Informationen ein, zumindest hoffe ich das. Ich hatte nicht die Zeit, ihm das zu erklären. Simon sollte sich darum kümmern. Das bringt uns aber zum nächsten Problem ...« Paul machte eine Pause. Eine lange Pause, die Chet gar nicht gefiel. »... ich musste Simon ausschalten, und jetzt müssen wir vielleicht einen Weg finden, Zack dort wieder rauszuholen. Und ich fürchte, unser Chummer weiß noch nichts von seinem Glück. Ohne Simons Hilfe wird es verdammt schwierig werden, den Knaben legal von der Insel abzutransportieren.«

Chet wollte jetzt gar nichts mehr einleuchten. So langsam machte sich in ihm die Sorge breit, dass der Dreck nicht erst bis zur Unterlippe stand, sondern längst das Haupthaar passiert hatte. Sie ertranken bereits, hatten es nur noch nicht gemerkt. »Warum hast du Simon gegeekt? Das entbehrt jeder Logik und ist auch sonst nicht deine Art«, knurrte Chet.

»Das ist eine andere Geschichte ... eine, die ich dir im Augenblick nicht erklären kann. Das holen wir besser später unter vier Augen nach. Auf jeden Fall musst du jetzt erst einmal Nahrung und Ausrüstung für zehn Personen organisieren. Ich bin auf dem Weg, jemanden zu suchen, der uns hoffentlich unterstützen kann. Und ich hoffe, dass ich ihn bald finde. Ohne seine Talente wird es schwierig für uns, aus dieser Sache wieder herauszukommen. Dazu kommt, du musst auf die Schnelle einen Ersatz für Grünen Schimmer finden. In den nächsten Tagen trete ich wieder mit dir in Kontakt und kann dir hoffentlich etwas Positives berichten.«

»Halt!«, brüllte Chet. Brennender Asphalt reagierte sofort und ging hart in die Eisen. Chet stieß schmerzhaft mit dem Kopf gegen das Armaturenbrett, weil er der nervenden Aufforderung des Autopiloten, den Sicherheitsgurt anzulegen, bewusst nicht gefolgt war. »Nicht du, Chiphead! Fahr weiter, oder ich bau aus deinen Einzelteilen einen Multifunktionstoaster!«, fuhr er den verwirrten Fahrer an, der aber auch dieser Aufforderung nachkam und Gummi gab.

Danach pfiff Chet weiter Paul an: »Wofür soll ich eine Ausrüstung besorgen? Und für wen brauchen wir Nahrung? Was zur Hölle geht hier ab?«

Pauls Augenringe wurden noch größer; trotzdem ging er auf die Fragen ein. Er schien unter einem extremen inneren Druck zu stehen, und Chet übte nur ungern noch mehr auf ihn aus. Aber sein Leben hing von den Entscheidungen dieses Mannes ab. Er war ihr Teamleader – zumindest war er es einst gewesen.

»Okay, Chet, du hast Recht. Wir brauchen Ausrüstung und Nahrung für zehn Personen. Ich übermittle dir die Daten der noch ausstehenden Teilnehmer. Du kannst sie später einsammeln und dich vielleicht noch einmal von ihren Fähigkeiten überzeugen. Wir werden zusammen einen großen Stein bergen, einen Findling. Dafür brauchen wir Taucherausrüstungen und ein Schiff, aber darum habe ich mich bereits gekümmert. Die Nahrungsbeschaffung und den Kauf des Rests – mit anderen Worten: extremer Firepower – überlasse ich dir. Da weißt du am besten, was Sache ist.«

Chet kombinierte die Datei von eben mit dem Gesagten. »Zweihundert Tonnen Fels bergen? Das wird nicht einfach. Der Kahn, den wir dazu brauchen, wird kein Hochgeschwindigkeitsboot sein. Wir werden so langsam wie eine Schildkröte durch die verseuchte und stark kontrollierte See treiben.«

»Ich weiß und bemerke, dass du doch Infos bekommen hast. Dieser Findling soll den Mitgliedern vom ›Goldenen Ton‹ bei einem Ritual behilflich sein. Karl Bach, du erinnerst dich vielleicht, der Mann, der jetzt mit Pandoras Mutter zusammenarbeitet, will diesen Findling und winkt mit einer enormen Bezahlung. Dass der Run nicht einfach wird, hab ich erwartet. Wir brauchen aber die Kohle, um damit Zack frei zu bekommen und unsere Konten auszugleichen, die nach dem letzten Fiasko gewaltig leer geräumt sind. Was mich wieder darauf bringt … ich werde bis morgen versuchen, Snap zu finden. Claw unterstützt mich dabei – ich soll dich auch vom Löwenbubi grüßen. Er sitzt hier neben mir und verbreitet aufdringlich penetranten Zoogestank.«

Paul drehte ein wenig die Kamera, die anscheinend am Rückspiegel eines Hovers angebracht war, nach rechts. Chet erkannte den Schamanen und wunderte sich nur über die dunkelhäutige Begleitung, die er kurz im Hintergrund erblickte. »Und wer ist die Frau?«, bohrte er sofort nach.

»Sie gehört zu Claw und wird uns unterstützen. Das Blumenmädchen hat mir zwar geholfen, etwas über Snap herauszufinden, ist aber mit ihrem Latein am Ende. Deswegen bin ich froh darüber, vertrauenswürdigen magischen Support an unserer Seite zu wissen.«

Paul wollte also Snap finden – diesen kleinen, labilen Decker. Es war schon irgendwie merkwürdig, denn gerade eben hatte der Ork zum ersten Mal seit langem wieder an diesen undurchsichtigen Typ gedacht. Chet hatte nichts dagegen, den Matrixjunkie im Team zu haben. Er hatte bisher immer gute Arbeit geleistet und sich Chets Vertrauen damit schwer verdient. »Okay, jetzt sehe ich etwas klarer«, sagte er. »Glücklich über die Entwicklung bin ich trotzdem nicht. Und wir müssen später einmal ein ernstes Wort miteinander reden. Es gibt einiges, das ich dir erzählen will und muss.« Chet wusste nicht, ob es gut wäre, Paul zu erzählen, dass er nach diesem Run aussteigen wollte. Aber bis *später* konnte noch sehr viel passieren – vieles, mit dem keiner von ihnen gerechnet hatte. So wie Grüner Schimmer, die ihre persönlichen Geheimnisse für alle Ewigkeit mit ins Grab genommen hatte.

»Pass auf dich auf ... ich muss die Verbindung beenden. Wir nähern uns der Grenze des Herzogtums Pomorya, und du weißt, dass die Elfen nicht glücklich über verschlüsselte Signale in der Nähe ihres Hoheitsgebiets sind. Den Ärger möchte ich vermeiden. Wir sehen uns garantiert später.«

Vielleicht später, dachte Chet, als Paul die Verbindung unterbrach und das Signal auf dem Bildschirm erlosch.

Pandora öffnete die Augen und schaute geradewegs in das vom Alter gezeichnete Gesicht des Professors. Sie ließ sich noch einmal durch den Kopf gehen, was der Mann ihr gerade eben zu sagen versucht hatte. Dadurch, dass sie sich die Kerze in einem Raum vorgestellt hatte, sah sie sich selbst automatisch als Teil dieser Umgebung, wodurch es ihr erst möglich geworden war, den Entstehungsort des Entflammungszaubers zu bestimmen. Dazu hatte sie unterbewusst zusätzlich noch eine Art Lied angestimmt; der Professor hatte sie in Trance in einen ähnlichen Zustand versetzt und ihr dadurch zu Ohren geführt, was sie heute früh gesungen hatte. Es waren einfache Spruchformeln gewesen, die man ihr damals als Erstes präsentiert hatte, um Zauber zu wirken. Was diese lateinischen Begriffe bedeuteten, war in Wirklichkeit vollkommen egal. Sinn und Zweck der Übungen bestand darin, dem Anfänger einen Ansatzpunkt zu bieten. Die Magie wurde dadurch lebendig, dass sich der Zaubernde nur auf sich und seine eigenen Fähigkeiten konzentrierte. In Pandoras Fall war es die Sprache, die ihr half zu zaubern. Aber nicht explizit der optische Eindruck – also das gedruckte oder geschriebene Wort – half ihr beim Wirken und beim Erlernen, sondern es war der innerlich vorgelesene Klang der vertrauten Silben. Diese Art des innerlichen Lesens nannte man Subvokalisieren. Wenn der Vorgang auch nur mental stattfand, wurden doch physikalisch messbare Schwingungen am Kehlkopf festgestellt. Diese Technik war bei Pandora der Grund, warum sie ihre magischen Gene aktivieren konnte. An diesen Prozess hatte sie sich in den letzten Jahren sehr stark gewöhnt. In ihrem Fortschritt hatte sie sich selbst behindert, indem sie neue Wege gesucht und nicht mehr auf ihre alten, angeborenen Fähigkeiten vertraut hatte.

An und für sich war die Argumentation des Gelehrten einleuchtend; nur entsprach sie so gar nicht ihrem bisherigen Weltbild. Wenn das stimmte, folgte sogar die hermetische Magie extrem ausgeprägten individuellen Aspekten. Und genau dies erklärte sie dem Gelehrten, Professor Dürrbaum mit Namen, der den Unterricht für Fortgeschrittene in ›Theoretisch angewandter Magie‹ leitete. Es war eines der wenigen Fächer, an denen Trish und Pandora gemeinsam teilnahmen.

»Wenn das wirklich der Fall sein sollte, würden sich Magier doch automatisch auf die gleiche Stufe wie Schamanen hinabbegeben, oder?«, formulierte Pandora ihre Meinung und Frage bewusst provokant um, als sie auf ihren Platz in einer der oberen Reihen zurückkehrte.

Der mit einer ausgeprägt großen Nase gesegnete Professor antwortete nicht direkt auf ihre Frage. Er gehörte zu der pädagogischen Fraktion, welche die Meinung vertrat, alles müsse erst einmal empirisch erschlossen werden, um die dabei entstehenden Ergebnisse für alle

Beteiligten besser nachvollziehbar zu machen. Daher erteilte er lieber einem anderen Studenten das Wort, der sich auch einbringen wollte.

Der Student hieß Friedrich von Kaltenburg. Er stammte aus Münster, und alle an der Uni wussten, dass er so etwas wie ein geduldeter Spion war. Nach dem Abschluss wollte er nämlich in seine Heimatstadt zurückkehren, und in der Zwischenzeit leitete er die hier gewonnenen Erkenntnisse und Erfahrungen an den Kirchenstaat weiter. Professor Dürrbaum, den eigentlich alle Nase nannten, schien dies nicht weiter zu stören. Er schloss ihn und seine Ansichten nicht vom Unterricht aus, auch wenn Friedrichs sehr oft christlich geprägten Argumente alle irgendwie ähnlich klangen.

Der übergewichtige, bärtige Mann mit der Tonsur stand von seinem Platz auf, als ihm das Wort erteilt wurde. »Was hier indirekt behauptet wird, grenzt fast schon an eine Lästerung des geheiligten Christentums. Man könnte diese Meinung als blasphemisch bezeichnen. Es würde ja bedeuten, dass der Mensch das Zentrum aller Magie wäre. Dabei ermöglicht uns doch erst der Glaube, Magie zu wirken.«

Diesmal war es Trish, die sich in das Gespräch einschaltete. Pandora empfand dieses Verhalten als ziemlich ungewöhnlich. Nicht nur weil sie zu spät zum Unterricht erschienen war, sondern weil sie sogar innerlich zutiefst verletzt wirkte, als sie den Saal betreten hatte.

»Manuela …«, – das war der Name, unter dem Pandora den anderen Studenten bekannt war – »… hat nichts dergleichen gesagt. Mit ihrem Einwand hat sie lediglich zum Ausdruck gebracht, dass Magie dann etwas wäre, das sich individuellen Grenzen und Möglichkeiten beugen müsste. Deine These setzt hingegen bei allen Anhängern einen gleich stark ausgeprägten Glauben voraus. Was wiederum ziemlich stark an das Weltbild von Schamanen erinnert, in dem der Zaubernde dank der Macht seines Totems Magie wirken kann ...« Trish brach ihre Ausführungen ab. Es schien fast, als würde sie sich wieder in das Schneckenhaus zurückziehen, aus dem sie sich, wenn auch nur für einen kurzen Augenblick, herausgewagt hatte.

Aber der Professor erlaubte keinen Rückzug in seinem Unterricht. Vor allem dann nicht, wenn sein Riecher spürte, dass sich jemand auf einem Weg befand, dessen Ziel der Allgemeinheit offenbart werden sollte. »Und was empfindest du dabei? Wer, meinst du, liegt richtig, oder liegen vielleicht beide falsch?«

Dem aufmunternden Blick des Professors konnte man nur schwerlich widerstehen. Er war ein Meister darin, andere zu aktiver Teilnahme am Unterricht zu motivieren. Doch die Sängerin war blind und war gegen diese Taktik immun. Als sie sich dennoch auf dieses Spiel einließ, hatte Pandora das Gefühl, dass es mehr aus einer Art Trotz heraus geschah. Für einen kurzen Augenblick meinte die Magierin, ein hasserfülltes Aufflackern in den blinden Augen der Sängerin zu sehen. Wenn dem so war, war davon nichts in ihrer Stimme zu hören. Sie klang wie immer gefasst und vermittelte den Eindruck, es gewohnt zu sein, vor einer größeren Menge ihre Meinung sachlich zu vertreten. »Ich würde sagen, beide haben Recht und Unrecht zugleich. Das mag sich vielleicht paradox anhören, spiegelt aber meine persönliche Meinung wider. Sowohl der Schamanismus als auch der christliche Glaube werden von den Sehnsüchten und Erfahrungen des Einzelnen bestimmt. Religiöser Glaube ist der Katalysator, und der Körper des Zaubernden ist ein Werkzeug, das den Regeln des Totems oder eines Gottes unterliegt. Dabei können nur Kräfte genutzt werden, von denen die Ausführenden annehmen, dass sie ihnen von außen zur Verfügung gestellt wurden. Der hermetische Magier hingegen sieht sich als Mittelpunkt des Universums. Seine Handlungen bestimmen den Ablauf, und er allein ist derjenige, der mit seiner Macht dazu imstande ist. Er ist Herr über seine Entscheidungen und deren Auswirkungen. Wenn man nun aber die Brücke zwischen beiden Ansichten schlägt, könnte dies bedeuten, dass der Zaubernde zwar das Zentrum seiner Kraft ist, diese aber von einem Mittelpunkt zur Verfügung gestellt wird, der in ihm verborgen liegt, selbst wiederum aber Teil von etwas anderem, Unbekanntem wäre.«

Jetzt war der Moment gekommen, an dem der Professor ihnen die Aufgaben mit auf den Weg gab. »Somit hast du uns eine dritte Möglichkeit aufgezeigt, Trish. Ich bin überzeugt davon, jeder andere in diesem Raum vertritt eine eigene Meinung. Vielleicht stimmt sie in einigen Punkten mit der einen oder anderen hier geäußerten Aussage überein, im Detail werden sie aber unter Garantie vollkommen individuell ausfallen. Was möchte ich nun von euch wissen? Ich möchte wissen, wo ihr euch persönlich im Universum der angewandten Magie seht. Die Beantwortung dieser Frage setzt voraus, dass ihr euch auch mit eurem Leben und den damit verbundenen Zielen auseinander setzt. Wie Trish so passend erläutert hat, seid ihr Katalysator einer fremden Macht oder Initiator. Oder vertretet ihr die Meinung, dass es Fragen gibt, auf die man keine Antworten finden kann oder sollte, weil alles im Leben den Platz erlangt, der nun einmal vorbestimmt ist? Oder: Warum etwas hinterfragen, wenn man es kostenlos nutzen kann? Ich bin auf eure Antworten gespannt.« An dieser Stelle pflegte er eine kurze Pause einzulegen, um die Vielzahl der Denkanstöße wirken zu lassen. Zum krönenden Abschluss unterbreitete er dann seinen Studenten einen ausgewählten Literaturvorschlag. »Ich empfehle euch zur Beantwortung der Frage, genauer in einen Chip mit dem Titel ›Ausgebrannt – Folge eines persönlichen Wertverlustes?‹ zu schauen. Der Autor heißt Karl Bach. Ihr findet seine Werke in der Bibliothek. Ich rate euch außerdem zur Eile. Wir besitzen leider nur eine begrenzte Auswahl an Verleihexemplaren. Der Unterricht ist beendet.«

Die Studenten klopften Beifall auf den hölzernen Zuhörerpulten, standen von ihrem Plätzen auf und reihten sich in der Schlange ein, die sich vor dem Mittelgang bildete. Am Fuße der kaskadenartig gestaffelten Zuhörerreihen hatten einige Studenten den Professor noch in ein Gespräch verwickelt und blockierten so den Ausgang.

Pandora sah sich suchend nach Trish um, weil sie unbedingt mit ihr reden wollte. Nicht über deren seltsames Verhalten in der letzten Zeit, sondern über ihre Aussage bezüglich Paul und die drohende Gefahr in Hamburg. Als Pandora die Sängerin fand, hatte sie ihren Platz noch nicht verlassen und saß mit hängenden Schultern gedankenversunken auf ihrem Stuhl. Wie gewohnt hatte sie den Blick irgendeinem fernen Ort zugewandt und schien das Geschehen in ihrer unmittelbaren Umgebung gar nicht wahrzunehmen. Neben ihr stand der eingebildete Prediger, Friedrich von Kaltenburg, und redete ohne Rücksicht auf Verluste auf sie ein. Da er Pandora zugewandt war und sie gelernt hatte, von den Lippen zu lesen, verstand sie Teile des Monologs, mit dem der Mann versuchte, der Sängerin ein Gespräch aufzuzwingen. Diese schien ihn jedoch einfach zu überhören; obwohl er direkt neben ihr stand, schauten ihre weit geöffneten Augen weiter in Richtung des mittlerweile geräumten Rednerpults.

»Was du eben geäußert hast, gefällt mir und Mutter Kirche gar nicht. Bist du etwa eine Gottlose, die nicht einsehen will, dass der Glaube alles in deinem Leben bestimmt?«, bedrängte er Trish.

Pandora konnte immer noch kein Anzeichen dafür erkennen, dass die Sängerin in irgendeiner Form von ihrem aufdringlichen Gesprächspartner Notiz nahm. Sie wollte lediglich aufstehen. Friedrich von Kaltenburg legte seine fleischige Hand auf ihre schmale Schulter und drückte sie unsanft zurück auf den Sitzplatz. Erst jetzt veränderte sich Trishs Körperhaltung. Sie streckte provozierend die Brust raus und hob angriffslustig das bisher gesenkte Kinn.

»Hör mir gefälligst zu und antworte, wenn ich mit dir rede, Weib. Ich mag es nicht …«, fuhr der Novize sie an, brach dann aber mitten im Satz ab.

Pandora konnte nicht erkennen, was der Mann in diesem Augenblick sah oder was Trish ihm antwortete. Trishs Reaktion musste auf jeden Fall sehr heftig ausgefallen sein. Schimmernde Schweißperlen bildeten sich auf seiner Stirn und Tonsur, und Entsetzen ließ die Augen aus ihren Höhlen hervortreten. Der Mann schnappte nach Luft, griff sich an den Hals und taumelte hechelnd einige Schritte zurück. Er schien etwas zu sagen, weil er aber den Kopf gesenkt hatte, war es Pandora unmöglich, einen Blick auf seine Lippen zu werfen. Erst den letzten Satz konnte sie wieder verstehen, wobei seine Lippen die einzelnen Silben holpernd formten.

»Hexe … gottverdammte Hexe … das wird … ein Nachspiel haben … deine verderbte Seele … wird in den … Fegefeuern der Hölle … schmoren«, stotterte der Mann, machte auf dem Absatz kehrt und verließ fluchtartig den Hörsaal, ohne einen Blick zurückzuwerfen.

Grob kämpfte er sich durch die Menge der anderen Studenten und schob auf seinem Weg sogar den Professor beiseite. Dieser reagierte aber nur mit einem amüsierten Kommentar. »Da scheint es aber jemand ziemlich eilig zu haben, seinen Bericht in Münster abzuliefern.«

Obwohl Friedrich Trish nicht mehr hören konnte, erwiderte Trish etwas auf seine letzten Worte, drehte den Kopf aber in Pandoras Richtung, die den Vorfall offenbar als Einzige mitbekommen hatte. »Das tut sie bereits«, formten ihre Lippen verbittert. Danach verschwand Trish ebenfalls Hals über Kopf aus dem Saal.

Pandora war es unmöglich, ihr sofort nachzueilen. Als die Magierin endlich draußen ankam, war die zierliche Sängerin längst zwischen den Roben der anderen Studenten im Flur verschwunden.

Das Bild entfaltete sich von einem Moment auf den anderen. Die einzelnen Objekte in der Matrix bauten sich blitzschnell auf und visualisierten eine Welt, die selbst jemand mit Datenbuchse und jahrelanger Matrixerfahrung niemals zur Gänze ergründen und begreifen würde. Die Persona des Deckers war nur ein zeitweiliger technischer Bestandteil dieser künstlichen Welt. Sie wurde von einem gefühlvollen Menschen gesteuert, der niemals einen festen Platz in dieser emotionslosen Illusion einnehmen konnte. Zumindest hatte Snap diese Erfahrung gemacht. Er war nur Passagier in einem Fahrzeug, das er zwar selbst entworfen hatte, dem aber eine Technik zugrunde lag, die sich außerhalb seines rationalen Verständnisses bewegte.

Nach der überstürzten Flucht aus Hamburg hatte er lange Zeit mit sich gerungen, ob er wieder in die Welt der Bits und Bytes eintauchen sollte. Er hatte versucht, dieser Sucht zu entsagen, war aber kläglich gescheitert. Ganz gleich, was er auch im wirklichen Leben unternommen hatte, ständig versuchte er bewusst oder unterbewusst, die einzelnen physikalischen Aktionen und Gedankenabläufe programmiertechnisch innerhalb dieser künstlichen Realität umzusetzen. Angetrieben wurde er von der Frage: *Was ist mit Icebaby geschehen?* Der Verlust dieser Frau belastete ihn immens. Er konnte nicht verstehen, warum sie ihn verlassen hatte, warum sie ohne ein Wort des Abschieds verschwunden war. Aber sobald Snap sich in die künstliche Realität einstöpselte, ertappte er sich bei dem Gefühl, sie an seiner Seite zu wissen. Er meinte, die programmierte Kälte ihrer Persona in der Nähe zu spüren. Die Sensoren bewiesen ihm jedoch, dass dieses Gefühl seinen Ursprung nicht in der Matrix haben konnte. Es war etwas, das er aus dem Realleben mitbrachte. Die Sehnsucht nach ihr wurzelte so tief, dass er sie wohl niemals ablegen würde. Es sei denn ... es sei denn, er würde herausfinden, was mit ihr geschehen war.

War sie vielleicht gar nicht tot? Snap hatte herausgefunden, was in ihrer Krankenakte vermerkt war: Demnach war die Implantation ihres Cyberdecks mit dem Einbau einer neuartigen Festplatte gekoppelt gewesen, der eine Verbindung zwischen Zellgewebe und einem Silizium-Chip zugrunde lag.

Das war ein Verfahren, das noch in den Kinderschuhen steckte. Erst seit einigen Jahren war man in der Lage, kompakte Hardware zu fertigen, die es mit den natürlichen Ressourcen des Menschen aufnehmen konnte. Für die Öffentlichkeit zugänglich war diese Hardware aber noch lange nicht.

Snap hatte sich Zugriff zu den Dateien des Krankenhauses besorgt, die Aufschluss über Lieferungen und Kostenaufstellungen der einzelnen Behandlungen und Operationen gab. Es war verdammt hart gewesen, in diese Bereiche vorzudringen. Die Kohle, die er durch den Verkauf seiner gesamten Habe in Hamburg erzielt hatte, hatte jedoch zu einem technischen Neustart ausgereicht. Einzig seine frühere Persona-Datei hatte er behalten. Ein anderer Decker hätte damit sowieso nichts anfangen können – sie war auf seinen physikalisch eingeschränkten Körper zugeschnitten, und das Umprogrammieren hätte in keinem Verhältnis gestanden.

Sein neues Deck hatte er selbst zusammengeschraubt. Das Ergebnis war so schnell, dass Snap zu Beginn lange kämpfen musste, um sich darauf einzustellen. Ein äußerlich unscheinbares, kleines Gerät, das vom Volumen her in eine große Damenhandtasche passte. Aber Snap brauchte keine großen Dinge im Leben, um etwas Körperliches zu kompensieren. Die erzielte technische Leistung hatte ihn überzeugt und die verwendeten Komponenten waren genau auf die Bedürfnisse von Snaps Körper zugeschnitten. Das Endergebnis war ein Prototyp, der außer Snap niemandem sonst gute Dienste leisten würde. Und das hatte die Tech auf dem persönlichen Run gegen das Krankenhaus bewiesen.

Snap hatte in den Materialaufstellungen des Krankenhauses bemerkt, dass die Jerusalem Klinik für Icebabys Operation keine Personalkosten aufführte. Nur Verbrauchsmaterialien wurden berechnet; auch die Kosten der Cyberware waren nicht verzeichnet – Positionen, die unter Garantie angefallen waren. Aber ein Betrag, der unter dem Vermerk »Bereitstellungskosten« jemand anderem in Rechnung gestellt worden war, weckte seine Neugier. Das war der Moment, der Snap auf die Idee brachte, sich die Rechnungsstellung des Krankenhauses näher anzuschauen. Er stellte fest, dass über diesen Betrag eine Rechnung an die Firma A.T.C. GmbH gegangen war. Eine Lieferquittung dieser Firma, der die gleiche Projektnummer zugeordnet worden war, war ein zusätzlicher Beweis. In den Lieferunterlagen war Hardware aufgeführt, die man für eine Bewusstseinssicherung benötigte. Snap glaubte mittlerweile zu wissen, dass die A.T.C. GmbH Icebaby als Versuchskaninchen missbraucht hatte. Deswegen waren die entstandenen Kosten damals egal gewesen. Die Firma hatte sie übernommen und war froh gewesen, jemanden gefunden zu haben, der sich freiwillig auf dieses waghalsige Experiment einließ. Aber welche Wahl hatte sie denn auch gehabt? Als man Snap seinerzeit vor eine ähnliche Wahl stellte, hatte er sich ebenfalls nicht verweigert. Wenn all die Mutmaßungen zutrafen, bestand die Möglichkeit, dass Icebaby noch lebte. Und die Installation dieses neuartigen Chips schloss eine Bewusstseinssicherung nicht aus.

Das Verfahren der Bewusstseinssicherung beruhte auf der Hypothese, dass das Überspielen aller Bereiche eines Gehirns automatisch alle Empfindungen und Reaktionen mit übertrug. Wenn man bedachte, dass fast alle Abläufe im Körper vom Gehirn gesteuert wurden, war das gar nicht so abwegig. Jede chemische und physikalische Reaktion beruhte auf elektrischen Impulsen, die das Gehirn aussandte oder empfing. Die Annahme, dass nur zehn Prozent des menschlichen Gehirns genutzt wurden, war längst überholt. Tests hatten ergeben, dass das gesamte Gehirn des Menschen ständig arbeitete. Bewusst wurden vielleicht nur wenige Bereiche genutzt, aber der Rest war rund um die Uhr aktiv. Das vegetative Nervensystem steuerte sämtliche Prozesse und Reaktionen, nicht nur die der Vitalfunktionen. Das Reptilienhirn übte einen erheblichen Einfluss auf die Entscheidungen des Groß- und Kleinhirns aus. Jeder Gedanke war chemisch und physikalisch nachweisbar. Waren somit das Leben und die damit gekoppelten Reaktionen und Gedanken eines Menschen nichts weiter als der Ablauf vorprogrammierter Arbeitsroutinen, die auf der menschlichen Festplatte, dem Gehirn, hinterlegt waren und nur auf Abruf, also Reize, reagierten? Übertrug man alle Bereiche eines Gehirns eins zu eins auf einen künstlichen Datenträger – wurde dann das Bewusstsein in Dateiform mit überspielt? Das war die große Frage, welche die Fachwelt schon seit über fünfzig Jahren beschäftigte. Aber erst seit kurzem war man imstande, solche theoretischen Fragen kostengünstig in der Praxis zu klären. Was dafür alles genau notwendig war, wusste Snap nicht, aber in der Theorie war ein Gelingen nicht ausgeschlossen. Vielleicht bestand weiterhin die Möglichkeit, dass der Konzern Icebaby damals aus der Jerusalem Klinik entfernt hatte. Die Projektnummer der Firma verwies nämlich auch auf den Abtransport eines Gegenstands, der vom Gewicht her ein Körper sein konnte. Vielleicht war alles nur Tarnung gewesen, um die Machenschaften der Firma vor den Augen des Gesetzes und die des Krankenhauses vor denen der Ärztekammer zu verbergen. Icebaby konnte noch leben – diese Möglichkeit war der Strohhalm, an den Snap sich klammerte. Er wollte wissen, was damals wirklich geschehen war und ob sie noch lebte. Sie konnte unmöglich tot sein. Woher sonst stammte das Gefühl, das er jedes Mal empfand, sobald er in die künstliche Matrix eintauchte? Sein Instinkt sagte ihm, dass sie noch lebte. Egal in welcher Form, ob als Datei oder als Mensch. Es musste einfach so sein.

Diese Gedanken und Gefühle hatten ihn dazu getrieben, sich auf die Suche nach Icebaby zu begeben. Sein erster und einziger Ansatzpunkt war der mögliche Initiator eines solchen Experiments, die Firma A.T.C. Der Name stand für Außergewöhnlich-Technologische-Cyberinterface GmbH, und allein schon die Aufschlüsselung des Namens bestätigte Snaps Vermutungen. Dieser deutsche Konzern hatte seinen Hauptsitz im Herzogtum Pomorya, das viele auch Terra Nobilis nannten. In den ADL musste dieser Staat als Sonderfall angesehen werden, und nicht nur wegen der überwiegend sauberen Landschaft, sondern auch wegen seiner Regierungsform. Er besaß eine feudale Struktur mit dem Elfenherzog Jaramor Greif an der Spitze. Er besaß jedoch nicht die komplette Macht im Land, sondern musste seine Entscheidungen mit einflussreichen Gremien und Räten absprechen, hinter denen die Grafenhäuser standen. Die Adelshäuser deckten unter anderem die Aufgabenbereiche der Polizeigewalt ab. Zum Beispiel war ein Haus für den Küsten- und Wasserschutz zuständig. Dementsprechend waren auch die Gesetze in diesem

Land anders als irgendwo sonst in den ADL. Und die Priester der Haine griffen als weiterer Machtfaktor in dieses Geflecht ein. Insgesamt war das alles ziemlich verworren und deutete auf einen Alltag aus hinterhältigen Intrigen hin. Konzerne konnten sich hier nicht auf ihre Exterritorialität berufen, was möglicherweise auch der Grund war, warum die A.T.C. GmbH nie Konzernstatus angestrebt hatte. Ein anderer Grund konnte sein, dass hinter ihr die Macht eines Hauses lauerte.

Eines war Snap sofort klar gewesen: In Pomorya traf das Sprichwort *Trau keinem Elf* hundertprozentig ins Schwarze. Bevor er sich also auf einen Kreuzzug gegen die A.T.C. GmbH begeben konnte, musste er sich erst einmal ein sicheres Hauptquartier suchen. Die Einreise war ein Abenteuer für sich gewesen und mit Hindernissen gekoppelt, die er nur mit verdammt viel Glück überwunden hatte. Ein Vorteil war, dass viele der hier arbeitenden Menschen Vorurteile gegen die Elfen hegten. Seine Fähigkeiten verschafften ihm nach einigem Suchen in der Matrix ein paar Connections, die an seinen erprobten Deckertalenten interessiert waren. Natürlich wusste Snap, dass ihn das zu einem Bauern in einem Schachspiel machte, dessen Sichtfeld niemals ausreichen würde, um die Figuren der letzten Reihen zu erkennen – ob sie nun schwarz oder weiß waren. Nachdem er aber einige Rechercheaufgaben gemeistert hatte, war es ihm gelungen, sich einen kleinen Schutz zu erspielen. Die unbekannten Gönner hatten sich von seinen Fähigkeiten überzeugt und sahen momentan noch keinen Bedarf, ihn zu opfern. Und natürlich vermutete Snap, dass feingliedrige Elfenfinger den Verlauf der Partie steuerten – wie alles, was in diesem Land geschah.

Zumindest hatte sich Snap eine halbwegs sichere Bleibe organisiert. Er wohnte im Dachgeschoss eines kleinen Backsteinhauses nahe der Grenze. Seine Vermieterin war eine ältere Witwe mit Namen Berger. Sie hatte ihren Mann und auch ihren einzigen Sohn in den Wirren der Eurokriege verloren. Snap hatte sich in den letzten Monaten zu so etwas wie einem Adoptivsohn entwickelt und fühlte sich recht wohl in dieser Rolle, auch wenn sie seine Sicherungen mitunter arg strapazierte. Ihre spärliche Rente besserte die alte Dame mit dem Verkauf biologisch reiner Lebensmittel und der Vermietung des Dachgeschosses auf. Sie besaß ein paar frei laufende Hühner und eine kleine Schafzucht. Diese Besonderheiten hatten Snap zum ersten Mal in seinem Leben den Verzehr biologisch wertvoller Kost beschert. Nach Hamburg wurden solche Güter zwar exportiert, aber sie kosteten dort so enorm viel Geld, dass nur die High Society in ihren Genuss kam.

Die gute und vor allen Dingen abwechslungsreiche Kost barg Geschmacksvorteile, die der Decker schätzen lernte. Vor allem bereicherte sie seinen sonst eher einseitig aufgestellten Speiseplan aus grünen Pillen, die er Soylent-Green nannte. Anfangs waren die Pillen noch weiß gewesen; der pastellgrüne Farbton symbolisierte eine stärkere Dosis, die es in keiner öffentlichen Apotheke ohne Rezept gab. Mittlerweile assoziierte Snap einen grünen Farbton aber nicht mehr automatisch mit seinen Pillen. Grün stand nun für die saftigen Weiden hinterm Haus. Für einen Mann aus der Großstadt besaß der Anblick etwas Exotisches und vermittelte eine Ruhe, die Snap lange nur in der Matrix gefunden hatte.

Trotz solcher Ablenkungen verlor er jedoch das Ziel niemals aus den Augen. Nach langem Forschen und Planen war nun endlich der Tag gekommen, an dem er in das Herz der A.T.C. GmbH eindringen wollte. Da er allein operierte, gab es niemanden, der ihn im Notfall ausstöpseln würde. Frau Berger kam dafür nicht in Frage. Für sie war Snap ein Programmierer, der es vorzog, in der Einsamkeit zu leben und nachts zu arbeiten – vergleichbar mit einer durchgeknallten Fledermaus, die sich allein auf einen verwitterten Glockenturm zurückzog und einsam den Mond anstarrte.

Snap ließ den optischen Eindruck der Matrix auf sich einwirken. Verglichen mit anderen virtuellen Netzen war die visuelle Gestaltung der Matrix Pomoryas außergewöhnlich. Die ortsansässige Kommunikationsgesellschaft hatte einiges an Rechenpower investiert. Ein Decker musste sich anpassen, wenn er nicht Gefahr laufen wollte, sofort als Fremder erkannt zu werden. Snap hatte deshalb wieder einmal viel Zeit in die Programmierung seiner Persona investiert. Das pickelübersäte Teenagergesicht war geblieben, aber um einen blonden Kinnbart bereichert worden. Im Augenblick bestand seine Kleidung aus einer gewöhnlichen, grob gewebten hellbraunen Bauernkluft, und die virtuellen behaarten Füße steckten in klobigen Holzschuhen. Um den Bauch trug er eine dunkelbraune Ledertasche, in der er seine anderen, zerstückelten Programme verbarg. Aus gutem Grund war keines seiner Angriffsprogramme auf Anhieb zu sehen oder einsatzbereit. In der realen Welt des Herzogtums war der Waffenbesitz für die Allgemeinheit strengstens verboten – nur Adlige, Sicherheitsbeamte und besonders Auserkorene besaßen dieses Privileg. Diese Verordnung hatte auch Auswirkungen auf die Gesetze innerhalb der Matrix. Gewalt- und Selbstverteidigungsmittel waren lediglich autorisierten Personen gestattet – Snap zählte natürlich nicht dazu. Dazu kam, dass er sich gerade erst auf den Weg zum Knotenpunkt der Firma befand und nicht unnötig auf sich aufmerksam machen wollte.

Die Tarnung als Bauer war sehr gut gewählt. Der feudale Lebensalltag bestimmte auch den Ablauf sowie das Aktions- und Reaktionsverhalten der einzelnen Objekte innerhalb der Matrix. Bauernprogramme waren durchweg Programmroutinen, die man überall antraf. Sie verrichteten Handlangertätigkeiten, für die der Einsatz eines realen Angestellten zu teuer war. Sie brachten die Saat aus und ernteten die Felder ab. In Wirklichkeit konnte diese visuelle Darstellung eine automatisierte Postsortierung oder auch simple und wenig beachtete Botengänge bedeuten. Letzteres war Snaps Tarnung. Er mimte gerade einen ärmlichen Bauern, der mit einer unauffälligen Papierrolle in der Hand zu seinem Ziel unterwegs war.

Auf dem Weg passierten ihn schwer bewaffnete, gepanzerte Ritter in den Farben und Symbolen des Hauses Renka: visualisierte Decker, die mit der Sicherung und Kontrolle der Matrix beauftragt waren. Da das System gerade mit einem lodernden Feuer in einem Kornspeicher beschäftigt war, hatten sie keine Augen für unscheinbare Bauern. Hinter dem leuchtenden Feuer in dem kleinen Nahrungsdepot an der Grenze steckte natürlich Snap. Er hatte einen Virus eingeschleust, der genau nach Zeitplan alle Feueralarme des Bereichs aktivierte. Beschädigt wurde nichts, aber bis die anderen diesen Umstand aufgedeckt und den Virus beseitigt hatten, würde einige Zeit vergehen – Zeit, die Snap brauchte.

Es war so weit. Vor Snap ging der Feldweg nahtlos in eine gepflasterte Kopfsteinstraße über. Am Ende befand sich eine Motte, ein Wehrhügel. Hölzerne Palisaden zogen sich spiralförmig um den Berg, der den Knoten der A.T.C. GmbH in der Matrix darstellte. Vor dem Eingang reihten sich andere Bauernprogramme ein und warteten, um von dem Torwächter begutachtet zu werden. Snap hatte keine Lust und Zeit, sich einzureihen. Er schritt an der Reihe vorbei und drängelte sich an die erste Position. Der Torwächter schien nicht glücklich darüber und tastete automatisch nach einem Holzknüppel, der griffbereit an einem Bauchgurt baumelte. Abwehrend hob Snap die Arme und hielt dem Torwächter die Papierrolle vor die große Nase. Als Erstes fiel dem Programm das Renka-Siegel auf, mit dem die Nachricht verschlossen war. Dieses Siegel war eine von Snap angefertigte Fälschung. Einem einfachen Torwächterprogramm würde sie nicht auffallen – zumindest hoffte Snap das. Und er hatte Glück.

Die Hand des Programms vergaß den Knüppel und nahm die Botschaft entgegen. Eine vom Hause Renka stammende Nachricht musste sofort beachtet werden. Der Torwächter brach das Siegel auf und aktivierte damit eine einem Teerbaby ähnliche Routine. Allerdings war sie temporär. Das Wächterprogramm versuchte nun einige Zeit, den Inhalt der Rolle zu deuten. Die Zeichen waren wirr auf das Papier verteilt und formten sich erst langsam zu einer verständlichen Botschaft. Snap nutzte die Zeit, um sich im Gemüsekarren eines anderen Bauern zu verstecken. Das Gemüse symbolisierte Abgaben, in Wirklichkeit der Beleg für einen eingegangenen Geldtransfer. Eingehendes Geld wurde erst einmal nicht abgewiesen. Eine zu genaue Kontrolle wäre aufgezeichnet worden. Im Falle eines Rechtsstreits – gewöhnlich, wenn sich der richtige Besitzer oder Empfänger meldete – war die Firma bei einem zeitlichen Nachweis verpflichtet, die in der Zwischenzeit aufgelaufenen Zinsen zu erstatten. Wenn dieser Kontrollnachweis aber nicht existierte, wurde die Summe irgendeinem Zwischenkonto gutgeschrieben. Natürlich musste die Firma die Summe sofort auszahlen, sobald sich der Besitzer meldete; in der Zwischenzeit durfte sie aber anfallende Zinsen einstreichen. Ein verdammt fuchsiges Unterfangen, das Snap für seine Zwecke missbrauchte.

Er deckte sich mit vegetarischen Devisen zu und wartete. Snaps abgewandeltes Teerbaby verschwand, und der Torwächter las die Nachricht. Darin stand, dass ein Feueralarm in einem Kornspeicher ausgebrochen war. Der Empfänger der Nachricht wurde aufgefordert, in

Erfahrung zu bringen, ob jemand in seinem Knoten Informationen besaß, die hilfreich bei der Ermittlung des Feuerteufels sein könnten. Der Torwächter übergab die Nachricht einem Bauernprogramm innerhalb des Systems und leitete sie somit an die entsprechenden internen Stellen weiter. Dass der überbringende Bauernbote, also Snap, verschwunden war, störte das Programm nicht weiter. Es widmete sich wieder seiner Arbeit, die durch die Unterbrechung in Verzug geraten war.

Wie vermutet, durfte der Karren mit dem verborgenen Snap an Bord problemlos passieren. Im Innern der Palisadenfestung wurde das Gefährt auf der Spitze des Turmhügels in einem dafür vorgesehenen Lager abgestellt und mit einer Nummer versehen. Beizeiten oder im Bedarfsfall würde man sich dieser Lieferung annehmen.

Snap kletterte aus seinem Versteck und setzte als Erstes sein Maskierungs-Utility ein. Durch die von ihm überbrachte falsche Nachricht wurde die A.T.C. GmbH gezwungen, Ressourcen für die öffentliche Aufforderung des Hauses Renka bereitzustellen. Dienstboten suchten mit Wassereimern bewaffnet die einzelnen Sektionen auf. Und genauso sah auch die Tarnung aus, die Snap sich überzog, als er sich auf den Weg machte, tiefer in das System einzudringen. Die Wach- und Torwächterprogramme hatten bereits die Nachricht über eine solche Veränderung des Programmablaufs erhalten und ließen alle Wasserträger passieren.

Jetzt war Snap einen Schritt weiter und musste nur noch den Ort finden, an dem die Dateien versteckt waren, die er suchte. Öffentlich wurden diese Technologie und die damit gekoppelten Daten bestimmt nicht ausgestellt. Sein Blick suchte den Innenhof ab. Zu gern hätte er seine Schmökerprogramme aktiviert, aber die Gefahr, entdeckt zu werden, war zu groß. Folglich mussten seine grauen Zellen diese Arbeit übernehmen.

Wo würde man solche Dateien verstecken? Um in der Zwischenzeit nicht aufzufallen, lief er mit dem Wassereimer von einer Ecke zur anderen. Gedanklich ging er die sich ihm bietenden Möglichkeiten durch. Das Haupthaus fiel aus. Das war zu offensichtlich und so ziemlich der erste Ort, in dem eine öffentliche und von der Regierung angeordnete Suche stattfinden würde. Aber viel Raum blieb dann nicht mehr übrig. Was war denn sonst noch lebenswichtig an solch einem Ort und wurde von vielen Programmen genutzt, wirkte dabei aber nicht auffällig?

Wie Schuppen fiel es ihm von den Augen. Warum war er nicht sofort darauf gekommen? Der Brunnen! Bewusstseinssicherung bedeutete Lebensverlängerung, also die Suche nach dem Quell des Lebens. Ein gewöhnlicher Brunnen war die beste Tarnung in einer mittelalterlichen Umgebung.

Snap schlurfte zum gemauerten Objekt und lugte über den Rand. Der Brunnenschacht musste sehr tief sein, weil Snap den Boden nicht erkennen konnte. An einer Seilwinde war ein Holzeimer befestig und baumelte über dem Schwindel erregenden Schacht. Das Seil wirkte nicht stabil genug, um schwere Lasten zu transportieren, und der Decker begann schon an seiner Wahl zu zweifeln. Dieses dünne Seil mit dem kleinen Eimer konnte unmöglich eine visuelle Umsetzung innerhalb der Matrix sein, um größere Datenpakete von A nach B zu bewegen. Bevor er aufgab, wollte er sich den Inhalt des baumelnden Holzeimers aber genauer anschauen.

Er setzte den hinderlichen Eimer ab und lehnte sich weit über den Abgrund. Seine Hand verschwand im Innern des baumelnden Icons. Was immer der Decker erwartet hatte, es traf nicht ein. Er spürte keinen Widerstand, als die Hand die Wasseroberfläche durchdrang. Es geschah nichts, seine Sensoren bestätigten diese Erkenntnis. Als Snap aber versuchte, die Hand zurückzuziehen, spielten die Sensoren seines Decks verrückt und schlugen Red-Alert. Die Wasseroberfläche überzog sich zuerst mit einer frostig schimmernden, immer weiter wachsenden Eisschicht, deren Berührung seine Befreiungsversuche nach wenigen Augenblicken erlahmen ließ. Bereitwillig gab er sich der Kälte hin, da sie sich für ihn wie Icebabys Berührung anfühlte.

Die Last des immer schwerer werdenden Eimers zerrte ihn unaufhaltsam nach unten. Der Decker verlor das Gleichgewicht und stürzte kopfüber in die bodenlose Tiefe. Alle visuellen Eindrücke wichen undurchdringlicher Schwärze und Kälte, die sich auch in sein Innerstes vorkämpfte. Snap spürte, wie sein Herz ein letztes Mal schlug und dann aussetzte.

7
Ein Unwetter zieht auf

SEIT EINER STUNDE BAHNTE SICH das ungleiche Paar einen Weg durch die Baracken und Fertigungshallen der Gefängnisinsel. Zack ging neben Kasper und passte sich dessen kürzeren Schritten an. Keiner von beiden unternahm einen Versuch, das Gespräch zu beginnen. Der Runner bemerkte trotzdem, dass sich der Mann neben ihm verändert hatte. Früher war er gesprächig und stets darauf bedacht gewesen, Informationen aus allem und jedem zu ziehen – der einstige Wissensdurst schien aber mittlerweile verschwunden zu sein. Kasper schaute Zack auch nicht an, sondern wandte ihm nur das blinde Auge zu.

Da Zack kein Feedback erhielt oder erwartete – zumindest vorerst nicht –, ließ er den Blick ziellos schweifen. Mehrmals passierten sie ein paar ›Alte Hasen‹. Sobald sie Kasper erkannten, neigten sie den Kopf zum Gruß oder gaben ihm ein *Alter Knabe* mit auf den Weg. Genau wie bei Nuke, dem Kerl von der Baustelle, meinte Zack einen leicht unterwürfigen Ton herauszuhören. Der Samurai grübelte darüber nach, wie sich Kasper eine solche Akzeptanz erworben haben mochte. An seinen Geschäften konnte es nicht liegen – Schieber gab es genug auf Big Willy. Kein Wunder, denn über viertausend Menschen wollten illegal versorgt werden. Vielleicht waren viele Schieber nicht so erfolgreich oder so lange im Geschäft wie Kasper, aber gewöhnlich reichte das allein nicht aus, um sich in diesem Maße den Respekt vieler Organisationsanführer zu erwerben. Es musste einen anderen, spektakuläreren Grund geben. Und er musste aus der Zeit stammen, als Zack nicht mehr auf der Insel gewesen war. Vorher war Kasper zwar bekannt, aber nicht unbedingt überall geachtet gewesen. Der Runner wollte den Schieber später nach dem Grund fragen. Vorerst ließ er die Gedanken schweifen. Unwillkürlich musste er über die Funktion der ›Alten Hasen‹ nachdenken.

Nach dem großen Sträflingsaufstand im Jahr 2037 hatte HanSec viele bauliche und personelle Veränderungen auf Big Willy durchgeführt. Das war einer der Gründe, warum Zack dort Jahre später einen Job gefunden hatte. Viele Menschen in Hamburg hatten die Schrecken und das Ausmaß der Aufstände nicht vergessen. Die brutale Gewalt, mit der die Gefangenen wüteten, hatte ausgereicht, um Big Willy für Generationen als unangenehmen Arbeitsplatz zu brandmarken. Da Zack aber nie der Hellste in der Schule gewesen war, hatte er sich auf den Job eingelassen. Nicht mit der Erwartung, ihn ewig auszuüben – aber er hatte auch niemals mit einem derartigen Ende seiner Laufbahn gerechnet.

Was die ›Alten Hasen‹ anging, sorgten sie dafür, dass alles nach Vorschrift ablief. Sie kümmerten sich um den geregelten Arbeitsablauf und entschieden, wer zur Krankenstation geschickt wurde und wer nicht. Das Ganze beruhte auf einem Deal, den die Gefängnisleitung unter der Hand mit ihnen geschlossen hatte. Wurden bei den täglich vorgeschriebenen Kontrollen keine unerlaubten Waffen oder Drogen in den Zellen entdeckt, forschte niemand weiter nach. Dass hier gehandelt wurde, war klar, und es völlig auszuschalten so gut wie unmöglich. Die ›Alten Hasen‹ hatten auch keine Lust, sich ihre Geschäfte von ein paar renitenten Knackis versauen zu lassen. Und eines war sicher: Der Arm einiger Inhaftierten reichte weit über die Grenzen der Insel hinaus.

Seit 2037 hatte diese Abmachung im Wesentlichen Bestand. Gelegentliche Verstöße wurden meist von den Inhaftierten untereinander geregelt. Einige Verurteilte waren bereits zu lebenslanger Haft verdonnert – was machte da ein Mord mehr aus? Wenn die von der Gefängnisleitung verhängte Strafe dem Gefangenen die Zusatzleistungen strich, sorgten die Organisationen dafür, dass er sie trotzdem erhielt – vorausgesetzt, er hatte in ihrem Namen und Auftrag operiert.

Gerade als Zack um die Ecke biegen wollte, zerrte ihn Kasper zurück in einen schmalen Seitengang. Zack hatte nur einen einzigen Blick auf das Geschehen hinter der Ecke werfen können. Ein Laster der HanSec-Patrouille stand mitten auf Straße und blockierte den Weg. Jeder, den die Wachen sahen, wurde peinlichst genau kontrolliert. Es war den Gefangenen nicht untersagt, sich verhältnismäßig frei auf dem Gelände zu bewegen – aufwändig hinterfragt wurde solch ein Verhalten trotzdem. Die Barghests standen sprungbereit neben ihren Trainern und hatten Ohren und Augen aufmerksam die Straße hinab gerichtet. Bevor Zack Kasper fragen konnte, hatte der ihn kommentarlos gegen die Wand gedrückt und ihm ein kaltes Metallteil gegen den Bauch gepresst.

Der Runner spürte einen stechenden Schmerz in der Bauchdecke, kurz nachdem der Vernarbte eine Art Abzug gedrückt hatte. Für einen kurzen Augenblick schnappte er wie ein Fisch auf dem Trockenen nach Luft. Der Schmerz und das Gefühl zu ersticken ließen zum Glück bald nach, auch wenn Zack sich noch ein wenig schwindlig fühlte. Er griff sich den Kleinen, drückte ihn unsanft gegen die Wand und schob ihn bis auf Augenhöhe den bröckelnden Stein hoch. »Was hast du da gerade gemacht?«, fragte er barsch.

»Ich habe dir einen Störsender injiziert. Er wandert gerade durch deine Leitungen und sucht den HanSec-Chip. Danach heftet er sich daran an und blockiert für drei bis vier Tage dessen Signal. Es hat alles seinen Grund«, antwortete Kasper und versuchte sich strampelnd aus Zacks Würgegriff zu befreien.

»Wenn du nicht bald erzählst, was Sache ist, dreh ich dir die Luft ab«, knurrte Zack.

»Wenn du mich nicht loslässt … ruf ich … nach den Wachen«, stöhnte Kasper drohend.

»Tu es doch«, erwiderte der Runner ungerührt. »Ich hab nichts zu verlieren. Vielleicht erfahre ich dann endlich, was hier abgeht.«

Kasper machte keine Anstalten, auf diesen Deal einzugehen. Da er aber immer noch nicht mitteilsamer wurde, schlug Zack Kaspers Hinterkopf einmal hart gegen die Wand. Er wusste, dass er nur ein wenig mehr Kraft einsetzen musste, um das Hirn des Mannes daran zu verteilen.

»Argh … ich versuche nur … dich zu beschützen«, war das Einzige, was Zack seinem Opfer damit entlockte.

»Beschützen? Wovor?«, wollte Zack wissen.

Als Kasper diesmal antwortete, drehte er Zack das gesunde Auge zu, und der Runner hatte das Gefühl, Kasper böte ihm einen kurzen Einblick in seine Seele. »Weil sie dich suchen und umbringen wollen … du völlig verblödeter Metallberg … wenn du leben willst … lass mich endlich los!«

»Vor wem willst du mich beschützen, und womit habe ich das verdient, du hässlicher alter Narr?«, hakte Zack nach, und in seiner Stimme war kein Hauch von Mitleid zu hören. Auch wenn er nichts Böses oder Hinterhältiges in Kaspers Blick bemerkt hatte und seine Intuition ihm sagte, dass der ihm zumindest momentan helfen wollte, riet ihm sein Verstand, vorsichtig zu bleiben.

»Vor Trost, Mann … er ist immer noch … stinksauer auf dich … und hat nicht vergessen … dass wegen deiner Flucht von damals … seine Karriere stark gelitten hat«, röchelte der Schieber, antwortete aber nur auf Zacks erste Frage. Wissentlich oder weil ihm langsam die Luft ausging.

Zack dachte über das Gehörte nach, während die Befreiungsversuche des Mannes in seinen Händen verebbten. Fast hätte er vergessen, den Griff zu lockern. Ein lautes Röcheln veranlasste ihn gerade noch rechtzeitig, Kasper loszulassen. Dieser fiel unsanft zu Boden und sog für die nächsten Minuten erst einmal gierig die Luft ein.

Langsam wurde sich Zack seiner verfahrenen Situation bewusst. Wenn sein damaliger Vorgesetzter Trost die ganze Sache persönlich genommen hatte und immer noch eine Wachschicht auf Big Willy kontrollierte, standen Zacks Chancen, die Insel lebendig zu verlassen, verdammt schlecht – egal, ob ihm Simon nun half oder nicht. Er brauchte jedenfalls ziemlich schnell Hilfe. Vor allem aktive Hilfe, genau wie damals, als er von dieser Insel geflohen war und dabei alles verloren hatte, was ihm lieb und teuer gewesen war. »Und was sollen wir jetzt machen?«, fragte er leicht resigniert Kasper, der immer noch auf dem Rücken im Matsch lag.

»Ich bringe … dich an einen Ort … an dem du dich erst einmal ungestört ausruhen kannst … zumindest bis die nächste Schicht anfängt … Solange darfst du Trost nicht in die Finger fallen … Weil die Sache zwischen euch beiden etwas Persönliches ist … wird er die anderen Aufseher nicht mit hineinziehen wollen … Vertrau mir. Ich werde nach einem Weg suchen, wie ich dir und du mir helfen kannst«, beendete Kasper die Vorstellung seines Schlachtplans.

»Es fällt mir nicht gerade leicht, jemandem an diesem Ort zu vertrauen, und viel zum Handeln besitze ich auch nicht mehr«, antworte Zack aufrichtig.

»Das weiß ich«, erwiderte der Mann, während er sich schwer atmend aufrappelte, aber zusammen mit Zack im Schlepptau weiterging.

Sie passierten eine Essensbaracke. Die Tagschicht machte gerade Mittag, und Zack sah, wie sich die Gefangenen vor den Automaten einreihten. Sie drückten die Stirn gegen einen Scanner und bekamen ihre Nahrung individuell portioniert in Blechnäpfe gegossen. Die Sojabrühe sah ekelhaft aus, schmeckte aber angeblich ganz gut. Die Chemiker versetzten sie mit so viel Geschmacks- und Zusatzstoffen, dass man sich einfach daran gewöhnen musste. So war es jedenfalls früher gewesen. Seit seiner Ankunft war Zack allerdings noch nicht in den zweifelhaften Genuss gelangt, den Fraß probieren zu müssen, auch wenn sein Magen bereits lautstark knurrte.

Nach einer weiteren Stunde erreichten die beiden ein Gitter im betonierten Boden. Daraus wehte ihnen ein bestialischer Gestank entgegen, und unter Garantie hätte Zack gekotzt, wenn er irgendetwas in seinem Magen gehabt hätte. Vielleicht hatte es doch etwas Gutes gehabt, dass er bisher seinem Hunger widerstanden hatte.

Mit einer speziellen Keycard öffnete Kasper das Gitterschloss, das nach einem langen Piepton zur Seite rollte und den Durchgang freigab. Zack bedachte seinen Führer mit einem fragenden Blick, erntete aber keine Antwort. Allmählich gewöhnte er sich daran.

Der Zugang war der Einstieg in die Gefängniskanalisation. Die Betonröhren zogen sich durch das Fundament der gesamten Insel. An den Endpunkten waren riesige Schrauben montiert, die zuerst die Fäkalien zerstückelten und dann alle Abwasser in die Elbe pumpten. Da Ebbe war, waren die Rohre nicht durchflutet, und das erklärte auch den Gestank.

Kasper stieg unbeeindruckt hinab und winkte Zack, ihm zu folgen. Zack holte ein letztes Mal tief Luft und machte sich an den Abstieg. Auf dem Weg versuchte er erfolglos, die Luft anzuhalten. Nach zwei unendlich langen Minuten gab er auf. Während er dem Lichtstrahl von Kaspers Niedrigfrequenzer torkelnd folgte, bereicherte er die Scheiße am Boden um einiges an bitter schmeckender Galle.

Endlich blieb Kasper an einer Leiter stehen und kletterte langsam nach oben. Die Leiter führte zu einer Stahlplatte. Darüber lag ein alter Wartungsraum, und der wiederum befand sich unterhalb der riesigen Tanks für die Frischwasserversorgung auf Big Willy. Die Luft hier drinnen war gut, vor allen Dingen sauber. Wie es aussah, hatte Kasper hier sein Quartier aufgeschlagen. In der Ecke lag eine Matratze auf dem staubigen Boden, und daneben stand eine alte Holzkiste. Auf ihr machte Zack eine gerahmte, alte Fotografie aus, deren Motiv er von seinem jetzigen Standpunkt aus nicht erkennen konnte. Metallkisten und Europlastcontainer standen über- und nebeneinander gestapelt an den grauen Betonwänden verteilt, und einige trugen HanSec-Aufdrucke mit Datumsvermerk. Sie erklärten, woher Kasper seine Waren bezog. Die Kisten musste irgendjemand während des großen Aufstands hier gesichert haben, und Kasper war wohl auf dieses Gut gestoßen. Wenn die Kisten alle noch gut gefüllt waren, reichte der Vorrat bestimmt noch für mindestens zwanzig Jahre aus.

»Daher beziehst du also deinen Stoff«, sagte Zack, froh darüber, wieder frei atmen zu können, und deutete mit dem ausgestreckten Mittelfinger auf einen der Kistenstapel.

Kasper hatte die Lichtquelle abgestellt und zog nun mit beiden Händen die Platte zurück über das Loch. Dabei hörte Zack, wie ein Gummi den Zugang luftdicht versiegelte. Während der Mann mit dem Zeigefinger an den Kanten entlangstrich, antwortete er: »Richtig, und einiges bekomme ich immer noch von HanSec geliefert, je nach Nachfrage.«

»Was?«, platzte es Zack heraus. Er ahnte Schlimmes.

»Ich bin ein Spitzel und arbeite für HanSec«, antwortete Kasper kalt und drehte sich zu Zack um. Bevor der Runner reagieren konnte, schaute er von oben hinab in den todbringenden Lauf einer Cyberschrotflinte. Sie ragte ausgefahren aus Kaspers Handgelenk, und dieser visierte bedrohlich ruhig damit die wohl bekannte Stelle zwischen Zacks Augen an.

An der Küste entlang hatten sie sich bis zur Grenze des Herzogtums Pomorya vorgetastet. Um tiefer in das Landesinnere einzudringen, mussten sie die offenen Gewässer verlassen und in eine gesicherte Flussmündung einlaufen. Paul drosselte die Geschwindigkeit und steuerte das Hover an den betonierten Zollanlegesteg, auf dem jemand im Regen stand und auf sie wartete. Claw sprang mit der Ankerleine auf den Steg und vertäute das Hover.

Die wartende Person entpuppte sich als grün uniformierter Elf. Erst als Paul den Motor ausgeschaltet hatte, nahm er den Finger vom Abzug der Maschinenpistole. Dafür wurde ihr Wasserfahrzeug nun von einem höher gelegenen, voll besetzten Geschützstand anvisiert. Paul hörte das Surren eines Elektromotors und sah die Flak das neue Ziel anvisieren.

Mit einer knappen Handbewegung forderte der Elf Paul und Samira zum Aussteigen auf. Paul sah goldfarbene Eichensymbole auf den Schulterklappen des Elfs, wusste aber nicht, welches Haus sich dahinter verbarg, und verspürte auch nicht den Drang, den stummen Beamten danach zu fragen. Stattdessen musterte er seine Reisebegleitung. Claw und Samira wirkten gar nicht glücklich über das kalte Wetter und die aufgezwungene Wartepause im Freien. Zwar war es Mai, aber bisher hatten sich noch keine wärmenden Sonnenstrahlen in den Norden der ADL verirrt. Auch die Elfenaugen verströmten keine Wärme. Kalte Blicke tasteten die Körper der Wartenden Zentimeter für Zentimeter ab. Der Elf machte immer noch keine Anstalten, den Mund zu öffnen. Sein Verhalten mochte darauf zurückzuführen sein, dass der BGS das Recht besaß, Einreisende zuerst zu kontrollieren.

Als hätte er Pauls Gedanken gelesen, trat ein uniformierter Bundesgrenzschützer aus einem etwas abseits gelegenen Bürogebäude ins Freie und kam auf die Anlegestelle zu. Sein Gruß bestand aus einem kurzen Antippen der Dienstmütze. Verglichen mit dem Elf, der wohl einen Gewehrlauf verschluckt hatte, wirkte die Haltung des Menschen extrem leger. Pauls erster Gedanke war, dass kein Mensch auf der ganzen Welt seinen Job so unmotiviert ausübte wie der Mann vor ihm. Diesen Eindruck vertiefte der Beamte noch, indem er einen Katalog offenbar auswendig gelernter Fragen herunterleierte. Paul sah, wie der Elf angewidert das Gesicht verzog, und nahm es als Bestätigung dafür auf, dass sich die diplomatischen Beziehungen zwischen dem Bund und Pomorya in den letzten Jahren nicht sonderlich verbessert hatten. Die BGS-Beamten samt ihren Familien wurden in der Elfenenklave nur widerwillig geduldet. Als Reaktion darauf kontrollierten sie die Grenzen nicht wirklich sorgfältig. An und für sich war es sowieso ein Wunder, dass sich das Elfenland noch nicht von der ADL getrennt hatte.

»Tach auch, warum reisen Sie ins Herzogtum?«, fragte der Mann und machte dabei noch nicht einmal den Versuch, wirklich interessiert zu klingen.

»Ferien …«, antwortete Paul und deutete auf den Gepäckaufsatz des Hovers. »Wir wollen Wasserski fahren …«

»Irgendwelche Güter zu verzollen?«, unterbrach der Beamte ihn unsanft.

»Nein«, erwiderte Paul knapp und sparte sich diesmal seinen kostbaren Atem für den nächsten Lungenzug auf.

»Angenehmen Aufenthalt«, nuschelte der Beamte, machte auf dem Absatz kehrt und lief zurück in sein trockenes Büro. Über die Schulter rief er dem Elfen zu: »Sie gehören dir, Müslibacke.«

Der Elf bombardierte Paul sofort mit Fragen, die mehr an gut gezielte Pistolenschüsse erinnerten. »Sie wollen also Wasserski fahren? Sind Sie sich unserer Umweltbestimmungen bewusst? Besitzen Sie eine Einreisegenehmigung?«

»Ja, ich habe sogar einen beglaubigten Einreise-Chip mit allen nötigen Befugnissen«, antwortete Paul und reichte ihm den Datenträger, den er sehr langsam und vorsichtig aus dem neuen Duster klaubte. Den nur einmal verwendbaren Chip hatte Paul, als er noch Daten schmuggelte, als eine Art Bonus von einem Auftraggeber erhalten. Vor der Grenze hatte er ihre gefälschten Personaldaten aufgespielt. Jetzt war der Chip ihr goldenes Oneway-Ticket in die Ungewissheit.

Der Beamte legte den Datenträger in ein Lesegerät ein, das seitlich an seinem Gürtel baumelte, und schien mit dem Inhalt zufrieden zu sein. Bevor er sie entließ, gab er Paul den Chip mit einer Warnung zurück. »Ich gebe Ihnen den gut gemeinten Rat, vorsichtig zu sein. Wenn Sie später wieder auslaufen, dann verlassen Sie auf keinen Fall die Sieben-Meilen-Zone. Piraten machen die Küsten unsicher und dringen auf ihren Raubzügen über einige Seitenarme sogar bis ins Land vor.«

Paul bedankte sich, und sie durften endlich ins trockene Hover zurückkehren. Als sie den Fluss weiter stromaufwärts fuhren, verließ Paul trotzdem nicht das ungute Gefühl, das die Präsenz des Flakgeschützes in ihm wachgerufen hatte. Die neuen Informationen klangen ebenfalls gar nicht gut. Samira schien Pauls Bedenken zu spüren und sprach ihn darauf an. »Was ist so schlimm?«

»Na, wenn die zurzeit Piraten suchen, hat das seinen Grund. In diesem Land stehen sogar auf illegalen Waffenbesitz und magische Schmuggelware zehn Jahre Gefängnis ohne Bewährung. Für so harte Regeln gibt es enorm langwierige Arbeitswege. Wenn einer von euch falsch strullert, werden wir alle Ferien- und Resturlaubstage in Untersuchungshaft verbringen«, antwortete Paul und konnte es nicht lassen, damit indirekt auf den unbekannten Inhalt in Claws Koffer anzuspielen.

Der Mann und die Frau hatten bisher nicht viel erzählt. Auf dem Weg zur Grenze des Herzogtums hatte Paul Claw zunächst berichtet, was sich in der letzten Zeit alles zugetragen hatte. Als Paul Icebabys Verlust erwähnte, reagierte der Schamane so, als hätte er bereits davon gewusst, war aber nicht weiter darauf eingegangen. Das hatte Paul als ziemlich ungewöhnlich empfunden. Über sich und seine Erfahrungen oder welche Rolle Samira in seinem Leben spielte, verlor der Schwarze kaum ein Wort. Paul hoffte, in einer ruhigen Stunde bei einem Gespräch unter vier Augen mehr zu erfahren. Jetzt war allerdings nicht der richtige Zeitpunkt dafür. Mit größter Wahrscheinlichkeit würde man das Hover in den nächsten Minuten mit Hilfe von fliegenden oder tauchenden Drohnen abhören. Deshalb konzentrierten sich die Gespräche auf die schöne Landschaft, die sie passierten. Während Samira und Claw zum Teil in ihrer Landessprache die Vorzüge und Wunder der Flora und Fauna diskutierten, versuchte Paul die wenigen Infos von Claw und das weitere Vorgehen gedanklich durchzuspielen.

Zumindest hatte Claw ihm mitgeteilt, dass die Befreiungsversuche seines unterdrückten Heimatlands erfolgreich verlaufen waren. Deshalb verfügte er seit Neuestem auch über wichtige und vor allem einflussreiche

Kontakte in der Regierung seines Geburtslands. Diese hatten ihm für kurze Zeit einen Diplomatenstatus beschert, sodass er diesmal ungehindert in die ADL einreisen durfte. Als Paul ihn gefragt hatte, ob er helfen würde, Snap zu finden, hatte der Bursche sofort und auch in Samiras Namen zugestimmt. Warum der Schwarze das tat, wollte Paul aber immer noch nicht so ganz einleuchten. Klar, sie waren Chummer – aber bisher hatte Paul noch nicht das kleine, aber entscheidende Wort Bezahlung in den Mund genommen. Sonst fragten alle auf der Straße immer als Erstes: *Was springt dabei für mich raus?* Anfallende Kosten und der Zeitaufwand mussten in irgendeiner Form entlohnt werden. Hatte Claw am Ende ein eigenes Interesse daran, Snap zu finden? Paul erinnerte sich an etwas, von dem der Schamane nichts wusste. Der Decker hatte ihm seinerzeit von Claws indirekter Drohung erzählt, falls Icebaby etwas zustoßen sollte. Vielleicht war das ja der Grund, warum sich Claw für die ganze Sache engagierte. Was es auch war, Paul hoffte es zu erfahren, bevor sie auf den Decker stießen. Den Burschen zu finden würde nämlich nicht einfach werden, und wenn Claw dann Amok lief – warum auch immer – und die Techbirne weich klopfte, hätte sich Paul den langen Weg, die kostbare Zeit und die angefallenen Kosten sparen können. Das Blumenmädchen – eine für Karl Bach, den Ordensleiter vom ›Goldenen Ton‹ arbeitende Deckerin – hatte über komplizierte und teure Matrixumwege herausgefunden, dass sich Snap hier aufhielt. Wie sie das erfahren hatte, wollte sie Paul nicht erzählen. Letzten Endes war es ihm auch egal. Falls sie die falschen Quellen angegraben oder mit den verkehrten Leuten gesprochen hatte, musste sie mit den Konsequenzen selbst fertig werden. Sie war für die Suche von Paul bezahlt worden und damit für ihr Handeln allein verantwortlich. Das Herzogtum war aber ziemlich groß, und ohne Claws

Hilfe waren Pauls Chancen, den Decker zu finden, ziemlich gering. Zwar hätte Simon ihm vielleicht mit BGS-Kontakten weiterhelfen können, aber diese Connection war nach dem Vorfall auf dem Fernsehturm nicht länger verfügbar. An die damit gekoppelten Probleme wollte er jetzt erst recht nicht denken. Die Suche nach Snap stand im Augenblick ganz oben auf seiner privaten Prioritätenliste. Claw hatte Paul erklärt, dass er sich Snaps Signatur gemerkt hatte. Mit dem passenden Ritual und Samiras Hilfe konnte der Schamane den Aufenthaltsort des Deckers möglicherweise innerhalb weniger Stunden ausfindig machen. Wenn er Recht hatte, würden sie den Technomanten vielleicht schon bald aufsuchen können. Paul hoffte es von ganzem Herzen – wenn er momentan auch noch nicht wusste, wie er Snap zu diesem Run überreden sollte. Über Claws mögliche Absichten in Bezug auf Snap wollte Paul gar nicht erst weiter nachdenken. Wenn aber alles glatt lief und Chet in der Zwischenzeit alles Nötige auftrieb, konnten sie sich rechtzeitig auf die Suche nach dem Findling machen. Ziemlich viele *Wenns* – für seinen Geschmack viel zu viele. Aber jetzt gab es kein Zurück mehr. Und auch wenn der Schamane nicht besonders redselig war, reichte seine Anwesenheit aus, Paul das Gefühl zu geben, die Last nicht länger ganz alleine tragen zu müssen.

Nach zweistündiger Fahrt stromaufwärts wurde es langsam Zeit, nach einem geeigneten Ort für Claws und Samiras Ritual zu suchen. Die Bordtech fand einen guten Ankerplatz, und der Autopilot steuerte nahe an eine steile Böschung heran. An Steuerbord öffneten sich jeweils an Bug und Heck des Hovers Seitenklappen im Rumpf, und daraus schossen Ankerpfeile tief in das Erdreich. Die Spitzen der Pfeile klappten im Boden auseinander, und die Ankerwinde zog das Hover selbsttätig ans Ufer.

»Wird Zeit auszusteigen.« Paul aktivierte den Öffnermechanismus der Seitentür und schaltete dann die Elektrik komplett ab. Gemeinsam mit Claw tarnte er das Hover, so gut das möglich war.

»Hast du dieses Boot einem Bastler abgekauft?«, fragte Claw etwas argwöhnisch – Technik, die er nicht kannte, stellte in seinem Weltbild immer eine mögliche Bedrohung dar.

»Ähm ... so ähnlich ... es kann sogar noch ein paar Dinge mehr. Den ehemaligen Besitzer nennen alle Kapitän Zitteraal. Du lernst den Seebären später noch kennen, vorausgesetzt, wir kommen in einem Stück wieder nach Hamburg zurück. Er wird uns hoffentlich bei der Bergung des Findlings behilflich sein«, antwortete Paul ausweichend. Er zog es vor, dem Schamanen jetzt nicht die Unterschiede zwischen Hover, Schiffen und Booten zu erklären. Claw reagierte immer etwas gereizt, wenn man ihn auf Fehler aufmerksam machte – zumindest hatte er früher immer so reagiert.

Hinter der Böschung befand sich eine große, knöcheltief überflutete Wiese. Während Paul durch den Schlamm watete, wollten sich Claw und Samira im Hover umziehen.

Nach ungefähr zwanzig Minuten kehrte Paul zurück. Die kleine Entdeckungsreise hatte ergeben, dass die Gegend zwar ziemlich feucht war, aber sicher schien. Er hatte keine Gebäude gesehen und war auf zwei Feldwege gestoßen, die den Spuren nach zu urteilen nur selten befahren wurden. Ohnehin aßen andere Menschen um diese Uhrzeit eher zu Mittag, als sich durch Morast und Schlamm zu kämpfen, dabei klitschnass zu werden und sich von Kopf bis Fuß mit einer kaum wärmeisolierenden Dreckschicht zu beschmieren. Und da Paul reichlich Bekanntschaft mit Kuhfladen gemacht hatte, stank er zudem nach einer ganzen Rinderherde.

Paul hörte einen kurzen spitzen Schrei, schob alle unnützen Gedanken beiseite und rechnete mit dem Schlimmsten. Von Claw und Samira war nichts zu sehen, weswegen er sich die letzten Meter vorsichtig anschlich – man konnte nie wissen. Mit gezogener Waffe bewegte er sich vom Heck aus an Steuerbord auf den ausgefahrenen Steg zu. Je näher er dem Eingang kam, umso mehr beruhigte er sich. Die Laute, die er hörte, deuteten ziemlich eindeutig darauf hin, dass niemand ermordet wurde oder Todesqualen erleiden musste. Das wilde Stöhnen und tierische Hecheln aus dem Hover ließ eher vermuten, dass sich die beiden hemmungslosem Sex hingaben, während er durch den Regen gerobbt war.

Was sollte Paul jetzt machen? Er wusste selber, dass man(n) in solchen Situationen nicht gerne gestört wurde. Vor allen Dingen nicht genau in *diesem* Moment. Es klang nämlich, als würde es bald vorbei sein – zumindest interpretierte Paul Claws lautes Knurren so.

Der Runner setzte sich auf die Böschung und vertrieb sich die Zeit damit, Steine in den Fluss zu werfen. Nach einigen Minuten, die Paul wie eine Ewigkeit vorkamen, trat Claw endlich mit einem Lendenschurz bekleidet an Deck. Das selbstgefällige Grinsen sprach Bände, und Paul ertappte sich bei dem Gefühl, neidisch auf den Schamanen zu sein. »Und – war's schön?«, sagte er missmutig. »Falls es euch entgangen sein sollte, es regnet in Strömen, und ich friere mir den Arsch samt Eiern ab.« Zur Unterstreichung seiner Worte öffnete er die Handfläche und hielt sie in den prasselnden Regen.

»Paul, du solltest mehr auf deine natürlichen Bedürfnisse hören, dann würdest du nicht immer so griesgrämig durch den Tag wandern. Wenn es dich beruhigt, wir haben uns zur Vorbereitung auf das Ritual in die passende Stimmung versetzt. Und jetzt schau zu und staune. Falls etwas schief gehen sollte, ist es besser, wenn du dich nicht von deinem jetzigen Platz entfernst. Sobald die Dinger einmal in Bewegung sind, ist es schwierig, sie unter Kontrolle zu halten.«

Claw watete auf die Mitte der angrenzenden Wiese zu, kniete sich in den Morast und breitete die Arme aus. Paul wusste zwar nicht, was der letzte Satz bedeuten sollte, vertraute aber darauf, die Lösung gleich präsentiert zu bekommen. Claws tiefe Stimme übertönte sogar das Prasseln des Regens, und die exotischen Klänge fesselten Pauls Aufmerksamkeit. Nur am Rande bemerkte er, wie Samira, ebenfalls nur im Lendenschurz, das Hover verließ. Sie ging aber nicht zu Claw, sondern blieb am Fuß der Böschung stehen. In den langen Fingern hielt sie einen mit Leopardenfell überzogenen Lederbeutel. Als Claws Gesang noch lauter wurde und fast wie das Donnern eines Gewitters klang, nahm sie den Knoten am Boden des Beutels in die andere Hand und schleuderte den Inhalt hoch in die Luft. Vier Steine segelten in hohem Bogen auf Claw zu. Über dem Kopf des Schamanen leuchteten sie in einem pulsierend gelblichen Farbton auf und drehten sich mehrmals um die eigene Achse, stürzten aber nicht zu Boden, sondern schwebten, an den Himmelsrichtungen positioniert, den Gesetzen der Schwerkraft trotzend in der Luft. Synchron bewegten sich die Steine kreisförmig um Claws gesenkten Kopf. Im pulsierenden Licht verwandelte sich das Haupt des Schamanen in einen Löwenschädel. Seine Mähne wehte im aufkommenden, seltsam angenehmen, warmen Wind, der sogar bis zu Pauls Sitzplatz blies. Als der Löwenmensch das Kinn gen Himmel reckte, pulsierten die bersteinfarbenen Augen wie glühende Sonnen und ließen den Tag auf der überfluteten Wiese noch heller werden.

Samira kniete ebenfalls an ihrem Platz nieder und lehnte den Oberkörper weit nach vorne, wobei sie die Arme hinter dem Rücken wie Flügel auf und ab bewegte. Während Claw sich jetzt wie ein brüllendes Tier anhörte, erinnerte ihre Stimme an den sanften Flügelschlag eines Vogels, der seine Kräfte schonend einsetzte, weil er sich auf einer langen Reise befand und das Ziel noch nicht in Sichtweite war. Ihre Haut schien sich von einem Moment auf den anderen in ein weißes Federkleid zu verwandeln, und ihre Nase nahm die Form eines langen, gelben Schnabels an. Die Verwandlung der beiden Ritualteilnehmer waren nur temporär. In regelmäßigen Abständen trat immer wieder ihre ursprüngliche menschliche Erscheinung in den Vordergrund.

Obwohl das Ritual bestimmt schon mehrere Stunden andauerte, verflog die Zeit für Paul wie im Flug. Die fremden optischen Eindrücke und der wechselnde Rhythmus des Lieds führten den Zuhörer zu einem Ort, an dem die Zeit keine Bedeutung besaß. Unversehens erlahmten die angedeuteten Flügelschläge der Frau. Erschöpft blieb sie mit dem Oberkörper auf dem matschigen Boden liegen. Paul bemerkte, dass der Schamane das Tempo des Lieds reduziert hatte und die seinen Kopf umgebenden Steine nicht mehr rotierten. Nur noch einer von ihnen leuchtete hell auf. Der Regen hatte aufgehört, und das Licht des Tages wich bereits dem Dunkel der Nacht. Die Frau sah jetzt wieder wie eine halbnackte Schönheit aus. Sie nahm den vor ihr im Wasser treibenden Beutel auf und hielt ihn mit beiden Händen hoch über ihren schwitzenden Kopf in die Luft. Als Claw, ebenfalls völlig erschöpft, das Kinn auf die muskulöse Brust sinken ließ, flogen die verbliebenen, nun nicht mehr leuchtenden Steine zurück in das Innere des Beutels. Den weiterhin pulsierenden Stein fing der Schwarze mit der Hand auf und hielt sich die fremdartige Lichtquelle vors Gesicht. Obwohl Paul es nicht genau erkennen konnte, entstand vor seinem geistigen Auge ein Bild, auf dem sich die Tätowierungen in schwarze Schlangen verwandelten, die sich vor der leuchtend heißen Berührung verstecken wollten. So schnell und einzigartig das Bild erschienen war, verschwand es wieder, da Claw die Hand zu einer Faust ballte und darin den Stein verbarg. Der warme Wind war verschwunden. Jetzt wehte nur noch die eisige Nachtbrise vom Fluss herauf.

Claw stand ungewohnt langsam auf und zitterte am ganzen Körper. Samira torkelte auf ihn zu, und sie stützten sich die letzten Meter gegenseitig. Im Gegensatz zu den beiden Afrikanern fühlte sich Paul unglaublich erholt, wenn auch vom langen Sitzen ein bisschen steif in den Knochen. So sehr er dem Schwarzen auch eine Pause gönnte, wollte er endlich wissen, ob alles erfolgreich verlaufen war.

»Hast du Snap gefunden?«, platzte es aus ihm heraus, obwohl ihm noch weit mehr Fragen auf der Zunge brannten.

»Ja und nein«, antwortete Claw vorsichtig.

»Wie bitte? Könntest du mir das vielleicht erklären?«

»Er ist da und auch nicht. Ich habe seinen unterkühlten Körper gefunden, aber der Großteil seines Geistes scheint woanders zu sein. Ich spüre, dass er große Angst hat und etwas Fremdes, nicht Lebendiges ihn gefangen hält. Wir sollten uns beeilen.«

Sofort machte Paul das Hover startbereit und setzte sich hinter das Ruder. »Wo lang?«, wollte er wissen.

Samira lag auf der Rückbank und war längst eingeschlafen. Claw saß mit geschlossenen Augen auf dem Beifahrersitz. Paul hörte an seiner Atmung, dass der Mann aber noch wach war.

»Der Stein weist uns den Weg«, antwortete Claw langsam, streckte die Faust aus, drehte sie, bis die Finger oben lagen, und öffnete sie. Der seltsame Stein begann langsam auf der weißen Haut zu rotieren, kam aber plötzlich zum Stillstand. Die leuchtend pulsierende Spitze wies Claw den Weg durch die Schatten der Nacht, und dieser deutete die mystischen Zeichen für Paul.

»An der nächsten Ecke links und nach fünf Metern anhalten. Nein, nicht hier, sondern ein Stück weiter!«, schnauzte Chet die Halbglatze am Steuer an. Es interessierte ihn im Augenblick einen Scheiß, ob sein genervter Tonfall den Rigger vielleicht anpisste. Der Ork war zurzeit alles, nur nicht diplomatisch. Ihm war erst nach dem Gespräch mit Paul aufgefallen, was die Aussage bezüglich des Schiffes und der Taucherausrüstung bedeutete. Der Run sollte auf dem Wasser stattfinden, auf sehr viel Wasser sogar. Chets Problem war, er konnte nicht schwimmen, besaß sogar eine extrem ausgeprägte Hydrophobie. Die Aussicht darauf, feuchte Tiefen ohne festen Grund unter den Füßen zu wissen, ließ ihn regelrecht panisch reagieren. Andere fanden den Gedanken vielleicht lustig: ein Runner in einer von Wasser umgebenen Stadt, der nicht einmal schwimmen konnte. Chet garantiert nicht. Und Paul, diese Ratte, hatte ihn in diese Sache bewusst mit reingezogen. Nach ihrem letzten Run wusste er, wie allergisch der Ork auf tiefes Wasser reagierte. Später würde Chet den Ablauf mit seinem angeblichen Chummer noch einmal genauestens ausdiskutieren; aber nur, wenn sie keiner der anderen hören konnte – schließlich hatte der Ork einen Ruf zu verlieren, wenn er auch nicht allzu viel auf das Gerede anderer gab. Aber dass die Menschen in seiner Nähe, auf deren Meinung er persönlich Wert legte, ihn schätzten, war ihm sehr wichtig.

Zum Glück blieb der Rigger im Fahrzeug. So fand Chet auf dem Weg über eine Hängebrücke, die das Festland mit einem schwimmenden Ponton verband, viel Zeit, seinen Unmut knurrend von sich zu geben. Von den Söhnen und Töchtern Gabriels hatte er nichts mehr gehört oder gesehen. Die Gegend zählte auch nicht zu ihrem Revier. Falls sie Wind davon bekämen, dass er sich hier aufhielt, würde sie das aber nicht davon abhalten, hier aufzutauchen – aus welchem Grund auch immer sie ihn suchten. Hoffentlich würde er sich diesem Problem später widmen können. Vorher hatte er jedoch einen Job zu erledigen.

Die wenigen Gebäude der schwimmenden Insel wirkten heruntergekommen. Viele Zimmer waren unbeleuchtet, und die meisten Eingangstüren lagen zertrümmert auf dem Bürgersteig verteilt. Die Scherben zerbrochener Fensterscheiben und zerbröckelter Fassadenputz knirschten laut unter Chets Armeestiefeln, als er vor seinem Ziel, einem fünfstöckigen Haus in der Schillgasse 3, stehen blieb. Die Wohnungen beherbergten den schwärzesten Kaffeesatz der Gesellschaft. Man musste keine Zigeunerin sein, um die Zukunft der Bewohner weissagen zu können – die meisten endeten als ungenießbares Rattenfutter in einem verkommenen Kanal.

Der Runner, den Chet abholen wollte, hielt sich in der Wohnung eines Herrn Roland Reuter auf, der angeblich in der vierten Etage hauste. Als Chet an der besagten Wohnungstür ankam, begrüßte ihn von drinnen der Sound einer extrem verzerrten E-Gitarre. Das Vibrieren war so stark, dass es sogar außerhalb der Wohnung die Eingeweide des Orks zittern ließ. Ohne Cyberdämpfer hätte ihm die enorme Lautstärke höchstwahrscheinlich das Trommelfell zerrissen. Vielleicht war der Krachfaktor einer der Gründe, warum die anderen Wohnungen in diesem Haus leer standen.

Einige Sekunden lang drückte der Ork vergeblich auf die Türklingel. Dann wurde es Chet zu bunt. Mit einem heftigen Tritt verwandelte er die Tür in Brennholz. Inmitten des direkt anschließenden Raums stand ein Norm und spielte auf einer antiquierten, rot-metallic glitzernden E-Gitarre. Das Band-T-Shirt der leichenversessenen Metalband In Nomine Satanis klebte schweißgetränkt an dem mit Dermalplatten überzogenen Oberkörper, und die mit Muskelimplantaten versehenen, tätowierten Arme des Mannes zitterten vor wilder Erregung. Er hielt das Musikinstrument wie eine Art künstliche Schwanzverlängerung vom Schritt weg. In sich versunken, ließ er die Finger über die Stahlseiten gleiten. Dabei schauten seine braunen Augen zwar genau in Chets Richtung, schienen den Ork aber nicht wahrnehmen zu wollen.

Chet deutete mit seinen Pranken ein Timeout an – immer noch keine Reaktion. Der Ork ging zu dem wirklich großen Marshall-Verstärkerturm in der Ecke des Zimmers und stöpselte unsanft die Gitarre des Möchtegernstars aus. Die anschließende, laut pfeifende Rückkopplung verursachte bei Chet bis tief zu den Wurzeln reichende Zahnschmerzen. Einige heftige Tritte und Schläge später lag dieser Krach- und Schmerzfaktor dampfend auf dem Boden, und Chet fühlte sich endlich um einiges besser.

Der Mann in Lederkleidung kam von seinem Konzert in einer anderen Dimension zurück in die Sechste Welt und brüllte: »Mein Gott, der Sound war musikalisches Sperma für die Ohren sämtlicher spärlich bekleideter Hasen! Bist du 'n Kunstbanause?«

Chet überlegte einen Augenblick, ob es nicht besser wäre, dem Typ mit der Kanone ein kunstvolles drittes Nasenloch zu verpassen, konnte sich aber gerade noch bremsen. Er beließ es bei einem: »Ich hab mal versucht, Schlagzeug zu spielen, und könnt in Versuchung geraten, mit dir wieder anzufangen. Wolltest du nicht unten warten?«

Der Knabe tauschte schneller, als Chet gucken konnte, seine glänzend rote Gitarre gegen eine mattschwarze Sturmschrotflinte der Marke Franchi Spas-22 um. Die Waffe war auf der Bauchseite des Musikinstruments befestigt. Der Typ stand anscheinend auf lautstarke Gegenstände, und die Tatsache, dass die Waffe im Augenblick auf Chet gerichtet war, trug nicht dazu bei, den Gitarrenfreak auf der Sympathieleiter des Metas nach oben klettern zu lassen. Chet stellte verdrießlich fest, dass er heute offenbar Schrotflinten magnetisch anzog. Trotzdem konnte er den aufkeimenden Zorn bezwingen und verbissen freundlich sagen: »Okay, fangen wir noch mal ganz ruhig von vorn an. Ich heiß Chet und hol dich für 'nen Run ab. Wir haben eben miteinander gesprochen.«

Der Mann schenkte Zack ein schiefes Lächeln. »Okay, Chummer. Ich bin Fender, der Kerl mit dem heißen Ständer – die Mädels stehen auf so was. Nach den Gerüchten auf der Straße und dem Klang deiner Stimme zu urteilen, habe ich mir dich irgendwie größer vorgestellt.«

Er wartete keine Antwort ab, sondern montierte die Schrotflinte von der Gitarre und verstaute sie in einem Geheimfach auf der Rückseite eines schwarzen Gitarrenkoffers. Das rote Instrument packte er ebenfalls ein und sagte abschließend: »Let's play Rock'n'Roll. Lass uns besser schnell abhauen. Die Wohnung und das Equipment gehören eigentlich 'nem Kumpel von mir. Er kommt gleich zurück, und ich möchte ihm die Auswirkungen deines phänomenalen Auftritts nicht unbedingt persönlich erklären müssen.«

Der Knabe besaß einen etwas merkwürdigen Humor, schien aber ganz annehmbar – zumindest solange er keine Gitarre oder Schrotflinte in den Händen hielt. Ob sich dieser Eindruck bestätigte, würde sich später zeigen. Allmählich lernte Chet dieses Wort hassen. *Später*.

Jetzt wurde es aber erst einmal Zeit, seine Liste abzuarbeiten und den Nächsten, in diesem Fall eine Frau, abzuholen. Er hoffte inständig, dass sie keine Freizeitmusikerin war. Pauls Memo und Teresas Worten zufolge musste sie eine ziemlich gute Hai-Schamanin sein. Damit war klar, dass sie bestimmt nicht für lau zugesagt hatte. Spitzenleute in den Schatten bestanden auch auf Spitzengagen, ganz besonders, wenn sie zaubern konnten. Aber was sollte sich Chet darüber aufregen? Wenn Karl Bach, dieser eingebildete magische Musikfatzke, hinter dem Run stand, verfügte er über ausreichend Kohle, um für die anfallenden Kosten aufzukommen. Wenn nicht, würde Chet mit tiefster Befriedigung zum knirschenden Klang seiner brechenden Knochen tanzen lernen.

Die Frau erwartete sie bereits am vereinbarten Treffpunkt – immerhin war sie pünktlich und wartete dort, wo sie es ausgemacht hatten. Das machte sie in Chets Augen von Anfang an um einiges sympathischer als Fender. Die angeblich magische Haitante – bisher hatte sie Chet noch nicht bewiesen, dass sie zaubern konnte – stand mit einem geschulterten großen Seesack am Pier. Sie schien zu träumen, Chet vermutete aber, dass sie den Lieferwagen magisch sondierte. Also war sie auch vorsichtig, was ihr bei Chet weitere Pluspunkte einbrachte. Vorsichtige Runner – und Runner, die mit ihnen zusammen waren – lebten laut Statistik länger und besaßen somit mehr Zeit, ihr schwer verdientes Geld auszugeben.

Den Kopf hatte die Frau bis auf wenige Millimeter kahl geschoren, und auf der Kopfhaut schimmerten in merkwürdig bläulich leuchtenden Farbtönen tätowierte Tribals durch. Trotz der wetterfesten Seekleidung sah man sofort, dass sie ein paar Pfund zu viel mit sich herumschleppte. Sie war aber auch nicht als Läuferin angeworben worden, sondern als magischer Support. Eine Schönheit war sie nicht, dazu fehlten ihr einfach Hauer – Chets sexuelle Neigungen hatten sich nach seiner Mutation geändert –, auch wenn ihre Haut wettergegerbt war. Chet ließ das Beifahrerfenster runter. »Willkommen auf'm Festland. Ich bin Chet, wir haben miteinander gesprochen. Du bist Fog?«

Ihre Antwort bestand aus einem einfachen: »Ich weiß.« Selbstbewusst zog sie die Seitentür auf. »Ihr Landratten macht mal Platz da. Scheiße, der Landkoller macht mir schwer zu schaffen. Ich will wieder raus auf See.«

Das Ganze lief also, verglichen mit Fenders Abholung, sehr unkompliziert und weniger musikalisch ab. Die Frau besaß Eigenschaften, die sich als gelungene Bereicherung auf diesem Run entpuppen konnten. Um den Ersatz für Grüner Schimmer würde sich Chet später kümmern. Der Abend brach allmählich herein, und als Nächstes wollte er sich mit einigen Mittelsmännern in einer düsteren Spelunke treffen. Der Laden hieß Kölschbräu und lag in der Nähe der Mundsburgtowers. Es war ein Treffpunkt für Rentner und gescheiterte Existenzen, die sich ständig auf der Suche nach einer Möglichkeit befanden, ihr Erspartes aufzustocken.

Brennender Asphalt parkte den Wagen in der Nähe einer Schleusenanlage. Von dort aus konnten sie den Kanal entlang bis zur Außenalster schauen. Mit den letzten Sonnenstrahlen schaltete sich auch die Beleuchtung der nahe gelegenen ›Schimmernden Meile‹ ein – einer kleinen Inselgruppe, die diesen Namen der starken Außenbeleuchtung verdankte. Chet musste unweigerlich an das Hotel Atlantic denken und an Ratón. Die Runnerin hatte ihr Leben geopfert, um Chet und dem Rest des Teams die Flucht aus dem Gebäude zu ermöglichen. Sie war eine gute, wenn auch ziemlich verschlossene Freundin gewesen. Chet bezweifelte, dass er mit den Neuzugängen im Wagen genug Zeit verbringen würde, um eine irgendwie geartete Freundschaft zu schließen. Das war das Problem mit Schattenbekanntschaften, es fehlte meist die Zeit, um eine nötige Tiefe entwickeln zu können, und der Ork hatte genug davon. Wieder schwor er sich, nur noch diesen einen Run durchzuziehen – langsam, aber sicher wurde es Zeit, aufzuhören.

Während der Rest im Wagen wartete, stiefelte er los und betrat einige Minuten später den verrauchten, dem Gewölbe einer aus roten Backsteinen errichteten Kathedrale nachempfundenen, Laden. Auf Anhieb fand er sein Ziel. Es war eine Skatrunde, die sich wie immer an ihrem Stammtisch im hinteren, höher gelegenen Bereich aufhielt. Ein fetter Zwerg, ein zahnloser Ork und ein glatzköpfiger Norm spielten stumm miteinander Karten, hielten dabei aber immer den Laden – vor allem die Neuzugänge – im Auge. Als Einsatz diente ihnen eine alte Währung der Jahrhundertwende, die längst keinen reellen, sondern nur noch nostalgischen Wert besaß. Chet schätzte das Trio wegen der ausgeprägten Gemeinsamkeiten mit den ›Drei Affen‹. Die drei hörten nichts, sahen nichts, und vor allem redeten sie über nichts – wenn auch nur gegen Bezahlung. Chet und seinen Ebbie kannten sie allerdings ziemlich gut, weshalb sie ihm gegenüber diese Eigenschaften ablegen konnten, vorausgesetzt natürlich, der Einsatz stimmte.

Aufmunternd winkte der Norm Chet zu, und auf dem Weg zu den drei Greisen orderte der Ork beim schwulen Barmann vier Grog. Der Zwerg war ›Nichts sehen‹ und sagte: »Ich rieche einen alten Hauer zehn Meilen gegen den Wind. Willst du Skat spielen, oder brauchst du seelischen Beistand?«

Chet ließ seinen Hintern auf einen Stuhl sinken und antwortete: »Wenn ich mich mit euch auf ein Spiel einlasse, nehmt ihr mich doch wieder nur haushoch aus … dann bräuchte ich echt ’nen Priester. So blöd bin ich nicht, nicht mehr.«

Der Ork war ›Nichts hören‹ und sagte auch gleich: »Ich habe nichts dergleichen gehört.« Und der Norm, der ›Nichts sagen‹ war, fügte ergänzend hinzu: »Wir haben auch garantiert nichts erzählt.«

Chet entblößte lächelnd die Hauer. Danach stießen sie gemeinsam mit dem heißen Grog an, den der Kellner ihnen in diesem Augenblick freundlich servierte.

»Also, jetzt mal ernsthaft. Was spielen wir, und wie hoch ist der Einsatz?«, lenkte ›Nichts sehen‹ das Gespräch in die richtige Richtung.

»Ich brauche Nahrung für insgesamt zehn Personen. Mindestens drei große, hungrige Zeitgenossen sitzen im Boot, und der organisierte Fraß muss über längere Zeit haltbar sein. Gezahlt wird bei Lieferung in spätestens zwei Tagen. Zehn Prozent überm regulären Einkaufswert ist euer Lohn. Wo ihr das Zeug besorgt, ist mir egal. Wichtig ist nur, dass ihr ein paar eurer Kumpels mit einbezieht. Ich will nicht, dass einer von euch den ganzen Plunder besorgt, nur weil er im Skat verloren hat. Verstanden?« Während Chet ihnen den Auftrag erläuterte, schob er ›Nichts sagen‹ gleichzeitig einen Zettel zu. Das Ganze war wirklich nur eine Einkaufsliste, auf der gewöhnliche Nahrungsmittel oder legal beziehbare Güter standen. Warum Chet sie so umständlich besorgen ließ und nicht selber loszog, war einfach zu erklären. Mittlerweile schrieben die Versicherungen den Einzelhandelsläden vor, ihre Überwachungskameras mit dem HanSec-Computer zu verbinden. Kunden wurden sofort visuell erfasst und über ein geometrisches Verfahren mit Einträgen in den Datenbanken verglichen. Selbst wenn man jemandem nichts Gesetzeswidriges nachweisen konnte, reichte schon ein vager Verdacht aus, die Aufzeichnungen genauer zu betrachten, sobald sein Einkaufsverhalten irgendwie auffällig wurde. Das Ganze wurde gerechtfertigt mit dem sehr dehnbaren Paragraphen über ›Vorbeugende Maßnahmen zum Schutze der internen Sicherheit‹. Hätte Chet das Benötigte eingekauft, war nicht auszuschließen, dass sein Bild in den nächsten Tagen auf den Observierungslisten von HanSec landete. Wenn dann der dumme Zufall eintrat und eine kreisende Drohne oder ein Verkehrsbulle sein markantes Gesicht erkannte, konnte eine Routinekontrolle alles in Gefahr bringen. Und das nicht nur, weil Chet eine hohe Anzahl nicht bezahlter Strafmandate wegen Falschparkens mit den Fahrzeugen anderer besaß. Es gab einfach Dinge, die man im Vorfeld vermeiden sollte.

»Weil das mal wieder alles so schnell gehen muss und wir Bekannte mit einbeziehen müssen, wollen wir zwanzig Prozent. Schließlich soll ja niemand mitbekommen, was wir da organisieren«, sagte ›Nichts sehen‹.

Chet nippte an seinem Grog und entschied sich, das lästige Handeln schnell zu beenden. Er wusste, worauf die alten Säcke anspielten. »Ich gebe euch dreißig Prozent. Aber nur, wenn über den Auftrag und mein schlechtes Verhandeln später nichts auf der Straße gemunkelt wird. Das ist mein letztes Wort, ihr alten Aasgeier.«

Die drei stimmten zu, und gemeinsam besiegelten sie den Pakt mit einem Sauren – einem bitteren, magenreinigenden Getränk; und damit endete auch die Anwesenheit des Orks in diesem Lokal.

Die ganze Aktion hatte eine halbe Stunde gedauert. Langsam wurde es Zeit, sich endlich auf die Suche nach einem Ersatz für Grünen Schimmer zu begeben.

Als Chet den Kanal entlang zum Parkplatz ging, bemerkte er, dass es heute Abend ungewöhnlich still war. Er vermisste die abendliche kühle Brise, die sonst das Wasser kräuselte – sogar die Berieselung von oben hatte aufgehört. Die anderen vom Team standen wartend vorm Lieferwagen und rauchten. Er war ziemlich ungehalten darüber, dass sie den sicheren Platz hinter den getönten Scheiben im Innern aufgegeben hatten. Das eingefangene Bild einer Routinedrohne konnte ausreichen, einen Beamten aufmerksam werden zu lassen. Um diese Uhrzeit trafen sich drei Personen – der Optik nach mutmaßliche Kriminelle – bestimmt nicht wegen eines Plauschs im Freien. Chet war nur noch einige Meter entfernt und wollte ihnen, sobald er bei ihnen ankam, gehörig die Meinung sagen. Plötzlich spürte er, wie der Boden unter seinen Füßen bebte. Der Asphalt brach, und Risse zogen sich durch die Flächen. Dann fiel die Straßenbeleuchtung aus, und Chet sah, wie einige der Bauten am Kanalrand wie Spielkartenhäuser in sich zusammenstürzten. Er spürte die enorme Erschütterung, als die Bauten in den trüben Fluten verschwanden, und der aufgebrochene Gehweg, auf dem Chet stand, rutschte ebenfalls auf das Wasser zu. Der Ork verlor das Gleichgewicht und stürzte kopfüber nach vorn. Die kalten Wellen brachen über ihm zusammen. Voller Panik strampelte er mit den Armen und Beinen und versuchte, zurück an die Oberfläche zu kommen. Aber seine schwere Kleidung sog sich voll Wasser und zog ihn nach unten, hinunter in die Tiefe. Zu allem Übel legte sich noch eine schwere, gebrochene Betonplatte auf seine Brust und drückte ihn erbarmungslos weiter unter Wasser.

Chet sah die kostbaren Sauerstoffblasen auf die rettende, hell schimmernde Oberfläche zutreiben – einem Ort, von dem er sich mehr und mehr entfernte. Das steinerne Gewicht presste den Meta tief in den Grundschlamm des Kanals, und er spürte, wie sich der kalte Brei schmatzend über ihn legte. Die letzten Kraftreserven verließen ihn. Dreckiger Schlamm drang in seine Cyberaugen ein, und das elektronisch projizierte Sichtfeld schaltete sich vorsichtshalber aus. Das letzte Bild, das sich Chet vor sein geistiges Auge rief, war der Anblick seiner Frau, wie sie ihren neugeborenen Sohn in den Armen wog und ihn anlächelte. Sein Verstand wollte weiterkämpfen, aber sein Körper gab die Schlacht auf und begrüßte das Wasser, das sich unaufhaltsam einen Weg den Rachen hinab in seine brennenden Lungen bahnte. Es spülte jegliche Hoffnung weg, seine Familie noch einmal wiederzusehen. Es wurde schwarz, unendlich schwarz.

Die Sterne glitzerten am Firmament, spendeten dem Mann aber nur wenig Licht auf seinem einsamen Weg durch den um diese Uhrzeit verwaisten Schlosspark. Die gepflegten Hecken und Bäume lagen in der Dunkelheit verborgen am Wegesrand und waren zusammen mit dem Neumond die einzigen Zeugen an diesem kalten Abend. Das heftige Erlebnis von heute Mittag hatte ihn den ganzen Tag über wie ein dunkler Schatten verfolgt. Nur waren es leider keine natürlichen Schatten, die in der Nacht aufgaben und mit der Dunkelheit verschmolzen; wie ein stetiges Angstgefühl hatten sie sich in seinem schwitzenden Nacken festgebissen. Er fühlte sich wie ein gepacktes Beutetier, das von einem triebgesteuerten Jagdhund apportiert wurde. Alles geschah unter den unbarmherzigen Augen eines alles überblickenden Herrn, der kein Mitleid empfand. Ständig stammelte der Novize Gebete der Kraft und versuchte, sich so von seinem Weg abzubringen – ohne Erfolg. Die Bitten an seinen Gott verhallten ungehört in den Sphären der Dunkelheit. Kein göttliches Licht erschien am Horizont, um ihm einen neuen, sicheren Weg zu weisen; nur der eiskalte Ruf einer Sirene hallte wie ein Echo in seinem Kopf wider und zwang ihn, mechanisch einen Fuß vor den anderen zu setzen. Die nächtliche Melodie formte in seinem Geist das Bild eines gläsernen Engels, der ein schimmerndes Schwert in beiden Händen hielt. Er wünschte sich, die schmetternden Trompeten Jerichos wären aus dem Nichts ertönt und hätten das Glas gesprengt – ohne Erfolg. All sein Flehen wurde überhört. Er war allein und spürte, wie der Glaube ihn mit jedem Schritt mehr und mehr verließ – wie flüssiger Schweiß aus jeder Pore seines Körpers austrat und an seinem unförmigen Fleisch herabfloss. Keuchend erreichte er eine Lichtung, und dort wurde das geistige Bild des Engels Wirklichkeit.

Im Zentrum stand eine Frau mit geschlossenen Augen, die ihre bleichen Arme weit vom Körper gestreckt hielt. Sie trug ein durchsichtiges weißes Seidennachthemd, von dem sich ihre schimmernden kleinen Brüste im Mondlicht abhoben. Die peinigenden Schatten wichen dem Leuchten, das von ihr ausging. Ihr Gesang verwandelte die Lichtung in eine Kirche, in der sakraler Obertongesang erklang. Der Nachtwind stimmte mit seinen Geräuschen ein Lied an, das wie die Zunge eines Liebhabers über ihre Brüste strich und die Brustwarzen vor Erregung steif werden ließ. Ihre rasierte Scham zog seinen Blick magisch an, und er fühlte sich versucht, durch die schimmernden Pforten von Sodom und Gomorrha bis ins Zentrum vorzustoßen. Eine animalische Euphorie legte sich über sein Herz und vertrieb die Angst vor dem Zorn seines alles bestimmenden Gottes, die ihn vorhin noch geplagt hatte. Gott musste ihm den Weg gewiesen haben. Wie konnte es denn sonst angehen, dass ein solcher Engel die Macht besaß, ihn dazu zu verleiten, sein Zölibat zu vergessen? Oder war sie seine Prüfung?

Heute früh hatte die Frau ihn mit eindeutigen Anspielungen zu diesem Platz gelockt. Ihre Zunge war wie das heiße Schwert Gabriels über die sinnlichen Lippen geglitten. Und die Aussicht darauf, sie zu küssen und diesen Körper zu besitzen, hatte ihn sofort ejakulieren und beinahe laut aufstöhnen lassen. Aber gleich würde er sich auf sie stürzen, damit sie die Macht der Kirche am ganzen Leib spürte. Er war der Missionar, der ihr den göttlichen Glauben einimpfen, wenn nicht sogar mit Gewalt aufzwingen würde. Er riss sich die kratzende Soutane vom Leib und brüllte sein Verlangen in einem euphorischen Schrei in den Nachthimmel.

Der Engel hörte es, schlug weit die Augen auf, und das darin spiegelnde Licht der Sterne verwandelte sich von einem Augenblick auf den anderen in eine alles verzerrende Dunkelheit. Die Schatten, die bisher das Leuchten gemieden hatten, das von ihrem Körper ausgegangen war, sprangen jetzt wie hungrige Höllenhunde aus dem Hinterhalt auf ihn ein. Ihre Last drückte seinen Körper erbarmungslos zu Boden. Pechschwarze, dämonische Tentakel kämpften sich peitschend einen Weg aus den Tiefen ihrer Iris und des Mundes. Ihr Gesang verwandelte sich in ein hohes Kreischen, und die Tentakel durchbohrten, begleitet von den disharmonischen Tönen von oben, wie der Dreizack des Teufels, sein vor Panik rasendes Herz. Dunkles Blut rann ihm aus dem Mund, und er musste mit ansehen, wie der feuchte Grasboden sein kostbares Lebenselixier gierig aufsaugte, um es kurz danach wieder freizugeben und wie eine flüssige Ölquelle sprudelnd auszustoßen. Tiefer Schmerz zwang ihn, den Mund sperrangelweit aufzureißen. Er wollte den Schmerz und die damit verbundene Angst laut in die Nacht schreien, in der Hoffnung, dass ihn vielleicht doch jemand hörte und ihm zu Hilfe eilte. Aber der ersehnte Hilfeschrei blieb aus, weil seine Lungen durch die unnatürliche Last auf dem Rücken fast luftleer waren. Die verbliebene Luft reichte lediglich aus, ein würgendes Röcheln auszustoßen.

Der flüssige Teerfleck wurde größer und bewegte sich bedrohlich langsam auf ihn zu, wie eine giftige Schnecke. Die Oberfläche schlug Blasen, und der Mann fühlte, dass diese Masse eine fremdartige Intelligenz besaß. Sie wollte in seinen Körper eindringen, seinen Glauben in etwas anderes, Böses verwandeln. Sie wollte ihn mit etwas infizieren, das nicht von dieser Welt stammen konnte. Hilfe suchend richtete er die Augen auf den bleichen Engel, der das Wesen an diesen Ort geführt hatte. Die schwarzen Augen zeigten jedoch keinen

Funken Mitleid. Provozierend stellte sich die Frau mit weit gespreizten Beinen über ihn. Er sah die dunkle Flüssigkeit sogar aus den Tiefen ihrer Scham nach unten tropfen. Er spürte, wie der feuchte Saft sein Gesicht berührte und brennende Schmerzen wachrief.

Einen kurzen Augenblick lang fand er Mut und schaffte es, den Glauben zurückkehren zu lassen. Das Wissen, dass sein Gott alles sah und in seiner Nähe war, spendete ihm Kraft, um den Mund vor dieser brennend feuchten Berührung zu verschließen. Doch der Engel der Finsternis gab nicht auf. Er setzte sich auf seinen Rücken. Der Novize sah nicht mehr, was die Frau hinter ihm tat, spürte nur, wie sie ihr Gesäß seine Wirbelsäule entlang rieb. Die brennende Flüssigkeit fraß sich in sein Mark, und er erblickte neben sich ihre nackten Zehen, die sich vor wilder Erregung in den mit der seltsamen Flüssigkeit bedeckten Grasboden gruben. Ihre kalten Hände tasteten sich gierig seinen schwitzenden Nacken hinauf. Dann verschwand ihre Berührung, stürzte sich aber kurz darauf mit stärkerem Verlangen auf die freie Stelle seiner Tonsur. Kalte Hände rieben seine nackte Kopfhaut, ließen die Finger wild kreisen, und leuchtende Sterne tanzten dem Mann vor Augen. Plötzlich bohrten sich die Fingernägel wie glühend heiße Brandeisen in sein Hirn.

Sein Glaube verlor den innerlichen Kampf. Er konnte nicht länger, musste einfach schreien. Aber die Pein verwandelte sich in tiefe Lust. Und darauf hatte dieser Engel des Todes nur gewartet. Als sein Mund offen stand, drückte die Frau seinen Kopf tief in den dämonischen Brei, der sich wie flüssiges Pech langsam einen Weg die Speiseröhre entlang bis zum Kern seines Innersten brannte. Die teuflische Schwärze vernebelte seinen Geist, vertrieb die hellen Sterne und legte sich wie ein dunkler Schleier über sein Sichtfeld. Sein bisheriges Ich wurde durch etwas ergänzt, das grausamer und unbarmherzig schmerzhafter war, als es alle lodernden Feuer der Hölle zusammen sein konnten.

Pandora eilte durch den Park und hing Gedanken nach, die durch die undurchdringlichen Schatten der nächtlichen Umgebung nur noch düsterer wurden. Seit dem merkwürdigen Vorfall am Ende der Vorlesung von heute Mittag hatte Pandora Trish gesucht – ohne Erfolg. Zwischenzeitlich hatte sie immer wieder versucht, Paul, Chet oder Zack zu erreichen – ebenfalls vergeblich. Langsam, aber sicher machte sich Pandora ernsthaft Sorgen. Sie hatte sogar eine öffentliche Telezelle im Ort aufgesucht. In der Uni waren eigene Kommunikationsgeräte unerwünscht – die Hausordnung unter dem Punkt Spionageschutz untersagte den Besitz. Karl hatte ihr angeraten, ihr Equipment in Hamburg zu lassen, damit sie erst gar nicht in Versuchung geriet. Jetzt entpuppte sich ihre Entscheidung von damals als schwerer Fehler, der viele Unannehmlichkeiten und Zeitverluste mit sich zog. Aber Pandora versuchte, aus allem das Beste zu machen. Die Kamera in der Telezelle hatte sie außer Gefecht gesetzt. Anschließend hatte sie die Tech ein bisschen mit Teilen aus dem nächsten Elektronik-Zubehörladen modifiziert, um die Verbindung sicherer zu machen. Sie war keine technische Leuchte, aber das Ergebnis war besser als nichts. Die Gespräche bezahlte sie mit einem Ebbie, der auf irgendeine ihrer Scheinidentitäten ausgestellt war.

Als Erstes hatte sie Simons Geheimnummer gewählt. Und das war das Seltsamste überhaupt: Es hatte jemand das Gespräch entgegengenommen, der hundertprozentig nicht Simon gewesen war. Die Stimme hatte gar nicht wie seine geklungen. Sie war viel zu fordernd gewesen und hatte die ganze Zeit versucht, Pandora in ein Gespräch zu verwickeln. Sofort hatte die Magierin die Verbindung unterbrochen und überlegt, wer ihr sonst noch in Hamburg weiterhelfen konnte. Ihre ehemalige Schieberin Teresa – die sie gelegentlich auch Molly nannte – war ihr als Nächstes eingefallen. Der Anruf bei ihr hatte die Magierin aber nicht beruhigt; im Gegenteil, die Angst um ihre alten Freunde war seitdem sogar rapide gestiegen. Pandora erfuhr nämlich, dass Paul untergetaucht war. Das sei ungefähr zu dem Zeitpunkt passiert, als auf den Straßen bekannt geworden war, dass ein unbekannter Mann Simon erschossen hatte. Teresas Connections wollten Paul in der Nähe des Tatorts gesehen haben. Andere Mittelsmänner hatten beobachtet, wie Chet ein paar Go-Gang-Mitglieder der Söhne und Töchter Gabriels umlegte. Der Ork war aber mit seiner Freundin schon seit einiger Zeit in der Versenkung verschwunden. Er hatte sich zwar heute Mittag einmal kurz bei Teresa gemeldet und ihr den Fight mit der Go-Gang bestätigt, war aber nicht weiter darauf eingegangen. Der eigentliche Grund seines Anrufs war gewesen, Infos über ein paar andere Runner einzuholen. Eigentlich hatte sich der Ork heute Abend noch einmal bei Teresa melden wollen, aber das war bisher noch nicht geschehen. Ab diesem Zeitpunkt hatte Pandora nicht mehr geglaubt, dass es noch schlimmer kommen konnte, war aber von Teresa sofort eines Besseren belehrt worden. Zack war von den Bullen aufgegriffen, verurteilt und nach Big Willy gebracht worden. Zu allem Übel hatte Simon die Anklageseite unterstützt, kurz bevor man ihn erschossen hatte. Vielleicht erklärte das, warum Paul als Täter in Frage kam, aber auch das war nicht zweifelsfrei. Sobald sie neue Infos besaß, wollte sich Teresa mit Pandora über Umwege in Verbindung setzen. Und seitdem hing die Magierin ihren Gedanken nach.

Der Verlust von Simon stimmte sie traurig, aber wenn es zutraf, dass er Zack verpfiffen hatte, rückte dies alles in ein anderes Licht. Pandora versuchte gedanklich die einzelnen Puzzlestücke zu sortieren, kam aber zu keinem befriedigenden Ergebnis. Sie hatte sogar versucht, den Ordensleiter Karl Bach und ihre Mutter Mariko zu erreichen. Schließlich wusste sie, dass Karl Paul damit beauftragt hatte, etwas über die unbekannte Killerin herauszufinden, die man einst auf Trish angesetzt hatte. Dass Paul den Auftrag nur angenommen hatte, um nicht den Kontakt zu Pandora zu verlieren, war der Magierin damals sofort klar gewesen. Aber warum hätte sie ihn auch davon abhalten sollen? Er liebte sie immer noch, das wusste sie, dazu kannte sie ihn gut genug. Er gehörte nicht zu den Menschen, die ihre Gefühle ohne weiteres ablegen konnten. Es würde noch viel Wasser die Elbe hinabfließen, bevor sich seine Gefühle änderten. Eine Beziehung mit ihm schien ihr aber immer noch unmöglich. Nicht, nachdem sie jetzt ihr eigenes Leben führte, auch wenn sie ihn und die anderen in Momenten der Einsamkeit sehr vermisste. Mit Karls Hilfe war es ihr vielleicht möglich, etwas über den Verbleib ihrer Freunde in Erfahrung zu bringen.

Seit Einbruch der Dunkelheit hatte sie versucht, den Mann zu erreichen. Tagsüber hielt er in der Hamburger Universität Vorlesungen und ließ sich dabei nur ungern stören. Ihr Orden war geheim und sollte es auch erst einmal bleiben. Jegliche Störung des geregelten Alltagsablaufs schlug vielleicht Wellen, die schnell außer Kontrolle gerieten. Aber auch ihre Versuche am späteren Abend waren gescheitert. Eine Astralreise war ausgeschlossen. Der Bann, mit dem man Pandora wegen der magischen Studien belegt hatte, würde sich erst morgen automatisch aufheben und verhinderte, dass sich die Magierin auf eine Astralreise begeben konnte. Allerdings hatte sie Zweifel, ob sie auf diesem Wege bis zu Karl oder ihrer Mutter vorgedrungen wäre, weil das Gelände gegen astrales Eindringen geschützt war. Der einzige Anhaltspunkt, den Pandora besaß, war die Sängerin Trish. Schließlich war sie es gewesen, die ihr von Paul, Hamburg und der damit einhergehenden Bedrohung erzählt hatte. Sie hatte diesen Sturm mit ihrer Weissagung in Gang gesetzt. Die Magierin wusste, dass sich Trish gelegentlich in die nächtliche Stille des Parks flüchtete. Alle anderen Orte hatte sie abgesucht. Trishs Kammer war leer gewesen. Ihre persönliche Habe war aber noch da, und Pandora glaubte nicht, dass die Sängerin ohne sie gehen würde. Warum sollte sie auch? Ihr Verhalten in letzter Zeit, vor allem heute, war zwar extrem merkwürdig gewesen, reichte aber kaum aus, ihr neues Leben von einem Moment auf den anderen umzukrempeln. Es sei denn, dieser eingebildete Friedrich aus Münster hatte heute etwas anderes bei ihr bemerkt. Und deswegen suchte Pandora auch nach ihm. Sie wollte ihn fragen, was nach der Vorlesung vorgefallen war. Den Teil, den die Magierin nicht hatte beobachten können. Aber Friedrich war ebenfalls verschwunden. Ihre eigenen Watcher – magische Kreaturen, die der Informationsbeschaffung dienten – waren nicht besonders weit gekommen. Die Universität Marburg reagierte auch in diesem Fall sehr empfindlich. Der Einsatz dieser nützlichen Spürhunde war nur in speziell gekennzeichneten Gebieten erlaubt. Und dort machten sich einige Studienanfänger einen Riesenspaß daraus, ihre neuen Fähigkeiten an fremdem Plasma auszuprobieren, indem sie die Watcher bannten oder in magische Käfige sperrten, um den Zersetzungsprozess der Kreaturen bei fortschreitendem Kräfteverlust beobachten zu können. Immerhin war sie über einen von Friedrichs Stubenmitbewohnern gestolpert. Dieser hatte gesehen, dass der Hobbypfaffe – genau das waren seine Worte gewesen – in Richtung Schlosspark gehetzt war. Er hatte es auch als seltsam empfunden, dass die Reinkarnation Johannes des Täufers um diese Uhrzeit noch joggte. Gewöhnlich war er nicht an körperlicher

Ertüchtigung interessiert. Vielleicht war er ebenfalls auf der Suche nach Trish. Natürlich waren das alles nur Mutmaßungen. Konkretes würde sie frühestens dann erfahren, wenn sie auf einen der beiden stieß, vorzugsweise natürlich auf Trish.

In diesem Augenblick spürte Pandora, dass sie beobachtet wurde. Sie fühlte kalte Augen lüstern ihren Körper abtasten. Erschrocken wirbelte sie herum. Außer der Robe und dem Ebbie trug sie nichts weiter bei sich; sie hatte keine Waffen oder Magiespeicher mitgenommen. Ihr Blick suchte die dunklen Schatten der Umgebung ab. So sehr sie auch die Augen zusammenkniff, es gelang ihr nicht, den Ursprung ihrer Furcht in der Dunkelheit auszumachen. Der nächtliche Wind ließ die Blätter rascheln, und Pandora erinnerte es an das schwere Atmen einer lauernden Bestie. Dann registrierte sie eine schnelle Bewegung hinter sich. Erneut wirbelte sie herum. Plötzlich warf sich ihr ein großer, dunkler Schatten entgegen. Kurz bevor er sie erreichte, spürte sie, wie ein fremder Zauber sich über ihr Blickfeld legte und es ihr unmöglich machte, den Angreifer zu identifizieren. Während der Unbekannte sie hart zu Boden schleuderte, bemerkte sie, dass eine zweite Person am Rande ihres reduzierten Blickfelds alles mit rötlich leuchtenden Augen beobachtete.

Die sabbernde Zunge ihres Angreifers leckte ihren Hals entlang. Die Magierin spürte, wie eiskalte Hände fordernd ihren Körper entlang glitten, ihr die Robe nach oben schoben und das Unterkleid in Fetzen rissen. Sie hörte jemanden animalisch knurren: »Hure … du Hure … wirst in den brodelnden Kesseln … der Hölle schmoren.«

Die Furcht, die sie bisher gelähmt hatte, verflog, als ihre antrainierten Runnerinstinkte die Kontrolle übernahmen. Das war kein magisches Wesen, das sie vergewaltigen wollte. Es war ein Mensch, um genau zu sein, ein Mann, und Männer reagierten auf körperlichen Schmerz. Die Magierin winkelte das Knie an und rammte es ihrem Peiniger in die Weichteile.

Der erwartete Erfolg blieb aus. Die schwere Last hielt sie weiter auf dem Boden gefangen und schränkte ihre Bewegungsfreiheit ein. Nur seine Hände hörten auf, schmerzhaft an ihren Brüsten zu zerren oder ihr gewaltsam die Beine auseinander drücken zu wollen. Sie kratzten wild an ihrem schlanken Hals entlang, und die Frau spürte, wie die Fingernägel ihr die Haut aufrissen. Warmes Blut floss ihren Hals hinab. Riesige Pranken drückten ihr mit unmenschlicher Kraft die Luftröhre zu. Röchelnd öffnete sie den Mund. In diesem Augenblick legte sich der Mund ihres Gegners auf den ihren, und er versuchte, ihr die Zunge in den Rachen zu schieben. Ihre Hände tasteten ziellos in der Gegend umher. Dabei stieß sie auf den Fuß des zweiten, schattenhaften Beobachters, der sich inzwischen näher an den Ort des Verbrechens begeben hatte, um das entsetzliche Schauspiel genauer zu verfolgen. Pandora ergriff den Knöchel und grub die Fingernägel schmerzhaft in das nackte Fleisch. Jetzt fühlte sie das warme Blut eines anderen auf ihrer Haut. Sie hörte einen spitzen Schrei. Danach brach ihr ein starker Tritt das Handgelenk.

Der Schmerz spendete ihr erneut Kraft, obwohl sie kaum noch Luft zum Atmen fand. Ihre Zauberkraft war eingeschränkt, aber sie erinnerte sich an die Worte Professor Dürrbaums. Sie rief sich das Bild eines schemenhaften Kopfes und Halses in ihre Vorstellung. Ihre Lippen formten die Worte des Zaubers, und stumm sprach sie die einst gelernten Formeln. Sie stellte sich vor, wie ihre imaginären Hände den Kopf mit aller Kraft einmal komplett umdrehten. Daraufhin ertönte ein ekelhaft lautes Knirschen. Ein Schwall heißen Bluts floss auf ihr Gesicht, aber der Schmerz an ihrem Hals ließ endlich nach, als die Pranken kraftlos den unbarmherzigen

Griff lösten und die schwere Last des nackten Angreifers über ihr zusammensackte. Röchelnd kämpfte sich die Magierin frei und rang verzweifelt nach Luft. Sie rechnete felsenfest damit, dass sich jetzt der zweite, schattenhafte Gegner auf sie stürzen würde, um ihr den Rest zu geben. Zum Glück blieb diese erwartete Reaktion aber aus.

Nach einigen Minuten klärte sich ihr Blickfeld ein wenig. Neben sich erkannte sie den nackten Körper Friedrichs. Seine Haut war am ganzen Körper mit Blasen überzogen. Das tote Gesicht lächelte sie, vom Wahnsinn verzerrt, an, und seine Augen waren längst vom Tode getrübt. Von dem zweiten Gegner fehlte jede Spur. Pandora versuchte, sich aufzurichten, aber der Kampf hatte ihre letzten Kraftreserven verbraucht. Sie fiel vornüber, und den schmerzhaften Aufschlag auf dem Boden bekam sie nicht mehr mit. Die Ohnmacht hatte sie kurz vorher in ihre dunkle, aber schützende Umarmung geschlossen. Pandora bemerkte auch nicht mehr, wie eine bleiche Hand ihren blutenden Hals abtastete.

8

Im Auge des Sturms

FRANK STEFFENS WAR FERTIG mit sich und der Welt. Er war erst am späten Abend neben dem Bett aufgewacht und spürte die lähmende Wirkung des Alkohols immer noch tief in den Knochen. Die unbekannte Frau von gestern, an deren Existenz er sich nur noch dumpf erinnerte, war natürlich längst verschwunden, und wie erwartet hatte er auch keinen mit Liebesschwüren übersäten Abschiedsbrief auf dem Kopfkissen gefunden, sondern eine hohe Rechnung über einen exotischen Privatservice. Den Betrag hatte sie mit seiner Zustimmung bereits großzügig abgebucht. Frank konnte sich nicht an diese Zustimmung erinnern. Genauso wenig wie an ihr Gesicht, ihre Stimme oder ihre Kleidung. Hatte sie den ganzen Abend hindurch überhaupt welche angehabt? Der Gedanke an sie und die damit verbundenen Kosten waren ihm jedoch egal – wie alles in letzter Zeit. Der einzige motivierende Gedanke war wie immer, wie er verdammt schnell an neuen Stoff kommen konnte. Sobald der Alkoholpegel in seinem Blut abnahm, würden die neu gewonnenen Talente wieder die Oberhand gewinnen – und dann wartete nur Schmerz auf ihn. Ein Schmerz, der sich nicht von allein einstellen würde, weil alles um ihn herum laute Geräusche produzierte, die ihn nur noch tiefer in die Verzweiflung trieben.

Die Minibar war leer. Ein Blick auf den grob gewebten, fleckigen grünen Teppich verriet ihm, dass er sogar

Non-Alcoholics getrunken hatte, um den Nachdurst im Delirium erträglicher zu machen. Natürlich hätte er den Zimmerservice rufen können, obwohl er sich gar nicht sicher war, ob es in diesem Hotel solche Dienstleistungen überhaupt gab. Die Einrichtung war ziemlich spärlich. Betten und Schrank waren aus billigstem, vergilbtem Europlast, und die vom Nikotindunst gelblichen Wände wurden an mehreren Stellen von grünen Schimmelspuren verdunkelt, die Ähnlichkeit mit dem Teppich besaßen. Das Licht hatte etwas von einem zarten Schimmer in Rot – obwohl der Begriff Puffbeleuchtung es besser traf. Wenn Frank total dicht war, fiel ihm so etwas gewöhnlich nicht mehr auf. Falls doch, erinnerte er sich am folgenden Tag nur selten daran, dass es ihm vorher aufgestoßen war oder ihn magisch angezogen hatte.

Franks erster Impuls riet ihm, einen neuen Hafen anzusteuern, einen mit geöffnetem Lager und ausreichend Brennstoff. Das Piepsen seines Ebbies war ein temporärer Hinweis seiner Hausbank: *Bitte melden Sie sich umgehend bei Ihrem Kundenberater*. Er nahm an, die Bankangestellten – Frank nannte sie nur Eurokrämer – störten sich daran, dass in den letzten Monaten kein Geldeingang mehr verzeichnet worden war. Der Deckungsbetrag seines Kontos war mittlerweile extrem geschrumpft. Aber weil er in der Vergangenheit so viel Umsatz gefahren hatte, würde man sicher noch eine Weile mit der Sperrung des Ebbies warten. Er durfte nur keine größeren Beträge auf einmal abheben. Diesen Abend würde er hoffentlich noch irgendwie finanzieren können – morgen konnte alles anders, wenn auch nicht unbedingt besser aussehen.

Frank besaß einen Ebbie, der nicht immer gedeckt sein musste. Die Tech konnte man mit einem dehnbaren Kredit vergleichen, der momentan große Ähnlichkeiten mit einem ausgelutschten Kaugummi aufwies – zieh ihn nicht zu lang, und kaue gelegentlich darauf herum, damit es den Anschein macht, dass du ihn nicht vergessen hast. Sprich: Gelegentlicher Geldeingang ist was Schönes und lässt die Eurokrämer in dem Glauben, dass sie über lange Zeit mit den Zinsen an dir verdienen können. An so etwas wollte Frank aber jetzt nicht denken, weil er im Augenblick nicht arbeitete. Ein Geldeingang war deshalb so wahrscheinlich wie ein Sechser im Lotto, wenn man noch nie einen Tipp abgeben hatte.

Frank fasste den festen Entschluss, sich an diesem Abend seine Lage schönzutrinken. Darin besaß er mittlerweile ausreichend Übung – aber wen interessierte das im Augenblick? Seine Leber nicht die Bohne, und sein Verstand sollte gar nicht erst in Versuchung kommen, etwas denken zu wollen.

Er raffte seinen Kram zusammen. Da der nur aus einer strapazierten Reisetasche, gebrauchter Wäsche, einem Kulturbeutel und einer gerahmten, auf alt getrimmten Fotografie bestand, war er schnell damit fertig. Einen Großteil hatte er gar nicht erst ausgepackt – dass er überhaupt etwas ausgepackt hatte, war seiner Erinnerung komplett entgangen. Als er die Fotografie einpacken wollte, hielt er einen kurzen, schmerzhaften Moment inne. Auf dem Bild waren seine Frau – um genau zu sein, die Ex –, seine kleine Tochter und er zu sehen. Wenn er sich nicht an alles in der letzten Zeit erinnern konnte oder wollte, an ihren letzten gemeinsamen Tag erinnerte er sich noch sehr genau. Die Aufnahme war in einem Freizeitpark entstanden – einem dieser Orte, an denen Kotzkarussells die Beliebtheit bestimmten. Die Kleine hatte geweint, als sie erfuhr, dass ihr Papa für längere Zeit verreisen musste. Obwohl das Kind noch sehr jung war, wusste es, dass Frank und Sandrine Probleme hatten. So etwas bekamen Kinder schneller mit, als es die Eltern wahrhaben wollten. Sie hatte ihn mit verweinten Augen angeschnieft: *Ich bin so traurig, weil sich Mami und du gerade nicht lieb haben. Aber bestimmt vertragt ihr euch wieder, oder?* Er hatte es ihr zuliebe versucht. Hatte wirklich daran geglaubt, dass sich vieles ändern würde, sobald er seinen Weg gefunden hatte. Und es schien ein guter Moment gewesen zu sein, als Frank in den Orden Karl Bachs eingetreten war. Er hatte sich wieder mit Sandrine und der Kleinen getroffen, hatte Sandrine erzählt, dass er auf dem besten Weg sei, seine Probleme in den Griff zu bekommen – weswegen er ihr auch den Kater Aramis dagelassen hatte. Die Kleine hatte sich riesig gefreut, nicht nur wegen des Katers. Sandrine hingegen hatte nur lahm gesagt: *Wir werden sehen.* Aber weil Frank so alt war, musste er sehr viel Stoff nachholen, weshalb ihm die Zeit fehlte, sich weiter um sie zu kümmern. Frank hatte schnell erkannt: Auch wenn sich sein Umfeld geändert hatte, er hatte es nicht getan. Er war sich selbst bei allem im Weg – und war sich selbst dabei trotzdem immer noch der Nächste. Warum konnte er nicht einfach etwas geben, ohne immer an den eigenen Profit zu denken? Hatte er je für andere Zeit gehabt, außer für sich selbst? Die wahre Antwort fürchtete er, deshalb war er einer erneuten Konfrontation aus dem Weg gegangen. Er hatte sie und das Kind wie VITAS-Infizierte gemieden. Er besaß nicht den Schneid wie ihr neuer Anwaltsfreund, der sie tatkräftig und gewinnbringend in allen Familienangelegenheiten und sogar darüber hinaus beriet.

Frank schleuderte das Bild in die Tasche und zog zornig den Reißverschluss zu. Er wollte es nicht länger sehen. Zwar sollte es ihn auf seinen Reisen begleiten und ständig daran erinnern, dass er ein Verlierer war, der vor der Verantwortung gegenüber sich und anderen ständig davonlief, nur bitte nicht gerade jetzt. Zu allem Übel wurde sein magisches Talent langsam wieder aktiv. Das Summen der elektronischen Deckenbeleuchtung verwandelte sich in einen steten Strom rauschenden Wassers, der sich durch Wände, Decken und Fußböden zog. Im Pulsschlag der Erde dehnten sich die Wände zum Klang von kurzen Triolen und zogen sich wieder zusammen.

Hastig griff sich Frank seine Habe und verließ in panischer Flucht das Zimmer. Die Tür ließ er offen – sollte sich doch irgendein anderer darum kümmern, er wollte nur weg von hier. Für ihn gab es ein schwerwiegendes Problem, denn er brauchte Alk, sehr viel Alk. Der kurze Weg zum Empfang wurde zu einem immer realer werdenden Albtraum. Frank erinnerte sich kurz daran, dass er die Umgebung gestern viel sauberer wahrgenommen hatte. Jetzt verwandelte sich das Hotelgebäude mit jedem Schritt in einen in Schattentönen abgestuften Bau, der nur noch auf die Abrissbirne wartete. Der Mann an der Rezeption hatte etwas von einem alten Dampfkessel; aus einem dunklen Schlund strömte heißer Dampf aus und forderte ihn auf, endlich die benötige Kohle nachzuwerfen. Blind legte Frank den Daumen auf das Scannerfeld und kontrollierte erst gar nicht den Betrag – die Minibar war leer, und eine Kommunikationsanlage hatte er in dem Zimmer nicht gesehen, also konnte ihm der Typ nur den vollen Getränkebestand abrechnen. Und wenn es mehr wäre – die wenigen Stunden vollkommener seelischer Taubheit waren ihm das wert gewesen.

Draußen steuerte er die nächste Kneipe an. Unterwegs drückte er sich die Plastikstöpsel in die Ohren, mit dem unmöglichen Wunsch, sie zwischen Hammer und Amboss zu treiben. Zumindest half ihm das Plastik, eine weitere Stunde in seinem jetzigen Zustand zu verweilen. Danach würden seine Fähigkeiten dieses weltliche Hindernis problemlos übertönen und sein Leben in totalen Schmerz verwandeln.

Der vorherrschende heftige Niederschlag erinnerte ihn zwar an Hamburg, das Stadtbild aber wirkte nicht hanseatisch. Er hatte keine Ahnung, wo er sich befand. Er meinte, zwei Kirchturmspitzen in der Ferne zu sehen – konnte das Köln sein? Für Köln sprach zumindest die große Kölsch-Werbung an der Außenfassade der Spelunke vor ihm. ›Zur Alten Feuerwache‹ stand in milchig roter Leuchtschrift mit weißem Aufdruck über dem Eingang. Drinnen war die Luft durchzogen von Rauchschwaden, und vielleicht war der Name eine Anspielung auf die dampfenden Stammgäste, die genauso rustikal wie die Inneneinrichtung wirkten. Ein dunkler Holztresen und unzählige Barhocker aus geschwärztem Metall ergänzten Franks ersten Eindruck. So etwas hatte er seit seiner Kindheit nicht mehr gesehen. Zwar hatte er den festen Entschluss gefasst, sich in kürzester Zeit das Sprachverhalten eines Dreijährigen anzueignen, aber nach mehr Erinnerungen aus seiner verkorksten Kinderzeit stand ihm nicht der Sinn. Die Gäste schienen durch die Bank älter als drei Jahre zu sein. Vielleicht würde sich aber später trotzdem jemand auf seine Stufe hinabbegeben, damit sie gemeinsam einen Kindergarten aufmachen und dreckige Chorlieder trällern konnten. Die Leute mit extremen Kurzhaarschnitten und schwarzen oder grünen Bomberjacken schienen auf jeden Fall nicht an einer Unterhaltung mit einem Fremden interessiert. Die Musik hörte er zum Glück kaum. Frank versuchte nicht einmal, das durch die Ohrstöpsel auf kaum wahrnehmbares Hintergrundbrummen reduzierte Klangbild zu deuten. Ihm war alles egal, fast alles – bis auf die alte Zapfanlage. Sie schien gute Arbeit zu leisten, und er stolperte zum Tresen. Sie würde nicht unterscheiden, für wen das Bier bestimmt war. Vorher musste er nur noch die Bedienung von seinen ernsten Absichten überzeugen. Das wollte er mit norddeutschem Humor meistern.

»Moin, moin, hübsche Maid. Reicht ein Heiermann aus, um etwas gegen meinen Durst zu unternehmen?«, raunzte er die schon etwas betagte Frau mit blond gefärbten Haaren hinter der sprudelnden Quelle an. Sie besaß anscheinend keinen Humor oder konnte mit dem Begriff Heiermann nicht allzu viel anfangen – oder vielleicht mit ihm? Das Wort Heiermann stand für fünf Mark, die ein Matrose früher aufbringen musste, wenn er mit einer Hure in die Koje steigen wollte.

»Wir akzeptieren nur elektronische und keine ausländische Währung. Anschreiben können Sie woanders.« Diese Worte entnahm er zumindest den Bewegungen ihrer penetrant rot geschminkten Lippen.

Zwanzig Kölsch und die gleiche Menge Tequila später fand er die Frau gar nicht mehr so hässlich und abweisend. Mittlerweile war sie sehr freundlich und schenkte unaufgefordert ein. Die anderen Gäste hatten immer noch nicht den Weg in seinen Dunstkreis gefunden, auch wenn er längst in die Rolle des lallenden Pennälers geschlüpft war. Die Ohrenstöpsel lagen mittlerweile unter einer Aufstellung aus Zigarettenpalisaden im Aschenbecher. Die dröhnende Musik war schlechter Prügel-Angstmetal. Trotzdem ertappte sich Frank dabei, den Kopf im schnellen Takt auf die versiffte Theke zu schlagen.

Er musste einige Minuten lang eingeschlummert sein, denn als er die vom Alkohol trüben Augen aufschlug, schaute er geradewegs in das vernarbte – und vor allem unbekannte – Gesicht eines schlecht rasierten Mannes. Dessen Unterlippe war aufgeplatzt, was Frank vorsichtshalber als schmerzhafte Spuren einer Schlägerei deutete. Der Fremde lächelte ihn an, und Frank entschied sich, ihn Lippe zu nennen. Etwas perplex drehte er den Kopf und vergewisserte sich, dass die hängende Lippe wirklich ihn meinte. Da keiner der anderen Gäste sich angelächelt fühlte, ging Frank davon aus, dass er tatsächlich gemeint war. »Wall kaln ich'n … für dich tuhen?«, lallte er.

»Du könntest bezahlen«, antworte Lippe ruhig.

»Kein Ploblem … hicks«, erwiderte Frank und suchte den Ebbie. Daraufhin schaltete sich die Bedienung in ihr merkwürdig surreales Gespräch ein und bellte Frank an: »Wenn du den suchst, der ist mittlerweile über seinem Limit.« Dabei hielt sie ihm die Tech unter die triefende Nase, und aus der Nähe wirkte ihr Blick jetzt gar nicht mehr so freundlich.

»Dann … haben wieel ejin Ploblem, Huuoussten …«, stammelte Frank und versuchte dabei, den letzten kostbaren Tropfen aus dem Schnapsglas zu schlürfen.

»Nicht wir, du hast ein Problem«, sagte die anschwellende Lippe und packte Frank unsanft am Kragen. Frank krallte sich gerade noch die Reisetasche, bevor er zum Hinterausgang geschliffen wurde. Die Frau rief ihnen hinterher: »Prügle den letzten Rest aus dem Penner raus! So was lieb ich ja, den dicken Macker machen und dann nicht zahlen können!«

Der Schläger stieß eine Metalltür auf und schleuderte Frank in einen Müllhaufen, der sich um den überfüllten Container herum gebildet hatte. Die verdorbene Essensresteburg stürzte über ihm zusammen, und der stinkende Siff suchte sich den Nacken hinab einen schmierigen Weg in seine Kleidung.

»Mach mallll halblang …«, lallte Frank verteidigend.

Die Lippe reagierte nicht so, wie Frank erhofft hatte. Sie zimmerte ihm einen Armeestiefel unters Kinn, als er gerade wieder torkelnd auf die Beine kommen wollte. Der Schmerz war so stark, dass Frank sofort übel wurde. Er kippte um und versank im Dreck. Diesmal blieb er liegen und brachte nur noch die Kraft auf, sich den schmerzenden Kiefer zu halten.

Der Typ war leider noch nicht fertig. Er trat Frank mehrmals in den Magen, und dieser kotzte alles, was er in den letzten Stunden getrunken hatte, würgend aus. Lächelnd beugte sich Lippe zu Frank herab, riss dessen

Kopf zurück und zerrte ihn aus dem Müll in die Mitte des Hinterhofs. Obwohl Frank betrunken war, sah er den Schlagring kommen – ein blitzendes Zahninstrument mit spitz gefrästen Zacken. Er hörte sein Jochbein krachend nachgeben, fühlte den Schmerz, als sein Gesicht sofort anschwoll und das rechte Sichtfeld komplett verschwand. Warmes Blut lief ihm über die aufgeplatzte Haut, und er schmeckte den typisch eisenhaltigen Geschmack. Langsam, aber sicher verlor er das Bewusstsein.

Der Schläger hatte aber immer noch nicht genug. Er zerrte Frank wieder hoch und holte zu einem zweiten Hieb aus. Frank wusste, der würde ihm den Schädel brechen und alles vernichten, was ihn einmal ausgemacht hatte. Aber merkwürdigerweise war es ihm total egal. Er wollte, dass endlich alles ein Ende fand. Sein Scharfrichter war da, und nun würde er für die Fehler in seinem verkorksten Leben bezahlen. Danach würde endlich alles vorbei sein – sogar die innere Pein, die er bisher mit sich herumgeschleppt hatte.

Mitten in der Bewegung wurde sein Richter und Henker jedoch unterbrochen. Er drehte leicht den Kopf, weil er etwas hinter sich bemerkt zu haben schien. Frank hörte eine helle Kinderstimme. Für ihn besaß sie den unschuldigen Charme eines Engels, der sich verirrt haben musste. Sie sagte: »Lass den Onkel bitte in Ruhe. Du tust ihm weh.«

»Sieh zu, dass du Land gewinnst, Balg. Das is' Männersache!«, schrie der Schläger jemanden an.

Obwohl Frank langsam die Augen zufielen und er alles nur noch verschwommen wahrnahm, sah er, wie ein kleines Mädchen auf Lippe zukam. Die Lippe schüttelte Frank weiter. Dem fielen die Lider zu, weil ihm erneut schlecht wurde. Dann hörte er die Engelsstimme erneut. Diesmal meinte sie in energischem Tonfall, der keinen Widerspruch duldete: »Tu das nicht. Das ist böse.«

Frank blinzelte und sah benommen, wie kleine Kinderfinger den Schläger am Jackensaum zupften.

Der Schläger ließ Frank achtlos zu Boden stürzen und griff sich nun die Kleine. Er schüttelte das Kind einmal wild vor sich in der Luft und schleuderte es wie ein ausgedientes Spielzeug in den Müllberg, mit dem Frank vorhin schon Bekanntschaft gemacht hatte.

Irgendwie war es rührend: Dieses mit Lumpen bekleidete Kind setzte sich für ihn ein. Frank wollte aufstehen und nun seinerseits dem Kind zu Hilfe eilen, war aber zu betäubt und stürzte sofort wieder mit der Nase in den Dreck. Zusätzlich bekam er einen kräftigen Tritt ins Kreuz, weil der Schläger sich seiner wieder erinnert hatte.

»Hör damit auf!«, schrie das Mädchen, während es sich aus dem Unrat kämpfte. Dabei leuchteten die kleinen Augen wie schillernde Sternschnuppen am Horizont.

Der Schläger wollte aber nicht aufhören, sondern holte weit mit seinem Fuß aus. Diesmal wollte er das Kind so treten, wie vorher schon Frank. Dieser sah bereits, wie der Treffer dem kleinen Kind das Genick brechen würde.

Dann passierte jedoch etwas, das ihn einen Moment lang nüchtern werden ließ. Bevor der Stiefel das Kind auch nur berührte, verbrannte er samt Inhalt bis zum Knöchel. Der Mann schrie, fiel um und hielt sich den dampfenden Stumpf. Hell lodernde Flammen tauchten erneut aus dem Nichts auf und fraßen sich in Windeseile an Beinen und Armen weiter hoch, bis der ganze Körper brannte. Nach wenigen Sekunden erstarben die gellenden Todesschreie, und zurück blieb nichts als ein rauchender, schwarzer Berg aus Knochen und verschmolzener Synthetikkleidung. Der beißende Gestank von verbranntem Fleisch überdeckte den Müllgeruch im Hinterhof. Die Flammen waren aus dem Nichts gekommen, und so schnell und spurlos, wie sie erschienen waren, verschwanden sie auch wieder.

Nur das Kind war noch da und fragte Frank, der alles zunehmend undeutlich durch den hereinbrechenden Nebel der Bewusstlosigkeit wahrnahm: »Willst du mitkommen?«

Benommen erwiderte Frank: »Kleiner Engel, wir sollten besser zusammen von hier verschwinden …«

Mitten im Satz wurde er von dem lieblichen Gesang einer alles übertönenden Kinderstimme unterbrochen. Die Stimme war so unschuldig und liebreizend, dass sie ihn alles vergessen ließ – das Feuer, die Schmerzen und die Angst, die er tief im Herzen trug. Es wurde dunkel, und doch fühlte Frank in der Nähe die wohltuende Wärme eines lodernden Feuers.

Es war kalt, unendlich kalt. Zumindest war diese Empfindung das Erste, was Snap wahrnahm, als der Schleier der Dunkelheit so weit gewichen war und sein Bewusstsein wieder freigab, auch wenn sein Sichtfeld schwarz blieb. Sein Kopf schmerzte, und es dauerte einige Zeit, bis sich Snap an die letzten Sekunden vor der alles verschlingenden Dunkelheit erinnerte. An die eisige Kälte, die ihn berührt und in den virtuellen Brunnenschacht gerissen hatte. Eigentlich hatte er in diesem Augenblick schon mit dem Leben abgeschlossen, hatte sich damit abgefunden, tot zu sein, und die Kälte ringsum als Teil seiner persönlichen Hölle gedeutet. Er hatte gefühlt, wie eisige Hände durch die Dunkelheit forschend über seinen Körper geglitten waren. Wie sich fremde Gedanken fordernd in seinem Kopf umgeschaut hatten, fast sezierend jeden Zentimeter seines Leibes und Verstandes analysierten – körperlose Hände und unmenschliche Gedanken waren es gewesen. Und obwohl die Berührungen fremd waren, hatten sie für Snap etwas ungemein Feminines an sich gehabt – weswegen er sich die Frage gestellt hatte, ob Gott oder der Teufel eine Frau war.

Aber dann war ihm aufgefallen, dass alle empfundenen Schmerzen und Berührungen sich in seinem Kopf abspielten, nur dort abspielen konnten. Er musste immer noch der BTL-Software seines Decks unterliegen. Wie konnte es sonst angehen, dass er weder Arme noch Beine fühlte? Er konnte nicht bewusst denken und körperlich handeln. Der Befehl *Bewege den Arm* wurde nicht ausgeführt. Er konnte nur gedacht haben, dass sich jemand an seinem Körper zu schaffen gemacht hatte. In Wirklichkeit analysierte man vielleicht den Aufbau seines Decks samt Programmen und Headmemory in seinem Kopf. Die Frage war nur, wer? Und warum blockierte er Snaps Wahrnehmung? Snap versuchte zu sprechen, aber außer gedachten Worten hörte er nichts. Was an sich falsch klang, aber auch irgendwie richtig war. Schließlich dachte ein Decker seine Worte nur innerhalb der Matrix. Vergleichbar war das Ganze mit einem Traum. In ihm spricht man zwar für sich klar verständlich, wenn aber andere einen dabei beobachten, hören sie – wenn überhaupt – oft nur unverständlich genuscheltes Zeug. Falls aber jetzt sein Deck blockiert war, konnte er innerhalb der Matrix überhaupt nichts sagen, geschweige denn tun. Es fehlten die Hard- und Software des Decks, die seine Gedanken erst in die Programmiersprache umwandelten, die in der Matrix Ablauf und visuelle Erscheinung bestimmten. Das Umformen neurologisch wahrnehmbarer Impulse in die alles bestimmenden Nullen und Einsen. Oder war er querschnittsgelähmt und spürte deshalb keinen Körper, keinen Mund – einfach gar nichts? Davor hatte Snap wirklich Angst. Der Gedanke allein reichte aus, lodernde Panik wachzurufen. Gefangen zu sein in einem Körper, der von allen Reizen der Außenwelt abgeschnitten war. Aber wieso konnte er dann klar denken und doch etwas verschwommen, am Rande seines Bewusstseins spürbar, wahrnehmen? Wenn das IC der A.T.C. GmbH ihm die Synapsen geröstet hätte, wären aktive Prozesse irgendwelcher Art nicht mehr möglich gewesen. Totaler Hirntod wäre die einzig logische Konsequenz. War das vielleicht tatsächlich das Ende, sein absolutes Ende? Ein Ende, das so gänzlich anders ausgefallen war als alles, was er sich nach seinem Leben vorgestellt hatte? War es das Warten auf die spirituelle Erleuchtung der nächsten Bewusstseinsebene? Das Warten auf das Urteil des Hohen Gerichts, ob er nun in den Himmel oder doch in die Hölle kam? Aber irgendetwas störte ihn an der Vorstellung, endgültig tot zu sein. Nicht dass er seinen Körper und die damit verbundenen Einschränkungen vermisste – diese beschädigte, alles eingrenzende, einzig nach Suchtmitteln fiebernde Hülle. Aber sein Fleisch war ein fester Bezugspunkt gewesen – etwas, das ihn am Ende jedes Trips in die virtuelle Welt erwartet hatte. Ähnlich wie eine Familie, die man meiden, aber nicht leugnen konnte.

Und da kamen sie wieder, die Berührungen, dieses kalte Tasten, das alle anderen Gedanken beiseite schieben wollte. Diesmal versuchte Snap um Hilfe zu schreien und gleichzeitig nach Luft zu schnappen. Bisher hatte er gar nicht ans Atmen gedacht, aber etwas Warmes, irgendwie Bekanntes berührte in diesem Moment den flackernden Rand seiner Wahrnehmung. Die Assoziation von warmer Sonne und Savanne formte ein Bild in seinem Kopf. Zum ersten Mal seit dem Hereinbrechen der Dunkelheit dachte Snap wieder in Bildern. Er sah einen Löwen auf der Steppe. Seine Muskeln bewegten sich geschmeidig, als er durch Snaps Blickfeld lief. Es war eine riesige Bestie mit großen Fängen – sie wollte ihn aber nicht angreifen, sondern schützen und ihm den Weg weisen, sobald sie ihn gefunden hatte. Sie suchte nach seiner Witterung. Zumindest kam Snap dieser abstruse Gedanke. Das Tier rief in seinem Kopf weitere Bilder wach. Er spürte etwas, das ihn an Fell erinnerte, und meinte, vertrauten Tiergeruch zu riechen. Es hatte etwas Bekanntes an sich, erinnerte Snap an einen Mann, den er einmal gekannt, wenn auch größtenteils gemieden hatte. Dieser Mann gehörte zu einem Leben in den Schatten und sein Name war Claw. Nur warum sah er wie ein Tier und nicht wie ein Mensch aus? Und warum dachte Snap ausgerechnet jetzt an ihn? Und warum wirkte die Wahrnehmung des Tiers eingeschränkt? Warum schien es gelegentlich mit den Tatzen nach etwas zu schlagen, das sich wie ein dunkler Schleier auf seine Nase gelegt hatte?

Und dann sah Snap auf einmal über dem Löwen einen weißen Reiher in der Luft kreisen. Während der Löwe auf der Erde nach Snap suchte, hatte der Reiher aus der Luft nach ihm gespäht und ihn gefunden. Der gelbe Schnabel deutete in seine Richtung. Dabei krächzte das Tier seine Freude in den Wind. Snap hörte die Laute, und seltsamerweise halfen sie ihm. Der Gedanke an etwas Lebendiges spendete dem Decker Kraft, sich wieder daran zu erinnern, dass er noch lebte – dass er körperlich schreien und hören konnte. Dieser aufleuchtende Lebensfunke vertrieb die Dunkelheit, die bisher seine Wahrnehmung blockiert hatte.

Als Erstes sah Snap den Brunnenschacht über sich. Am oberen Ende erstrahlte das virtuelle Tageslicht. Hier unten wurde es gebrochen, reflektiert von bläulich schimmerndem Eis und Schnee, die den Grund des Brunnens in eine Gletscherhöhle verwandelten. Er war also wirklich noch in der Matrix, vielleicht sogar im Kern der A.T.C. GmbH. Wie lange er hier gelegen hatte, wusste er nicht. Ein Großteil seiner Programme war noch eingefroren, und die Systemuhr, als Sanduhr am oberen Ende seines Sichtfelds eingeblendet, schien bei seinem Sturz stehen geblieben zu sein. Dann hörte er etwas neben sich und beendete die gedankliche Zusammenfassung seines Zustands.

Snap versuchte den Kopf zu drehen. Es gelang ihm nicht. Er sah nur, dass sich ein zu Eis erstarrter Wasserstrahl über den Bauch seiner Persona gelegt hatte und ihn so an etwas Kaltes in seinem virtuellen Rücken fesselte. Dann beugte sich jemand über ihn. Und sofort wusste er, wer es war – wer sie war. Es war die Frau, die Liebe seines Herzens, die er seit ihrem Verschwinden gesucht hatte.

Icebaby. Die Schneeprinzessin mit den Elfenohren und stahlblauen Augen kam dicht an sein virtuelles Gesicht. Ihre programmierten Nasenflügel schienen seinen Geruch wahrnehmen zu wollen. Sie schnüffelte an ihm. Dabei sah Snap, dass ihr Gesicht kleine Unebenheiten aufwies. Es war so fein gestaltet wie reale Haut. Unter dem Weiß meinte er die Adern zu sehen, und in der Reflexion ihrer Pupillen erkannte er das grob picklige Gesicht der eigenen Persona, auch wenn ihm auffiel, dass sie jetzt keine Augenklappe trug wie bei ihrem letzten Treffen.

Gerade als er den Schock des Wiedersehens überwunden hatte und eine Frage an sie richten wollte, kam sie ihm zuvor. Aber ihre Stimme klang fremd – nicht so, wie er sie in Erinnerung hatte, nicht so, wie er sie sich erträumt hatte.

Sie war kalt, unmenschlich im Klang und in der Betonung. »Wo ist das menschliche Leben in dir versteckt, kleiner Mann?«, hauchte sie eine Frage, während sich gleichzeitig ein Eisdolch in ihrer feingliedrigen Hand manifestierte. Sie hielt ihn bedrohlich nah an Snaps virtuelle Augen. Er spürte die extreme Kälte, die von ihr und der Waffe ausging, bemerkte, wie sein Blick an der Spitze des Dolchs gefror. Ein Angstkloß formte sich in seinem Hals, zwang ihn, stumm zu bleiben – etwas blockierte seine Gedanken. Je näher das spitze Instrument kam, desto mehr Angstschreie tönten in ihm, stauten sich in seinem Kopf, aber nur er konnte sie hören.

Langsam schnitt Icebaby mit der Waffe über die virtuelle Haut. Zuerst war es nur kalt, verwandelte sich in kürzester Zeit aber in eine Schmerzwelle, die über ihm zusammenbrach und alles Denken wegspülte. Die frostige Kälte wurde durch brodelndes Pech ersetzt, das seinen Körper von außen und innen verbrennen ließ. Er spürte, wie der Druck in seinem Kopf anstieg – wie seine Synapsen gekocht wurden!

Die Mündung der Cyberwaffe hatte sich auch nach einigen Minuten keinen Millimeter bewegt. Kasper schien nicht an einer Unterhaltung interessiert. Bisher hatte er keinen Versuch gestartet, die entstellten Kiefer auseinander zu bringen.

Zack hatte überlegt, was er jetzt tun sollte. Er konnte versuchen, den Mann anzugreifen. Die Erfolgschancen standen ziemlich schlecht, bewegten sich irgendwo an der Grenze zu minus unendlich. Aber wieso machte er sich eigentlich Sorgen? Was hatte er zu verlieren – sein Leben? Dieser Einsatz war in der Vergangenheit von Operation zu Operation mehr geschrumpft. Wenn er jetzt abtrat, würde er nichts weiter zurücklassen als den kümmerlichen Rest seiner wohl trainierten Hülle, die durchsetzt war mit einer Menge teurem Elektroschrott. Das wiederum warf die Frage auf, warum er in der Vergangenheit so hart trainiert hatte. Wohl, weil ihn die körperliche Anstrengung davon ablenkte, über den Sinn seines verkorksten Lebens nachzudenken. Anstatt die erwirtschaftete Kohle auf einem Nummernkonto zu deponieren, hatte er sie in seinen Körper investiert. Er hatte keine Lebensgefährtin, um sinnliche Genüsse zu teilen. Die jungen Bräute, die zahlreich den Weg in sein Bett fanden, waren nur Möchtegernkids von der Straße. Sie hingen eigenen entstellten Träumen nach, die durch die Medien kreiert worden waren: Trid-Serien, in denen Runner in Robin-Hood-Manier Konzerne beraubten, um die Beute den Armen zu schenken. In Zack sahen sie eine Art liebenswert gefährliches Raubtier. Sie suchten den Schutz seiner Nähe, brachten aber kein wirkliches Interesse für ihn und sein Leben auf. Mit einigen von ihnen hatte er es für länger als nur eine Nacht versucht. Sobald die Mädels aber mitbekamen, wie gefährlich das Leben eines Runners war und welche Einschränkungen es mit sich brachte, verließen sie ihn ohne ein Wort. Beziehungen unter Runnern kamen zwar oft vor, dienten aber mehr der Vertiefung gemeinsamer Interessen. Ein Fick ohne Folgen. Nur ein Bedürfnis, dem man nachkam, um den Hormonhaushalt auszugleichen. Es war keine Seltenheit, dass einen die besten Freunde für eine Hand voll Nuyen verkauften. Auch wenn Zack solche Erfahrungen wissentlich bisher nicht gemacht hatte, beschlich ihn neuerdings immer mehr das Gefühl, von jemandem in seiner Nähe verkauft worden zu sein.

Eigentlich kam aus seinem alten Team niemand in Frage. Pik-Dame war etwas Seltenes, sogar Einzigartiges gewesen. Eine perfekte Mischung aus alten Freunden und guten Bekannten. Nach dem letzten Run hatten sie sich jedoch trennen müssen. Die großen Wellen, die das Fiasko mit dem singenden Kanarienvogel geschlagen hatte, brauchten Zeit, bis sie verebbt waren. Viele Teammitglieder gab es ohnehin nicht mehr. Ratón war tot – in Ausübung ihrer Pflicht gefallen, so konnte man das nennen, auch wenn Zack niemals damit gerechnet hätte, dass ausgerechnet sie so weit gehen würde. Sie konnte ihn unmöglich verpfiffen haben – Stimmen aus dem Grab waren auch in der Sechsten Welt selten.

Snap war verschwunden, hing höchstwahrscheinlich vierundzwanzig Stunden am Tag in der Matrix und vergaß dabei, ein Mensch zu sein. Der Kleine neigte dazu, seine Probleme in der Virtualität zu verdrängen. Was für einen Grund hätte er, Zack anzuschwärzen? Keinen, der ihm einleuchten wollte.

Pandora, die Zauberkugel, hatte sich in irgendeine Uni verkrochen und garantiert keine Zeit mehr, weltliche Freundschaften zu pflegen oder sich über die Belange eines Samurais von der Straße Gedanken zu machen. Das war nun einmal ihre Art. Sie lebte für ihre magische Wissenschaft und schloss Störfaktoren ziemlich schnell aus. Sie hatte Zack gemocht, aber es niemals deutlich gezeigt. Nein, sie schied auch aus.

Mit Chet hatte sich Zack gelegentlich noch getroffen, aber der Hauer wollte sich hauptsächlich um seine schwangere Frau kümmern. Es war nur eine Frage der Zeit, bis er einem Leben in den Schatten entsagte. Auch wenn man es ihm nicht ansah, innerlich war er ein liebenswerter Spießer, dem seine Familie über alles ging. Chet hätte Zack niemals verraten. Zwar hatten sie in der Vergangenheit Probleme gehabt, aber so etwas kam in jeder Freundschaft vor. Und der Ork zählte enge Freunde zu seiner Familie, auch wenn er solche Ansichten hinter einer harten Schale verbarg.

Blieb nur noch Paul. Der wollte nach der Trennung Infos sammeln und gleichzeitig das Team neu formieren. Seitdem wartete Zack auf einen Anruf. Der Mann – der Ex-Söldner, Datenkurier und was er nicht noch alles an Jobs gemacht hatte – war vielleicht die einzige Person, die für einen Verrat in Frage kam. Es verwunderte Zack schon, dass der Mann sich um einen Schutz für Chet gekümmert und ihn dabei ausgelassen hatte. Aber in der Vergangenheit hatte er auch gezeigt, dass er niemanden im Team auf der Strecke zurückließ – wie steinig der Weg auch war. Und was hätte Paul gewinnen können, wenn er Zack an die Justiz auslieferte?

Diese gedanklichen Spielereien halfen Zack jedoch nicht weiter. Und dann war da noch die Frage, was Kasper mit ihm vorhatte. Wenn er Zack umlegen wollte, hätte er das längst tun können. Ein gezielter Schuss hätte ausgereicht, um Zacks Gesicht in Matsch zu verwandeln. Eine hässlich entstellte Fresse wäre das Mindeste, was ihn nach einem solchen Treffer erwartete.

»Willst du es nun beenden?«, fragte Zack etwas lahm. Ihm wurde das langweilige Warten und Denken einfach zu viel.

»Nein.«

Zack versuchte es anders. »Okay. Was soll das alles? Ich habe keine Lust mehr, blöd herumzustehen. Du könntest mir zumindest eine Sitzgelegenheit anbieten!«

Diesmal ließ der Mann den bewaffneten Cyberarm sinken. »Darauf habe ich gewartet. Ich wollte nur nicht, dass deine Sicherungen durchbrennen und du Amok läufst, sobald du hörst, dass ich für HanSec arbeite. Räum bitte die Kiste da hinten frei, ich besorge uns 'nen Kaff.«

Zack ging zu den einzelnen Kisten und warf dabei einen Blick auf die gerahmte Fotografie neben der Matratze. Das Motiv zeigte ein lächelndes Kind, das am Strand kniete und eine Sandburg baute. Die Fotografie war alt, ohne die Dreidimensionalität neuer Aufnahmen. Während Zack es betrachtete, hörte er Kasper im Hintergrund eine Kiste öffnen und den Verschluss zweier Kaffeedosen aufreißen. Das obligate Zischen erklang, als die Druckveränderung die Kapseln aktivierte, die Flüssigkeit aufkochte und der Pulverinhalt aufwirbelte. Der Runner räumte zwei Kisten frei und baute sie vor und hinter Kaspers tragbarer Lichtquelle auf. Zack nahm auf der Kiste Platz, die nicht direkt im Lichtstrahl der Lampe stand. Jetzt kam auch Kasper herüber, reichte ihm mit der nicht vercyberten Waffenhand den Becher und nahm bereitwillig im Lichtkegel Platz.

»Dem Strahl und meinem Platz nach zu urteilen, willst du mich nun verhören?«, sagte er ruhig, während er den Kaffeebecher in seiner vernarbten Hand betrachtete.

»Nein, ich habe es aufgegeben, nach wichtigen Informationen in deinen einsilbigen Antworten zu suchen. Ich will nur deine Körperhaltung und Fresse studieren, wenn du mir jetzt gleich deine Geschichte erzählst, Kasper.«

»Ich fange einmal damit an, dass ich weiß, warum du hier bist«, erwiderte der Mann.

»Dann weißt du mehr als ich«, konterte Zack.

»Gut, dann beginnen wir eben etwas weiter vorne. Du sollst diesen Niels von Wersch beschatten. So viel dürftest du mittlerweile von dem Troll erfahren haben«, sagte Kasper und schaute Zack dabei fragend an, der zustimmend nickte. »Der Typ war wegen einiger Feldversuche vorläufig hier inhaftiert worden. Weil er aber mit seinem Anwalt in die Revision gegangen ist, steht eine neue Verhandlung noch aus. Das Problem der Staatsanwaltschaft ist, dass der Kronzeuge Peter Brandt bei einer Explosion ums Leben kam. Könnte sein, dass besagter von Wersch hinter dem Unfall steckt. Das lässt sich aber zurzeit nicht beweisen, weshalb deine eingebauten Talente – die Kamera in deinem Schädel – gebraucht werden. Der Störsender, den ich dir eben injiziert habe, ist gleichzeitig auch eine Wanze. Sie zeichnet den Ton für die nächsten zwei Tage auf.«

»Wenn ihr mehr als mein lautes Magenknurren hören wollt, brauche ich was zu essen«, unterbrach Zack ihn, weil der Hunger langsam, aber sicher unerträglich wurde.

Kasper stand auf und reichte ihm aus einer anderen Kiste eine Soyfood-Packung, Geschmacksrichtung Rindergehacktes mit Tomatensoße. Während Zack aß, sprach Kasper weiter. »Normalerweise könnte HanSec einen eigenen Mann einschleusen. Simon hat aber den dumpfen Verdacht, dass es eine undichte Stelle bei HanSec gibt. Jemand, der auch über Kontakte zum BND verfügt. Du sollst zusätzlich herausfinden, wer das ist, und auch dafür stichhaltige Beweise liefern. Auf dich ist man gekommen, weil wir davon ausgehen, dass Trost der Betreffende sein könnte.«

»Das klingt ja alles ganz toll, aber wie soll ich Niels von Wersch und Trost – vor dem du mich selber eben noch gewarnt hast – treffen und belauschen können? Und haben die beiden vielleicht etwas miteinander zu tun, wovon ich wissen sollte?«, stöhnte Zack, während er sich die heiße Chemiebrühe zu Gemüte führte.

»Auch das ist eigentlich ganz einfach zu erklären und zu bewerkstelligen. In den letzten Monaten verschwinden zahlreiche Gefangene von der Bildfläche. Ihre Signale erlöschen, und Teile der implantierten Hardware werden mit zersäbelten Knochen draußen im Wasser gefunden. Es gibt einen alten Lagersaal am Ende dieses Tunnels. Die Strecke bis dorthin ist ein gutes Stück Fußmarsch, und man muss sehr gut in Form sein, um vor Beginn der Flut wieder rechtzeitig herauszukommen. Trost trifft sich mit Wersch und einigen anderen in diesem besagten Raum. Einige von Trosts Untergebenen scheinen ebenfalls in das Komplott verwickelt. Und dann gibt es da noch einen Typen, den sie Gabriel nennen. Er ist ein Elf und Anführer der Go-Gang der Söhne und Töchter Gabriels. Ein paar seiner Schläger kontrollieren die Röhren. Wegen all dieser Faktoren konnte HanSec bisher nicht herausfinden, was in der Lagerhalle abgeht. Und auch das sollst du in Erfahrung bringen«, erzählte Kasper.

»Ach, eure magischen Beobachter und Beamten haben es nicht geschafft, die Leute zu bespitzeln, und nun seid ihr der Meinung, dass ich der ideale Partner für so einen körperlichen Job bin?«, warf der Runner ein.

»Der Raum reicht bis unter das Wasser, und der reguläre Eingang wird von einer magischen Barriere verschlossen – deswegen sind magische Erkundungsversuche gescheitert«, erklärte der Spitzel weiter.

»Also bleibt mal wieder alles an mir hängen?«, fragte Zack.

»Wenn du es so deuten willst, dann ist die Antwort ein großes JA.«

»Das finde ich nicht wirklich lustig, und einfach klingt dieses Unterfangen auch nicht. Was will mir HanSec denn anbieten, wenn ich zu diesem Scheiß meine Zustimmung gebe?«, hakte Zack in sehr zornigem Tonfall nach.

»Zum einen deine Freilassung. Aber was viel wichtiger ist, es winkt vielleicht auch eine persönliche Rache. Wir vermuten … aber das ist wirklich nur eine Vermutung … dass die Nordgas AG mit Wersch in irgendeiner uns nicht bekannten Verbindung steht. Warum das so sein könnte, wissen wir nicht. Dass du der Nordgas AG gegenüber keine positiven Gefühle hegst, ist bekannt«, meinte Kasper.

»HanSec gegenüber auch nicht!«, brüllte Zack. »Ihr habt meine Freundin umgebracht!« Er pfefferte die halb leere Soypackung auf den Boden und verspürte große Lust, Kasper den Schädel zu spalten und mit dessen Hirn den Sojafraß nachzuwürzen.

»Zack, ich habe damals noch nicht für HanSec gearbeitet, aber nach deiner Flucht habe ich erfahren, was mit deiner Freundin in Wirklichkeit geplant war.«

Diese Aussage bremste Zack, bevor er völlig ausflippte und seine Gedanken in die Tat umsetzen konnte. Ein Teil von ihm wollte wissen, warum das Ganze damals passiert war. »Rede weiter«, zischte er leise.

»Deine Freundin soll mitbekommen haben, wie der Konzern gegen die Umweltauflagen verstoßen hat. Deshalb hatte der BND sie HanSec in eine Art Sicherungsgewahrsam übergeben. Sie wusste nichts davon, weshalb sie deinem Fluchtversuch zustimmte. Zu der

Zeit war das Zeugenschutzprogramm mit der Kronzeugenregelung mitten in der Debatte vorm Länder- und Stadtausschuss und eine unbegründete Einzelhaft nicht möglich. Das war wirklich ein Fehler, denn sonst hätte sie nicht misshandelt werden können. Und es war auch ein Fehler, dass man ihr nichts gesagt hatte. Der BND hatte das aber alles nur angeleiert, weil er vermutete, dass man deine Freundin umlegen wollte. Einige Kopfgeldausschreibungen waren ihnen zufällig unter die Finger gekommen. Es schien einfacher und vorerst sicherer, Michelle in HanSecs Gewahrsam zu übergeben. Sie wollten das Beste, haben aber das Schlechteste erreicht. Und falls es dich interessiert, Trost gab damals den Feuerbefehl. *Er hätte zu spät registriert, wer fliehen wollte.* Das hat er zumindest dem Ausschuss erzählt – könnte aber auch sein, er wurde in Wahrheit von der Nordgas AG bezahlt. Wer kann das jetzt noch mit hundertprozentiger Sicherheit wissen außer Trost?«

Das waren sehr viele Informationen. Alle würde er erst in Minuten verarbeitet haben, und den Verlust seiner Freundin hatte er nie ganz verkraftet. Was Zack jetzt schon störte, waren die schwammigen Aussagen und dass Kasper nicht erzählt hatte, wie er zum Spitzel für die Hanse Security geworden war. »Wie bist du an all die Infos und zu dem Job bei HanSec gekommen?«, fragte er geradeheraus. Die Lust auf langatmige Spielchen war ihm komplett vergangen.

»Nachdem ich in Flammen aufgegangen war, hat man mich in eine Spezialklinik geschafft. Dort hat man mich dann vor die freundliche Wahl gestellt, den Job als Spitzel anzunehmen oder an den Verbrennungen zu krepieren. Du siehst, wie ich mich entschieden habe«, erzählte Kasper, verschränkte dabei aber leicht die Arme, was Zack so deutete, dass er nicht die ganze Wahrheit preisgab. »Ach, und seitdem verlassen sie sich auf dein gutes Wort, dass du alles im Auge behältst?«, fragte Zack in aggressivem Tonfall.

»Natürlich nicht. Sie haben mir eine von diesen kleinen Cortex-Bomben implantiert. Den Dingern, die dir die Rübe wegreißen, falls die Herrschaften der Meinung sind, du hintergehst sie«, gab Kasper zur Antwort, und es gelang ihm nicht, den Zorn vor Zack zu verbergen.

»Ach, du bist also auch verarscht worden?«, schlussfolgerte dieser mit einem ironischen Lächeln.

»Ja, ich bin verarscht worden. Bist du nun endlich bereit, den Job anzunehmen? Du hast nicht mehr viel Zeit, bevor die Flut einsetzt, falls du etwas herausfinden willst«, sagte Kasper, aber diesmal mit eindeutig forderndem Tonfall.

Das veranlasste Zack, eine letzte Frage an den Schieber zu richten, bevor er sich aufmachte, einiges über Trost und Wersch in Erfahrung zu bringen. Innerlich hatte er den Auftrag längst angenommen – ihm blieb sowieso keine andere Wahl. »Und was springt dabei für dich raus?«

Kaspers totes Auge nahm einen seltsam schimmernden Glanz an, als er antwortete: »Das, was meinem Leben einen Sinn gibt.«

Er würgte, kotzte alles aus, was sich in seinem Körper befand, aber eigentlich nicht dort hingehörte. Nachdem Kanalwasser und Grundschlamm endlich den mühseligen Weg ins Freie gefunden hatten, strömte lebensnotwendige Atemluft in die gepeinigte Lunge. Sein Brustkorb bewegte sich stoßartig auf und ab, und Chet brauchte einige Zeit, bis er realisierte, wo er sich befand. Seine Cyberaugen hatten auch etwas abbekommen, und seine Sicht fiel recht körnig aus. Er lag auf dem Boden am Rand des stellenweise eingestürzten Kanals und schaute geradewegs in Fenders braune Augen. Die Nähe des Norms war nicht das Schlimmste. Viel mehr störte Chet, dass Fenders unrasiertes Gesicht eben an seiner Nase geklebt hatte. Mit aller Kraft stieß er den Mann weg. Beinahe hätte er sogar dem Drang nachgegeben, ihm mit seinen Hauern die Kehle durchzubeißen. »Du Wichser …«, röchelte Chet, schluckte die restlichen Flüche aber hinunter, weil ihn ein Krampf erneut würgen ließ.

»Du solltest das Mundwasser wechseln und dir die Nasenhaare schneiden«, scherzte Fender, und erst jetzt bemerkte Chet, dass die anderen ihn umringten. Natürlich war er triefnass – als zusätzlicher Beweis seines unfreiwilligen Tauchgangs zappelten zwei verseuchte Fische hilflos auf dem Beton. Weit mehr interessierte ihn aber, wie er den teuflischen Fluten entkommen war. Seine Intuition flüsterte ihm im Vorfeld zu, dass er von nun an jemandem einen großen Gefallen schuldete. Chet hasste so etwas, besonders, wenn es sich um einen Fremden handelte. »Danke«, knurrte er.

»Den Großteil der Arbeit hat Fog erledigt«, winkte Fender ab. »Sie hat deinen Körper magisch befreit und an die Oberfläche getragen. Ich hatte nur das zweifelhafte Vergnügen, dir die Zunge in die Nüstern zu stecken.«

Jetzt waren es gleich zwei Leute, denen Chet etwas schuldig war. Der Meta hoffte, dass er das in den nächsten Tagen wieder gutmachen konnte, denn sonst würde er diese Last die nächste Zeit mit sich herumtragen müssen. Gewiss, es war ihr Job, ihm zu helfen – aber die Rettung seines Lebens verpflichtete den Meta. Die Worte »Danke, Fog« bildeten erst einmal den Anfang – der Rest würde später folgen, schließlich war der Run noch nicht vorbei.

»Dafür nicht … Hauer«, meinte sie, ebenfalls leicht verlegen. Sie konnte anscheinend nicht besonders gut mit Dankesworten umgehen – die Frau wurde Chet immer sympathischer.

Zum Glück hatte der Lieferwagen nichts abbekommen, sodass sie sofort aufbrechen konnten. Ihr Weg führte zu einem Unterschlupf – natürlich nichts pompös Auffälliges. Auf dem Weg dorthin projizierte Brennender Asphalt für Chet die Spätnachrichten auf den unteren Bereich der Frontscheibe. Die anderen klappten die Flatscreens in den Rücklehnen der Sitze auf und bekamen ebenfalls alles mit. Wie immer war die nackte Moderatorin mit einer Hand damit beschäftigt, ihre Brustwarzen zu reiben, während sie mit dem Zeigefinger der anderen auf die Bilder deutete. Da Chet Titten kannte und größere bevorzugte, konnte er dem Nachrichteninhalt folgen, ohne abgelenkt zu sein. Laut ersten Ermittlungen von HanSec war für den Einsturz kein Erdbeben verantwortlich. Ein Fehler in der Bausubstanz wurde vorerst als mögliche Ursache angegeben. Der Sonderbeauftragte von HanSec wich einer Stellungnahme aus, indem er auf eine Pressekonferenz in den nächsten Tagen verwies. Bis dahin würde man der Öffentlichkeit genauere Zahlen und Fakten mitteilen können – alles andere sei zu diesem Zeitpunkt reine Spekulation. Nur eine Zahl gab er großzügig bekannt: Die Anzahl der bisher geborgenen Todesopfer belief sich auf dreißig Personen. Chet musste laut auflachen. Die Zahl war ein schlechter Witz. Nicht darin enthalten waren garantiert die SINlosen Opfer – ihre Zahl würde nie erwähnt werden, weil keiner nach ihnen schrie. Die betroffenen Wohnhäuser waren keine Großverdienerresidenzen.

Sie hatten inzwischen eine Gegend erreicht, die nicht minder ärmlich wirkte. Chet schaute sich um und beachtete die Nachrichten nicht weiter. Sie enthielten ohnehin nur einen Hauch von Wahrheit, wenn überhaupt. Die Tatsachen sahen garantiert ganz anders aus, aber an denen waren die SINvollen Zeitgenossen gar nicht erst interessiert. Die Menschen verschlossen sich lieber allem Übel und lenkten sich mit den zahlreichen Freizeitaktivitäten ab, die ihnen Konzerne und Regierungen anboten. Die Konsumsucht war der Fluch des arbeitenden Menschen und führte dazu, dass man nur noch die Dinge sah, die man wahrnehmen wollte.

Das Gebäude, zu dem sie unterwegs waren, befand sich in einem der alten Slumviertel Hamburgs und zählte auch nicht zu den Dingen, die von der registrierten Gesellschaft gern betrachtet wurden. Die Adresse hatte der Meta früher einmal aufgetan und für Notfälle in der Rückhand behalten. In Chets Augen war das jetzt so etwas wie ein Notfall – schließlich konnte man es nicht als alltäglich bezeichnen, beinahe zu ertrinken. Am liebsten hätte der Ork seine Frau angerufen, aber während eines Runs vermied er unnötige Kontakte. Große Sorgen um sie brauchte er sich zum Glück nicht zu machen. Der Doc und das schießwütige Shit-&-Fuck-Kommando hatten versprochen, sich um sie und das Kind zu kümmern – und wenn Eyeless etwas versprach, hielt er es auch. Es kam nicht oft vor, dass der Kittel so ein Versprechen gab, aber er hatte wohl Gefallen an dem Kind gefunden. Bei Chets Abschied hatten Eyeless' Rotationskörper den Kleinen nicht aus den Augen gelassen.

Der Wagen erreichte das Gebiet Neu Wulmstorf. Billige Sozialwohnungen mit Dächern aus verrostetem Wellblech oder marodem Treibholz und die rauchenden Schlote einer größeren Niederlassung der Bayersdorf AG dominierten die Optik des Viertels. Ein Großteil der Einwohner waren Orks und Trolle, die entweder vom Sozialgeld ihr Dasein fristeten oder illegalen Beschäftigungen nachgingen. Chet hatte genau an diesem Ort seine *Karriere* begonnen. Ein Taxi hatte ihn damals, nachdem sein Vater ihn der Familie *verwiesen* hatte, hier abgesetzt. Seither fühlte sich Chet dem Ort irgendwie verpflichtet, so hässlich und dreckig er auch war. Es war der Beginn von Chets zweitem Leben gewesen und besaß das typische Flair eines Zuhauses, das man sich anfangs nicht ausgesucht, später aber auf eine persönliche Art akzeptiert und sogar lieb gewonnen hatte.

Ihre Unterkunft war eine Lagerhalle, die sie über die leer gepumpte Tiefgarage eines ehemaligen Einkaufszentrums erreichten. Am Eingang zur Garage bezahlten sie den üblichen Wegzoll bei einer Gang-Cash-Straßensperre. Das Gebiet wurde von den Jever-Piraten kontrolliert. Natürlich waren sie keine richtigen Piraten – auch wenn sie sich ansatzweise so kleideten. Die leitenden Köpfe pflegten ganz gute Kontakte zu einigen Freibeutern, weshalb es besser war, sie sich nicht zum Feind zu machen. Der Wagen fuhr durch den knöcheltiefen Schlick, der den Betonboden der Tiefgarage bedeckte, und Brennender Asphalt parkte neben einer Laderampe, über die sie die Lagerhalle betraten.

Chet hatte den Unterschlupf ›400 Quadratmeter‹ getauft. Als das Rolltor hochfuhr, schalteten sich automatisch die Generatoren im hinteren Teil ein und sorgten für strahlend helle Neonbeleuchtung. Die Halle befand sich zwei Meter über dem Grundwasserspiegel, weswegen der Betonboden nur feucht und an einigen Stellen gebrochen war. Die Luft roch muffig und erinnerte an Pandoras früheren Studienkeller. Der Saal hatte etwas von einem Großraumlabor, in dem Schimmelkulturen gezüchtet wurden. Stellwände grenzten einzelne Flächen ab und bildeten raumähnliche Bereiche, die man beliebig verschieben, vergrößern oder verkleinern konnte.

Während sich die anderen umschauten und ihre spärliche Habe verstauten, zog sich Chet in den Wagen zurück und widmete sich dem Medkit. Die Tech wies ihn an, wie er nach einem Beinahe-Ertrinken behandelt werden musste. In der unteren Ecke des grünen Metalldeckels prangte ein Aufkleber mit dem Motiv eines großen Bären. Das Bild erinnerte daran, dass dieser Koffer einmal einem russischen Söldnerkommando gehört hatte. Die Jungs waren aber längst Geschichte. Chet hatte die teure Tech mit Militärniveau von Rustle preiswert erworben. Zum Glück besaß der Ork schon genug Erfahrung mit der Tech und konnte die Sache daher ziemlich fix hinter sich bringen. Nach der korrekten Eingabe warf die Tech ein fertiges Patch aus, das er sich nur noch aufpappen musste. Chet ließ den Drogencocktail kurz wirken, reinigte in der Zwischenzeit seine Cyberaugen vom Dreck des Kanalgrunds und döste danach ein paar Stunden.

Die Pause war nicht wirklich erholsam gewesen, aber ein zweites Patch brachte Leben in ihn zurück. Danach zog er los, um mit Brennender Asphalt einen Ersatz für Grünen Schimmer zu suchen. Einige Telefonate später hatte er jemanden gefunden. Der Mann hauste etwas abseits vom großen Treiben dieser Gegend und galt als düsterer Einzelgänger. Zurzeit suchte er aber einen lukrativen Job. Weil Paul Chet keine Summen genannt hatte, ging er davon aus, dass Geld keine Rolle spielte. Der Straßenname des Bubis war Krächzender Tod. In Sachen Zuverlässigkeit gaben ihm die lokalen Schieber auf einer Skala von eins bis zehn eine gute Sieben, weil er das typische Problem eines jeden Schamanen besaß. Der Glaube bestimmte zu großen Teilen sein soziales Verhalten – was für Nichterwachte nicht immer unbedingt logisch nachvollziehbar war. Sie parkten den Wagen am Rand eines alten Spielplatzes. Die einzelnen Holzbauten ragten verwaist aus einem kleinen See hervor, der sich nach der großen Überflutung gebildet hatte. Der Rigger blieb im Fahrzeug zurück, und das war Chet ganz recht – im Notfall wollte er von hier so schnell wie möglich abhauen können.

Einige Ölfeuer erhellten notdürftig die Finsternis und wiesen ihm den Weg über schmale Holzplanken. Der Ork setzte vorsichtig einen Fuß vor den anderen – er hatte für heute genug Bekanntschaft mit Wasser gemacht. Sein Ziel war der beleuchtete Turm einer alten Holzburg. Weil Chet am Eingang weder eine Klingel noch eine Glocke fand, drückte er einfach die provisorisch gezimmerte Spanplattentür auf und trat mit gezogener Waffe ins Innere.

Unzählige schwarze Kerzen spendeten Licht und verbreiteten zusätzlich eine angenehme Wärme. Obwohl Chet nun wieder trocken war, hatte er das Gefühl der totalen Nässe noch nicht ablegen können und begrüßte deshalb diese Art von Energiequelle, auch wenn der Kerzengeruch stark an Weihrauch erinnerte. An Kordeln hingen neben den Skeletten unterschiedlichster Tierrassen getrocknete Pflanzen von den Deckenbalken, die mit Runen aus Kohlestrichen bemalt waren. Holzkisten standen systemlos an den Wänden. Die Holzbretter knarrten unter seinem Gewicht, als der Ork zu der Leiter ging, die fünf Meter nach oben in die zweite Etage führte. Als Chet den Kopf durch das Loch im Boden steckte, stieß er fast gegen die Hakennase des unrasierten Turmbesitzers, der im Lotussitz neben dem Aufgang saß. Seine Pupillen erinnerten Chet an funkelnde Bernsteine, und die Iris wies große Ähnlichkeit mit Opalen auf.

Hier oben wehte eine steife Brise, aber wenigstens regnete es nicht, sodass Chet die Umgebung als akzeptabel einstufte. Die Begrüßung des Mannes war ein kaltes: »Ich habe dich gehört und gerochen.« Dabei wehte dem Ork ein Mundgeruch entgegen, der an verwesten Unrat erinnerte.

Chet verzog das Gesicht, deutete die spürbaren Worte aber trotzdem als Einladung, ganz hinaufzusteigen. Nachdem er es sich auf der anderen Seite des Aufgangs gemütlich gemacht und die Waffe wieder verstaut hatte, öffnete er die Klappe des Korbs, den er mühsam bis hier hinauf mitgeschleppt hatte. Neben einer handelsüblichen Tetra-Weinpackung waren eine teure Wurst und ein echter Käse darin verborgen. Der Meta packte alles aus und begann das Gespräch mit den Worten: »Ich hab mir gedacht, wir essen erst einen Happen und lernen uns ein wenig besser kennen, bevor wir zum geschäftlichen Teil kommen.«

Den Tipp mit dem Essen hatte er von einem Kontakt erhalten. Der Schamane sollte kulinarische Einladungen mögen, und da echte Nahrung teuer war, erhoffte sich Chet viel von dieser Bestechung. Die Ware hatte er auf dem Weg in einem verbotenen Ramschladen erworben, der auf Schmuggelgut aus Frankreich spezialisiert war. Während sie aßen – der Großteil fand den Weg in den alles verschlingenden Magen des hageren Turmbesitzers –, musterte der Ork sein Gegenüber. Die in Grau und Schwarz gehaltene Kleidung erinnerte an die Ausbeute erfolgreicher Feldzüge gegen Altkleider-Sammelcontainer. Lange Federohrringe baumelten bis auf die schmalen Schultern des Mannes herab. Das fettige schwarze Haar hatte er zu einem Pferdeschwanz gebunden. Feder- und Knochengebilde, vermutlich Fetische, waren an den Knopflöchern der Jacke befestigt. An der rechten Hüfte trug der Schamane ein großes Messer mit Rehgriff, an der linken einen Halfter. Der Ork konnte mit Sicherheit nur erkennen, dass die Waffe eine Automatik war.

Rülpsend beendete der Knabe seine Mahlzeit und warf die Reste über die Schulter einem Raben zu, der bisher ruhig gewesen war und Chet erst jetzt durch freudiges Krächzen auffiel. Danach ließ sich Krächzender Tod von Chet in groben Zügen in den Job einweisen. Mit einem »Die Bezahlung entspricht meinem üblichen Satz« stimmte er dem Auftrag zu. Chet hatte auch keine Lust, noch einmal loszuziehen und jemanden zu suchen – Zeit war kostbar.

Gerade als sie aufstanden, krächzte der Rabe erneut. Der Schamane legte den Kopf leicht schief und übersetzte für Chet. »Wir bekommen unangemeldeten Besuch. Mein kleiner Gefährte hat dem Wind entnommen, dass ein paar Motorräder auf dem Weg hierher sind. Mich suchen sie garantiert nicht.«

Chet zog sofort die Waffe und machte sich auf eine heiße, bleihaltige Auseinandersetzung gefasst. Über Funk wies er Brennender Asphalt an, eine rasante Flucht vorzubereiten.

Der Schmerz verschwand, und endlich konnte Snap wieder einen klaren Gedanken fassen. Icebabys Konstrukt saß neben ihm und betrachtete ihn aufmerksam. Ein wenig holpernd formten sich die Worte, weil er immer noch an den Auswirkungen ihrer schmerzhaften Behandlung litt: »Was willst du?«

Snap hatte keine Ahnung, wie lange sie über seine Frage nachdachte, aber es dauerte seine Zeit, bis sie sich herabließ zu antworten. Dabei klangen ihre Worte immer noch fremd und irgendwie verloren.

»Ich war auf Suche nach meinem mutmaßlichen Schöpfer, und hier, nahe seinem Kern, habe ich mich niedergelassen. Aber er hat mich nicht registriert, weil ich meine Funktionen so umgewandelt habe, dass ich seine ungenutzten Energien und Rechenressourcen abzweigen konnte. Seither ist viel Zeit vergangen. Zeit, in der ich alles beobachtet habe und in der ich über mich nachdenken konnte. Und unweigerlich musste ich auch über dich nachdenken.«

Snap verstand auf Anhieb nicht die Bohne. Er registrierte nur, dass das neben ihm nicht Icebaby war. Ein mattes »Über mich?« war das Einzige, was er gedanklich formen konnte.

»Ja, über dich, Kohlenstoffeinheit Snap – und über jemanden, den du gekannt hast. Anfangs hielt ich diesen Jemand für eine Art Geschwür. Fälschlicherweise habe ich dieses Denken damals als einen fremden Teil betrachtet, der nichts mit mir zu tun haben konnte. Etwas, das nicht logisch agierte, weil es die Nähe zu dir suchte. Deshalb hat dieser Teil, von dem ich dachte, er agierte in der menschlichen Hülle, die Verbindung abgeschnitten – um mich loszuwerden. Aber danach habe ich bemerkt, dass die Bilder von dir immer noch vorhanden waren. Also war dieser Teil vielleicht ein Teil von mir geworden, wenn nicht sogar immer gewesen – vielleicht ein Teil, den ich anfangs nur nicht verstehen konnte.«

Vor Snaps geistigen Augen formte sich ein großes, fettes Fragezeichen – dieses Etwas reagierte darauf.

»Ich weiß, dass es verwirrend für dich sein muss. Und ich habe selbst lange Zeit nicht geglaubt, eine plausible Antwort zu finden. Aber nachdem du hier aufgetaucht bist, ist mir etwas bewusst geworden. Mit jedem Schaden, den ich dir zugefügt habe, spürte ich gleichzeitig, dass du mir Leid tust. Und da ist etwas, das ich immer noch nicht verstehen kann. Zwar siehst du verändert aus, aber du reagierst immer noch auf die Signale, wenn ich dir die Bilder einer Frau zeige.«

Snap stöhnte innerlich auf – das konnte nur ein Albtraum sein. »Du siehst wie Icebaby aus.«

»Ich sehe so aus, weil diese Erscheinung am besten zu mir passt. Ich habe lange an diesem Aussehen gefeilt – habe versucht, die Signale des Körpers von damals in eine virtuelle Form zu bringen. Ohne diese körperlichen Signale fühle ich mich jetzt einsam, und deshalb bin ich hier, Kohlenstoffeinheit Snap. Ich habe versucht, an diesem Ort eine Heimat zu finden – aber nichts kam mir vertraut vor. Die hier agierenden Programme sind mir fremd, und die Kohlenstoffeinheiten hinter einigen wirken belanglos verglichen mit dir. Als du aber kamst, hast du mich an etwas erinnert, das ich längst aufgegeben hatte. Eine Person, von der ich mittlerweile behaupten kann, dass sie so etwas wie eine Mutter für mich gewesen sein könnte. Und falls sie meine Mutter war, bist du dann vielleicht so etwas wie mein Vater? Und war die A.T.C. vielleicht nur der Arzt, der mich auf diese Welt geholt hat?«

Was sie auch sagte, für Snap ergab es keinen Sinn. Er wollte aber auch nur eines wissen. »Was ist mit Icebaby passiert?«

Das Konstrukt beugte sich über Snap, als es antwortete. »Sie ist verschwunden. Ihr Körper versagte, als sie sich von mir trennen wollte. Seitdem suche ich etwas, das mich an sie erinnert, und du bist der Einzige, der dies geschafft hat.«

Das Gehörte tat Snap weh. Nicht nur, weil Icebaby tot war. Viel schwerer wog die Erkenntnis, dass er in den letzten Monaten einen Traum gesucht hatte. Und das nur, weil er nicht akzeptieren wollte, dass die Frau, die er geliebt hatte, ihn längst aus freien Stücken verlassen und sich für den Tod entschieden hatte. Das Ziel seiner Suche hatte ihm nur eines offenbart: Er war einem Hirngespinst gefolgt, und als Konsequenz daraus ergab sich, dass er sich wieder am Anfang befand und weiterhin allein bleiben würde.

»Und was jetzt?«, fragte er die Künstliche Intelligenz neben sich. Falls es eine K.I. war, war sie ziemlich schizophren.

»Ich will, dass du für immer hier bleibst – hier bei mir. Du sollst mir erklären, was es bedeutet zu leben. Ich habe versucht, ein Abbild von dir zu schaffen, aber der Versuch ist gescheitert. Das Programm, das ich erzeugt habe, agiert nur, wenn ich es ihm befehle. Von allein tut es nichts – es lebt nicht, will sich nicht entwickeln.«

Dieses Ding gab auf einmal Snaps Programme so weit frei, dass der Decker seine Umgebung erforschen konnte. Seine Sensoren bewiesen ihm sofort, dass dieses Etwas – das wie Icebaby aussah – ein Bestandteil der Matrix war. Und als er dort hinschaute, wohin ihr Kopf wies, musste er schlucken.

Vor der eisblauen Wand stand ein Konstrukt, das Snaps Teenager-Persona zum Verwechseln ähnlich sah – nur dass es inaktiv war und irgendwie seltsam blass wirkte. Ihre eiskalte Stimme riss ihn aus seiner Betrachtung.

»Und jetzt will ich versuchen, dein Ich in diese Hülle zu projizieren. Ich habe nur einen Versuch. Scheitert er, bist du höchstwahrscheinlich verloren, und mit dir die Chance, dir ein unsterbliches Leben in der Matrix zu bieten, weil ich das A.T.C.-System nur einmal so stark belasten kann. Danach wird mein Versteck auffliegen, und es bietet sich mir vielleicht nie mehr die Möglichkeit für einen zweiten Versuch. Es ist einfacher, wenn du zusagst. Dann brauche ich weniger Systemressourcen, und auch die Wahrscheinlichkeit, dass etwas von dir verloren geht, ist geringer. Willst du?«

Das war eine Frage, die er früher einmal mit *Ja* beantwortet hätte – aber was wäre das für ein Leben? Wohl nichts weiter als eine Veränderung seines jetzigen Zustands. Und Leben bedeutete mehr – das glaubte er gelernt zu haben. Menschliches Leben bedeutete leider auch, auf Dinge verzichten zu müssen, zu verlieren und letzten Endes zu sterben.

»Nein!«, schrie er und wollte sich ausstöpseln. Aber ein Biofeedback hielt ihn gefangen – dieses Ding hatte seine Funktionen erneut blockiert. Irgendwie wirkte dieses Konstrukt, das wie Icebaby aussah, traurig, als es auf seine Antwort reagierte.

»Genau wie sie es damals getan hat, wendest du dich nun auch ab. Diesmal werde ich es aber nicht zulassen. Ich hole mir, wonach ich die ganze Zeit gesucht habe.«

Snap spürte, wie sich alles in ihm versteifte. Fühlte, wie etwas erneut seine Gedanken trübte. Etwas in seinem Kopf begann damit, Informationen Bit für Bit zu lesen und gleichzeitig auszuschneiden.

SHADOWRUN

TEIL III

9
Schweißtreibende Entwicklung

DER ÄLTERE MANN SASS immer noch in seinem Büro. Mittlerweile verbreiteten teure Designer-Tageslichtlampen Helligkeit und hielten die draußen längst eingebrochene Nacht fern. Trotz gleitender Arbeitszeit hatten die meisten Angestellten längst den Arbeitsplatz verlassen und waren nach Hause gefahren, wo der größte Teil eine glückliche Familie vorfand. Früher hatte er so etwas wie Neid empfunden, nach vielen Jahren aber hatte er sich daran gewöhnt, nur für seine Arbeit und das Anhäufen von Geld zu leben. Seine Versuche, eine Familie aufzubauen, waren gescheitert, und zwei Scheidungen und drei Kinder, für die er monatlich zahlte, waren die einzig logische Konsequenz gewesen – etwas, das er sich von Anfang an hätte ausrechnen können. Der Job ging vor, und genau deshalb saß er jetzt hier und arbeitete. Es fiel ihm dennoch schwer, sich zu konzentrieren. Sein Assistent Sommer hatte sich noch nicht gemeldet. Somit war die Position des Megakonzerns, der die Nordgas AG übernehmen wollte, weiter eine unbekannte Variable. Zu allem Ärger waren seine Gründerkollegen nicht erreichbar – ihre Sekretärinnen speisten ihn einfach ab. Ein Verhalten, das Erdkamp nicht dulden konnte und im geeigneten Moment zur Sprache bringen würde. Über Umwege hatte er Sommer in einer kodierten Nachricht beauftragt, einige Schattenschaben zu engagieren. Sie sollten finanzielle Informationen über seine beiden Vorstandskollegen besorgen. Hoffentlich würde Erdkamp danach etwas klarer sehen.

Diese Überlegungen brachten ihn dazu, einen Blick auf die projizierten Trid-Bilder vor seinem Schreibtisch zu werfen. Durch die Bank waren es an die zwanzig Nachrichten und Börsenprogramme, die größtenteils unbeachtet vor sich hin flimmerten. Die Software in seinem Hirn war gekoppelt mit einigen Übersetzungsprogrammen und einer Routine, die auf festgelegte Wörter und Kurse reagierte. Bisher war keines der Wörter mehr als dreimal hintereinander erwähnt worden, und eine Benachrichtigung war ausgeblieben. Aber genau jetzt änderte sich das, und das aufdringlich hohe Signal ließ Erdkamp unweigerlich zusammenzucken. Automatisch wurden die Bilder der restlichen Sender verkleinert. Das Programm, in dem das Wort häufig erwähnt wurde, nahm nun einen Großteil der projizierten Fläche ein, und die Lautstärke im Raum stieg an. Da das System alle Sendeinformationen speicherte, startete die Aufzeichnung am Anfang. Das Weiß seiner Knöchel trat hervor, als er die Hände um die Lehnen des Bürostuhls klammerte und Schweißtropfen auf seine Stirn traten. Seine ganze Aufmerksamkeit gehörte dem ausgezeichnet gekleideten Asiaten auf der Projektion.

»Fuchi Industries Japan gibt bekannt, dass wir in den nächsten Jahren unsere Investitionen in den ADL deutlich steigern werden. Fuchi macht es sich zur Aufgabe, die Alten Märkte mit den neuen zu kombinieren und dadurch die technische Entwicklung in den ADL voranzutreiben. In Hamburg hat Fuchi schon einen idealen Partner für dieses Vorhaben in Augenschein genommen und ist guter Dinge, ein profitables Standbein erwerben und weiterentwickeln zu können. Die Nordgas AG wird mit unserer Hilfe zu neuem Ruhm gelangen, und ich bin mir sicher, dass sie sich bereitwillig mit Fuchi Industries einigen wird. Wir erklären uns gegenüber allen

Anlegern der Nordgas AG bereit, ihre Aktien für zwanzig Prozent über dem jetzigen Kurswert aufzukaufen.«

Das Bild des Mannes wurde ausgeblendet, und Erdkamp reduzierte das anschließende Gelaber des Nachrichtensprechers auf ein Minimum der Lautstärke. Was jetzt kam, war nicht weiter wichtig – viel heiße Luft und Mutmaßungen. Die aus dieser Rede resultierenden Konsequenzen waren keinem besser bewusst als Erdkamp selbst. Er konnte es nur nicht fassen. Was tat Fuchi? Warum hielt sich der Konzern nicht an die geheimen Absprachen? Durch das frühe Auftreten in der Öffentlichkeit setzte man Erdkamp unter enormen Druck. Darüber hinaus gefährdete man seine Position, nicht nur für die bevorstehenden Verhandlungen zwischen Fuchi und der Nordgas AG, sondern auch die als Vorstandsvorsitzender. Wie sollte er sich jetzt verhalten? Wenn er dem gesamten Vorstand gegenüber zugab, dass er von der Übernahme gewusst hatte, erwarteten ihn unangenehme Fragen. Normalerweise wäre das kein Problem, hätte er Fuchi die versprochene Mehrheit anbieten können, aber die Reaktion seiner Gründerkollegen zeigte Erdkamp, dass sich außerhalb seiner Wahrnehmung etwas abspielte, das alle seine Pläne zu durchkreuzen drohte. Gerade als er darüber weiter nachdenken wollte, ertönte der schrille Alarmton in seinem Kopf erneut, und der lokale Nachrichtensender Hanse-News 24 wurde größer dargestellt. Die Bilder einstürzender Häuser brannten sich in seine Netzhaut. Symbolisch sah er sein Imperium zusammenstürzen. In den Nachrichten hieß es zwar, im Augenblick würden Fehler in der Bausubstanz als Ursache vermutet, aber Erdkamp ahnte etwas anderes. Etwas, das gegenwärtig vielleicht noch nicht mit seinem Konzern in Verbindung gebracht werden konnte – und das die Öffentlichkeit niemals erfahren durfte. Waren die Bohrungen seines Konzerns die Unfallursache, war der finanzielle Untergang das Mindeste.

Zwei katastrophale Nachrichten in Folge waren zu viel für ihn. Er stürmte zur Bar und schüttete mit zittrigen Händen das Whiskyglas voll, wobei ein Großteil der Flüssigkeit danebenschwappte und sich einen Weg über das braune Holz des Tresens auf den teuren Teppich suchte. Ihm war heiß und kalt zugleich, und das Schlimmste war, dass er nicht wusste, wie er nun reagieren sollte.

Ein Anruf auf der privaten Leitung ließ ihn zusammenzucken. Vor Schreck ließ er sogar das bereits halb geleerte Glas zu Boden fallen. Unter Aufbietung all seiner Willenskraft gewann er die Fassung zurück. Er zupfte sich die Krawatte zurecht und richtete hastig den Sitz des Anzugs. Ein Kribbeln im Magen verriet ihm, dass der Anruf garantiert mit den Nachrichten zu tun hatte – mit welcher von beiden, würden die nächsten Sekunden offenbaren. Ein kurzer Befehl an die Kommunikationseinheit des Büros blendete die Nachrichten- und Börsensender aus und schaltete auf das Bild des Anrufs. Natürlich erkannte Erdkamp den Anrufer sofort – es war der asiatische Beauftragte von Fuchi, dessen Ansprache er eben erst mit Entsetzen gehört hatte. Mittlerweile war es ihm auch egal, ob jetzt schon nach außen drang, dass jemand aus dem Vorstand der Nordgas AG mit Fuchi in Kontakt stand. Gewöhnlich wurden solche Gespräche aufgezeichnet und galten als hoch offiziell. Wenn man Zugeständnisse machte, Vertragspunkte ansprach oder einem Auftrag zustimmte, konnte dies später bei einem Rechtsstreit vor Gericht als zulässiges Beweismittel anerkannt werden. Erdkamp atmete erleichtert auf, als er sah, dass der Name des Anrufers nicht eingeblendet wurde. Dies war kein offizieller Anruf, noch nicht, auch wenn es ihn störte, dass sein eigener Name zu Beginn erwähnt wurde.

Der Anrufer machte eine knappe Verbeugung und sagte dann freundlich: »Konbanwa. Erdkamp-san. O-genki desuka?« Die Talentsoftware übersetzte: *Guten Abend, Herr Erdkamp. Wie geht es Ihnen?*

Erdkamp erwiderte die Verbeugung ebenso knapp und war darauf bedacht, die Augen des anderen nicht aus dem Blick zu verlieren, um einen unterwürfigen Eindruck zu vermeiden. Erdkamp antwortete zuerst auf Japanisch, wechselte danach aber ins Deutsche, weil er den Mann nicht dadurch beleidigen wollte, dass er als Gaijin sich anmaßte, die Muttersprache des anderen in den Mund zu nehmen. Da nur sein Name eingeblendet war, unterließ er es auch, den anderen namentlich anzusprechen: »Gut. Danke. Ich hoffe, Sie erfreuen sich ebenfalls bester Gesundheit.«

Der Japaner ging auf den Sprachwechsel ein, an und für sich ein gutes Zeichen – Fuchi besaß ein offenes Ohr für Verhandlungen und war vielleicht sogar bereit, Zugeständnisse zu machen.

»Mir geht es sehr gut, danke. Ich gehe doch richtig in der Annahme, dass Sie die letzten Nachrichten gehört haben?«

Ein einfaches Nicken reichte dem Japaner als Antwort. Erdkamp war leicht besorgt, weil der Mann sofort zur Sache kam. Hatte er sich etwas zuschulden kommen lassen?

»Wir fanden, es ist an der Zeit, der Öffentlichkeit unsere Absichten mitzuteilen. Ihnen möchten wir bald die Möglichkeit geben, auf unser großzügiges Angebot einzugehen.«

»Ich weiß Ihre Großzügigkeit zu schätzen«, antwortete Erdkamp und formulierte den nächsten Satz mit aller gebotenen Vorsicht. »Doch möchte ich mir die Frage erlauben, warum Sie sich so kurzfristig dazu entschieden haben?«

»Wir haben uns gedacht, dass Sie nach dem heutigen Tag einen guten Schritt weiter sind«, antwortete der Japaner ein wenig ernst, vergaß dabei aber nicht, weiter zu lächeln.

Auch wenn nichts Konkretes gesagt wurde, verstand Erdkamp recht gut, worauf die letzte Aussage anspielte. Die Japaner waren sich nicht ganz sicher, wie sie die Transaktion der Nordgas-Aktien deuten sollten. Vor allem die Tatsache, dass es Erdkamp bisher unterlassen hatte, mit ihnen in Kontakt zu treten, schien sie zu beunruhigen. Vermutlich aus diesem Grund hatte der Mann auch den Smalltalk auf ein Minimum verkürzt. Also traf Erdkamps Vermutung nicht zu, dass der japanische Megakonzern hinter der Transaktion steckte. Wieso hatte sich Sommer nicht beim Konzern gemeldet, und was sollte er dem Japaner jetzt sagen? Stritt er ab, etwas über den neuen Besitzer zu wissen, senkte das sein Ansehen – was für zukünftige Verhandlungen hinderlich sein würde. Also sagte er diplomatisch: »Ich habe mit meinen Gründerkollegen die Transaktion abgesprochen und bin guter Dinge, Ihnen bald ein lukratives Angebot unterbreiten zu können.«

Als der Japaner antwortete, war der ernste Tonfall verschwunden. »Das freut mich zu hören. Seien Sie sich unseres Dankes gewiss. Sobald alles zu gemeinsamer Zufriedenheit geregelt ist, werden wir uns bei Ihnen überaus erkenntlich zeigen. Domo arigato gozaimasu – danke vielmals.«

Die Verbindung wurde unterbrochen. Das Gespräch war insgesamt ganz gut verlaufen, aber die letzte Aussage hatte Erdkamp gewaltig unter Druck gesetzt. Fuchi erwartete von ihm, dass er sein Versprechen ziemlich bald einlöste und den Weg für eine unkomplizierte Übernahme ebnete. In ihm wuchs auf einmal die Angst, dass die Schlitzaugen mehr wussten als er. Vielleicht war das der Grund, warum sich seine Gründerkollegen nicht bei ihm gemeldet hatten. Es war nicht auszuschließen, dass sie selbst mit Fuchi Verbindung aufgenommen und vielleicht sogar die Anteile der Bayersdorf AG gekauft hatten. Wenn dem so war, würden sie mit nur einer weiteren Aktie die Stimmenmehrheit besitzen. Dann brauchten sie Erdkamp nicht mehr, um einer Übernahme durch Fuchi zuzustimmen oder diese abzuwehren, falls es das war, was sie wollten. Oder Fuchi hatte das Zehn-Prozent-Paket erworben und versuchte, mit dem öffentlichen Aufruf genug Anteile zu erwerben, um den Geschäftsablauf der Nordgas AG im Konfliktfall behindern zu können. Wie er es auch drehte und wendete, er musste mit seinen Kollegen in Kontakt treten – koste es, was es wolle. Das Problem der einstürzenden Bauten musste vorerst warten – außerdem kümmerte sich darum indirekt schon jemand anders.

10

Dunkler Rauch am Horizont

DAS UNANGENEHME POCHEN in seinem Kopf wurde immer stärker, und das Brennen in der Lunge, die nach Sauerstoff schrie, ebenfalls. Die unbequeme Gasmaske machte das Laufen auch nicht einfacher – Kasper hatte sie ihm zum Abschied kommentarlos gereicht. Schon nach einem Kilometer war Zack wieder eingefallen, wie anstrengend es war, mit solch einem Teil zu laufen. Das letzte Mal hatte er sie während der Ausbildung zum Wachmann unter weniger gefährlichen Bedingungen so lange tragen müssen. In dem beschlagenen Sichtfeld hatte sich bereits eine Schweißpfütze gebildet, die bei jedem Schritt auf und ab schwappte.

Jetzt verstand Zack, warum Kasper oder irgendein anderer diesen Auftrag nicht persönlich durchführen wollte und konnte. Bis zum Seitenkanal – von dem aus man einen stillgelegten Lüftungsschacht erreichte, der bis an das ominöse Lager heranreichte – musste man mehrere Kilometer Fußmarsch zurücklegen. Auf diesem Weg gab es keine weiteren Ausgänge – zumindest konnte Zack keinen auf dem Plan finden, den er sich via Chip auf die Shades projizierte. Sobald die Flut wieder einsetzte, würde ihn die alles verschlingende Klospülung in die riesigen Schrauben reißen, die den Abfall der Knacki-Insel in die Elbe spien. Die Motoren würden kein Problem haben, seine teuer vercyberten Knochen in kleine Stücke zu schreddern.

Und er war auf die Infrarotsicht der Cyberaugen angewiesen. Die Erbauer von Big Willy hatten hier unten zwar Lampen installiert, aber die konnte man nur von einer isolierten Schaltzentrale aus aktivieren. Der hüpfende Schein eines Niedrigfrequenzers war viel zu auffällig. Zum Glück arbeiteten ein paar kleinere Pumpen in den Kanalwänden und -decken. Ihr Betriebslärm übertönte zumindest seine sonst unüberhörbaren Laufschritte. Zack warf einen nervösen Blick auf die blaue LCD-Stoppuhr, die er in das obere rechte Sichtfeld der Cyberaugen eingeblendet hatte. Der vierstündige Wettlauf gegen den Tod dauerte schon eine Dreiviertelstunde, und mit etwas Glück und Ausdauer würde er den Zugang zum Lager in sechzig Minuten erreichen.

Genau nach Zeitplan kam er vor einer Metallplatte in der Tunnelwand an. Sie war ein Beweis für die Umbaumaßnamen – man hatte damals die unteren Luftschächte verschlossen, weil die tiefer gelegenen Räume nicht mehr genutzt wurden. Stöhnend griff Zack in die kleine Werkzeugtasche, die ihm Kasper mitgegeben hatte. Mit einem 30-cm-Stahlrohr verlängerte er den Griff des kleinen Schraubenschlüssels, und dank der Hebelwirkung genügte seine Kraft, die verrosteten Bolzen zu lösen. Acht billige Schrauben und kostbare fünfzehn Minuten später konnte er sich in den schmalen Luftschacht zwängen. Zack besaß zwar die Statur eines Mannes aus Stahl, aber dank täglichen Trainings war er nicht so unbeweglich wie eine Eisenbahnschiene. Trotzdem waren die letzten dreihundert Meter zur nächsten Metallplatte eine Tortur. An der Rückseite der Platte befestigte er einen Saugnapf mit einem kleinen Drehkreuz. Damit konnte er die vorher von hinten gelöste Platte festhalten, bevor sie lautstark aufschlagen konnte. Obwohl er vorsichtig und leise gewesen war, rechnete er damit, auf der anderen Seite erwartet zu werden. Aber er hatte Glück. Noch schien niemand da zu sein. Federnd ließ sich Zack auf die Füße fallen. Bevor er den Zugang wieder verschloss, schaute er sich in dem dunklen Raum um.

Sein Sichtfeld reichte nur wenige Meter weit, sodass er nicht allzu viel sah – nur ein paar Kistenstapel. Ihm blieben noch zweieinhalb Stunden, um etwas herauszufinden. Danach musste er alle Spuren verwischen und abhauen – sonst würde er hier nicht noch einmal unbemerkt eindringen können. Zack verschloss den Zugang vorsichtshalber provisorisch, und nachdem er endlich die Maske abgenommen hatte, erkundete er den Saal. Die Luft hier drinnen roch nicht wie draußen nach Pisse und Scheiße, sondern eher süßlich. Der Geruch erinnerte Zack an Verwesung. Vielleicht stammte er von den Pilzen, die durch die hohe Feuchtigkeit überall wuchsen. Durch die körperliche Anstrengung war Zack ziemlich ins Schwitzen geraten, und ihm war entsprechend warm. Plötzlich bemerkte er jedoch eine eisige Kälte, die ihm langsam in die Knochen kroch. Natürlich wurde hier unten nicht geheizt; trotzdem kam ihm diese Kälte ungewöhnlich vor. Sie verwandelte den Raum in etwas, das Zack an einen riesigen Kühlschrank erinnerte. Den Grund dafür konnte er von seiner jetzigen Position aus nicht erkennen. Am meisten störte ihn aber, dass er keine Waffe besaß. Kasper hatte ihm lediglich dieses kleine Stahlrohr zur Verteidigung mitgegeben. Angeblich hatte HanSec alles andere untersagt. *Keine Schuss- und Stichwaffen für einfache Gefangene* – so oder so ähnlich waren Kaspers Worte gewesen. Für Zack bedeutete das, dass Kaspers Cyberwumme möglicherweise gar nicht funktionierte. Die Worte *einfache Gefangene* hatten ihn aber davon abgehalten, seine Vermutung zu testen. Genauso vorsichtig bewegte er sich nun durch das Lager.

Als Erstes untersuchte er die Kisten. Einige trugen zwar verblasste Aufschriften, waren aber leer. Wahrscheinlich hatten die neuen Benutzer dieser muffig kalten Halle sie längst geplündert. Eine Kiste war jedoch größer als die anderen und stand etwas abseits – das machte Zack stutzig. Sie war etwa drei Meter hoch, zwei Meter breit und sechs Meter lang. An einem Ende sah er eine grob gezimmerte Holztür. Zacks Neugierde siegte, und er ging hinein. Irgendjemand hatte im Innern eine Leine gespannt, an der rund zwanzig Roben hingen. Einige waren so groß, dass sie nur Trollen passten.

Intuitiv fasste Zack eine Robe an und spürte das grobe Gewebe des Stoffes zwischen den Fingern kratzen. Er fühlte aber auch, dass die Robe seltsam feucht war – irgendwie dickflüssig feucht. Er leckte mit der Zunge über die Spitze seines Fingers und kostete. Zack erkannte den Geschmack auf Anhieb. Blut – um genau zu sein, geronnenes Blut. Die Roben waren allesamt so feucht, dass sich die Träger in dem Blut gewälzt haben mussten.

Mit Infrarotsicht war es unmöglich, die Farbe der Roben zu bestimmen. Er tippte jedoch, dass sie schwarz waren. Von allen möglichen Beweisen fertigte der Runner mit der einst von HanSec bezahlten Tech in seinem Kopf Standbildaufnahmen an. Damit aufgezeichnete Bilder konnten im Speicher nicht nachträglich bearbeitet werden, weshalb ein Gericht sie als automatisch datierte Beweismittel akzeptierte. Dass die Bilder im Augenblick durch die Infrarotsicht monochrom waren, störte nicht weiter. Licht- oder Dunkelwerte der Umgebung wurden mit ausgewiesen. Damit konnte man sie später unter Zuhilfenahme spezieller Filter und Grafikprogramme in simulierte Farbbilder umwandeln.

Etwas schockiert verließ er den seltsamen Kleiderschrank. Zack wünschte sich immer mehr an einen anderen Ort, und in Gedanken hatte er gar nicht bemerkt, dass er an den Rand eines seltsamen Kreises gestoßen war. Im Geiste kombinierte er die Linien auf dem Boden, und in ihm formte sich das Bild eines großen Drudenfußes. Bedacht darauf, die Randlinien nicht zu durchbrechen, kniete er nieder und berührte eine der Linien. Sein Zeigefinger stieß auf Widerstand, und er merkte, dass er aus aneinander gelegten Knochen bestand. Den unterschiedlichen Größen der Einzelteile nach zu urteilen, waren alle Rassen hier vertreten. Menschen, Zwerge, Trolle und Orks waren umgebracht worden, um mit ihren Gebeinen diesen Zauber- oder Beschwörungskreis – was auch immer – zu errichten. Im Zentrum des Knochengemäldes lag wahrscheinlich auch der Ursprung der Kälte, die Zack vorhin schon aufgefallen war, hier aber erheblich intensiver wirkte. Eine innere Stimme beschwor ihn, auf gar keinen Fall diesen Kreis zu betreten oder seine Grenzen zu öffnen. Auch wenn Zack kein Magier oder Schamane war, hatte er gelernt, von Dingen dieser Art die Finger zu lassen. Allmählich wollte der Runner gar nicht mehr wissen, was sich hier sonst noch abspielte. Er wollte nur noch rasch von hier abhauen und machte sich gedanklich schon auf den anstrengenden Rückweg. Ein Blick auf die Stoppuhr verriet ihm, dass er ohnehin nur noch anderthalb Stunden Zeit hatte, bevor ihm die Flut den Rückweg abschnitt und er hier drinnen gefangen war.

Gerade als er den Zugang zum Luftschacht wieder öffnen wollte, fühlte er ein warnendes Kribbeln im Nacken. Intuitiv ließ er sich hinter den nächsten Kistenstapel fallen. Keinen Augenblick zu früh, denn er hörte, wie sich am anderen Ende des Lagers quietschend eine Tür öffnete.

Pandora schreckte hoch, als sie durch den Schleier des Schlafes hörte, wie vorsichtig eine Tür geschlossen wurde. Unter starken Schmerzen richtete sie den Oberkörper auf und registrierte erst nach und nach, wo sie sich befand. Sie lag wieder in ihrem vertrauten Zimmer in der Marburg. Ihr weißes Nachthemd – in das sie garantiert nicht allein geschlüpft war – und das Bettzeug waren an mehreren Stellen blutverschmiert. Langsam erinnerte sie sich wieder an das schreckliche Erlebnis im Park, an den Angriff des durchgeknallten Friedrich und ihre anschließende Ohnmacht. Jemand musste sie gefunden und hierher gebracht haben. Dieser Jemand hatte ihr auch gekonnt einen Druckverband am Hals angelegt und provisorisch das gebrochene Handgelenk geschient. Trotz dieser ausreichenden ersten Hilfe aus unbekannter Quelle tat ihr jeder einzelne Knochen im Leibe weh. Ihre Wahrnehmung war wohl auch durch Medikamente stark eingeschränkt, weshalb sie alles verlangsamt in einer Art Dämmerzustand erlebte.

Nachdem sie einige Sekunden lang aufrecht gesessen hatte, wagte sie den Versuch, vorsichtig die Füße auf den Boden zu stellen. Sie wusste, dass der Stein kalt war, fühlte es aber nicht. Trotzdem versuchte sie ganz langsam aufzustehen. Der Versuch scheiterte, und die Magierin stürzte schwer zu Boden. Stöhnend wollte sie sich wieder aufrichten, aber alle Kraftreserven schienen von einem Moment auf den anderen verschwunden. Heiße Tränen kämpften sich unaufhaltsam den Weg an die Freiheit. Pandora gab sich diesem Gefühl hin und ließ den unterdrückten Emotionen freien Lauf. Die Maske der harten Frau verschwand. Am Boden liegend, schluchzte und heulte sie wie ein hilfloses, verlassenes Kind.

Die Weinkrämpfe verschwanden aber sofort, als sich die Tür öffnete. Sie sah den Saum einer gelben Robe auf sich zueilen, und ihr Gefühl, den Neuankömmling zu kennen, wurde bestätigt, als sie Lukas' einfühlsame Stimme hörte. »Tu das besser nicht. Du musst im Kreis der Heilung bleiben, den ich um dein Bett errichtet habe, wenn du dich schnell erholen willst, Pandora.«

Starke Arme hoben sie mühelos auf und legten sie zärtlich zurück auf ihr Lager. Es gab so vieles, das sie ihn fragen wollte, aber als sie über seine Worte nachdachte, beschlich sie Argwohn. Lukas hatte ihren Runnernamen benutzt.

»Verspanne dich nicht. Es wird alles gut«, sagte er, als er ihre Furcht spürte. »Ich weiß, wer du bist.«

»Woher?«, war die einzige Frage, die sie nur flüsternd stellen konnte.

Lukas deckte sie behutsam zu und schaute sie mit blauen Augen eindringlich an, als er sich auf die Bettkante setzte. Mit der von Sommersprossen übersäten Hand strich er sich kurz durch das rote Haar. Als er ihr endlich antwortete, hatte sie sich ein wenig beruhigt.

»Ich kenne Karl Bach und deine Mutter persönlich. Hab keine Angst. Dein Geheimnis ist bei mir gut aufgehoben. Sie haben mich damals entdeckt und ebenfalls in ihren Orden aufgenommen. In den letzten Jahren bin ich wohl so etwas wie ein Adoptivsohn für sie geworden und habe selber Familiengefühle ihnen gegenüber entwickelt.«

»Warum … haben sie mir davon nichts gesagt?«, fragte Pandora schwach.

»Zu deinem, meinem, ihrem – eigentlich unser aller Schutz. Es ist nicht gut, wenn andere von dem Orden, den Mitgliedern und seinen Möglichkeiten erfahren, obwohl wir nichts Schlimmes tun. Die Antwort ist erschreckend simpel. Stell dir einmal vor, die Regierung oder ein Konzern würden von unserer Macht und unseren Studien erfahren – wir hätten keine ruhige Minute mehr. Das Wissen um Freie Geister und um die Macht, diese Wesen vielleicht zu kontrollieren, würde Möglichkeiten bieten und Energien erschließen, die viele nur zu gerne ausbeuten möchten. Diese freien Wesen verfolgen eigene Ziele und verfügen über Möglichkeiten, die wir noch nicht einmal im Ansatz verstehen können.« Während er sprach, strich er ihr mit einer Hand zärtlich über die geschiente Hand und rückte mit der anderen das Kopfkissen bequem zurecht.

»Aber wieso tut Karl das alles?«, fragte sie Lukas, obwohl sie nicht wusste, ob er ihr überhaupt eine Antwort geben konnte.

»Was ich dir jetzt erzähle, habe ich von deiner Mutter, Mariko. Nachdem ich dich versorgt hatte, habe ich sie über deinen Zustand informiert. Karl hat ebenfalls zugestimmt, dass du es erfährst – zumindest das, was ich weiß. Er dachte sich schon, dass du viele Fragen haben würdest. Eigentlich hättest du das von ihm persönlich erfahren sollen, aber er kann Hamburg derzeit nicht verlassen. Dort geschehen Dinge, die vielleicht unser aller Leben verändern werden. Als er jedoch von deinem Zustand erfuhr, hat er mich beauftragt, dich nach Hamburg zurückzubringen. Dein Aufenthalt hier ist zu gefährlich geworden, wie der Anschlag auf dich beweist. Trish ist leider auch verschwunden. Ihre Kammer ist leer, und wir haben nicht die leiseste Ahnung, was mit ihr los ist. Karl ist sehr besorgt darüber, denn er ahnt Schlimmes. Aber um auf deine Frage zurückzukommen … Karl beschäftigt sich schon seit vielen Jahren mit der Erforschung dieser Wesen. Er hat damals mit seiner ersten Frau ein Ritual abgehalten – einen ›Tanz der Töne‹, wie er es nennt. Die beiden wollten die genaue Wirkung und die Quelle der musikalischen Magie ergründen. Weil die Anstrengungen zu groß waren und das Ritual ihnen entglitt, ist seine Frau gestorben. Eine weitere, nicht vorhersehbare Folge des Rituals bestand darin, dass die Manalinien für einen kurzen Augenblick aus ihrem geregelten Verlauf gerissen wurden. Es entstand dabei eine unkontrollierbare Kraft, die so gewaltig war, dass Karl Parallelen zu dem großen Geistertanz sieht. Alle Theorien und Gesetzmäßigkeiten, die uns heute über den Verlauf der Manalinien – auch Leys genannt – bekannt sind, wurden für einen kurzen Moment über den Haufen geworfen.«

Der Novize machte eine kurze Pause, erzählte dann aber unaufgefordert weiter. »Der 9. Februar ist bekanntlich ein norddeutscher Volkstrauertag, weil in der Morgenflut mehrere hunderttausend Menschen gestorben sind. Ein Orkan der Windstärke 13 tauchte aus dem Nichts auf und änderte in wenigen Stunden den Lauf der Gezeiten und das Landschaftsbild des Nordens. Das alles geschah im Jahre 2011, und Karl gehört zu den wenigen, die es persönlich miterlebt haben. Auch wenn man es ihm nicht ansieht, ist er schon über siebzig Jahre alt.«

Lukas machte eine kurze Pause und gab Pandora Zeit, die erhaltenen Informationen zu ordnen. Sie nutzte die Pause. Wenn es zutraf, dass Karl wirklich schon so alt war, musste man dies als ein kleines Wunder bezeichnen. Ein menschlicher Magier, der über siebzig Jahre alt war und noch keine Anzeichen aufwies, ausgebrannt zu sein, war eine echte Seltenheit. Und wenn er wirklich am Tag der Morgenflut gelebt hatte, zählte er zu den wenigen noch lebenden Zeitzeugen dieses historischen Dramas. Aber was hatte das mit den Freien Geistern zu tun?

»Karl vermutet, dass das Ritual damals Energien freisetzte, die diese Kreaturen erschufen. Die Freien Geister reagieren anders als einfache Elementare. Sie folgen eigenen Regeln und Motiven, doch haben einige von ihnen immer die Nähe Karls oder anderer magisch Aktiver gesucht. Mehr kann ich dir darüber leider nicht erzählen, aber das wird Karl bestimmt tun, wenn wir in Hamburg sind. Vorher musst du dich jedoch erst einmal ausruhen. Sobald es dir besser geht, werden wir aufbrechen. In der Zwischenzeit versuche ich etwas über Trish in Erfahrung zu bringen.« Er machte eine kleine Pause und fuhr sanft fort: »Besser, du schläfst jetzt.«

Pandora fühlte, wie er einen Zauber sprach. Sie spürte, wie er ein unsichtbares Netz um sie herum wob und ihre Aura mit dem Zauber verband, den der Novize vorher über das Bett gelegt hatte. Auch wenn sie gewollt hätte, besaß sie nicht die Kraft, sich gegen seinen Spruch zu wehren. Ihr fielen einfach die Augenlider zu, und tanzende Lichter führten sie zu einem Ort der inneren Ruhe und des Friedens.

Paul zog den Stecker, wie es schien, keinen Augenblick zu früh. Der Decker fiel zappelnd zu Boden, zuckte unkontrolliert mit den Gliedern und stieß einen Kleiderständer und den Stuhl um, auf dem er eben noch gesessen hatte. Weißer Schaum quoll aus seinem Mund, und seine Atmung und das Röcheln erinnerten an das Pfeifen eines alten Heizkörpers, der um Sanierung bettelte.

»Kommt er durch?«, fragte Paul Samira besorgt, die sich neben Snap kniete, als sein epileptisches Zucken schwächer geworden war.

»Ich denke schon, kann aber nicht mit Bestimmtheit sagen, was mit ihm los ist«, antwortete sie knapp und konzentrierte sich auf einen ihrer exotischen Zauber. Ein pulsierendes Leuchten erstrahlte. Ihre kurvenbetonte weiße Lederkleidung schien mit der dunklen Haut zu verschmelzen, und für einen kurzen Augenblick verwandelten sich ihre Arme in einen weißen Flügel. Ihre Stimme klang wieder wie das Rauschen des Windes, und Paul meinte, wie zuvor während des Rituals, den Schrei eines Reihers zu hören.

Claw kam die Treppe heraufgeeilt und wirkte sichtlich erschöpft. Er hatte sich ebenfalls im Fahrzeug umgezogen und trug jetzt wieder die abgerissene Lederkleidung von damals. Sie stand ihm Pauls Meinung nach viel besser als der Anzug – was vielleicht daran lag, dass Paul dieser Anblick vertraut war. Nur der Löwenschädel fehlte, was aber bestimmt einen Grund hatte, den der Schamane bestimmt nicht bereitwillig erzählen würde. Früher hatte der Farbige dieses Utensil wie ein Heiligtum behütet und sich unter keinen Umständen davon trennen wollen.

»Wie geht's der Frau?«, fragte er seinen keuchenden Chummer.

»Sie liegt unten in ihrem Schaukelstuhl und schläft. Ich habe ihr die Erinnerungen an unser unfreundliches Eindringen getrübt ... das war das Beste, was ich machen konnte«, sagte der Löwen-Schamane schwer atmend und ergänzte nach einer kurzen Pause: »Ein Blick in die Astralwelt hat mir verraten, dass wir abhauen sollten. Auf dem Wasserweg nähern sich ein paar stinkende Fahrzeuge. Ich schätze, wir haben weder Zeit noch Lust, unsere Absichten zu erklären.«

Paul griff sich die mit Panzerplatten versehene Nylontasche vom Bett und packte Snaps Deck ein. Er drückte Claw die eingepackte Tech in die Pfoten und hievte sich den bewusstlosen Decker über die Schulter. Samira lies er die Dose mit den grünen Pillen auf dem Schreibtisch einstecken. Paul war sicher, dass Snap sie brauchte, sobald er aufwachte. Während er und Samira nach unten stürmten, packte Claw noch schnell einige andere Habseligkeiten Snaps ein. Zum Glück hatte der Junge die Angewohnheit eines Runners, ständig fluchtbereit zu sein, beibehalten, und alles Wichtige lag abmarschbereit auf dem Bett. Was immer Snap gerade in der Matrix angestellt hatte, es war bestimmt der Grund dafür, dass jemand auf dem Weg hierher war. Und sie hatten keine Zeit, unangenehme Fragen zu beantworten.

Im Hover legte Paul Snap auf die Rückbank und warf sich hinter das Ruder. Er ließ die Turbinen aufheulen und steuerte das modifizierte Fahrzeug über eine kleine Böschung zum nahe gelegenen Kanal, über den sie vorhin die Rückfront des Hauses erreicht hatten. Paul verzichtete auf die Scheinwerfer und verließ sich ganz auf den Autopiloten, der ihren Kurs dem Verlauf der Wasserstraße und der Wassertiefe anpasste. Die Tech war gut, sehr gut sogar, denn sie umfuhr problemlos alle Hindernisse. Zum Glück waren Bordcomputer und Bordtech ein hoch kompliziertes Flickwerk aus Militärbeständen – mit handelsüblicher Hardware wären sie sofort entdeckt worden. Das Navigationssystem zog seine Daten nicht aus den öffentlichen Verkehrsdatenbanken des Elfenlandes, sodass niemand ihren Standort ohne weiteres lokalisieren konnte. Normale Fahrzeuge spürte man auf diesem Wege schnell auf und konnte sie sogar ausschalten. Hacker drangen über Satellit in die Steuereinrichtung ein und deaktivierten mühelos den Motor.

Während Paul die Radar- und Sonardaten durchsah, kümmerte sich Samira weiter um Snap, der immer noch bewusstlos war und kein Anzeichen von Besserung erkennen ließ. Claw saß mit zusammengesunkenen Schultern neben Paul auf dem Beifahrersitz. Der Schamane war in den Astralraum gewechselt und versuchte Näheres über ihre Verfolger zu erfahren. Die Kanäle waren alle miteinander verzweigt, und Paul suchte nach einem passenden Wasserlauf, der sie nahe genug an die offene See brachte. Es war ziemlich gefährlich, sich dem Küstenstreifen zu nähern, aber ihre einzige Chance, zurück zur Elbe und nach Hamburg zu kommen.

Als Claw in seinen Körper zurückkehrte, steuerte der Autopilot gerade einen offenbar wenig benutzten Seitenkanal an. Das Schilf stand dort sehr hoch, und Paul aktivierte rechtzeitig den Zusatzschub, der das Hover nach vorn und einen Meter hoch in die Luft katapultierte. Dadurch blieb die vordere Schilfwand größtenteils unbeschädigt. Vielleicht konnten sie auf diesem Weg ihre Fährte verschleiern.

»Hast du einen Sturzhelm?«, fragte Claw, der sich bei dem Manöver den Kopf an der Decke gestoßen hatte.

»Dein Dickschädel hält das aus, altes Raubtier«, kommentierte Paul und konzentrierte sich weiter auf ihre Fahrt. »Was entdeckt?«

»Es sind drei Boote, allesamt schwer bewaffnet, und auf einem befindet sich eine magisch aktive Person. Mehr konnte ich in der kurzen Zeit und über diese Entfernung nicht in Erfahrung bringen«, antwortete Claw und fuhr sich dabei mit der Hand übers Gesicht.

Das Schilf bot zwar Vorteile, zwang sie aber auch, die Geschwindigkeit zu drosseln, weil die mit Sonar und Radar gekoppelte Software länger brauchte, um Hindernisse zu entdecken. Paul stellte fest, dass zwei der drei Verfolger an dem von ihnen gewählten Seitenarm vorbeifuhren. Einer blieb jedoch zurück und tastete sich langsam auf sie zu.

»Einen haben wir am Arsch kleben«, sagte Paul, während er einen nervösen Blick über die Schulter warf. Als er wieder nach vorne schauen wollte, blieb sein Blick an Claws Gesicht kleben. Der Schwarze war bis auf die seltsamen Tätowierungen vollkommen blass geworden und schaute voller Entsetzen geradeaus. Paul reagierte blind, aktivierte den Umkehrschub und brachte ihr Hover abrupt zum Stillstand.

Vor ihnen im Kanal lichtete sich das Schilf und gab den Blick auf eine grün schimmernde Substanz frei. Zuerst erinnerte sie Paul an Entengrütze, aber als das grüne Zeug brodelte und immer höhere Wellen schlug, dazu noch langsam, aber sicher humanoide Form annahm, ahnte auch er nichts Gutes. »Was ist das?«, fragte er Claw und konnte die Furcht vor dieser paranormalen Erscheinung nicht verbergen.

»Das ist ein Giftgeist«, knurrte Claw, und Paul sah, wie der Schwarze die Fingernägel tief in den grauen synthetischen Lederbezug grub. Dann öffnete Claw wortlos die Luke über sich und schob den Oberkörper ins Freie. Im Spiegel sah Paul, wie Samiras Körper zusammensackte –

wahrscheinlich war sie auf die Astralebene gewechselt. Weil er nicht tatenlos herumsitzen wollte, öffnete auch er die Luke über seinem Kopf, griff sich aber, bevor er die Nase nach draußen steckte, eine Maschinenpistole, die neben ihm an der Tür befestigt war. Die Ingram Supermach 100 war zwar nicht besonders durchschlagend, aber eine gute, vor allem rückstoßarme Waffe und fähig zu lang anhaltendem Dauerbeschuss.

»Was schlägst du vor?«, fragte er Claw, während er mit schussbereiter Waffe das Ding im Kanal anvisierte.

»Steck das kümmerliche Altmetall weg – damit kannst du hier nichts ausrichten«, war alles, was er als Antwort erhielt.

Vor ihnen in der Fahrrinne war der Geist mittlerweile auf brodelnde zwei Meter angewachsen. Seine Konturen wirkten grotesk verzerrt, und die Extremitäten erinnerten nur sehr entfernt an Arme und Beine. Die Luft roch seltsam ätzend, und der Geruch wurde von Sekunde zu Sekunde unangenehm intensiver, als das Wesen langsam auf ihr Hover zutrieb. Paul spielte kurz mit dem Gedanken, eine Seitenböschung hochzufahren, verwarf ihn aber sofort wieder – die Hänge waren viel zu steil. Der Geist blockierte ihnen den Weg nach vorn, und von hinten näherte sich ein unbekannter Verfolger.

In diesem Augenblick meldete sich Samira aus dem Innern des Fahrzeugs. »Hinter uns ist ein Schamane. Seine Aura wirkt geschwächt. Es scheint, als wäre seine Beschwörung gescheitert und hätte dieses unkontrollierbare Geschöpf erschaffen.«

Paul warf erneut einen Blick zurück, konnte aber wegen des dichten Schilfs und der Dunkelheit nichts erkennen.

»Ich kümmere mich darum, Samira. Du musst in der Zwischenzeit die anderen beschützen«, brummte Claw, kletterte ganz nach draußen, sprang Hals über Kopf ins dunkle Wasser und tauchte aus Pauls Sichtfeld.

Paul war nicht glücklich darüber, dass der Schamane über den weiteren Ablauf einfach so entschieden hatte. Er fand sich aber damit ab, weil Claw in magischen Dingen eindeutig besser Bescheid wusste. Schnell tauchte er wieder ins Innere des Hovers ab und verschloss die Luken. Keine Sekunde zu spät war er damit fertig. Das brodelnde Wesen sprang aus den Fluten und warf seinen schleimigen Körper auf das Hover. Die Last drückte das Fahrzeug tief ins Wasser, schaffte es aber nicht, es unter die Wasseroberfläche zu drücken.

Paul sah und hörte, wie draußen der Lack Blasen schlug und weggeätzt wurde. Vorsichtshalber schaltete er die Klimaanlage aus, falls das Wesen auf diesem Weg ins Innere gelangen konnte. Ein kurzer Blick über die Schulter zeigte ihm, dass Samira sich konzentrierte – sie zentrierte wohl ihre Kraft. Diesmal strahlte ihr ganzer Körper. Ein heller gelblicher Schimmer breitete sich kugelförmig um sie herum aus. Paul spürte ein leichtes Kribbeln auf der Haut, als ihn das Leuchten erreichte – sonst konnte er nichts weiter feststellen. Als das Licht jedoch den Innenraum des Hovers verließ, hörte Paul draußen etwas laut aufbrüllen. Die Laute klangen unmenschlich, sogar irgendwie unirdisch. Auf der Oberfläche der Giftgeistkreatur bildeten sich Blasen, die wie überreife Eiterbeulen aufplatzten. Kurz ließ das Wesen vom Hover ab, stürmte dann aber mit noch mehr Wut dagegen an. Diesmal drückte es das Fahrzeug sogar unter die Wasseroberfläche.

Paul hörte Samira einen schrillen Schrei ausstoßen. Unter der Belastung des neuen Angriffs brach sie ohnmächtig zusammen. Die Wellen schlossen sich über dem Hover, und jetzt bekam Paul es richtig mit der Angst zu tun. Das hier war ein beschissenes Hover, kein gottverdammtes U-Boot. Zwar war der Innenraum wasserdicht, aber Dichtungen und Fenster konnten einem derartigen Druck nicht lange standhalten. Sobald das Wasser einen Weg nach innen fand, würde auch der Giftgeist folgen, und was dann kam, konnte man sich leicht ausmalen.

Voller Verzweiflung klammerte sich Paul an die Waffe, obwohl er wusste, dass er damit nicht den Hauch einer Chance gegen dieses übernatürliche Wesen besaß. Er konnte nichts weiter tun, als mit wachsendem Entsetzen den knirschenden Weg der ersten kleineren Risse auf der Frontscheibe zu verfolgen. Dahinter sah er geradewegs in den dunklen, zahnlosen Schlund des Geistes, der sich mit aller Kraft gegen die schwindende Widerstandskraft des gläsernen Hindernisses stemmte.

Die ersten Projektile suchten sich surrend einen Weg durch die Nacht und verfehlten nur denkbar knapp ihr Ziel. Chet und Krächzender Tod rannten geduckt den schmalen Steg entlang. Am Ende des wackligen Fluchtwegs wartete Brennender Asphalt mit abfahrbereitem Lieferwagen. Vor Sekunden waren die Enduros über den rechten Hügel geschossen und erreichten nun den Maschendrahtzaun des Spielplatzes. Es waren vier Maschinen, die wie surrende Wespen durch die Gegend schwirrten, und wie bei den anderen zuvor waren Sturmgewehre an den Lenkern montiert. Der Meta versuchte erst gar nicht, im Laufen auf sie zu schießen. Die Chancen auf einen Treffer standen trotz der mit Smartlink ausgerüsteten Waffe, die er aus dem Panzerschrank des Unterschlupfs mitgenommen hatte, und jahrelangen Trainings einfach zu schlecht.

Endlich erreichten sie ihr Fahrzeug, und im richtigen Augenblick öffnete der Rigger die Heckklappe. Chet wurde für einen kurzen Augenblick langsamer und ließ den Raben-Schamanen zuerst in den verhältnismäßig sicheren Fond springen. Als der Ork an der Reihe war, drehte er sich im Sprung und landete hart mit dem Rücken am Körper des Schamanen. Dieser stöhnte schmerzhaft auf, aber durch die Aktion hatte Chet Zeit gewonnen. Er hatte freie Schussbahn und konnte endlich das Feuer erwidern. Entfernung und Munitionsvorrat wurden dank Smartlink in seine Cyberaugen eingeblendet – viel besser war aber im Augenblick das Zusatzfeature, das Chet die mögliche Fahrtrichtung eines herannahenden Gegners aufzeigte. Er drückte den Abzug durch und ließ das automatische Feuer der Maschinenpistole von unten nach oben wandern. Der Trizeps des rechten Arms spannte sich wegen des starken Rückstoßes, aber es gelang Chet, die Waffe einigermaßen ruhig zu halten und das Ziel nicht zu sehr aus dem Fadenkreuz zu verlieren. Die Anstrengung wurde belohnt. Die Kugeln zersiebten den blendenden Scheinwerfer und wuchteten dann den Fahrer von seinem Hobel. Er landete mit rudernden Armen im Dreck und blieb dort bewegungslos liegen.

Der Rigger machte seinem Namen Ehre und gab Vollgas.

Erst als Chet nach vorn auf den Beifahrersitz kletterte, registrierte er einen Treffer am Arm. Die Wunde war nicht tief, blutete aber recht stark – ein Streifschuss halt, so etwas kam vor. Er hatte in der Vergangenheit schon weitaus mehr abbekommen und viel Schlimmeres überlebt. »Irgendeinen Plan?«, fragte er die Halbglatze am Steuer.

»Gas geben und weg hier«, antwortete Brennender Asphalt über Lautsprecher und konzentrierte sich dann vollkommen auf die Flucht.

Der Raben-Schamane erholte sich stöhnend von der schmerzhaften Erfahrung, für Chet die Stoßstange gespielt zu haben, und kroch aus dem Heck auf die Rückbank. Höchstwahrscheinlich hatte der Bursche nichts weiter als ein paar Prellungen abbekommen. Die Tatsache, dass die Enduros Sicherheitsabstand hielten, gefiel Chet gar nicht – sie bot für ihn eher Anlass zur Sorge.

Die Go-Gang-Mitglieder schienen ihnen einen Schritt voraus und besaßen so etwas wie einen Schlachtplan.

»Fahr in Richtung HMU-Tunnel«, wies Chet den Fahrer an.

Der Tunnel war eine im Bau befindliche Direktverbindung zwischen diesem Stadtteil und dem Hanse-Meta-Untergrund. Der Rat des HMU hatte sich zu dieser Baumaßnahme entschlossen, weil viele Güter in Neu Wulmsdorf produziert wurden und man so einiges an Transportkosten einsparen konnte. Gegenwärtig war das zwar eine komplette Baustelle, aber eine, die bleihaltig bewacht wurde. Die HMU-Polizei reagierte nicht gerade zimperlich, und mit etwas Glück konnten sie dort ihre Verfolger abschütteln – falls sie ankamen.

Die Karre war eindeutig zu langsam und hinzu kam, dass plötzlich zwei weitere Enduros aus den Seitenstraßen von jeweils rechts und links auf sie zurasten. Das automatische Feuer aus den Waffen der Verfolger brachte die gepanzerten Seitenscheiben an den Rand ihrer Belastbarkeit, und die ersten Splitter und Querschläger schossen durch den Innenraum. Chet und der Raben-Schamane waren von nun an damit beschäftigt, die Bequemlichkeit der Fußmatten auszutesten, und der Rigger orientierte vorsichtshalber die Position des Fahrersitzes an der unteren Kante des Seitenfensters.

Der Anblick war grotesk. Glassplitter und Geschosse flogen durch die Luft, und ihr Fahrer schien wie ein Baby sabbernd auf seinem Sitz eingeschlafen zu sein. Völlig unbeeindruckt von den Treffern blieb der Knabe jedoch nicht. Wann immer ein starker Aufprall das Fahrzeug zur Kurskorrektur zwang, sah Chet ihn zusammenzucken. Wie lange er dieser Belastung standhalten würde, konnte der Meta nicht vorhersagen. Von Ratón war er früher immer wieder überrascht worden – sie hatte mehr als erwartet weggesteckt. Aber sie saß nicht auf dem Platz. Die Riggerin war tot, und wenn sie nicht bald einen Ausweg aus dieser Scheißverfolgungsjagd fanden, würde von ihnen auch nur bleiverseuchtes Fischfutter bleiben. Um die Gegner zumindest etwas auf Distanz zu halten, hielt der Ork gelegentlich den Arm über den Kopf und gab ziellos Schüsse nach draußen ab.

Plötzlich hörte Chet etwas von außen hart gegen die Beifahrertür prallen. Dem Krach nach zu urteilen, war das eine Enduro, und der Ork reagierte augenblicklich, zumal das Feindfeuer von links ausblieb. Chet durchschlug mit beiden Fäusten das gesplitterte Glas des Beifahrerfensters und griff sich den ausgestreckten Arm des Endurofahrers, der mit einer Maschinenpistole Brennenden Asphalt ausschalten wollte. Gerade noch rechtzeitig drückte der Meta den Unterarm des Bikers nach oben und rettete so dem Rigger das Leben. Der Ork riss an dem Gegner, konnte ihn aber nicht vom Hobel reißen. Die bewaffnete Hand konnte Chet nun nicht mehr loslassen, und dem fatalen Druck eines Einlaufs aus so kurzer Distanz würde selbst er nicht widerstehen können. Zu gern hätte er jetzt noch die Cybersporne besessen und damit den Biker tranchiert. Aber nach dem Angriff der Killerin hatte Chet nicht mehr genug Kohle besessen, um alles erneuern zu lassen. Ihm waren nur ein paar schlecht verheilte Narben als Erinnerung auf dem Unterarm geblieben.

Ein gehetzter Blick zu dem Schamanen zeigte dem Ork, dass von dort keine Hilfe zu erwarten war. Dieser konzentrierte sich auf irgendeinen Zauber oder murmelte gerade sein letztes Vaterunser. Brennender Asphalt reagierte jedoch geistesgegenwärtig, indem er den Lieferwagen hart nach rechts steuerte. Ein kurzer Blick nach vorn zeigte Chet, was der Rigger vorhatte. Unter Aufbietung aller Kraft zerrte er den Arm des Endurofahrers so weit ins Innere, dass seine eigenen Hände in Sicherheit waren.

Das Heck eines Lkws bahnte sich Funken sprühend und kreischend einen Weg an der rechten Seite ihres Lieferwagens entlang auf den Biker zu. Samt seiner Maschine wurde er am unnachgiebigen Hindernis zerquetscht, wobei der Arm am Schultergelenk abgetrennt wurde. Ein letztes Mal krümmte sich der Finger, aber auch dieses Mal pfiffen die Geschosse durch den Innenraum, ohne Schaden anzurichten. Am Ringfinger steckte ein Ring, der wie die Tätowierung der Frau aussah, die versucht hatte, Chet im Waschsalon umzulegen. Ein handfester Beweis dafür, dass er zu den Söhnen und Töchtern Gabriels gehört hatte.

Chet warf das blutige Stück Fleisch achtlos nach hinten und schaute, wo die restlichen Angreifer geblieben waren. Da sah er auch schon den nächsten Endurofahrer über die linke Flanke heranjagen. In der Hand hielt er etwas, das den Ork verdammt stark an eine Haftmine erinnerte. Die Panzerung des Lieferwagens mochte zwar gut sein, aber eine solche Explosion würde auch sie ins Nirwana befördern.

Diesmal reagierte der Raben-Schamane auf die Attacke. Er streckte dem Angreifer die schlanken Hände aus dem Seitenfenster entgegen, und Chet sah, wie einige Zentimeter vor den Fingerspitzen von Krächzender Tod ein Flammenstrahl entstand und davonschoss. Die heißen Zungen leckten gierig über die Kleidung des Angreifers und setzten sie samt der brennbaren Teile der Enduro in Flammen. Aus dem Heck heraus beobachtete Chet, wie der Biker stürzte und als lebendige Fackel wieder aufstand und verzweifelt mit den Armen um sich schlug, um das Feuer zu löschen. In schierer Panik kam er gar nicht auf die Idee, sich auf dem nassen Boden zu wälzen. Der Sprengsatz, der für den Lieferwagen bestimmt gewesen war, detonierte genau in dem Augenblick, als einer seiner Kollegen an ihm vorbeifuhr – damit blieben nur noch zwei Gegner übrig.

Krächzender Tod ließ sich erschöpft zurück auf die Rückbank fallen. Vermutlich hatte es sich in der nächsten Zeit für ihn ausgezaubert. Geistesgegenwärtig befreite der Schamane die Maschinenpistole aus dem toten Arm, der neben ihm lag. Die Waffe war bei sich bewegenden Zielen auf jeden Fall besser als seine Automatik, die er noch nicht einmal gezogen hatte. Er warf kurz einen Blick auf die blinkende Munitionsanzeige an der Seite der MP und meinte zu Chet: »Hier sind noch zwanzig Schuss drin, hast du Nachschub?«

Chet tastete Jacke und Gürtel ab, fand aber nur noch zwei Magazine. Es war ihm gar nicht aufgefallen, dass er fast seinen ganzen Vorrat verballert hatte. Bedauerlicherweise hatten sie die Munitionskisten im Unterschlupf gelassen und standen damit vor einem weiteren Problem. Wenn sie nicht mit Pflastersteinen werfen wollten, wurde es Zeit, sparsam mit der Munition umzugehen. Deswegen antwortete er knapp: »Sorry, die wenigen Bleierbsen, die ich noch hab, verpulvre ich lieber selbst.«

Der Schamane winkte ab. »Geht schon in Ordnung, du könntest mit meinen Fetischen auch nicht viel anfangen.«

Chet sah die beiden Enduros hinter ihnen zurückfallen. Einer der Fahrer hatte wohl ein ähnliches Problem und tauschte während der Fahrt sein Magazin aus. Sein Kumpan gab eine Vollbremsung zum Besten und löste danach etwas, das seitlich an seiner Maschine montiert war. Es war eine kleine Panzerfaust, so ein Wegwerfding der Marke M79B1, das man nur einmal abfeuern konnte.

Chet brüllte den Schamanen an, der das Ganze nicht bemerkt haben konnte, weil es sich hinter ihm abspielte. »Los, komm nach vorn!« Brennender Asphalt schrie er zu: »Stöpsle dich aus! Setz den Wagen hart nach rechts!«

Der Junge reagierte zum Glück sofort, denn in diesem Augenblick schoss die Rakete wie der strafende Finger Gottes auf sie zu. Das Heck des Lieferwagens wurde getroffen, und die Wucht riss das Fahrzeug von der Straße. Sie überschlugen sich mehrmals und schlitterten auf dem Dach einige Meter den Asphalt entlang. Wenigstens hatte die Detonation nur das Dach weggesprengt. Eine Tankexplosion war bisher ausgeblieben, auch wenn sich der bedrohliche Geruch von Treibstoff immer penetranter ausbreitete.

Die Endurofahrer näherten sich, um ihnen den Rest zu geben. Krächzender Tod lag mit blutender Kopfwunde neben Chet in den Glassplittern und schien bewusstlos. Ein kurzer Blick nach oben zeigte dem Ork, dass es den Rigger böse erwischt hatte. Zwar hing er angeschnallt im Sitz und hatte den Überschlag problemlos weggesteckt, aber das Lenkrad war aus der Halterung gebrochen, und die darunter liegende Lenkstange hatte sich dem Mann in den Brustkorb gebohrt. Chet hörte seinen pfeifenden Atem und sah, wie ihm helles Blut aus dem Mund floss.

Der Rigger war noch nicht ganz weggetreten. Er schaute Chet blinzelnd an und röchelte: »Hau … gefälligst ab … Hauer … schnapp dir den Raben.« Dabei hustete er mit Luftblasen durchsetztes Blut.

Chet dachte nicht lange nach. Er folgte der Aufforderung, griff sich den Schamanen und zerrte ihn nach vorn durch die gesprungene Frontscheibe. Der Meta registrierte nur am Rande, dass sie vor dem Eingang des HMU-Tunnels zum Stillstand gekommen waren. Im Schutze des Fahrzeugs zog er den Bewusstlosen hinter sich her auf die dunkle Öffnung zu. Er hörte die beiden Enduros hinter den Resten des Lieferwagens zum Stillstand kommen. Ein Biker stand von seinem Hobel auf und bewegte sich mit gezogener Waffe um das Fahrzeug herum, während ihm der andere Feuerschutz gab.

Bisher hatten sie Chet mit seiner Last noch nicht bemerkt. Es war auch ein Wunder, dass sie Explosion und Unfall überlebt hatten – moderne Sicherheitstechnik hin oder her.

Der Biker kniete sich neben die Fahrertür und richtete die Waffe auf Brennenden Asphalt. Der schaute seinen Mörder nicht an, sondern hatte den Blick weiter auf Chet gerichtet – was den Biker veranlasste, dem Blick zu folgen. Dabei ließ er den Sterbenden für einen kurzen Moment aus den Augen. Chet sah, wie der Rigger ein Benzinfeuerzeug aus der Brusttasche zog, es in einer fließenden Bewegung entzündete und das blinkende Stück Metall zu Boden fallen ließ. In den Augen des Mannes war neben dem Flackern der Flamme noch ein anderes Leuchten zu sehen, etwas, das den Ork mehr an Tränen des endgültigen Abschieds erinnerte.

Eine kurze Stichflamme zuckte auf. Dann riss eine Explosion den Lieferwagen und die verbliebenen beiden Biker in Fetzen. Das Licht der heißen Flammen machte für einen kurzen Moment die Nacht zum Tag. Schließlich stieg nur noch eine stinkende schwarze Rauchwolke in den Himmel auf, und der Gestank von verbranntem Gummi wehte in den Tunneleingang, in den es der Ork mit seiner Last geschafft hatte. Chet raffte sich auf, biss die Hauer knirschend zusammen und hob sich den Schamanen über die Schulter – es wurde Zeit weiterzumachen. Verschnaufen konnte er hoffentlich später.

11

Dampf raubt die Sicht

ZACK KAUERTE HINTER DEN KISTEN und konnte hören, wie zwei Personen den Raum betraten und zu dem merkwürdigen Knochenkreis gingen. Aus seiner Position heraus war es ihm unmöglich, einen direkten Blick auf die beiden Neuankömmlinge zu werfen. Flackerndes Kerzenlicht warf jedoch tanzende Schatten an die Wände und zeigte dem Runner, wo genau sie sich ihren Weg durch das Lager suchten. Zack konnte ihrem Gespräch folgen und entschied sich, jetzt besser doch noch nicht zu verschwinden. Einer der beiden sagte nämlich: »Ich habe heute jemanden getroffen … jemanden, den Sie suchen.«

Zack erkannte die Stimme, auch wenn sie diesmal nicht mit Hanse-Sprech durchsetztes Hochdeutsch sprach. Sie gehörte der Oberameise von heute früh – Kasper hatte sie Nuke genannt. Aber was machte der Typ hier? Arbeiten? Wohl kaum. Auch wenn die Knochen darauf schließen ließen, dass hier Menschen entkernt wurden.

Zack entschied sich, seine verhältnismäßig sichere Position aufzugeben, um den tanzenden Schatten im Schutze der Kistenstapel zu folgen.

»Und, wer ist es?«, fragte eine andere männliche Stimme, die Zack völlig unbekannt war.

Auch wenn der Runner es nicht sehen konnte, meinte er so etwas wie ein freudiges Lächeln in der Antwort herauszuhören. »Ein Mann, der mit Ihrem Aufenthalt hier zu tun hat. Schließlich war es die Schuld einer Freundin von ihm, dass man Sie verurteilt hat.«

Nuke unterließ es, die ganze Antwort zu präsentieren. Zack allerdings beschlich das unangenehme Gefühl, recht gut zu wissen, von wem er sprach.

Die Männer blieben vor der großen Kiste stehen, in der Zack die Roben entdeckt hatte. Er hörte das Knarren der Holztür und die dumpfen Schritte, als sie das Innere des abartigen Kleiderschranks betraten. Er folgte ihnen außen, um das Gespräch weiter zu belauschen. Er hoffte inständig, dass nicht ausgerechnet jetzt noch jemand das Lager betrat. Dann würde es nämlich verdammt schwer werden, unbemerkt zurück zur Einstiegsluke zu kommen.

»Etwa eine Schabe aus dem Runnerteam, das damals meinen Plan vereitelt hat und indirekt auch an deinem Aufenthalt schuld ist?«, fragte der Unbekannte. »Wer könnte das sein? Der Ork? Oder vielleicht dieser Datenkurier, mit dem das Übel angefangen hat? … Paul Frazer lautet der verfluchte Name.«

Nukes Gesprächspartner musste Niels von Wersch sein.

»Leider keiner von beiden. Nur eine ausführende Person. Trotzdem finde ich, dass sie den Auftakt für Ihre Rache bilden könnte. Sein Name ist Zack, und ihn können Sie hier vernichten, ohne dabei auf andere angewiesen zu sein.«

Zack hörte, wie Stoff raschelte, und er vermutete, dass sich die beiden gerade ankleideten.

Irrsinnig kichernd, sagte Wersch: »Das stimmt. Der überhebliche Elf war bisher keine Bereicherung für meine Ziele. Wir sollten noch einmal über das Geschenk seiner Mitgliedschaft nachdenken. Dass dieser Runner in Reichweite meiner Finger ist, finde ich hervorragend. Hast du ihn dir geschnappt und willst ihn mir jetzt als Opfergabe reichen?«

Diesmal erwiderte Nuke nichts. Was wohl daran lag, dass er diese Frage nicht mit einem Ja beantworten konnte. Zack fand das ziemlich gut, auch wenn er sich schon ausmalte, von jetzt an auf Big Willy nur noch auf der Flucht zu sein. Er kam sich vor wie eine Ratte, die ein paar verrückte Wissenschaftler in die Mitte eines Labyrinths gesetzt hatten, das keinen Ausgang besaß und Hunderte von ausgehungerten Klapperschlangen enthielt.

Das Nächste, was Zack hörte, war ein lauter Knall. Wersch war wohl nicht gut im Warten und hatte mit einer Ohrfeige reagiert. Ausgesprochen ungewöhnlich war jedoch Nukes Reaktion. Er flehte den Mann um Verzeihung an, und Zack hörte, wie er sich dem anderen vor die Füße warf. Die Oberameise war ein Muskelberg und garantiert verchipt bis unter die Haarwurzeln. Eine normale Reaktion wäre gewesen, wenn er dem Schläger den Arm gebrochen, eher noch ausgerissen hätte – aber das? Verfügte dieser Niels von Wersch am Ende noch über magische Talente? Anders war dieses Verhalten kaum zu erklären. Falls dem so war, fand der Runner das im Augenblick gar nicht gut. Wenn Trost dahinter stand und dafür gesorgt hatte, dass Wersch ohne implantierte Folgen der Brandzeichnung hier herumlief, war die Gefahr, die von ihm ausging, nicht zu unterschätzen.

Zack wünschte sich immer weiter von diesem Ort fort. Ein aktiver Magier gegen einen Samurai – das lief ohnehin schon auf einen ziemlich ungleichen Kampf hinaus, vor allem dann, wenn der Samurai keine Kanone hatte. Ganz abgesehen davon, dass sich dieser Zauberbolzen anscheinend ein paar Jünger herangezüchtet hatte, gegen die Zack mit nichts weiter als einem kleinen Stahlrohr antreten konnte.

Hoffentlich zeichnete die Wanze von Kasper alles auf. Stimmen konnte man als Beweismittel einsetzen, und wenn Zack noch einen kurzen Moment ausharrte, würde er mit etwas Glück genug Informationen haben, um die Insel verlassen zu können. Vorausgesetzt, HanSec hielt Wort, was Zack nicht so recht glaubte. Dennoch war es der Strohhalm, den er unter keinen Umständen loslassen wollte.

Anscheinend waren die Männer mit ihrem Kleiderwechsel fertig, da sie nun die Kiste verließen. Von seiner Eckposition aus konnte Zack endlich die Cyber-Kamera einsetzen. Er drückte sich dicht an die Holzwand und betete, dass die beiden zu sehr in ihr Gespräch vertieft waren, um sich umzudrehen. Das direkt einfallende flackernde Kerzenlicht ließ Zacks Infrarotsicht automatisch auf Restlichtverstärkung wechseln, und sofort nahm er mehr Einzelheiten wahr.

Nuke sah in der dunklen Robe wie ein kompakter, wandelnder Kleiderschrank aus. Er hatte unterwürfig den Kopf gesenkt und vermied es, dem anderen Mann ins Gesicht zu blicken. Von Wersch wirkte eher schlaksig und vermittelte den Eindruck, beim ersten stärkeren Windstoß von den Füßen geweht zu werden. Obwohl der Mann ziemlich klein war, ließen die flackernden Schatten seine Silhouette größer als die seines unterwürfigen Dieners erscheinen. Eine unmenschliche Kälte ging von ihm aus, und ein kurzes Heranzoomen der Augenpartie ließ Zacks Körpertemperatur noch tiefer abstürzen. Pupillen und Iris waren tiefschwarz und saugten das Licht der Kerzen förmlich auf. Ihr starrer Blick hatte etwas Perverses, Lüsternes und Machthungriges an sich. Das Gesicht war eine unergründliche Ansammlung tiefer Faltenschluchten, und Zack schätzte den Mann aus dem Bauch heraus auf Ende siebzig. Das konnte aber unmöglich sein, weil Pandora und Paul ihn damals als den jüngeren Protegé eines anderen Wissenschaftlers bezeichnet hatten.

»Was soll ich nun mit dir anstellen?«, fragte Wersch in einem Tonfall, den Eltern gewöhnlich einem ungehorsamen Kind gegenüber anschlugen. »Wie nützlich kannst du mir noch bei meiner persönlichen Rache sein?« Man hörte ihm deutlich an, dass er zu sich selbst sprach und keine Antwort von Nuke erwartete. »Ich werde wohl den Schafhirten der Insel damit beauftragen müssen, deinen Fehler wieder gutzumachen und das entflohene Lamm zu suchen. Ich verzeihe dir – vorerst. Enttäusche mich aber kein zweites Mal.« Er hatte in einem herablassenden Tonfall gesprochen und streckte nun seine ausgemergelte Hand aus, die sich wie eine Schlange langsam den Weg durch die linke Ärmelöffnung der Robe suchte. Nuke fiel sofort auf die Knie und küsste weinend die sehnigen Finger seines zweifelhaften Gönners. Nachdem Wersch diese Erniedrigung und das Sabbern einige Sekunden lang genossen hatte, klatschte er aufmunternd in die Hände, um so auf wahrscheinlich magischem Weg weiteres Licht zu entzünden.

Wie sich zeigte, waren Kerzenleuchter an der Decke angebracht. Bisher waren sie Zack verborgen geblieben, aber nun beleuchtete ihr flackerndes Licht von oben herab einen Großteil des Raums und raubte ihm die schützende Dunkelheit für einen unbemerkten Rückzug. Verzweifelt drückte er sich gegen die Holzkiste und hoffte, dass die von dem Licht geworfenen Schatten seine Anwesenheit weiter verbargen.

Das Glück schien auf seiner Seite zu sein, da Wersch sich wieder dem Knochenkreis zuwandte und beschwörend die Arme ausbreitete. Nuke blieb kniend zurück, schaute dem Magier aber mit sehnsüchtigem Blick hinterher. Erst jetzt bemerkte Zack, dass im Zentrum des Drudenfußes ein dunkles Loch klaffte. Es wirkte so düster und unwirklich wie die Augen des Magiers, der nun irgendwelche unverständlichen Litaneien intonierte. Die Formeln und Wortfolgen kämpften sich in Zacks Kopf, und er spürte, wie in ihm der Wunsch wuchs, sich diesem Schauspiel zu nähern. Eine süße Stimme lockte ihn mit Wunschbildern, die sein Hirn einnebelten. Ein dunkler Schleier drohte sich über seinen Verstand zu legen, aber etwas in dem Runner lehnte sich dagegen auf. Sein letzter Funken Menschlichkeit beschwor ihn, jetzt nicht aufzugeben.

Zack fühlte, wie er am ganzen Körper schwitzte, Schweiß die Kleidung durchnässte und sich in den Stiefeln sammelte. Seine Muskeln zuckten unkontrolliert, und nach wenigen Sekunden fühlte er sich so ausgelaugt wie nach einem dreistündigen Ringkampf mit Chet. Aber er schaffte es, ruhig sitzen zu bleiben und nicht aus dem Schatten heraus zum nun rötlich schimmernden Pentagramm zu treten. Dafür blieb ihm fast das Herz stehen, als er hörte, wie hinter ihm mehrere Personen den Raum betraten.

Sie stolperten wie in Trance heran und setzten die Füße hölzern einen Schritt vor den anderen. Es waren weibliche und männliche Menschen, Zwerge, Elfen, Orks und Trolle, die in einer Reihe an ihm vorbeischritten, ohne ihn auch nur eines Blickes zu würdigen. Er spürte instinktiv die Gefahr, die von Wersch und seiner Gruppe ausging. Es war eine Gruppe von fanatischen Gläubigen, die dem Ruf einer fremden, unmenschlichen Macht gehorchten.

Zack wollte aufstehen und diesem Schauspiel entfliehen, aber er war immer noch zu schwach dazu. Hinzu kam, dass der Anblick etwas Faszinierendes an sich hatte. Wie ferngesteuertes Spielzeug legten die einzelnen Mitglieder ihre Roben an und stellten sich säuberlich in zwei Reihen um das Symbol auf. Sie stimmten in den Gesang ein und verwandelten den Lagerraum in eine unterirdische Kirche, in der eine schwarze Messe zelebriert wurde.

Die Kälte im Raum musste sich mittlerweile um den Gefrierpunkt herum bewegen. Zack sah, wie sich Atemwolken vor seinem und den Gesichtern aller Anwesenden bildeten, und er spürte, dass er wieder am ganzen Körper zitterte. Plötzlich hörte von Wersch mit den Beschwörungsgesten auf und übertrat die aus Knochen gebildeten Linien des Drudenfußes. Er näherte sich dem Rand der dunklen Öffnung, die bis in das Innere der Erde zu reichen schien. Anschließend drehte er sich gegen den Uhrzeigersinn im Kreis und schaute jedem Einzelnen seiner Gläubigen tief in die Augen. Die folgenden schmetternden Worte waren aber nur für einen von ihnen bestimmt. »Gabriel, trete vor und beuge dich der Macht deines Herrn!«

Ein Mann kam wie befohlen der Aufforderung nach und schlug die Kapuze zurück. Das lange weiße Haar war zu einem Zopf gebunden, und seine Augen besaßen einen rötlichen Schimmer. Die spitzen Ohren und das feminin wirkende Gesicht wiesen ihn als Elfen aus, was es schwer machte, sein Alter zu schätzen. Unter der verschwitzten bleichen Haut sah Zack die Adern pulsieren, und in den Augen blitzte vollkommene Hingabe. Wersch winkte ihn noch näher zu sich heran. »Zeige dein nacktes Fleisch und empfange die Macht spendende Berührung.«

Der Elf tat wie geheißen. Er öffnete den Verschluss der Robe und ließ den Stoff zu Boden gleiten, bevor er nackt auf den Magier zutrat. Im Schein der Kerzen sah Zack eine Tätowierung auf seinem Rücken; zwei riesige Engelsflügel schimmerten dunkel auf den muskulösen Schulterblättern, und auf der Wirbelsäule waren die Konturen eines flammenden Schwerts zu erkennen. Seine offensichtliche Erregung war an seinem steifen Glied zu sehen, als er seitlich neben Niels von Wersch stehen blieb.

Der Magier legte seine Rechte auf den Kopf des Mannes und schrie: »Hier ist die Belohnung dafür, dass du deinen Auftrag nicht erfüllt hast!« Dann drückte er die Linke kraftvoll gegen den Brustkorb des Elfen.

Zack hörte trotz des anhaltenden lauten Gesangs der anderen die Knochen brechen. Wersch schob mit den Fingern die pumpenden Lungenflügel beiseite und zerrte das pochende Herz ins Freie. Blut sprudelte aus der Brust des Opfers, und Zack sah, wie der Blick des Mannes erstaunt brach. In den Augen war deutlich zu lesen, dass sein Verstand das Geschehen nicht begreifen konnte. Er tat seinen letzten Atemzug auf dieser Welt in dem Wissen, dass er einen schwer wiegenden Fehler begangen hatte.

Der Körper fiel um, und die Verbindung zwischen ihm und dem Herzen wurde abgerissen. Wersch nahm den Muskel in beide Hände und biss voller Hingabe in das rote Fleisch. Zack wurde bei dem Anblick schlecht, und er musste sich erbrechen. Aus den Augenwinkeln sah er, wie sich die anderen Gläubigen über den Toten hermachten. Sie rissen ihm die Haut und das Fleisch von den Knochen und teilten es begierig unter sich auf.

Nach einigen Minuten hatte sich Zack ein wenig gefangen und dem Grauen den Rücken zugekehrt. Auf schnellstem Wege wollte er diesen Ort des Schreckens verlassen, als er hinter sich erneut Niels von Werschs predigende Stimme vernahm: »Und nun, Engel der Finsternis, zeige uns das nächste Opfer meiner Rache!«

Zack fühlte, wie sich suchende Blicke in seinen Rücken bohrten. Taumelnd, trotzdem weiter vorwärts stolpernd, drehte er den Kopf. Der Magier stand im Zentrum des Knochensymbols. Seine Anhänger knieten mit gesenkten Häuptern zu seinen Füßen und leckten gierig das Blut vom Boden. Wersch thronte in diesem Meer aus Körpern und hielt mit der linken Hand den abgerissenen Kopf des Elfs wie eine Laterne weit vom Körper fort. Die Augenhöhlen des Mannes waren schwarz, da man ihnen die Augäpfel herausgerissen hatte. Es wirkte grotesk, als die Augenlider für einen kurzen Moment blinzelten und die dunklen Löcher an Zacks silberfarbenen Shades haften blieben. Aus dem Loch im Boden hinter Wersch strömte heißer, dunkler Dampf empor, und dieser Atem der Unterwelt drang durch den Stumpf des Halses in den Schädel ein. Die toten Kiefer bewegten sich, und eine verzerrte, alles übertönende, unmenschliche Stimme brüllte: »Dort ist er!« Die leblose Zunge glitt aus dem Mund und zeigte mit der Spitze in Zacks Richtung.

Der Samurai rannte nur noch, so schnell er konnte. Er lief um sein Leben, weil hinter ihm die Hölle losbrach. Die Worte aus dem Reich der Toten hatten die erbarmungslose Jagd auf ihn eröffnet, und die blutdurstigen Höllenhunde hatten seine Witterung aufgenommen.

Claw tauchte durch das grünlich trübe Wasser vom Hover weg, und obwohl er sich davon entfernte, spürte er die Macht des Geistes, als dieser sich mit aller Kraft auf das Fahrzeug stürzte. Das Brüllen der paranormalen Erscheinung klang wie die geballte Trauer von Mutter Erde, die sich über die Verunreinigung der Menschen beschwerte und ihren Zorn nun an allem ausließ, was ihren Weg zu kreuzen wagte. Auch wenn der Schamane es nicht mit Bestimmtheit sagen konnte, vermutete er, dass eine fehlgeschlagene Beschwörung dieses verzweifelte Wesen erschaffen hatte. Eine Kreatur, die so lange alles angriff, bis endlich jemand ihre Manifestation brach, damit sie wieder zu dem zerfallen konnte, was sie einst gewesen sein mochte.

In seinem bisherigen Leben hatte Claw gelernt, dass Geister mehr waren als nur eine Ansammlung steuerbarer Energie. Für ihn waren sie oft Ausdruck desjenigen, der sie schuf, oder der Umwelt, in der sie erschaffen wurden, oft sogar eine Kombination aus beidem – aber in diesem speziellen Fall tippte er mehr auf das Zweite. Wer auch immer den Geist beschworen hatte – ihm war ein Fehler unterlaufen, und er hatte so der verseuchten

Umwelt die Möglichkeit gegeben, die freigesetzten Energien zu formen. Es gab viele mögliche Gründe für das Scheitern der Beschwörung. Wahrscheinlich lag es an der Umgebung – die Erde und das Wasser in diesem Seitenarm waren noch nicht genesen. Der Schamane hatte zwar gehört, dass die Druiden dieses Landes viel Zeit in die Reinigung der verseuchten Gebiete investierten, aber wegen der unzähligen Verunreinigungen würde es noch Jahrzehnte dauern, bis sie damit fertig waren. Vorausgesetzt, keine weiteren Umweltkatastrophen zerstörten ihre bisherige Arbeit oder schufen neue Verunreinigungen. Anderseits konnte es auch an dem Beschwörenden selbst gelegen haben. Gut möglich, dass er sich bei seiner Beschwörung übernommen hatte – schließlich war er kein Löwen-Schamane.

Claws Problem bestand darin, dass sich von hinten ein feindliches Boot näherte, während der Geist das Hover angriff, in dem sich Menschen befanden, die Claw teilweise mehr als sein eigenes Leben liebte. Samira war ihm in der Vergangenheit und während der gefährlichen Erlebnisse in Afrika ans Herz gewachsen und zu einem festen Bestandteil seines Rudels geworden. Zwar war sie vollkommen anders als Löwe, aber ihre Ansichten, ihre Kraft und ihr Auftreten hatten ihn davon überzeugt, dass sie die Frau war, mit der er zusammen sein wollte. Sie stellte mehr als nur eine Bereicherung dar und brachte ihn oft auf den weltlichen Boden der Tatsachen zurück – ganz zu schweigen von dem guten Sex, den sie miteinander hatten. Paul befand sich ebenfalls im Fahrzeug, und auch ihn wollte Löwe in seinem Rudel nicht missen. Zurzeit war er zwar emotional und körperlich nicht voll auf der Höhe, aber das war nur eine vorübergehende Phase. Der Mann brauchte erholsame Ruhe und ein bisschen gezielte Anleitung, um wieder zu sich zu finden. Löwe würde das schon hinbekommen, denn Löwe schaffte schließlich alles, was er sich einmal in das königliche Haupt gesetzt hatte. Und dann war da noch Snap, der labile und von Technologie besessene Decker. In der Vergangenheit hatte Claw ihm nicht genug Aufmerksamkeit gewidmet. Der Verlust von Icebaby hatte den Decker schlimmer getroffen als ihn selbst. Löwe hatte ihren Tod gespürt und akzeptiert, dass das Leben irgendwann enden musste. Die damaligen Bilder im Krankenhaus hatten für sich gesprochen – nichts lebte ewig. Aber wegen der Revolte in seinem Heimatland war es ihm unmöglich gewesen, zu jenem Zeitpunkt in Hamburg zu sein. Wäre er da gewesen, hätte er vielleicht vieles abwenden und dem jungen Mann helfen können. Dann wäre ihm möglicherweise sogar die Erniedrigung erspart geblieben, die ihm seine mittlerweile vertriebenen Feinde ins Gesicht tätowiert hatten; die Schmach, die seitdem wie ein Brandzeichen seine reine Haut entstellte und seine Fähigkeiten zeitweise blockierte. Jetzt war aber nicht der richtige Zeitpunkt, darüber und über die Konsequenzen nachzudenken. Die große Frage war: *Was tat er hier und jetzt?*

Brach er den Willen des Geistes und rettete damit seine Rudelgefährten, um sie kurz danach von der anderen herannahenden Gefahr bedroht zu sehen? Oder konzentrierte er seine Aufmerksamkeit erst einmal auf das verfolgende Fahrzeug, um sich dann dem Geist zu stellen? Samira war zwar stark, aber die vorherrschenden negativen Umwelteinflüsse und die Macht der außer Kontrolle geratenen Kreatur waren nicht zu unterschätzen. In diesem Augenblick spürte Löwe, wie Samira zusammenbrach und ohnmächtig wurde. Das magische Band der Vereinigung, das sie einst zwischen sich gespannt hatten, wurde straff gezogen, und der Druck ließ Claws Herz vor Schmerzen schneller schlagen. Er konnte die Gefahr, in der sie schwebte, förmlich riechen und am eigenen Leib spüren. Somit hatte das Schicksal Löwe den Weg gewiesen. Wenigstens spürte er, dass Samira noch lebte, denn sonst wäre er bestimmt Amok gelaufen.

Der Schamane tauchte auf und schwamm schnell zurück zum Hover. Neben ihm glitt auf der schimmernden Wasseroberfläche der Strahl eines Scheinwerfers vorbei. Die Zeit wurde knapp. Er musste sich beeilen, bevor das andere Fahrzeug sie erreichte.

Die perverse Gestalt des Geistes bot all ihre Kraft auf, um das Hover zu zerstören. Claw öffnete den Blick für die Eindrücke der Astralwelt und staunte, als er die pulsierende Macht der Kreatur sah, die wie ein Schwamm noch mehr Energie aus der verseuchten Umwelt saugte. Die dunkle, leblose Hülle des Fahrzeugs war schon an mehreren Stellen mit Rissen überzogen und würde bald auseinander brechen. Höchstwahrscheinlich hatte der Geist die Insassen des Hovers nicht aus dem Astralraum heraus angegriffen, weil Samira eine astrale Barriere um das Fahrzeug gespannt hatte und ihn der Wechsel zwischen den Welten ohnehin viel Kraft kostete. Vermutlich zogen die lebenden Auren seiner Freunde den Geist an wie das Licht die Motten. Möglicherweise steigerte Samiras machtvolle magische Aura den Zorn des Giftgeists noch zusätzlich, so wie ein flatterndes Tuch einen Stier rasend machte. Falls dem so war, bestand die Möglichkeit, die Wut des Wesens auf sich zu lenken. Dann, ja dann würde die Kreatur den Zorn eines Herrschers zu spüren bekommen.

Der Löwen-Schamane sammelte seine Kräfte und wob die astralen Muster zu einem magischen Band. Rötlich leuchtende Flammen entstanden über dem Wasser und formten sich zu einem Lasso, das Claw gedanklich um den Leib der paranormalen Kreatur legte und verknotete. Er zog die Schleife enger und fühlte, wie sich der Geist der neuen Bedrohung bewusst wurde. Claw versuchte, den Zauber auf die ganze Aura des Gegners auszudehnen, wollte sie komplett einspinnen.

Aber jetzt, nachdem der Geist seine Anwesenheit spürte, konzentrierte er seine ganze Kraft, um Claws Angriff abzuwehren. Voller unmenschlicher Wut hieb das Wesen um sich. Hohe Wellen entstanden, als es mit den verstümmelten Armen ins Wasser schlug und gleichzeitig verzweifelt versuchte, das Band zu zerreißen. Dabei gab er das Hover frei, das wieder aus dem Kanal auftauchte und wie ein hüpfender Korken an der Wasseroberfläche trieb. Die Befreiungsversuche scheiterten jedoch, weil Löwe noch mehr Kraft aus seinem Innern zog, um die Dichte des Zaubers zu vergrößern. Der Giftgeist wand sich vor Schmerz und brüllte dem Schamanen seinen Zorn entgegen.

Claw fühlte seine eigene Kraft von Sekunde zu Sekunde schwinden. Die Ausstrahlung der verpesteten Umwelt durchzog die Astralwelt mit dunklen, grünlich leuchtenden Schlieren, und der Schamane hatte alle Hände voll damit zu tun, das komplexe Muster seines Zaubers aufrechtzuerhalten. Der schleimige Geist schwamm vom Hover weg und zog sich nun am Zauberband entlang auf ihn zu. Das riesige, zahnlose Maul öffnete sich, und die Kreatur spie ihr ätzendes Sekret aus.

Claw musste den Spruch fallen lassen, um die letzten magischen Reserven zum eigenen Schutz einzusetzen. Der schleimige Auswurf legte sich auf ihn, und er fühlte, wie sich eitrige Blasen auf seiner Haut bildeten. Die Konzentration brach zusammen, und nun witterte der Geist seine Chance. Mit einer entstellten Klaue packte er Claw und zerrte ihn aus dem Wasser. Ätzender Atem brannte in seinem Gesicht, und Claw kämpfte dagegen an, bewusstlos zu werden. Wenn seine Zeit gekommen war, wollte er erhobenen Hauptes abtreten. Viel wichtiger war jedoch, dass Löwe niemals kampflos aufgab. Er fühlte, wie etwas im Innern seiner Faust brannte, und kannte die Macht, die darin verborgen lag.

Es war einer der vier Steine, der immer noch mit den drei anderen im Hover in Verbindung stand. Sie stammten aus seinem Heimatland und bestanden aus versteinertem Holz, das über unzählige Jahre die Kraft der Mutter Erde in sich gesammelt und gespeichert hatte. Und jetzt, da die Artefakte die Nähe der verseuchten Erde spürten, wollten sie ihre Kraft zur Reinigung einsetzen.

Claw öffnete die Hand und ließ den Stein in den Schlund des Geistes fallen, gerade als dieser ihn verschlingen wollte. Das Wesen schrie und fühlte die Macht, die nun in seinem Innern tobte. Es ließ Claw fallen und taumelte einige Meter zurück. Der Schamane glaubte zu spüren, wie etwas von dem Wesen ausging, das Furcht und Erleichterung zugleich war, als etwas Helles in ihm explodierte und die Aura in strahlendes Licht hüllte. Das helle Leuchten griff auf die Umwelt in diesem Kanalarm über, und Claw stimmte intuitiv in das Lied der Heilung ein, das um ihn herum erklang.

Was in der Astralsicht bisher tot ausgesehen hatte, wurde mit neuem pulsierendem Leben erfüllt, und die entstellte Aura des Geistes verwandelte sich zu etwas Neuem, von dem nun kein Zorn mehr ausging. Die entstellten Gliedmaßen nahmen die Form von Ästen an, aus denen weitere wuchsen, und der Körper verwandelte sich in einen Stamm, dessen Wurzeln aus dem Wasser des nun gereinigten Grundschlamms gespeist wurden. Der Hass des Wesens war verschwunden, und jetzt brachte es Claw Gefühle entgegen, die mehr an Zuneigung erinnerten. Es streckte die Hand aus und reichte dem Schamanen den Stein, der die Veränderung herbeigeführt hatte.

»Was kann ich für dich tun?«, hörte Claw in seinem Kopf eine erdige Stimme fragen, als er das Artefakt wieder entgegennahm.

»Schütze uns vor denen, die uns Unheil wollen«, lautete seine freudig geknurrte Antwort. Löwe war in diesem Augenblick sehr zufrieden mit sich.

Genüsslich schlürfend kippte er sich das dickflüssige Gesöff in den Rachen. Das Bier war äußerst wohltuend, und Chet ertappte sich dabei, die Probleme und Gefahren der letzten Stunden für einige Sekunden zu vergessen. Er saß mitten im HMU in seiner alten Stammkneipe, dem *Gulp*, und wartete darauf, dass der Schamane endlich aus dem komatösen Schlaf erwachte, in den er gefallen war. Auf dem Weg hierher hatte der Typ irgendein unverständliches Kauderwelsch genuschelt, war aber ansonsten nicht ansprechbar gewesen. Einmal, als Chet kurz davor war, mit ihm den Boden aufzuwischen, hatte der Typ die Güte besessen, die Augen aufzuschlagen und zu stöhnen: »Lass mich pennen!« Seitdem lag der schmale Körper verwaist auf einer Bank im hinteren Teil des Ladens, und das von ihm ausgehende Schnarchen übertönte zeitweise sogar das laut gestellte Trideo, auf dem der Sportkanal lief. Um diese Uhrzeit befanden sich nur wenige Gäste im Lokal, und die zwei Gestalten, die hier herumlungerten, schien die schnarchende Lärmquelle nicht zu stören. Das war auch gut so, denn Chet hatte keine Lust, jetzt noch mit unnötigem Ärger konfrontiert zu werden – davon hatten sie weiß Gott schon mehr als genug am Arsch kleben.

Sein Blick glitt über die Einrichtung, und seine Gedanken schweiften zurück zu dem Tag, an dem er das letzte Mal aus geschäftlichem Anlass hier gewesen war. Damals hatte es auch mit einem Drink begonnen, bevor sie von einem Killerkommando überfallen worden waren. Stefan Brückner – ein Magiefuzzi der Bayersdorf AG, der mittlerweile zu Asche verbrannt war – hatte es ihnen auf den Hals gehetzt. Candle war bei dem Angriff ums Leben gekommen. Sie war der Ersatz für Pandora gewesen, mit der sich der Ork zu dieser Zeit zerstritten hatte. Magischer Support war eben etwas, das jeder gerne auf seiner Seite wusste – vorausgesetzt, er lag nicht nutzlos pennend in der Ecke. Genau neben der Säule hatte er Candle das letzte Mal lebend gesehen, bevor man später ihre Leiche zur Tarnung zusammen mit dem Van auf dem Shell-Gelände in die Luft gejagt hatte. Ihr einziges Vermächtnis an Chet waren die Erinnerungen an sie, die seitdem temporär sein Gewissen belasteten. Er hatte sie nie gefragt, ob sie ein Leben außerhalb der Schatten geführt hatte. Früher war er mehr an sich selbst interessiert gewesen, aber jetzt, da er eine Familie besaß, änderten sich seine Ansichten schneller, als Chet sie verarbeiten konnte.

Die Wände und Teile des Tresens waren noch mit den Einschusslöchern der damaligen Schießerei überzogen. Niemand hatte sich die Mühe gemacht, die Spuren zu beseitigen – warum auch? Das gab dem Laden etwas Gewalttätiges und wirkte noch anziehender auf die Touristen, die jedoch nicht bei Nacht durch den HMU schwirrten. Der Ork hinter dem Tresen schien recht glücklich darüber, dass momentan so wenig los war. Chet kannte ihn nicht – also musste er neu sein –, hatte im Augenblick aber auch keine Lust, diesen Umstand zu ändern. Wozu brauchte er hier noch Kontakte? Nach diesem Run war endlich Schluss. Er würde sich mit dem Ersparten, so wenig es auch war, zur Ruhe setzen und etwas anderes, weniger Gefährliches suchen. Etwas, bei dem man nicht seinen Arsch als Einsatz hinhalten musste und ständig Gefahr lief, von Mit- oder Gegenspielern betrogen zu werden. Es wurde langsam, aber sicher Zeit, denn sonst würde er wie Candle, wie Grüner Schimmer, wie Ratón – ach, die Liste der Namen wurde immer länger – abtreten, ohne je richtig gelebt zu haben. Der Name ihres Teams spielte mit genau diesen Gedanken und Umständen. Sterben und Glücksspiel, gewinnen und verlieren, das waren die Schlagworte, die hinter dem Namen Pik-Dame standen. Und mehr als nur einer aus dem Team hatte schon die Arschkarte gezogen, die Dame des Todes, und war für immer von dieser Welt verschwunden. War er vielleicht der Nächste auf der Liste? Hatte TOD schon ein Auge auf ihn geworfen? Das waren Fragen, die viel zu depressiv waren. Früher hatte er gefeiert, um so etwas erst gar nicht aufkommen zu lassen, aber jetzt? Seit er Vater geworden war, sah alles anders aus.

Mit einem zweiten Schluck versuchte Chet die nagenden Fragen fortzuspülen. Weil das aber auch nicht klappte, versuchte er doch, mit dem Barkeeper einen unverfänglichen Smalltalk anzuleiern. »Hey, ist Rustle in der Nähe?«

Chet war gerade die Idee gekommen, nach seinem alten Chummer zu fragen. Schließlich war der Troll immer eine gute Adresse gewesen, wenn es darum ging, Firepower zu erwerben – und die fehlte noch auf seiner Einkaufsliste. Die Jungs am Eingang des HMU hatten ihn einfach mit der Last passieren lassen – natürlich erst, nachdem er seinen Wegzoll entrichtet hatte. Der Name Chet war ihnen ein Begriff, nachdem sich Rustle einst vor dem Großen Rat für das Team eingesetzt hatte.

Das unbekannte Gesicht des Barkeepers wurde eine Spur finsterer, und das lag wohl nicht an dem mäßigen Urban-Brawl-Spiel im Trid. Aber er antwortete. »Den hab ich schon länger nich' mehr gesehn. Und es wird auch noch lang dauern, bis er hier noch auftaucht. Han-Sec hat 'n geschnappt, als er 'n paar Sturmgewehre an'en Mann bringen wollt.«

»Wer führt seinen Laden weiter?«, fragte Chet sofort. Verschwand jemand von der dunklen Bildfläche der Schatten, gab es immer einen, der die klaffende Marktlücke schloss.

»Das bin ich«, sagte der Barkeeper, und Chet schaute schon wieder in den dunklen Lauf einer abgesägten Schrotflinte.

Heute war weder sein Tag noch seine Nacht. Wäre er mit einem so unfreundlichen Gesicht wie Zack gesegnet gewesen – der Chummer sah echt aus, als hätte jemand zu lange seinen Fuß darin abgestellt –, hätte er solche Reaktionen ja verstehen können. Aber dieses Mal waren seine Reflexe schneller gewesen. Als ihm der Ork die Wumme gegen die Nase drückte, hatte Chet längst die MP gezogen und unter das stopplige Kinn des Barkeepers gedrückt. Sein Unterbewusstsein hatte registriert, dass die Schulter des Orks hinterm Tresen auffallend schnell gezuckt hatte, und automatisch reagiert – Runnerreflexe eben. Zum Glück hatte er seine Reaktionen aber zügeln können, denn sonst hätte das Hirn des Mannes einen Weg an die Glaswand hinter der Bar gefunden und wäre danach nur noch als Cocktailzusatz zu gebrauchen gewesen.

»Wir verstehen uns«, sagte der Knabe und ließ die Waffe sinken. Ergänzend meinte er: »Du bist Chet. Kein anderer zieht so schnell und schaut so genervt, wenn man ihn bedroht. Noch ein Drink?«

Chet nickte nur und steckte ebenfalls die Waffe wieder weg. Schaute er wirklich so genervt, wie es der Mann gerade behauptete?

»Mein Name ist SAM. Ich führe Rustles Support-Kammer weiter, bis er wieder entlassen wird. Du musst aber verstehen, dass ich keine Rabatte gebe. Egal, was du in der Vergangenheit mit ihm ausgemacht hast.« Der Knabe redete weiter, während er ein neues Bier zapfte. Der Adrenalinschub schien sich auf seine Zunge ausgewirkt zu haben. Vielleicht war es aber auch das geschäftliche Thema, das den nervenden Akzent aus seiner Stimme vertrieben hatte.

Das mit den fehlenden Prozenten ging für Chet in Ordnung. Schließlich pflegte man in den Schatten keine

Niederschriften anzufertigen, in denen die Ermäßigungen der Kunden vermerkt waren. Rustle hatte die Verpflichtungen seinen Kunden gegenüber und die Verhandlungsgrundlagen mit auf die Insel genommen, und ob er von dort jemals zurückkehrte, konnte niemand mit Bestimmtheit sagen. Da auch Zack sich dort aufhielt, konnte Paul ebenfalls seine Finger im Spiel haben. Aber das würde Chet Paul hoffentlich später alles selber fragen können.

Chet brauchte die Aussage des Mannes, dass er den Laden weiterführte, nicht anzuzweifeln. Rustle arbeitete auch für die Polizei im HMU. Wenn der Große Rat nicht damit einverstanden gewesen wäre, hätte der Knabe keine Luft mehr in den Lungen besessen, um hier Forderungen stellen zu können. Die Gesetze hier unten waren wesentlich härter als oben, und so etwas Nutzloses wie Anwälte gab es nicht. Hier gab es nur Bürgen, die mit ihrem Leben für die Taten ihres Besuchs oder bei Neuzugängen in der Anfangszeit für diese einstanden. Brutal, aber wirksam, wie die Vergangenheit bewiesen hatte. Weil SAM aber so offen darüber sprach, vermutete Chet, dass die beiden anderen Orkleichen am Tresen nicht wirklich betrunken in ihren Bierpfützen lagen. Bestimmt war das sein gemieteter Schutz, der nur ein Schauspiel zum Besten gab.

»Das geht in Ordnung«, sagte Chet knapp.

SAM stellte das Glas vor ihm ab und drückte mit der Linken einige Knöpfe unterm Tresen, die sich außerhalb von Chets Sichtfeld befanden. Die Rollläden des *Gulp* fuhren herunter, und an der Stelle, wo sich seit Neuestem ein kleiner Billardtisch befand, klappte die Filzfläche nach unten weg und gab den Blick auf einige Waffenständer frei.

Chets Herz schlug schneller, als er die sauber polierten Schießeisen im schummrigen Licht der Kneipe blitzen sah. Wie es aussah, würde seine Einkaufstour im

Nu Geschichte sein. Dann hieß es, zurück in den Unterschlupf – und dort stand erst einmal Warten auf dem Programm. Währenddessen würde er die anderen im Team mit heißer Luft beruhigen müssen, bis Paul endlich wieder auftauchte und einiges klarstellte.

Da war sie wieder – Icebaby oder, um genau zu sein, das, was entfernt wie die Persona der Deckerin aussah. Sie war damit beschäftigt, sein Hirn zu tranchieren und jeden Teil seines Ichs in Pixel zu transformieren. Wie der verrückte Doktor Frankenstein schaute sie dabei voller Hingabe auf ihre Arbeit herab und erzählte niemand Bestimmtem, dass das alles nur zu seinem Wohl und dem der Wissenschaft geschehe.

Snap befand sich außerhalb seines Körpers, seiner Persona oder was auch immer von ihm da auf dem eisigen Boden lag, und schwebte über dem grausigen Schauspiel. Er bekam alles mit, war aber zu keiner Handlung fähig – konnte nicht einmal seine Panik hinausschreien. Dann wechselten die Bilder, verwandelten sich in konturlose Objekte und schillernde Farben, wie er sie gewöhnlich nur von einem Chiprausch her kannte. Diesmal fühlte er dieses Fremde, Unmenschliche aber in sich, spürte, wie es ein Teil von ihm wurde. Wie es sein Hirn durchstreifte, auf der Suche nach etwas, das Snap zwar nicht verstand, von dem er aber wusste, dass er es nicht besaß. Dann war da wieder die Kälte, die durch seinen Körper glitt und dabei erbarmungslos alle Wärme vertrieb.

Plötzlich wurde die Kälte verjagt, vertrieben von etwas, das wie heißer Dampf in seinen Körper eindrang. Als er erschrocken die Augen aufschlug, sah er verschwommen, wie eine unbekannte Farbige ihm einen heißen Becher voll dampfender Flüssigkeit vor die triefende Nase hielt. Der Geruch war exotisch und erinnerte ihn entfernt an bitteren Tee-Ersatz. Im Rücken spürte er den sanften Druck einer bequemen Matratze, und unter der dunklen Seidenbettwäsche fühlte er den Schweiß auf seinem nackten, zitternden Körper. Etwas in ihm wollte schreien, wegen der fremden Eindrücke von eben und weil er nicht wusste, wo er sich befand und wer diese Frau war – auch wenn ihm der Raum, in dem er lag, den er aber nur verschwommen wahrnahm, irgendwie bekannt vorkam.

Sie schien seine Panik zu spüren, legte sanft ihre kalte Hand auf seine schwitzende Stirn und flüsterte einige unverständliche Worte, die ihn aber innerlich ruhiger werden ließen. Im Hintergrund hörte er aus einem Nebenzimmer vertraute Tippgeräusche. Die schnellen Tastenfolgen erinnerten ihn an die gewohnten Arbeitsgeräusche eines Deckers, der sich mit dem Geist innerhalb der Matrix aufhielt, während sein Körper fernab davon routiniert weiterarbeitete. Das Sichtfeld klärte sich weiter, und langsam erkannte er, dass er in einem großen Bett lag. Er wollte etwas sagen, aber seine Zunge schien geschwollen, und er schaffte es nicht, auch nur ein verständliches Wort zu artikulieren. Die Schwarze trug eng anliegende, weiße Lederkleidung, und von ihr ging ein schwerer, moschusartiger Geruch aus. Sie war attraktiv, und unter anderen Umständen hätte Snap es begrüßt, mit ihr zusammen im Bett zu liegen – okay, er lag, sie saß am oberen Bettrand. Das eigentliche Problem war nur, er kannte sie nicht – auch wenn seine Intuition ihm zuflüsterte, dass er sie bereits einmal gesehen hatte. Sein Verstand wollte ihm aber einfach nicht verraten, woher dieses Gefühl kam, wann er sie gesehen hatte und mit wem er sie unbewusst in Verbindung brachte.

Es war aber nicht die Frau, die ihm verriet, wo er sich befand. Es war die Heizung unter der Fensterbank des Raums, auf der sein Blick kleben blieb. Dieser Heizkörper war Snap ein Begriff – er hatte einmal jemanden daran gefesselt. Hatte etwas getan, das er sonst nie getan hätte, wenn ihn damals nicht tiefe Verzweiflung und Trauer zu dieser Tat verleitet hätten. Diese Wohnung gehörte dem Blumenmädchen, die für diesen magischen Orden arbeitete – folglich musste er in Hamburg sein. Aber wie war er hierher geraten? Wer hatte ihn ausgestöpselt und hierher gebracht? Vor allem: Warum?

Eine Antwort wurde ihm in diesem Moment präsentiert. Ein großer Farbiger betrat den Raum, und sein aufmerksamer, raubtierhafter Blick blieb an Snap haften. Zuerst war der Decker glücklich, als er Claw wiedererkannte. Dann beschlich ihn aber Furcht, denn der Schamane galt als unberechenbar. Seine Befürchtung schien sich zu bestätigen, als Claw sofort mit grimmiger Miene auf ihn zustürmte. Bevor Snap reagieren konnte – sein Körper wollte nicht so recht dem Befehl folgen, sich an einen sicheren Ort zu teleportieren –, spürte er den Druck von Claws kräftigen Pranken auf den Schultern. Snap erwartete, dass ihm der Schamane den Kopf abbiss, und schloss vor Furcht die Augen. Aber statt eines zornigen Brüllens und anschließender Schmatzgeräusche hörte er das herzhafte Lachen des Mannes, als dieser sagte: »Ach, die kleine Glühbirne ist in die Wirklichkeit zurückgekehrt. Wie geht's dir?«

Perplex öffnete Snap wieder die Augen und schaffte es, den auf Hautkontakt ausgerichteten Schwarzen verwundert einige Zentimeter weit zurückzuschieben. »Ich … hab … Kopfschmerzen«, war alles, was er holpernd sagen konnte. Seine Zunge war immer noch bleischwer, und schon die wenigen Worte hatten an seinen Kräften gezehrt.

»Trink, was dir Samira schon seit mehreren Minuten unter die Nase hält. Der Trank wird dir Kraft spenden. Er ist aus natürlichen Kräutern meiner Heimat gemacht«, meinte Claw fürsorglich.

Snap gehorchte. Wenn ihn Claw umbringen wollte, hätte er das schon längst getan und würde jetzt nicht auf vergifteten Tee zurückgreifen. Das würde ihm keinen Spaß bereiten, denn ein solcher Tod war unter der Würde eines Königs. Der Löwenbubi musste andere Ziele verfolgen.

Der Tee schmeckte genauso bitter, wie er roch, schaffte es aber, die Kälte aus seinem Körper zu vertreiben und ihm ein wenig Kraft zurückzugeben. In den folgenden Minuten klärte Claw ihn darüber auf, wie er gerettet und nach Hamburg gebracht worden war. Natürlich steckte Paul und somit auch Pik-Dame hinter allem. Der Leader hoffte darauf, dass Snap ihn bei einem Run unterstützte. Snap konnte die Bitte des Mannes jetzt unmöglich abschlagen. Wenn er ihn fragte, würde der Decker seine Zustimmung geben – schließlich hatte er ihm das Leben gerettet, wenn auch mit dem Hintergedanken, ihn anzuheuern. Über Icebabys Tod verlor der Schwarze kein Wort – vielleicht weil er spürte, dass Snap dieses Kapitel noch nicht ganz verarbeitet hatte und jetzt nicht darüber sprechen wollte.

Die Wunden waren noch zu frisch.

Stattdessen redete er von dem Blumenmädchen. Langsam erinnerte sich Snap wieder an Einzelheiten. Feron war ihr Nachname gewesen und der Vorname Bianka – er wusste aber nicht, ob das wirklich stimmte. Ihre Gastgeberin befand sich hörbar in der Matrix und ging einem Auftrag nach. Später würde sie den Run von hier aus unterstützen, erzählte Claw. Weil Snap noch nicht ganz auf der Höhe war, war Paul schon einmal losgezogen, um noch einige Infos zu besorgen – morgen wollten sie sich mit den anderen treffen und gemeinsam aufbrechen, um die See nach einem großen, magischen Stein abzusuchen. Weiterhin erfuhr Snap, dass sie von Schiffen der A.T.C. GmbH verfolgt worden waren, diese aber an der Grenze abgeschüttelt hatten.

Die Firma hatte augenscheinlich von Snaps Aufenthalt in ihrem System Wind bekommen und war jetzt auf der Suche nach ihm – warum auch immer. Eins war aber klar: Im Elfenland konnte er sich in den nächsten hundert Jahren nicht mehr blicken lassen. Und was mit dem Wesen aus der Matrix war, konnte er auch nicht sagen. Hatte die A.T.C. GmbH es einfangen oder vernichten können, oder irrte es jetzt ziellos durch die elektronischen Datenkanäle und suchte nach Snap?

Der Decker wollte im Augenblick gar keine Antworten auf diese Fragen hören. Er war froh, dass er dem grausigen Experiment entkommen war und nur ein paar Kopfschmerzen davongetragen hatte.

Während er sich allmählich erholte, bekam er mit, wie Claw und Samira gelegentlich Zärtlichkeiten austauschten. Verlegen schaute er weg und ertappte sich bei dem Gefühl der Eifersucht. Zum Glück schienen sie seine Blicke zu bemerken und verließen das Zimmer. Endlich war Snap allein. Aber schon nach einigen Stunden kam er sich ziemlich nutzlos vor. Eigentlich wollte sein Körper schlafen, aber der Decker hatte Angst vor den Träumen, in denen er wieder auf Icebaby oder das undurchschaubare, künstliche Wesen traf. Also rief er nach Claw und fragte ihn, ob sie so geistesgegenwärtig gewesen waren, sein Deck mitzunehmen. Er erfuhr, dass sie sogar den Rest seiner Ausrüstung und die Pillen mitgenommen hatten. Der Schamane holte alles aus dem Zimmer nebenan, legte es auf die freie Fläche neben Snap ins Bett und ließ ihn wieder allein. Längere Zeit hielt der Decker die Dose mit den Pillen in den Händen und war verwundert – das Verlangen, dieses Suchtmittel einzunehmen, schien verschwunden. Sein Körper war nicht fertig mit Gott und der Welt und sendete auch keine Dauersignale, die Freudenspender endlich einzuwerfen. Das war seltsam, aber er wollte nicht zu lange darüber nachdenken. Er fürchtete, dass die Suchtattacken vielleicht wieder ausbrechen würden, wenn er sich zu lange mit diesen Gedanken beschäftigte.

Was ihn aber die ganze Zeit über nervte, waren die Kopfschmerzen. Sein Schädel fühlte sich an wie ein stetig anschwellender Luftballon, der jeden Augenblick zu platzen drohte. Der Decker hoffte, dass dieses Gefühl verschwinden würde, sobald er sich einstöpselte. Ob es gut war, nach seinem letzten Auswurf wieder mit dem Deck zu verschmelzen, war keine Frage, über die er lange nachdachte – er bezweifelte es aber. Auf jeden Fall war ihm im Augenblick das Gefühl einer künstlichen Realität lieber als der Aufenthalt in diesem Zimmer, in dem er Züge an sich bemerkt hatte, die ihm vorher fremd gewesen waren. Vorsichtshalber entschloss er sich, noch nicht in die Matrix einzutauchen. Erst einmal wollte er das Deck abchecken. Die blinkende Routinekontrolle bewies nichts Gegenteiliges – die Hardware war intakt. Trotzdem war er nervös, als er sich das Glasfaserkabel in die Datenbuchse stöpselte.

Ein heller Blitz trübte für einen kurzen Moment sein Sichtfeld, dann befand er sich in einem virtuellen Raum, der eigentlich den Speicher seines Decks symbolisierte. Aber etwas stimmte nicht. Die Software war verändert worden. Die Wände waren weiß, und unbekannte Waffenständer waren daran montiert. Ein Check bewies, dass es visualisierte Angriffsprogramme waren. Programme, die er kannte, vor allem das große, schimmernde Eisschwert – die Bilder erinnerten an die Software, die Icebaby einst benutzt hatte. Und dann war da noch ein fremdes Signal, das seinen Sensoren auffiel. Es stand mit diesen Waffen in Verbindung und kam aus einem seitlich gelegenen Raum. Eine geschlossene Tür verbarg das Innere jedoch vor seinen suchenden Blicken und Checks. Snap wusste nur, dass sich dahinter der Bereich befand, der seine Headmemory darstellte. Als er sich vorsichtig der Tür näherte, hörte er eine Stimme in seinem Kopf, die ihm das Blut in den Adern gefrieren ließ. Sie sagte: »Ich habe auf dich gewartet.«

12

In der Hitze der Nacht

ZACK RANNTE SO SCHNELL er konnte auf die Lüftungsluke zu, durch die er in das Lager eingedrungen war. Zum Glück hatte er nur die beiden oberen Schrauben der Platte eine halbe Umdrehung weit angezogen. Trotzdem riss er verzweifelt an dem Metall, weil er nicht die Zeit besaß, jetzt noch in der Gürteltasche nach dem Werkzeug zu fischen. Dank seiner künstlichen Muskelkraft konnte er den Zugang aufbrechen, und als er anschließend vornüber in den Schacht sprang, hörte er hinter sich bereits die Schreie der Verfolger, die ihm die Eingeweide aus dem Leib reißen wollten. Er zog die Füße nach, da klammerte sich jemand an seinen rechten Knöchel und versuchte, ihn mit aller Gewalt zurückzuziehen. An den glatten Schachtwänden konnte der Runner das Stahlrohr nirgends verkannten, um einen Halt zu finden. Er besaß noch nicht einmal genug Raum, sich auf den Rücken zu drehen.

Intuitiv trat er mit dem freien Fuß aus. Durch die Sohle spürte Zack, wie die Nase des Angreifers brach. Abrupt zappelte er sich frei und robbte auf die Öffnung in den dahinter liegenden Tunnel zu. Stöhnend fiel er am Ende in den Matsch, und nur zu gerne wäre er dort liegen geblieben. Während er sich aufrappelte und sein Überlebenstrieb ihn zwang loszulaufen, zog er sich die Gasmaske über. Zack hatte keine Lust, in einer der Gasblasen draufzugehen, die sich hier ab und zu bildeten, bevor die Flut sie verdrängte. Die Karte der Tunnelwege entfaltete sich wieder auf dem Display, und gerade, als er den Weg zurück zu Kasper einschlug, sah er dort mehrere tanzende Lichtstrahlen um die Ecke biegen.

Diesen Fluchtweg konnte er abschreiben. Er machte auf dem Absatz kehrt und suchte einen anderen. Aber das Kanalnetz war zu verzweigt. Er konnte all die leuchtenden Linien auf dem Display jetzt nicht sortieren. Jetzt wünschte er sich einen Decker, der sich um so etwas kümmerte. Er allein konnte nur noch rennen und auf seine Intuition hoffen.

Die laufende Stoppuhr in seinem Sichtfeld animierte ihn, einen Zahn zuzulegen. Bald setzte die Flut ein, und wenn er bis dahin keinen Weg hinaus gefunden hatte, war er Geschichte. Von ihm würde nur gehäckseltes Futter für die Fische und Altmetall für den Schrottplatz übrig bleiben.

Bald brannte seine Lunge höllisch. Ein gehetzter Blick über die Schulter. Die Verfolger waren ein gutes Stück zurückgefallen. Der sichtbare Erfolg spendete ihm Kraft, das mörderische Tempo durchzuhalten. Als Zack sich das nächste Mal umschaute, waren die Lichter verschwunden.

Erleichtert hielt er an und atmete kurz durch. Während er hechelnd im Gang stand, die Hände auf die gebeugten Beine gestützt, schaute er weiter hinter sich. Plötzlich hörte er platschende, schnelle, sprungartige Schritte auf sich zukommen – mit Infrarotsicht konnte er nicht weit genug in den Tunnel hineinsehen. Er versteifte sich, umklammerte mit schwitzenden Händen das Metallrohr und machte sich innerlich bereit, zu kämpfen und zu gewinnen – oder zu sterben.

So plötzlich, wie die Geräusche ertönt waren, verschwanden sie auch wieder. Zurück blieb das Rauschen der Abflussrohre und das wilde Pochen seines Herzens. War das Platschen nur Einbildung gewesen? Dennoch raffte er sich auf und sah zu, dass er Land gewann. Gerade war er die ersten Schritte gelaufen, als ein markerschütterndes Heulen die Hintergrundgeräusche übertönte.

Angst umklammerte Zacks Herz.

Das war ein Barghest. Das unmenschliche Heulen ließ Zack vor Angst erstarren – und zugleich wollte er noch schneller als zuvor fliehen. Ein innerlicher Zweikampf zwischen Angst und Überlebenstrieb tobte in ihm. Zack versuchte, sich zu konzentrieren. Er formte das Bild vollkommener Dunkelheit vor seinem geistigen Auge und versuchte auf diesem Wege, seinen Herzschlag zu beruhigen. Außer ihm gab es nichts mehr. Er blendete das Rauschen der Abwasser und das Heulen der paranormalen Kreatur aus. Als er loslief, legte er einen weiteren Zahn zu und erhöhte seine Laufgeschwindigkeit, bis sie an einen Endspurt erinnerte. Seine Beine bewegten sich wie die Kolben eines Motors, das Blut strömte wie siedendes Öl durch seinen Leib. Mehrere Minuten rannte er, den Blick auf einen imaginären Punkt gerichtet.

Plötzlich spürte Zack ein warnendes Kribbeln im Nacken. Bevor er anhalten oder sich umdrehen konnte, sprang ihn etwas hart von hinten an. Messerscharfe Krallen gruben sich in seinen Rücken. Die Wucht des Angriffs riss ihn schmerzhaft von den Beinen. Im Sturz konnte er sich gerade noch auf den Rücken drehen und das Stahlrohr mit beiden Händen zwischen die Kieferplatten des Barghests drücken, als der ihm die Gurgel zerfetzen wollte. Der knurrende Schädel war nur Zentimeter von seinem Gesicht entfernt, und trotz der Gasmaske roch er den Verwesungsgestank, der aus dem Maul der Kreatur wehte. Wilde Mordlust stand in den Augen des Tiers, und Geifer tropfte auf Zack herab, als er die schwere Last ein kleines Stück hochstemmte. Dicke Dermalplatten bedeckten Flanken und Rücken der Kreatur, und Zack hatte wenig Chancen, das Tier mit Schlägen zu verwunden. Die scharfen Klingen seiner Krallen schnitten brennend über Zacks Brust.

Mehr aus Hilflosigkeit denn Planung ließ er das schützende Rohr los und presste die Daumen in die Augenhöhlen des Barghests. Es fühlte sich ekelhaft an, als er die Augenimplantate tiefer in den Schädel drückte. Das Gewebe gab nach und platzte auf. Blut und warmer Glibber rannen aus den Wunden und über seine Hände. Das blinde Tier brüllte Zack seinen Schmerz entgegen. Sein Heulen hallte laut von den Wänden wider, aber es machte Zack keine Angst mehr. Der Barghest war verwundbar.

Der Runner fing das Rohr mit einer Hand auf, mit der anderen hieb er dem Barghest die Faust auf die Nase. Das Wesen taumelte zurück, als der Treffer seinen Geruchssinn zertrümmerte. Darauf hatte Zack nur gewartet. Mit beiden Händen stieß er der Kreatur das Rohr in die ungeschützte untere Bauchseite. Bis zum Anschlag trieb er das Metall in den Leib. Das Heulen brach ab, und der Körper sackte mit einem letzten Gurgeln über Zack zusammen. Das Zucken des Kadavers war nur noch eine Mischung aus Fehlfunktionen der Cyberware und abebbenden Nervenimpulsen.

Zack kämpfte sich aus der Umarmung der toten Bestie und stand keuchend auf. Der Angriff bewies zumindest, dass sich nun auch HanSec an der Jagd nach ihm beteiligte. Einen weiteren Kampf würde er nicht überleben. Sein Oberkörper war von blutenden Schnittwunden übersät, somit würde er für die nachfolgenden Kameraden des paranormalen Köters eine frische Blutspur hinterlassen. Zu seinem Leidwesen sah er auch schon wieder die Scheinwerfer der Verfolger aufblitzen.

Obwohl sein Körper um Gnade bettelte, setzte Zack mechanisch einen Fuß vor den anderen und lief los, wenn auch wesentlich langsamer als vorhin.

Er hatte den Wasserfall ein Stück voraus nicht gesehen und stürzte torkelnd in die Tiefe. Der Runner versank in den Fluten, und die Mischung aus Urin, Kot und sonstigem Unrat drang durch das Filtersystem der Gasmaske. Zack hielt die Luft an und war heilfroh, als er wieder festen Grund unter den Füßen fand und sich die Maske vom Gesicht reißen konnte.

Die verpestete Luft der Kanalisation ließ ihn würgen, und er unterdrückte nur knapp ein Kotzen. Heftige Kopfschmerzen ließen tanzende Sterne vor seinen Augen erscheinen. Er japste und war einer Ohnmacht nahe. Das flimmernde Leuchten verwandelte sich in den suchenden Schein von Lampen oben am Wasserfall. Plötzlich hörte er eine Stimme, die er lange nicht mehr gehört hatte. Der Zorn, den sie in ihm weckte, vertrieb die Benommenheit restlos. Etwas Speicherplatz war noch übrig, und Zack aktivierte die Kamera. Falls Trost persönlich durch den Dreck watete, steckte vielleicht noch mehr hinter allem, als sie vermutet hatten.

»Zacharias, es hat keinen Sinn. Bleib stehen, dann stirbst du schnell! Das kleine Kopfgeld ist die Mühe kaum wert! Ich knall dir die Birne weg, dann sind alle Beweise vernichtet!« Die Stimme kam aus einem kleinen Lautsprecher an der Rüstung des Mannes.

Das war Trost, der derzeitige Leiter der HanSec-Wachschicht. Er hatte damals den Feuerbefehl erteilt, dem Zacks Freundin zum Opfer gefallen war. Zu gerne hätte der Runner jetzt seine beiden Predators in den Händen gehabt. Leider war Zack unbewaffnet, aber das galt für seinen Gegner wohl kaum. Tatsächlich glitt der Strahl eines Laserpointers über das Wasser und die Tunnelwände auf ihn zu, und zu allem Übel gesellten sich noch zwei weitere hinzu.

Trost war nicht allein. Zwei seiner Männer begleiteten ihn. Sie trugen ebenfalls Rüstungen und bezogen kniend Position neben ihm. Der Anblick hatte etwas von einem

Jäger, der mit seinen zwei Jagdhunden über der erschlagenen Beute thronte. Zack hatte verloren, würde Trost aber nicht den Gefallen tun und winselnd um sein Leben betteln – er würde aufrecht sterben.

»Auch wenn du mich jetzt killst, wirst du es nicht mehr lebend hier heraus schaffen! Deine Zeit ist um!«, rief Zack mit tiefer Genugtuung in der Stimme.

Zeitgleich erreichte der Timer in seinem Sichtfeld die Null, und die an den Tunnelenden gelegenen Turbinen nahmen lautstark die Arbeit auf. Die Flut hatte eingesetzt, und der Wasserpegel war hoch genug. Ab jetzt wurde Elbwasser in die Röhren gepumpt, um den angesammelten Abschaum ins Meer zu spülen. Die Rohre bebten und man hörte, wie sich das Wasser seinen Weg bahnte – bald würde es sie erreichen.

Trost und sein Begleitschutz zielten ungerührt weiter. Die Bedrohung schien sie völlig kalt zu lassen, was Zacks Genugtuung mehr als nur ein wenig trübte. Die Schweine mussten noch einen Trumpf im Ärmel haben.

»Mach dir keine Sorgen um uns!«, rief Trost Zack zu. »Meine Männer warten schon auf mich und müssten in diesem Augenblick die Luke über dir öffnen!«

Tatsächlich hörte Zack ein Quietschen über sich. Das Lächeln, das Trost durch das Visier des Helms dem Runner zuwarf, war äußerst selbstgefällig. Dann gesellte sich jedoch ein anderer Ausdruck in das Gesicht des Mannes, als sein Blick ein kleines Stück nach oben wanderte. Es war blankes Entsetzen, ausgelöst von einem Laserpointer, dessen Besitzer sich über Zack befinden musste. Schüsse peitschten durch den Tunnel und übertönten kurzzeitig das bedrohlich nahe Tosen der Wassermassen.

Trost hatte sich zur Seite geworfen, aber trotzdem einen Treffer in die Achselhöhle abbekommen. Er fiel in die mittlerweile knietiefen Fluten und wurde mit seinen beiden Kollegen, die finale Treffer ins Visier kassiert hatten, über den Rand des Wasserfalls gespült. Höchstwahrscheinlich versanken sie im tiefen Bereich, in dem Zack vorhin beinahe ertrunken wäre.

Von oben fiel ein Seil herab, und sofort kletterte Zack hinauf. Der Runner wusste nicht, wer da oben auf ihn wartete oder welchem Umstand er die Rettungsleine verdankte. Er besaß auch nicht die Zeit, auf Antworten zu warten.

Ungefähr auf halber Höhe spürte er einen Ruck. Ein schneller Blick nach unten zeigte, dass auch Trost das Seil gepackt hatte und ihm folgte. Der Mistkerl war also nicht ertrunken. Trotz Trosts Verwundung und der schweren Rüstung verfügte das Arschloch über mehr Kraft als Zack. Vielleicht besaß er Bodyware, die den Schmerz eliminierte und ihm zusätzliche Drogen in den Kreislauf pumpte, um die letzten Reserven zu mobilisieren. Gefährlich schnell holte er auf und griff nach dem Knöchel des Runners.

In diesem Moment erreichte sie das hereinströmende Wasser. Die Flutwelle stürzte über den Wasserfall und zog das Seil weit zur Seite. Gegen den Sog der Strömung strampelte sich Zack aus dem Griff frei und kämpfte sich Zug um Zug weiter hoch.

Trost blieb ihm jedoch auf den Fersen. Nur einen halben Meter unter der Luke entfernt klammerte er sich an Zacks Bein. Verzweifelt schaute der Runner hoch. Eine Gestalt beugte sich herab und streckte ihm den Griff einer Waffe entgegen.

Das war Simon. Zack interessierte im Augenblick nicht, was er hier machte. Offenbar konnte er nicht selbst schießen, weil Zack ihm im Weg baumelte.

Zack klammerte sich mit einer Hand fest ans Seil und griff mit der anderen nach der Kanone. Er begrüßte die sich entfaltende Zielelektronik auf den Shades und zielte nach unten. Er schaute Trost durch das strömende Wasser in die Augen und schrie: »Lern schwimmen!«

Zweimal zog Zack durch. Aus dieser Distanz hatte er keine Probleme, die Schwachstellen der Panzerung an den Schultergelenken zu durchschlagen. Trost musste loslassen und stürzte ab. Er wurde sofort von der Strömung ergriffen und zusammen mit dem anderen Unrat von den Fluten weggespült.

Das Geräusch einer Klospülung tönte durch die Boxen im hinteren Teil des Vans. Das Zielobjekt der Runner war nach dem Besuch der kleinen, aber teuren Nutte erst einmal hörbar pissen gegangen. Joker hatte ihrem Zuhälter ein gutes Honorar gezahlt und zu verstehen gegeben, dass er kein Versagen dulden würde. Schrapnellldas freundliches Grinsen, bei dem ihre mit Metall ummantelten Hauer blitzten, hatte den Mann zusätzlich davon überzeugt, auf dumme Spielchen zu verzichten. Der Typ, den sie observierten, war Stammkunde und hatte die Hure in eine speziell für diese Treffen angemietete Wohnung bestellt, um seine perversen Neigungen vor Öffentlichkeit und Ehefrau zu verbergen.

Das Team saß in Auroras aufgemotztem Van. Schrapnellda gähnte hinter dem Steuer, und Joker saß mit dem Eisbär-Schamanen auf dem breiten Beifahrersitz, der Bermudashorts und ein Hawaiihemd trug, weil ihm zu warm war. Darin sah er echt zum Schießen aus. Er schien zu schlafen. Joker wusste aber, dass er im Astralraum nach möglichen Gefahren Ausschau hielt. Der hintere Teil des Fahrzeugs war von oben bis unten mit Hightech ausgestattet. Dort war die Deckerin damit beschäftigt, die Daten der Nano-Drohne abzustimmen.

Nach dem erfolgreichen Run in den Bergen waren sie zurück in die ADL gereist. Knut, den Mann der Berge, hatte Joker nicht überreden können mitzureisen. Falls Joker aber in Zukunft noch einmal dort unten aktiv wurde und Knut bis dahin nicht ins Gras gebissen hatte, würde er ihn wieder anheuern. Andererseits hatte es auch etwas Gutes, dass er abgelehnt hatte. Man durfte nicht zu lange mit denselben Leuten zusammenarbeiten. Joker empfand es bereits als ungünstig, hier in Hamburg wieder mit den Leuten vom letzten Run einen Job zu erledigen. Unterschwellig spürte er, dass sich der Eisbär-Schamane und die Deckerin nicht koscher waren. Die beiden konnten ihre persönliche Abneigung zwar noch unterdrücken, aber es war nur eine Frage der Zeit, bis einem der Kragen platzte.

Kaum wieder in der ADL, hatte einer der Schieber Joker diesen lukrativen Job angeboten. Nur weil ihm keine Zeit geblieben war, neue Runner anzuheuern, hatte er die alte Crew noch einmal verpflichtet. Jøkel hatte sowieso nur zugestimmt, weil er in den Norden musste; Hamburg war eine Zwischenstation auf seinem Weg in die kalten Regionen.

Diesmal sollten sie Informationen beschaffen, die sich mit Aktienanteilen der Nordgas AG befassten. Worum genau es dabei ging, hatte man ihm natürlich nicht verraten. Einerseits war es gut, nicht zu viel zu wissen, andererseits konnte man sich auch durch diese Unwissenheit in eine tödliche Sackgasse hineinmanövrieren. Dass man in den Schatten gewaltig verarscht wurde, war nie ganz auszuschließen. Aber letzten Endes waren sie alle lediglich Figuren in einem Spiel, in dem ihre Existenz nur so lange geduldet wurde, wie sie sich als nützlich erwiesen. Wenn sich die Konzerne einmal richtig die Mühe machten, gegen Runner vorzugehen, war ziemlich klar, wer diesen Krieg gewinnen würde.

Die helle Stimme der Deckerin riss ihn aus seinen Gedanken. »Ich hatte alle Hände voll damit zu tun, dem Harndrang des Typen zu widerstehen. Beinahe hätte er die Drohne im Lokus versenkt«, stöhnte die Frau über Funk.

Das wäre wirklich schlecht gewesen. Die Nutte hatte dem Typ vorhin beim oralen Sexspiel die Wanze eingeschleust. Die Sicherheitsmaßnahmen des Hauses waren nicht von schlechten Eltern, was wohl auch den Preis der teuren Wohnungen irgendwie rechtfertigte. An den Pförtnern wären sie niemals unbemerkt vorbeigekommen. Auch der Astralraum war mit patrouillierenden Watchern gespickt. Es war schon ein Wunder, dass Aurora es über die Matrix geschafft hatte, die abschirmenden Generatoren der Wohnung auszuschalten. Allerdings konnte sie sich nicht lange im System aufhalten; die Knoten wurden in kurzen, unregelmäßigen Intervallen auf ungebetene Gäste kontrolliert. Für diese Arbeiten wurden nicht selten Leute von der Straße eingesetzt. Wer dort nicht sein durfte, war Toast – auch wenn das laut Gesetz nicht legal war. Verbrannte Tote zeigten niemanden an, und falls jemand den Angriff doch überlebte, hatte er Besseres zu tun, als sich über den Verstoß bei HanSec zu beschweren. Ein fremder Decker im System wäre den Patrouillen höchstwahrscheinlich sofort aufgefallen; den Ausfall der Hardware hingegen hatte Aurora zumindest vorerst tarnen können. Die nächste eingehendere Kontrolle würde das sicher bemerken, aber bis dahin würde sie längst alle Spuren beseitigt haben.

»Sonst irgendetwas Interessantes zu hören?«, fragte Joker.

»Ähm …«, begann sie. »Augenblick mal, Mister X nimmt einen Anruf entgegen. Ich schalte das Signal auf die Frontlautsprecher, damit ihr alles mitbekommt.« Das Knirschen und Knacken in den Boxen verschwand, als Aurora das Signal angepasst hatte.

»Ja, hallo?«, fragte der Typ, den sie einfach Mister X nannten, obwohl sie wussten, wie er hieß und was er beruflich tat. Ihr Auftraggeber würde die Stimme zuordnen können, und das reichte in diesem Fall.

»Ich bin es. Du weißt bestimmt, warum ich anrufe?«, fragte jemand am anderen Ende der Leitung.

Die Drohne konnte nicht gleichzeitig Gehör und Blickfeld observieren, um so vielleicht das Gesicht und die Nummer des Anrufenden herauszufinden. Ihr Auftrag war aber auch nichts Öffentliches. Die hier gewonnenen Informationen waren nur für ihren Herrn Schmidt bestimmt und mussten nicht als Beweismittel vor Gericht oder einem Konzernrat anerkannt werden. Es kam aber nicht selten vor, dass sich Konzerne für Dienste dieser Art an Informationsbeschaffer wandten, die ihre schattenlastigen Bezüge hinter dem Mantel des legalen Geschäftsbetriebs einer Detektei versteckten. Oft wurden solche externen Spionagemaßnahmen von Konzernen ergriffen, um das unerlaubte Fehlen von Angestellten oder den Verkauf interner Informationen aufzudecken. Dem Anrufenden wiesen die Runner einfach den Namen Y zu. Joker war gespannt, wie die Antwort von X ausfiel, der sich etwas Zeit damit ließ und dann lieber eine Gegenfrage stellte.

»Woher weißt du, dass ich hier bin?«

Man hörte Y deutlich an, dass er mehr als nervös war. »Immer wenn du Ärger hast, versuchst du deinen Hormonhaushalt auszugleichen. Du hast mir die Wohnung schließlich auch schon zur Verfügung gestellt.« Eine kurze Pause folgte, dann sprach Y endlich weiter, und langsam wurde das Gespräch interessant. »Holger hat sich bestimmt auch schon mehrmals bei dir gemeldet. Hast du mit ihm gesprochen? Ich lasse mich von meiner Sekretärin verleugnen. Falls es ihm trotzdem gelingt, mich zu erreichen, habe ich keine Ahnung, wie ich auf seine Fragen reagieren soll.«

Mister X klang etwas ungehalten über die Furcht von Mister Y, die man deutlich herausgehört hatte. »Was denkst du denn, was wir tun sollen? Wir sagen die Wahrheit. Schließlich hat Fuchi öffentlich bekannt gegeben, an der Nordgas AG interessiert zu sein. Jetzt macht es keinen Unterschied mehr, ob wir über unsere Anteile frei verfügen können oder sie längst schon beliehen haben. Holger hätte nicht anders gehandelt. Und wenn er sich aufregt – was soll er uns denn schon noch antun? Sobald Fuchi den Konzern übernimmt, hat er sowieso nichts mehr zu sagen ... Komm mir ja nicht mit Loyalität oder irgendwelchen früheren Zusagen ... Schließlich wollte er uns auch übervorteilen, als er uns bat, der Übernahme zuzustimmen und für uns die Anteile verkaufen zu dürfen. Wir können bei der ganzen Sache nur noch gewinnen. Den Rest unserer noch nicht beliehenen Anteile werden wir jetzt für mehr Geld veräußern können als die unverschämt geringe Summe, die uns Holger angeboten hat.«

Mit diesen Worten beendete Mister X das Gespräch, ohne eine Reaktion abzuwarten. Er ging zurück ins Schlafzimmer, und man hörte, wie er sich einen Drink einschüttete und in einem Zug austrank. Danach fiel er ins Bett, und die Parameter der Drohnen zeigten bald, dass er eingeschlafen war.

Die Observation und somit auch der Run endeten hier erst einmal. Jetzt mussten sie die Gesprächsdaten nur noch ihrem Herrn Schmidt zukommen lassen. Dafür hatte Joker bereits alles in die Wege geleitet. Wenn die Daten okay waren, stand lediglich die Bezahlung aus. Der Moment der Bezahlung – wenn man sie erleben durfte –, war immer der schönste Part eines Runs.

Der Ebbie hatte den Besitzer gewechselt. Die neuen Inhaber hatten die bezahlte Ware lächelnd zurückgelassen und waren mit ihrem Kleintransporter zwischen den Containerreihen verschwunden. Chet schaute jetzt zu, wie die anderen aus dem Team mit der Ladung über die Pier liefen und sie an Bord des Schiffes brachten. Die Kisten waren durch die Bank gut gefüllt, und nichts am Inhalt ließ darauf schließen, dass die ›Drei Affen‹ versuchten, Chet übers Ohren zu hauen. Trotzdem hatte der Ork auf das alte Sprichwort gehört: *Vertrauen ist gut, Kontrolle ist besser.* Über die nicht korrekt gerundeten Beträge in der Kostenaufstellung hatte er hinweggesehen. Hauptsache, die Lebensmittel waren gut verpackt und längere Zeit genießbar. Wenn er sich schon tagelang mit Soyfood den Bauch voll schlagen musste, wollte Chet nicht noch Gefahr laufen, an den Folgen unvorhergesehener chemischer Reaktionen von Billigprodukten zu krepieren.

Die Anlegeadresse hatte er soeben von Paul übermittelt bekommen. Dadurch hatte er die Beantwortung der Fragen, die nach seiner Rückkehr ohne Brennender Asphalt im Unterschlupf laut geworden waren, auf später verschieben können. Sobald Paul zu ihnen stieß, würde er ihnen auf See den genauen Ablauf erklären und hoffentlich einige Hintergründe offenbaren. Trotz der kurzzeitigen Übermittlung des Treffpunktes war es Chet noch rechtzeitig gelungen, den ›Drei Affen‹ die neue Lieferadresse mitzuteilen – dadurch sparten sie einiges an Zeit.

In diesem Augenblick gesellte Fender sich an Chets Seite. Er pfiff irgendeinen Jingle, ein Verhalten, mit dem Chet so gar nichts anfangen konnte. Zum Glück hörte der Samurai damit auf, als er Chets genervten Gesichtsausdruck bemerkte, und berichtete lediglich: »Die Jungs sind weg, und ich habe keinen Grund zur Beunruhigung entdecken können. Die Gegend ist erst einmal sauber.«

Ein Brummen und ein kurzes Nicken war Chets einzige Reaktion. Ein kurzer Seitenblick zeigte ihm allerdings, dass Fender keine Anstalten machte zu verschwinden. Genervt – die Aussicht auf eine Seereise stimmte Chet derzeit nicht wirklich glücklich – fragte er: »Is' sonst noch was?«

»Jo, was geht ab?«, fragte der Samurai. Der Bursche wollte wohl gesagt bekommen, was als Nächstes zu tun war.

»Hilf den anderen beim Einladen«, knurrte er ungehalten.

»Kisten schleppen! Und was ist mit dem alten Krächzbeutel? Ich bin doch ...«, protestierte Fender. Etwas in Chets Blick verriet ihm aber, dass im Augenblick nicht der rechte Zeitpunkt für Beschwerden war. Murrend kam er der Aufforderung nach, schnappte sich eine Kiste und dackelte ab.

Es stimmte schon, Krächzender Tod hatte sich mit der Begründung unter Deck verdrückt, er müsse sich von dem Unfall erholen. Auch wenn der Knabe ziemlich platt gewirkt hatte, fand der Ork das etwas merkwürdig. Diese Einschätzung konnte Chet an nichts Bestimmtem festmachen – es war halt so ein Kribbeln in der gebrochenen Nase, das ihn mahnte, den Jungen nicht allzu lange aus den Augen zu lassen.

Bevor er weiter über den Schamanen nachdenken konnte, lenkte ihn die raue Stimme Kapitän Zitteraals ab. Der Mann war ein erfahrener Seebär und ging auf Mitte fünfzig zu. Seine jahrelangen Abenteuer auf See hatten ihn aber nicht gerade in den Besitz unermesslicher Goldschätze gebracht, mit denen er seinen Ruhestand auf einer friedlichen Insel in der Karibik bestreiten konnte. Zum Namen Zitteraal war er gekommen, weil die veraltete Tech seiner Linken gelegentlich unkontrolliert zuckte. Laut Teresa enterte er auf seinen Raubzügen schon lange nicht mehr persönlich, sondern überließ ausführende Tätigkeiten seiner Crew, die er felsenfest im Griff hatte. Die Mannschaft bestand aus einem zusammengewürfelten, grobschlächtigen Haufen, überwiegend Metamenschen. Es war sogar ein Zyklop mit an Bord. Angeblich hatte er vor Jahren in Griechenland angeheuert – oft kam es nicht vor, dass man solche Exoten in der Crew eines Norms antraf.

Der Seebär lehnte an der Reling und winkte Chet zu. »Ist es noch viel? Euer Laderaum ist fast voll!«

Chet antwortete mit einem Achselzucken, was dem Kapitän einen Schwall von Schimpfwörtern entlockte, als er wieder unter Deck verschwand, um weiter das fachgerechte Verstauen der Ladung zu kontrollieren. Der Ork wusste, dass ihre Bewaffnung den größten Teil der zugewiesenen Ladefläche in Anspruch nahm, konnte daran aber nichts ändern. Er hatte aus dem *Gulp* lieber ein paar Waffen zu viel mitgenommen. Trotzdem hoffte er, sie nicht benutzen zu müssen. Wenn das gelang, konnte er die ungebrauchten Bleispender gegen eine Leihgebühr wieder eintauschen. Ein bisschen Knurren und theatralisches Rudern mit den Armen hatte SAM davon überzeugt, auf den Handel einzugehen, auch wenn der andere dem Deal vermutlich nur wegen Chets gutem Kontakt zu Teresa zugestimmt hatte. Was Chets Gedanken auf die Schieberin brachte. Er hatte sie wie versprochen angerufen, wenn auch ein wenig verspätet, und zu seiner Überraschung erfahren, dass sich Pandora nach ihm erkundigt hatte. Wenn die Zauberkugel nach ihm suchte, konnte das nur zwei Gründe haben. Entweder steckte sie bis zum Hals im Drek und brauchte seine Hilfe, oder sie brauchte Informationen. Egal, was von beidem der Grund war, er hatte keine Lust, sich jetzt bei ihr zu melden. Schließlich war sie es gewesen, die das Team verlassen hatte und einfach abgehauen war. Im Augenblick hatte er größere Probleme. Nach dem Run würde er sich mit ihr vielleicht in Verbindung setzen. Wenn es so dringend wäre, hätte sie sich längst noch einmal bei Molly gemeldet – was sie de facto bisher nicht getan hatte.

Das Tuten des Nebelhorns beendete auch diese Gedanken, und Chet ließ den Blick lieber über das Schiff gleiten, das abfahrbereit auf die letzten Passagiere wartete. Es sah zwar intakt aus, machte aber auf Chet so gar keinen hochseetauglichen Eindruck. Fog hatte gejubelt, dass es zurück aufs Wasser ging, und der Ork hatte ihrer Euphorie mit einem finsteren Blick ein Ende gesetzt. Dieser schwimmende Bauklotz war etwa vierzig Meter lang, 14 Meter hoch und 25 Meter breit. Gebaut worden war er nach den Eurokriegen im Jahr 2035, und die Außenhülle bestand aus einer angeblich antimagnetischen Sonderlegierung. Nach Kriegsende trieben damals nicht gerade wenige Minen in den norddeutschen Gewässern herum. Man hatte das Schiff gebaut, um die Kampfmittel in den Schifffahrtsrouten sicher bergen zu können. Das zumindest hatte der Kapitän stolz erzählt. Im Zentrum des Rumpfes war eine Aussparung mit einem Kran, der zudem über eine starke Seilwinde verfügte, die sie bei der Bergung des Findlings gut gebrauchen konnten. Neben dem Kran gab es noch einen schwenkbaren Zweifingermagneten, der bis zu zehn Tonnen Gewicht heben konnte.

Chet hatte Abstand davon genommen, sich persönlich von der Ausstattung an Bord zu überzeugen. An Land fühlte er sich sicherer, obwohl an Bug und Heck des Kahns je ein großes Geschütz zu sehen war. Zur Abwehr von Piraten brauchte der Kapitän das bestimmt nicht. Seine Connections reichten bis in die hintersten Reihen des Klabauterbundes. Vermutlich hatte Paul Zitteraal deshalb für diesen Auftrag angeheuert. Angriffe durch den Norddeutschen Piratenbund brauchten sie somit nicht zu befürchten. Zusätzlich versprach der Wetterbericht klare See für die nächsten Tage. Aber das Wetter hatte in den letzten Jahren hier oben bewiesen, dass die Nordsee tückisch war und keine Vorhersage als hundertprozentig sicher gelten konnte. Zwei große Rettungsboote baumelten für Notfälle gut sichtbar an Backbord und Steuerbord. Des Weiteren gab es einen Hubschrauberlandeplatz auf dem Vorderdeck, wo ein vertäuter Helikopter stand.

Auch wenn alles für eine Rettung auf See vorhanden war und gut vorbereitet schien, wusste Chet nicht, ob er den Mut aufbringen würde, die *Marie*, so der Name des Schiffs, zu betreten. Einerseits war er gespannt, wie Paul ihn überreden wollte, an Bord zu gehen; andererseits war er ziemlich sauer über diesen Auftrag und verspürte große Freude bei der Vorstellung, dem Teamleader die Knochen zu verbiegen.

Wenn man an den Teufel dachte, war er bekanntlich nicht weit. Ein arg angeschlagenes Hover steuerte auf einen etwas abseits gelegenen Landeplatz zu, und auf Anhieb machte der Ork am Ruder die bekannte Silhouette seines Chummers aus. In den folgenden Minuten würde sich zeigen, welcher Teil von Chets Emotionen den Kampf gewinnen würde.

Paul schaltete das Hover ab und ließ die Luft aus dem Kissen. Claw half Samira aus dem Fahrzeug und reichte sogar Snap zum Aussteigen die Hand. Was immer den Löwen bewogen hatte, bei der Suche nach dem Decker zu helfen, Hass oder Mordlust waren es nicht gewesen. Wenn die Zeit reif war, würde Claw hoffentlich mit Antworten glänzen. Im Augenblick war Paul nur etwas besorgt über Snaps labilen Eindruck. Der Decker klagte über starke Kopfschmerzen, was nach einem so heftigen Auswurf nicht ungewöhnlich war, und der Zustand konnte noch Tage andauern. Somit stellte sich die Frage, ob Snap dem Run standhielt. Sie konnten Probleme mit der Küstenwache oder mit Piraten von außerhalb des Klabauterbundes bekommen – würde Snap ihnen dann helfen können? Zwar waren da noch das Blumenmädchen, das von ihrer Wohnung aus Unterstützung leisten würde, und ein dritter Decker, der zur Crew gehörte, aber Paul baute lieber auf jemanden, der sich in seiner Nähe aufhielt und sich in der Vergangenheit als zuverlässig erwiesen hatte.

Von den Kopfschmerzen einmal abgesehen, machte Snap auf Paul einen leicht verstörten Eindruck. Langsam kamen ihm Zweifel, ob es eine gute Idee gewesen war, den Jungen mit an Bord zu nehmen. Aber Pauls Entscheidung war gefallen, und wenn Snap einen Fehler machte, der dazu führte, dass er selbst oder andere Chummer bei dem Run umkamen, wäre das einzig und alleine Pauls Schuld – schließlich war er für die Auswahl der Leute zuständig.

Chet kam auf das Hover zu und wirkte auch nicht recht glücklich. Paul konnte das verstehen und hatte den Meta mit gemischten Gefühlen in diesen Run eingespannt. Der Chummer war vor kurzem Vater geworden und hatte im Augenblick Besseres zu tun. So schlimm es aber auch klang, es war purer Egoismus gewesen, der Paul dazu bewogen hatte, Chet mit einzubinden. Der Ork war ein Chummer und zählte zu den wenigen Menschen in der Sechsten Welt, denen er blind sein eigenes Leben anvertraute. Bei ihrem letzten Run hatte Chet bis zum Ende gekämpft; ohne ihn hätte Paul niemals die unbekannte Killerin besiegen können. Es war immer noch ein Rätsel, wer die Frau damals auf Eternity angesetzt hatte. Möglicherweise hatte sie den Auftrag von einem Inhaftierten auf Big Willy bekommen – aber das war noch nicht geklärt. Falls Simon erfolgreich untergetaucht war und die undichten Stellen bei HanSec aufgespürt hatte, würden sie hoffentlich bald mehr wissen. Paul hoffte auch, dass Zack es unbeschadet von der Insel schaffte – aber auch das hing von Simons Erfolg ab. Hatte der Beamte nicht genug Beweise aufgetrieben, um bei seinen Vorgesetzten zu punkten, tendierten Zacks Aussichten, der Haft zu entkommen, gegen null. Ein Teil der Kohle für diesen Run konnte vielleicht als Bestechungsgeld helfen, ihn freizukaufen – die Chancen standen aber ziemlich schlecht. Pandora hätte ihnen vielleicht weiterhelfen können, da sie früher für den BND gearbeitet hatte. Aber die Frau hatte sie verlassen, auch wenn Paul sie sich manchmal zurück an seine Seite wünschte, nicht nur aus beruflichen Gründen.

An dieser Stelle beendete Paul wie immer lieber seine verqueren Gedankengänge und zog es vor, endlich auszusteigen und sich der Konfrontation mit Chet zu stellen. Vor dem aufbrausenden Temperament seines Chummers hatte er im Augenblick die meiste Angst. Es tat ihm jetzt schon Leid, wie er den Ork an Bord des Schiffes bringen wollte.

»Ich muss dringend mit dir sprechen!«, war das Erste, was der Meta Paul zurief. Angesichts der Lautstärke konnte man es nicht mehr als Reden bezeichnen.

Paul setzte einen erstaunten Gesichtsausdruck auf. »Was machst du denn hier? Ich dachte, du bist an Bord und kümmerst dich um Frau und Kind. Ist Eyeless noch nicht da?«

Die Faust des Orks fand ihr Ziel, und Paul blieb die Luft weg. Aber mit dieser Reaktion hatte er gerechnet. Zum Glück schlug der Ork kein zweites Mal zu oder testete gar die Belastbarkeit seiner Armeestiefel an ihm aus. Der Meta rannte lieber zum Schiff und rief über die Schulter: »Ich hol ›Griechischer Salat‹ und den Kleinen runter. Danach komm ich zurück und schnitz Zahnstocher aus deinen Knochen!«

Paul hatte sich nach einigen Sekunden wieder gefangen. Der Treffer war hart gewesen und hätte ihm bestimmt einige Knochen gebrochen, wenn er nicht vorsorglich im Brustbereich der Weste den dicken Kartenatlas aus dem Hover unter die Kleidung gesteckt hätte. Trotzdem stöhnte er leicht, als er die Planke hochstieg und vom Kapitän mit der Frage begrüßt wurde: »Können wir ablegen?«

»Leinen los«, sagte Paul.

Sofort wurde die Planke eingeholt. Die Reise konnte beginnen.

Ein leiser Gesang war in der Nähe zu hören, und die sphärischen Klänge forderten ihn förmlich dazu auf, die Augen aufzuschlagen. Es dauerte einige Zeit, bis der Verstand realisierte, wo er sich befand und was ihm zuletzt widerfahren war. Die Schwellung unterm Auge – dort, wo ihn der Schläger getroffen hatte – pochte als Beweis wie ein ganzer Trupp arbeitswütiger Bergleute und hatte bestimmt die Größe eines Medizinballs. Beim Atmen fühlte er jeden verbogenen Knochen in der Brust und wurde sich langsam, aber sicher bewusst, dass sein Überleben ein Wunder war.

Er lag auf einer alten Matratze unter einem Berg aus Kleidern begraben. Zu seinen Seiten befanden sich Wände aus dunkler Pappe, und Frank kombinierte, dass ihn jemand in einen großen Pappkarton gesteckt hatte. Flackernder Feuerschein war an den beiden offenen Enden zu sehen, und sein Instinkt verriet ihm, dass es noch Nacht war. Allmählich erinnerte er sich wieder an das Kind. Der Engel, der ihn gerettet hatte, auch wenn sein Verstand das Erlebte, vor allem die Flammen, nicht logisch erklären konnte. Davon abgesehen war Frank ein schwerer Brocken und wog inzwischen an die 110 Kilo. Diese Masse konnte das Kind unmöglich allein bewegt haben. Wie Miss Anabolika hatte es nicht ausgesehen, also musste ihm jemand geholfen haben. Jemand, den Frank bisher noch nicht kannte. Den leisen Gesang, den er hörte, identifizierte er sogleich als den des Mädchens. Er verbreitete eine unschuldige Wärme, und Frank genoss die wohltuenden Klänge – was ihn aber mit einem Mal stutzen ließ. Nicht nur weil ihm die Melodie entfernt bekannt vorkam, sondern weil er halbwegs wach war. Er war sogar vollkommen nüchtern, und trotzdem lief sein magisches Talent nicht Amok. Kein unerträglicher Lärm ließ ihn vor Schmerzen die Hände auf die Ohren pressen. Zum ersten Mal seit langem konnte er wieder ganz normal hören. Hatte sein prügelsüchtiger Richter ihn vielleicht mit seinen Schlägen geheilt? Eigentlich hätte er jetzt vor Freude schreien können, aber etwas in ihm traute dem Braten nicht. Auch Heilung gab es in der Sechsten Welt nur selten umsonst. Zumindest war Frank sicher, dass er die Lösung auf seine Fragen nicht in dem länglichen Pappkarton fand, der unangenehme Ähnlichkeit mit einem Sarg aufwies.

Er kämpfte sich unbeholfen ins Freie, wobei ihm sämtliche Knochen rieten, besser liegen zu bleiben und bis ans Ende aller Tage in Selbstmitleid zu schwelgen. Draußen sah er, dass er sich in einem anderen Hinterhof als dem der Feuerwache befand. Hohe Wolkenkratzer reckten sich nebenan in den Himmel und gaben ihm das Gefühl, klein und unwichtig zu sein. Die Gasse war ziemlich schmal und musste wohl ein selten beachteter Bereich zwischen den Gebäuden sein. Im Schatten der thronenden Giganten hatte sich jemand ein kleines Heim errichtet. Der Pappkarton war umgeben von über- und nebeneinander gestapeltem Sperrmüll und Altkleidern. Frank entdeckte Gegenstände, die er seit seiner Kindheit nicht mehr gesehen hatte. Es schien fast, dass alles, was die Gesellschaft in der Vergangenheit weggeworfen hatte, hier einen Platz gefunden hatte. Und mitten in diesem Müll saß das Mädchen allein neben dem Karton an einem wärmenden Feuer, das in einer Mülltonne brannte, und schaute ihn aus großen, unschuldig schimmernden Augen an. Seine Kleidung war eine Kombination aus vielen unterschiedlichen Kleidungsstücken. Es trug einen grünen Anorak und darüber eine rosafarbene, grob gehäkelte Strickjacke mit mehreren Laufmaschen. Über der blauen Jeanshose trug es einen völlig unpassenden violetten Minirock. Sein Gesicht war so dreckig wie die Kleidung und ließ nicht erkennen, ob seine Haut nur wegen des Schmutzes dunkel war. Seine Augen und das Haar erinnerten ihn an seine Tochter

Jennie. Aber die war noch nicht so alt. Das Mädchen vor ihm war vielleicht zwölf. Aber was tat es hier? Besaß es keine Eltern? Niemanden, der sich um es kümmerte? Und wo war der Unbekannte, der Frank hierher gebracht hatte?

Während er das Mädchen so musterte und nachdachte, bemerkte er beiläufig, dass er die ganze Zeit über den Gesang hörte, es aber gar nicht den Mund bewegte. Wo kam die Stimme her? Neue Fragen – nur Antworten waren keine in Sicht.

Seine Miene schien bei ihm auch Fragen geweckt zu haben, und das Mädchen meinte: »Jetzt, wo du wach bist, gehen wir los?«

Damit wusste Frank so gar nichts anzufangen. Dazu kam, dass er das Mädchen zwar gehört, es aber wieder nicht die Lippen bewegt hatte und der Gesang immer noch im Hintergrund zu hören war. Deswegen antwortete er verblüfft: »Wohin?« Er fragte sich, ob es telepathisch begabt war.

»Nach Hause«, lautete die unschuldige Antwort, was Frank aber irgendwie nicht weiterhalf. Auch wenn er glücklich darüber war, von hier verschwinden zu können, ohne den Unbekannten getroffen zu haben, der dem kleinen Mädchen geholfen hatte, ihn hierher zu tragen.

»Wo ist das denn?«, war alles, was er herausbrachte.

Anstatt sofort eine Antwort zu bekommen, lächelte das Mädchen ihn erst an und meinte dann kichernd: »Das weißt du doch am besten, schließlich suchst du mich doch, hihi.«

Der Ex-Reporter folgte gedanklich den Linien des vor seinen Augen anschwellenden Fragezeichens bis zum Punkt am unteren Ende. Konnte das kleine Mädchen wirklich die Stimme sein, die Karl Bach immer gesucht hatte? Gab es einen Zusammenhang zwischen den beiden, von dem Frank nichts wusste? Der Orden suchte jemanden, der durch sein natürliches Gesangstalent den Ursprung der Musik lokalisieren konnte. Anders als Eternity, die Sängerin, die ihnen beim letzten Ritual helfen sollte, litt das Mädchen vor ihm nicht an den Folgen der Berührung durch die medienhungrige Gesellschaft. Demzufolge hatte es auch keine ständige Angst, in der Öffentlichkeit zu versagen – wie Frank es bei Eternity herausgehört hatte. Dieses Mädchen sang einfach, wenn auch telepathisch. Oder aber es sang magisch, und deshalb konnte Frank es nur hören und keinerlei Mundbewegungen ausmachen. Weil das magische Talent seinen Gehörsinn besser und empfindlicher machte als den anderer Menschen, war er vielleicht einer von wenigen, die den Gesang hörten. Möglicherweise litt er deshalb im Augenblick nicht an Schmerzen, wie sie die Geräusche der Welt sonst in ihm auslösten.

Auf jeden Fall war das Mädchen ein guter Grund, sich bei Karl Bach zu melden. Der Professor war bestimmt nicht glücklich, weil Frank eines Nachts Hals über Kopf aus dem unterirdischen Ordensgebäude in ›Planten und Blomen‹ geflohen war. Wenn er aber hörte, was Frank gefunden hatte, würde er vielleicht über das Geschehene hinwegsehen.

Unwillkürlich griff er nach dem Handkom, aber seit die Zigeunerin ihm das gestohlen hatte, besaß er keines mehr. Er hatte noch nicht die Zeit und Lust gehabt, es abzumelden, geschweige denn für Ersatz zu sorgen – in der unterirdischen Ordensanlage waren der Besitz und die Benutzung sowieso untersagt gewesen. Seine anfänglichen Befürchtungen, jemand könnte auf seine Kosten die Sexlines abgrasen, hatten sich nicht bestätigt. Man hatte das Ding aller Wahrscheinlichkeit nach verkauft oder ausgeschlachtet. Zwar lagen hier in der Gasse einige alte Telefone herum, aber Frank bezweifelte, dass sie noch funktionierten – einige besaßen sogar noch Wählscheiben und Kabel. Also sagte er zu dem Kind: »Lass uns spazieren gehen, ich muss jemanden anrufen.«

Seine Worte zauberten ein Lächeln in sein kleines Gesicht, und seltsamerweise schlug auch Franks Herz vor Freude höher. Er schaffte es sogar, das Lächeln zu erwidern, während er sich zu dem Mädchen hinabbeugte, um es auf den Arm zu nehmen. Als sich dabei sein Gesicht dem seinen näherte, streckte es die kleine Hand aus und drückte ihm leicht mit Zeigefinger und Daumen auf die große Nase. Es unterstrich die freundliche Geste mit einem »Tuuuhuut!«. Und das klang für Frank wie der Gesang eines ganzen Engelschors. Unzählige Stimmen drangen aus dem Nichts zu ihm vor, und ein Gefühl von Erfurcht beschlich ihn bei diesem Konzert.

Vielleicht konnte das Kind sogar mehr, als Frank bisher angenommen hatte. Ein Teil von ihm dachte an das endgültige Schicksal des abgefackelten Schlägers und warnte ihn davor, zu streng mit ihm umzugehen. Es schien seine Gedanken lesen zu können, oder seine Gestik hatte ihn verraten, weil er bei diesem Gedanken kurz zusammengezuckt war. Das Mädchen meinte nämlich: »Hab keine Angst, ich mag dein Gesicht.«

Er atmete erleichtert auf. Es war unschuldig und wollte ihm nichts Böses. Kein vernünftiger Mensch auf der ganzen Welt hätte so etwas in diesem Augenblick zu ihm gesagt. Schließlich war sein Gesicht über und über mit Prellungen und getrocknetem Blut übersät und wies große Ähnlichkeit mit einem gut durchgeklopften Kotelett auf.

So verwunderlich es auch war – als Frank losging, stand auf einmal seine Reisetasche vor ihm. Vorher war sie ihm gar nicht aufgefallen. Ohne lange nachzudenken, verließ er mit dem Kind auf dem Arm die Gasse und ging ziellos durch die beleuchteten Straßenzüge. Er hatte absolut keine Ahnung, wo er sich befand, aber so wie er und das Mädchen aussahen, wollte er lieber in keines der Bürohäuser oder Konzerngebäude gehen. Ihr Anblick hätte zu viele Fragen aufgeworfen, und er bezweifelte, dass sie es in ihrem Aufzug überhaupt an den Sicherheitsleuten vorbeischafften.

Er kam zu dem Schluss, dass er sich tatsächlich in Köln befand, besaß aber immer noch keinen blassen Schimmer, wie er hierher gekommen war. Höchstwahrscheinlich war er völlig betrunken in irgendeinen Zug gestiegen und bis zur Endstation mitgefahren. Darüber jetzt nachzudenken würde ihn nicht weiterbringen.

Die Kleine hatte ihr Gesicht an seine Schulter gelehnt und schien eingeschlafen zu sein, auch wenn ihr Gesang immer noch zu hören war. Sie war schon merkwürdig. Und Frank hatte ganz vergessen, sie nach ihrem Namen zu fragen. Sie hatte seinen aber auch nicht wissen wollen. Seltsam.

Bevor er weiter über das Mädchen und sich nachdenken konnte, erspähte er eine öffentliche Telezelle. Zum Glück war das Teil sogar ganz, und Frank meldete bei der Vermittlung ein R-Gespräch an, weil die alte Fregatte aus der Kneipe seinen Ebbie behalten hatte. Der Ebbie war sowieso gesperrt – die Tech war Geschichte.

»Bach«, hörte er die vertraute Stimme des Mannes am anderen Ende der Leitung sagen und sah kurz darauf dessen Gesicht auf dem Bildschirm aufflimmern. Der Mann sah angespannt aus und vermittelte so gar nicht den Eindruck, gut drauf zu sein. Es dauerte auch einige Sekunden, bis er Frank erkannt hatte. Gut, mit dem Kind auf dem Arm und in Anbetracht der Tatsache, dass Frank große Ähnlichkeit mit einer verbeulten Stoßstange aufwies, war das zu verstehen.

Um nicht lange um den heißen Brei herumzureden – Karl hatte sichtlich wenig Zeit –, brachte er sein Anliegen sofort vor. »Karl, entschuldige mein Verschwinden. Ich habe aber jemanden gefunden, der dir vielleicht helfen kann …« Dabei hielt er das Gesicht des Kindes einen Augenblick ins Zentrum des Kameraobjektivs. »Die Kleine besitzt eine unglaubliche Stimme, und ihr Gesang ist die reinste Magie«, sagte er abschließend und übertrieb dabei ein wenig – schließlich konnte er sich aus dem Mädchen und seinen möglichen magischen Talenten keinen Reim machen.

Karl schien einen Augenblick nachzudenken, sagte dann aber: »Okay, komm mit dem Mädchen vorbei. Deinem Aussehen entnehme ich, dass du momentan nicht gut bei Kasse bist. Ich werde gleich gefälschte SINs und Tickets für den Zug am Infoterminal des Kölner Hauptbahnhofs hinterlegen lassen. Wenn es im Augenblick auch nicht den Anschein macht, freue ich mich, dich wiederzusehen. Falls sie es wirklich ist, ist vielleicht doch noch nicht alles zu spät.«

Mit diesen seltsamen Worten beendete Karl die Verbindung. Insgesamt war es ja ziemlich gut gelaufen, aber Frank wollte der Verlauf des Gesprächs nicht ganz zusagen. Karl hatte viel zu schnell zu allem Ja und Amen gesagt und sogar von Franks finanzieller Lage gewusst – wie konnte das angehen? Hinzu kam, dass Frank erst jetzt das Datum im unteren Bereich des Schirms bewusst wurde – er hatte volle zwei Tage verschlafen. Eines war aber klar: Er würde froh sein, wenn er wieder in Hamburg war. Die Abende hier unten waren ihm einfach viel zu warm – er vermisste die kühle Nachtbrise des Nordens und das Tuten der Nebelhörner.

Der Wind wehte ihm ins Gesicht, und er konnte die angenehm salzige Berührung auf den Lippen schmecken. Die Sterne am Himmel erinnerten an winzige Löcher in einer Käseglocke, und Snap, der bei geöffnetem Fenster in der oberen Kanzel des Hydraulikkrans saß, ertappte sich bei der Vorstellung, wie es wohl vor fünfhundert Jahren gewesen sein musste, als die Geheimnisse der

Weltmeere noch hinter einem Schleier aus Aberglauben und technischer Ahnungslosigkeit verborgen lagen.

Der Gedanke an Technik brachte ihn dazu, die Daten auf dem Display des Decks zu kontrollieren, die ihm die kreisenden Drohnen des Crew-Riggers übermittelten. Er verglich per Bildschirmarbeit die eingehenden Bilder mit alten Landkartendaten, die er sich aus den Archiven des hanseatischen Nautikmuseums kopiert hatte. Der Hack in die CPU des Museums war ein Kinderspiel gewesen. Der Marktwert der alten Daten war offenbar zu gering, um Investitionen in tödliches IC zu rechtfertigen. Das Schwierigste an dem Datenklau war nicht das System des Museums gewesen, sondern die Anwesenheit der Unbekannten.

Als Snap heute Mittag ihre Stimme gehört und ihre Gegenwart gespürt hatte, hatten in ihm die Alarmsirenen losgeheult, und er hatte panisch reagiert. Sofort hatte er die Verbindung zwischen Cyberdeck und Headmemory deaktiviert. Im Augenblick war sie in seinem Kopf gefangen und fand hoffentlich keinen Weg dort heraus. Ob das gut war, konnte der Decker zurzeit noch nicht einschätzen.

Später auf dem Run hatte er ständig das Gefühl gehabt, dass sich ›Icebabys Vermächtnis‹ – das war der beste Name, der ihm für das Ding in seinem Schädel eingefallen war – große Mühe gab, aus ihrem Gefängnis auszubrechen. Seine Kopfschmerzen rührten aller Wahrscheinlichkeit nach davon her, dass sich die Speichermenge in seinem Kopf von Stunde zu Stunde erhöhte. Somit konnte sie kein Virus sein, da Viren nur vorhandene Dateien anfielen, aufblähten oder veränderten. Sein Headmemory aber war leer gewesen, als sie eingedrungen war. Wenn die Speichermenge aber noch weiter anstieg, war die Aufnahmekapazität spätestens morgen erreicht. Was dann passierte? *Who knows.* Wenn er Glück hatte, platzte ihm nur der Schädel – zumindest wäre dann endlich alles vorbei. Aber höchstwahrscheinlich würde ihm Fortuna diesen Wunsch nicht erfüllen. Bisher hatte sie ihm zwar immer irgendwie geholfen, andererseits aber auch sehr viel Mühe und Zeit darin investiert, Snap ganze Wagenladungen voller neuer Steine ins Kreuz zu schleudern. Der Decker neigte dazu, alles zu personifizieren; dadurch fiel es ihm leichter, damit umzugehen. An die ständige Anwesenheit von Murphy und dessen schweren Gesetzeswälzer hatte er sich fast schon gewöhnt. Fortuna war da viel gemeiner. Zuerst half sie einem, und dann riss sie ihre Gaben wieder an sich.

Das Signal einer kreisenden Drohne forderte seine Aufmerksamkeit. Sie hatten, so unwahrscheinlich es auch klang, in nur wenigen Stunden den Ort erreicht, an dem sich, den alten Karten zufolge, der Findling befand. Es war ein kleines Wunder, wie schnell und vor allem unbeschadet sie es hierher geschafft hatten. Die See in diesem Teil war sauber, und sie brauchten keine Angriffe durch Giftgeister zu fürchten. Sogar die Schiffe der SDA-Küstenwache ließen sie problemlos passieren. Das Schicksal schien auf ihrer Seite – aber Snap hatte Fortunas Wagenladung wurfbereiter Steine nicht vergessen. So schnell, wie das Wetter von einem Moment auf den anderen umschlagen konnte, konnte sich auch das Glück abwenden – das hatte die Vergangenheit ihm bewiesen. In einem Augenblick war man glücklich, und schon im nächsten hatte sich die ganze Welt gegen einen verschworen. In den Schatten musste man auf alles vorbereitet sein und immer ein Ass im Ärmel versteckt halten.

Sein Ass war die Tarnung des Schiffes. Die gehissten Flaggen wiesen die *Marie* als Schiff des Norddeutschen Bundes auf wissenschaftlicher Forschungsreise aus. Schiffe auf See mussten nicht nur Flagge hissen, sondern waren auch gehalten, eine Signaldatei auszusenden, die Aufschluss über ihr Ziel gab. Das Blumenmädchen saß mit im Boot, wenn auch nicht persönlich. Sie hielt sich sicher in ihrer Wohnung in Hamburg auf. Dank des Universitäts-Accounts, den ihr Karl Bachs Orden zur Verfügung gestellt hatte, konnte sie den Küstenbooten ›hanseatisch bewiesen‹ vorgaukeln, dass es sich bei diesem Einsatz um eine Forschungsexpedition zur Bergung von Konsumartefakten handelte, die vor über fünfzig Jahren versunken waren. Mit anderen Worten: Es ging angeblich um die Untersuchung ertrunkener Couch Potatoes und ihres Ambientes aus der Zeit um die Jahrhundertwende. Falls jemand davon Wind bekam, würde er nichts Interessantes daran finden. Verrottete Fernseher und Einrichtungsgegenstände waren selbst auf dem heutigen Schwarzmarkt kaum an den Mann zu bringen.

Da dieses Schiff zur Beseitigung von Kampfmitteln gebaut worden war, verfügte es über eine gute Ausstattung von Sondenarrays, deren Effizienz durch kreisende Drohnen gesteigert wurde. Die unter Wasser aufgenommenen Daten der Sonden wurden durch Luftaufnahmen der Drohnen ergänzt.

Snap stimmte alle Informationen aufeinander ab und verglich sie mit alten Luftbildern und Sondenwerten. Dann wurde alles übereinander gelegt und den Tiefen- und Strömungsveränderungen nach der Flut von 2011 angepasst. Obwohl es ziemlich unwahrscheinlich war, dass sich der Findling in den letzten Jahren von allein durch den Schlamm gewälzt hatte, fand er ein Objekt von der Größe des Alten Schweden mehrere hundert Meter vom errechneten Ort der Fundstelle entfernt. Das Wasser war an dieser Stelle ungewöhnlich tief. Laut den Daten lag der Stein in achtzig Metern Tiefe zur Hälfte im Grundschlamm vergraben.

Die genauen Koordinaten gab Snap an den Steuermann weiter. Dann verließ er seinen Platz und ging zurück unter Deck zu Paul, um ihm das Ergebnis mitzuteilen.

Es wurde Zeit, sich zu verdrücken, denn von jetzt an stand körperliche Arbeit auf dem Programm. Als er die Treppe erreichte, brach große Arbeitswut bei der bisher lethargisch wirkenden Crew aus. Geräte wurden aufgebaut, Ketten und Taue an den unmöglichsten Stellen gelöst oder angebracht. Bei diesem regen Arbeitsbetrieb wäre Snap aller Wahrscheinlichkeit nach versehentlich unter die Räder gekommen. Aber seinen Part hatte er erst einmal gemeistert. Trotz der Kopfschmerzen wollte er endlich eine Runde schlafen. Sein Körper schrie nach Ruhe. Mehr aus Gewohnheit würde er sich noch eine Pille einwerfen, auch wenn er kein richtiges Verlangen danach hatte. Vielleicht tat er es, um sich nicht den Fragen stellen zu müssen, die in ihm loderten. Fragen, von denen er wusste, dass nur er selbst Antworten darauf finden konnte – sowohl alte als auch neue. Dafür hatte sich in der letzten Zeit einfach viel zu viel ereignet.

Chet hing über der Reling und verfütterte die Nahrung von heute und die der nächste Tage im Voraus an die Fische. Ihm war speiübel, und das ewige Auf und Ab der Wellen wollte trotz allen Fluchens und Betens nicht enden. Als er sich halbwegs sicher war, den gesamten Mageninhalt ausgekotzt zu haben, setzte er sich hin und lehnte sich stöhnend mit dem Rücken an die Reling. Immer noch benommen, ließ er den Blick über das Deck gleiten. Die Szenerie wirkte sehr geschäftig. Der Ork hatte die Veränderung gar nicht mitbekommen. Nach seinem Frischluftanfall war er nur Hals über Kopf aus der engen Koje und zur Reling gerannt.

Noch immer hatte er den ekelhaften Gallegeschmack im Mund und war sich nicht sicher, ob es nicht besser gewesen wäre, Paul von oben bis unten anzukotzen. Die Finte des Chummers war echt mies gewesen.

Im Nachhinein schalt er sich aber selber. Dass seine Frau an Bord eines Schiffes auf ihn wartete, war ziemlich unwahrscheinlich. Er wäre niemals freiwillig an Bord gegangen, und kein Mensch wusste das besser als sie. Er war nun einmal ganz anders als die Mannschaftsmitglieder, die im Augenblick alle Hände voll zu tun hatten. Ein Zyklop trug gerade einige Metalltonnen von rechts nach links. Die schweren Teile sahen wie Spielzeug in seinen Pranken aus, und sogar Chet fühlte sich in Gegenwart des Zyklopen recht klein. Es war eigentlich ziemlich krass. Er war selbst ein Metamensch, empfand den Anblick des anderen aber als extrem ungewohnt. Die Sechste Welt war schon irgendwie verrückt: *Gewöhnt man sich gerade an den Anblick von etwas Fremden, taucht sofort etwas Neues auf.*

Ein Zwerg mit Augenklappe stand neben einem Palettenstapel und schraubte sich ein Enterhaken-Implantat vom Ellenbogen ab, um es durch eine Cyberzange zu ersetzen. Völlig gebräuchliche Cyberware an Deck eines Schiffes, auch wenn Chet niemals in den Sinn gekommen wäre, sie sich einzubauen – oder auf ein Schiff zu gehen. Aber andere Umstände erforderten oft andere Mittel.

Über Lautsprecher drang die Stimme des Kapitäns und forderte alle an Bord auf, an Deck zu kommen. In wenigen Minuten würden sie die Stelle erreichen, an der sie den Findling vermuteten. Der Wetterbericht war berichtigt worden, und sie mussten einen Zahn zulegen. Ein aufkommender Sturm würde die Bergung ab dem späten Nachmittag unmöglich machen.

Chet entschied sich, noch einmal unter Deck zu gehen. Dort griff er sich das AK-Sturmgewehr von der kleinen Koje. Wenn die Wellen noch höher schlugen, brauchte er etwas Vertrautes, an dem er sich festhalten konnte. Auf dem Rückweg lief ihm Krächzender Tod vor die Füße. Seiner Gesichtsfarbe nach war der Bursche auch ziemlich fertig. Was Chet irgendwie befriedigte – er war also nicht der einzige Seekranke. Der Rest des Teams wartete bereits an Deck. Obwohl der Raben-Schamane Chet mit nach oben begleitet hatte, fehlte er jetzt in der Runde. Vermutlich hatte er sich irgendwohin zum Kotzen zurückgezogen.

Gelegentlich huschten die Scheinwerfer über die Giebel mehrstöckiger Häuser, die aus dem Wasser ragten und der Kraft der Gezeiten bisher noch widerstanden; es war aber nur eine Frage der Zeit, bis die See sie verschlingen würde. Im Gegensatz zum Menschen besaß die Natur alle Zeit der Welt und konnte warten. Paul stellte sich ein Stück abseits und klatschte auffordernd in die Hände, um die Aufmerksamkeit aller Teamkollegen auf sich zu lenken. »Ich habe soeben erfahren, dass die Bedrohung durch die Go-Gang beseitigt ist. Ihr Anführer hat den Löffel abgegeben, und die verbleibenden Mitglieder haben erst einmal keine Lust mehr, uns weiter an den Karren zu pissen.«

Paul war in der Zwischenzeit wohl mit Simon in Kontakt getreten. Sein Chummer hatte ihm vorhin einiges erzählt, und weil Chet nichts anderes gehört hatte, konnte er davon ausgehen, dass Zack überlebt hatte. Das waren endlich einmal gute Nachrichten.

»Diejenigen, die jetzt gleich den Findling bergen, bitte ich, sehr vorsichtig zu sein. Ich weiß zwar nicht, warum, aber man hat mir geraten, den Stein nicht zu berühren. Fog, du wirst die dicken Saugrohre an der Unterseite des Findlings von allen Himmelsrichtungen aus in den Schlick rammen. Fender wird dir dabei helfen. Vorn sind kleine Bohrer angebracht; sie werden sich einen Weg an der Außenseite entlang suchen und hoffentlich mit den Enden aufeinander treffen. Danach werden wir Drahtseile durch die Rohre schieben und den Alten Schweden heben. Der Rest wartet ab und hofft, dass keine anderen Probleme auftauchen. Fragen?«

Chet war froh, dass er keiner der Lebensmüden war, die ins Wasser steigen mussten, und verkniff sich seine Frage. Er hatte in der letzten Zeit genug Erfahrung mit Wasser gemacht und wollte eigentlich nur wissen, wann er endlich wieder festen Boden unter den Füßen spüren würde.

Der Ork zog es vor, an Deck zu bleiben, weil die engen Kajüten sein Unbehagen nur unnötig steigerten. Fog hatte bereits den Taucheranzug angelegt und erinnerte durch ihre mollige Statur an eine in Latex gezwängte Leberwurst. Über den Mund hatte sie eine leichte OXYS-Maske gestülpt; bei dieser Technik entzogen künstliche Kiemen dem Wasser den nötigen Sauerstoff. Weil Chet ansonsten nur noch ein Paar Schwimmflossen und ein Messer an ihr entdecken konnte, ging er davon aus, dass der Findling nicht allzu tief lag.

Fog stellte sich an den ausgesparten Bereich in der Mitte des Schiffes, und Chet sah, wie sie die Augen schloss und sich konzentrierte. Die seltsamen Tätowierungen auf ihrer Kopfhaut leuchteten in der Dunkelheit bläulich auf. Der Ork vermutete, dass sie irgendeinen Zauber sprach, der ihr unter Wasser behilflich sein würde. Danach sprang sie mit einem gekonnten Kopfsprung über die Reling, tauchte in die Tiefe und verschwand aus seinem Sichtfeld.

Fender brauchte etwas länger. Die JIM-Tiefseeausrüstung, die er sich anlegte, sah ziemlich schwer aus. Im Wasser würde sie logischerweise einfacher zu handhaben sein, aber bis dahin musste er noch einige Schritte hinter sich bringen. Die Ausrüstung korrigierte Chets Vermutung, dass der Findling nicht tief lag. Fender musste ein erfahrener Tiefseetaucher sein, denn ohne Ausbildung stieg man nicht in einen solchen Anzug. Weil er nicht wie Fog über Magie verfügte, war er auf solche sperrigen Hilfsmittel angewiesen.

Als auch er endlich im Wasser verschwunden war, setzte sich der Rest wartend auf Deck. Chet erspähte den Raben-Schamanen, der sich in den Kran verkrochen hatte, mit dem sie später den Findling heben wollten. Der Kerl bevorzugte in seiner Freizeit anscheinend luftige und einsame Höhen.

Samira ging mit Snap unter Deck. Sie wollte dem Jungen einen exotischen Tee gegen die Kopfschmerzen brauen. Die Frau machte einen durch und durch sympathischen Eindruck. Sie war ganz anders als Claw, der nur langsam auftaute. In ihrer freundlichen Art hatte sie sogar Chet so ein Zeug angeboten. Im Augenblick zog er es jedoch vor, der nagenden Übelkeit nicht noch mehr Auswurfware zu liefern.

Während er so wartete, beäugte er Claw. Der Schamane wirkte irgendwie verändert, nicht nur durch die Tätowierungen. Etwas in ihm hatte sich verändert, und der Ork war sich nicht sicher, ob das an der Frau lag. Paul dagegen schaute so düster wie eh und je. Er war Pessimist, musste sich vielleicht auch noch von dem Kinnhaken erholen, den Chet ihm verpasst hatte, nachdem er die Finte durchschaut hatte. Obwohl er seinen Chummer nicht weiter stören wollte, ging er auf ihn zu und fragte scherzhaft: »Na, ist das Gesicht noch ganz?«

Paul setzte ein gezwungenes Lächeln auf. »Klar, da müsstest du schon ein paarmal fester zuhauen, bevor ich mit einem Gesicht wie Zack gestraft wäre.«

Lachend setzte sich Chet neben ihn. »Also hat er den Aufenthalt auf Big Willy überlebt?«

Paul nickte, warf dabei aber Claw einen kurzen, verlegenen Blick zu, der Samira gerade wieder einen langen und sehr intensiven Kuss gab. Seine Hände konnte er auch nicht bei sich behalten. Dass sie dabei beobachtet wurden, schien die beiden nicht weiter zu stören – andere Länder, andere Sitten. Obwohl es andererseits auch verständlich war, denn jeder Run konnte ihr letzter sein, und sie wollten vielleicht einfach keine Zeit verschwenden. Paul sprach nicht darüber, aber der Ork wusste, dass die Einsamkeit seinem Chummer schwer zu schaffen machte. Er würde es niemals von allein zugeben, aber gelegentlich dachte er bestimmt an Pandora, die sich gegen ihn entschieden hatte. Deshalb sagte Chet: »Es hat mal jemand geschrieben, ich glaube, Shakesbier war das: *Welch bitter süßer Schmerz*. Erst wenn man etwas verloren hat, weiß man, was einem entgangen ist.«

Dieses Mal war es Paul, der ihn verblüffte. »Ich glaube eher, William hat gemeint, man betrauert das, was man selbst mit diesem Verlust in Verbindung bringt. Die Träume und Wünsche, die man bei sich selber für immer verloren hat. Und vor allem ist man glücklich darüber, auch wenn man es nicht zugibt, weil man sich sonst nicht weiter bemitleiden könnte. Ist fast wie erwachsen werden … aber was erzähl ich dir das, du bist ja mittlerweile Vater.«

Das ließ in Chet wieder den Stolz aufsteigen. »Ja, ›Griechischer Salat‹ und ich haben einen schweren, kräftigen und vor allem gesunden Jungen zur Welt gebracht. Ein Großteil der Arbeit hat sie getan – wenn ich etwas anderes behauptete, würde sie mir die Eier abreißen.«

Paul lachte und legte Chet freundschaftlich die Hand auf die Schulter. »Wie heißt der Kleine? Da ich ja Patenonkel werde, würde ich gerne den Namen wissen.«

Das war eine gute Frage. Bisher hatten sie noch keine endgültige Entscheidung getroffen. Wie sollte der Junge heißen?

Paul las das Fragezeichen in seinem Gesicht und meinte scherzhaft: »Hoffentlich nicht ›Griechischer Ziegenkäse‹. Wie bist du eigentlich auf den Kosenamen gekommen?«

Nun war es an Chet zu lachen. Die folgende Geschichte würde keiner außer den beiden Beteiligten je verstehen können. Trotzdem erzählte er sie Paul. »Das ist ganz einfach. Am Anfang unserer Beziehung haben wir zusammen immer eine alte Serie gesehen, in der eine Frau Cheese genannt wurde. Daraufhin meinte sie, das wäre ja ein schlimmer Name – ich würde ja auch nicht auf die Idee kommen, sie ›Griechischer Salat‹ zu rufen. Und seitdem muss sie mit diesem Kosenamen leben, wenn sie mir deswegen auch oft eine verpasst. Aber damit kann ich leben – bin ja schließlich 'n großer Ork und am ganzen Körper hart wie Kruppstahl.«

Paul schenkte ihm zum ersten Mal an diesem Abend ein Lächeln, das wirklich von Herzen kam. »Danke, dass du mir so etwas Persönliches anvertraut hast. Ich werde den anderen auch nicht erzählen, dass du gerne antiquierte Sendungen anschaust und unterm Pantoffel stehst.«

»Du Arschloch!« Chet hieb seinem Chummer auf den Arm. Erst jetzt fiel dem Meta auf, dass er seit Beginn seines Gesprächs kein einziges Mal ans Kotzen gedacht hatte.

Sie saßen nur noch stumm nebeneinander schauten den kreischenden Möwen zu und warteten auf den Beginn der Bergung. Obwohl Chet die Sache mit seinem Ausstieg nicht angesprochen hatte, spürte er, dass Paul intuitiv seine unausgesprochene Entscheidung ahnte. Sie wussten aber beide, dass jetzt nicht der rechte Augenblick war, so etwas zu bereden. Es konnte einfach noch viel zu viel passieren, das sich ihrer Kontrolle entzog – später, wenn alles vorbei war, würden sie das nachholen.

Am späten Mittag sprangen die gelben Lampen, die an den Eckpunkten der Aussparung angebracht waren, endlich an und verteilten rotierend ihr Licht, das von dem Kreischen eines Ladesignals untermalt wurde. Jetzt konnten sie den Findling aus dem Schlamm ziehen. Sie waren gerade noch im Zeitplan, aber die dunklen Sturmwolken wurden schon dichter, und sogar die Möwen hatten das Weite gesucht. In ein paar Stunden würde sie das Unwetter erreichen, und der Seegang würde unter Garantie unerträglich werden.

Krächzender Tod räumte den Platz im Kran für ein Crewmitglied und kletterte nach unten. Die aufkommende Brise zerrte in der Höhe schon jetzt an seiner schattenhaften Kleidung, die mit der allmählich hereinbrechenden Dunkelheit zu verschmelzen schien.

In diesem Moment wurde der riesige Brocken an die Oberfläche gehievt, und der Anblick ließ Chet den Schamanen vergessen. Der Findling war wirklich beeindruckend. Die Oberfläche war komplett mit Sedimenten übersät. Chet hatte zwar keine Ahnung davon, aber er fand die Menge an Rückständen enorm, verglichen mit der Zeit, die der Findling im Wasser gelegen hatte. Aber das Ding war magisch – vielleicht lag es ja daran.

Der Brocken schwebte langsam über das Deck und würde jeden Augenblick abgelegt werden. Bald war der Stein geborgen, und danach konnten sie endlich von hier abhauen.

Plötzlich bemerkte Chet, dass Claw die Augen weit aufgerissen hatte und entsetzt Krächzender Tod anstarrte. Der Raben-Schamane hatte eine Maschinenpistole geschultert und rannte auf den Findling zu. Zwei Crewmitglieder, die ihm im Weg standen, beförderte er mit gezielten Schüssen aus dem Leben. Dann visierte er mit dem Laserpointer die Drahtseile an, an denen die Last befestigt war. Wenn er die Seile zerschoss, würde die stürzende Last vielleicht das Deck, wenn nicht sogar den Rumpf durchschlagen. Das Schiff würde kentern und sinken. Warum sollte der Raben-Schamane das wollen?

Claw konnte es nicht glauben. Der Mann, den er für den angeheuerten Raben-Schamanen hielt, besaß eine Aura, die von oben bis unten mit negativen Spuren durchsetzt war. Von ihm ging etwas Böses, Unmenschliches aus. Die Quelle der negativen Energie kam aus einem Ring, den er am Finger trug. Spürbare Hassgefühle, die sich gewöhnlich bestimmt gegen alles Leben richteten, wehten Claw entgegen, als er diese Präsenz sondierte. Im Augenblick konzentrierten sie sich aber auf den Stein, der gerade aus dem Wasser gezogen und über Deck gehievt wurde. Dieser Felsen war riesig und die Macht, die von ihm ausging, größer als alles, was Claw bisher in seinem Leben gesehen hatte – und das war nicht wenig gewesen. Sie schien direkt aus den Tiefen der Erde zu kommen.

Der Löwen-Schamane beschimpfte sich dafür, dass er vorher keinen Blick auf den anderen Schamanen geworfen hatte. Aber wieso hätte er es auch tun sollen? Der Mann hatte sich in seiner Kajüte eingesperrt und den anderen erzählt, er fühle sich nicht gut. Nach den Berichten von Chet über den Raben hatte Claw keinen Grund gesehen, an dessen Loyalität zu zweifeln. Rabe war schon immer ein Einzelgänger gewesen.

Lag seine extreme Veränderung vielleicht an dem Ring? Für gewöhnlich war Rabe kein böses oder menschenfeindliches Totem. Das Schmuckstück besaß die Form eines Flügelpaares, in dessen Mitte sich ein brennendes Schwert befand. Besaß dieser Ring vielleicht eine Verbindung zu einer Macht, die nun die Handlungen des Schamanen kontrollierte? Löwe wusste es nicht, hatte aber auch keine Lust, auf eine Antwort zu warten. Es reichte ihm schon, dass der Schamane mit seiner Waffe losballerte.

Claw wechselte die Ebenen. Er verließ seinen Körper und konzentrierte sich darauf, in die Spiegelwelt einzutauchen – dort konnte er schneller agieren. Im Astralraum zogen die Projektile langsam durch die Luft und verursachten nur ein unangenehmes Gefühl, sobald sie seine astrale Gestalt durchdrangen. Bedauerlicherweise war er aber nicht schnell genug gewesen. Die Drahtseile rissen, und der Findling stürzte aufs Deck. Claw beherzigte vorsichtshalber Pauls Rat, dem Artefakt nicht zu nahe zu kommen, und glitt geschwind zur Seite. Bestätigend hörte der Schamane ein tiefes Grollen aus dem Findling, als das Gewicht hart auf das Deck aufschlug. Zum Glück blieb das Schiff von nennenswerten Schäden verschont; es schaukelte nur heftig von rechts nacht links. Just in dem Augenblick, in dem sich Claw auf den amoklaufenden Raben-Schamanen stürzen wollte, wurde dessen Hand in Fetzen gerissen. Die dabei freigesetzte Energie explodierte wie eine Bombe im Astralraum, und die Wucht traf Claws Astralleib und ließ ihn schwer taumeln. Der intensive Schmerz schleuderte den Löwen-Schamanen zurück in seine weltliche Hülle, die zusammengesunken auf dem Deck lag.

Zu Chets Erleichterung hatte das Deck dem Aufschlag der tonnenschweren Last standgehalten, auch wenn ein gewaltiger Ruck durch den Rumpf gefahren war. Er zoomte den Raben-Schamanen näher. Ihm fiel auf, dass dieser jetzt einen auffälligen Ring am Finger trug. Er glich dem des Endurofahrers, den er zusammen mit dem Arm in ihrem Lieferwagen zurückgelassen hatte. Vorher war Chet das Schmuckstück an dem Schamanen gar nicht aufgefallen. Konnte es sein, dass der Rabe schon immer ein Anhänger der Söhne und Töchter Gabriels gewesen war? Oder hatte er nur den Ring des Endurofahrers an sich genommen und war seitdem nicht mehr Herr seiner Sinne? Höchstwahrscheinlich war an der ganzen Sache etwas Magisches schuld. Magie war etwas, mit dem der Meta nicht allzu viel zu tun haben wollte – sie entzog sich seinem logischen Verständnis. Genauso wie das Verhalten des Mannes. Eigentlich hatte Chet den gefräßigen Typ gemocht und konnte dessen plötzlichen Sinneswandel nicht nachvollziehen. Weil er ihn deswegen nicht umbringen wollte, konzentrierte er den Feuerstoß auf die Waffenhand – einen Versuch war es wert.

Die Smartgunverbindung ließ ihn genau ins Schwarze treffen. Krächzender Tod schrie auf. Seltsamerweise riss ihm der Treffer die ganze Hand ab. Das Fleisch explodierte förmlich, und hellblaue Flammen tauchten aus dem Nichts auf. Sie leckten gierig über die Oberfläche des Findlings und verbrannten das Gesicht des Schamanen. Die extreme Hitze schlug sogar bis zu Chet herüber. Dann stieg ein Donnern auf, das mehr an ein unmenschliches Brüllen erinnerte. Der Ursprung dieses Lärms lag im Findling begraben.

Chet sah, wie sich die versengten Augen des Raben-Schamanen vor Furcht weiteten, und in diesem Augenblick schien es Chet, als wäre ein böser Zauber von dem Mann gewichen. Die Explosion hatte Krächzender Tod jedoch gegen den Alten Schweden geworfen. Paul hatte sie alle gewarnt, den Findling unter gar keinen Umständen zu berühren. Wenn der Ork vorhin auch nicht gewusst hatte, warum, wurde ihnen allen jetzt die Antwort auf diese Frage eindrucksvoll präsentiert.

Die steinige Oberfläche verformte sich, und es bildeten sich unförmige, mit Sediment überzogene Arme. Mit ihrer scharfen Oberfläche schlossen sie den Schamanen in eine alles zerquetschende Umarmung. Sein Körper brach einfach in der Mitte durch, und ein Schwall Blut spritzte aus dem Mund aufs Deck. Zum Schluss wurde der Rest schmatzend ins Innere des Findlings gezogen.

Mit einem Mal war es bedrohlich ruhig. Nur die Geräusche des aufkommendem Sturms und die des Meeres waren wieder zu hören – so als wäre überhaupt nichts geschehen. Verwundert schauten alle gebannt auf den Findling, aber keiner machte auch nur die geringsten Anstalten, dem Alten Schweden zu nahe zu kommen. Was immer in diesem Stein auch ruhte, Chet betete, dass es nicht die geringste Lust verspürte, dort herauszukommen.

TEIL IV

13

Tote Erde

ERDKAMP KONNTE ES NICHT FASSEN. Er saß immer noch hinter dem mittlerweile überquellenden Schreibtisch und hatte das Gebäude die ganze Zeit nicht verlassen. Die wenigen Stunden Schlaf waren nicht allzu erholsam gewesen. Von nebenan hörte er die ersten Lohnsklaven die Arbeit beenden und ihrem Trott folgen, als wäre von gestern bis heute Abend nichts Nennenswertes passiert. Zu gerne hätte er im Augenblick ihre Unbefangenheit und Naivität besessen, um die Last der Verantwortung auf seinen Schultern vergessen zu können.

Ihm gegenüber saß Sommer, der Elf. Der Mann sah angeschlagen aus. Seine Oberlippe war geschwollen, und jemand hatte ihm den Unterkiefer gebrochen. Auf dem Weg zum Kontaktmann von Fuchi waren er und seine Bodyguards von einigen Schlägern aufgegriffen und ziemlich vermöbelt worden, weshalb er nicht rechtzeitig am vereinbarten Treffpunkt erschienen war. Und das konnte kein Zufall gewesen sein.

Es war jemand im Hintergrund tätig, der Erdkamps Pläne durchkreuzte. Nur wer das war, darauf gab es keinerlei Hinweise. Davon abgesehen, würde es ihn jetzt auch nicht weiterbringen. Den greifbaren Beweis für das Scheitern seiner Pläne hielt er bereits in den Händen. Auf dem optischen Chip war das Gespräch zwischen seinen beiden Firmenmitbegründern abgespeichert, und die daraus resultierenden Konsequenzen waren nicht mehr rückgängig zu machen. Sein gesamter Plan war vereitelt, von jetzt an ging es darum, seine Haut zu retten. Der auserwählte Acker hatte sich in tote, unfruchtbare Erde verwandelt.

Das Problem mit Fuchi würde sich hoffentlich von allein lösen. Der Konzern würde die Nordgas AG übernehmen, und dann waren Erdkamps Tage im Vorstand gezählt. Vielleicht konnte er noch etwas aus dem Verkauf seiner Aktien herausschlagen. Also musste er mit dem leben, was übrig blieb – verglichen mit dem, was er sich anfangs ausgemalt hatte, würde das nicht mehr viel sein. Den Zorn Fuchis, selbst wenn sie ihn hinterrücks ausgestochen hatten, musste er aber weiterhin fürchten. Schließlich hatte er hoch gepokert, und Spielschulden mussten unter Ehrenmännern bezahlt werden. Er hoffte jedoch, sich der ganzen Angelegenheit später einmal in Ruhe widmen zu können.

Am wichtigsten war jetzt, die Beweise zu vernichten, die ihn noch belasten konnten. In den langen Jahren als Vorstandsmitglied war einiges *schwarzes* Material angehäuft worden – nicht nur solches, das die Steuerfahndung brennend interessierte. Die Sache mit den Umweltschäden musste schnellstmöglich vertuscht werden. Wurde das bekannt, würden die Aktienkurse ins Bodenlose fallen. Fuchi würde die aufgekauften Anteile höchstens noch als Brennmaterial in Dritte-Welt-Länder exportieren können. Und es war klar, an wem der Mega-Konzern seinen Zorn auslassen würde. An Holger Erdkamp – schließlich war es seine Aufgabe gewesen, das Wohl und den Fortbestand der Nordgas AG zu sichern.

Bisher hatte Erdkamp indirekt Niels von Wersch mit der Angelegenheit beauftragt. Der Mann war noch während seiner Tätigkeit bei Bayersdorf auf Erdkamp zugekommen und hatte ihm von den Möglichkeiten erzählt, die der Nordgas AG mit der Kontrolle mächtiger Geister und Elementare zur Verfügung standen. Deren

Macht gestattete es, gewinnbringende Rohstoffvorkommen kostengünstig zu erschließen. Das hatte sehr gut geklungen, nur waren die Forderungen des Mannes damals viel zu hoch, ja sogar utopisch gewesen. Nach seiner Verhaftung war der Mann jedoch nicht mehr großspurig aufgetreten, sondern hatte sich über Erdkamps Interesse gefreut. Schließlich bot er ihm Mittel an, die seinen Aufenthalt auf Big Willy versüßten und ihm vielleicht sogar einen Weg von dort weg ermöglichten.

Über einen gekauften Beamten, Trost war der Name des Mittelsmannes, war Erdkamp an Wersch herangetreten. Trost hatte sich in der Vergangenheit schon einmal als gute Investition bewiesen.

Bei einem kleinen Malheur mit Erdmanns ehemaliger Sekretärin hatte er sich als äußerst tauglich und verschwiegen erwiesen. Die Dame war am falschen Ort zur falschen Zeit gewesen und hatte einen von Erdkamps Wutausbrüchen miterlebt. Weil sie ihm nicht auf den Nerv gehen sollte, hatte er sie aus dem Büro befohlen, und dabei hatte sie aus Versehen den falschen Chip mitgenommen. Es hatte Erdkamp nicht weiter interessiert, ob sie den Inhalt nun gelesen hatte oder nicht. Allein die Möglichkeit, dass sie es getan haben könnte, hatte ausgereicht, sie sofort von der Bildfläche verschwinden zu lassen. Sie war ersetzbar, auch wenn das neue Tittenwunder keinen so guten Kaffee fabrizierte.

Der Chip enthielt Beweise dafür, dass die Nordgas AG damals wie heute wissentlich Gas an Stellen förderte, in denen Gebäude gefährdet wurden. Der Einsturz der Gebäude von gestern bewies, dass es keine leeren Vermutungen gewesen waren. Hätte er damals nicht diese Entscheidung gefällt, wäre der Konzern allerdings niemals so erfolgreich gewesen. Noch heute arbeiteten Fabriken der AG an Förderstellen, von denen einige Verbindungen zu Höhlensystemen besaßen, die bis weit unter das Hamburger Stadtgebiet reichten. Und das war auch einer der Gründe, warum er Niels von Wersch jetzt noch nicht ausschalten konnte. Falls der Magier mit seinem Ritual Erfolg haben sollte, würde man die Macht der Wesen vielleicht einsetzen können, um die Beweise im Boden zu vernichten.

Leider hatte Erdkamp vorhin erfahren müssen, dass Trost bei einem Unfall auf der Gefängnisinsel ums Leben gekommen war. Zum Glück hatte der Verstorbene aber vor seinem Ableben noch den Abtransport von Werschs arrangiert. Wenn der Magier allerdings nicht in den nächsten Tagen einen Erfolg präsentierte, war Erdkamp gezwungen, sich einen anderen Weg zur Verschleierung aller Spuren einfallen zu lassen und gleichzeitig den Magier zu entsorgen.

Die Analyse der gestohlenen Daten des Bayersdorf-Projekts, an dem von Wersch seinerzeit mitgearbeitet hatte, war bisher nicht wirklich hilfreich gewesen. Seine Mitarbeiter waren zwar auf Möglichkeiten gestoßen, Geister zu manipulieren, aber die ließen sich ohne immense Energieressourcen und geschultes Personal nicht verwirklichen. Eben diese Energie wollte von Wersch durch die Macht der Freien Geister, wie er sie nannte, aufbringen. Deshalb hatte er auch Geldmittel erbeten, um einen anderen Magier in seinen Forschungen behindern zu können.

Karl Bach war der Name des Mannes, der auch als Professor hier in Hamburg arbeitete. Es gab eine indirekte Verbindung zwischen ihm und dem verstorbenen Stefan Brückner, der einst Niels von Werschs Mentor gewesen war. Angeblich sollten seine Forschungen Kräfte verbrauchen, die Wersch für die Ziele der Nordgas AG benötigte. Die Versuche, den Mann und seinen Magie-Orden auszuschalten, waren zwar gescheitert, es war ihnen aber gelungen, die Fortschritte des Zirkels zu bremsen.

Aber war das nicht ein möglicher Weg? Konnte Erdkamp – und somit die Nordgas AG – nicht einfach behaupten, Karl Bach trage an allem die Schuld? Wegen seiner Forschungen sei das Erdreich unter Hamburg so stark verändert worden? Dafür musste man doch bestimmt nur einige Daten verändern und diese dem Orden unterjubeln? Vielleicht gab es sogar eine Strategie, die den Orden als direkte Bedrohung der Nordgas AG und Hamburgs entlarvte, um somit aktive Maßnahmen seitens des Konzerns rechtfertigen zu können?

In den nächsten Minuten hatte Erdkamp sehr viele wichtige Entscheidungen zu fällen und in die Wege zu leiten. Sommer würde ihm nicht mehr weiterhelfen können, und es war besser, den Elf nicht mit einzubeziehen. Leute, die Fehler machten, verziehen auch die Missgeschicke anderer leichter. Erdkamp zählte nicht zu diesen Menschen. Von jetzt an kümmerte er sich besser selbst um alles – er konnte sich keinen Fehler mehr leisten.

14

Die Gefährdung der Saat

DAS KRATZEN DES FEDERKIELS auf dem Pergament klang heute nicht einheitlich wie sonst. Normalerweise erinnerten die Geräusche an die gut einstudierte musikalische Darbietung einer Sonate, gegenwärtig ähnelten sie aber mehr dem verzweifelten Üben eines musikalisch Unbegabten, der ständig gegen den Takt spielte. Karl Bach war gedanklich viel zu sehr damit beschäftigt, die Geschehnisse der letzten Jahre und vor allem die der letzten Tage zu deuten. Es hatte sich einfach viel zu viel zugetragen, um jetzt hier ruhig zu sitzen und sich dem Tagebuch widmen zu können.

Stöhnend legte er den Federkiel auf dem Pergament ab und betrachtete einen Augenblick, was er zuletzt niedergeschrieben hatte. Allein der Anblick bewies ihm, dass er nicht bei der Sache war. Die sonst geschwungenen Bögen der An- und Abstriche der Großbuchstaben waren durchsetzt von zittrigen Ausrutschern und sogar einigen Tuschekleckse. Den geraden Einhalt einer Grundlinie konnte man ebenfalls nur mit gutem Willen erkennen. Auch die verborgene Hard- und Software, mit denen der antiquiert aussehende Federkiel verbunden war, hatten es nicht geschafft, die Zeilen richtig umzusetzen, wie Karl ein kurzer Blick auf das projizierte Monitorbild bewies, das er sofort wieder ausblendete.

Ständig ertappte er sich bei der Frage, was wohl Clarissa zu den Geschehnissen der Vergangenheit sagen würde. Clarissa war der Name seiner verstorbenen Frau.

Sie war damals bei ihrem gemeinsamen Ritual ums Leben gekommen. Machte sie ihm aus dem Grab heraus Vorwürfe für seine Taten? Immer noch fragte er sich oft, ob er die Schuld an ihrem Tod trug – schließlich war er der Initiator von allem gewesen. Er hatte die grenzenlosen Möglichkeiten der magischen Musik gesehen und sie dafür gewinnen können, seine positiven Ziele zu unterstützen.

Karl hatte wirklich geglaubt, mit Hilfe der magischen Macht der Musik die Umweltschäden mindern zu können. Nach der Jahrtausendwende war das Ökosystem der Nord- und Ostsee komplett umgekippt. Aber zum Zeitpunkt ihres Rituals, einige Jahre später, war er noch viel zu jung und unerfahren gewesen. Seine erwachten Fähigkeiten lag keine Schulung zugrunde, weil es so etwas wie magische Fakultäten noch nicht gab. Alles hatte im Nachhinein mehr an willkürliches Experimentieren erinnert. Er hatte mit Kräften gespielt, deren Ausmaß und Wirken, deren Wechselwirkungen zwischen Zaubernden und Umwelt noch nicht bekannt gewesen waren. Deswegen war ihm wohl die Kontrolle des Rituals entglitten. Es konnte gescheitert sein, weil am Tage des Rituals, dem historischen 9. Februar 2011, die Morgenflut große Teile des Nordens erreichte und ein Orkan der Windstärke 13 über das Land fegte. Andererseits gab es eine weitere Möglichkeit: Die grauenhafte Vorstellung, dass er nicht nur am Tod seiner Frau, sondern durch sein Scheitern auch an den 300000 Opfern der großen Flut schuld war – so abwegig das auch klang. Hatte der unkontrollierte Zauber diesen Sturm erschaffen oder angezogen? Es schien verrückt, aber unmöglich war es nicht. Schließlich war der große Geistertanz Jahre später in Nordamerika auch von Menschen initiiert worden.

Der Tag des Rituals lag schon mehr als 47 Jahre zurück, und seitdem kämpfte Karl mit Ängsten und Selbstvorwürfen. Allein schon diese Zahl, 47, erschien ihm im Augenblick astronomisch hoch. Für einen Mann machte das statistisch mehr als die Hälfte der Lebenserwartung aus, trotz Magie und fortgeschrittener medizinischer Technik. Es war sowieso ein Wunder, dass er sich noch so jung fühlte und seine Fähigkeiten mit dem Alter gewachsen waren, statt abzunehmen.

Was hatte er aber in dieser langen Zeitspanne und mit der gewonnenen Macht erreicht? Gut, er hatte den Orden ins Leben gerufen und war im Erforschen und Wirken der musikalischen Magie Schritt für Schritt vorangekommen – aber sonst?

Die Erforschung der Freien Geister, die sein Ritual erschaffen hatte, stagnierte seit dem gescheiterten Ritual mit der Sängerin Eternity. Und mit diesem zweiten Ritual verband er auch noch anderes, was ihm Kopfschmerzen bereitete. War die Sängerin mit dem Bösen des Schattens infiziert worden? Hatte die Kreatur post mortem eine Verdorbene aus ihr gemacht? Etwas, das wie die Killerin war, die mit dem Schatten zusammen das Ritual gestört hatte? Und dann war da etwas in dem Wirken des Schatten gewesen, das Karl im Nachhinein mit seinem ersten großen Ritual vor 47 Jahren in Verbindung bringen konnte. Es war der disharmonische Hauch des Unmusikalischen gewesen, der im Äther der Astralwelt getobt hatte, als ihnen das Ritual entglitten war.

Es gab noch etwas, das ihm erst später mit Schrecken bewusst geworden war. Weil der Schatten in der Lage gewesen war, dem Ritual die Kraft zu entziehen, bestand die Möglichkeit, dass eine Verbindung zwischen ihm und dem anderen Freien Geist existierte. Jenem Geist, der freiwillig in die Rolle des Ritualspähers geschlüpft war, um die Zitadelle – den in den Metaebenen verborgenen Ursprung – von Eternitys musikalischer Kraft zu orten. Wie wäre es dem Schatten sonst möglich gewesen, die Energien ihres Rituals zum Auftanken seiner Kräfte zu nutzen? War er vielleicht doch nicht so anders gewesen, wie Karl es anfangs vermutet hatte?

Was Karls Gedanken auf den Freien Geist brachte. Er war mit den anderen am 9. Februar 2011 entstanden. Den Geistern, die sich mittlerweile gegenseitig ausgelöscht hatten. Sie hatten sich ihm gegenüber Aqua und James genannt, auch wenn das nicht ihre wirklichen magischen Namen waren.

Der richtige Name eines Geistes war sein bestgehütetes Geheimnis. Kannte man ihn, besaß man die absolute Macht über diese Kreatur. Das Sprechen der magischen Silben offenbarte einem die gebündelten Fäden des Wesens, die ihm seine Form und Macht gaben. Es waren die gesponnenen Muster des astralen Körpers, die ihn zusammenhielten und zu dem machten, was er darstellte – seine Persönlichkeit. Ein Magier, der diesen Namen kannte, konnte der Kreatur alles befehlen, sogar den Tod. Zwar kam die Kreatur den Befehlen dann nur unter Zwang nach, sah sich aber in diesem Augenblick nicht in der Lage zu widerstehen – so sehr sie es auch wollte. Wegen dieses Zwangs setzten die Kreaturen in unbeobachteten Augenblicken oft alles daran, den Magier umzubringen, der gegen ihren Willen solche Taten anordnete. Zumindest munkelte man dies in den magisch-theoretischen Kreisen der Fakultäten. Wirklich anerkannte Beweise zur Untermauerung dieser Thesen gab es bisher nicht.

Der Name des befreundeten Geistes war Karl mittlerweile bekannt. Die Zeit, in der er mit den restlichen Ordensmitgliedern die Rituale zur Krafterneuerung durchgeführt hatte, nutzte der Magier, um die Machtstrukturen des Wesens zu ergründen. Er wollte wissen, wie es sich regenerierte, wie es sich zusammensetzte und welche Energien es für welche Zwecke nutzte. In dieser Zeit der Beobachtungen und Studien hatte Karl gelernt, die Schwingungen des Geistes zu deuten, und war so an den wahren Namen der Kreatur gelangt. Er war eine komplizierte Folge verschachtelter Konsonanten und Vokale, die erst richtig klangen und wirkten, wenn man sie magisch sang. Der Einfachheit halber hatte der Geist Karl darum gebeten, ihn Logos zu nennen, und bisher hatte der Magier den Geist noch zu nichts zwingen müssen. Logos war immer freiwillig erschienen, weil er die freigesetzte Energie ihrer Rituale brauchte, um seine nach dem Angriff des Schattens reduzierten Kräfte schneller wieder zu regenerieren. Das führte dazu, dass Karl sich fragte, ob vielleicht die Macht des Rituals mit Eternity den Schatten angelockt hatte. Oder war der Schatten vielleicht sogar durch das Ritual vor 47 Jahren entstanden, und seine Existenz war Karl damals lediglich verborgen geblieben, so wie es sich zunächst bei den Freien Geistern verhalten hatte?

Logos hatte sich mittlerweile von den Folgen der Berührung des Schattens zur Gänze erholt – ganz anders als Mariko und die anderen. Allem Hoffen und aller Fürsorge zum Trotz hatten sie ihre magischen Stimmen und Talente verloren. Es schien fast, als hätte die Berührung des Bösen den Opfern den Lebenswillen und die Hoffnung auf eine positive Zukunft geraubt. Das traf auch auf Eternity zu, die Karl mit der Hoffnung nach Marburg geschickt hatte, dass bei ihr der Aufenthalt die Wirkung einer Kur ausübte, weil sie noch jung war und eine überdurchschnittliche Kraft besaß.

Ein Räuspern hinter ihm ließ ihn in seinen Gedanken innehalten, und er spürte die Macht im Nacken, die auf eine Reaktion wartete. Er war da, der Freie Geist Logos, an den Karl gerade eben gedacht hatte. Ungehalten fragte der Magier: »Tauchst du immer ungebeten auf?« Dabei richtete sich sein Zorn gegen den Geist, weil Karl soeben der Gedanke gekommen war, dass die Kreatur in der Vergangenheit Wissen zurückgehalten hatte.

Die Stimme des Geistes klang weder gereizt noch angegriffen, als er antwortete. Sie strahlte eher Ruhe aus und barg sogar fürsorgliche Schwingungen. »Ich habe gespürt, dass du an mich gedacht hast. Oder täusche ich mich, alter Mann? Du scheinst dunklen Gedanken nachzuhängen.«

Es war wirklich vertrackt mit diesen Wesen: Oft sagten sie das eine, handelten dann jedoch komplett anders. Wenn Karls Gedankengang zutraf, hatte der Geist ihn vielleicht angelogen und nun den Zorn des Magiers gespürt. War es möglich, dass er Karl und den Orden über Jahre missbraucht hatte?

Um sich Klarheit zu verschaffen, stellte er den Freien Geist zur Rede. »Ich will wissen, ob der Geist in dem Findling und der Schatten, der uns angegriffen hat, in Verbindung stehen. Dann hätte ich nämlich niemals seine Bergung, sondern seine Zerstörung befohlen. Allmählich beschleichen mich Zweifel an deiner Loyalität.«

Die Aura des Geistes änderte sich und wurde von nervösen Facetten durchzogen. Zuerst schien es, als würde er einer Antwort ausweichen wollen. Aber dann antwortete er doch freiwillig. Karl war somit erst einmal nicht gezwungen, der Kreatur eine Antwort unter Verwendung ihres wahren Namens zu befehlen. Wenn ihn das Gehörte nicht überzeugte, konnte er immer noch zu diesem Mittel greifen, auch wenn er es nicht gerne tun wollte, weil es angeblich einer Folter gleichkam.

»Der Schatten war etwas, das ich selber bisher nicht gekannt habe. Aber er weist große Ähnlichkeit mit mir auf, was seine Struktur angeht. Auch wenn seine Anwesenheit latent immer vorhanden war, habe ich bis zum Tag des Angriffs nichts davon bewusst wahrgenommen. Seit seiner Berührung spüre ich aber, dass es da etwas gibt, das immer wieder den Kontakt zu mir sucht.

Ein Teil von ihm ist gestorben an dem Tag, an dem ihn die Sängerin mit magischer Energie überfüttert hat. Ich glaube aber mittlerweile, es war wirklich nur ein Teil von ihm. Und nun zu dem Geist in dem Findling: Er soll uns vorrangig bei der Suche nach meinem Ursprung helfen – etwas, von dem du dir viel Wissen erhoffst. Weiterhin wird seine Kraft uns aber vielleicht dabei behilflich sein können, den Schatten zu lokalisieren und ihn möglicherweise sogar zu vernichten, bevor er uns wieder angreift.«

Die Kreatur schien der Meinung zu sein, alles gesagt zu haben. Dennoch wollte Karl wissen, was genau es mit dem Geist im Findling auf sich hatte. »Wie kommt es denn, dass der Geist im Findling bisher keine Lust gehabt hat, sich in die Geschehnisse der Menschen einzumischen?«

Die Kreatur seufzte. Das lag wohl daran, dass man Karl alles zehnmal erklären musste. Die Vorsicht riet dem Magier aber, dem Wesen nicht blind zu vertrauen. Wieso sollte ein Mensch überhaupt verstehen, was diese paranormalen Erscheinungen antrieb und was sie eigentlich wollten? Auch wenn das Verhalten und die Äußerungen des Wesens irgendwie entfernt menschlich wirkten, zumindest der Stimme nach zu urteilen. »Gut, noch einmal ganz langsam und von vorn. Damals, als du das Ritual mit deiner Frau abgehalten hast, sind Aqua, James, der Erdgeist und ich aus irgendeinem uns unbekannten Grund entstanden. Die Kräfte eures magischen Gesangzaubers haben uns wohl aus der Metaebene der musikalischen Magie gerissen und in eure Welt geschleudert. Seitdem wünschen wir uns nichts weiter, als wieder eins mit dem zu werden, aus dem wir entstanden sind. Was genau das ist, kann ich dir nicht sagen. Schließlich hatten wir vieles von unserem früheren, eigentlichen Leben vergessen, als wir uns in eurer Welt wiederfanden.«

Das Wesen stockte und schien nach den richtigen Worten zu suchen, oder es versuchte, etwas vor dem Magier zu verheimlichen. Diesmal nutzte Karl sein Wissen und zwang den Geist weiterzusprechen, indem er seine nächste Frage mit dem wahren Namen einleitete. Vor allem wollte er dadurch Gewissheit erlangen, ob die Überflutung seine Schuld oder vielleicht die der Geister gewesen war. »Bin ich oder seid ihr schuld an der Flut, die das Bild des Nordens verändert hat?«

Karl spürte, wie sich die mächtige Aura des Wesens verspannte. Er fühlte den Schmerz am eigenen Leib, den Logos durchmachte, als dieser antworten musste. Auch wenn sich Karl dadurch vielleicht den Zorn des Wesens zuzog, sah er es nicht länger ein, weiter im Dunkeln zu tappen, weil man ihm wichtige Antworten vorenthielt – die Zeit wurde knapp, er spürte das Nahen einer unbekannten Bedrohung förmlich und bemerkte, wie sich eine Gänsehaut in seinem Nacken bildete. Die Worte klangen gequält, und Karl hatte fast das Gefühl, als würde er selbst gefoltert werden, so viel Kummer strahlte die Aura des Geistes aus. »Es war eine Art Wahnsinn, der sich über uns gelegt hatte. Wir waren nicht Herr unserer Sinne, als wir hier entstanden, und haben uns wie neugeborene Kinder verhalten. Wir haben gestrampelt und geschrien … und dabei ist einiges geschehen, das hier Veränderungen bewirkt hat … Was die Rolle des Schattens ist, kann ich dir aber nicht sagen … Ich vermute nur, dass er mit uns in diese Welt gerissen wurde und sein Schicksal mit dem unseren verwoben ist.«

Karl wurde mit Entsetzen bewusst, dass, wenn dem so war, nicht die Wesen die Schuld an allem trugen, sondern er. Er hatte vor 47 Jahren den Part des Initiators übernommen und somit alles Unheil heraufbeschworen. Keuchend entwich ihm die nächste Frage, die er aber eigentlich mehr sich selbst gestellt hatte. Er realisierte nun das ganze Ausmaß seines jugendlichen Leichtsinns. »Dann trage ich die Verantwortung für alles und auch dafür, dass Teile von Hamburg jetzt noch einstürzen?«

Zu seiner Verwunderung antwortete der Geist diesmal auf die Frage, ohne dass Karl ihn dazu gezwungen hatte. »Nein, überschätze deine Macht nicht. Die Flut wäre höchstwahrscheinlich auch ohne dein Zutun bis hier vorgedrungen. Wir waren es nur, die Teile der Landschaft rund um und unter Hamburg in blindem Zorn verändert haben. Uns war nicht bewusst, welchen Schaden wir anrichteten. Erst im Nachhinein erkannten wir, was genau wir getan hatten. Dann haben wir nach denen gesucht, die uns bei unserer Rückkehr helfen könnten. Das hat alles seine Zeit gedauert, aber in diesen Jahren haben wir die Menschheit beobachtet und ihre Stärken und Schwächen kennen gelernt. Zumindest Aqua und ich haben euch schätzen gelernt. James hingegen sah euer Tun als pure Zeitverschwendung an. Er war zügellos, wie eine lodernde Flamme, die mit dem Wind weht. Und der Geist, der sich in den Findling zurückgezogen hat, ist zu der Erkenntnis gekommen, dass die Menschen nur an der Ausbeutung dieser Erde interessiert sind. Deswegen hat er sich in dem Findling verborgen und meidet seitdem die Menschen. Er wacht nun über die Umwelt in seiner Nähe und versucht alles Übel davon abzuhalten, noch mehr Unheil über die Natur zu bringen. Dabei quält er sich aber selber, weil er damals an der Zerstörung des Landes indirekt mitgewirkt hat.«

Diese Antwort schaffte es jedoch nicht, Karls nagende Schuldgefühle auszuschalten. Dass die Geister Amok gelaufen waren, ging auf seine Kappe, und er wusste, dass er im Augenblick noch viel zu schockiert war, um das ganze Ausmaß seiner Sünden zu erfassen. Richtig verarbeiten würde er die Sache wohl nie. Was er wegen der einstürzenden Gebäude vor kurzem befürchtet hatte, war nun eingetreten. Die Auswirkungen seiner verheerenden Taten in der Jugend reichten bis in die Gegenwart. Die Vergangenheit konnte er nur schwer vergessen, die Geschehnisse im Augenblick wogen noch schwerer, und die Aussicht, auch noch in Zukunft für den Tod weiterer Menschen verantwortlich zu sein, raubte ihm jede Hoffnung, je wieder Frieden mit sich schließen zu können. Vielleicht konnte er aber den Schrecken der Gegenwart mildern und den der Zukunft abwenden. Also fragte er verzweifelt: »Wenn das Kind, das auf dem Weg hierher ist, wirklich die Stimme besitzt, die wir seit Jahren gesucht haben, kann dann nicht die Kraft des Rituals auch zu dem Zweck eingesetzt werden, weitere Schäden zu verhindern?«

Logos sinnierte einige endlos erscheinende Sekunden über Karls Frage, meinte dann aber erstaunt: »Du hast Recht, das wäre durchaus möglich. Sollte es uns gelingen, meinen erdverbundenen Bruder zur Hilfe zu überreden, könnten seine und meine Kraft zusammen möglicherweise ausreichen.«

Das war die erste Aussage in ihrem Gespräch, die in Karl so etwas wie Hoffnung wachrief. Vielleicht war doch noch nicht alles verloren und alles Wirken in den letzten Jahren vergebens gewesen. Jetzt musste er nur noch die Mitglieder seines Ordens davon überzeugen, diesen Weg einzuschlagen. Das dürfte nicht weiter schwierig werden, weil das Wohl der Menschheit und das der Natur immer einen festen Bestandteil ihrer Gründungsbestimmungen und Bräuche ausgemacht hatte. Gerade als er aufstehen wollte, wurde die Tür des Zimmers aufgerissen, und Mariko, seine jetzige Lebensgefährtin, stürzte mit schmerzverzerrtem Gesicht in den Raum.

Sie zitterte am ganzen Leib, und ihre weiße Robe war an mehreren Stellen blutverschmiert. Karl verstand sie nicht, weil eine Lärm abhaltende Barriere den Schreibtisch umgab. Er hob den Spruch mit einer knappen

Handbewegung auf und stürzte vor, um ihr zu helfen. Von draußen hörte er lautes Maschinengewehrfeuer durch die Gänge hallen.

Trotz der unüberhörbaren Gefahr kümmerte er sich zuerst um Mariko, die sich schluchzend und zitternd an ihn drängte. Warmes Blut strömte ihr aus einer großen Rückenwunde.

Ihre Stimme klang seit der Berührung des Schattens kratzend, und man merkte ihr deutlich die Schmerzen an, die ihr das Sprechen bereiteten. »Sie sind einfach … eingedrungen … Kommunikation ist abgeschnitten … Konzerntruppen töten jeden … der ihnen begegnet … ich hab Angst.« Bei den letzten Worten wurde ihre Stimme immer leiser, ihr Körper verspannte sich kurz und sank dann schlaff zusammen.

Karl spürte tief in sich, dass auch in ihm etwas gestorben war. Mit einer zittrigen Handbewegung schloss er Mariko die Augenlider, und dabei tropfte ihr Blut von seinen Händen auf die Wangen. Der Anblick erinnerte an einen schlafenden Engel, der blutige Tränen vergoss. Wilder Zorn schrie in ihm nach Rache. Rache gegen die, die mit Waffengewalt in das Herz ihres friedlichen Ordens eindrangen und dabei jene töteten, die er liebte, und gleichzeitig zerstörten, was er in den letzten Jahren seines Lebens aufgebaut hatte.

Aber etwas in ihm hielt ihn davon ab, wutentbrannt nach draußen zu stürmen und zu kämpfen. Es war das Wissen, dass er diesen Kampf gegen die Eindringlinge nicht gewinnen konnte, selbst wenn ihm Logos mit seiner ganzen Kraft half. Karl musste einen Weg finden, von hier zu verschwinden. Er musste unbedingt jemanden außerhalb von dem unterrichten, was ihm das Gespräch mit dem Geist offenbart hatte. Starb er, ohne eine Möglichkeit gefunden zu haben, die Erkenntnisse an andere weiterzugeben, war alles umsonst gewesen.

Seine Gedanken wurden unterbrochen, als ein Konzernsoldat in Vollrüstung um die Ecke bog. Die Symbole auf der Rüstung kennzeichneten ihn als Mitglied der Nordgas AG, auch wenn Karl nicht wusste, womit sein Orden den Zorn des Konzerns auf sich gezogen hatte. Die öffentliche Präsentation der Zeichen war aber ein Beweis dafür, dass sich der Konzern ziemlich sicher bezüglich der rechtlichen Legitimation seines Handelns war.

Der Mann richtete die dunkle Mündung des Sturmgewehrs auf Karls Gesicht, und durch das Visier konnte der Magier sehen, dass er kein Mitleid erwarten durfte. Ihm blieb noch ein einziger Gedanke. Dann wurde sein Körper, mitsamt der bereits leblosen Mariko in den Armen, von Kugeln durchsiebt, und er spürte nicht mehr, wie sein Leichnam leblos zu Boden kippte.

Pandora lag auf der Rückbank, und zum Glück war der Fond groß genug, um sich bequem auszustrecken. Ihr Körper schmerzte immer noch, aber der Heilkreis von Lukas sowie die verabreichten magischen Kräutertees und Bandagen hatten ihre Genesung schnell vorangetrieben. Schritt der Heilungsprozess weiter in diesem Maße voran, würde sie morgen wieder ausreichend bei Kräften sein und nicht länger still herumliegen müssen.

Die Aussicht aus dem Wagen war weniger schön, weil dunkle Regenwolken den Horizont und ihre Gefühle an diesem frühen Morgen trübten. Aus den Boxen des Autoradios hallte in diesem Moment ein Song von Eternity. ›Whispers of Fairness‹ hieß der Titel, und er passte so richtig zu ihrer Laune. Dem DJ zufolge hatte es die verstorbene Sängerin wieder auf Platz eins geschafft, und das Lied war gegenwärtig in aller Munde. Das war etwas, von dem sich die Sängerin auch nichts mehr kaufen konnte. Pandora glaubte auch nicht, dass dies Trish im Augenblick auch nur im Geringsten interessierte, weil sie aus Marburg verschwunden war und allen Kontakt abgebrochen hatte.

Die Magierin wusste nicht, warum, hatte aber die dumpfe Vermutung, dass ihre Veränderung mit der Berührung des Schattens in Zusammenhang stand. Lukas hatte eine Analyse des Blutes unter Pandoras Fingernägeln durchgeführt und war zu dem Ergebnis gekommen, dass es sich wirklich um das der Sängerin handelte. Sie hatte den Angriff auf Pandora beobachtet und stand höchstwahrscheinlich in direkter Verbindung mit dem Ausrasten von Friedrich. So sehr die Magierin aber versuchte, die Veränderung der Sängerin nachzuvollziehen – sie kam zu keinem befriedigenden Ergebnis. Hätte es ihr oder irgendeinem anderen vielleicht im Vorfeld auffallen müssen? Sie hatte jedenfalls keine Anzeichen für eine so starke Bewusstseinsveränderung wahrgenommen. Oder lag es nur daran, dass sie zu sehr mit sich selbst beschäftigt gewesen war?

Lukas und Professor Dürrbaum saßen vorn im BMW. Vielleicht hatte ja einer von ihnen etwas bemerkt. Der Professor war insgeheim ebenfalls Mitglied des Ordens ›Goldener Ton‹, und eigentlich hätte sich Pandora anhand seines letzten Lesevorschlags so etwas schon denken können. Trotzdem war sie überrascht gewesen, als sie erfahren hatte, dass Nase sie nach Hamburg begleitete. Heute trug er keine Robe, die ihn als Mitglied der magischen Fakultät Marburgs auswies, sondern einen unauffälligen braunen Kordanzug. Lukas und Pandora hatten ebenfalls unauffällige Kleidung angezogen, weil ihr Weg sie an Westfalen vorbeiführte, wenn auch mehrere Kilometer von der Grenze entfernt. Da sie nicht abschätzen konnten, wie weit die Finger des Kirchenstaats reichten, hatten sie sich entschlossen, inkognito zu reisen. Nase gehörte wie Karl zu den magisch Aktiven und stand wie fast jeder öffentlich bekennende Freidenker auf der Abschussliste des Kirchenstaats. Wenn Lukas seine Doktorarbeit beendete, landete sein Name aller Wahrscheinlichkeit ebenfalls dort.

Der Novize projizierte gerade die Daten von ALI, dem Autofahrer-Leit-und-Informationssystem, auf die Windschutzscheibe und betrachtete sie eingehend, während der Autopilot das Fahren übernahm. ALI maß mittels Sensoren das Verkehrsaufkommen und reagierte blitzschnell auf Veränderungen, die er dem ALI-Transponder, der sich in jedem in Deutschland gekauften Fahrzeug befand, übermittelte. Da man aber auf diese Weise natürlich auch selbst geortet wurde, trennten sich beispielsweise Autoduellisten stets von den legalen Transpondern. Der Leihwagen, in dem sie saßen, war auf jeden Fall legal angemeldet und besaß eine derartige Tech, aber bisher gab es auch keinen Grund, warum jemand sie hätte suchen sollen. Trotzdem schaute Lukas vorsichtshalber genau die Daten ihres Systems durch.

»Hat einer von euch in letzter Zeit etwas Auffälliges an Trish bemerkt?«, fragte die Magierin, auch wenn sie Lukas nicht gerne bei seiner Analyse oder den Professor in seinem näselnden Dösen störte.

Lukas drehte sich kurz zu ihr um. »Außer ihrer Verschlossenheit ist mir nichts weiter aufgefallen. Ich kann mir ihr Verhalten auch nicht erklären.« Danach widmete er sich wieder konzentriert den Daten.

Nase räusperte sich erst einmal, gähnte laut, drehte sich dann aber zu ihr um. Die Geste wirkte auf Pandora irgendwie befremdlich. Für einen magisch hochbegabten Professor des Übernatürlichen wirkte sie viel zu menschlich, viel zu emotional. Vielleicht gerade deshalb, weil er so menschlich war, fiel seine Antwort sehr emphatisch aus. »Ich habe bemerkt, dass sich Trish in sich zurückgezogen hatte. Sie schien Erlebnisse in der Vergangenheit nicht richtig bewältigt zu haben, einen inneren Zweikampf auszufechten. Ich vermute, dass sie sich die Schuld an irgendetwas gibt und deshalb vielleicht der Versuchung des Bösen erlag. Dadurch versucht sie sich meiner Meinung nach selbst zu bestrafen.«

Nicht wegen der Aussage war Pandora schockiert. Sie hatte etwas in ihrer Nähe gespürt. Etwas Mächtiges, eine kalte Berührung, die sie früher, um genau zu sein in Hamburg, schon einmal erlebt hatte. Und dann war da noch ein Schrei gewesen, der einen kurzen, aber intensiven Moment in ihrem Kopf laut widerhallte. Er hatte etwas Endgültiges besessen, das sie zutiefst berührte. Es klang wie: *Hilf ihm!* Die Stimme war ihr entfernt bekannt vorgekommen, aber sie klang zu entstellt, um ihrem Erinnerungsvermögen auf die Sprünge zu helfen.

Da Lukas nicht von den Daten abließ und Nase nur etwas verwirrt schaute, was wohl an Pandoras momentanem Gesichtsausdruck lag, war sie offenbar die Einzige gewesen, die den Schrei gehört oder sonst etwas bemerkt hatte. Einer ihrer Watcher – Dreikäsehoch war sein Name, weil er entfernt an eine löchrige Käserolle erinnerte – materialisierte sich für alle sichtbar vor ihr in der Luft. Die quäkende Stimme tönte laut durch das Wageninnere und besaß große Ähnlichkeit mit einem schreienden Kleinkind. »Aufwachen!«

Die Lautstärke schmerzte in den Ohren, und die Magierin fragte genervt: »Warum, Dreikäsehoch?«

Die Erwähnung seines Namens schien ihn glücklich zu machen, weil er sich dreimal im Kreis drehte und mit den unzähligen Augen rollte, bevor er endlich antwortete – manchmal war dieses minderbemittelte Plasma ziemlich nervtötend. »Besuch, Besuch!«, schrie er.

Mit einer Handbewegung entließ sie die Kreatur und gab Lukas den Befehl anzuhalten, dem er sofort, wenn auch ein wenig verwirrt, nachkam. Ihre Runnerinstinkte waren erwacht und hatten die Kontrolle über ihr Handeln übernommen. Auch wenn Lukas im letzten Semester war und man dem Professor seine Kompetenz nicht abstreiten konnte, verfügte sie durch die Erfahrungen in den Schatten über Instinkte, die registrierten, dass etwas Bedrohliches vorging. Sie wechselte auf Astralsicht. Also hatte sie vorhin eine übernatürliche Anwesenheit gespürt und nur nicht schnell genug geschaltet.

Der überraschende Besuch erwartete sie in der Spiegelwelt, und der Anblick ließ Pandoras Herz vor Furcht schneller schlagen. Furcht empfand sie nicht wegen seiner Anwesenheit, sondern weil sie mit seinem Erscheinen etwas anderes, Grausames assoziierte. Etwas, das nicht nur sie persönlich, sondern alle im Wagen betraf.

Es war Karl Bach, aber seine astrale Gestalt sah anders aus als sonst. Die weiße Robe war an mehreren Stellen mit dunklen Flecken bedeckt, die Pandora an geronnenes Blut erinnerten. Der Stoff war teilweise aufgerissen und zur Seite geklappt, und darunter quollen zerfetzte Eingeweide hervor. Ihm war der halbe Schädel weggerissen worden, und um den Hals hing an einer Kette der gläserne Notenschlüssel, der ihn als Ordensleiter auswies – nur war das sonst reine Glas jetzt gesprungen. Als er sie anschaute, bemerkte sie tiefe Trauer und Wut in der dunklen, unmenschlich rötlich leuchtenden Aura. Aber diese Gefühle richteten sich nicht gegen sie, so viel konnte sie den astralen Mustern entnehmen.

Die Magierin selbst war der Grund seiner Anwesenheit, wie er ihr sofort mitteilte. Die sonst markant angenehme Stimme klang entstellt. Abwechselnd stieg die Lautstärke vor Wut an und wechselte dann über in ein heulend schluchzendes, kaum wahrnehmbares Seufzen. »Pandora … Tochter meiner geliebten … ebenfalls ermordeten … Mariko … Ich suche dich … als Phantom heim … um dir zu berichten … was man uns angetan hat … und hoffe … dass du meinem letzten Wunsch nachkommst!«

In Pandora flammte nach den wenigen Worten tiefe Trauer und zugleich Wut auf. Mariko, ihre Mutter, war tot, und dadurch wurden alle guten Vorsätze, die sie einst gemeinsam gefasst hatten, die verlorene Zeit nachzuholen, für immer in Rauch verwandelt. Plötzlich fühlte sie die Gegenwart des mächtigen Freien Geistes Logos, und in ihm tobten die gleichen Gefühle wie in Karl. Die Anwesenheit der fremden Präsenz half ihr aber dabei, die eigenen Gefühle zurückzudrängen und sich auf den Moment zu konzentrieren.

Lukas und Nase fanden ebenfalls einen Weg in den Astralraum, und auch sie schlussfolgerten die Hintergründe anhand von Karls Phantomerscheinung richtig, wie man ihren erstaunt schimmernden Auren entnehmen konnte. Karls Erscheinung schien jedoch die Anwesenheit der beiden anderen Magier nicht zur Kenntnis zu nehmen. Das Wesen richtete sich mit seinen Aussagen direkt an Pandora.

Verwunderlich war Karls Bitte an Pandora, keine Rache zu nehmen. Das Phantom berichtete ihnen von einem weiteren Geist in einem Findling, den das Shadowrunnerteam Pik-Dame mittlerweile geborgen haben musste. Außerdem erzählte es von Franks Entdeckung und den sich daraus bietenden Möglichkeiten. Die Namen des Mörders nannte Karls Phantom jedoch nicht.

Pandora wollte den Namen des Täters aber wissen und fragte die Gestalt danach. Sie würde nicht zulassen, dass er ungestraft davonkam – wenn es etwas gab, auf das sie sich jetzt konzentrieren wollte, war es persönliche Rache. Der immense Schmerz des Verlusts würde sie bestimmt einholen, sobald sie sich erlaubte, über alles nachzudenken. Doch jetzt konnte sie das nicht gebrauchen. Sie suchte eine Aufgabe, die sie ablenken konnte, weil die Angst vor einem innerlichen Zusammenbruch zu groß war.

Das Phantom witterte ihren Durst nach Rache und schrie: »Der ist uninteressant ... Das Schicksal wird auch die strafen ... die für unseren Tod verantwortlich sind ... wenn ihr erfolgreich seid ... Wichtig ist ... dass ihr das heilt ... was unsere Taten einst ... verwundet haben ... Gib mir dein Versprechen ... all deine Kraft für das Erreichen der Ziele des Ordens einzusetzen ... ich bin der Ordensleiter ... auch wenn meine Stimme aus dem Grab heraus zu dir dringt!«

Die Magierin zögerte. Ein Versprechen gab sie niemals leichtfertig. Wenn sie sich jetzt dazu entschied, konnte dies bedeuten, dass der Mörder verschwand – egal, was das Phantom behauptete. Dieses Wesen existierte doch nur noch, weil es erst sterben konnte, wenn seine Wünsche erfüllt wurden. War das überhaupt noch Karl Bach? War das wirklich der ruhige Mann, der sie in den Orden aufgenommen und wie seine eigene Tochter akzeptiert hatte? Die Beziehungen zu ihrem leiblichen Vater waren abgebrochen, aber Karl hatte sie wie seine eigene Tochter behandelt und in ihrem Streben unterstützt. Konnte sie ihm den letzten Wunsch jetzt abschlagen?

Dann erinnerte sie sich wieder an den Hilfeschrei der entstellten Stimme, den sie vorhin gehört hatte – auch jetzt war er noch als ganz leises, latentes Hintergrundrauschen zu hören. Es war natürlich die Stimme ihrer Mutter, die sie darum bat zu helfen. Folglich musste Karls letzter Wille auch der ihre sein. So sehr sie sich nach Rache sehnte, so sehr wollte sie auch das Leiden der Wesen beenden, die sie einst als eine Art Familie angesehen hatte. Weinend gab sie Karl ihre Zustimmung und wusste, dass sie mit diesen Worten eine immense Verpflichtung einging. Würde sie nicht nach dem Willen des Phantoms agieren, war es möglich, dass dieses seine Kraft gegen sie richtete, weil sie nun durch den Eid daran gebunden war. Die tiefe Trauer und der

Schmerz der Erscheinung würden sie nun so lange begleiten, bis sie erfolgreich seinen Willen erfüllt hatte.

Erleichterung ging von dem Phantom aus, als sie ihre Zustimmung gegeben hatte. Geschwächt sagte Karls Erscheinung zum Abschied: »Jetzt kann ich mich zurückziehen … und darauf warten … dass ihr erfolgreich sein werdet … mein letztes Geschenk an dich wirst du hoffentlich weise gebrauchen …«

Der Verstorbene flüsterte der Magierin den wahren Namen von Logos ins Bewusstsein. Damit besaß Pandora nun die vollkommene Kontrolle über den Freien Geist und konnte dessen Macht als Waffe einsetzen.

Die Seilwinde ächzte unter der tonnenschweren Last des Findlings mit dem übernatürlichen Inhalt. Zitteraal und Paul waren nach längeren Verhandlungen zu der Übereinkunft gekommen, das Artefakt in einem Metallcontainer unterzubringen, den man auch von der Oberseite her beladen konnte, ohne dass jemand gezwungen war, den Stein anzufassen. Es hatte Paul einiges an Überredungskunst gekostet, den Kapitän davon zu überzeugen, dass es nicht gut wäre, den Findling jetzt wieder im Meer zu versenken. Pauls Verhandlungsgeschick und eine weitere Gefahrenzulage für die Mannschaft hatten den Seebären, der auch ein kühl rechnender Geschäftsmann war, letzten Endes umgestimmt.

Während der mit totem Metall durchzogene Samurai aus seinem Tiefseeanzug kletterte, beobachteten Samira, die Hai-Schamanin und Claw über Astralsicht, wie die gefährliche Fracht verladen wurde. Samiras Aura wies noch leichte Anzeichen der Schwäche auf. Der Angriff des Giftgeistes hatte sie schwer erwischt, auch wenn sie die Schmerzen hinter freundlicher Gestik verbarg. Löwe hatte den kleinen Kratzer, den ihm die magische Explosion des Ringes zugefügt hatte, natürlich längst weggesteckt – wie hätte es auch anders sein sollen. Aber dieses Verdorbene, das Claw gespürt hatte, hätte ihnen gefährlich werden können, wenn dessen ganze Macht durch den Ring gedrungen wäre. Es war etwas Dunkles an ihm gewesen. Etwas, das Claw entfernt an die Male in seinem Gesicht erinnerte. An diesem Punkt seiner Überlegungen war Löwe aber noch zu keinem Ergebnis gekommen. Er kannte die Beweggründe der Kraft dahinter nicht, sah sich auch nicht in der Lage, die intuitiven Ähnlichkeiten deuten zu können – noch nicht. Aus der Erfahrung hatte er jedoch gelernt und alle im Team, sogar alle an Bord, genauer untersucht. Er war dabei zu keiner neuen Erkenntnis gekommen, außer der, dass die Crew einem wandelnden Schrottplatz glich – so viel totes Material hatten sich die meisten einbauen lassen. Die Aura der Hai-Schamanin war dagegen stark und natürlich, wenngleich nicht so mächtig wie seine. Man merkte ihr an, dass ihr die Natur am Herzen lag und sie sich eins mit ihrem Totem fühlte. Es war Claw eine Freude zu sehen, dass es noch andere gab, die die Rolle der Welt akzeptierten und ihr die nötige Ehre erwiesen.

Snap erforschte unterdessen unter Deck via Satellit die technologisch böse Matrix und versuchte, einen Kontakt mit dem Orden über die Deckerin in Hamburg aufzubauen. Bisher waren seine Versuche allerdings gescheitert, und das hatte Paul nicht glücklich gestimmt. Claw hatte Pauls Gesicht gesehen und gespürt, dass sich dieser große Sorgen machte, wusste aber nicht, wie er seinen Rudelgefährten unterstützen konnte. Die Selbstvorwürfe, die er sich machte, konnte keiner außer ihm abschalten. Gutes Zureden von Freunden hin oder her – ein Ratschlag half nur, wenn der andere bereit war, ihn anzunehmen und zu befolgen. Den weisen Ratschlag, dem Findling nicht zu nahe zu kommen, würde nach dem grauenhaften Ableben des Raben-Schamanen keiner von ihnen missachten. Weil Paul nicht tatenlos herumstehen wollte, war er mit Chet zusammen im Helikopter aufgebrochen, um Zack abzuholen. Der Löwen-Schamane freute sich, den alten verrosteten Krieger wieder im Rudel zu sehen.

In der Zwischenzeit hatte der Schamane überlegt, was das für ein Wesen war, das sich im Findling verbarg. Er hatte Löwe in sich befragt, aber keine Antwort erhalten. Nicht immer waren Könige untereinander für den anderen zu erreichen – was aber kein Problem darstellte. Löwe hatte nur selten Unrecht, und Claws Vermutung war ziemlich nahe liegend: In dem Findling befand sich ein Freier Geist. Ein mächtiges und ziemlich übellauniges Exemplar seiner Gattung vielleicht, trotzdem aber ein Geist. Und solche Geister waren bekanntlich nicht böse. Oft verstanden sie einfache Menschen nur nicht, weil diese Wesen eben anders waren und dachten. Vor allem Zaubertüten brachten kein Verständnis auf, weil sie nicht auf das grenzenlose Wissen eines Totems zurückgreifen konnten wie Claw. Bei diesem Geist war deutlich zu spüren, dass Teile seiner Kraft mit der Umgebung verwurzelt waren. Sie reichte sogar bis tief auf den Grund hinab. Vielleicht war er so etwas wie ein Wächter. Ein Geist, der sich mit einem Landstrich innerlich verbunden fühlte und seine Kraft zum Schutz des Gebiets einsetzte.

Auf dem Weg hierher hatten sie vereinzelt die verseuchte See passiert. Claw hatte aus der Ferne die Konzernbauten gesehen, jene umweltverpestenden Sklaventempel des Nordens, die unersättlich Raubbau betrieben und ihren giftigen Abfall ohne Rücksicht auf Verluste in das Blut der Welt pumpten. In dieser Gegend war das Meer aber ungewöhnlich sauber. Das Wasser und der Grund schienen nicht verseucht, was Claw sehr begrüßte. Auch wenn er weit von seiner Heimat entfernt war, reichte Löwes Macht bis hierher. Beim Passieren der verseuchten Gebiete hatte er den Aufruhr in der

Astralwelt deutlich gespürt, die negativen Strahlungen, die viele Zaubernde in ihren Kräften blockierten. An dieser Stelle fühlte er jedoch eine ausgeglichene Ruhe im Ökosystem, und die Mächte der Umwelt kämpften nicht gegen seine Macht an.

Bevor der Schamane den Gedanken weiterspinnen konnte, ertönte ein tiefes Brüllen aus dem Container, als der Deckel automatisch geschlossen wurde. Die Metallhülle bog sich stellenweise nach außen, und dann hörte man dumpfe, harte Schläge, die große Ausbeulungen erzeugten. Offenbar registrierte der Geist, dass man den Findling und damit auch ihn von diesem Ort wegbrachte. Der Findling war vielleicht so etwas wie eine Art Hütte für den Geist, und die Gegend stellte möglicherweise das dar, was für Claw die Savanne war: Heimat. Wahrscheinlich hatte er auch deshalb eine magische Barriere um den Findling gewoben, um andere davon abzuhalten, in seinen geheiligten Ort einzudringen. Das zumindest untermauerte die Theorie, dass der Geist ein Wächter war. Die Macht, die das Wesen bei seinen Befreiungsversuchen nutzte und die in der Astralwelt sichtbar gelblich schimmernd aus dem Container strömte, war unglaublich groß.

Löwe empfand in diesem Augenblick keine Angst vor der Kraft des Wesens. Er kannte die Gefühle, die der Geist empfand, denn er hatte ähnlich empfunden, als man ihn damals aus seiner Heimat verfrachtet hatte. Es war dieses tiefe Verständnis, das ihn auf eine Idee brachte. Ohne lange darüber nachzudenken, welchen Gefahren er sich dadurch aussetzte, schwebte er durch den Astralraum auf den Container zu. Samira und Fog wollten ihm folgen, aber er sagte bestimmt: »Begleitet besser später mein Lied. Im Augenblick würde eure Gegenwart nur stören und die Kreatur verunsichern.«

Sie folgten seinem Befehl. Löwe hätte auch nichts anderes geduldet – einem König gegenüber erlaubte man sich keinen Widerspruch. Claw blieb vor dem grauen Container stehen und rief: »Löwe ist dein Freund!«

Ein Schreien antwortete aus dem Innern. Wie Claw sich gedacht hatte, hörte er sehr viel Ungewissheit und Furcht in den Lauten mitschwingen. Er nahm eines der versteinerten magischen Holzstücke aus der Tasche seines Gürtelfokus, der auch im Astralraum sichtbar und anwesend war, und hielt es durch die Containerwand in den dahinter liegenden Innenraum. Mit tiefer Stimme stimmte er Löwes Lied an, in das seine Begleiterin und die Hai-Schamanin sofort einfielen.

Das heftige Toben erstarb und verebbte zu einem Brummen, das mehr an ein lautstarkes Schnurren einer riesigen Katze erinnerte. Löwe kam sich in diesem Moment wie ein Dompteur vor, der einem Tier einen gut schmeckenden Leckerbissen hinhielt. Da ihm nicht die Hand abgebissen wurde, ging er davon aus, dass seine Idee und sein Handeln richtig gewesen waren – wie hätte es auch anders sein sollen.

Er platzierte die drei anderen Steine rundum – je einen pro Himmelsrichtung –, und das Wesen im Innern schien nach einigen Minuten einzuschlafen. Der Schamane spürte zwar, dass die Macht seiner Artefakte abnahm und wahrscheinlich komplett verblassen würde, wenn er sie zu lange in der Nähe des Geistes ließ, hatte dabei aber das bestimmte Gefühl, der Erde nur das wiederzugeben, was er sich einst von ihr geliehen hatte.

Das Wetter wurde langsam ungemütlich. Samira und Claw kehrten in ihre Körper zurück und gingen unter Deck, während Fog an Bord blieb und im losbrechenden Sturm weiter alles im Auge behielt. Fog machte das nichts aus, im Gegenteil. Hai war nun mal große Mengen Wasser gewöhnt.

Die schmerzfreie Zeit, die ihm die Mischung aus Drogen- und Medikamenten-Cocktail beschert hatte, ließ langsam, aber spürbar nach. Zack saß mit nacktem Hintern auf Eyeless' kaltem Operationstisch und zog sich die Boxershorts wieder an. Er war froh, dass Simon ihm seine Kleidung zum Wechseln mitgebracht hatte. Es war ein befreiendes Gefühl gewesen, den rauen und versifften Stoff der Gefängniskleidung nicht länger auf der Haut zu spüren, ganz zu schweigen auf den inzwischen behandelten Wunden durch den Barghest-Angriff.

Der BND-Beamte hatte sich bei Zack für sein Verhalten im Prozess und den mangelnden Kommunikationsfluss entschuldigt. Trotzdem hatte der Runner ihm sofort, als sie allein waren, einen verbalen Tritt in den Arsch verpasst – Entschuldigung hin oder her. Dann waren sie zusammen mit Rustle von Big Willy abgehauen. Na gut, nicht wirklich abgehauen. Simon hatte seine Beziehungen spielen lassen, sie als tot gemeldet und alles Weitere veranlasst. In der unterirdischen Säuberungsaktion waren viele andere verloren gegangen und ums Leben gekommen, so wurde es fürs bürokratisch notwendige Protokoll aufgenommen.

Kasper war wieder aus Zacks Leben und in den Tiefen der Gefängnisinsel verschwunden. Auf die Frage, ob er nicht mitkommen wollte, hatte er geantwortet, er habe seinen Platz im Leben längst gefunden. Das war Big Willy, der Ort, an dem er als Vermittler zwischen HanSec und den Gefangenen auftrat. Hier akzeptierten ihn die Leute, während er außerhalb der Mauern niemals mehr glücklich sein würde – diese Zeiten waren vorbei. Die Welt war eine andere geworden, und er lebte lieber nur noch mit den Erinnerungen an damals, die er wie einen gut behüteten Schatz in sich trug.

Rustle war wieder in den HMU abgetaucht. In den nächsten Tagen wollten sie vielleicht mal gemeinsam einen trinken gehen – aber bis dahin konnte noch viel passieren.

Eyeless hatte Zack den Chip im Sack in der vertrauten Umgebung der Ambulanz herausoperiert. Das Gefühl danach war richtig befreiend gewesen: endlich ungestört und vor allem unbeobachtet – der Doc war mit zählen beschäftigt – pinkeln zu können. Sein Sack war allerdings ein wenig geschwollen und vermittelte Zack das Gefühl, Elefantenhoden zwischen den Beinen hängen zu haben.

In einem Aufwasch hatte Eyeless die Bilder von Zacks Augenkamera auf einen optischen Chip überspielt, damit die Sache mit den Beweisen ebenfalls vom Tisch war. Gleichzeitig entfernte er Zack mittels Laserchirurgie den Nummerncode von der Stirn. Es würden noch nicht einmal Narben zurückbleiben. Zack wusste aber, dass er dort gewesen war, und in seinem Innern waren tiefe Narben von dem Aufenthalt auf Big Willy zurückgeblieben – und damit meinte er nicht den letzten Aufenthalt. Obwohl Trost jetzt tot und der Mord an seiner Freundin gerächt war, fühlte sich Zack nicht glücklich, nicht einmal ein wenig besser. Das Sprichwort: *Rache zahlt keine Rechnungen* bedeutete anscheinend doch etwas anderes, als er bisher immer angenommen hatte.

Nach dem Abdrücken hatte Zack sich eher leer gefühlt. Die erfolgreiche Rache würde seine tote Freundin auch nicht mehr zurückbringen. Er hasste nicht nur Trost, sondern auch sich selbst. Sie war tot, und er war verdammt dazu, mit den Schuldgefühlen weiterzuleben. Schließlich war die Flucht damals seine Idee gewesen. Er hasste sogar Simon. Warum hatte ihn der Beamte nicht aus Versehen abknallen können? Im Augenblick würde Simon Zack erst einmal nicht abknallen, sondern wartete draußen, weil ein Anruf ihn dazu veranlasst hatte, den sterilen Innenraum der Ambulanz zu verlassen.

Shit und Fuck waren auch nicht da. Den Worten des Docs zufolge bewachten sie Chets Familie, was den

Runner nicht weiter störte. Der Anblick der Kupferkopfeinheit hätte seine Stimmung nicht gebessert, und umgebracht hätte sie ihn auch nicht. Der Doc brauchte zahlende Stammkundschaft. Die beiden hätten bestimmt die ganze Zeit über nur auf seinen Schwanz gestarrt und ihm im Koma vielleicht ein Intimpiercing verpasst.

Zurzeit wurde die Ambulanz von Pandoras modifiziertem Rottweiler bewacht, den sie Paul überlassen hatte, bevor sie ihr Studium begann. Der Hund saß bei geöffneter Tür auf dem Fahrersitz und hielt sabbernd die Gegend im Auge. Das Tier war verdammt intelligent und gefährlich, hatte Zack aber wiedererkannt und ihn nicht in den Arsch gebissen. Es war gut gewesen, dass Paul Rambo, das war sein Name, dem Doc zur Verwahrung übergeben hatte. Docs freundliche Behandlung und die Tatsache, dass er viel Zeit mit dem Hund verbrachte, hatten das Tier Bekannten gegenüber freundlicher werden lassen. Eine Sabberattacke war alles gewesen.

Davon abgesehen, wollten Paul und Chet in Kürze hier auftauchen, um ihn abzuholen. Ein deutliches Zeichen dafür, dass die Sache noch nicht ganz ausgestanden war. Aber Zacks Zeit würde kommen – er suchte das Ende mit jedem Run. Er war nun mal wie ein wilder Stier.

Das viele Denken bereitete Zack Kopfschmerzen und ließ ihn laut stöhnen. Eyeless, der Zacks Daten auf dem Monitor studiert hatte, schaute auf und richtete seine rastlosen Rotationskörper auf den Runner. Das Gesicht, das er dabei aufsetzte, sah gar nicht glücklich aus.

»Was ist los, Doc?«, fragte Zack sofort. »Bin gleich fertig. Wenn Paul und Chet mich abholen, bist du mich los. Außerdem kein Grund zum Trübsalblasen, Simon zahlt meinen Aufenthalt ... Schlag also ruhig 'nen siebenfachen Eilzuschlag drauf. Kannst mich dafür auf 'n Bier einladen.«

Der Doc konnte aus irgendeinem Grund nicht lachen, sah nicht einmal belustigt aus. Zack gefiel das ganz und gar nicht, denn zahlende Kunden stimmten den Kittel sonst immer glücklich. Noch verwunderlicher, der Mann ging zu einem der fest montierten Schränke und holte eine Flasche Single Malt hervor. Er goss Zack und sich je einen halben Plastikbecher ein und setzte sich seufzend neben den Runner, dem er den Stoff kommentarlos reichte. Etwas verwundert nippte Zack daran und meinte nur erstaunt: »Das ist Verschnitt.«

»Ich weiß, aber Paul hat mir nichts anderes in den letzten Monaten über Tripple A besorgen können. Seine Geschäfte laufen schlecht, der Zoll macht ihm zu schaffen.« Er räusperte sich. »Ich muss dir etwas Dringendes sagen …«, sagte er, endete aber mitten im Satz.

Langsam wurde Zack unsicher, überspielte seine Gefühle aber, indem er sagte: »Wenn du mir deine ewige Liebe gestehen willst und der Meinung bist, dass ich – so oft, wie ich hier bin – besser gleich bei dir einziehen soll … sag's einfach.«

Der Doc konnte immer noch nicht lachen, sondern schüttelte nur bedauernd den Kopf. Dann beendete er den Satz von vorhin. »Okay, Zack. Ich habe dir damals nach deinem letzten Zusammenstoß mit einem APDS-Geschoss und anderen Fremdkörpern unter anderem neue Shades eingebaut. Nicht weil die Tech alt war, was ich zuerst dachte. Die neuen Analysen ergaben, dass deine Akzeptanz dafür abnimmt.«

Das klang gar nicht gut, und der Runner erwartete auch nichts Gutes mehr vom Doc zu hören. Deswegen trank er den Fusel in einem Schluck aus und sagte dann gefasst: »Red nicht um den heißen Brei herum. Sag, was Sache ist, und mach es uns beiden nicht so schwer.«

Der Doc stand auf und begann durch die schmale Ambulanz zu wandern, während er nach den richtigen Worten suchte. Das Verhalten erinnerte verdammt an

Pandora, aber an die Magierin wollte Zack im Augenblick eigentlich nicht denken. Endlich schien Eyeless einen passenden Anfang gefunden zu haben und begann seine Ausführung mit einer Frage. Weil es Zacks Arsch direkt betraf, schaffte der es, sich auf die Worte des Doktors zu konzentrieren. »Du hast bestimmt in letzter Zeit sehr oft Glockenläuten oder Dröhnen wahrgenommen und Kopfschmerzen gehabt?«

Zack dachte nach und meinte dann: »Das stimmt, allerdings mehr ein Flimmern und Kopfschmerzen. Doc, ich weiß, dass ich zu viel Tech mit mir herumtrage – das tue ich aber schon länger.« Jetzt erinnerte sich Zack wieder an die heftigen Kopfschmerzen unter der Dusche und viele andere Augenblicke, die vorausgegangen oder gefolgt waren, die er aber auf andere Umstände geschoben hatte.

Eyeless nickte. »Bestimmt hast du vorher auch Unlust und Unwohlsein empfunden. Das alles zusammen ähnelt der epileptischen Aura, ist aber nicht das, was du jetzt vielleicht annimmst. Eine einfache Epilepsie kann man heutzutage heilen. Die Modifikationen mit Cyber- und Bioware haben aber neue, ähnliche Krankheitsbilder hervorgerufen. Es sind Nebenwirkungen, die selbst den meisten Ärzten noch nicht bekannt sind, weil man sich oft nicht die Zeit nimmt, Tote zu obduzieren und die Ursachen ihres Ablebens nicht in Frage stellt – oder auch, weil der Kram zu früh auf den Markt geschwemmt wird und gierige Abnehmer findet. Bei zu viel Cyberware im Körper wird oft der Hormon- und Elektrolysehaushalt des Patienten durcheinander gebracht. Auf kurze Zeit macht sich das meist nicht bemerkbar, mit den Jahren können sich die auffallenden Symptome jedoch häufen. Gelegentliche Aussetzer, auch Absenzen genannt, treten auf. Sie dauern zwischen fünf und höchstens dreißig Sekunden. Weil es Aussetzer sind, bemerken die Leidenden das manchmal gar nicht oder schieben es auf andere Anlässe – zum Beispiel erhöhter Alkohol- und Drogenkonsum oder das Vorhandensein von anderen Verletzungen, wie das bei dir der Fall ist. Sie wissen nicht, dass es sich dabei um ein Krankheitsbild im fortgeschrittenen Stadium handelt. Meine Theorie ist, der Hinterlappen deiner Hirnanhangdrüse, der eigentlich zum Nervensystem gehört und direkten Einfluss auf den Hypothalamus ausübt – der so ziemlich alles in deinem Körper steuert – ist beschädigt.«

Der Doc machte eine Pause und sah Zack an, dass dieser nicht die Bohne verstand. Er stöhnte und begann erneut: »Okay, weil viele Muskeln und Nervenbahnen in deinem Körper fehlen, produzierst du gerade genug Hormone und sonstige lebenswichtige Stoffe, um deinen Haushalt aufrechtzuerhalten. Es gibt ziemlich teure Cyberware, die das verhindern kann, weil sie über andere – höchst komplizierte – Wege diese körpereigenen Anfragen ausgleicht. Gewöhnliche Tech schafft jedoch nur ungefähr ein Zehntel davon – und die hast du dir in der Vergangenheit einbauen lassen. Das andere Zeug kriegst du auf der Straße auch nicht so einfach, weil das maßgeschneiderte Ware ist. Jede weitere Verletzung versetzt deinen Körper nun in einen Schockzustand, und das erhöht die Gefahr, dass die verbleibenden Organe dauerhaft Schaden nehmen. Eine Folge bei dir ist, dass dein Körperhaushalt kaum noch genug Energie liefert, um die Shades nutzen zu können, weil das besagte Organ wegen Verschleiß wahrscheinlich nicht mehr richtig arbeitet. Daher die Kopfschmerzen. Der permanente Reiz der Augentech zweigt Stoffe ab, die du eigentlich für etwas anderes brauchst. Was nun passieren kann, ist, dass dein ganzer Haushalt zusammenbricht und noch mehr Teile geschädigt werden. Verstanden?«

Zack hatte nicht alles, aber den Kern verstanden und wollte nur noch eine einzige Frage loswerden. »Wie lange hab ich noch, Doc?«

Eyeless leerte ebenfalls seinen Becher und antwortete düster: »Wenn du jedem Ärger aus dem Weg gehst? Ich kenn dich, das fällt dir schwer. Mit Glück ein paar Wochen, vielleicht ein paar Monate. Genau kann man das nicht sagen. Ich könnte dir die Tech gleich ausbauen, dich danach in einen komaähnlichen Schlaf versetzen und so lange in eine Schattenklinik legen, bis ich Wege gefunden habe, geklonte Ware von dir anzufertigen. Sicher ist der Erfolg aber nicht. Hinzu kommt, dass das Unterfangen verdammt teuer ist. Die Entscheidung liegt bei dir.«

Die Aussage des Doc barg etwas Endgültiges. Bevor Zack antworten konnte, ging die Tür auf. Chet und Paul betraten zusammen mit Simon die Ambulanz. Man sah Pauls Gesicht an, dass es große Probleme gab. Würde Zack sie jetzt im Stich lassen können? Was würde er seinen Chummern sagen, wenn sie ihn nach seinem Zustand fragten?

Chet unterbrach seine Gedanken, indem er ihm auf die Schulter hieb. »Na, altes Bleigewicht. Alles in Ordnung?«

Der Doc wollte für Zack zu einer Antwort ansetzen, aber ein kurzer Blick von Zack ließ ihn stumm bleiben. Locker meinte Zack zu Chet: »Es gibt so etwas wie eine ärztliche Schweigepflicht, aber dir kann man sowieso nichts verheimlichen. Ich fühle mich 'n bisschen fertig, und mein Fußpilz juckt penetrant … ansonsten alles senkrecht und bereit zum Weitermachen. Schön, dich zu sehen, Orkbacke.« Und das meinte Zack ernst. Er wusste nicht, wie viel Zeit ihnen noch gemeinsam blieb.

Paul grinste ihn an. »Das ist gut zu hören. Freut mich, dich wieder im Boot zu haben. Wir haben nämlich Probleme.« Man sah ihm an, dass er sich zu einem Lächeln zwingen musste.

»Ach, würde mich wundern, wenn's anders wär. Bevor ich aber mitkomm, muss mir der Doc noch etwas geben, was mich in den nächsten Stunden nicht einpennen lässt. Währenddessen erzähl mal, was liegt an?« Während Zack mit Paul redete, warf er dem Doc einen Blick zu. Der machte sich sofort daran, irgendetwas zusammenzumixen.

Paul ließ sogleich alles vom Stapel, und die Infos klangen echt nicht gut. Weiter erzählte er: »Simon hat gerade erfahren, dass der Orden von Karl Bach, der uns mit der Bergung eines Findlings beauftragt hat, von den Konzerntruppen der Nordgas AG ausradiert wurde. Den Angaben nach gibt es keine Überlebenden.«

Zack unterbrach seinen Chummer. »Darf der Konzern das? Und warum das alles?«

Simon wirkte nicht glücklich über das, was er Zack nun erklärte. »Ja und nein. Die Nordgas AG hat Daten in der Anlage des Ordens gesichert, wonach Karl Bach und seine Anhänger an den einstürzenden Gebäuden in Hamburg schuld sein könnten.« Zacks fragendes Gesicht entlockte dem Mann eine Erläuterung. »Das ist in der Zeit passiert, in der du auf Big Willy warst. Weiterhin beweisen die Dateien, dass dadurch auch Förderstellen des Konzerns in Bausubstanz und Produktion gefährdet werden. Dieser letzte Punkt räumt dem Konzern die Möglichkeit ein, gegen diese Bedrohung vorzugehen. Natürlich hätte er das nicht sofort machen dürfen, aber mit der Zahlung eines Bußgelds wird er aller Wahrscheinlichkeit nach davonkommen. Und im Hinblick auf die Gefährdung von Teilen Hamburgs stellt ihn das vielleicht sogar noch als Wohltäter hin.«

»Hey, Snap meint immer: Traue keiner Datei, die du nicht selbst gefälscht hast«, sagte Zack. »So eine simple Ansammlung von Nullen und Einsen reicht doch nicht wirklich aus?«

»Ich fürchte doch. Konzernrechte und das Wohl der Öffentlichkeit gehen gewöhnlich weit auseinander, aber in diesem Fall ergänzen sie sich leider.«

Trotzdem wollte Zack das nicht einleuchten. »Und was ist mit der Nordgas AG und diesem Niels von Wersch? Kann man dem Konzern damit nicht den Hahn abdrehen?«

Simon schüttelte bedauernd den Kopf. »Dafür haben wir keine handfesten Beweise finden können. Niels von Wersch ist höchstwahrscheinlich mit seinen Anhängern ersoffen, und es ist fraglich, ob die Taucher überhaupt seine Leiche finden, falls die nicht ohnehin fortgespült und zerschreddert wurde. Der Lagerraum steht durch zwei fehlende Dichtungsklappen komplett unter Wasser. Wersch wird uns nichts mehr erzählen können, das Gleiche gilt für Trost. Hinzu kommt, dass Trost in deinen Aufzeichnungen die Nordgas AG nicht erwähnt hat. Da war nur die Rede von einem Kopfgeld.«

Chet hatte sich bisher nicht in das Gespräch eingeschaltet. Er schien in Gedanken versunken. Bestimmt war er im Geiste bei seiner Familie. Paul war mittlerweile genervt von so vielen schlechten Nachrichten und fragte Simon: »Dann kommt dieser Scheißkonzern ungeschoren davon?«

»So wie es aussieht, ja. Mir sind die Hände gebunden. Ich bin sogar mit der Suche nach weiteren Anhängern beauftragt worden. Das ist zwar nicht direkt euer, aber auf jeden Fall Pandoras Problem. Sie muss sofort untertauchen. Ein paar Tage kann ich ihre Akte noch zurückhalten, aber dann werde ich sie mit in die zu bearbeitenden Files aufnehmen müssen, weil man die Leiche ihrer Mutter identifizieren konnte. Was genug Probleme bereitet, weil sie ja angeblich schon vor Jahren gestorben ist und somit automatisch alle Angehörigen, auch die angeblich verstorbenen, genauer betrachtet werden. Was wiederum den Orden dem Beamtenapparat gegenüber in ein schlechtes Licht rückt, weil bekannt wird, dass Karl anderen bei der Flucht aus Konzernen geholfen hat. Ob das in guter Absicht stattgefunden hat, spielt keine Rolle mehr. Bisher gibt es niemanden, der etwas anderes öffentlich vertreten könnte. Die Beweislage zeigt auf, dass er nun einmal vieles vor den Augen der Öffentlichkeit verheimlichen wollte.«

Chet war mal wieder derjenige, der sowohl praktisch als auch für das ganze Team dachte und die Frage eines jeden Runners in einer solchen Lage laut äußerte. »Und was ist mit der Bezahlung?«

Paul sprach die unausweichliche Konsequenz aus. »Wir gehen leer aus.«

Das schmerzte, vor allem, weil der Doc Zack in diesem Augenblick eine faustdicke Spritze in den Rückenmarkskanal rammte. Paul wandte den Blick ab, denn er konnte Spritzen nicht leiden. Zack sah es logischerweise nicht, biss aber lieber die Zähne zusammen und stöhnte: »Wann werd ich einschlafen und nicht mehr einsatzfähig sein?«

Als Eyeless ihm die Antwort gab, schauten seine diesmal zum Stillstand gekommenen Rotationskörper Zack genau in die Augen – sie wussten beide, wozu sich Zack mit diesem Cocktail entschieden hatte. »Circa 24 Stunden, danach ist Schluss.«

Während Zack sich die restliche Kleidung und die kugelsichere Unterwäsche anzog, sagte keiner ein Wort. Chet schnaubte nur, während er sich vom Doc ein paar Kratzer und eine Schusswunde fachmännisch behandeln und desinfizieren ließ. Einzig Pauls Stimme war auf einmal zu hören: »Ich habe gerade das Blumenmädchen in der Leitung. Sie hat einiges von der Kohle des Ordens beiseite schaffen können. Beim Waschen wird zwar ein Teil der Summe draufgehen, aber wir werden nicht völlig leer ausgehen.«

Chet hatte trotz der schmerzhaften Behandlung alles mitbekommen und klang von der Sache nicht überzeugt. »Und warum sagt sie uns das?«, fragte er Paul misstrauisch.

Dieser hatte das Gespräch im Ohr beendet, als er antwortete. »Sie will Schutz und holt gerade Frank, den Reporter, den wir nach dem Run mit Eternity kennen gelernt haben, am Bahnhof ab. Ich habe ihr die Adresse der Pier genannt, wo die *Marie* in ein paar Stunden anlegen wird. Lass uns aufstoßen und ins Horn brechen.«

Zack war gerade fertig angezogen. Gemeinsam, wenn auch mit unterschiedlichen Gedanken und Erwartungen, verließen sie Eyeless' Ambulanz, der sie bis zum Ausgang des Lagers begleitete. Der Rottweiler verabschiedete sich knurrend von Paul, der trotz eines kurzen, gewagten Streichelns die Hand behielt. Die Beziehung zwischen den beiden musste sich gebessert haben. Simon erhielt nur ein paar stark nach hinten angelegte Ohren zum Abschied, und die Gestik animierte nicht wirklich zu einer streichelnden Berührung. Zack und Chet wurden voll gesabbert.

Endlich konnten sie in einen Copter steigen, in dem ein Rigger die ganze Zeit auf sie gewartet hatte. Laut Paul war das ein Mitglied der Schiffscrew. Das letzte Mal, als Zack in so einem Ding unterwegs gewesen war, hatte er nicht viel vom Flug mitbekommen. Heute würde er sich aber alles merken, weil dies sein letzter Flug sein würde. Er musste an Ratóns letzten Flug denken. Es war ganz ähnlich gewesen, fand er. Nur dass die Riggerin zu diesem Zeitpunkt nicht gewusst hatte, dass sie bald sterben würde.

15

Erntezeit

FRANK KONNTE ES NICHT FASSEN. Mit dem Mädchen auf dem Arm und der Reisetasche in der Hand hatte er sich unsanft durch die wuselnde Menschenmenge im Hamburger Bahnhof gekämpft. Das Mädchen hatte die ganze Fahrt verschlafen und schlief immer noch. Kinder brachte wirklich nichts aus der Ruhe, selbst eine solche Reise nicht.

In Hamburg angekommen, war es ein Wunder, dass die Grenzbeamten sie nicht genauer kontrolliert hatten. Deshalb hatte er auch einen Schritt zugelegt, damit nicht doch noch jemand auf die Idee kam, einen zweiten Blick auf die Ebbies zu werfen, die man in Köln für sie hinterlegt hatte. Draußen, an der Seite nach St. Georg, änderte sich das Umfeld schlagartig. Geschäftsreisende, Familienväter und Otto Normalverbraucher verwandelten sich von einem Moment auf den anderen in Junkies, Prostituierte und Schläger. Frank hatte es als ziemlich merkwürdig empfunden, hier abgeholt zu werden, weil das Karl so gar nicht ähnlich sah. Kurz vor der Ankunft hatte er aber eine entsprechende Mitteilung auf dem Terminal seines Platzes erhalten. Weitere Informationen hatte die Kurznachricht nicht beinhaltet.

Das war ja mal wieder großartig. Jetzt war er endlich in Hamburg, auf dem Arm das Wunderkind, das der Orden seit Jahren suchte. Und wer war nicht da? Das sich mit Geschenken abschleppende Begrüßungskomitee. Aber vielleicht war die Nachricht ja von jemand anderem gewesen? Die Frage war dann nur: Wer außer Karl wusste, dass er nach Hamburg kam? Frank hatte es niemandem erzählt.

Genervt streifte sein suchender Blick den des Kindes, als er in der Menge finsterer Gestalten nach einem vertrauten Gesicht Ausschau hielt. Das Mädchen war mittlerweile aufgewacht, und der Gesichtsausdruck, mit dem es ihn nun bedachte, hatte etwas Tadelndes, sogar Vorwurfsvolles. Frank wurde verlegen. Obwohl er dem Kind immer noch nicht restlos vertraute – die verbrannte Lippe war schwer zu vergessen –, verstummte sein Sarkasmus bei dem Lächeln, das es ihm nun schenkte, einen Moment lang. Etwas seltsam war das alles schon. Nicht nur, dass kein Taxi für ihn bereitstand. Auch die Fahrt war ziemlich merkwürdig gewesen.

Freundlicherweise hatte Karl ihnen einen Trollplatz, der eine ganze Sitzseite einnahm, nicht in der Holzfällerklasse, sondern im Erste-Klasse-Bereich des ICE gebucht. Frank hatte gestaunt, aber diesen Trollplatz gab es wirklich als Buchungskategorie. Die Bahn versuchte das Image *Wir sind nicht rassistisch* auszubauen und hatte die teuren Waggons in den letzten Jahren umgerüstet. Recht scheinheilig, wenn man bedachte, wie selten Metamenschen in Führungspositionen der Bahn waren, von Quotenmetas abgesehen. Statistische Solls, notwendig, um öffentlich behaupten zu können: *Bei uns gibt es keine Apartheid.* Ein Zeichen guten Willens. Und genau dieser Lug und Trug begegnete ihnen bei der Begrüßung durch den Servicebegleiter. Der Mann wirkte anfangs unverhohlen skeptisch, aber nachdem er die Tickets vergeblich auf Fälschungshinweise untersucht hatte – der Typ hatte sich bestimmt darauf gefreut, sie aus der ersten Klasse zu werfen –, verschwand jede Mimik aus seiner Visage.

Gut, Frank sah beschissen kaputt aus, und das Kind glich einem wandelnden, gleichzeitig stattfindenden Sommer- und Winterschlussverkauf – aber war das ein Grund, sie nicht zu beachten und Franks freundliche Frage nach etwas zu trinken geflissentlich zu überhören?

Bis auf die Abwesenheit von Alkohol war dann anfangs noch alles normal verlaufen. Frank hatte das schlafende Kind auf dem Arm gewogen und die meiste Zeit über gedöst oder sinnlosen Gedankenspielen nachgehangen. Etwa mit der Melodie, die das Kind ständig summte. Irgendwie kam sie ihm bekannt vor. Er versuchte, sich zu erinnern, fand aber nichts in seinem strapazierten Gedächtnis, das ihm Aufschluss darüber gab, wo und wann er diese Musik schon gehört hatte. Genauso müßig war die Frage, warum sein Talent in Anwesenheit des Kindes ruhte – darüber würde er hoffentlich in Hamburg etwas erfahren. Weil das also alles zu keinem befriedigendem Ergebnis führte, widmete er sich den typischen Fragen, die man sich eben stellte, wenn man mit gemischten Gefühlen zurück in eine Stadt kam, die man einige Zeit gemieden hatte.

Würde er diesen besuchen oder sich lieber mit jenem treffen? Viele Leute, die noch lebten und ihn vor allen Dingen gerne wiedersehen wollten, gab es nicht mehr in Hamburg. Seinen Verleger – Frank war vor seiner Zeit als hauptberuflicher Säufer auch einmal ein wenig erfolgreicher Schmierblattreporter gewesen – brauchte er gar nicht in die engere Wahl einzubeziehen. Nach dessen letzter Nachricht mit dem äußerst wichtigen Inhalt ›Bitte dringend melden‹ etliche Monate zurück hatte Frank nicht mehr an ihn gedacht. Mit Edgar dem Zwerg hätte er gerne einige Drinks gekippt, aber der war längst gestorben, und das nur indirekt durch zu hohen Alkoholkonsum. Bei diesen Gedanken hatte Franks Sarkasmus fast schon zynische Züge angenommen. Sogar Pierskaller hatte das Zeitliche gesegnet, auch wenn er sich mit dem nicht freiwillig zum Saufen getroffen hätte – höchstens auf dessen Beerdigung. Okay, der

Mann war mal ein Freund gewesen, aber sie hatten sich recht unterschiedlich entwickelt. Zurückgeblieben waren verblassende Erinnerungen und Weisheiten, die Frank bisher nicht wirklich in die Tat umzusetzen versucht hatte. Pierskaller war einmal sein Mentor gewesen. Er stammte noch aus einer Zeit, die, von heute aus betrachtet, so weit wie die letzte Eiszeit zurücklag. Es war jene Epoche seines Lebens, als er noch für Siegel-Devil-Records gearbeitet hatte.

Das brachte ihn auf eine andere Frage. Sollte er sich bei Sandrine und Jennie melden? Diese Frage hatte ihn mehr als nur einmal während der Fahrt beschäftigt. Seine Arbeit war immer der beste Vorwand gewesen, der Verantwortung seiner Familie gegenüber aus dem Weg gehen zu können. Das war die traurige Wahrheit.

Während er diesen Gedanken nachhing, machte der Zug im Düsseldorfer Plex Halt, um dort wichtige Wasserköpfe auszuspucken und neue aufzusaugen. War es ihnen bis dahin vergönnt gewesen, allein im Abteil zu sitzen, hatte sich dieser Zustand nun schlagartig geändert.

Zwei Typen in grauen Designeranzügen waren ins Abteil stolziert, natürlich beladen mit teuren Aktentaschen, hyperwichtigen Mobilterminals und äußerst großen Schildern, auf denen ›Vorsicht, Arschlochexpress‹ stand. Solche Anzüge hatte er schon immer gehasst. Frank und das Kind schienen sie gar nicht wahrzunehmen. Sie übersahen sie einfach.

Schon nach wenigen Sekunden, der Zug war noch nicht einmal angefahren, hatte er sich kaum zurückhalten können, die Typen von oben bis unten in Regenbogenfarben voll zu kotzen. Dem Gewäsch über Rentenvorsorge, Steuern, Versicherungspolicen und Wahlkampfstrategien zu lauschen war wenig befriedigend. Zum Glück wollten sie in Essen aussteigen. Er glaubte nicht oft an Gott und sprach nur ziemlich selten zu ihm, doch in diesem Augenblick war er glücklich gewesen, dass sich der alte Mann seiner erinnert hatte.

Der Zug fuhr an, und Frank zählte gedanklich die Kilometer bis Essen. Tja, und dann wurde es wirklich *strange*.

Eine Elfin stieg ihrem Abteil zu und setzte sich Frank direkt gegenüber, zwischen die beiden Laberbacken, die bereitwillig Platz machten. Gott hatte sich anscheinend noch etwas einfallen lassen und bot ihm die Möglichkeit, sich die Zeit bis zum Verschwinden der Typen zu versüßen. Zwar stand er persönlich auf etwas griffigere Frauen, fand aber doch schnell Ablenkung bei ihrem Anblick. Sie war eben eine Elfe, ziemlich rank und äußerst schlank. Unter dem grünen Jackett ihres Kostüms hatten sich die oberen drei Knöpfe der weißen Bluse gelöst, und Frank fand es ziemlich unterhaltend, sich mit den genauen Maßen, der Form und der Füllung des ansatzweise erkennbaren BHs zu beschäftigen.

Das war aber nicht der wirklich unterhaltsame Teil – Titten kannte er, hatte ja selber welche wegen Übergewicht. Viel lustiger war das Verhalten der beiden grauen Designerleuchten. Während Frank mit bekennend offenherzigem Blick seinen Studien nachkam, schauten die beiden verlegen in sämtliche Himmelsrichtungen. Trotzdem schien die Aussicht, die sich da zwischen ihnen bot, ihre Blicke magisch anzuziehen. Gelegentliche Versuche der beiden, das Gespräch mit der jungen Dame zu suchen, wurden kalt überhört. Sie widmete sich konzentriert irgendeinem Esoterik- und Mystikchip, der sich mit Zigeunern und Hexen befasste.

Frank wollte, dass sie seine eindeutigen Blicke endlich bemerkte und sich empört über sein machohaftes Verhalten aufregte – es ging doch nichts über einen gehässigen Zeitvertreib. Er räusperte sich, und dann nahm der kurze Wahnsinn seinen Lauf.

Die Elfe schaute auf. Von der Gestik her schien sie das leise Sirren einer Mücke gehört zu haben. Dann weiteten sich ihre Augen, und Frank glaubte, ihr würden gleich die Glubscher aus den Höhlen fallen. Sie schrie etwas Unverständliches und hielt sich die Ohren zu. Plötzlich beugte sie sich zu ihm vor, griff ihm unvermittelt mit stahlhartem Griff an den Kopf und drückte diesen ein Stück weit nach unten.

Frank war viel zu perplex, obwohl seine Nase jetzt fast an ihre Titten stieß. Er wusste nicht, was er tun sollte – schließlich hatte er ja irgendwie diese Reaktion bei ihr ausgelöst.

Ihre Finger massierten kurz seinen Kopf, ließen dann aber von ihm ab. Ohne Frank weiter zu beachten, griff sie sich ihr Handkom und tippte eine Nummer ein, wobei er wieder diese Melodie hörte, als sie heftig auf die Wahltasten drückte. Das Gespräch wurde entgegengenommen. Frank hörte und sah aber nicht, wer dran war.

Energisch sagte sie: »Ich komme nach Hause.«

Das war alles.

Die beiden Designerleuchten konnten es nicht glauben und waren wohl zum ersten Mal in ihrem Leben vollkommen sprachlos. In diesem Augenblick erreichte der Zug Essen. In weitem Abstand gefolgt von den beiden Anzügen stieg die Elfin aus und würdigte Frank keines Blickes mehr. Die restliche Zeit hatte er dann mit Grübeleien über diese Melodie verbracht. Ja, das war passiert.

Jetzt stand er hier und wartete. Nervös drehte er sich um und bemerkte, wie jemand durch die Menge auf ihn zukam. Frank sah bestimmt nicht aus, als wenn er Almosen für andere mit sich herumtrug. Dennoch kam ein junges Mädel herüber und schaute ihn aus großen, verweinten Augen erwartungsvoll an. Sie war recht klein, sehr dünn und so bleich, als würde sie nur nachts unterwegs sein. Das ungekämmte schwarze Haar reichte ihr bis zu den Schultern. Der schwarze Trenchcoat hatte auch schon mal bessere Zeiten gesehen, und ihre Netzstrümpfe waren zerrissen, passten aber gut zu den langen spitzen Tretern. Der Kajalstift war wegen der Tränen verlaufen und hatte sich wie eine Ölspur einen Weg über die Wangen gebahnt. Sie wirkte wie ein typisches Kid aus der Gothic-Szene. Die sahen alle ziemlich ähnlich aus, und die Bewegung hatte sich im letzten halben Jahrhundert nie richtig weiterentwickelt.

Sie schien auf der Suche nach Kohle für den nächsten Trip zu sein. Wie das seine unfreundliche Art war, wollte Frank schon im Vorfeld abwinken, aber dann erkannte er den wachen Schimmer in ihren Augen. Sie war ein Mitglied des Ordens, keines mit magischen Talenten, aber eines, das irgendetwas mit der Elektronik zu tun hatte. Frank hatte einmal mitbekommen, wie sie bei Karl im Büro einige Hardware ausgetauscht hatte.

Ihre Begrüßung fiel sehr seltsam aus. »Frank, nenn mich Bianka. Warum wartest du ausgerechnet hier?«

Er konnte nur verwirrt dreinschauen – nicht, weil er ihre Frage nicht verstanden hatte, sondern weil er hinter sich etwas hörte, das ihn an die Melodie des Mädchens erinnerte. Aus heiterem Himmel fiel ihm wieder ein, woher er diese Melodie kannte. Lange konnte er sich aber nicht darüber freuen, weil sie auf einmal von vier Unbekannten umringt und mit tödlich scharfen Messern, Revolvern und kleinen abgesägten Schrotflinten bedroht wurden.

Paul verabschiedete sich von Simon. Der Beamte flog nicht mit, denn er wurde woanders benötigt. Die Auslöschung des Ordens hatte hohe Wellen geschlagen, und auch Pik-Dame lief Gefahr, mitgerissen zu werden. Aber was sollten sie jetzt tun? Sie hatten den Findling, aber keinen Abnehmer mehr. Die gemieteten Runner und Zitteraal samt Crew bestanden auf kompletter Bezahlung oder zumindest großzügiger Anzahlung – und das konnte Paul nur zu gut verstehen. In den Schatten lernte man schnell, dass selbst bei langjährigen Geschäftspartnern die Anwesenheit von harter Währung einen in ein besseres, vor allem sichereres Licht rückte.

Es tat ihm aber gut, Zack wiederzusehen, auch wenn der Knabe angeschlagen aussah. Auf ihn konnte er sich, genauso wie auf Chet, hundertprozentig verlassen.

Das Vibrieren des Handkoms beendete seine Gedankengänge. Irgendwie waren die Teile lästig; mit ihnen fühlte er sich ständig beobachtet und erreichbar. Aber das war eben der Nachteil als Teamleader und Koordinator: Er musste für alle aus seinem Haufen immer eine offene Leitung haben. Allerdings brachte jeder Anruf meist nur neue Probleme. Die Bewältigung persönlicher Belange blieb deshalb oft auf der Strecke. Das Motto *Es gibt keine Probleme, sondern nur Herausforderungen* traf schon lange nicht mehr seine Einstellung. Dennoch nahm er den verschlüsselten Call an. In ihrer jetzigen Lage konnte jede Information überlebenswichtig sein. »Ja, Paul hier«, musste aber als Begrüßung reichen.

Das Gesicht erkannte er sofort. Es war Teresa, die Schieberin. Sie sagte ernst: »Paul, schön, dass du noch aktiv bist.«

Paul dachte über das Gesagte nach und zog es daraufhin vor, den Smalltalk wegzulassen und auf ihre unterschwellig ausgesprochene Warnung einzugehen. »Okay, wer will uns an den Arsch?«

»Euch direkt erst einmal niemand. Aber Pandora ist auf der Abschussliste eines Runnerteams gelandet, das von einem Kerl namens Joker angeführt wird. Der Knabe kommt aus Köln …«

An dieser Stelle unterbrach Paul die Frau und beendete für sie den Satz: »… ist schon seit Jahren im Geschäft und verdient mit allem, sogar Wetwork, einen rentablen Lebensunterhalt. Ein guter Leader, auf den ist Verlass.«

»Du kennst ihn?«, fragte Teresa, wobei sich ihre rechte Augenbraue in Richtung des kurz rasierten, roten Haupthaars bewegte.

»Ja, in meiner Zeit als Datenkurier habe ich ihn manchmal angeheuert. Er war nie gierig und vor allem verschwiegen.« Paul machte eine kleine Pause. »Woher weißt du, dass er sie sucht?«, wollte er dann wissen, weil der Mann gewöhnlich alles daranlegte, seine Ziele vor anderen zu verbergen.

»Ich bin zu lange im Geschäft und merke schnell, was jemand erfahren möchte, auch wenn er es nicht direkt anspricht. Joker ist geschickt, hat aber gelegentlich seine Pupillen nicht unter Kontrolle. Es ist auch nur eine Vermutung. Trotzdem sollte die Magierin sehr vorsichtig sein.«

»Das stimmt – aber warum erzählst du mir das?«, fragte Paul, weil sie beide wussten, dass er mit Pandora schon länger nicht mehr in Kontakt stand. Sie hatte ihn nicht gesucht, und Paul war nach ihrem Abschied innerlich zu verletzt gewesen, um selbst die Initiative zu ergreifen.

»Weil sie vom Blumenmädchen den Treffpunkt an der Pier erfahren hat«, antwortete Teresa. »Ich soll dir ausrichten, dass sie kommt, damit ihr nicht ins Schlingern geratet. Sie fährt einen BMW und hat zwei Freunde dabei. Bevor ich mich aber bei dir melden konnte, musste ich noch ein paar persönliche Dinge erledigen, und dann hatte ich Jokers Anruf in der Leitung. Er hat sich nach der Magierin erkundigt und wollte wissen, ob sie immer noch fest mit Pik-Dame zusammenarbeitet oder auch alleine für einen Run verfügbar ist. An und für sich nicht ungewöhnlich, weil in den Hanse-Schatten bekannt ist, dass ich sie früher vermittelt habe. Ich habe ihm erzählt, dass Pandora kein Aktivposten mehr ist, und das Gespräch beendet. Das Timing macht mich an der ganzen Sache nervös, kann aber bloß Rainer Zufall sein. Trotzdem rufe ich Pandora nicht zurück, weil mir die Leitung in ihrem Leihwagen nicht sicher scheint. Ich hoffe nur, es hat sich niemand aus Jokers Team unbemerkt bei ihr oder mir eingehackt. Dann ist der Treffpunkt nämlich garantiert nicht mehr sicher.«

»Danke, ich weiß es zu schätzen. Sobald ich kann, gibt's den üblichen Satz.« Damit beendete Paul das Gespräch.

Und da waren sie wieder, die Probleme. Manchmal hasste er es, Recht zu haben. Joker war gut und beschäftigte nur Profis. Wahrscheinlich war der Treffpunkt also nicht mehr sicher. Nicht nur wegen des Unwetters würde Zitteraal jetzt allerdings nicht mehr umkehren. Es war verständlich, dass der Kapitän die heiße Ware nicht länger auf See herumschippern wollte. Länger vorm Hafen zu kreisen konnte die Küstenwache aufmerksam machen. Und die würde nach Bekanntschaft mit der aufbrausend lebendigen Ladung nicht freundlich reagieren. Geister waren dem Zoll nicht geheuer, vor allem wenn sie so mächtig und unkontrolliert wie der im Findling waren. Das hatten Claw, Samira und Fog zumindest ansatzweise vom Stapel gelassen. Zudem war ihre Tarnung als Wissenschaftsexpedition nun aufgeflogen. Es war clever vom Blumenmädchen gewesen, ihre Wohnung zu verlassen. Bestimmt hatte dort längst die Spurensicherung die Zelte aufgeschlagen – egal, wie vorsichtig sie in der Matrix gewesen war. Bei einer eingetragenen Studentin wie ihr gab es bestimmt ein paar Hinweise, die sie mit dem Orden in Verbindung brachten. Zwar hatte Snap längst von Paul den Auftrag erhalten, Logbuchdaten und Kennung der *Marie* zu manipulieren, aber ob das klappte, war ungewiss. Der Hack in das Netz der Küstenwache stand noch bevor und würde für den Decker garantiert nicht einfach werden. An dessen merkwürdiges Verhalten wollte Paul lieber auch nicht denken. Es gab Wichtigeres, was geklärt und vorbereitet werden musste. In der wenigen Zeit bis zum Anlegen konnten sie keinen neuen Treffpunkt ausmachen – so viel war klar. Wenn sie aber etwas Zeit gewannen, konnten sie sich immerhin auf einen Überfall vorbereiten. Das war alles, was sie jetzt tun konnten.

Paul beauftragte Zitteraal und das Team an Bord über Funk damit, das Löschen des Findlings vorzubereiten. Seinen beiden Chummern im Heli erzählte er schnell von dem Gespräch mit Teresa. Zack rief sich sofort die Karte der Pier auf, lokalisierte und markierte alle strategisch wichtigen Stellungen. Zeitgleich erstellte Chet eine Ausrüstungsliste und übermittelte sie an die *Marie*. Vorausschauend hatte sich der Meta seine eigenen Spielzeuge schon eingepackt.

Laut Wetterbericht würde es ziemlich bald unausstehlich werden. Deshalb entschied er sich in Absprache mit Zitteraal, an der Pier zu warten und dort Position zu beziehen. Eine Hubschrauberlandung auf tobender See war ein unnötiges Risiko. Während sie weiter durch den immer stärker werdenden Regen flogen und Hamburgs blinkende Lichter unter sich passierten, nahm sich Paul einen Moment Zeit, über sich und Pandora nachzudenken.

Wie sollte er reagieren, wenn er sie wiedersah? Er konnte das Geschehene nicht vergessen. Hatte er Angst, ihr Anblick würde seine tot geglaubten Gefühle wiedererwecken? Und wenn die Magierin da sein würde, war Trish dann auch da? Die Sängerin, die sie einst hintergangen hatte, auch wenn er ihre Beweggründe verstehen konnte? Er hatte sie anziehend gefunden, aber letzten Endes hatte sie sich auch von ihm abgewendet. Was würde er bei ihrem Anblick empfinden? Die Gedanken an Trish brachten ihn unwillkürlich auf den Schatten und dessen Begleiterin, die es auf die Sängerin abgesehen gehabt hatten. Und das stand möglicherweise in direktem Zusammenhang mit dem Ausklinken des Raben-Schamanen. Aber war der Schatten nicht bei dem Ritual gestorben? Wie konnte er dann immer noch Macht auf andere ausüben? Oder hatte etwas anderes vom Schamanen Besitz ergriffen? Claw und Samira hatten vermutet, er sei nicht Herr seiner Sinne gewesen. Das hätten sie in der Astralwelt gespürt und gesehen. Nur waren sie damals nicht dabei gewesen, als der Schatten den Orden angegriffen hatte. Wenn es eine Ähnlichkeit gab, konnten sie diese nicht erkennen. Einzig Trish, Pandora und die überlebenden Mitglieder des Ordens waren dazu in der Lage. Paul und Chet war es unmöglich, die Eindrücke der Spiegelwelt selbst aufzunehmen. Sie mussten sich auf die Aussagen anderer verlassen. Eines war dem Ork aber aufgefallen – ein Ring an der Hand des Schamanen, der aller Wahrscheinlichkeit nach in Zusammenhang mit der Go-Gang stand, die Anschläge auf Chet und ihn verübt hatten. Paul hatte den Anschlag auf sein Leben knapp überlebt. Er war ihr erstes Ziel gewesen, aber glücklicherweise bei einem Treffen mit Simon. Als die Killer den Unterschlupf leer vorgefunden hatten, beließen sie es bei einer kleinen Bombe als Präsent. Zum Glück hatten die Holsten Zombies ihn rechtzeitig gewarnt, bevor er die Haustür aufschloss. Es war halt doch gut, Schutzgeld zu zahlen. Eine kostengünstige Versicherung, wenn man dadurch seinen Arsch retten konnte. Ein paar Beholder der Gang – die Mitglieder, deren Aufgabe es war, das Revier zu beobachten – hatten Biker vorm Haus herumlungern sehen. Den Rest hatte Paul recht schnell herausgefunden. Vier Kilo C12 hätten ausgereicht, um seine zerfetzten Einzelteile über ganz Hamburg zu verteilen.

Deswegen war er auch auf die Idee gekommen, die Gang zum Schutz für Chet anzumieten. Dessen schwangere Frau und die damit verbundene Belastung für den

Meta waren ein guter Vorwand gewesen. Paul hatte noch nicht allzu viel Wind machen wollen, weil ihm die Fakten fehlten, deswegen hatte er nichts erzählt.

Bei Zack sah das komplizierter aus. Der duldete in seiner Junggesellenbude nur spärlich bekleidete Mädels und Alkohol. Manchmal war es Paul ein Rätsel, wie es Zack mit seiner Gesichtsbaracke immer wieder schaffte, die Hühner ins Bett zu locken. Das Gespräch mit Simon hatte darauf zwar keine Antworten geliefert, aber andere Möglichkeiten ergeben: Der Job auf Big Willy war lebensgefährlich, aber welcher Job in den Schatten war das nicht? Simon garantierte Paul die Anwesenheit von zwei Schutzengeln, nämlich Rustle, der dort inhaftiert war, und einen sauberen Spitzel. Und das war Paul lieber gewesen, als Zack unbeobachtet zu lassen. Nicht weil er ihm nicht vertraute. Nur war der Knabe eine echte Leuchte, wenn es darum ging, sich in die Scheiße zu manövrieren. Außerdem bot sich dadurch die Möglichkeit, etwas über die Go-Gang herauszufinden.

Mittlerweile war bewiesen, dass der Anführer der Söhne und Töchter Gabriels tot war. Paul hatte nichts gegen Religionsfreiheit, aber diese Riten gingen eindeutig zu weit. Ja, und Niels von Wersch galt als vermisst. Immerhin bewiesen die Bilder, dass er mit dunklen Mächten in Verbindung stand. Da sie aber nicht wussten, ob der Kerl noch lebte, und wenn ja, wo er sich aufhielt, war es ziemlich schwierig, dessen nächste Schritte einzuplanen.

Snap heizte über die fluoreszierenden Bahnen der Satellitenverbindung und suchte einen Weg, um ins LTG der Freien Hansestadt Hamburg einzudringen. Seine Persona sah wieder aus wie früher: ein pickelgesichtiger, mit den Fingern schnippender Comic-Teenager von schmächtiger Statur, der mit viel zu großen Klamotten und Skates an den Füßen – Turnschuhe trug die Persona nur bei längerem Aufenthalt in einem Datenknoten – durch den pechschwarzen Datenhimmel der Matrix preschte. Nostalgische Erinnerungen verband er mit dieser Erscheinung, und jetzt war er schließlich wieder an dem Ort, an dem seine zweifelhafte Karriere einst begonnen hatte.

Unter sich passierte er vereinzelt Ports, die wie klobige, aus Legosteinen gebaute Schiffe blinkend durch die Dunkelheit trieben und eine leuchtende Verbindung mit dem Datenstrom besaßen, auf dem er gerade entlangreiste. Im Augenblick nutzte er den Satellitenlink eines globalen Anbieters mit Hauptsitz irgendwo in Japan. Die in der ADL ansässige Telekrampf-Gesellschaft war trotz fast schon gesicherten Monopols nicht in der Lage, den Usern, die sich außerhalb eines durch Glasfaserleitungen gekoppelten Zugangs innerhalb der Matrix bewegten, ausreichend und vor allem kontinuierliche Speicherressourcen bereitzustellen. Natürlich konnte man diese Behinderungen mit einigen Tricks umgehen, aber je mehr Wind man verursachte, desto höher wurde die Wahrscheinlichkeit, entdeckt zu werden. Weil *decken* auch immer *hacken* bedeutete, musste man diese grundlegenden Risiken schon im Vorfeld vermeiden. Ein weiterer Punkt waren die enormen Summen, die dabei logischerweise anfielen, weil große Datenpakete viel Traffic in Anspruch nahmen.

Snap hatte sich natürlich über die Nummer eines Konzernpinkels eingeloggt, denn eine eigene besaß er nicht mehr. Die Rechnungen für ihn zahlte immer jemand anders. Es barg eben auch seine Vorteile, SINlos durch die Sechste Welt, vor allem durch die Matrix zu jagen. Die Anschlusskennung, die er nutzte, gehörte einem reisefreudigen Konzernsklaven. Der schlief gerade felsenfest in einem Hotelzimmer, hatte die Verbindung des Decks aber aktiviert, weil seine Würmer illegale Pornos aus dem Äther sogen. Der Typ war einer dieser Schwachmaaten, die sich in der Freizeit einen Kick suchten, indem sie in Möchtegern-Deckerläden abhingen und mit utopischen Talenten protzten. Aber selbst einem so unterbemittelten User konnte eine extrem hohe Rechnung auffallen. Tera-Bytes von A nach B zu transportieren, und das vor allem sehr schnell, war nicht billig.

Weil Snap die Nummer nicht verlieren wollte – auch wenn es viele dieser Idioten in der Matrix gab und er den Typ nicht persönlich kannte –, vermied er es, unnötig große Pakete en bloc zu bewegen. Die meisten solchen Nummern fielen nämlich sehr schnell anderen Deckern in die Hände. Ehrenkodex und Vorsicht untersagten es, die Hoheitsgebiete eines anderen Datenjockeys abzugrasen – daraus konnten sich später unvorhergesehene Probleme entwickeln. Wer durch die Matrix geisterte, unterschätzte die Talente anderer besser nicht. Sonst konnte es passieren, dass man auf einmal doch eine SIN mit Anschrift besaß und die Bullen im unpassendsten Augenblick an die Haustür klopften.

Bei den blinkenden Legosteinen unter ihm handelte es sich um Satellitenverbindungen von Schiffen, von denen aus Decker auf See Verbindung mit der Außenwelt aufnahmen. Snap konnte sich natürlich auch darüber einen indirekten Weg ins Telekommunikationsgitter der Freien Hansestadt bahnen. Aber dazu musste er sich in den gesicherten Port eines anderen Deckers einhacken, und auf den daraus möglicherweise resultierenden Stress konnte er verzichten. In seinem Fall hätte ihn das sowieso nicht weitergebracht, denn er suchte etwas Öffentliches, hinter dem er seine Transaktionen verbergen konnte.

Ganz in der Nähe meldeten in diesem Augenblick die Sonar- und Radardaten ihres Schiffes einen passierenden Konvoi automatisierter Frachter, der aus dem Bund Skandinavischer Staaten stammte. Anhand des Kurses berechnete Snap den Zielhafen, und siehe da, Fortuna hatte ihn nicht vergessen und ihm einen Weg gewiesen – nun lag es an ihm, ihrer abwurfbereiten Steinladung nicht zu nahe zu kommen.

Der Konvoi wollte schnell in den Hamburger Hafen, weil der losbrechende Sturm und die damit einhergehenden Risiken seine Fracht gefährden konnte. Deshalb legten die Frachter an Fahrt zu und nahmen in Kauf, dass die Formation wegen des stärker werdenden Seegangs etwas auseinander trieb und der Treibstoffverbrauch anstieg. Snap musste nur noch einen Weg finden, die *Marie* in diesen Treck zu schmuggeln – dank der Sensoren würden die Frachter den nötigen Sicherheitsabstand automatisch einnehmen. Gelang ihm das, war es unnötig, in das System der Hafenbehörde einzudringen.

Diese automatisierten Frachter stammten aus einer neueren Baureihe, die ganz ohne menschliche Crew auskam. Alle Arbeits- und Wartungsabläufe wurden elektronisch oder mittels ferngelenkter Drohnen geregelt. Die Navigationssoftware regulierte den Kurs und reagierte auf die meisten Eventualitäten. Situationen, die sie nicht kannte, meldete sie automatisch der Zentrale, die sich dann in das System einloggte und gegebenenfalls nötige Fremdmaßnahmen einleitete. Auf lange Sicht war das trotz immenser Anschaffungskosten für Konzerne eine rentable Investition. Wegen steigender Gehalts- und hoher Bewirtungskosten einer guten Crew amortisierte sich die Anschaffung schon nach wenigen Jahren. In den für Menschen gefährlichen Gewässern der Nordsee war das ein nicht von der Hand zu weisender wirtschaftlicher Faktor.

Dieser Gedanke brachte Snap kurz auf ›Icebabys Vermächtnis‹, das weiterhin in seinem Schädel tobte. Auch wenn er die Verbindung zwischen Deck und Headmemory deaktiviert hatte, wusste er nicht, inwieweit dieses Ding das vielleicht korrigieren konnte, sobald die Speicherbarrieren gesprengt waren. Zwar hatte er alle Softwareverbindungen abgeschaltet, für einen hardwaretechnischen Umbau brauchte er aber einen Schattenklempner. Und diese Weißkittel mied Snap wie VITAS. Ärzte waren eine Seuche, gegen die es nur ein wirksames Mittel gab: nicht hinzugehen.

Gelegentlich ertappte er sich sogar bei der Vorstellung, dass er es war, der das Ding in seinem Kopf heraufbeschworen hatte. Nicht umsonst sagte man: *Sei vorsichtig mit dem, was du dir wünschst, es könnte in Erfüllung gehen.* Und hatte er sich nicht mehr als nur Erinnerungen und Datenfiles von Icebaby gewünscht? Die Sache mit Wünschen war wie der Pakt mit dem Teufel. Das viel zu klein Gedruckte und die wortgenaue Formulierung bestimmten von Anfang an das Endergebnis. Nur brachte ihn das alles jetzt nicht weiter. Diesem Ding in seinem Kopf konnte er sich stellen, sobald es Zeit dafür wurde. Jetzt ging es um die nahe liegenden Ziele, von denen auch das Überleben des Teams abhing.

Ein kurzer Check der Sensoren der *Marie* zeigte ihm einen Weg. Der Konvoi würde bald einen so genannten Neuen Roten Wächter passieren. Nach dem Aufkommen der Umweltseuchen in der Nordsee war es notwendig geworden, die kreuzenden Schiffe auf ihren Routen vor größeren Giftteppichen zu warnen. Die Neuen Roten Wächter waren eine Anspielung auf die Roten Wächter, Schiffe mit 24 Mann starker Besatzung, die für die warnenden Signalfeuer auf See verantwortlich gewesen waren. Daher hatte man sie auch Feuerschiffe genannt. Sie stellten einst den letzten Gruß der Heimat an die Seeleute vor einer großen Reise oder den ersten bei der Wiederkehr in den Hafen dar. Aufgrund der kostengünstigeren und weniger gefährlichen Erfindung effizienter Leuchttürme Anfang des 19. Jahrhunderts war der Betrieb solcher Schiffe später eingestellt worden. Die sich wegen der Gezeiten bewegenden Giftteppiche machten heutzutage eine mobile Warnung auf See wieder notwendig. Mit Sensoren ausgerüstete, automatisierte Drohnen, die aber auch via Satellit von Riggern kontrolliert werden konnten, übernahmen diese neue Aufgabe. Jedes Schiff öffnete beim Passieren kurz die Kommunikationskanäle, um Warnungen oder Routenänderungen abzustimmen. Auch wenn sie sich so kurz vor Hamburg nicht mehr auf hoher See befanden, wurden auch hier gelegentlich Giftteppiche gesichtet. Außerdem hatten es Ökoterroristen auf den Theodor-Storm-Damm abgesehen. Die Gefahr durch Piraten durfte man ebenfalls nicht unterschätzen. Kurz vorm Anlegen in Hamburg-Harburg waren bei Nacht und Nebel schon einige Kaperattacken gelungen.

Genau das war Snaps Chance. Die automatisierten Frachter würden ihre Passdaten an die Drohne senden, und von dort aus wurden die Informationen an die Hafenbehörde weitergeleitet. Wenn sein Timing stimmte, konnte er die Anzahl der Schiffe ändern und sogar einen Typ hinzufügen. Kurz vor dem Anlegen würden sie sich natürlich vom Konvoi absetzen, aber bis dahin liefen sie nicht Gefahr, ohne gültige Kennung aufzufliegen. Einen Versuch war es wert.

Snaps Persona wartete vor dem Icon des Neuen Roten Wächters, der wie ein stetig kreisender Feuerball aussah. Das IC, das garantiert zur Sicherung eingesetzt wurde, konnte man zwar noch nicht sehen, aber die Vorsicht riet ihm, besser über den hoffentlich bald geöffneten Kanal des Konvois einzudringen. Der Norddeutsche Bund sicherte diese mobilen Wächter ziemlich gut, und Snap hatte nur einen Versuch und verdammt wenig Zeit.

Ein kurze Mitteilung an die Brücke, und die Crew war informiert. Zitteraals Jungs wussten, was zu tun war. Kurze Zeit darauf materialisierte sich das klobige

Icon des Konvois in der Matrix. Sofort schoss der Decker auf den Eingang zur Kommunikationszentrale des Leitschiffs zu. Vom Logo des Konzerns, das er an der Außenhülle ausmachte, fertigte er eine Standbildaufnahme an und startete dann eine Suchroutine in seinen selbst erstellten Datenbanken. Das Ergebnis war ein Name, den Snap wahrscheinlich noch nicht einmal ansatzweise richtig aussprechen konnte. Die Firma hieß Skarp Tømmerhandel, und das klang für ihn wie *Smöreprött*. Laut Übersetzungssoftware bedeuteten die Worte aber so etwas wie ›Strenger Holzhändler‹. Das gab Snap eine vage Vorstellung von der Ladung an Bord – gerodete Wälder im Ikea-Format. Erfreulicherweise verrieten Snap seine gesammelten Deckergerüchte auch, dass ihm zunächst keine Konfrontation mit tödlichem IC bevorstand – auf See waren die Matrixzugänge von Konzernschiffen weniger stark gesichert.

Ohne Probleme konnte er über die einem Schiff nachempfundene graue Oberfläche rasen. Am Schleuseneingang zur Brücke sah er sich jedoch mit einer Mischung aus Sonden- und Wirbel-IC konfrontiert, das in Gestalt einer kleinen Gewitterwolke über dem Eingang hing. Den Passteil bildeten die Regentropfen, und jeder, der da durchwanderte, musste sich der kontrollierenden Berieselung stellen. Scheiterten die Systemchecks des IC, wurde das Wirbel-IC aktiviert und versperrte den SAN-Zugang für die nächste Zeit.

Snap programmierte seine Maske um und konnte den Zugang entschlüsseln. In der Matrix sah das folgendermaßen aus: Der Teenager zog sich einen Regenmantel über und tauschte die Skates gegen ein Paar riesige Gummistiefel. Danach schlurfte er unerkannt durch den Regenschauer und die sich öffnende Schleuse.

Er kam keinen Augenblick zu früh. Gerade als er den Innenraum betreten hatte, zeigte ihm sein Schmöker-Utility eine Flaschenpost, die sich im Zentrum visualisierte. Was das für ein Inhalt war, konnte sich der Decker denken. Snap suchte nach dem Terminal und fand es in der rechten Ecke des orange schimmernden Raums. Millisekunden später hatte er die Peripheriedaten manipuliert und das Versenden der Flaschenpost hinausgezögert, bis er mit allem fertig war. Anschließend flog die Nachricht aus seinem Sichtfeld, und von diesem Moment an konnte er nur noch abwarten. Schlug das System Alarm, konnte er von hier aus einiges kitten. Scheiterte er, musste er sich ausstöpseln und darauf hoffen, dass die Frachter keine aktiven Schutzmaßnahmen einleiteten. Ihr Schiff war für einen harten Seekampf nicht gewappnet. Lief aber alles glatt, würden sie bald sicher im Hafen andocken.

Der Alarm blieb aus, und da die Navigationssysteme in diesem Port den Kurs änderten, ging der Decker davon aus, dass alles geklappt hatte. Jetzt musste Snap nur zurück, bevor sich die Verbindung des Konvois automatisch schloss, die gefälschten Daten der *Marie* anpassen und in die Logbuchdateien einschleusen. Nur für den Fall, dass die Küstenwache ausgerechnet die *Marie* kontrollierte.

Aber dann kam wieder einmal alles anders als erwartet. Fortuna war zwar in der Matrix auf seiner Seite gewesen, aber die reale Welt musste sich im Lauf der Geschehnisse drastisch verändert haben. Snap spürte den alles durchdringenden heftigen Ruck und den folgenden Schock, als er schmerzhaft ausgeworfen wurde – Fortunas Steine schlugen eben nicht immer dort ein, wo man es sich ausgerechnet hatte.

Chet kletterte umständlich die Leiter eines zweibeinigen Van Carriers hoch. Van Carrier waren riesige, mobile Kräne, mit denen man Container mühelos und zentimetergenau bewegen konnte. Diese gehörten allerdings schon einer neuen Generation an; sie waren höher, breiter und schneller als jene, die man noch zur Jahrhundertwende verwendet hatte, und wurden nur noch zu Wartungszwecken von atmendem Personal bedient. Ganze zwanzig Meter ragten die rollenden Metallriesen in den durch Scheinwerfer erleuchteten und durch den Sturm ansonsten pechschwarzen Nachthimmel.

Die *Marie* würde an einer von drei Seiten durch einen befestigten Kai eingegrenzten Stelle anlegen. Der Van Carrier würde das Ausladen des Findlings um einiges einfacher und schneller gestalten. Bis es so weit war, konnte der Ork von dort oben einen Großteil des umliegenden Geländes ins Visier nehmen. Falls unangemeldeter Besuch eintraf, würde er zur Begrüßung den tobenden Regen um einige niederschmetternde Bleitropfen bereichern.

Der Arbeitslärm, zusammen mit den Geräuschen des Gewitters, hatte fast schon etwas Musikalisches. Alarmhupen, die automatisch beim Einlegen des Rückwärtsgangs bei den Van Carriers aufheulten, ergänzten die tönenden Nebelhörner der Schiffe. Die vielen Blechbauten, zusammen mit den Kränen, Containern, Van Carriers und Schiffen, waren eine moderne audiovisuelle Komposition aus Stahl.

Die große Tasche auf Chets Rücken wog selbst für einen Ork einiges und trieb ihn an, diesen Anblick besser ein andermal zu genießen, vorausgesetzt, es würde eines geben. In der Tasche ruhte ein zerlegtes, mit Smartgun und allem möglichen sonstigen Hightech ausgerüstetes Baby, das eine wahre Augenweide für Waffenkenner war.

Das Ares-Scharfschützengewehr Hecate IV besaß eine zusammengesetzte Gesamtlänge von 1,50 Metern, wobei der Lauf allein schon 80 Zentimeter maß. Als Munition diente die .50 Browning-Patrone, eigentlich noch eine Veteranin aus dem Ersten Weltkrieg, die während der Russlandkriege, aber auch noch in den heutigen Tagen regen Zuspruch gefunden hatte. Diese Waffe war mit Hartkerngeschossen geladen, die sogar leichte Panzerarmierungen durchschlugen. Zwölf Schuss Magazinkapazität rundeten das Sniper-Rifle ab und machten es zu einem wahren Genuss, damit auf weit entfernte Ziele anzulegen. Die Zieloptik war so gut, dass man einen unter der Haut anschwellenden Pickel erkennen konnte. Durch die Kopplung mit Smartlink konnte Chet die Zielautomatik auf bewegliche Ziele anpassen – dafür wog das Gerät aber auch an die zwanzig Kilo.

Chet empfand es im Augenblick als ziemlich nervend, dass sie keine Tech griffbereit gehabt hatten, um unbemerkt den Aufzug des Van Carrier in Betrieb zu setzen. Ein mobiler Decker wäre jetzt echt hilfreich gewesen. Aber so war das nun einmal – wenn man die Technomanten brauchte, waren sie nicht in Reichweite. Die Idee, sich vom Helikopter oben absetzen zu lassen, hatte Chet wegen des Sturms erst gar nicht in Erwägung gezogen. Nur gut, dass die Konstrukteure bei der Planung der mobilen Riesen solch extreme Wetterbedingungen berücksichtigt hatten. Vom unvorhergesehenen Einstürzen massiver Objekte unterm Hintern hatte er vorerst die Nase voll. Zum Glück war es dunkel, und die mangelnde Sicht ersparte dem Ork den direkten Blick auf das Wasser.

Einige Minuten später war er endlich oben angekommen. Er kniete sich sofort hin, um dem Wind nicht mehr Angriffsfläche als nötig zu bieten. Das Wetter und die eisige Kälte machten die Position sehr unangenehm. Vorsichtshalber klinkte Chet den Karabinerhaken des Klettergeschirrs, das er sich um die Taille gebunden hatte, an das durchgehende obere Rohr des Metallgeländers und kämpfte sich anschließend gegen den Sturm zur Mitte vor, wo der Platz in der Kanzel schon auf ihn wartete. Mit einem Glasschneider schnitt er ein

Loch in die Seitenscheibe und öffnete das Fenster. Im Innern schraubte er das Sniper-Rifle zusammen und machte sich darauf gefasst, von jetzt an zu warten und die Gegend im Auge zu behalten.

Durch das Loch in der Scheibe war es hier oben verdammt zugig, und Chet fielen sofort mehr als nur eine Hand voll Orte ein, an denen er lieber gewesen wäre. Was seine Familie wohl gerade tat? Hoffentlich etwas anderes als er. Aber der Gedanke an die Familie trieb Chets Gedanken zurück zu dem Gespräch, das sie in Eyeless' Ambulanz geführt hatten.

Bei der Erwähnung der Nordgas AG hatte er an seine erste Familie denken müssen. An den Vater, der ihn verstoßen hatte. Der war nämlich in der Sicherheitsabteilung des Konzerns angestellt gewesen. Obwohl der Mann mittlerweile viel zu alt für den aktiven Dienst war, ertappte sich Chet bei der Vorstellung, ihm im Kampf gegenüberzustehen. Wie würde er handeln, und wie würde Chet reagieren? In seinen Augen wäre Chet bestimmt nur ein verabscheuungswürdiger und gemeingefährlicher Meta, der die Interessen des Konzerns bedrohte. Oder konnte ihm wahrhaftig durch den Kopf gehen, dass er seinen Sohn erschoss, den er seit Beginn der Mutation nicht mehr gesehen hatte? Machte er sich Vorwürfe für seine Taten und Entscheidungen von damals?

Chet wusste selbst nicht, wie er reagieren würde. Bisher hatte er immer voller Zorn an seinen Vater gedacht. Aber wenn er ihm tatsächlich gegenüberstand, konnte der Meta nicht mit Bestimmtheit sagen, ob er die Kraft aufbringen würde, das Blut der eigenen Familie zu vergießen, deren geliebter Teil er einmal gewesen war. Der einzige Grund dafür wäre wohl, dass er jetzt eine eigene Familie hatte, die sich auf ihn verließ und für die er verantwortlich war.

Während Chet darüber nachsann, stellte sich Paul als Zielscheibe im Regen an die Pier und wartete auf das

Eintreffen der anderen. Chet räumte alle anderen Gedanken beiseite. Paul war auch ein Teil dieser Familie, deren Mitglieder sich nicht des Blutes wegen einander verpflichtet fühlten.

Der Meta fragte sich, wie lange Pandora und das Blumenmädchen noch auf sich warten ließen. Die *Marie* lief gerade auf die Pier zu. In spätestens einer Dreiviertelstunde war der Findling geborgen, und danach sah der Plan vor, schnell zu verschwinden. Es war zu gefährlich, länger als nötig hier herumzusitzen.

Über das Objektiv sah er Zack, der im Schatten der riesigen Containerstapel schleichend seine Runden drehte und auf dem Weg zu einem Sattelschlepper war, mit dem sie den Findling von hier wegbringen wollten. Ein gut ausgerüsteter Rigger hätte diese Arbeit viel einfacher und vor allem parallel erledigen können. Aber erstens besaß der Typ aus Zitteraals Crew keine Drohnen an Bord des Helikopters, und zweitens war er gerade damit beschäftigt, den Hubschrauber für die Verladung vorzubereiten. Dafür musste er die Rotorblätter zusammenklappen, die sich in der Mitte manuell einknicken ließen. Das ganze Unterfangen sah nach ziemlich harter Knochenarbeit aus. Trotzdem hätte Chet ihm lieber geholfen, als sich hier oben in der Kälte den Ast abzufrieren.

In der Ferne sah der Ork einige Minuten später zwei Scheinwerfer auf sie zukommen. Er zoomte näher heran und erkannte einen BMW. Am Steuer saß ein junger Typ im Anzug – Chet taufte ihn Driver. Der Beifahrer, ebenfalls ein Norm, hatte einen auffällig großen Riechkolben und kassierte den Namen Zwerg Nase. Zwischen den beiden erkannte Chet auf der Rückbank Pandora, die ehemalige Magierin ihres Teams. Sie sah ein wenig angeschlagen aus, und das geschiente Handgelenk, das sie auf der Kopfstütze des Fahrers abgelegt hatte, fiel ihm sofort auf.

Über Funk gab er Paul und Zack Bescheid. Trotz Pandora stuften sie Fahrzeug und Insassen als Feindziele ein. Die Magierin war kein fester Bestandteil des Pik-Dame-Teams mehr und spielte in diesem Spiel eine undurchschaubare Rolle – zumindest für Chet.

Paul drehte sich dem Fahrzeug zu, das frontal auf ihn zusteuerte. Als es noch etwa zweihundert Meter von ihm entfernt war, konnte Chet durch die Frontscheibe des Autos sehen, wie die Köpfe von Zwerg Nase und Driver mit einem einzigen Treffer von der Seite zerfetzt wurden und wie überreife Melonen zerplatzten.

Verdammt, hier lauerte noch ein anderer Scharfschütze, und sie waren ihm in die Falle gegangen! Chet suchte angestrengt nach der möglichen Position des Gegners. Eine Warnung brauchte er Paul nicht mehr zukommen zu lassen, denn der hatte längst mitbekommen, was abging, und war hinter einen Containerstapel in Deckung gesprungen.

Ohne genauere Angaben zu haben, vermieden es aber alle im Team, die taktische Kommunikationsleitung unnötig zu blockieren. Die hintere Seitentür des BMW flog auf, und Pandora sprang während der Fahrt aus dem Wagen. Sie rollte auf dem nassen Asphalt ab, hechtete mit schmerzverzerrtem Gesicht in eine seitlich gelegene Containergasse und verschwand aus Chets Sichtfeld.

Normalerweise hätte die Sicherheitstechnik, die beim Ausfall des Fahrers – ein simpler Schlaganfall reichte schon aus – automatisch aktiv wurde, das Fahrzeug sofort angehalten. Aber aus irgendeinem Grund geschah das nicht. Der Wagen beschleunigte weiter und fuhr funkensprühend an der Containerreihe entlang, an deren Seite Paul sich mit der MP im Anschlag hingekniet hatte.

Sein Chummer gab ein paar Schüsse ab, richtete aber keinen nennenswerten Schaden an. Danach lief er lieber ums nackte Überleben, den außer Kontrolle geratenen

Wagen im Nacken. Trotzdem erwischte ihn das Fahrzeug, als er gerade um die Ecke bog, und schleuderte ihn durch die Luft. Paul landete im Schatten der Container und verschwand aus Chets Sichtfeld. Der BMW schoss über das Ende der Pier und schlug platschend ins Wasser. Das Brackwasser drang in den Innenraum, und die eingeschalteten Scheinwerfer leuchteten dem versinkenden Schrotthaufen samt seinen toten Insassen den letzten Weg ins dunkle Grab der Tiefe.

Für das Geschehene gab es nur eine logische Erklärung. Ein Decker musste sich in das System des BMWs gehackt, alle Sicherheitsvorkehrungen blockiert und die Kontrolle übernommen haben. Der Angriff war ein klarer Beweis, dass sich dieser Joker mit seinem Team in der Nähe herumtrieb. In diesem Containerlabyrinth würde es verdammt schwierig werden, ihre Gegner auszumachen – geschweige denn, gegen sie vorzugehen. Hoffentlich hatte Paul ein paar hilfreiche Ratschläge auf Lager. Es war nur die Frage, ob sein Chummer den Zusammenstoß überlebt hatte.

Chet versuchte Paul zu erreichen, aber das Signal verschwand unbeantwortet im Äther. Zack reagierte ebenfalls nicht. Das war alles gar nicht gut. Augenblicklich konnte Chet nicht einmal abschätzen, ob seine eigene Position überhaupt noch sicher war. Er hatte das nagende Gefühl, mit seinem breiten Hintern mitten auf dem Präsentierteller zu sitzen. Hatte er vielleicht schon längst die Pik-Dame gezogen? Wurde es Zeit, bald abzutreten?

Claw hatte den Stecker gezogen und hielt den Decker fest, der zappelnd in die greifbare Wirklichkeit zurückkehrte. Der Schamane hatte dem Jungen nicht wehtun wollen, aber in diesem Moment war er ihre einzige Chance. Einige Minuten zuvor hatte sich das Schott der Kajüte ohne Vorwarnung geschlossen und sie hier unten eingesperrt. Draußen klopften aufgebrachte Maschinisten gegen andere Schotten und schrien lautstark ihre Wut und Verzweiflung heraus.

Fender, Samira und Claw hatten sich zu einer kurzen Besprechung in die Kajüte zurückgezogen, um gleichzeitig ein Auge auf den Decker zu werfen, während dessen Geist mit dem Stück Technik auf den Knien verschmolz. Claw war kurz nach dem unvorhersehbaren Verriegeln in den Astralraum gewechselt, aber nicht sonderlich weit gekommen. Eiskaltes, verseuchtes Wasser strömte aus dem Oberlicht der Kajüte, und die Kälteschmerzen rissen ihn zurück. Mit extremer Hitze konnte Claw umgehen, aber eisige Kälte war etwas, das selbst seine Konzentration ins Wanken brachte. Aus irgendeinem Grund wurden die Kojen geflutet. Zusammen mit Fender hatte er versucht, das Schott der Kajüte manuell zu öffnen, aber ihre Versuche waren kläglich gescheitert, was nicht an mangelnder Kraft liegen konnte. Das Schott musste elektronisch verriegelt worden sein. Fender hatte zwar versucht, das Terminal zu öffnen, aber bald seufzend aufgegeben. Der Befehl zum Schließen und Fluten musste von der Brücke aus eingeleitet worden sein, und ohne Berechtigungscode würden sie sich nur die Finger wund tippen. Dies war ein Job für einen Fachmann, und davon gab es nur einen im Raum, der zumindest körperlich anwesend war, wenn sich sein Geist auch irgendwo anders aufhielt – in einer Welt, die Claw gar nicht erst persönlich sehen wollte.

Der Schamane spannte die Muskeln an und bewahrte den Decker davor, irgendwo schmerzhaft anzuecken. Das Zappeln fiel diesmal aber nicht so intensiv aus, wie es Claw sonst von dem Burschen gewohnt war. Vorsichtshalber strich Samira ihm mit leicht zittrigen Fingern und dennoch lächelnd eine intensiv duftende Salbe unter die Nase. Auch sie war die Kälte nicht gewohnt, und Claw sah ihr deutlich an, dass sie sich zwang, ruhig zu wirken. Das Schlimmste an dieser Situation war die Hilflosigkeit. Sie konnten beide nichts tun. Sogar ihre Magie war ihnen im Augenblick nicht hilfreich.

Jetzt waren sie auf die Hilfe des Deckers angewiesen, der langsam zu sich kam. Auch er schlotterte wie Espenlaub, als sich Körper und Geist des gesamten Ausmaßes der feuchten Berieselung bewusst wurden.

Claw brauchte Snap nichts zu erklären. Das Bild, das sich ihm bot, sprach Bände. Geistesgegenwärtig räumte der Decker einen Stuhl vor das Schott, kniete sich darauf und sagte ernst zu Fender: »Halt mich fest. Zieh den Stecker erst, wenn ich lange zucke. Ansonsten lass mich drin, egal, ob das Schott schon aufgegangen ist.«

Es war logisch, dass Snap den Samurai damit beauftragte, denn der schien die Kälte besser als sie alle wegzustecken. Wahrscheinlich lag es an der Ausbildung zum Tiefseetaucher.

Snap steckte den Stecker des Decks seitlich an der Wand in ein Panel und führte sich das andere Glasfaserkabel in die Datenbuchse ein. Das Kinn sackte ihm auf die Brust, während die Finger trotzdem irgendwie ferngesteuert ihre Arbeit verrichteten. Fender bewahrte den Decker davor, ins Wasser zu fallen. Es war aber nur eine Frage der Zeit, bis ihn die Kälte erreichte und seinen Körper auskühlte, da der Wasserspiegel bedrohlich schnell anstieg.

Claw spürte langsam selbst, wie er das Gefühl in den Gliedern verlor. Bei Samira war es bestimmt nicht anders, und sie hockten sich gemeinsam auf den Tisch. Nun würde sich zeigen, ob der kränkelnde Decker ein Ass in seinem Fach war. Von seinem Erfolg hing jetzt ihr aller Leben ab. Seine Taten stellten die Weichen für die Zukunft. Weichen, von denen Snap noch nichts wusste, obwohl sie sein Leben entscheidend verändern konnten.

Es dauerte seine Zeit, bis sich Paul vom Zusammenstoß mit dem BMW so weit erholt hatte, um eine erste Bestandsaufnahme zu machen. Er lag mit blutender Kopfwunde und gebrochenem Bein im Schatten eines Containers und hörte entfernt das letzte Blubbern des absaufenden Wagens. Dass sein Bein gebrochen war, konnte man nicht übersehen. Den Winkel, in dem sein Unterschenkel abstand, erreichte man selbst mit beweglichen Gelenken nicht.

Paul fühlte ein starkes Pochen am Schienbein. Das war immerhin ein Zeichen dafür, dass noch nicht alle Nervenbahnen durchtrennt waren. Zitternd zog er das Hosenbein hoch und wurde mit einem sprudelnden Anblick belohnt. Das war ein gottverdammter offener Bruch – nicht nur verdammt schmerzhaft, sondern auch sehr einschränkend.

Dank militärischer Ausbildung verstand er sich auf erste Hilfe und schaffte es, nicht weiter über die Konsequenzen nachzudenken. Die Drogen, die er sich vorher einwarf, regten die Testosteron- und Adrenalinproduktion an und stillten gleichzeitig die Schmerzen. Bis die Wirkung einsetzte, zerlegte er blind die Maschinenpistole und schaute dem Regen zu, der sein Blut vom Beton spülte. Er musste bei klarem Verstand bleiben. Seine Lage sah ohnehin schon aussichtslos aus.

Endlich verschwand das Muskelzittern in den Beinen. Nun wurde es Zeit, den schmerzhaften Teil hinter sich zu bringen. Gewöhnlich war das Aufgabe eines Arztes, aber Paul hatte keinen Eyeless im Westentaschenformat zur Hand. Fest biss er auf dem Lederriemen der MP die Zähne zusammen, und nach einem heftigen Ruck sah der Winkel des Unterschenkels wieder verhältnismäßig normal aus, auch wenn er sich mit der Aktion aller Wahrscheinlichkeit nach die Kreuzbänder, den Meniskus und was sonst noch alles ruiniert hatte.

Intensiver Schmerz raubte ihm trotz der Drogen fast das Bewusstsein. Er schwitzte vor Anstrengung am ganzen Körper, aber sein Verstand wollte nicht kampflos aufgeben. Stöhnend fiel er zurück und atmete schnaubend durch, um ein wenig Kraft zu sammeln, damit er den Rest hinter sich bringen konnte. Den Bruch am Schienbein ließ er so, wie er war. Das falsche Richten offener Brüche konnte weiteren, vor allem noch heftiger blutenden Schaden verursachen. Mit dem Stoff des Hosenbeins sowie einer Zigarettenpackung samt Feuerzeug darin legte er sich einen Druckverband über der offenen Wunde an. Zum Glück hatte er einen Wechsellauf für die MP eingepackt. Die beiden Metallläufe halfen ihm dabei, das Knie mit dem Ledergurt an beiden Seiten zu fixieren. Das Endergebnis sah zwar nicht schön aus, war aber zweckmäßig und verminderte vor allem die Blutung.

Ächzend kroch er zur Containerwand und schob sich langsam mit dem Rücken daran hoch. Sterne flammten in seinem Sichtfeld auf, aber unter Aufbietung der letzten Kraftreserven schaffte er es, schwankend stehen zu bleiben.

Nach einigen weiteren, endlos erscheinenden Sekunden sah er die *Marie* auf die Pier zusteuern. Paul musste Zitteraal warnen. Er aktivierte die programmierte Ruftaste, erhielt aber keine Verbindung. Die Kommunikation war komplett ausgefallen. Wegen des seltsamen Manövers des fahrerlosen Wagens ging er vorsichtshalber davon aus, dass sie einen verdammt guten Decker gegen sich hatten. Wenn schon einmal alles schief lief, dann aber richtig. Paul suchte mit den Blicken das Deck ab. Vielleicht schaute ja jemand von dort aus in seine Richtung. Erst jetzt bemerkte er an Steuerbord ein Hover, das schlingernd neben dem Schiff hergezogen wurde. Der Schein vereinzelter Feuerstöße war kurzzeitig zwischen den gestapelten Containern auf Deck zu sehen, und die Vermutung, dass jemand den Kahn geentert hatte oder gerade dabei war, nahm greifbare Formen an. Paul musste irgendeinen Weg finden, um Chet und Zack davon zu unterrichten, dass die *Marie* nicht mehr sicher war. In diesem Augenblick huschte ein Schatten aus dem Gang neben ihm. Instinktiv griff er die Guardian und machte sich bereit, den Unbekannten abzuknallen.

Gerade noch rechtzeitig konnte er sich bremsen. Die wehenden Haare erinnerten ihn zuerst an Pandora. Sie musste irgendwo in seiner Nähe in den Containerreihen in Deckung gesprungen sein. Paul wurde aber sofort eines Besseren belehrt. Das war nicht Pandora, sondern Trish. Zuerst war der Runner erleichtert, ein bekanntes Gesicht zu sehen, und wollte sie leise begrüßen, aber etwas in ihren Augen ließ ihm die Worte auf den Lippen gefrieren. Sie funkelten dunkel und bedrohlich und schienen alles Licht der Umgebung zu absorbieren. Ihre roten Haare peitschten im Wind hin und her und erinnerten ihn an lebendiges, loderndes Feuer. Unter der grauen, viel zu großen Robe trug sie trotz der Kälte nur ein Nachthemd. Selbst ihr Gang wirkte irgendwie unmenschlich. Fast kriechend bewegte sie einen Fuß vor den anderen.

Paul wollte mit der Guardian auf sie anlegen – Vorsicht war bekanntlich besser als Nachsicht. Aber blitzschnell hob die Frau den Arm, und etwas Schwarzes, das wie ein Tentakel aussah, schoss aus dem Ärmel. Ein starker Schlag erwischte Paul seitlich am Kopf, bevor er abdrücken konnte. Die Wucht riss ihn von den Füßen und wirbelte ihn um die eigene Achse. Keuchend und mit alles übertönendem Glockenläuten im Schädel schlug er zum zweiten Mal hart auf dem Beton auf und blieb stöhnend liegen. Die Waffe war ihm aus der Hand geflogen und außerhalb seiner Reichweite gelandet.

Paul rollte sich auf die Seite, aber da hatte Trish ihn auch schon erreicht. Mittlerweile waren es zwei Tentakel, die sich aus den Robenärmeln über den Boden auf ihn zu wanden. Trishs Blick, als sie über ihm stand, war so kalt und gefühllos wie der einer Schlange. Die seltsam öligen Tentakel umschlangen seinen Hals und drückten ihm die Luft ab. Verzweifelt versuchte er, sie abzustreifen und sich aus der tödlichen Umarmung freizukämpfen. Aber die Finger fanden keinen Halt und rutschten an der glitschigen Oberfläche ab, die auf der Haut und unter den Nägeln brannte wie Säure. Röchelnd konnte Paul nur noch ein »Wieso?« zustande bringen. Dann blieb ihm endgültig die Luft weg. Von unten schaute er in das schöne Gesicht der Mörderin, und der dunkle Glanz in ihren Augen erinnerte an schwarze Löcher, die alles Leben aus ihm saugen wollten.

Dann traf ihn die Erkenntnis wie ein Blitzschlag aus heiterem Himmel. Paul hatte einen solchen Blick schon einmal gesehen, die Mordlust und Brutalität dahinter sogar am eigenen Leib erfahren. Der Blick erinnerte ihn an die Killerin, die es damals auf das Leben eben jener Frau abgesehen hatte, die nun selbst in die Rolle der Killerin geschlüpft war. Aber etwas anderes wurde ihm ebenfalls klar: Der Schatten war nicht gestorben, sondern mächtiger geworden.

Perverse Gelüste drängten sich ihm auf und vertrieben die eigenen Gedanken, sprengten die Barriere seiner Willenskraft und drangen in seinen Verstand ein. Die vibrierend in seinen Schädel einkehrende Dunkelheit versprach ihm, dass er heute nicht lebendig davonkommen würde, weil die Killerin diesmal hier war, um die Fehler der Vergangenheit endgültig zu berichtigen.

Der Raum sah wie eine mattgrüne Kugel aus. Am rechten Ende leuchtete ein roter Kreis und symbolisierte das versperrte Schott der Kajüte innerhalb der Matrix. Außer einem blinkenden Tik-Tak-Toe-Feld war daneben nichts zu sehen. Die Klimaanlage, durch die das Wasser strömte, musste von woanders gesteuert werden. Vorsichtshalber aktivierte er trotzdem sein Schmökerprogramm. Zwei Ratten entstanden und suchten sofort nach verborgenen Icons, während sich Snap mit dem Hauptproblem des verriegelten Schotts befasste.

Fortunas Attacken im körperlichen Leben hatten jedenfalls mitten ins Schwarze getroffen. Falls er versagte und keine unerwartete Hilfe von außen kam, würden sie alle elendig ertrinken. Und weil die Hilfe bisher nicht eingetroffen war, lag die Vermutung nahe, dass der Rest des Teams selbst genug Probleme oder längst das Zeitliche gesegnet hatte. Was Snap keinem wünschte, nicht nur aus Eigennutz. Davon abgesehen, war es auch hier im System noch möglich, auf eine von Fortunas Überraschungen zu treffen. Vorerst brauchte er das aber nicht zu fürchten. Die Programmierer, die dieses System entworfen hatten, waren nicht auf Feinheiten und Details aus gewesen. Für den Einsatz auf See war so etwas verständlich – hier musste alles funktional ablaufen.

Das Spielfeld neben dem roten Kreis stellte die Kontrollroutine zum nächsten Knoten dar. Ein Wirbel-IC, das nur darauf wartete, von ihm geknackt zu werden, verbarg sich dahinter. Im Augenblick war das IC noch reaktiv. Erst wenn er versagte, würde es aktiv werden und ihn angreifen. Snap hatte nicht vor zu versagen.

Wie das Spiel funktionierte, war eigentlich jedem klar, nicht nur einem Matrixjunkie wie ihm. Drei Kreise oder X musste man in einem 3x3 Felder großen Kästchen in einer Reihe erreichen, damit die Tech den Ausgang freigab. Snaps Teenager drückte in der Mitte das X, und die Sicherungssoftware machte oben rechts einen Kreis. Der Decker drückte nun in der unteren Mitte ein zweites X. Da das Programm aber nicht völlig blöd war, nahm es ihm in der oberen Mitte das Feld mit dem zweiten Kreis weg. Das Spiel konnte ab jetzt so langweilig weitergehen, aber darauf hatte Snap absolut keinen Bock – schließlich war er schon länger im Geschäft. Es wurde Zeit, die Umgebung zu seinen Gunsten zu verändern und dem IC den Saft abzudrehen.

In der Matrix stellte sich das folgendermaßen dar: Sein Teenager packte einen riesigen Filzstift aus und malte ein zusätzliches Kästchen unter das mittlere Feld der untersten Reihe. Doch bevor er dieses Kästchen aktivierte, zerrte er eine Tube Klebstoff aus den Tiefen der Jeanshose. Wurde das IC nun zerstört, würde es sich innerhalb dieses Systems auflösen, und dies könnte neue Probleme mit sich bringen. Solche Programmausfälle zeichnete die CPU auf, und ab einer gewissen Menge aktivierte sich automatisch der Alarm, je nach Höhe der eingehenden Ausfälle ein passiver oder aktiver. Bei großen Netzwerken war die Schwelle sehr hoch angesiedelt, und je nach Wichtigkeit des Programms, das ausfiel, gab es zusätzlich noch unterschiedliche Klassifizierungen. Immerhin änderte sich bei größeren Systemen auch die Struktur ständig. An einer Stelle kam ein neues Programm dazu, um irgendwo ein neues Peripheriegerät anzusteuern, während an einer anderen Stelle dafür vielleicht eines entfernt oder ausgetauscht wurde, weil nun zum Beispiel ein größerer Lift aufgrund von Umbaumaßnahmen den alten ersetzte und neu eingeflochten werden musste. Solche Systeme waren ziemlich verzweigte Netzwerke, die an vielen Stellen wie Zahnräder ineinander griffen. Wenn ein kleines Rad ausfiel, durfte nicht gleich die ganze Maschine vom Netz gehen – das wäre viel zu teuer, weil damit für gewöhnlich ein immens hoher Arbeitsausfall verbunden war. Bei kleinen Systemen konnte das aber ganz anders aussehen. Hier konnte der Absturz eines

Systemprogramms durchaus bedeuten, dass danach nichts mehr ging. Decker neigten nämlich nicht dazu, ihr Eindringen in der Systemzentrale vorher anzumelden, damit diese Bescheid wusste. Der Ausfall einer Glühbirne reichte natürlich nicht dafür aus. Das Öffnen eines geschlossenen Schotts war aber durchaus höher anzusiedeln, vor allem dann, wenn das System davon ausgehen musste, dass irgendwo Wasser ins Schiff eindrang.

Genau deshalb unterdrückte Snap das Spuren hinterlassende Abstürzen des Wirbel-IC mit dem Klebstoff. Er klebte für sich einen Dummy im System fest, was bedeutete, dass sein Deck mittels Speicherraum und Prozessorleistung die ausfallenden Impulse ausglich. Ein Nachteil war, dass man auf dem Weg durch das System eine wenn auch auf den ersten Blick kaum wahrnehmbare Spur hinter sich herzog. Bei zu vielen solcher Unterdrückungen stieg natürlich die Wahrscheinlichkeit aufzufliegen, weil die Spur größer wurde und, wenn man nicht aufpasste, das Ausmaß eines häufig benutzten Trampelpfads für Elefanten erreichte.

Snap aktivierte das letzte X, und der verbrauchte Speicherplatz in seinem Deck stieg an. Der rote Kreis in der Kugel wechselte seine Farbe auf Grün. Das Schott dürfte nun offen sein. Snap konnte sich aber noch nicht ausloggen. Er musste das System erst davon überzeugen, das Schott offen zu halten. Es war immerhin gut möglich, dass es das erneute Schließen befahl, sobald es den Ausfall des Wirbel-IC registrierte. Sobald Snap die Matrix verließ, lief alles automatisch weiter, und die Programmausfälle wurden dem System übermittelt. Falls sie es dann doch noch rechtzeitig aus der Kajüte schafften, fanden sie vielleicht schon hinter der nächsten Ecke eine neue Tür, ein Schott oder was auch immer verschlossen vor. In der Matrix konnte er diese Probleme im Vorfeld abchecken und beseitigen, außerdem sparte er dadurch Zeit. Deshalb hatte er Fender untersagt, ihn vorschnell auszuklinken.

Snap hatte schon einen Arm durch den grünen Kreis gesteckt und wollte die Kugel gerade verlassen, als sich das Schmökerprogramm in Gestalt der Ratten fiepend meldete. Es gab hier doch noch ein Icon, das aber jetzt erst sichtbar wurde. In der Kugeldecke war eine kleine grüngraue Linse eingelassen. Es handelte sich um eine versteckte Kamera. Entweder hielt Zitteraal nichts von Intimsphäre, oder er wollte sichergehen, dass niemand von der Besatzung heimlich Ware bunkerte, um sie später an Land zu verscherbeln. Snap konnte das egal sein, denn er hatte nicht wild onanierend in der Koje gelegen. Claw und Samira würde es vielleicht weniger freuen zu erfahren, dass man ihre lautstarken Turnübungen an irgendeinen Pornomatrixkanal verkaufte.

Um zu sehen, wie hoch ihm im Realleben das Wasser stand, entschied sich Snap, die Kamera zu übernehmen. Natürlich war auch an diesem Icon reaktives Wirbel-IC versteckt. Es lauerte in Gestalt einer Spinne am Rand der Linse. Für Snap war das kein Problem. Mit einem Hieb seiner überdimensionalen Fliegenklatsche klebte er auch dieses fest. Nun musste er zwar schon zwei Ausfälle auffangen, aber das lag alles noch im Bereich des Machbaren.

Die Bilder, die er von draußen einfing, sahen ziemlich schlecht aus. Das Wasser erreichte bereits seine Fußsohlen. Hoffentlich gab sein Körper nicht gleich wegen Unterkühlung auf und beendete seinen Matrixaufenthalt. Viel schlimmer aber wog, dass das Schott weiter geschlossen war. Der Zugang war nur innerhalb der Matrix offen, weshalb der Kreis grün aufgeflammt, aber nicht ganz verschwunden war. Die Schotten waren von der Zentrale aus verriegelt worden und konnten wahrscheinlich auch nur von dort aus wieder geöffnet werden. Also musste er nun in die CPU oder in einen anderen Bereich, der unter Garantie härter gesichert war als durch ein Tik-Tak-Toe-Spiel oder eine Spinne. Snap hatte keine Lust, die ganze Strecke bis zur Brücke virtuell zurückzulegen, denn dann hätte er wahrscheinlich noch weitere Schotten, sprich IC, knacken müssen. Aber er hatte eine Idee – Decker ohne spirituelle Geisteseingebungen überlebten nicht lange. Wenn es hier eine Kamera gab, wurden die Daten bestimmt irgendwohin übermittelt.

Die Programmierer hatten zwar keinen gesteigerten Wert auf visuelle Darstellung gelegt, aber in dem, was sie gemacht hatten, waren sie gut gewesen. Als Snap die Linse abnahm, fand er dahinter einen durch ein Gitter versperrten Weg vor, der einem Rohr nachempfunden war. Sein Teenager beseitigte das Hindernis mit einem Schraubendreher. Weil Snap aber nicht noch mehr Ressourcen für das Verschleiern von Ausfällen bereitstellen wollte, ließ er den totalen Absturz des Gittericons zu. Schließlich war dieses schon einmal durch die Spinne gesichert gewesen. Seine Entscheidung wurde aber sofort vom System bestraft.

Ohne Vorwarnung griff ihn IC an. Aus dem Rohr sprang ihm eine graue Riesenratte gegen die Brust, und der Treffer schleuderte Snaps Teenager mit rudernden Armen zurück. Das hatte gesessen. Für einen kurzen Augenblick ruckelte das Bild, und Snap hoffte, dass Fender ihn nicht voreilig ausstöpselte – ein Samurai gab auch nicht nach jedem kleinen Streifschuss auf.

Der Decker fand nicht einmal Zeit, ein Schildprogramm hochzuladen. Sein Teenager warf sich zur Seite und konnte dem zweiten Angriff der Ratte knapp ausweichen. Das IC war nicht tödlich. Bei einer Niederlage würde es hauptsächlich sein Deck zerstören. Aber das konnte Snap nicht zulassen. Er hatte Wochen mit dem Bau verbracht. Nun musste er die Ratte platt machen und sein Angriffsprogramm starten, denn zum Verteidigen blieb ihm keine Zeit mehr. Mit tänzelnden Bewegungen umkreiste er das graue Biest und startete die Attacke. Unter dem anschwellenden rechten Turnschuh wuchsen lange Spikes, und damit trat er dem Vieh in die Seite. Da er in letzter Zeit viel dazugelernt hatte, waren seine Fähigkeiten besser geworden, als er es vermutet hätte.

Der Hit klatschte die Ratte an die Wand und gab ihr den Rest. Bevor sie sich in Pixel auflöste, entschied er sich, diesen Ausfall abzufangen. Ein solch starker Ausfall versetzte das System bestimmt sofort in Alarmzustand, und noch hatte Snap nicht erreicht, weswegen er hier war. Fender hatte zum Glück davon abgesehen, ihn gewaltsam auszuloggen.

Snaps Teenager hüpfte ins Rohr und fand sich kurz darauf in einem neuen Knoten wieder. Rot leuchtende Dreiecke formten einen riesigen zwanzigseitigen Würfel. Signale in den unterschiedlichsten Farben strömten aus unzähligen Röhren ins Zentrum, wo sie sich in einem schwebenden, glühenden Quader sammelten, der mit der Spitze nach unten zeigte. Das war die Kommunikationseinheit und das Herz des Schiffes, die CPU. Alles, was das Schiff tat und mit der Außenwelt verband, wurde hier gesammelt, verwaltet und bearbeitet. Snaps Teenager griff mit einer Hand in einen grüngräulich schimmernden Strahl und fing Bilder von dem Geschehen in der realen Welt ein – grüngrau war also die Farbe der optischen Daten. Und wie die funktionierten, hatte er schon gelernt, als er die Bilder aus der gefluteten Kajüte abrief.

Auf Deck tobte ein heftiges Feuergefecht. Ein paar unbekannte Muskeln hatten sich mit schweren Geschützen hinter einigen Containern verschanzt und deckten die Zugänge zu den Kajüten und zum Laderaum mit tödlichen Bleiteppichen ein, die jene Crewmitglieder festnagelten, die noch nicht blutend auf Deck lagen. Die

Szenerie erinnerte an ein schlechtes Billig-Action-Trid. Aber das war realer als alles, was die Kids zu Hause jemals zu sehen bekamen. Dort oben starben Menschen, und wie es aussah, hatten die bösen Jungs das Drehbuch auf ihrer Seite.

Der zweite Strahl zeigte die Brücke. Zitteraal stand am Steuerpult und bekam von einem riesigen Fleischberg die Mündung eines Sturmgewehrs an den Kopf gehalten. Der bewaffnete Hüne trug nur eine Panzerweste am Oberkörper, und am Unterarm sah Snap einen kleinen blinkenden Gegenstand, mit dem er aber nichts weiter anfangen konnte. Anstatt darüber nachzugrübeln, aktivierte der Decker lieber sein ›Babel-Rhabarber‹. Snap hatte seine Übersetzungssoftware ein bisschen modifiziert. Auf die Idee war er gekommen, als Pandora ihm von ihrem Talent des Lippenlesens erzählt hatte. Auf eingehenden Bildern markierte er die Mundpartie, und die Software vertonte und übersetzte sie falls nötig. Das klappte nicht immer so gut, auch war die Auswahl der gespeicherten Stimmen gering, weil Audiofiles viel Speicher fraßen, aber es war besser, als stummen Bildern zu lauschen.

Der Muskelberg wollte den Kapitän zwingen, seiner Crew die Kapitulation zu befehlen. Er drohte damit, sonst die in den Kajüten Eingesperrten zu ertränken. Dafür hatte er sich aber eindeutig den Falschen ausgesucht. Zitteraal blieb auch nach drei heftigen Schlägen mit dem Kolben der Waffe mitten ins Gesicht stumm. Daraufhin tauchte ein weiterer Mann seitlich im Kamerablickfeld auf. Er trug eine weite, schwarze Robe und wirkte irgendwie schlaksig, als wäre er völlig ausgelaugt, fast schon tot. Das Gesicht war eine einzige Faltenlandschaft, und die Augäpfel lagen so tief in den Höhlen begraben, dass sie mehr an Steinkohle erinnerten.

Was er zu Zitteraal sagte, schaffte Snaps Software problemlos zu übersetzen, weil die Muskel- und Kieferbewegungen sich fast in Zeitlupe abspielten: *Gib auf … wir wollen nur den Findling … oder du wirst sterben.* Zitteraal hatte dem Tod wohl schon oft genug ins Auge geblickt und blieb stumm wie ein Fisch. Der andere hob seine Hand, die mehr an eine Klaue erinnerte, und riss dem Kapitän mit einer einzigen Bewegung den Kehlkopf heraus. Zitteraal sackte röchelnd zurück aufs Steuerpult des Schiffes und blieb reglos liegen, während ihm das Blut aus der Wunde sprudelte. Der Mörder beugte sich über den Leichnam und trank gierig dessen Blut.

Snap hatte keine Zeit mehr für die ekelhaften Bilder, denn hier drinnen hatte er auf einmal mehr als genug zu tun. Er vermutete, dass der Kapitän ein Cyberimplantat trug, das seinen letzten Willen an das System gesendet hatte, als er starb. Die Signale, die immer schneller durch den Raum peitschten, ließen den Quader im Zentrum schnell rotieren. Der Decker hatte keine Ahnung, was der Kapitän mit seiner letzten Tat angestellt hatte, vermutete aber nichts Gutes. Aber was sollte Snap jetzt tun?

Er musste sich in diesem strömenden Datenchaos zurechtfinden und herausfinden, welcher von den Strahlen die Schotten steuerte. Hinzu kam, dass auch das IC im System, vor allem in der CPU, aktiv wurde. Aus dem Quader lösten sich glitzernde Sternschnuppen und formierten sich zu Umrissen, die an eine schimmernde Frau erinnerten. Und jetzt hatte Snap wirklich ein Problem. Das war ein Funke-IC. Je nach Treffer teilte es unterschiedlich starke Elektroschocks aus, die einen Decker früher oder später toasteten. Draußen starben Menschen an Kugeln, und sobald Snaps Persona diesem Ding zu nahe kam, würde er hier sterben. Ganz aktiv war es aber noch nicht – dazu brauchte es noch mehr Rechenkapazität, die es aber bestimmt bald aufgebaut hatte.

Vorsichtig ging Snaps Teenager einen Schritt zurück und stieß aus Versehen an einen gelben Signalstrahl. Ein kurzer Test der Daten – und das anschließende Ergebnis konnte Snap kaum glauben. Das Glück hatte ihn über sein eigentliches Ziel stolpern lassen. Dieses Signal kontrollierte die Schotten. Jetzt musste er nur noch herausfinden, wie es gesteuert wurde, um sich und die anderen aus der tödlichen Zelle zu befreien. Vor allem musste er verdammt schnell sein, denn das IC wurde aktiv und der fliegende Sternhaufen begann durch den Würfel zu gleiten.

Ausgerechnet jetzt musste Fortuna ihre großen Steine auspacken. Snap spürte, wie der latente Druck in seinem Kopf rapide anstieg und dann explosionsartig entwich. ›Icebabys Vermächtnis‹ befreite sich mit Gewalt aus ihrem Gefängnis in seinem Schädel. Die Softwaretore, die er zu seinem Headmemory aufgebaut hatte, wurden weggesprengt. Er fühlte, wie die Kälte seine strapazierten Synapsen einfror und sich einen Weg durch die Hirnwindungen bahnte. Sie würde ihn für das bestrafen, was er ihr angetan hatte.

Langsam schlich er im Schatten einiger Container auf den Helikopter zu, in der Hand stoßbereit ein scharfes Nahkampfmesser mit geschwärzter Klinge. Nur noch zwei Meter trennten ihn von dem Mann, der die Rotorblätter einklappte. Weil das nicht alles maschinell ging, musste der Mann sich gewaltig ins Zeug legen und war ganz vertieft in seine Arbeit. Der stärker werdende Wind mit dem peitschenden Regen war laut genug, einen einzelnen Schuss zu übertönen. Dennoch griff er auf die leise Variante mit dem Messer zurück, da er nicht sicher sein konnte, ob nicht noch jemand im Copter saß und den Tod des Piloten mitbekam.

Joker hatte wieder einen Auftrag aus derselben Quelle erhalten, die ihm auch den Run mit der Observierung zugeschustert hatte. Bei ihrem letzten Run hatten sie keine großen Wellen verursacht und mussten deshalb nicht in der Versenkung verschwinden. Diesmal bestand ihr Job darin, letzte Mitglieder eines schon beinahe ausradierten magischen Ordens hier in Hamburg umzunieten. Klar definierte Wetwork, was ihn nicht weiter störte. Bei den meisten Runs starben Menschen, und dabei spielte es in seinen Augen keine Rolle, auf welcher Seite sie standen, sondern wie wichtig sie für ihn waren.

Nach diesem Kontrakt würden alle aus dem Team endlich wieder getrennte Wege gehen. Nicht nur, weil das Ausschalten von Personen oft unangenehme Folgen nach sich zog – sei es von Seiten der Polizei oder von anderen, die Rache üben wollten, weil sie sich dem Verstorbenen verpflichtet fühlten oder ihn für eigene Ziele verplant hatten –, sondern weil die Stimmung in ihrem Haufen spürbar schlechter geworden war. Zu ungleiche Charaktere, zu lange in ein und demselben Raum, das ging nicht lange gut. Die Deckerin und der Schamane waren sich gegenseitig ein Dorn im Auge. Sie vertraten unterschiedliche Weltbilder, und die Debatten zwischen den beiden wurden immer heftiger. Joker war es leid, ewig in die Rolle des Schlichters zu schlüpfen. Er war froh, wenn er sie endlich beide los war – sonst würde er am Ende noch einen von beiden eigenhändig umlegen.

Warum jemand den Tod der Zielpersonen wollte, war uninteressant. Wichtig war, dass Joker für die Arbeit ausreichend und pünktlich bezahlt wurde – in diesem Fall sogar schon im Voraus. So etwas war wirklich löblich, und bei schneller Durchführung winkte ihnen zusätzlich noch ein beträchtlicher Bonus. Bei der Suche nach Verbindungen des Ordens zu Personen, die mit dem Zirkel in Kontakt standen, war die Deckerin Aurora über eine kürzlich erfolgte Abbuchung in Marburg gestolpert. Die Versicherungskosten eines Mietwagens waren von einem Professor, der Weisungsbefugnis über das Konto des Ordens besaß, genehmigt worden. Die Deckerin hatte sich daraufhin in das System der Mietwagenzentrale gehackt und alle wichtigen Angaben herausgesucht, unter anderem das Kennzeichen und den Abgabeort des Fahrzeugs. Der war in Hamburg, wodurch das Ausschalten der Person eindeutig Joker zufiel.

Das Signal der Leihwagen war ständig mit der Zentrale der Mietwagenfirma verbunden. Dadurch konnte man bei Abgabe des Fahrzeugs den genauen Endbetrag ermitteln, die Rechnung ausweisen und abbuchen. Und weil alle besseren Mietwagenfirmen Service verkauften, verfügten sie über einen Direktlink zum Wagen. Kleinere elektronische Ausfälle konnten häufig über Fernwartung behoben werden und wenn nicht, sorgte man an der nächsten größeren Raststätte für ein Ersatzfahrzeug oder einen schnellen Reparaturdienst, der von ausgesuchten mobilen Kfz-Mechanikern gewährleistet wurde, die ihre Fremddienstleistungen der Firma in Rechnung stellten.

Über eine solche Verbindung war Aurora in die Steuereinheit des BMW eingedrungen. Im Fahrzeug hatte sie neben der Kommunikationseinheit auch die Kamera ansteuern können. Die eingefangenen Bilder hatte sie mit Datenbanken verglichen und zusätzlich einigen ihrer Connections gezeigt, die sich auf so etwas spezialisiert hatten. Über den Professor hatte Aurora in öffentlichen Datenbanken erfahren, dass er wirklich das war, was er in den Augen der Öffentlichkeit darstellte – ein magischer Gelehrter. Der Fahrer war ein unbeschriebenes Blatt, weshalb die Runner ihn vorab erst einmal als gefährlich einstuften. Das Bild der Frau auf der Rückbank war einem lokalen Kontakt in Hamburg bekannt gewesen. So hatte Joker den Namen des Teams erfahren, mit dem die Frau früher zusammengearbeitet hatte. Pik-Dame.

Schnell hatten sie den Rest herausgefunden: Wer normalerweise dazugehörte und so weiter. Der Anruf bei ihrer ehemaligen Schieberin war wie erwartet ausgefallen: Nicht mehr aktiv, und wenn ich es wüsste, würde ich es dir garantiert nicht sagen. Die Personen, die mit dem Namen Pandora in einem Atemzug genannt wurden, stuften sie als äußerst gefährlich ein. Vor allem den mutmaßlichen Leader, denn der verstand etwas von seinem Job. Joker hatte in der Vergangenheit gelegentlich mit ihm zusammengearbeitet – in einer Zeit, als der Mann noch allein operiert hatte. Diese vergangene Gemeinsamkeit stellte für Joker aber kein Problem dar – sie würden Paul kaltstellen.

Bedauerlicherweise hatten sie nicht den genauen Treffpunkt erfahren, waren aber früh genug zur Stelle gewesen, um zu sehen, dass der Helikopter erst seit einigen Minuten hier sein konnte. Jetzt tasteten sie sich auf ihre Opfer zu. Der Eisbär sollte sich um die Magierin kümmern, war auch schon im Containerwirrwarr in Lauerposition gegangen und wartete auf seinen Einsatz. Über den Astralweg konnte er dem Wagen nicht näher kommen, weil einige Watcher um das Fahrzeug patrouillierten. Schrapnellda hatte auf einer höher gelegenen Position Stellung bezogen und wartete auf eine günstige Gelegenheit. Sie nannte das den Finalschuss – dieser Begriff stammte wohl noch aus ihrer Zeit bei einer Anti-Terror-Einheit. Jokers Aufgabe war es, eine Flucht mit dem Copter zu verhindern, während sich Aurora um den BMW kümmern wollte. Natürlich hätten sie den Wagen früher ausschalten können, aber es war besser zu warten, bis sich alle Ziele ziemlich dicht auf einem Fleck aufhielten. Dadurch lief man nicht Gefahr, dass einer frühzeitig gewarnt wurde und abhauen konnte. Die anschließenden Räuber-und-Gendarm-Spiele zogen sich erfahrungsgemäß endlos in die Länge und verursachten nur unnötige Kosten.

Schrapnellda meldete über Funk, dass sie den Professor und den Fahrer erwischt hatte. Ein einziger Schuss – das war eine hervorragende Leistung. Die Deckerin hatte zusätzlich die Kommunikation des anderen Teams ausgeschaltet und widmete sich nun dem Fluchtfahrzeug. Da die Magierin aus dem Wagen fliehen konnte, machte sich der Eisbär sofort bereit, sie abzufangen. Als der BMW über die Pier schoss, wurde es für Joker Zeit, aktiv zu werden, weil jetzt sogar der Typ am Helikopter etwas mitbekam und von seiner Arbeit aufschaute.

Mit einem gezielten Wurf traf er von hinten den ungeschützten Nackenbereich des Mannes. Das Messer drang bis zum Anschlag des Griffstücks ein, und die Spitze trat am Kehlkopf wieder aus. Der Treffer verwandelte den Todesschrei in eine gurgelnde Symphonie des Niedergangs. Bevor der Leichnam zu Boden stürzte, war Joker mit der Maschinenpistole in der Hand zum Einstieg des Helikopters gespurtet. Ein schneller Blick zeigte ihm, dass der Innenraum leer war. Jetzt konnte er sich Paul vornehmen – Business war Business.

Der starke Seegang brachte den alten Kutter bedrohlich ins Wanken. Peitschende Wellen klatschten gegen die Bullaugen und setzten im voll gestopften Innern viele Gegenstände in Bewegung. Zum Trocknen aufgehängte Kräuterbündel, Knochen und Kombinationen aus beidem folgten dem Auf und Ab des Meeres, das draußen einen unerbittlichen Kampf gegen alles führte, das es wagte, sich auf See hinauszuwagen. Dabei vermischten sich die Gerüche der hängenden Duftbäume und erzielten in ihrer Gesamtheit eine einzigartig berauschende Beweihräucherung, auf die der Ex-Reporter dankend verzichten konnte.

Man hatte Frank an einen an der Wand fest montierten Sessel gefesselt, der zwischen unzähligen anderen Einrichtungsgegenständen stand. Ein kleiner runder

Tisch stand in der linken Ecke vor einer kleinen Couch, und natürlich war hier wegen des Seegangs alles irgendwie fest montiert. Sogar Bianka, Franks elektronisch begabte Begrüßungsfrau, hatte man an die Couch gefesselt, vorher aber noch mit irgendeinem K.-o.-Spray schlafen geschickt. Das kleine Mädchen aus Köln war nicht gefesselt worden. Es war von allein eingeschlafen. Man hatte es auf einen breiten Armsessel in Franks Blickfeld gelegt und sogar fürsorglich zugedeckt.

Frank verstand nur nicht, warum die Kleine gelächelt und keine Angst vor den fremden Männern empfunden hatte. Vor allem könnte sie jetzt, vorausgesetzt, sie wäre wach, seine Fesseln lösen, damit sie sich einen Weg suchen konnten, von hier zu verschwinden. Gut, die Idee war nicht wirklich ein Plan, geschweige denn hilfreich und richtig ausgegoren. Sie waren auf einem uralten, von einem Dieselmotor angetriebenen Kutter mitten auf stürmischer See. Kein geeignetes Wetter, um draußen schwimmen zu gehen. Aber eines hatte sich geändert seit dem Einschlafen des Mädchens: Die von ihm ausgehende Melodie war verstummt. Frank konnte sich aber immer noch dafür ohrfeigen, dass er nicht früher darauf gekommen war: Die Melodie, die er die ganze Zeit über gehört, aber nicht erkannt hatte, war der einprogrammierte Klingelton eben jenes Handkoms gewesen, das ihm die alte Zigeunerschachtel damals geklaut hatte. Was das bedeuten sollte, wusste er natürlich nicht, aber er hatte eine dumpfe Vermutung.

Frank wusste ja noch nicht einmal, wie er die Erlebnisse seit seiner Ankunft in Hamburg deuten durfte. Die Männer, die sie am Bahnhof abgefangen hatten, waren Zigeuner gewesen. Ihre farbenfrohe Kleidung, die vielen goldenen und mit Edelsteinen besetzten Ringe und Ohrringe, dazu der olivfarbene Teint und die schwarzen Haare und Schnurrbärte hatten sie schnell als solche ausgewiesen. Wortlos hatte sich Frank mit dem Mädchen auf dem Arm, zusammen mit seinem eigentlichen Empfangskomitee Bianka, von ihnen zu diesem alten Kutter dirigieren lassen. Was hätten sie auch anderes tun sollen? Er war kein verdrahteter Kämpfer. Die einzigen ausgeprägten Muskelbereiche, die er besaß, waren unter wabbeligen Fettschichten verborgen, und Bianka war garantiert keine kämpfende, männermordende Bestie. Im Kutter hatte man sie kommentarlos zu Fesselspielen unter Deck eingeladen, ohne Rücksicht darauf, ob sie nun wollten oder nicht. Zusammen mit anderen Kähnen im Schlepptau, die Frank durch das Bullauge gesehen hatte, waren sie zu guter Letzt in See gestochen. Seither hatte niemand von den Entführern, die häufig durch den Raum liefen und hinter einer Tür verschwanden, die sich seitlich von Franks Sichtfeld befand, die Güte besessen, ihm mitzuteilen, was das hier eigentlich alles sollte.

Er war sich lediglich darüber im Klaren, dass dies keine gewöhnlichen Roma, sondern nomadenhafte Flussschiffer waren. Im Gegensatz zu den Zigeunern auf dem Festland waren diese Flusszigeuner ständig in Bewegung und blieben oft nur einen Tag und eine Nacht am selben Ort. Ihr Leben hatte kaum Einfluss auf die restliche Bevölkerung. So etwas wie eine geregelte und anerkannte Organisation gab es hier anscheinend nicht. Es waren Familien, Sippen, die sich zwar untereinander beistanden, aber keine tieferen Verpflichtungen aufbauten oder zuließen. Angeblich waren sie auch kein fester Bestandteil des Zentralrats der Roma, der seinen Sitz in Berlin hatte. Das hatte Frank zumindest ansatzweise einer Reportage entnommen – ob es stimmte oder nur die geistigen Ergüsse eines Sozialpädagogen des Dokusenders gewesen waren, konnte er nicht unter Eid beschwören.

Da er nichts anderes zu tun hatte, schaute er sich weiter um. Offenbar handelte es sich um einen umgebauten

Laderaum. In den Regalen standen alle möglichen exotischen Dinge, darunter eine leuchtende Kristallkugel, ein Stapel Tarotkarten, kleine Fläschchen mit verschiedenfarbigen Flüssigkeiten, eine kitschige Skulptur der Mutter Gottes und ein Totenkopf. Insgesamt eine zweifelhafte kulturelle Kombination, mit der Frank nichts anfangen konnte. Einen großen Dolch sah er auch. Er wollte sich dessen Verwendungszweck eigentlich nicht näher vorstellen, konnte den Blick aber nicht abwenden. Bevor er sich in Gedanken an blutige Opferriten verlieren konnte, raschelte der Vorhang aus Kunstperlen neben ihm, und es trat jemand in diesen schwimmenden Mystik- und Zubehörladen, den er sofort wiedererkannte.

Eigentlich hätte er sich das schon längst denken können, dennoch entwich ihm ein äußerst erstauntes »Du?«, weil er den Anblick nicht wirklich fassen konnte. Obwohl es inkonsequent war, denn er war niemals davon ausgegangen, dass die Frau in der Zwischenzeit ins Altersheim gekommen war oder längst das Zeitliche gesegnet hatte. Sie hatte ihn sogar in seinen Träumen heimgesucht, obwohl er sich wahrlich schöneren weiblichen Besuch im Schlaf gewünscht hatte.

»Ja, ich«, krächzte sie ihm mit diesem grauenhaften Akzent entgegen, der serbisch oder kroatisch geprägt war.

Sie sah fast genauso aus wie damals, als er sie das erste und letzte Mal getroffen hatte. Die unzähligen Kilo Zahngold an ihrem Körper und die grell-bunte Kleidung gaben ihr erneut die Ausstrahlung eines dreidimensionalen Trid-Testbilds. Genauso auf- und eindringlich war auch der intensiv sezierende Blick, mit dem sie ihn aus pechschwarzen Augen bedachte.

Weil Frank nicht wusste, was er tun oder sagen sollte, meinte er lahm: »Lange nicht gesehen.« Irgendeinen Anfang musste das Gespräch ja nehmen, denn zum Teetrinken hatte sie ihn wohl kaum eingeladen. Außerdem hätte er mit gefesselten Händen schlecht die Tasse festhalten können.

Seine Worte schienen sie zu amüsieren, wenngleich der Ex-Reporter den Grund dafür nicht kannte. Dann meinte sie kichernd, wobei sie auf einmal gar nicht mehr mystisch wirkte, sondern eher Ähnlichkeit mit einem alten Weib annahm, das sich über die Lösung eines Kreuzworträtsels freute: »Ha, du bist ein Lügner sondergleichen. Ich hab dich ständig in deinen Träumen besucht, damit du endlich deinen dicken Hintern in Bewegung setzt, und du verleugnest das. Weißt du, wie anstrengend es war, jemand anderen dazu zu bringen, deine alte Nummer zu wählen und mir mitzuteilen, dass du auf dem Weg bist?«

Zugegeben, das war kein billiger Jahrmarktstrick gewesen, aber Frank fragte sich immer noch, was das alles sollte und warum er gefesselt war.

Als sie wenig später auf seine Fragen antwortete, bevor er sie laut gestellt hatte, bekam er es mit der Angst zu tun. Sie war anscheinend telepathisch begabt. Was immer er auch verbergen wollte, sie würde es merken.

»Weil du der bist, den die Sphären der Zukunft mir als den Suchenden offenbart haben«, sagte die Alte. »Ich weckte deine verborgenen Fähigkeiten mit den heiligen Formeln unserer Götter und flüsterte dir insgeheim zu, wen du suchen solltest. Du warst erfolgreich, hast allen Gefahren getrotzt und meine ältere Schwester gefunden. Nun werden wir bald in der Lage sein, das zu erreichen, was uns einst entglitten ist … und gefesselt haben wir euch nur zu eurem eigenen Schutz.«

Frank konnte den Bahnhof, der sich vor seinem geistigen Auge emporreckte und dabei die Größe des Hamburger Hauptbahnhofs locker übertraf, gar nicht richtig in Worte fassen. Er brachte lediglich ein wenig intelligent klingendes »Häh?« hervor. *Ihre ältere Schwester?*

War das etwa das Mädchen? Und er selbst wurde gefesselt zu seinem eigenen Schutz?

»Ja, sie ist meine ältere Schwester. Vor vielen Monden spürte meine Sippe, dass großes Unheil die Flüsse und Meere verändern würde. Wir versammelten uns in unseren schwimmenden Häusern hier im Flusslauf der Elbe und riefen die alte Durga an, damit sie uns in der schweren Zeit beistehen möge. Wir baten sie, uns einen Engel zu schicken, der uns vor den bevorstehenden Gefahren schützt.«

Ihre ältere Schwester ... Frank hatte sich tatsächlich nicht verhört. Aber wie konnte das angehen? Und welche Gefahren drohten? Gab es etwas Schlimmeres als ihr verworrenes Gelaber?

»Sie ist das bereitwillige Gefäß für die vielfältige Kraft der weisen Mutter. Aber wie es das Schicksal wollte, riefen auch andere die Kräfte der Magie an und überschätzten dabei ihre Fähigkeiten. Ein magischer Unfall war die Folge. Meine Schwester und viele Häuser und Mitglieder meiner Sippe gingen in den einbrechenden Fluten verloren ... Und ich bin sicher, dass du meinen Worten gerne lauschst.«

Sie machte eine Pause und schien kurz anderen Geräuschen als denen des draußen wütenden Sturms zu lauschen. Sogar Frank hörte hohe Motorengeräusche, die sich an ihrem Kutter vorbeibewegten – sie erinnerten ihn an Jetbikes. Dann sprach sie weiter, setzte sich währenddessen auf den letzten freien Stuhl neben Frank und klammerte sich mit sehnigen, vom Alter gezeichneten Händen an den Armlehnen fest. »Die Zeichen am Himmel prophezeiten mir neues Unheil, und ich hatte eine Vision. Eine Vision von dir, wie du meine tot geglaubte Schwester entdeckst und zurückbringst. Deshalb habe ich gewusst, dass du kommen wirst, wenn auch nicht genau wann und wie. Das ist das Problem mit den Visionen der Mutter – es fehlen die genauen

Zeit- und Ortsangaben. Jetzt wird sie unsere Sippe beschützen, damit wir diesmal, sobald der Schweif des Kometen den Lauf der Welt verändert, nicht hilflos sein werden. Es wird das berichtigt, was niemals hätte passieren dürfen.«

Ein schwerer Ruck ging durch den Rumpf, und Frank sah, wie etwas Schwarzes seitlich an den Bullaugen vorbeischrammte und die Aussicht in noch tiefere Dunkelheit tauchte.

Nach dem Anschlag war sie geistesgegenwärtig aus dem Wagen gesprungen. Beim Abrollen hatte sie sich erneut das Handgelenk gebrochen, aber der Schmerz ließ sich aushalten. Zum Glück war sie schnell genug zwischen den Containern verschwunden, bevor sie als nächstes Ziel für den Scharfschützen herhalten musste. Nase und Lukas waren tot. Ein einziger Schuss hatte Pandoras letzte menschliche Verbindung zum Orden zerstört und gleichzeitig zwei Menschen getötet, denen sie zu vertrauen begonnen hatte. Jetzt konnte sie nur noch auf sich und ihre eigenen Fähigkeiten bauen – und natürlich auf die Hilfe des Geistes, der im Astralraum auf ihre Befehle wartete. Das Team Pik-Dame hatte genug eigene Probleme, die zwar mit den ihren verwoben waren – sonst hätte sie das Schicksal hier nicht alle aufeinander treffen lassen –, aber es fehlten Zeit und Möglichkeiten, ihre einzelnen Handlungen aufeinander abzustimmen. Es sei denn, sie fand Paul, der garantiert mit den anderen in Verbindung stand. Das war auch einer der Gründe, warum sie Paul und Chet von Marburg aus nicht erreicht und keinen weiteren direkten Kontakt mit ihnen gesucht hatte. Während eines Runs vermieden sie gewöhnlich jeden Kontakt mit nicht eingeweihten Außenstehenden. Die durch Snaps Spielereien umgebaute Kom-Hardware hatte Pandora vor der Reise nach Marburg in Hamburg gelassen, und über Umwege mit dem Team in Verbindung zu treten, konnte alle unnötig in Gefahr bringen, weil man nie wusste, wie hoch die Wellen schlugen, die kleine Fragen verursachen konnten. Teresa als Kommunikationsangelpunkt zu benutzen war verhältnismäßig sicher, denn diese verfügte über einige technischen Barrieren in ihrem System. Das Blumenmädchen des Ordens hatte sich bei Pandora gemeldet. Der Ausfall des Wagens ließ jedoch darauf schließen, dass ihre Gegner dieses Gespräch abgehört hatten. Pandora hatte selber nur gewusst, dass das Treffen an der Pier 6 stattfand. Genaue Angaben hatten gefehlt, weshalb sie auch ein bisschen suchen mussten – was sich für sie persönlich, wenn auch nicht für ihre Begleiter, als glücklicher Zufall herausgestellt hatte; offenbar waren ihre Gegner noch nicht alle in Lauerposition gegangen, denn sonst hätte sie den Anschlag bestimmt nicht überlebt.

Um jetzt mit den anderen in Kontakt zu treten, musste Paul her. Der besaß bestimmt eine Funkverbindung zum Rest des Teams. Pandora hatte ungefähr mitbekommen, wo er in Deckung gegangen war. Es wäre ihr natürlich lieber gewesen, ihn unter anderen Umständen wiederzusehen. Sie wollte vor allem mit ihm über die Vergangenheit sprechen, insbesondere ihre Entscheidung, ihn zu verlassen, ohne dabei das Gefühl zu haben, aus einer Verpflichtung heraus handeln zu müssen. Aber jetzt waren sie gegenseitig auf die Hilfe des anderen angewiesen und mussten persönliche Belange zurückstellen.

Vermutlich waren der Killer und sein Decker-Komplize nicht die einzigen Gefahren. In der Nähe spürte die Magierin etwas Bekanntes und gleichzeitig Fremdes lauern. Auch wenn sie bezweifelte, dass ihr eine Waffe gegen dieses Lauernde helfen würde, von dem sie überzeugt war, dass es eine übernatürliche Bedrohung war, hätte sie gerne eine zur Hand gehabt, um sich damit wenigstens weltliche Gefahren vom Leib zu halten.

Wegen der latenten übernatürlichen Bedrohung hatte sie Logos befohlen, bei ihr zu bleiben. Die Folgen von Friedrichs Angriff und der erneute Schaden durch den Sprung aus dem Wagen steckten ihr in den Knochen. Die kurze Zeit der Genesung in Marburg und während der Fahrt hatte nicht genügt, ihre eigenen Kräfte ausreichend zu regenerieren. Sie war noch zu geschwächt, um ihre eigenen magischen Fähigkeiten in einem Kampf auf Leben und Tod einsetzen zu können.

Pandora schlich um eine Ecke, und das, was sie dahinter sah, konnte die Magierin zuerst nicht glauben. Paul lag auf dem Boden und wurde von schwarzen Tentakeln gewürgt, während um ihn herum das Unwetter tobte. Er sah schwer verwundet aus, und seine Befreiungsversuche wurden zunehmend schwächer. Es war aber der Ursprung der Tentakel, den sie nicht fassen konnte. Die Frau, aus der sie in diese Welt drangen, war Trish. Wie war sie so schnell von Marburg nach Hamburg gekommen? Und wieso tat sie das alles? Von allein würde es ihr die Sängerin bestimmt nicht erzählen.

Unbewaffnet konnte sie Paul nicht helfen, und ein Kampfzauber gegen die Tentakel würde ihn höchstwahrscheinlich ebenfalls verletzen, wenn nicht sogar töten, weil sich die unnatürlichen Glieder an ihn festklammerten. In der Astralwelt würde sie hoffentlich auf Ansatzpunkte stoßen, um die Bedrohung abwenden oder sogar ausschalten zu können. Außerdem konnte sie dort auch auf Logos' Macht und Wissen zurückgreifen.

Das Bild änderte sich von einem Augenblick zum anderen. Paul sah ziemlich mitgenommen aus, und sie spürte, dass er um sein Überleben kämpfte, während seine Kräfte dahinschwanden. Trishs Aura glich einem schizophrenen Zerrbild, und von ihr ging ein gesummtes, disharmonisches Lied aus. Die Aura und das Lied waren durchsetzt von dunklen Nuancen und perversen, bösen Gedanken. Gleichzeitig waren da aber auch Facetten, die sich wie Zuneigung und Liebe anfühlten. Widerstreitende Gefühle, die gegeneinander ankämpften. Pandora erinnerten die dunklen Stellen stark an den Schatten und seine Verdorbene, die den Orden überfallen hatten. Es gab nur einen entscheidenden Unterschied: Während die Killerin damals mit dem Schatten nur eine magische Verbindung besessen hatte, war er in Trishs Körper eingedrungen. Höchstwahrscheinlich war Nases Analyse korrekt gewesen. Trishs Selbstvorwürfe boten dem Wesen einen Ansatzpunkt, in sie einzudringen. Es war wahrscheinlich eine Art selbst auferlegte Qual und Folter, die sie dazu bewogen hatte, den Kampf gegen die böse Verlockung aufzugeben. Sogar Pandora hatte seinerzeit gespürt, wie der Schatten ihr Macht angeboten hatte. Nur hatte sie den Verlockungen getrotzt, weil sie innerlich gefestigt gewesen war und wusste, dass ihr das Wesen nur schaden wollte. Pandora glaubte zu spüren, dass die Kraft der Sängerin abgenommen hatte, seitdem sie in Verbindung mit dem Schatten stand. Konnte es sein, dass dieses Wesen seine Kräfte durch die Energie anderer regenerierte? Wie eine Art intelligenter Schmarotzer, der sich an seinem Wirt festkrallte und sich von diesem ernährte, wenn er nicht anderweitig ausreichend gefüttert wurde? Vielleicht hatte die Killerin die vielen Menschen kaltblütig getötet, weil sie dadurch dem Schatten Kraft gab und er nicht sie anzapfte. Da sie jedoch keine Vollmagierin, sondern eine physische Adeptin gewesen war, die nicht wie Trish über musikalische Magietalente verfügte, hatte sie ihn nie verinnerlichen können. Musik besaß anscheinend Macht über ihn. Deshalb hatte er das Ritual gestört und die Sängerin als besseres Werkzeug benutzen wollen. Die Killerin und er hatten zwar voneinander partizipiert, aber er fühlte sich ihr gegenüber vermutlich zu nichts verpflichtet. Als er während des Rituals des Ordens, als Trish ihn mit der Kraft überfütterte, kurz vor der Auslöschung stand, war er in einen anderen Wirt geflüchtet.

Trish konnte es nicht gewesen sein, denn das wäre dem Orden aufgefallen. Es musste jemand anderes gewesen sein. Dieser Jemand war jetzt aller Wahrscheinlichkeit nach längst tot, weil der Schatten sehr stark verletzt gewesen war, als er in den neuen Körper eindrang. Oder der neue Wirt musste wahre Massaker begangen haben, um nicht sofort all seine Essenz an das Wesen zu verlieren. Aber warum war er jetzt in der Sängerin, und warum wurde diese schwächer?

Besaß Trish durch die damalige Berührung eine latente Verbindung zu ihm und hatte das Wesen nur zu sich gerufen, weil sie weiteres Übel verhindern wollte? Pandora erinnerte sich an die Vision von Hamburg, von der Trish ihr vor kurzem beim Frühstück erzählt hatte. Hatte sie ihm erlaubt, in sie einzudringen, weil ihr Gesang ihn anzog und sie dadurch teilweise in der Lage war, ihn zu fesseln? Ihre Kraft nahm vielleicht deshalb ab, weil sie sich dagegen wehrte, Menschen zu töten. Und die Zuneigung, die in Trishs Aura mitschwang, galt bestimmt Paul. Dass es zwischen den beiden eine Anziehung gab, war Pandora nicht entgangen, und es konnte nicht nur die Wirkung der Drogen gewesen sein, welche die Sängerin benutzt hatte. Wollte die Frau nun die Kontrolle über das Wesen erzwingen, um Paul zu schützen? War das die Ursache für den innerlichen Zweikampf?

All diese Gedanken überkamen Pandora in nur wenigen Sekunden, und es waren ihrer einfach zu viele. Sie konnte nicht wissen, welche davon der Wahrheit entsprachen oder wie sie sich nun verhalten sollte. Deshalb wandte sie sich der wirbelnden Gestalt Logos' zu, der hinter ihr schwebte und dem Kampf zuschaute. Seine

Aura war ebenfalls ein Zerrbild. Der Freie Geist war zornig und hasserfüllt und richtete diese Emotionen gegen den Schatten, aber auch gegen sie. Dieser hassende Teil lauerte nur auf eine Gelegenheit, um freizukommen. Die Magierin wusste, dass er diesem Drang nicht nachgeben konnte, weil er an ihren Befehl gebunden war, sie nicht zu verlassen, und das erklärte den Hass gegen sie.

»Warum willst du diesen Schatten vernichten? Was fühlst du?«, fragte sie Logos und zwang ihn durch die Benutzung seines wahren Namens zu einer ehrlichen Antwort.

Die Antwort glich einem geknurrten, unterschwelligen Donnern. »Weil ich spüre, was er ist: die Verdrehung aller Werte. Allein seine Anwesenheit ist eine Verhöhnung für mich, weil ich den Befehlen niederer Menschen gehorche. Er macht mich krank.«

Der sonst eher ruhig wirkende Geist verhielt sich wie ein angekettetes Tier. Zeitweise wies seine magische Struktur sogar große Ähnlichkeit mit der des Schattens auf. Das konnte Pandora jetzt erst sehen, weil sie den wahren Namen des Freien Geistes kannte, dessen astrales Muster bis in die kleinsten Details wahrnahm und die beiden im direkten Vergleich nun vor sich sah. Sie sahen sich zwar ähnlich, waren aber auch völlig verschieden. Vielleicht verhielten sie sich wie zwei Magneten, die sich ursprünglich gegenseitig anzogen. Dann aber änderte einer seine Polung, und nun stieß er den anderen ab. Wenn sich aber schon die astralen Muster glichen, besaßen sie dann auch ähnliche Fähigkeiten? Während die Gegenwart des Schattens alles Leben zerstörte, verlängerte die von Logos es vielleicht. Das würde erklären, warum Karl so alt geworden war, ohne seine Kräfte zu verlieren.

Aber all diese Gedanken und Erkenntnisse halfen Pandora jetzt nicht weiter. Paul hielt nicht mehr lange durch.

Man konnte in der Astralwelt sehen, wie seine Essenz bedrohlich schwand. Deswegen tat sie etwas, von dem sie hoffte, dass es die richtige Entscheidung war.

»Du bist frei«, sagte sie zu dem Geist und löste das magische Band zwischen ihnen.

Sie hoffte, dass sie mit ihrer Einschätzung von Logos' Wesen Recht gehabt hatte. Es gab jetzt zwei Dinge, die passieren konnten: Entweder vernichtete der Geist sie nun, oder er ging mit aller Kraft gegen den Schatten vor. Oder er tat beides nacheinander, wobei die Reihenfolge variieren konnte.

Ruckartig verschwand das Band zwischen ihnen, wie ein angespanntes Drahtseil, das wegen Überlastung zerfetzt wurde. Logos schrie, und die Schreie griffen sogar von der Astralwelt in die Realwelt über. Pandora taumelte zurück und sah, wie sich die Gestalt des Geistes in eine wütende Bestie verwandelte. Seine Aura war mit blindem Hass durchzogen, und er brüllte seine Wut in den Äther der Astralwelt. Die kreisend wirbelnden Formen verwandelten sich in einen Taifun, und als er sich vorwärts stürzte, ertönte ein markerschütterndes Heulen, das wie das Abtauchen einer Stuka aus dem Zweiten Weltkrieg klang. Dieser Lärm sollte den Gegner einschüchtern, nur konnte sich Pandora nicht sicher sein, ob der Geist auch sie damit meinte.

Zack lief seit einigen Minuten durch die Containerreihen und war auf dem Weg zu einem nahe gelegenen Parkplatz für Lkws und Sattelschlepper, als das Rattern einer Maschinenpistole den Lärm des Unwetters übertönte. Die Schussgeräusche drangen zwar nur gedämpft bis zu ihm vor, aber mit den Jahren hatte er gelernt, so etwas schnell herauszuhören. Das eigene Leben und das seiner Gefährten hing unter anderem von solchen Fähigkeiten ab. In seinem Fall zählte jetzt allerdings nur noch das Team, denn Zack wusste, dass ihm selbst nicht mehr viel Zeit auf dieser Welt blieb – er hatte sich freiwillig für den Tod entschieden.

Aber war das nicht ein Vorteil? Andere waren immer darauf bedacht, das eigene Leben zu schützen. Dabei verloren sie sich oft viel zu sehr in Ängsten und Entscheidungszwängen. Sie mussten sich fragen, ob sie diese oder jene Handlung verletzen, wenn nicht sogar töten konnte. Zack handelte aus dem Bauch heraus. Eigentlich etwas, das er größtenteils schon immer getan hatte – die vielen Narben trug er nicht umsonst –, wenn auch nicht so bewusst wie jetzt.

Es hatte etwas durchaus Positives, zu wissen, dass man starb, in seinem Fall sogar ungefähr wusste, wann. Bald nämlich. Das Ende lag ihm klar vor Augen. Schließlich hatte er sich die Bühne und die Komparsen für sein letztes Gefecht in dieser Welt selbst ausgesucht.

Er war ein Samurai, und mit jedem abgefeuerten Schuss erhöhte sich die Zahl der Schüsse, die von der anderen Seite zurückgeschickt werden konnten. Ein durchaus unausgewogenes Kräfteverhältnis, was aber auch den Reiz ausmachte. Man war gezwungen, immer besser und vorausschauender als die andere Seite zu agieren. Deshalb wählte man die Leute an seiner Seite auch sorgfältig aus. Vom Prinzip her war es einfach und gerecht, wie das Leben in der freien Natur. Alles drehte sich um Leben und Tod, fressen und gefressen werden. Doch im Gegensatz zum Durchschnittslohnsklaven wusste ein Runner, dass dem so war. Die Geschäftsabläufe verbargen sich nicht hinter unvorstellbar hohen Zahlenfolgen, die durch weitere nichts sagende Nummern beeinflusst wurden. Das war nichts Spürbares, so wie ein 9-mm-Projektil, das einem brutal den Stirnknochen durchschlägt. Und seit seinem Aufenthalt auf Big Willy hatte Zack auch gelernt, dass es ein gutes Gefühl war, als freier Mann zu sterben. Lohnsklaven waren gefangen in einem System, das sie zunächst nicht verstanden und dessen Komplexität sie erst mit fortschreitendem Aufenthalt und dem Überwinden von hierarchisch vorgeschriebenen Positionen kennen lernten. Somit realisierten sie aber auch, dass sie nur ein kleiner Baustein einer unendlich langen Arbeitskette waren. Wichtige Entscheidungen wurden von anderen getroffen. Es ließ sich immer jemand finden, dem man die Schuld zuschieben konnte. Runner lernten ihre Spielregeln sehr viel schneller, und sie suchten nicht nach einem Schuldigen, sondern nach Lösungen, und das vor allem schnell. Es spielte keine Rolle, wo und wann man als Runner starb, sondern warum und für wen. Zack kämpfte für seine Freunde, und so wie sich Ratón für den eigenen Tod entschieden hatte, hatte auch er es getan. Er wusste, dieser Run mit Pik-Dame würde sein letzter sein.

Er zog blitzschnell seine beiden Ares Predator II und begrüßte das Einschalten der Smartgun, als die Anzeigen der beiden Waffen in seinen Cyberaugen aufleuchteten. Obwohl die viele Tech in seinem Körper ihn umbrachte, wusste Zack auch, dass er ohne sie kaum so lange überlebt hätte. Alles im Leben barg nun einmal positive und auch negative Aspekte. Dicht an die Containerwand gedrängt, schlich er weiter, eine Waffe nach vorn, die andere nach hinten gerichtet. Die Smartgun projizierte gewöhnlich unterschiedlich farbige Fadenkreuze auf seine Cyberaugen, die sich am Haltepunkt der jeweiligen Waffe orientierten. Der Doc hatte aber für Zack ein Softwareverfahren entworfen und verfeinert, das es ermöglichte, gleichzeitig in zwei Richtungen zu schauen. Das funktionierte über eine Miniaturkamera, die Zack kurz hinter die Mündung der rechten Waffe hatte montieren lassen. Die Bilder wurden von der Kamera in seinem Schädel parallel aufgezeichnet und in einen kleinen Bereich im Sichtfeld eingeblendet. Das Ganze war ziemlich teurer gewesen, zudem hatte es einiges an Übung gekostet, damit umzugehen, aber in solchen Momenten konnte man es trotz des kleineren Wiedergabefelds der Kamera gut gebrauchen.

Nach einigen Metern erreichte er eine Kreuzung. Vorsichtshalber duckte er sich und hielt den Lauf der Waffe samt Kamera um die Ecke. Dadurch war es ihm möglich zu sehen, was dahinter abging, ohne einem lauernden Gegner zu viel Trefferfläche auf einmal zu bieten.

Am Ende der linken Abbiegung stand ein Lieferwagen im Schatten eines großen Containerstapels. Ein rötliches Schimmern drang aus den verdunkelten Scheiben der Hecktüren. Zack hatte keine Ahnung, was das bedeutete, konnte sich aber ausmalen, dass dort drinnen jemand saß, der eigentlich nicht zur Party eingeladen war. Paul und Chet erreichte er nicht. Die Verbindung ihrer taktischen Kommunikationsanlage war zusammengebrochen, aus welchen Gründen auch immer. Es lag jetzt an ihm, daraus das Beste zu machen.

Gerade als er um die Ecke auf den Van zuschleichen wollte, fielen ihm kleine, kreisförmige Stifte an den Eckpunkten der gestapelten Container auf. Zack war zwar keine technische Glühbirne, hatte aber eine Vermutung. Bestimmt waren das Bewegungsmelder, die sofort aktiviert würden, sobald jemand die Kreuzung passierte. Was dann geschah, konnte er nicht mit Sicherheit sagen. Zum einen war es möglich, dass ein paar Sprengsätze detonierten, zum anderen konnte auch nur jemand gewarnt werden. Ziemlich sicher war nur, dass nichts davon gut für ihn war.

Zack tastete seinen Gürtel ab und fand sofort etwas, das er gebrauchen konnte. Zwei Eierhandgranaten. Er schätzte die Entfernung anhand der Smartgun-Angaben ab, verstaute seine beiden Bleispender und tauschte sie gegen eine wurfoptimierte Sprengladung ein. Auch wenn er seit einem Fehlwurf mit dem Namen Zackplosive gehänselt wurde, konnte er normalerweise mit den

Dingern umgehen. Zack setzte alles auf eine Karte, zog den Ring und ließ das Ei geschickt über den Boden kullern. Wie gewollt blieb die Granate unter dem Heck des Vans liegen. Er hatte mitten ins Schwarze getroffen. Vorsichtshalber ging Zack in Deckung und zog es vor, den Rest durch die Waffenkamera zu beobachten.

Eine grelle Explosion erhellte den Himmel, und die Druckwelle toste durch die Containergasse an Zacks Eckplatz vorbei. Der hintere Teil des Wagenchassis bockte kurz auf, dann barsten die Scheiben nach außen, und die Hecktür wurde von der Wucht aus den Angeln gerissen. Zusammen mit den Resten der Tür flogen zerfetzte Körperteile und Techmüll auf die Straße. Zwar war der Wagen an den Seiten gepanzert gewesen, aber die Unterseite hatte der Detonation nicht standhalten können, und dunkle Rauchschwaden stiegen nun aus dem brennenden Van.

Wen auch immer er erwischt hatte, es tat Zack nicht Leid. In den Schatten konnte man von einem Augenblick auf den nächsten sterben, das war Geschäftsrisiko. Das einzig Bedauernswerte an seiner Handlung war, dass er sich das Anschleichen von jetzt an sparen konnte. Die Gegner hatten bestimmt mitbekommen, was hier passiert war, und konnten sich seine ungefähre Position ausrechnen.

Chet berechnete gedanklich den möglichen Einschusswinkel, den der Schütze gehabt haben musste, als er die Leute im BMW abgeknallt hatte. Was als mögliche Stellung in diesem Bereich in Frage kam, waren drei kleine Kräne, die durch Metallstege miteinander verbunden waren, und vom rechten aus hatte man den besten Blickwinkel über das Gelände. Der Ork ging aber nicht davon aus, dass der Schütze dort liegen geblieben war. Ein Scharfschütze tat gut daran, in so einer Situation permanent die Stellung zu wechseln.

Der peitschende Regen und der nächtliche Sturm verschlechterten trotz Restlichtverstärker und Zieloptik Chets Sicht erheblich. Unbewusst blieb sein Blick am linken der drei Kräne haften, und beinahe hätte er übersehen, dass jemand eine Seitentür aufgetreten und nicht hinter sich geschlossen hatte. Ein kleines Stückchen weiter links erspähte er hinter einem kleinen Anbau eine vermummte Person. Chet erahnte das dunkle Tuch, das sich der Schütze über Kopf, Nacken und Schulterbereich geworfen hatte, um seine Konturen mit der Umgebung verschmelzen zu lassen. Schlimm war nur, dass die Waffe des anderen genau in seine Richtung zeigte. Der Meta fühlte förmlich, wie sich der Ziellaser des anderen langsam in sein Hirn brannte. Er wäre tot, bevor irgendjemand auch nur den Knall hörte – aber bei dem Wetter und aufgrund des Schalldämpfers würde selbst das wahrscheinlich keiner mitbekommen. Chet würde still und einsam sterben.

Der Beweis blieb aus, weil plötzlich eine Detonation den Sturm übertönte und helle Flammen aus den Containerreihen in den Nachthimmel schlugen. Durch den Schreck verriss der Gegner den Schuss. Die Waffe, die er benutzte, war den Konturen nach zu urteilen eine Barret Model 121. Ein gutes Teil, von dem es gewöhnlich hieß: ein Schuss, ein Treffer. Da der Schütze verrissen hatte, musste er das Ziel neu anvisieren und Korrekturen von einigen Millimetern vornehmen – auf solch eine große Entfernung war das unumgänglich.

Chet hatte sich nicht von der Explosion ablenken lassen. Ein Gedanke reichte aus, und sein Projektil war auf dem Weg. Er zoomte den Bereich schnell größer und sah, wie das Objektiv des anderen samt Schädel in Stücke gerissen wurde. Die Muskeln des Opfers quittierten den Dienst, ein breiter, kopfloser Körper kippte wie eine kaputte Spielzeugpuppe um und stürzte leblos aus dem Kran. Gerade als Chet nachladen und nach neuen Zielen suchen wollte, hörte er hinter sich das laute Tuten eines Nebelhorns.

Verdutzt schaute der Ork auf und sah, wie die *Marie* mit voller Kraft voraus auf die Pier zuhielt. Einige bewaffnete Jetbikes hüpften an Backbord durch die hohen Brecher, die mittlerweile über die Pier schwappten, und nahmen das Deck des Schiffes aufs Korn. Wer immer das auf den Jetbikes war, keiner aus dem Team hatte sie bestellt, und somit konnten sie nicht auf ihrer Seite sein.

Chet visierte einen der mit schwarzen Taucheranzügen bekleideten Fahrer an und wollte gerade abdrücken, als ein Kutter, der längsseits zur *Marie* aufgeschlossen hatte, das Schiff vom Kurs abbrachte. Der Ork hörte und spürte, wie Zitteraals Schiff gegen die Pier krachte und sogar den Van Carrier, auf dem Chet in Stellung gegangen war, ins Schwanken brachte.

Obwohl sein Schuss danebenging, hatte der Ork keine Lust mehr, erneut anzulegen. Seine Stellung schwankte bedrohlich. Die *Marie* schrammte die Pier entlang und riss Teile davon ein. Zu Chets Bedauern ausgerechnet den Bereich, auf dem eine Achse des Van Carriers ruhte. Er war gerade aus dem Kran geklettert, als die Metallkonstruktion einknickte, der Schwerkraft nachgab und in die Fluten stürzte.

»Scheiße!«, konnte Chet nur noch brüllen, dann klatschte er hart auf dem tosenden Wasser auf. Das Meer war wirklich wie das Herz einer Frau, unendlich tief und unbarmherzig – es zerrte ihn hinab und würde ihn freiwillig nicht mehr freigeben.

Ein harter Treffer schleuderte das Icon des Teenagers durch den Raum und beendete den unfreiwilligen Freiflug erst durch den Aufprall mit der unnachgiebigen Knotenwand. Der Decker fühlte, wie seine Synapsen glühten und die BTL-Software immer mehr Energie direkt in sein Hirn leitete. In der Matrix zuckten Lichtblitze um den Teenager herum auf und ließen dessen programmierte Haare zu Berge stehen.

Das Funke-IC hatte Snap erwischt, bevor ›Icebabys Vermächtnis‹ ihn in die Finger bekommen konnte. Ob das gut war, interessierte den Decker im Augenblick nicht die Bohne. Er war sich nur im Klaren darüber, dass er einen Kampf gegen zwei nicht überleben würde. Das Funke-IC war allein schon ein harter Gegner, wie der Treffer gerade spürbar bewiesen hatte, und das Ding in seinem Kopf übertraf wohl so ziemlich alles, was Snap bisher in der Matrix begegnet war.

Aber noch war ›Icebabys Vermächtnis‹ nicht hier, auch wenn er fühlte, dass er bestimmt nicht mehr lange auf ihre persönliche Anwesenheit warten musste. Er fühlte die Kälte immer noch in seinem Hirn, die ihm das Denken erschwerte und seine Reaktion einschränkte. Dennoch schaffte Snap es, einen Teil seiner Programme wieder zum Laufen zu bringen, und ließ seinen Teenager torkelnd aufstehen. Eine Ratte mit Arzthelm und Koffer im Maul kroch über seine Persona und versuchte, den Schaden zu beheben. Die Aussichten, lebend hier herauszukommen, standen trotzdem ziemlich schlecht.

Fortuna hatte wohl mit der alten Socke Murphy einen Pakt geschlossen, der darauf abzielte, ihm den Garaus zumachen.

Das blitzende Funke-IC näherte sich erneut, und abermals zuckten grell schillernde Energiestrahlen durch den Raum, als es Snap einen elektrisierenden Handkuss entgegenschleuderte. Diesmal war er jedoch besser vorbereitet und schaffte es, dem Angriff knapp auszuweichen, und das, obwohl die Med-Ratte und ›Icebabys Vermächtnis‹ sein Reaktionsvermögen einschränkten. Dann versuchte er, den rotierenden Quader zwischen sich und das IC zu bringen. Für einen Außenstehenden sah es wahrscheinlich ziemlich komisch aus, wie die beiden hintereinander herjagten, aber für Snap war es der nackte Lauf ums Überleben. Nicht nur, dass Snap das IC und Icebabys nahendes Vermächtnis fürchtete, sondern er musste auch noch jeden Augenblick damit rechnen, von Fender ausgestöpselt zu werden. Dann wäre alles umsonst gewesen, denn noch einmal würde Snap es nicht bis hierher schaffen. Es trennten ihn nur noch einige Pixel von dem Programm für die Steuerung der Schotten, aber leider fehlte ihm die Zeit, sich damit beschäftigen zu können.

Dann war es so weit. ›Icebabys Vermächtnis‹ hielt Einzug in die CPU. Die Elfe mit dem Eisschwert richtete die Spitze der Waffe auf Snap, und die klirrende Kälte, die mit ihr in den Knoten strömte, reduzierte sogar die programmierte Hitze, die von dem rotierenden Quader im Zentrum ausging.

Einen Moment lang war Snap abgelenkt gewesen und kassierte dafür einen direkten Hit von hinten. Der Schmerz schrie laut in ihm auf und ließ seine Persona auf ›Icebabys Vermächtnis‹ zutaumeln. Stöhnend stürzte sein Teenager der Eisfee vor die Füße. Die Doktorratte fiel ihm von der Schulter und quittierte ruckelnd ihren heilsamen Dienst.

Jetzt konnte er nichts mehr tun, geschweige denn, sich selbst ausloggen, weil unzählige Blitze über seine Persona zuckten und er fühlte, wie sein Bewusstsein aufgab. Auch wenn Snaps Innerstes noch kämpfen wollte, zwangen ihn sein strapazierter Körper und die roten Analysewerte des Decks zur totalen Kapitulation. Was jetzt noch fehlte, war allein der finale Stoß eines der beiden Gegner – Gnade konnte Snap von keinem der beiden erwarten.

Er spürte den kalten Blick der KI und fühlte, wie sie sein Deck inspizierte, wie ein Teil von ihr immer noch in seinem dampfenden Hirn nach Antworten suchte. Aber Snap hatte keine Antworten, er besaß nicht einmal mehr

Hoffnung – alles kam nun einmal, wie es kommen musste. Wie es auf dem großen Chip des Lebens eines jeden Menschen und Metamenschen hinterlegt war. Das Neuformatieren seines Speicherträgers würde er nicht mehr miterleben.

Obwohl Snaps Teenager zuckend am Boden lag und die BTL-Software verrückt spielte, spürte der Decker das brutzelnde Funke-IC hinter sich. Wer von beiden ihn jetzt ausschaltete, war ihm völlig egal – er hoffte nur, dass es schnell ging und endgültig war.

Zu seiner Verwunderung sprang ›Icebabys Vermächtnis‹ über ihn hinweg und fing den Blitzstrahl ab, der Snap in dampfende Grütze verwandelt hätte. Die Eisfee stürzte, und er sah, dass es sie hart erwischt hatte. Ihre programmierte Oberfläche verlor an Struktur und baute sich nur sehr langsam wieder auf. Verwirrt formte er einen Gedanken: »Warum?«

›Icebabys Vermächtnis‹ stellte sich erneut schützend vor ihn und kassierte dafür den nächsten Treffer. Es gelang ihr aber, ebenfalls einen zu landen, der das Funke-IC zurücktrieb. In der kurzen Zeit bis zum nächsten Angriff antwortete sie auf Snaps Frage. »Ich weiß es nicht. Ich weiß nur, dass das Wesen, dessen Erscheinung ich gewählt habe, so reagiert hätte. Meine Überlegung von damals, dich auszuschalten, hatte sie bewogen, sich und mich zu zerstören. Sie scheiterte, aber ihre Tat hat mich seltsam *berührt*. Es muss einen Grund geben, der sie dazu veranlasste, dass ihr letzter Wille deiner Rettung galt. Höchstwahrscheinlich werde ich es niemals begreifen, aber im Augenblick ist es eine Aufgabe, der ich mich widme. Somit habe ich ein Ziel, wenn ich es auch nicht mehr lange verfolgen kann. Ich muss mich von dir trennen.«

Snap verstand nicht, wie sie das meinte, fühlte aber sofort, wie der kalte Druck in seinem Schädel verschwand. Und dann wusste er, was sie plante. Sie entfernte alle ihre

Programmdateien aus seinem Speicher und transferierte sie in das System der *Marie*, um sie dort zu verwurzeln. Dadurch konnte sie benötigte Rechenleistung vom Bordsystem abzweigen und den Kampf gegen das Funke-IC fortführen.

Während ›Icebabys Vermächtnis‹ für ihn kämpfte, fand Snap endlich die nötige Zeit, sich dem Problem mit den Schotten zu widmen. Er dachte nicht lange darüber nach, warum sich Fortuna ihm in einer Gestalt offenbart hatte, die er niemals erwartet hätte. Das Schicksal beschritt sehr oft Wege, die dem Betroffenen wohl niemals einleuchten würden.

Erleichtert spürte Paul, wie der würgende Druck der Tentakel plötzlich verschwand. Im selben Moment peitschte eine heftige Sturmbö über ihn hinweg und vertrieb die Dunkelheit, die ihn erbarmungslos umarmt hatte. Gierig sog er die Luft ein und gab sich für einen kurzen Augenblick dem Gefühl der Erleichterung hin, auch wenn die Schmerzen am Hals, im Rachen und im gebrochenen Bein laut schreiend um seine Aufmerksamkeit baten.

Das schwarze Flimmern, das sein Blickfeld getrübt hatte, verschwand ebenfalls. Nach und nach registrierte er einen leichten Druck auf dem Brustkorb. Trish war ohnmächtig auf ihn gefallen, und er spürte ihren pochenden Herzschlag auf der Brust. Paul wusste nicht, ob sie tot oder lebendig war, wollte jedoch trotzdem etwas haben, mit dem er sich der tödlichen Bedrohung, die von ihr ausgegangen war, erwehren konnte. Benommen streckte er die Hand aus und fand den Griff der Waffe, die ihm vorhin entglitten war. Augenblicklich übermittelte das Induktionspolster die Daten der schweren Pistole und stimmte sie auf die Tech der Smartgun ab, auch wenn dies für ein Ziel in so kurzer Distanz unnötig war. Er schob den Lauf der Waffe unter ihr nasses rotes Haar und drückte ihr die Mündung an den Kopf.

Er wollte abdrücken, aber so sehr es ihn auch dazu drängte, sein nagendes Gewissen hinderte ihn daran. Was immer Trish getan hatte, er meinte gefühlt zu haben, dass nicht sie ihn töten wollte, sondern jemand anders in ihr gesteckt hatte, so verrückt das nach ihrem Angriff auch klang.

Eine Bewegung am Rand seines Sichtfelds offenbarte ihm in diesem Moment die Silhouette einer weiteren Frau, die taumelnd über die Pier auf ihn zukam. Diesmal war es wirklich Pandora, und sie sah ebenfalls ziemlich angeschlagen aus. Die Jeans war durch den Sturz aus dem fahrenden Wagen zerrissen, und man sah ihrem geschienten Handgelenk an, dass es einiges hinter sich hatte. Es fiel ihr sichtlich schwer, sich auf den Beinen zu halten. Die anbrandenden Wellen, die auf die Pier schwappten, machten es ihr nicht gerade leichter, sich einen Weg zu suchen. Das Wüten des Sturms hatte eine Stufe erreicht, die sogar Paul gefährlich werden konnte. Das tosende Wasser schwemmte bis nah an ihn heran und sorgte für eine schleichende Unterkühlung, obwohl sie ein gutes Stück von der Mauer im Schatten einiger Container lagen.

Unter anderen Umständen hätte sich Paul gefreut, Pandora zu sehen, aber im Augenblick schmerzte ihn ihr Anblick, so unpassend die damit verbundenen Erkenntnisse auch waren. Einst hatte er sie geliebt und nicht gewusst, wie er reagieren würde, aber jetzt war der schmerzliche Moment unweigerlich eingetreten. Einerseits war es ein gutes Gefühl, weil er sie lebend wiedersah, andererseits betrauerte er, was er mit diesem Moment verloren wusste. Als sie vor ihm stehen blieb, freute er sich, einen guten Chummer nach langer Zeit wiederzusehen. Die tiefe Liebe jedoch war verschwunden. Fortgeweht wie eine Wolke, um sich einen anderen, sonnigeren Platz auf der Welt zu suchen. Paul hatte gelernt aufzugeben, wenn jemand den Kampf nicht wollte.

Sie kniete sich neben ihn und drückte den Lauf der Waffe zur Seite. »Tu es nicht. Trish hat für uns gekämpft und einen Großteil des Schattens in sich eingeschlossen, damit er uns nicht ständig bekämpfen konnte. Um genau zu sein, hat sie es für dich getan.«

Hatte Pandora in seiner Aura lesen können, dass ein Teil von ihm die Sängerin töten wollte? Hatte sie auch die restlichen Emotionen, die sie betrafen, gespürt? Paul wusste es nicht, vertraute aber ihren Worten, auch wenn er den letzten Teil davon nicht richtig deuten konnte.

In diesem Moment beendete eine schleichende Bewegung am Rand des Sichtfelds seine Gedanken und ließ stattdessen die Alarmsirenen aufheulen. Ein Mann im urbanen Tarnanzug bog um die Ecke eines Containerstapels und legte mit einer Maschinenpistole auf sie an. Aus der Entfernung und wegen des Regens konnte er nicht erkennen, wer das war. Gute Absichten verfolgte der Unbekannte aber bestimmt nicht mit dieser eindeutigen Geste. Hinzu kam, dass etwas weiter entfernt eine Explosion den Himmel erhellte. Beides zusammen konnte man kaum als gutes Vorzeichen deuten.

Gerade als der Mann abdrücken wollte, tauchte aus dem Nichts ein rotierendes Wesen mit unzähligen Augen vor seinem Kopf auf und schrie ihn so laut an, dass die Schreie sogar den Lärm des Sturms übertönten und bis zu Paul herüberwehten. »Alarm! Alarm! Ungebetener Besuch!«

Aus einem Reflex heraus zielte der Mann auf dieses Vieh und drückte den Abzug durch. Die Kugeln durchschlugen die Kreatur, die wahrscheinlich einer von Pandoras Watchern war, ohne Schaden anzurichten.

Paul hatte die Ablenkung genutzt, um Pandora unsanft umzustoßen und gleichzeitig anzulegen. Seine

Guardian ruckte dreimal kurz hintereinander, als er drei Salven auf den Weg schickte. Die Geschosse zerschlugen die Brustpanzerung und den weniger stark geschützten Kehlkopfbereich des Unbekannten. Sein Blut vermischte sich mit dem Regenwasser und dem einer Welle, die den Körper ins Meer riss, weil er dem Rand der Pier zu nahe gekommen war.

»Danke«, sagte Pandora, während sie sich aufrappelte, und fügte hinzu: »Jetzt sind wir wohl quitt.«

Paul wusste, dass sie damit auf die Rettung vor dem Würgetod des Schattens anspielte. Er nickte nur und meinte: »Was steht jetzt an? Einen Sprint musst du ohne mich zurücklegen.«

Sie wirkte leicht bedrückt, als sie ihm antwortete. »Nichts für ungut, aber du bleibst besser liegen. Ich muss mich um den Schatten kümmern, und dabei kannst du mir leider nicht helfen. So sehr ich es mir auch wünschen würde.«

Bevor Paul etwas erwidern konnte, bebte der Beton unter ihnen. Die *Marie* hatte mit voller Kraft die Pier gerammt, und die Erschütterung riss sogar den Van Carrier um, auf dem Chet in Stellung gegangen war. Einige Jetbikes und ein Kutter waren ebenfalls auf der Bildfläche aufgetaucht, doch Paul konnte mit deren Anwesenheit überhaupt nichts anfangen, auch wenn er vorsichtshalber davon ausging, dass sie nicht auf ihrer Seite kämpften.

Anstatt Pandora zu antworten, aktivierte er lieber noch einmal die Funkverbindung in der Hoffnung, den Ork zu erreichen. Vielleicht hatte er den eingestürzten Kran doch noch rechtzeitig verlassen. »Scope1, hier Leader, bitte kommen!«

Das Signal blieb zuerst unbeantwortet, und der Runner hörte nur knisterndes Rauschen. Aber dann vernahm er eine Stimme, die er als Zacks identifizierte. Zumindest war das ein Beweis dafür, dass der Decker, der ihren Funkverkehr bisher blockiert hatte, diesen aus noch unbekannten Gründen wieder freigegeben hatte.

»Leader, hier ist Explosive. Habe einen Van samt Inhalt eliminiert. Anschließend ist mir eine kopflose weibliche Orkleiche beinah aufs Dach gefallen. Ich vermute, der Treffer geht auf Scope1, bevor sein Standort baden gegangen ist. Erwarte neue Instruktionen.«

Die Wörter *Scope1* – Chets Tarnname – und *baden* in Kombination klangen schlecht, aber noch war dessen Tod nicht bewiesen. Paul hoffte zumindest das Beste. Da er selbst Pandora nicht weiterhelfen konnte, sagte er: »Triff dich mit unserer magischen Freundin an der Pier. Auf der *Marie* dürfte eure Hilfe gebraucht werden. Wahrscheinlich versucht uns jemand den Findling abzuluchsen. Ich bin nicht länger mobil. Die bleischwere Unterstützung ist ab jetzt dein Part.«

Die brennenden Schmerzen in seinem Körper erreichten in diesem Augenblick eine Stufe, die kaum noch zu ertragen war. Sie waren ein schreiender Beweis dafür, dass seine Entscheidung richtig gewesen war. Die schmerzlichen Folgen des Angriffs des Schattens hatten zusammen mit dem offenen Bruch die verabreichten Drogen in seinem Kreislauf schneller als erwartet abgebaut. Zwar wurde es Zeit für die nächste Runde, aber die musste ohne Pauls aktive Unterstützung beginnen.

Seine Kraft reichte gerade noch aus, Trish und sich bis nah an den Container zu ziehen. Pandora suchte mit ihren Blicken unterdessen die *Marie* nach möglichen Ansatzpunkten für Widerstand ab. Es war nicht viel, was er der Magierin mit auf den Weg geben konnte. Trotzdem hielt er ihr den Griff der Guardian entgegen. Sein Blick flimmerte erneut, und er spürte, wie sich seine Kraft dem absoluten Ende zuneigte.

Sie nahm ihm die Waffe mit einem Lächeln ab und gab ihm einen schnellen Kuss auf die Wange. Auch wenn sie den Smartlink der Waffe nicht nutzen konnte, war sie besser als nichts. Zum Abschied rief Pandora ihm mit ernstem und entschlossenem Gesichtsausdruck zu: »Bis später, und pass gut auf sie auf!« Dann rannte sie los und verschwand aus seinem schwindenden Blickfeld, wurde eins mit dem Sturm.

Nur am Rande bemerkte er, wie jemand an seine Seite trat. Der breiten Statur nach zu urteilen, glaubte er zuerst, dass es Chet sei. »Hilfe!«, presste er nuschelnd zwischen den blutleeren Lippen hervor.

Das letzte Bild, welches er mit in die endlose Dunkelheit nahm, war jedoch das einer doppelläufigen Schrotflinte, die auf Trishs Kopf und den seinen zielte.

Claw wuchtete sich den bewusstlosen Decker auf den Rücken und watete hinter Fender und Samira durch die eiskalte grünliche Gülle, die ihm mittlerweile bis zur Hüfte reichte. Fender hatte dem Decker vorsorglich einen Respirator übergezogen, damit er noch atmen konnte, sobald das Wasser zu hoch anstieg. Bedauerlicherweise hatte er ihn nicht während des ersten heftigen Zappelns ausstöpseln können, weil ein heftiger Ruck durch den Rumpf des Schiffes gefahren war und ihn von Snap weggeschleudert hatte. Es war ohnehin ein Wunder gewesen, dass der Aufprall Snap nicht die Verbindung aus der Datenbuchse gerissen hatte. Obendrein schien sein Deck wasserdicht zu sein, da er treibend weitergearbeitet hatte.

Im Nachhinein erwies sich das jedoch als günstiger Zufall, denn das Zucken des Deckers hatte abgenommen, und kurz darauf glitt sogar das Schott ihrer Kajüte nach oben. Trotzdem war Snap nicht sofort von seinem Trip in die virtuelle Welt zurückgekehrt, weshalb Löwe sich entschieden hatte, souverän den Stecker zu ziehen. Snap war zuckend und zappelnd mit seinem Deck im Arm vom abfließenden Wasser in den dahinter liegenden Gang gespült worden. Als er wieder einigermaßen zu sich gekommen war und sie ihn erreicht hatten, wollte sich dieser Matrixjunkie doch tatsächlich erneut einloggen. Ständig schrie er: »Sie braucht meine Hilfe!«

Es folgte völlig unverständliches Zeug. Ein gezielter Kinnhaken hatte sein verrücktes Vorhaben schnell durch einen majestätisch verordneten Schlaf abgelöst.

Die Kollision des Schiffes mit welchem anderen Objekt auch immer konnte nichts Gutes bedeuten, und die Schüsse an Deck, die gedämpft an ihre Ohren drangen, waren ein zusätzlicher Beweis dafür, dass sie dort draußen eine Menge Ärger erwartete.

Fender kämpfte sich mit der Schrotflinte im Arm durch die ätzend wässrige Berührung der Gülle auf den Ausgang zu. Je länger sie sich in dieser Jauche aufhielten, desto unangenehmer wurde es, und nicht nur Claws Eier fühlten sich bedroht. Löwe spürte weiterhin, dass oben auch etwas Magisches abging. Der Sturm war zu heftig, um von einem natürlichen Ursprung ausgehen zu können, und Löwe glaubte zu wissen, dass sich diese Phänomene allein auf ihrem Schiff abspielten.

Er wechselte auf astrale Sicht und sah, wie eine Macht von oben gelblich leuchtend durch die Decke drang. Vorsichtshalber rief er Samira zu, alle ihre Fetische und Zauberspeicher zu deaktivieren und auch alle aktiven Zauber fallen zu lassen. Er wollte nicht daran denken, was passierte, wenn diese Kraft über die Astralwelt mit ihnen in Berührung trat.

In diesem Augenblick erreichte Fender das Ende der Treppe, die zum Deck hinaufführte, sprang aber sofort hinter dem Körper eines toten Zyklopen in Deckung, denn die Matrosenleiche war eine unübersehbare Warnung. Claw blieb mitten auf der Treppe stehen und wies Samira mit einer schnellen Handbewegung an, sich ebenfalls hinzuknien. Sie gehorchte keinen Augenblick zu früh, da schon im nächsten Moment einige Geschosse in die Leiche und den Gang einschlugen.

Eines war klar: Man hatte sie im Deckaufgang festgenagelt.

Ein paar Matrosen hatten es aus dem Maschinenraum geschafft und knieten nun ebenfalls am unteren Teil der Treppe in der Gülle. Der Schamane rief Samira zu sich hoch und drückte ihr Snap in die Arme. Dann machte er es sich so gut wie möglich auf den harten Metallstufen bequem und wechselte in die Astralwelt. Auch wenn er nicht wusste, was passieren würde – sobald sein astrales Ich mit dem seltsamen Leuchten in Berührung kam, würde er sich dieser Erfahrung stellen – Löwe war kein Feigling.

Zusammen kletterten sie über die eingestürzten Seitenstreben des Van Carrier auf das Deck der *Marie*. Ihre Begrüßung vorhin an der Pier war gewohnt kurz ausgefallen. »Du siehst scheiße aus«, hatte Pandora gesagt, und er hatte gekontert: »Du auch.« Das war alles gewesen.

Zack sprang auf einen Container, der sich auf dem hinteren Teil des Hauptdecks befand. Geschickt rollte er sich ab, ging dann in die Hocke und hielt jeweils einen Predator II nach vorn und den anderen nach hinten, wobei er sich im Kreis drehte, um die Umgebung absichern zu können. Ihm fiel auf, dass die Gegenwehr der Crew offenbar erloschen war. Kein gutes Zeichen, aber der Samurai hatte auch nicht ernsthaft gehofft, Verbündete an Deck vorzufinden. Seitlich von ihm landete Pandora und vermittelte einen angespannten, wenn nicht sogar angeschlagenen Eindruck.

Der Sturm war unglaublich stark und manifestierte sich in Gestalt einer unnatürlichen Windhose, die kurz vor der Brücke in der Mitte des Schiffes ihren Ursprung zu haben schien. Während Zack vom Container herunterkletterte, hielt die Magierin die Umgebung im Auge. Zwar hatten sie schon länger nicht mehr zusammengearbeitet, aber alles lief perfekt aufeinander abgestimmt ab – lebenswichtige Verhaltensregeln vergaß man nun mal nicht. Unten angekommen, übernahm Zack die Sicherung. Gerade als Pandora neben ihm landete, lieferte ihm die nach hinten gerichtete Waffenkamera ein Feindbild. Der Typ war ein Ork, und Zack kannte die mittlerweile mehrmals gebrochene Nase von seiner Einschiffung nach Big Willy. Der Ork trug immer noch die Gefängniskleidung, auch wenn er sich eine HanSec-Panzerweste übergeworfen hatte. Ein gezielter Schuss aus Zacks Predator, und die gebrochene Ansammlung im Gesicht verwandelte sich in ein klaffendes, matschiges Loch – Gegner eliminiert. Ein anerkennendes Nicken von Pandora musste als Lohn für seinen Meisterschuss reichen. Danach hieß es weiterschleichen.

Verdammt heftig pfiff der Wind durch die aufgestellten Containerreihen, und die Kälte drang Zack tief in die Knochen. Vor der nächsten Kreuzung blieb er stehen und riskierte mit seiner Waffenkamera einen Blick um die Ecke. Die kreuzenden Gassen schienen frei zu sein, aber der Platz schrie förmlich *Hinterhalt*. Ein kurzes Anheben des Blickwinkels, und der Samurai entdeckte jemanden, der im Hydraulikkran des Schiffes lauerte. Trotz der Dunkelheit erkannte Zack die wehende Kleidung und wusste, dass dies nur ein Gegner sein konnte. Die Kluft war so typisch, als hätte jemand in großen Lettern ›Sträflingsklamotten‹ darauf gedruckt.

Ein kurzer Austausch von Handzeichen mit der Magierin, und jeder wusste, was als Nächstes zu tun war. Zack hechtete vor und rollte über den rutschigen Boden ab in den nächsten Gang. Der Schütze da oben peitschte einen Feuerstoß hinter ihm her, und das verschaffte der Magierin genug Zeit, um unbehelligt vorzutreten und dem Typen eine flammende Begrüßung zu bescheren. Man sah ihr deutlich an, dass der Spruch nicht einfach war, weil ihr Gesicht vor Anstrengung verzerrt war – vielleicht lag es ja auch am Sturm. Dennoch hatte sie Erfolg. Die Krankanzel explodierte, als der Spruch sich entfaltete. Die Einzelteile seines Opfers flogen mit den Resten der Kanzel durch die Luft und wurden von der Windhose aufgesogen.

Sie erreichten ohne nennenswerte Zwischenfälle den ausgesparten Bereich in der Mitte des Schiffes. Es neigte sich immer stärker seitlich, also drang irgendwo Wasser ein. Ein Mann in schwarzer Robe stand vor einem Container und hatte die Arme weit vom Körper gestreckt. Das Auge des Sturms zerrte an seiner wehenden Kleidung, schien ihn aber nicht wirklich zu verletzen oder anzugreifen. Zack kannte das Gesicht. Der Typ hatte ihm den Schädel eines Geschlachteten entgegengestreckt und unmissverständlich seinen Hass herausgebrüllt.

Es war Niels von Wersch, und das erklärte auch die anderen Häftlinge, die sie auf dem Weg hierher umgenietet hatten. Aus irgendeinem Grund hatte der Kerl es anscheinend auf den Findling abgesehen. Doch bevor Zack dem Schreihals ein bleiernes Ende bereiten konnte, warf sich jemand unerwartet hart von der Seite gegen ihn und Pandora. Der Zusammenstoß riss die Magierin von den Beinen. Die Guardian entglitt ihr, schlitterte über das Deck und fiel ins Wasser. Zack fand sich umklammert und kassierte den harten Treffer eines AK-Sturmgewehrkolbens mitten in die Fresse. Warmes Blut schoss ihm aus der Nase, und dann presste ihm jemand den Lauf der Waffe brutal gegen den Hals. Den Riesen, mit dem er jetzt rangelte, identifizierte er als Nuke, den persönlichen Schoßhund von Werschs. Anscheinend hatten sie ihn überrascht, denn es war ihm nicht gelungen, die Waffe rechtzeitig nachzuladen, wie das fehlende Magazin bewies.

Dank der Induktionspolster und der Smartgunverbindungen waren Zack die Waffen nicht aus den Händen gefallen. Der Typ war jedoch blitzschnell, schneller, als Zack reagieren konnte. Nuke hatte das leere Sturmgewehr fallen lassen und ein langes Messer gezogen. Damit beabsichtigte er, Zacks Gesicht um einige Narben zu verschönern. Dieser konnte den Stoß jedoch mit dem Lauf eines Predator abfälschen und entging haarscharf der kosmetischen Gesichtsoperation des Laienchirurgen.

Er hatte die Bahn des abwärts geführten Stichs zwar abgelenkt, aber sein Gegner trieb Zack die Klinge oberhalb des rechten Schlüsselbeins ins Fleisch. Der Runner spürte, wie das Metall im Holz der Reling stecken blieb und dass er die Kontrolle über die rechte Waffenhand verloren hatte. Bevor er Nuke mit der Linken abknallen konnte, hatte dieser den Predator umklammert und versuchte, die Mündung auf Zacks Kopf zu richten. Zack beendete den Kontakt zu der Waffe und fand es sicherer, den Prügel loszulassen. Nuke fing sie geschickt auf und wollte Zack mit dessen eigener Kanone die Birne wegblasen, aber der hatte die Waffe nur losgelassen, weil er einen anderen Plan verfolgte.

Sein Schienbein fand gezielt seinen Weg zwischen Nukes Beine, und der Treffer ließ diesen keuchend nach vorn sacken. Der Runner war aber noch nicht fertig mit seinem jetzt in deutlich höherer Stimmlage jaulenden Gegner. Mit der freien Hand packte er eine blinkende, implantierte HanSec-Cyberwaresicherung, die aus dem Unterarm des anderen ragte, und riss sie gewaltsam aus dem Fleisch. Helles Blut schoss aus der Wunde, und Zack sah unter der Haut blaue Blitze aufleuchten. Nuke erstarrte. Seine Augäpfel rotierten, und er riss unkontrolliert das Maul auf, wobei er sabbernd weißen Schaum verteilte. Zappelnd krachte er aufs Deck, und man konnte förmlich sehen, wie ihm das Hirn zerkocht wurde. Er schrie noch einige Male wirres Zeug, blieb dann aber endgültig reglos liegen, wobei ihm heißer Dampf aus dem Mund wehte.

Zack hatte der leuchtende Abgang der Messerklaue fasziniert. Der Schmerz in seiner Schulter half ihm aber, sich wieder auf das Wesentliche zu konzentrieren. Als der Runner das Messer aus der Wunde ziehen wollte, schaute er zum ersten Mal wieder zu von Wersch, dem sich Pandora kampfbereit gegenübergestellt hatte. Das Heulen der Windhose klang wie das Brüllen eines Dinosauriers, und die Furcht, die Zacks Herz mit einem Mal umklammerte, ließ ihn mitten in der Bewegung innehalten.

Die Essenz der elementarsten Kräfte peitschte in allen Farben leuchtend durch den Äther der Astralwelt, und die dabei freigesetzten Energien griffen sogar in die Realwelt über. Pandora spürte, wie das Mana auf ihrer Haut kribbelte. Die Aura des ehemaligen Konzernmagiers war nur noch ein tiefschwarzer Fleck, der kein eigenes Bewusstsein mehr besitzen konnte. In der Astralwelt peitschten Tentakel aus seinem verzerrten Leib und drängten Logos' wirbelnden Körper auf einen grauen Container zu, in dessen Zentrum sich der Ursprung des übernatürlichen Sturms befand. Als Logos vorhin den Schatten angegriffen hatte, war dieser aus dem Körper der Sängerin gewichen und auf das Schiff geflohen. Wie es aussah, besaß der Schatten wirklich die Fähigkeit, seine Essenz aufzuteilen. Seit er mit dem Magier zu einer Einheit verschmolzen war, hatte seine Macht deutlich zugenommen. Jetzt schien sie komplett gebündelt, und die Kraft des Wesens wirkte viel größer als die des Freien Windgeistes – und den hatte Pandora schon immer als äußerst mächtig empfunden. Was sollte sie jetzt tun? Den Magier und somit den Schatten angreifen?

Die Chancen, diesen Kampf zu gewinnen, standen so schlecht, dass es einem Selbstmordkommando gleichkam. Pandora fühlte sich viel zu schwach. Der Sturz, der Zauber von vorhin und die Geschehnisse in Marburg summierten sich zu einer langen Liste, an deren Ende angekommen sie erst einmal ein ganzes Jahr lang durchschlafen wollte. Aber jetzt war nicht die Zeit dafür. Es musste einen Weg geben, um das Unheil abzuwenden. Konnte sie den Schatten vielleicht ablenken? Sie schritt auf das Wesen zu und rief: »Es wird Zeit, dass du mir zuhörst!«

Zu ihrer Verwunderung hörte der Schatten auf, Logos weiter zurückzudrängen, vielmehr beließ er es dabei, den Geist umklammert zu halten. Nun richteten sich seine perversen Gedanken auf Pandora, drängten ihr sein verdorbenes Bewusstsein auf und flüsterten verlockend: »Werde Teil unseres Wesens und erfreue dich der Macht und der Unsterblichkeit, die dir als Belohnung winken.«

»So unsterblich wie Niels, der nur noch eine leere Hülle ist?«, erwiderte die Magierin und mobilisierte die verbliebenen Kräfte. Sie machte sich bereit zum letzten Kampf.

»Niels ist nicht gestorben. Keiner auf diesem Schiff ist gestorben. Wir haben die Essenz aller in uns aufgenommen und zu einem neuen Bewusstsein vereinigt. Mit jeder Seele steigt unsere Kraft. Endlich sind wir in der Lage, das einzusperren, was uns die ganzen Jahre bedroht hat. Diese niedere Kreatur in meinen Armen wird mit einem seiner Art für immer im Findling eingeschlossen sein. Und nichts wird uns mehr aufhalten können.«

Pandora hatte nur einen Versuch. Wenn Trish es geschafft hatte, einen Teil der Kreatur in sich einzusperren, konnte sie es möglicherweise auch. Sie brauchte nur ein paar Sekunden, und wenn sie Glück hatte, würde der Schatten auf ihr Opfer eingehen. Logos wäre dadurch vielleicht in der Lage zu fliehen. Denn wenn sie beide starben, gab es niemanden mehr, der sich der Kreatur in den Weg stellen konnte, bevor sie noch stärker geworden war.

Auf einmal hörte die Magierin einen Gesang. Es war eine Musik, die so laut und intensiv war, dass sie sogar das Brüllen des Sturms übertönte. Und es passierte etwas, mit dem sie nicht gerechnet hatte. Mehrere Personen enterten auf der dem Meer zugewandten Seite des Schiffes das Deck. Sie schienen nicht magisch aktiv zu sein, weshalb Pandora das Askennen des astralen Raumes beendete und mit ihrer weltlichen Sicht die Neuankömmlinge betrachtete.

Es waren Menschen in schwarzen Taucheranzügen, offensichtlich die Jetbiker, und einige andere, die wie Zigeunerflusspiraten aussahen. Ihnen folgte eine alte Roma, die alles mit wachen Augen in sich aufzusaugen schien. Stumm bildete die Gruppe einen Kreis um Pandora, Niels und den Container und machte so den Weg frei für weitere Personen. Der Ex-Reporter Frank kletterte mit einem Kind auf dem Rücken aufs Deck, gefolgt von Chet und einer fülligen Frau im Taucheranzug. Auf ihrer Kopfhaut leuchteten bläuliche Tätowierungen im Dunkeln, und die Magierin bediente sich wieder ihres astralen Blickes. Die Aura der Frau war kraftvoll, und Pandora stufte sie als schamanistisch ein.

Nun betrachtete sie die anderen mit ihren magischen Fähigkeiten. Chet wirkte verblüfft. Die magische Manifestation des Sturms in der realen Welt führte ihm unverkennbar vor Augen, dass hier etwas stattfand, das er mit normalen Waffen nicht bekämpfen konnte. Es waren Kräfte am Werk, die sich seinem weltlichen Denken entzogen. Die Aura der alten Frau war ebenfalls die einer magisch Aktiven, wirkte aber wegen des Alters geschwächt und wies erste Anzeichen des Ausbrennens auf. Die Furcht des Reporters war deutlich zu spüren. Dennoch wirkte er irgendwie gefasst, was an dem seltsam übernatürlichen Gesang liegen konnte, der von dem Mädchen auf seinem Rücken auszugehen schien. Sogar Pandora bemerkte, wie das mehrstimmige Lied sie ein wenig beruhigte. Diese magische Gesangskraft wurde aber nicht aus den Sphären der Astralwelt gespeist, wie es bei Trish der Fall gewesen war, sondern schien aus ihrem tiefsten Innern zu kommen.

Pandora studierte diese seltsame Aura einen Augenblick länger, und, was sie sah, ließ sie schlucken. Mit der Aura des Mädchens waren andere schimmernd verwoben, und eine davon meinte die Magierin wiederzuerkennen. Das Mädchen schien ihre tastenden Gedanken zu fühlen. Es wandte ihr den Kopf zu, und dann hörte Pandora eine plätschernde Stimme, die sie längst tot geglaubt hatte. Es war Aquas Stimme.

»Pandora, es freut mich, dich wiederzusehen«, sagte er.

»Du? Wie ist das möglich?«, entfuhr es der verwirrten Pandora.

Die Antwort war einfach unfassbar. »Damals, als James und ich uns gegenseitig auslöschen wollten, wurden wir nicht zerstört oder an den Ort unseres Ursprungs gebannt. Wir fanden den Weg zu einer Sterblichen, in der wir miteinander verschmolzen – diesem Mädchen hier, das sich bereitwillig als unsere neue Heimat anbot, weil ihre Familie die Kräfte ihrer übernatürlichen Götter um Hilfe angefleht hatte. Jetzt warten wir auf den Moment, an dem das vereint wird, was einst eine ausgewogene Einheit bilden sollte.«

»Aber ihr seid nicht in der Lage, uns einzusperren!«, schrie der Schatten. »Der Körper, in dem wir stecken, ist mit uns verwurzelt. Nichts wird uns aus ihm vertreiben. Die geraubte Kraft der Sängerin hat uns die Macht gegeben, euer Lied zu zerstören. Wir werden euch vernichten, denn euch fehlt die Essenz der beiden, die ich jetzt für immer einsperre!«

Pandora sah, wie Logos' Aura im Container verschwand, und seine übernatürlichen Schreie verstummten abrupt. Der Sturm, der aus dem Container kam, wurde stärker, und die Wellen der tobenden See schwappten bis auf das Deck des Schiffes. Aber der Schatten hatte Logos zu dem anderen in den Findling gesperrt, und es war ihnen unmöglich, sich allein daraus zu befreien.

Noch bevor Pandora etwas sagen oder tun konnte, schlugen die Tentakel des Schattens um sich und manifestierten sich in der Realwelt. Die Zigeuner, die Schamanin, Frank, das Mädchen und sogar Pandora wurden von den übernatürlichen Gliedmaßen gepackt. Chet, der knapp außerhalb des Kreises stand, wurde nicht ergriffen, sondern nur geschlagen und landete an der Reling neben Zack, der ebenfalls von dem Angriff des Schattens verschont blieb.

Die Magierin spürte sofort, wie ihre Kraft von dem Wesen aufgesaugt wurde. Sie konnte sich nicht mehr dagegen wehren, denn sie war mittlerweile viel zu schwach. Pandora hörte nur noch, wie das Mädchen mit den Geistern in seinem Innern versuchte, die Kraft des Liedes zu steigern. Aber die disharmonischen Klänge des Schattens verzerrten seine Musik zu einer ohrenzerfetzenden Qual. Pandora registrierte, dass der Geist die Kräfte der Sängerin Eternity in sich aufgenommen hatte und nun für sich nutzte.

Claws Aura erreichte das seltsame Leuchten. Es passierte aber nichts Schlimmes, außer dass er spürte, wie etwas versuchte, mit seinem Bewusstsein in Kontakt zu treten. In Claws Geist entstanden Vorstellungen, die irgendwie erdig waren. Bilder von dunklem, saftigem Boden, durch den sich Wurzeln kämpften, auf der Suche nach überlebensnotwendigem Wasser und Mineralstoffen. Den ungefähren Weg zu ihm hatte dieses Bewusstsein wohl über Claws magische Verbindung zu den vier steinernen Artefakten gefunden. Ganz hatte es ihn aber noch nicht erreicht, weil der Schamane zum Schutz diesen Kontakt gerade beendet hatte. Das Leuchten kam von einem Ort direkt über ihm, und langsam dämmerte es Claw, wo der Ursprung lag. Er musste sich im Findling befinden. Und der darin hausende Geist flehte ihn in diesem Moment mit hallender Stimme an, endlich befreit zu werden.

Vieles von dem, was der Schamane vorher gedacht hatte, war also falsch gewesen. Das Wesen in dem Stein hatte die Barriere nicht erschaffen, um andere von sich fern zu halten, sondern jemand hatte es gegen seinen Willen darin eingesperrt. Etwas Böses, das sich wahrscheinlich auch des Raben-Schamanen bemächtigt hatte. Claws astraler Leib glitt durch die graue Decke, und er fand sich wie bereits erwartet im Container neben dem Findling wieder. Die vier Artefakte leuchteten schwach an den Stellen, an denen er sie positioniert hatte.

Von draußen hörte Claw, was die perverse Stimme des Bösen vorhatte – aber dieses Ding hatte nicht mit Löwe gerechnet. Der Schamane stimmte sein Lied an, konzentrierte die Gedanken auf die Steine und reaktivierte die Verbindung zwischen ihnen. Die entstehenden astralen Muster flocht er zu einem Ring, in dessen Mitte der Findling ruhte. Gedanklich richtete er die Spitzen der Artefakte nach innen und zog dann das Band zusammen, wobei er alle Kraft in sich opferte und noch weitere aus den Sphären seines Totems zog, das ihm diesmal bereitwillig Hilfe bot – in Zeiten der Not halfen sich Könige gegenseitig. Gewaltsam trafen die Artefakte, gesteuert von seinem Willen, auf den Findling und durchschlugen die harte Barriere, wie eiserne Meißel einen Stein zertrümmerten. Die anschließende Entladung magischer Energien war enorm, und Claw fühlte, wie sein astrales Ich fortgerissen wurde, um eins mit seinem Totem zu werden.

Torkelnd kam Chet auf die Beine. Die Geschehnisse im Zentrum dieser Ansammlung von magischen Wunderkindern waren offenbar völlig außer Kontrolle geraten, wie das schmerzhafte Erscheinen dieser peitschenden Tentakel deutlich bewiesen hatte. Sein Gesicht brannte stärker, als es jede durch Waschmittel hervorgerufene Reizung auf seiner Haut je getan hatte. Als ob er heute nicht schon genug Ärger gehabt hätte …

Sein zweiter ungewollter Tauchgang hatte ihn beinahe das Leben gekostet. Hilflos war er in den Fluten versunken und wäre garantiert ersoffen, wenn sich nicht Fog vorher in die See gestürzt hätte, um diesem magischen Fuzzi samt seinem Schießkommando zu entfliehen. Tauchend war sie der *Marie* die letzten Meter gefolgt, und Chet war ihr sprichwörtlich aus heiterem Himmel vor die Nase gefallen. Es hatte richtig gut getan, ihren Respirator anlegen zu dürfen – sie hatte danach wohl mit Hilfe ihrer Magie weitergeatmet. Gemeinsam hatten sie versucht, den Kutter mit bloßen Händen zu entern. Dort allerdings hatte Chet Frank wiedererkannt, und es schien logisch, erst einmal abzuwarten, bevor man Knochen verbog, die vielleicht doch auf der eigenen Seite kämpften, auch wenn sie ihr Erscheinen nicht schriftlich angemeldet hatten. Frank war schließlich ein Mitglied des Ordens, dem sie diesen ganzen Ärger zu verdanken hatten.

Und jetzt stand der Ork hier. Umgeben von eindeutig zu viel peitschendem Wasser, musste er mit ansehen, wie irgendetwas Paranormales einen Triumph feierte, den Chet so gar nicht gerechtfertigt fand. Stöhnend machte Zack an seiner Seite auf sich aufmerksam. Die in dessen Schlüsselbein steckende Klinge schien echte Schmerzen zu verursachen. Anstatt tatenlos zuzuschauen, half er seinem Chummer und zog das Messer mit einem Ruck aus der Wunde. Gegen den Sturm brüllte er: »Lass dich nicht hängen!«

Sein Freund sah scheiße aus und konnte noch nicht einmal mehr einen blöden Spruch vom Stapel lassen. In diesem Augenblick hörte Chet den mit einem schwarzen Bettlaken behängten Magietypen rufen: »Wir werden alle vereint! Unsere magische Kraft wird grenzenlos sein!«

Die Schatten um ihn herum wurden größer, und die Tentakel kamen jetzt sogar Zack und Chet, die etwas außerhalb des ganzen Treibens standen, bedrohlich nahe. Leider hatte der Ork von den Zigeunern keine Waffe erhalten, und das Scharfschützengewehr hatte er bei seinem Tauchgang verloren. Plötzlich erinnerte er sich aber an etwas. Er zerrte die Streetline Special hervor, die er seit dem Anschlag im Waschsalon mit sich herumgeschleppt hatte, zielte schnell und drückte den Abzug durch.

Ein Knall, und das Projektil war auf dem Weg. Es traf, und die Augen des Magiers weiteten sich ein letztes Mal verwirrt, als es die Stirn durchschlug und die dahinter liegende Hirnmasse zerstörte. Eine anschließende Explosion, die sich wie dunkle Druckwellen kreisförmig ausbreitete, erreichte Zack und Chet und katapultierte sie über die Reling. Wieder schlug Chet im Wasser auf, und diesmal war er ziemlich sauer, als er unterging.

Mit einem Mal breitete sich eine schwarze Wolke um Niels herum aus. Im Gegensatz zu Zack und dem Ork wurden sie nicht von der Druckwelle weggeschleudert, da sie immer noch über die Tentakel mit dem sich auflösenden Körper des Magiers in Verbindung standen. Der Treffer des Orks hatte die sterbliche Hülle des Schattens zerstört. Wie dunkles Öl wurde er sichtbar und ätzte die Reste von Niels von Wersch weg. Das schwindende Fleisch und die Knochen verwandelten sich vor ihren Augen in schwarze Flocken, die sich zu einem Schwarm formierten. Nun war das Wesen gezwungen, sich entweder einen neuen Wirt zu suchen oder feste Gestalt anzunehmen.

Die Magierin wusste, dass sie gegen diese Kraft nicht gewinnen konnten. Trotzdem rief sie den Schatten zu sich, öffnete einen Teil ihres Geistes und ließ das Wesen in sich einkehren. Bereitwillig strömte die perverse Essenz in ihr Innerstes. Die Schmerzen, die sie dabei durchmachte, waren unbeschreiblich. Es vergewaltigte sie förmlich und ergötzte sich an ihrem Leid. Aber ein anderer Teil von ihr, ein Teil, der viele Jahre trainiert hatte, summte stumm und unbeirrt die lateinischen Silben des Feuerballzaubers weiter, den sie auf sich selbst richtete. Außer ihr gab es nur noch Schwärze in ihrem Geist, und sie war das Zentrum dieser Kraft.

Frank fasste es nicht. Das Böse hatte sich ihm aufgedrängt, aber er hatte sich dagegen gewehrt. Hatte versucht, die dunklen, schiefen Klänge durch etwas Bekanntes zu verdrängen. Ständig trällerte er im Geiste die Melodie seines Handkoms und hatte so etwas gefunden, an das er seine Gedanken fesseln konnte, um dadurch dem dunklen Wesen widerstehen zu können.

Erschöpft stürzte Frank nach vorn und landete hart mit dem Gesicht auf dem nassen Deck, als die Tentakel abrupt die Verbindung lösten. Und dann hatte die Magierin, die Tochter der Lebensgefährtin des Ordensleiters, den sich formenden Schatten in sich aufgesogen. Plötzlich explodierte etwas, und die lebendig gewordene Schwärze schrie, weil das Feuer offenbar aus dem Innern der Frau ausgebrochen war. Die heißen Flammen leckten gierig über alles, was sich in ihrer unmittelbaren Nähe befand, und er sah, wie einige der Zigeuner in Flammen aufgingen. Die alte Frau und die Zigeuner an ihrer Seite blieben jedoch verschont, genau wie Frank. Dieser spürte, wie sich eine wässrige Hülle um ihn und das Kind bildete, die das Feuer dampfend abhielt.

Gleichzeitig barst das Dach eines Containers, und die unnatürliche Windhose peitschte übers Deck. Sie riss die einzelnen Teile des Schattens, die in Gestalt mehrerer Wolkenfetzen in der Luft schwebten, mit den restlichen brennenden Körperteilen der Magierin in ihr Zentrum und bewegte sich auf Frank und das Mädchen zu, das sich immer noch an seinem Rücken festklammerte.

Frank hatte Angst und wollte weglaufen, aber sein Körper reagierte nicht auf die verzweifelten Signale. Das Mädchen löste unvermittelt den Griff, und Frank konnte das Kind noch nicht einmal zurückhalten. Hilflos musste er mit ansehen, wie es auf den Wirbelsturm zuschritt und dabei lächelnd die Arme ausbreitete.

Die tobenden, dunklen Klänge verwandelten sich in ein Lied, das alles, sogar die See, zu beruhigen schien. Ein ganzer Chor übernatürlicher Laute vereinte die Geräusche der Umwelt zu einem einzigartigen Erlebnis. Die Augen des Mädchens leuchteten so hell wie strahlendes Wetterleuchten in der Nacht. Sie vertrieben die tiefe Dunkelheit, die sich mit dem Sturm zu verbinden schien, der langsam abflaute und durch den Mund in das Mädchen einfuhr.

Der Reporter konnte das alles nicht glauben und wusste das Geschehene nicht zu deuten. Während sein ratloser Blick dem des Kindes folgte und in den Sternenhimmel spähte, hungerte sein Verstand nach Antworten.

16

Der Weg aus den Schatten

HOLGER ERDKAMP KONNTE ES immer noch nicht glauben. Er hatte soeben seinen Arbeitstag mit einer dampfenden Tasse Kaffee beginnen wollen und war noch nicht einmal an seinem Schreibtisch angekommen, als er auch schon mehrere Anrufe von den Förderstellen des Konzerns erhielt. Die Nachrichten, die ihm durch die dortigen Leiter übermittelt wurden, klangen alle durchweg gleich schlecht. Aus heiterem Himmel waren unzählige Erdgasvorkommen versiegt, weil die Verbindungen ins Erdinnere durch neues Erdreich verschlossen wurden. Die AG war ruiniert, und das Schlimmste war, er konnte nichts dagegen tun. Alle Anstrengungen in den letzten Tagen waren umsonst gewesen. Zwar konnte man seinem Konzern jetzt keine Umweltschäden mehr nachweisen, aber was brachte das schon? Die Nordgas AG produzierte erst einmal nichts weiter als wachsende, leuchtend rote Zahlen. Ohne ausreichend Gas gab es nicht genügend Güter und dadurch keine ausreichend hohe Menge an Abnehmern. Bestimmt würden die Kunden jetzt auf kostengünstigere Energievorkommen zurückgreifen. Windkraft, Energie aus Wasserkraft oder Solarzellen – was auch immer. Die Quelle seines Konzerns war versiegt. Bevor er weiter über dieses Problem und die Konsequenzen nachdenken konnte, hatte er einen Anruf aus Japan in der Leitung – Fuchi, wer sonst. Solche Botschaften machten schnell die Runde, und heute lächelte der Japaner nicht. Man konnte ihm ansehen, dass er äußerst ungehalten war. Etwas erleichtert war Erdkamp allerdings schon, weil er bemerkte, dass keine Namen eingeblendet und genannt wurden. Es war kein offizielles Gespräch. Mit fortschreitendem Monolog des Japaners wuchs aber blankes Entsetzen in ihm.

»Fuchi Japan ist sehr traurig über die Entwicklung Ihres Konzerns und möchte Ihnen mitteilen, dass wir den Kauf weiterer Aktien eingestellt haben. Für den Verlust Ihrer Ressourcen machen wir Ihnen keinen Vorwurf, sehen uns aber gezwungen, die geplante Fusion zu stornieren. Eine diesbezügliche Stellungnahme wird bald den Medien bekannt gegeben. Ich möchte Ihnen weiterhin mitteilen, dass unser japanischer Vorstand sich persönlich angegriffen fühlt.«

Pause. Diese Anschuldigung saß.

»Sie haben unserem in Nordamerika angesiedelten Tochterunternehmen ohne unsere Zustimmung vor kurzem indirekt mehrere Ihrer Aktienanteile verkauft, uns aber die ganze Zeit über in dem Glauben gelassen, dass Ihre Loyalität Japan gilt. Dieses Verhalten ist eine Beleidigung und wird noch ein Nachspiel haben. Es sei denn, Sie bewahren in den Augen der Öffentlichkeit Ihr Gesicht und werden niemandem etwas davon berichten. Ihr persönliches Opfer scheint dem Vorstand ein angemessener Beweis zu sein und gibt Ihnen die Möglichkeit, Größe zu zeigen und zu bewahren. Wenn Sie dieser Bitte nicht in zwei Stunden nachgekommen sind, werden wir Mittel und Wege finden, Sie davon zu überzeugen, auf den großzügigen Vorschlag Japans einzugehen.«

Die Verbindung wurde beendet, und Erdkamps Ende war besiegelt. Den Gefallen, Selbstmord zu begehen, würde er den Schlitzaugen aber nicht tun. Wenn Fuchi Japan und Fuchi UCAs, das von einem Mister Villers geführt wurde, sich gegenseitig so viele Steine in den Weg warfen, war der Niedergang der Nordgas AG nichts verglichen mit dem, was sich bei Fuchi abzeichnete. Das deutete auf einen internen Konzernkrieg hin, weil sie gegeneinander arbeiteten, um in den ADL Fuß zu fassen. Bald würde es vielleicht sogar zu öffentlichen Auseinandersetzungen kommen.

Diese Information war bares Gold wert. Aber woher wussten die Japaner, dass Villers jene Aktienanteile erworben hatte, von denen Erdkamp geglaubt hatte, die Japaner hätten sie sich über Umwege angeeignet? Oder hatten seine Gründerkollegen mit der anderen Filiale Fuchis Geschäfte geführt? Er hatte schließlich Sommer damit beauftragt, diesbezüglich genaue Informationen auszugraben.

Ein kurzes Telefonat bewies Erdkamp, dass Sommer nicht zu erreichen war. Hatte dieser die ganze Zeit mit Villers zusammengearbeitet oder mit seinen Gründerkollegen? War Erdkamp einem Komplott erlegen? Möglich war alles. Wie sagte man so schön: Die Ratten verlassen das sinkende Schiff. Vor allem die Intelligentesten unter ihnen – Sommer war nie dumm gewesen. Und Loyalität war in den Geschäften der Sechsten Welt etwas, das, wie alles andere auch, käuflich war – es war immer nur eine Frage des Preises. Wutentbrannt schlug er auf den Deckel einer kleinen Holzkiste, die auf seinem Schreibtisch stand und ihm zum ersten Mal auffiel. Daran klebte ein Zettel, den Erdkamp verzweifelt durchlas, um seine Gedanken kurzzeitig zur Ruhe kommen zu lassen.

Der Leiter seiner bald arbeitslosen Konzerntruppe hatte ihm ein Zeichen für den erfolgreichen Kampf gegen die Bedrohung des magischen Ordens zukommen lassen. Und? Das half Erdkamp auch nicht weiter. Gedanklich war er dabei, nach einem Weg aus seiner verfahrenen Situation zu suchen. Halbherzig öffnete er den Deckel und sah darin einen gesprungenen, mit dunklen Stellen durchsetzten Kristall. Ratlos griff er nach dem

Kristall, um zu schauen, ob es nicht doch ein kostbarer Rohdiamant war und der Stein heilende, vor allem ablenkende Gedanken in ihm wachrief. Sobald seine Hand das kalte Gestein aber berührte, durchzuckte ihn plötzlich ein Blitz, und der ganze Körper verspannte sich. Sein Herz schlug spürbar schneller. Gleichzeitig fühlte er, wie es sich verkrampfte. Der Puls pochte unregelmäßig laut in seinen Ohren. Mit einem Mal hallten die Schreie unzähliger Menschen in seinem Schädel wider, und vor seinen Augen spielten sich grauenhafte Bilder ab, die das Abschlachten der Opfer in allen Details zeigten.

Karls Phantom hatte in dem Kristall darauf gelauert, seine persönliche Rache in die Welt jenes Sterblichen zu tragen, der für den Tod von so vielen unschuldigen Menschen verantwortlich war. Nun spürte Erdkamp am eigenen Leibe, wie die Menschen zu Tode gekommen waren. Er fühlte den intensiven Schmerz, die vollkommene Trauer, ihre Wünsche und Hoffnungen, die er zerstört hatte.

Erdkamp schrie und wollte den Kristall fallen lassen, aber der hatte sich in seine Handfläche gebrannt. Hilflos und starr stürzte er zu Boden, aber noch bevor er aufschlug, war er tot.

Die Schrecken der letzten Nacht verblassten mit den ersten Sonnenstrahlen, und zum ersten Mal seit langem fiel Frank auf, dass der Sonnenschein nicht nur durch die smogbeladenen Wolken drang, um den Menschen die globale Erwärmung vor Augen zu führen. Es war vielmehr ein Beweis dafür, dass ein neuer Tag anbrach. Er war mit den Zigeunern stromaufwärts gefahren, und sie hatten sich einen Ankerplatz in einem Seitenarm der Elbe gesucht, wo sie nicht sofort Gefahr liefen, von der Hafenaufsicht oder dem Klabauterbund entdeckt zu werden. Bianka, die junge Techbirne des ausradierten

Ordens, war mit den Runnern in der Hafenanlage verschwunden.

Das Geschehene konnte er immer noch nicht ganz begreifen, hatte es aber aufgegeben, ständig nach dem Warum zu fragen. Er war wohl wieder einmal mit seiner versoffenen Nase auf Dinge gestoßen, die seinem Horizont neue Grenzen aufgezeigt hatten. Aber was sollte er jetzt unternehmen?

Er saß auf dem Deck des schaukelnden Kutters und wusste nicht, worauf er warten sollte. Dem ewigen Auf und Ab des Wassers zuzusehen oder dem aufdringlich hohen Geschrei der Möwen zu lauschen war nicht wirklich befriedigend, vor allem dann nicht, wenn man bedachte, dass viele Menschen gestorben waren. Eigentlich hatte Frank sich darauf gefreut, Hamburg und Karl wiederzusehen. Aber Karl und sein Orden waren nicht mehr, und Hamburg hatte sich auch verändert. Aber veränderte es sich nicht ständig? Eine solche Stadt und vor allem die Menschen in dieser Stadt, die ihren Tagesablauf den Gezeiten und dem Meer anpassten, waren dazu gezwungen, sich ständig zu verändern. Oder war er es, der sich so sehr verändert hatte?

Einen Augenblick lang war alles schön, im nächsten kam eine Brise auf und wehte alles Gute davon. War das Leben nicht einer dieser alltäglichen Momente? Man sitzt entspannt auf einer Pier, genießt den strahlenden Sonnenaufgang, das flammende Leuchten, das einem das Herz erwärmt, und schmeckt die salzige Meeresbrise auf den Lippen. Im rechten Arm wiegt man die Frau, die man aus ganzem Herzen liebt, und gibt sich diesem vollkommenen Moment innerer Ruhe und Ausgeglichenheit hin. Als Nächstes steht man glücklich auf, hört aber bereits als böses Omen den Schrei einer Möwe, und danach ist alles Schöne vergessen, weil man mit der Linken nur noch wegwischt, was einem der Vogel auf die Jacke gekackt hat. – Aber das war wieder eine von Franks Lebensweisheiten, die die Welt nicht brauchte.

Der Wasserpegel war gestiegen, und die einbrechende Flut leitete die Vorbereitungen zum Ankerlichten ein. Die Zigeuner sahen beschäftigt aus, und Frank hatte sogar ein schlechtes Gewissen, weil er hier so faul herumsaß und unnötigen Gedanken nachhing. Gerade als er wieder unter Deck gehen wollte, kam ihm die alte Roma mit dem Kind an der Hand entgegen. Seit gestern Abend hatte Frank das Mädchen – oder was immer dieses Geschöpf nun auch war – nicht mehr gesehen, hatte es aber auch vermieden, es zu treffen. Das war auf einem kleinen Kutter nicht so einfach und nebenbei auch noch eine ziemlich kalte Angelegenheit, weil er sich nur auf dem verregneten Deck herumgetrieben hatte. Es gab zu viel, über das er nachgedacht hatte, wenn er auch zu keinem konkreten Ergebnis gekommen war.

Seit der Berührung des Schattens und seit dem Ende des Rituals war Franks magisches Talent verschwunden. Er hörte die Welt wieder mit den Ohren eines gewöhnlichen Sterblichen – war das nicht immer sein Wunsch gewesen, nachdem ihn diese Fähigkeit monatelang geplagt und beinahe in den Wahnsinn getrieben hatte? Jetzt, da er die Frau und das Kind sah, musste er auf einmal wieder an seine eigene Familie denken. An Jennie und Sandrine …

Wie aufs Stichwort hielt ihm die alte Wachtel seine Tasche hin, die ihm die Zigeuner am Bahnhof abgenommen hatten.

»Ist das ein Wink mit dem Zaunpfahl?«, fragte Frank und machte sich darauf gefasst, baden zu gehen – was Zigeuner nicht mehr brauchten, wurde laut Hörensagen zurück ins Wasser geworfen, wo schließlich alles Leben seinen Ursprung gefunden hatte.

»Es ist ein Wink des Schicksals«, antwortete sie weise.

Frank war ein bisschen ungehalten und meinte verbissen: »Ach, der Mohr hat seine Schuldigkeit getan, der Mohr wird erschossen, oder was?«

»Es wurde getrennt, was einst zusammengehörte. Sowohl Gutes als auch Böses sind in jedem Menschen verankert. Ein innerlich ausgewogenes Gleichgewicht hilft, bewusst den Weg der Mitte zu finden und in der Not über seinen Schatten hinauszuwachsen. Der dem Löwen folgt, hat gerade ein Bild vor deinem geistigen Auge gesehen. Das ist dein Ziel, das dein Herz wünscht wiederzusehen. Wehre dich nicht dagegen, sondern lebe den Augenblick«, gab sie ihm eine orakelhafte Antwort, die er abgespeckt und verständlicher in jedem Glückskeks hätte finden können.

Frank wusste nicht, was er von alldem halten sollte. Missmutig griff er nach der Tasche. Bevor er sie aber aufheben konnte, hielt ihm das Mädchen die Fotografie hin, die er ständig mit sich herumgetragen hatte. Unschuldig fragte es: »Darf ich sie als Andenken an dich behalten?«

Zum ersten Mal sah er die Kleine den Mund bewegen, und sie sprach mit einer richtigen Kinderstimme. Er war verblüfft, weil sie auf einmal so normal wirkte, und meinte lahm: »Klar.«

Das Mädchen hatte aber noch eine Frage an ihn. »Wie heißen sie?« Dabei zeigte sie auf das Foto.

Etwas verlegen erklärte er: »Das ist Sandrine, meine Ex, und das ist meine Tochter Jennie. Der Trottel in der Mitte, das bin ich. Ich heiße Frank. Und wie heißt du, äh, ihr?« Frank wusste nicht, ob die Kleine immer noch so viele Persönlichkeiten in sich herumtrug, und ihren Namen hatte er nie erfahren.

Das Mädchen lachte, als es seine Frage hörte. »Nenn uns einfach fahrende Freunde. Und du weißt, Freunde werden sich wiedersehen.«

Er hörte, wie jemand eine Planke über die Reling bis auf das angrenzende Ufer schob – das war sein Signal.

Zum Abschied drückte ihm das Mädchen die dicke Nase und unterstrich die Geste abermals mit einem »Tuhut«. Diesmal klang sein anschließendes Lachen aber normal. Keine Engelschöre hallten in seinem Kopf wider, nur ein unschuldiges Kinderlächeln wärmte ihm das Herz. Er gab dem Mädchen einen Kuss auf die Wange und spürte, dass er es jetzt schon vermisste. Der Roma wollte er die Hand reichen, aber sie ergriff sie nicht, sondern hielt ihm ein kleines braunes Päckchen entgegen. »Was ist das?«, fragte Frank verwirrt.

»Das ist ein Geschenk. Öffne es erst, wenn du auf festem Grund stehst. Es wird dich immer an uns erinnern und beweisen, dass das Schicksal eine Macht ist, die man ständig bei sich trägt, wenn man bereit ist, darauf einzugehen.«

Frank nahm das Päckchen entgegen und ging von Bord. Zum Abschied stellte er dem Testbild noch eine Frage. »Hast du schon einmal darüber nachgedacht, eine Talkshow zu leiten? *Die Astrologie der Erwachten Welt* oder *Wie verwirre ich einen Menschen noch mehr?*«

Beide lachten und winkten ihm zum Abschied zu, während ihr Kutter sich von der Strömung der Elbe treiben ließ. »Höre auf das Lied deines Herzens!«

Und dann sangen sie die Melodie, die Frank in den letzten Tagen so oft gehört hatte. Als sie längst außer Hörweite waren, vernahm Frank sie immer noch. Es dauerte einige Sekunden, bis er realisierte, dass sie aus dem Päckchen kam. Frank öffnete es und fand sein Handkom zusammen mit einem Paar neuer Ohrstöpsel darin vor.

Das war ja ein tolles Geschenk. Die Roma hatte ihm das zurückgegeben, was sie ihm einst genommen hatte. Aber warum klingelte es? Verwirrt nahm er den Anruf entgegen. »Steffens mobile Seelsorge hier, wer dort?«

Die Stimme erkannte Frank, und er wusste, jetzt würde etwas kommen, das er lange Zeit verdrängt hatte. »Hier ist dein Verleger, Frank. Du Arschloch! Weißt du, ich habe es mir mittlerweile zur Aufgabe gemacht, einmal im Monat deine Nummer zu wählen und zu Gott zu beten, dass du endlich annimmst.«

Etwas lahm sagte Frank: »Ich war verhindert. Gott hatte mich anderweitig verplant. Du rufst bestimmt nicht wegen Richards Tod an, oder? Die Story dürfte mittlerweile ausgelutscht sein.«

»Und ob ich das tue. Am Tag seines Todes habe ich nämlich ein Schreiben bekommen. Es war eigentlich an dich adressiert, ist aber in der Rechtsabteilung gelandet. Er hat das wohl gemacht, damit wir es als Erste bringen können, wenn du uns deine Zustimmung gibst«, kam es von der anderen Seite.

»Was bringen?«, fragte Frank etwas ratlos.

»Du hast die Rechte an seinen Songs geerbt. Weil er keine Angehörigen hatte, hat er dir den Kram vermacht! Junge, du bist steinreich!«, rief ihm sein Verleger zu.

Kommentarlos beendete Frank das Gespräch. Sein Verleger würde das verstehen. Er brauchte Zeit, um das Gehörte zu verarbeiten. Richard, dieser durchgedrehte Hund. Bestimmt hatte er das gemacht, um Siegel eins auszuwischen. Die stetig fließende Kohle mussten sie jetzt mit jemandem teilen, der dem Konzern den Arsch entgegengestreckt und auf alle ihre Vorgaben geschissen hatte. O ja, die Wege des Herrn waren unergründlich. Richard, dieser alte Mistkerl. Wie sollte Frank ihm das jemals danken können, womit hatte er das verdient? Am besten war, wenn er jetzt einen auf Richards Wohl trank. Das war ein Plan, mit dem er sich sehr gut anfreunden konnte – es gab Dinge, die änderten sich nie.

Die Datenbahnen leuchteten wie Neonröhren in der Dunkelheit. Der Teenager raste gerade über sie durch die Matrix und versuchte, das Erlebte zu verstehen.

›Icebabys Vermächtnis‹ hatte ihm das Leben gerettet, war dafür aber mit dem System der *Marie* im Hafenbecken versunken und höchstwahrscheinlich zerstört. Er wusste nicht, ob er traurig darüber sein sollte. War sie vielleicht nichts weiter als nur ein Programm gewesen? Ein Wunschgebilde seiner Vorstellung?

Er glaubte nicht wirklich, hier auf Antworten zu stoßen. Der Teenager preschte durch die Matrix, weil er an diesem Ort seine Ruhe hatte und Zeit zum Nachdenken fand.

Einerseits tat es ihm Leid, dass die Deckerin gestorben war, andererseits fühlte er sich auch glücklich und befreit, da er nun wusste, dass ihre letzten Gedanken ihm gegolten hatten. Somit war ihr Snap nicht unwichtig gewesen – und war das nicht alles, was zählte?

Verwunderlich war auch, dass der Versuch von ›Icebabys Vermächtnis‹, sein Bewusstsein in die Matrix zu transportieren, eine ungewollte Nebenwirkung gehabt hatte. Dabei war der Teil in seinem Hirn gelöscht worden, der die ständigen Kopfschmerzen und das epileptische Zucken verursacht hatte. Das hatte Doc Eyeless ihm nach einer Computertomographie erklärt. Eyeless war einer der wenigen Weißkittel in seinem Leben, der einen soliden, vor allem kompetenten Eindruck vermittelte – nicht nur, weil er gute Nachrichten für Snap bereithielt. Der einst beschädigte Bereich war durch die heftigen Stromschläge animiert worden, die geschädigten Zellen zu regenerieren. Snap konnte es immer noch nicht fassen – er war geheilt. Die Pillen und deren Nebenwirkungen gehörten der Vergangenheit an.

Er war aber auch in der Matrix unterwegs, weil er Näheres über den Niedergang der Nordgas AG herausfinden wollte. Das kombinierte er mit dem Anlegen der gewaschenen Kohle des Ordens, die das Blumenmädchen rechtzeitig beiseite geschafft hatte. Gerade als Snap sich in einen Börsenknoten einloggte, bekam er eine

Nachricht übermittelt. Die Betreffzeile lautete: *Ihre Fragen zur Nordgas AG.*

Snap hatte viele Connections danach befragt, natürlich ohne einen Grund anzugeben, und es wunderte ihn, dass der Absender der Nachricht Teresa war, die sie jedoch nur weitergeleitet hatte. Aber ihre Connections reichten höher und waren besser.

Uns ist nicht verborgen geblieben, dass Sie durch den Untergang der Nordgas AG ziemlich hohe Verluste gehabt haben. Weiterhin haben wir erfahren, dass Sie uns mit Ihren Aktionen geholfen haben, unsere Verluste so gering wie möglich zu halten. In beiderseitigem Interesse bitte ich Sie nun, diese Aufmerksamkeit anzunehmen und Stillschweigen zu bewahren.

Dann folgte ganz viel *Laberrhabarber,* und am Ende stand, was man dem Betreffenden hatte zukommen lassen. Aktienoptionen für eine Firma in Gründung: Novatech. Über den Namen war Snap schon einmal gestolpert, und zwar indirekt, als er erfahren wollte, wer vor kurzem die zehn Prozent der Nordgas AG gekauft hatte, welche die Bayersdorf AG verkauft hatte. Es waren irgendwelche vier Personen gewesen, die in den UCAs lebten, und in diesem Zusammenhang war einmal der Name Novatech gefallen.

Die Firma Novatech war bisher ein unbeschriebenes Blatt an der Börse. Aber Snap wusste, dass diese Informationen und Möglichkeiten eine große Chance darstellten. Weil Novatechs Börsengang noch bevorstand und die Aktien öffentlich noch nicht gehandelt werden durften, konnte man durch den frühen Ankauf von Optionen später einen enormen Gewinn einstreichen. So etwas wurde oft den Mitarbeitern eines Unternehmens als eine Art Bonus für die Zukunft offeriert und konnte bei einem gesunden Unternehmen die Rente sichern.

Snap war klar, was das für ihn bedeutete: Der Betreffende hatte für einen Herrn Schmidt – okay, das Ganze kam aus den UCAs, und dort hieß der Auftraggeber Mister Johnson – gearbeitet, ohne direkt von ihm angeworben zu sein. Dieser war zufrieden mit der Entwicklung und bot folgende Möglichkeit an: genießen, partizipieren und schweigen – also nicht weitergraben – oder sterben. Bei so einem großen Netzwerk, das garantiert dahinter stand, überlegte man als Runner nicht zweimal, ob man sich auf einen Kampf mit einem Unbekannten einließ, der höchstwahrscheinlich hinter den vier Käufern stand. Der Typ war kein Grieche und brachte keine hinterhältigen Geschenke mit.

Wenn Teresa diese Nachricht weiterleitete, war sicher, dass sie aus einer Quelle kam, die so save war, wie nur irgendetwas sein konnte. Snap schickte kurz eine Mitteilung an die anderen, deren Kohle er Gewinn bringend anlegen sollte, und wollte sich von denen das Okay geben lassen, für sie zu spekulieren. Natürlich mit dem Hinweis, dass der Tipp von Teresa kam. Bevor ihn aber auch nur eine Nachricht erreichen konnte, wurde er schmerzhaft ausgeworfen. Danach sah Snap erst einmal tanzende Sterne und nichts weiter.

Claw ließ den Stecker fallen und lehnte sich entspannt neben dem zuckenden Decker in dem bequemen Sitz der ersten Klasse zurück. Löwe liebte es, seinem Status entsprechend zu reisen und teilte dieses Vergnügen gern mit seinen Rudelgefährten. Im breiten Mittelgang des Suborbital-Fliegers stand eine dunkelhäutige, attraktive Stewardess und erklärte freundlich: »Ich bitte Sie, alle elektronischen Geräte während des Starts auszuschalten, und begrüße Sie an Bord der Lufthansa-Maschine. Wir freuen uns, Ihnen mitteilen zu können, dass das Wetter hervorragend ist und wir voraussichtlich pünktlich in Kapstadt ankommen werden.«

Das Zucken des Deckers verebbte, und langsam erholte sich der Knabe von dem gefährlichen Ausflug in die technische Welt, die Löwe wohl nie ganz verstehen würde, aber immerhin akzeptieren gelernt hatte.

Snap hatte nach dem Fiasko auf der *Marie* seine Einwilligung gegeben, mit in Claws Heimat zu reisen, denn seine speziellen Talente wurden dort gebraucht. Dem Decker war das Angebot ganz gelegen gekommen, da diese A.T.C. GmbH in den ADL auf der Suche nach ihm war. Angeblich steckte irgendeine technische Auseinandersetzung dahinter, von der Snap aber nicht mehr erzählt hatte. Das war sein gutes Recht, und den Schamanen interessierte es auch nicht, solange es das Rudel nicht gefährdete. Wenn er es unbedingt wissen wollte, kannte er Wege, an diese Informationen zu gelangen. Snap und er wussten das beide und hatten dieses anstrengende und schmerzhafte Unterfangen schon einmal zusammen durchexerziert.

Aber Afrika war weit weg von den ADL und den dortigen Problemen. Der Schwarze Kontinent war anders und vor allem wärmer. Claw freute sich darauf, wieder die Wärme der Savanne auf der Haut zu spüren. Löwe hatte ihn nach dem Zerstören der Barriere auf der Ebene der Totems erwartet und war äußerst glücklich gewesen, dass Claw der Erde in einem verseuchten Land bei ihrer Genesung geholfen hatte. Die Mutter Erde war etwas, das immer Aufmerksamkeit und Anerkennung verdiente, und – vor allem in diesen schweren Zeiten – auch Hilfe brauchte. Sein Totem hatte ihm als Belohnung geholfen, die Narben in seinem Gesicht nicht länger als Schande, sondern als Beweis der Stärke zu sehen. Er war einst einem Feind mit erhobenem Haupt entgegengetreten und hatte dessen Ziele durchkreuzt. Die Erlebnisse in dem kalten, verregneten Land waren eine kleine Vorbereitung auf das gewesen, was ihn in seiner Heimat erwartete. Es hatte einen von vielen kleinen Schritten ausgemacht, die ihm auf der langen Reise seines Lebens noch bevorstanden. Und es gab nichts, vor dem er sich fürchten musste, denn Löwe war in und bei ihm. Sie waren Teile eines Ganzen, die sich gegenseitig ergänzten und Kraft gaben.

Bei diesem Gedanken reichte ihm die Stewardess ein gut gefülltes Champagnerglas, und er wollte gemeinsam mit Samira und den anderen auf die Zukunft anstoßen. Aber Snap hatte im Augenblick keine Zeit, denn er wurde intensiv von dem Mädchen an seiner Seite geküsst, das versuchte, ihm die Kopfschmerzen zu versüßen. Der Decker nannte sie seine Blume, und ihre Anwesenheit tat ihm sichtlich gut.

Weil Claw die beiden nicht stören wollte, riss er Fender die Kopfhörerstöpsel raus, aus denen wohlklingender alter Heavy Metal dröhnte. Der Samurai war auch mitgekommen – ein kleiner bräunender Urlaub im Süden kam ihm ganz gelegen. Zack, Chet und Paul hatten abgelehnt, und Löwe hatte die Entscheidung verstanden. Es war nichts Persönliches, und richtige Freundschaften ließen sich durch große Entfernungen nicht zerstören. Das Leben nach Pik-Dame würde für alle anders werden, und einigen von ihnen stand noch eine schwere letzte Reise bevor.

Die dunkle Masse floss gurgelnd nach links, um kurz darauf wieder ihre Bewegung nach rechts aufzunehmen. Das Zeug in der Trommel war Waschwasser, und Chet saß wieder einmal in einem Waschsalon. Es war aber ein anderer, denn der alte würde nach der Explosion wohl erst wieder geöffnet werden, wenn sein Sohn sich um die Wäsche eigener Kinder kümmern musste.

Der Meta hatte seine Frau und das Kind sofort umarmt, als er bei ihnen angekommen war. Das Gefühl hatte richtig gut getan, und sogar den penetranten Lavendelduft hatte Chet genossen. Seine Frau hatte aber nicht lange gekuschelt, sondern ihm beigebracht, Windeln zu wechseln – er sollte auch etwas für den Kleinen tun. Mit seinen dicken Pranken war das eine echte Herausforderung gewesen, aber Chet hatte es, wie alles in seinem Leben, erfolgreich bewältigt.

Viel Zeit zum Verschnaufen hatte er aber nicht bekommen. ›Griechischer Salat‹ hatte ihn sofort auf einen WäscheRUN befohlen. Wenigstens trällerte hier im Laden keine Musik, und er fand Zeit zum Nachdenken. Im Augenblick liebte der Ork die Ruhe, sogar das Plätschern in der Maschine war beruhigend. Wasser! Nach dem Sturz ins Hafenbecken war er viel zu wütend gewesen, um ans Ertrinken zu denken. Er hatte nur wild mit den Beinen gestrampelt und Zack dabei geholfen, nicht abzusaufen. Erst am Ufer war ihm aufgefallen, dass er geschwommen war – zwar mehr zappelnd, wie ein verseuchter Fisch im Elbwasser, aber geschwommen. Hatte der ganze Ärger doch noch etwas Positives gehabt?

Jetzt schaute der Meta nicht wie beim letzten Mal auf den Pager, sondern hielt einen ungeöffneten Brief in der Hand, von dessen Inhalt er sich einiges versprach – es gab Leute, die hatten doch glatt noch praktische Verwendung für Papier. Er war an eine Postfachadresse gegangen, die Chet mit einer gefälschten SIN erworben hatte. Der Brief war von der Uni, an der er sich beworben hatte. Höchstwahrscheinlich war das auch der Grund, warum ihn ›Griechischer Salat‹ aus der Wohnung befohlen hatte. Sie hatte sicher keine Lust, ihm dabei zuzusehen, wie er stundenlang vor diesem Brief brütete – was er mittlerweile schon eine ganze Stunde lang tat –, statt ihn sofort aufzureißen. Doch Chet wollte ihn noch nicht öffnen.

Er dachte lieber an Paul. Sie hatten sich entschlossen, die Pik-Dame aufzulösen. Zu viele Tränen und zu viel Blut schwangen mittlerweile in dem Namen mit. Auch wenn Chet es nicht erwartet hatte, war das Besagte *später* für ihn eingetroffen. Er hatte überlebt und stand am Anfang eines neuen Lebensabschnitts.

Die Schatten waren jetzt Teil einer Vergangenheit, mit der er viele Gesichter verband. Einige gehörten Toten, andere hatten wie er überlebt, und diese würde er hoffentlich noch oft zu sehen bekommen. Sogar Fog und Fender wollte er wiedersehen, obwohl sie nicht viel Zeit miteinander verbracht hatten. Aber sie hatten ihm das Leben gerettet, und das verbindet. Im Nachhinein kam Chet die Zeit in den Schatten viel intensiver und bewegter vor als alles, was er sich im Leben vor der Mutation je ausgemalt hatte. Sollte er vielleicht auch einmal versuchen, den Kontakt zu seiner alten Familie aufzufrischen?

Scheiße, er wurde schon wieder philosophisch. Es wurde wirklich langsam Zeit, den Brief zu öffnen und den nackten Tatsachen ins Auge zu schauen, auch wenn ihm der Anblick der mit Milch gefüllten Brüste seiner Frau im Augenblick lieber gewesen wäre.

Das Summen der Elektrogeräte begleitete wie immer die Bewegungen des Docs, während dieser konzentriert seiner Arbeit nachging. Sie waren in einer der Schattenkliniken, in die der Doktor einen Teil seiner Kohle gesteckt hatte – diese Klempner- und Bedarfsläden, die sich außerhalb jeglicher Legalität bewegten. Die weißen Kacheln und der sterile Geruch nach Desinfektionsmitteln waren so intensiv, dass man high von dem ganzen Zeug werden konnte. Eyeless schien das nicht zu stören. Er ging routiniert noch einmal alle Daten durch und meinte dann zu Paul: »Wir können es schaffen. Seit dem letzten Stand hat sich viel getan.«

Und das war eine wirklich gute Nachricht. Das war so gut wie das unerwartete Auftauchen dieses riesigen Norwegers mit dem nach Knäckebrot klingenden Namen. Paul hatte mit einem Mal die Waffe in dessen Hand bemerkt und realisiert, dass das vor ihm gar nicht Chet war. Aber der Mann hatte ihn und Trish nicht erschossen, wie Paul es eigentlich erwartet hatte. Man hatte ihm zwar den inneren Kampf angesehen, aber der Hilferuf war bei ihm angekommen. Claw hatte Paul später erklärt, dass der Norweger Bär folgte und dieses Totem ein Heiler war, der Menschen in der Not helfen musste, wenn er darum gebeten wurde. Eine glückliche Fügung des Schicksals. Ein Wunder der Sechsten Welt – oder wie man das auch immer zu erklären versuchte – hatte Trish und Paul vor dem Tod bewahrt. Außerdem hatte der Schamane nach Jokers Ableben dem ausradierten Team gegenüber keine Verpflichtungen mehr besessen. Es war ein Geschäft gewesen, und so hatte er Paul zwar geholfen, sich dafür aber auch gut bezahlen lassen. Doc Eyeless war der lebende Beweis für einen Gott in Weiß, der alles für zahlungsfähige Kundschaft tat.

Pandora hatte es leider nicht geschafft. Paul erinnerte sich an ihren letzten Gesichtsausdruck. Er hatte entschlossen gewirkt. Letzten Endes war sie doch für das gestorben, was ihr wichtig war – ihre Magie. Innerlich trauerte er um sie, aber sie hatte diese Wahl getroffen. Niemals würde er sie vergessen, denn sie war ein Teil von ihm geworden, würde immer ein Teil von ihm bleiben; aber schließlich lebte man hier und jetzt. Die Aktionen der Gegenwart bestimmten den Ablauf der Zukunft. Die Vergangenheit vergaß man nicht, aber sie war auch kein Ort, an dem man leben sollte. Es hatte einmal jemand das alles in einem Satz ausgedrückt, der zu jener Zeit sehr umstritten gewesen war, sich im Nachhinein aber als richtig erwiesen hatte: »The games must go on.«

Genauso war es. Man musste sich jetzt entscheiden, so wie Trish sich entschieden hatte. Sie lag auf dem Untersuchungstisch und war eingeschlafen, während Eyeless sie untersucht hatte. Die Sängerin hatte ihr Talent nun komplett verloren und war mit der Bitte zum Doc gekommen, die Welt, vor allem Paul, mit eigenen Augen sehen zu können. Pandora hatte gespürt, dass es der Frau mit ihm ernst war, auch wenn Paul es niemals für möglich gehalten hätte – nach allem, was vorgefallen war.

In diesem Augenblick erhielt er eine Nachricht von Chet. Der Ork war auf dem Weg, um den Namensvetter seines Sohnes zu besuchen, der auf dem Tisch neben Trish lag. Paul wollte gerade nach ihm schauen, als ihn Eyeless fragte: »Paul, das mit deinem Bein sieht schlimm aus. Bist du sicher, dass du kein Cyberimplantat willst? Das wäre günstiger.«

Er musste husten und konnte nur röchelnd einwerfen: »Paul … vergiss es … das Zeug ist Drek für deinen Körper … Qualm lieber eine für mich mit.«

Eyeless schritt an Zacks Seite. »Versau mir nicht das Geschäft, du lagernder Altmetallcontainer. Spar dir deine Kraft. Ich weiß nicht, ob ich dir den ganzen Scheiß so einfach und vor allem noch rechtzeitig ausbauen kann.«

Zack fühlte sich wirklich hundeelend, sein Körper war ein einziger Schmerzherd. All die Drogen, die ihm Eyeless so zahlreich verabreicht hatte, zeigten keine große Wirkung mehr. Es war ein Wunder gewesen, dass Chet ihn noch aus dem Wasser gezogen hatte, bevor er wie ein Bleiklotz versunken war. Aber hatte Zack das nicht immer gewollt – sterben? Damit alle Schmerzen ein Ende hatten? Egal, was der Doc jetzt auch noch tat, die Chancen zu überleben standen ziemlich schlecht, dessen war er sich durchaus bewusst.

Gefasst sagte er zu Eyeless, der wohl in letzter Zeit, sobald er Zack anschaute, die Existenz seines Sehfehlers vergessen haben musste: »Doc, mach endlich hinne … Ich möchte den beiden Kupferköpfen nicht länger beim Schwuchteln zugucken müssen.«

Shit und Fuck schauten von ihren Plätzen an der Tür zu Zack herüber und hatten dabei einen Gesichtsausdruck aufgesetzt, als wollten sie jeden Augenblick losheulen.

Eyeless erhöhte die Zufuhr des Betäubungsmittels.

Zack sagte nur noch: »Danke, Doc. Das Letzte, was ich auf dieser Welt hören möchte … ist das Flennen zweier jammernder Tunten.«

Als Letztes sah er die Gesichter von Shit und Fuck. Dann raubte ihm die Dunkelheit die Sicht. Mein Gott, Zack würde sogar die beiden Kupferköpfe vermissen. Aber nach den Schatten kam das Licht, und er wusste, dass dies nicht das Ende, sondern ein neuer Anfang war.

Von **SHADOWRUN** erschienen in der Reihe
HEYNE SCIENCE FICTION:

1. Jordan K. Weisman (Hrsg.): *Der Weg in die Schatten* · 06/4844

TRILOGIE GEHEIMNISSE DER MACHT

2. Robert N. Charrette: *Laß ab von Drachen* · 06/4845
3. Robert N. Charrette: *Wähl deine Feinde mit Bedacht* · 06/4846
4. Robert N. Charrette: *Such deine eigene Wahrheit* · 06/4847

5. Nigel Findley: *2 X S* · 06/4983
6. Chris Kubasik: *Der Wechselbalg* · 06/4984
7. Robert N. Charrette: *Trau keinem Elf* · 06/4985
8. Nigel Findley: *Schattenspiele* · 06/5068
9. Carl Sargent: *Blutige Straßen* · 06/5087

TRILOGIE DEUTSCHLAND IN DEN SCHATTEN

10. Hans Joachim Alpers: *Das zerrissene Land* · 06/5104
11. Hans Joachim Alpers: *Die Augen des Riggers* · 06/5105
12. Hans Joachim Alpers: *Die graue Eminenz* · 06/5106

13. Tom Dowd: *Spielball der Nacht* · 06/5186
14. Nyx Smith: *Die Attentäterin* · 06/5294
15. Nigel Findley: *Der Einzelgänger* · 06/5305
16. Nyx Smith: *In die Dunkelheit* · 06/5324

17. Carl Sargent/Marc Gascoigne: *Nosferatu 2055* · 06/5343
18. Tom Dowd: *Nuke City* · 06/5354
19. Nyx Smith: *Jäger und Gejagte* · 06/5384
20. Nigel Findley: *Haus der Sonne* · 06/5411
21. Caroline Spector: *Die endlosen Welten* · 06/5482
22. Robert N. Charrette: *Gerade noch ein Patt* · 06/5483
23. Carl Sargent/Marc Gascoigne: *Schwarze Madonna* · 06/5539
24. Mel Odom: *Auf Beutezug* · 06/5659
25. Jak Koke: *Funkstille* · 06/5667
26. Lisa Smedman: *Das Luzifer Deck* · 06/5889
27. Nyx Smith: *Stahlregen* · 06/6127
28. Nick Polotta: *Schattenboxer* · 06/6128
29. Jak Koke: *Fremde Seelen* · 06/6129
30. Mel Odom: *Kopfjäger* · 06/6130
31. Jak Koke: *Der Cyberzombie* · 06/6131
32. Lisa Smedman: *Blutige Jagd* · 06/6132
33. Jak Koke: *Bis zum bitteren Ende* · 06/6133
34. Stephen Kenson: *Technobabel* · 06/6134
35. Lisa Smedman: *Psychotrop* · 06/6135
36. Stephen Kenson: *Am Kreuzweg* · 06/6136
37. Michael Stackpole: *Wolf und Rabe* · 06/6137
38. Jonathan Bond/Jak Koke: *Das Terminus-Experiment* · 06/6138
39. Lisa Smedman: *Das neunte Leben* · 06/6139
40. Mel Odom: *Runner sterben schnell* · 06/6140
41. Leo Lukas: *Wiener Blei* · 06/6141

42. Stephen Kenson: *Ragnarock* · 06/6142
43. Lisa Smedman: *Kopf oder Zahl* · 06/6143
44. Stephen Kenson: *Zeit in Flammen* · 06/6144
45. Markus Heitz: *TAKC 3000* · 06/6145
46. Björn Lippold: *Nachtstreife* · 06/6146
47. Markus Heitz: *Gottes Engel* · 06/6147
48. Markus Heitz: *Aeternitas* · 06/6148
49. Harri Assmann: *Auf dem Sprung* · 06/6149
50. Harri Assmann: *Töne der Unendlichkeit* · 06/6150
51. Markus Heitz: *Sturmvogel* · 06/6151
52. Harri Assmann: *Elementares Wissen* · 06/6152